刘公案

[清] 佚名◎著

书经香典

中国古典公案小说丛书

浙江人民美术出版社

图书在版编目(CIP)数据

刘公案/(清)佚名著. —杭州:浙江人民美术出版社,2017.1

(经典书香. 中国古典公案小说丛书)

ISBN 978-7-5340-4889-0

Ⅰ. ①刘… Ⅱ. ①佚… Ⅲ. ①章回小说-中国-清代 Ⅳ. ①I242.4

中国版本图书馆 CIP 数据核字(2016)第 072724 号

责任编辑 程 璐
特约编辑 袁 梅
策　　划 未来趋势文化传媒(北京)股份公司
责任校对 余雅汝
责任印制 陈柏荣

经典书香 中国古典公案小说丛书

刘公案 [清]佚 名 著

出版发行: 浙江人民美术出版社
地　　址: 杭州市体育场路 347 号
网　　址: http://mss.zjcb.com
制　　版: 北京久椽图文制作中心
印　　刷: 三河市明华印务有限公司
开　　本: 620mm×889mm 1/16
印　　张: 35
字　　数: 407 千字
版　　次: 2017 年 1 月第 1 版 · 第 1 次印刷
书　　号: ISBN 978-7-5340-4889-0
定　　价: 86.80 元

前　言

《刘公案》是清代一部颇有特色的公案小说，与《包公案》《施公案》《狄公案》并称中国古代四大公案小说。讲述了清代名臣刘墉平断冤狱、惩办贪官污吏的故事。

“刘罗锅儿”的故事在民间广泛传播，其公正执法、睿智幽默的形象深入人心。“刘罗锅儿”本名刘墉，字崇如，号石庵，清乾隆朝代名臣，以奉公守法、清正廉洁闻名于世。本书即以刘墉为主人公，共收录《刘墉传奇》《罗锅逸事》《满汉斗》《双龙传》《青龙传》等五种。突出了主人公正气凛然，执法如山但又睿智幽默的性格。此书语言生动质朴，故事悬念迭起，具有很强的可读性。

此外，虽然《刘公案》不似《包公案》等公案小说那样有名，但以刘墉为故事原型的《刘公案》在民间有很多版本相继问世，譬如著名评书表演艺术家连丽如评书版的《刘公案》，著名相声表演艺术家刘宝瑞的单口相声版《宰相刘罗锅》及热播的电视剧《宰相刘罗锅》等，都广为人民所熟悉。

本次出版，对原书中一些错漏、笔误和疑难之处，分别做了校勘、修正和注释，以便于读者阅读。由于时间仓促，水平有限，其中难免疏漏之处，望专家、读者予以指正。

编　者

2016 年 5 月

目　　录

第 一 回

刘罗锅重审李有义

大清江山一统，军乐民安太平。万国来朝纳进奉，朝出贤臣刘墉：出口成章合圣明，这才亚似孔孟。这位爷家住在山东，天生扶保大清。

此书的几句残歌念罢，亦不多讲。话表咱本朝乾隆爷年间出了一位能臣，祖上系山东青州府管诸城县人氏，这位爷本是当初刘老大人刘统勋之子，姓刘名墉，外号罗锅。他本是荫生出身，今蒙乾隆爷的皇恩，御笔钦点金陵江宁府的知府。

这位爷钦命紧急，不敢怠慢，吉日启程，要去金陵江宁府上任，并无携带家眷，只带一名小内厮张禄。爷儿两个乔装打扮，张禄儿肩扛着被套，一直出了海岱门，往西一拐，顺着城根，又到了宣武门，复过了吊桥，往南直到菜市口，往西一拐，顺着大街，又出了彰义门，门脸上雇了两个毛驴，爷儿俩骑上了大路。

刘大人，一心上路去到金陵，小井过去到大井，枳荆坡穿过又往西行。爷儿俩催驴果然快，登时间，过了芦沟晓月城。眼前就是常新店①，良乡县换驴也不必明。涿州南关吃了顿饭，刘大人，爷儿两个又登程。此书不讲桃花店，一直的，径奔河间大路行。德州打尖穿过去，恩县济宁州一溜风。包庄王家营将船上，

① 常新店——今长辛店。

渡过黄河又登程。路程歌儿不多叙，那一天，望见金陵一座城。

刘大人爷儿俩正走之间，望见金陵城。十里堡打了尖，又雇了两个毛驴，爷儿俩骑上往前所走，不必再表。

且说江宁府的书吏三班人等，自从接着转牌，说乾隆皇爷御笔钦点江宁府的知府刘，不日到任，众属下人役天天在接官亭坐等闲谈，等候迎接新官上任。这一天众官吏正在等候，忽见两个人骑着两个毛驴迎面而来。众下役一见齐声断喝："呔！还往那走？这是接新官的所在。再往前走，仔细把驴腿打折！"后面的张禄儿一声断喝，说："胡说！这就是你们江宁府府台刘大人！"众役闻听是刘大人，吓得跪倒在地，还有众属下也都在道旁打躬，说："卑职等迎接来迟，在大人的台前请罪。"刘大人一摆手，众官吏人等齐都后面跟随，登时来到接官亭上。刘大人下了毛驴，赶脚的瞧见这个光景，发了蒙咧，腹内说："好的，怪不得雇驴时节也不讲价，我说这个买卖我可捯①住咧！好，谁知道是我安着翅子骑了来咧，拿定我的官驴了！"说罢上前接驴，回头就走。刘大人是何等的官府，看见赶脚的钱也不要咧，拉驴而去，就知是他不敢来要钱。大人忙叫张禄，小厮答应，大人说："到底打发他的驴钱，他是个穷民百姓，不可白骑他的驴。""是。"张禄儿高声喊叫："赶脚人回来！大人有赏。"赶脚闻听大人有赏，他连忙跑回来咧。张禄儿拿了一吊钱，递与那人，那人接过，叩了头，谢了赏，扬长而去。

刘大人这才吩咐："看轿过来。"众下役答应，搭过四人大轿，栽杆，去了扶手，刘大人毛腰上轿，轿夫上肩。执事前行，

---

① 捯（dáo）——追究。

大轿后跟，开路锣鸣，响声震耳。

清官坐上四人轿，执事排开往前行。军牢头戴黑红帽，衙役吆喝喊道声。上打一柄红罗伞，下罩清官叫刘墉。军民百姓齐来看，大道旁边闹哄哄。但则见：刘大人头戴一顶红缨帽，缨儿都旧发了白。帽胎子破上边青绢补，老样儿沿子大宽。五佛高冠一般样，那一件，青缎褂子却有年，浑身都是窟窿眼。茧绸袍子真难看，方脑官靴足下蹬。刘大人，一身行头从头算，共总不值两吊铜。众军民瞧罢不由得笑，说道是："这位官府真露着穷。"按下军民闲谈论，再整那，大轿人抬进了城。穿街过巷急似箭，府衙门在眼下存。大轿已把辕门进，滴水檐栽杆轿落平。张禄上前去了扶手，出来了忠良干国卿。迈步翻身往后走，张禄相跟在后行。

刘大人下了轿，一直到了后堂坐下，吩咐张禄传出话去："今日晚了，明日早堂，伺候受印，升堂办事。"这张禄答应迈步往外而去。来至堂口站住，照大人的言词传了，众官吏役人等散去不表。

张禄进内回明了大人，大人点头，随即吩咐："张禄，把咱们爷儿俩剩的干粮，掏出来罢。""是。"小厮答应，不敢怠慢，打被套里面掏出来咧。什么东西？还有咱这京里带去吃剩下的两个硬面饽饽，还有道儿上吃不了的叉子火烧。刘大人并非是图省盘费，皆因是他老人家很爱吃这两宗东西，所以不断。又吩咐："张禄儿，你去告诉厨役：一概官员送的下程饭食，咱爷们全都不要。你拿咱们的钱，买他三十钱稻米，煮点粥，搭着这两个干粮，算咱爷儿俩的一顿饭咧。"这张禄答应，照言而办。不多时粥也熬得咧，端了来，摆在桌上，一碟老咸菜，打发刘大人用完。张禄撤下家伙，也饱餐了一顿。及至他们爷儿俩吃完了饭，天气也就晚咧。张禄儿点上灯烛，在一旁站立，爷儿俩又说了会子闲话。天交二鼓，刘大人说："连日走路劳乏，打铺安歇罢。"这张禄答应，登时打开被套，安置得妥当。刘大人宽衣解带，上床安歇。张禄也去歇息，一夜晚景不提。

霎时天光大亮，张禄起来，请起大人净面更衣，茶罢搁盏。清官爷说："传出话去：本府立刻升堂，受印办事。"这张禄答应，迈步翻身，往外而走。来至堂口站住，高叫："马步三班人等听真，大人传话：立刻升堂，受印办事！"外边人齐声答应。张禄又回明了大人。不多一时，大人身穿朝服，闪屏门，进暖阁，升公位坐下。有那属下的官吏、牢头、禁子、乡约、保正人等，叩见已毕，两旁站立。大人座上吩咐放告牌抬出，然后再观看那些州县详报的文书。

瞧到江宁府的首郡上元县刘祥呈报："本县北关以外路东，有一个开店之人，姓李名叫有义。夜晚间有夫妻二人，下在他的店中。李有义图财害命，用尖刀将男子杀死，女子逃跑，不知去向。现有李有义的口供原招为证。"大人看罢上元县这一角文书，说："且住。店家既然把男人杀死，女子焉能逃跑？就便逃走，他的男人被害，岂不替他夫主鸣冤告状？依本府看来，这件事大有隐情在内。罢罢，我刘某今日既然在此处为官，必当报国为民，须得把此案判断明白，也免良民遭屈，叫凶徒漏网。"刘大人想罢，座上开言说："值日承差何在？""有，小的朱文伺候大人。"说罢跪倒下面。忠良说："你速去到上元县监中，将店家图财害命这一案，提到本府座前审问。"这承差答应，站起身来，下堂迈步出衙而去。不多一时，把店家李有义提到当堂，跪在下面。

众位明公，像金陵的江宁府的上元县，就和咱们这保定府的清苑县、北京的宛平县都是一样，全在城里头，所以来的剪决。书里交代明白，言归正传。

且说那承差朱文，在下面打了个千儿①，回说：“小的朱文，把店家李有义提到。”大人一摆手，承差站起，一旁侍立。清官爷举目留神，朝下观看。

清官座上留神看，刘大人，打量李家貌与容：年纪约有五旬外，他的那，残目之中带泪痕。跪在下面听吩咐，瞧光景，内中一定有屈情。大人看罢开言问：“那一民人要你听：既做买卖当守分，如何无知乱胡行？岂不知杀人要偿命，王法无私不顺情。因何开店将人害？本府堂前要你讲明。”老民见问将头叩：“大人留神在上听：公相要问这件事，我的那，满腹冤屈无处明。小人既然开客店，焉敢为非把恶行？那一晚，男女二人来下店，都在那，二十一二正年轻。小人盘问他来历，他说是夫妻人二名。小民闻听是女眷，开店人，焉敢多管别事情？租了我正房一间钱二百，一壶茶来一盏灯。诸事已毕小人去，房中剩下他二人。不多一时攒更鼓，他夫妻二人吹灭灯。小的前边把门户看，还有那，几辆布车在我店中。偏偏他们要起早，天有五更就登程。小人起去开门户，打发布车离店中。霎时之间天光亮，小民想：叫他夫妻好早登程。走近门首抬头看：房门倒锁少人声。小人开门观仔细，此事应当了不成！不知女子往何方去，光剩男子在房中。四脚拉叉炕上躺，仔细看，被人杀死赴幽冥。小人观瞧把魂吓冒，

① 打了个千儿——旧时的敬礼，右手下垂，左腿向前屈膝，右腿略弯曲。

同地方，一并呈报到县中。上元县的老爷将尸验，把小人，屈打成招问罪名。今日里，幸蒙大人提来问，拨云见日一般同。望大人秉正从公断，爷的那，后辈儿孙往上升。这就是一往从前事，但有那，一句虚言天不容！”说罢下面将头叩，刘大人座上开言把话云。

第 二 回

巧改扮私访白翠莲

刘大人闻听店家李有义这一片言词，座上讲话说：“李有义。”“有。”清官爷说：“你暂且下去，待本府把恶人拿住，自有水落石出。”李有义叩头，青衣带去不表。且说刘大人又办了些别的公事，这才退堂，众役散出衙外，不必细表。

再说清官爷来到内书房坐下，张禄献茶，茶罢搁盏，登时摆上饭来。大人用完，张禄撤去家伙。忠良闲坐，自己思想，说：“李有义这件事情，虽然是屈情，但不知杀人凶犯是谁，叫本府如何判断？”大人为难多会，说：“要明此案，必须如此这般，如此这般。我何不扮作云游老道，出衙私访？一来访访凶徒恶棍，再看看这里的世态风俗。”刘大人思想之间，张禄儿走进门来。大人说：“张禄儿，把我的道袍、道冠、丝绦、水袜、云鞋、毛竹板全拿来。”这小厮答应。

住了。有人说：“你这个说书的，说的推谄①了。这唐书、宋书，飞刀飞棒，任凭怎么谄、怎么吹鬼，无有对证，倒说唐宋的人还活到至今不成？断无此理。说你说的这部书，刘大人他老人家还健在，谁不知道？你这个书要按着唐宋的古人词那么撒谎，怎得能够？我们就知道，刘大人从自幼做官，至到而今到了中堂

---

① 推谄——太撒谎了。谄，编造。

的地位，并无有听见说他老人家当过老道，哪来的道家的衣服呢？你这个书不是撒谎么？”众位明公有所不知。现在这一位“白脸包”刘大人，不同别的官府；当着他老人家面，还敢说。要好体面衣服，自是真正的无，有也只是舍不得穿，总没见过他老人家挂过画。要讲这道袍、僧衣，庄稼佬穿的小棉袄子、胖袜侉洒鞋，这些东西，倒全有。这是怎么个缘故？皆因他老人家爱私访，这都是早预备下的做官的行头①。不知道那一改，装扮了什么样，所以讲了个现成。书里交代明白，言归正传。

张禄儿去不多时，都拿了来咧，放在面前。刘大人登时把自己身上衣服脱下来，换上道家的衣袍，拿了一个蓝布小包袱，包上一本《百中经》及两块毛竹板，诸事办妥，眼望张禄说：“我的儿，本府今日要去访民情，衙门中大小事体，小心照应。本府不过晚上就回来。”张禄答应。大人又说：“你打后门送出我去，休叫外人知道。”说罢，爷儿两个并不怠慢。大人站起身来，小斯拿起那个蓝布包儿，一齐往外而走。穿门过夹道，来至后门。张禄上前将门开放，可喜这一会并无外人。清官爷慌忙走出门来，张禄把那小包袱递与大人，刘大人接来挎在腕上，说：“诸事小心着。”“是。”张禄答应，关门，不必细表。

且说大人打背胡同来至江宁府的大街上，举目观看。

清官来至长街上，举目留神左右观：来来往往人不少，江宁府，果然热闹不非凡。刘大人，瞧罢掏出毛竹板，咭哩呱嗒响连

---

① 行（xíng）头——原指戏曲演员演出时穿戴的服装，包括盔头、靠把、衣服、靴子等。这里用来比作官员所需穿用的一切。

声。口内高声来讲话："众位乡亲请听言：有缘早把山人会，瞧瞧大运与流年①。求财问喜来会我，道吉言凶下安坛，六壬神课瞧灾祸，净宅除邪保安然。《麻衣神相》分贵贱，行人音信来问咱。算着只要钱一百，算不着倒罚一吊钱。有缘的前来把山人会，错过今朝后悔难。"刘大人，一边吆喝朝前走，一座茶馆在眼前。大人迈步走进去，坐在旮旯那一边。堂倌一见不怠慢，慌忙就去把茶端。香茶一杯端过去，放在大人桌上边。忠良吃茶闲听话，只听那，七言八语乱开谈。这个说："上元县北关出了怪事，店家杀人真罕然。"那个说："杀了男来跑了女，这事真真闷死咱。"这个说："上元县去将尸验，店家抵偿掐在监。"又听一个开言道："众位仁兄请听言：要提店里那件事，起根发脚来问咱：死鬼名字叫伊六，家住上元在东关。这小子，一生不把好事干，天天去把狗洞钻。一份家私花个净，他爹妈，生生气死赴阴间。伊六并无把女人娶，这可是，何处来的女红颜？后来，又闻听伊六将京上，找他舅舅叫季三。这季三，前门外头做买卖，金鱼池，窝子里面大发财源。提他外号人人怕，前三门，谁不知道季老幺！"这人言词还未尽，忽又听，那一个高声把话云。

这个人正说到高兴之处，忽又听那边有个人讲话，说："老仁兄，要提起这一件事情来，你自知其一，不晓其二。你听我告诉你：伊六这小子不是上了京吗？在金鱼池他舅舅季三那做了二月买卖。季三就给了他几个钱，他就在咱们这置了几亩，吃租。咱们这东街上土地庙东边，那不是个小门楼吗？是那里头，不是富全住着吗？富全就种着伊六的地。闻听说伊六还在金鱼池做买

① 流年——封建迷信的人称一年的运气。

卖。他什么时候来到上元县的北关里，叫人把他杀了呢？真真的他妈的这个事古怪！”又听那个年轻的说：“老仁兄，方才你要不说到这，我也不肯往下讲。伊六那小子年年下来起租子，常在富全家落脚。富全又是他的地户儿，你们没有瞧见富全那个底扇子？真长了个都！他小名叫白翠莲。我瞧着伊六那小子别和富全那个底扇子，他们俩有点子黑搭乎罢？”又听这边的有年纪的人说：“老弟呀，我劝你少说。你们当这个事都是玩呢！虽然把店家掐了监，还算无结呢。方才你这个话，要叫衙门中太爷们听见，只怕你闹一脖子麻刀。”说罢，他们都站起身来会钱，扬长而去。

刘大人在旁边吃着茶，闻听他们方才这些话，忠良爷腹内思想：依他们说，店中这个死鬼叫伊六，并无娶女人。这个女人可是哪来的呢？店家又说是夫妻二人，这件事八下里都不对。要依本府想来，这个女子定是被伊六强奸了。既是强奸了，这女子焉肯又与他下店呢？想来是顺奸。既是顺奸，他如何又不替伊六鸣冤？这件事真真的难办。要明此案，得访着这个女子消息就好办咧。刘大人瞧瞧天气尚早，何不依他们的言词，竟到东街上土地庙东边，富全的门首探访一番？但得消息，好完此案。刘大人想毕，会钱出了茶馆，往东一拐，顺着大街朝前所走。

这清官，想罢迈步慌忙走，刘大人，忠义报国为民心。一边走着心犯想：真乃疑难事一宗。要说店家杀伊六，李有义，面貌慈善露志诚。要说是，行凶不是李有义，上元县，又有他的原招与口供。本府既然来到此，少不得想理要细甄情[①]。为官不与民做主，枉受乾隆爵禄封。刘大人，思想之间来得快，土地庙不远面前存。庙东果然有个小院，石灰门楼一抹青。忠良看罢不怠慢，毛竹板掏出手中擎。咭哩呱嗒连声响，口内吆喝讲《子平》："月令高低瞧贵贱，六壬神课断吉凶。行人出外问我信，气死平则门的吕圣功。"刘大人，外面吆喝胡念诵，这不就，惊动房中女俊英。眼望青儿来讲话："要你留神仔细听：自从你姐夫为客去，这使我心神不安宁。莫非是，在外儿夫有好歹，那就活活把我坑。我有心，叫进这先生算一算，看看流年讲个《子平》。"青儿答应不怠慢，迈步翻身就往外行。

且说这富全之妻白氏，奶名翠莲，生得有沉鱼落雁[②]之容，闭月羞花[③]之貌。青儿这个丫头，乃是他的表妹，父母全无，就只有一个哥哥，又不成人，所以这个青儿实无倚无靠，跟着白氏度日。

且说青儿这丫头，闻听他姐姐之言，不敢怠慢，迈开两只鲶鱼脚，咭哩呱嗒来到街门的跟前站住，哗啷一声，将门开放，把身子往门外头一探，眼望着刘大人高声喊叫："先生，我姐姐要算命呢！"且说刘大人在土地庙的台阶上，正自观看那庙的威严，忽听有人喊叫之声，刘大人举目观看。

这清官举目抬头看，刘大人，打量女子貌与容：短发蓬松黄

---

① 甄（zhēn）情——指审查鉴定情况。

② 沉鱼落雁——形容女子美得鱼见了沉入水底，雁见了飞落平沙，不敢与之比美。

③ 闭月羞花——形容女子容貌美丽得使月亮躲藏了起来，花儿也含羞。

澄澄，芙蓉面，好像锅底一般同。樱桃小口有火盆大，镀金包牙在口中。脸上麻子铜钱大，他的那，杏眼秋波赛酒盅。鼻如悬胆棒槌样，两耳好像蒲扇同。柳腰倒比皮缸壮，外探身，露出那鼠疮脖子疤瘌更红。小小的金莲，量来足有一尺三，身穿着，粗布夹裤干净得很，多亏他，姑舅姐姐拉扯才把人成。你听他，未从说话是结巴，哇嘟呱嗒把先生叫，刘大人看罢时多会，带笑开言把话云。

第　三　回

陈大勇领命探真情

刘大人看罢，带笑开言，说："丑大姐，叫我吗？"青儿闻听刘大人之言，说："罢哟，我的老先生，你还说我丑呢！我瞧你那个样子也够俊的咧！"青儿说："先生，"刘大人说："做什么？"青儿说："你可倒好，出门子省盘费，有钱无钱都饿不着你。"刘大人说："什么饿不着？"青儿说："你背着口锅走么！"大人说："不要取笑咧。"说罢，青儿带领刘大人进了街门，到了院子里，刚然站住，忽听那竹帘子内有一女子开言，说："青儿，快拿出张椅子去，与先生坐下。"青儿答应一声，翻身进屋，端了张柳木圈椅子放在当院。老大人既为民情，少不得坐在上面。忠良刚然坐下，忽听竹帘之内那女子开言说："先生，算一个属牛的，男命二十七岁，五月十五日生人。"刘大人闻听这个女子之言，说："属牛的，二十七岁，是丁丑年癸卯月己亥日乙酉时，今年是一个白虎神押运，吊客星穿宫，年头不利，大大不好。这个人眼下有性命之忧。但不知现在哪一块？是娘子的什么人？"那女子闻听刘大人这一片谣言，到此时也顾不得许多咧，一掀帘子走出外面，杏眼含泪，说："先生，你再仔细瞧瞧，但不知还有解救无有？"刘大人说："娘子，我山人再与你仔细查看。"

这清官，说话之间抬头看，打量女子貌与容：乌云巧挽真好看，发似墨染一般同。面比芙蓉娇又嫩，小口樱桃一点红。鼻如悬胆多端正，皆因她说话，瞧见糯米银牙在口中。两耳藏春桃环配，杨柳腰肢甚轻盈。裙下金莲刚三寸，十指春葱一般同。虽然是，浑身上下穿粗布，那一种雅淡梳妆动人情。举止端庄多稳重，温柔典雅不轻狂。大人看罢时多会，启齿开言把“娘子”称：“但不知，算的是你何人等，说得明白卦①更灵。”女子见问开言道：“先生留神在上听：方才你算这个命，是奴的，夫主富全是他名。有奴个，姑舅哥哥叫钟老，就是青儿大长兄。他二人商量做买卖，要上那，句容县中做经营。他已出去七八个月，总不见，音信回来到家中。这几天，我心恍惚神总不定，所以才，请进道爷看分明。”刘大人听罢前后话，说道是：“娘子的心诚我的卦更灵。”

刘大人听毕这女子前后的言词，说：“娘子，这件事，卦中虽有点惊恐，料来大事还无妨。”

列位明公，刘大人是随机应变，见景生情。他老人家私访的事情，并非只这一家，所以说出来的话，都是流口。头里又说有性命之忧，后来又说大事无妨，别当刘大人真会算卦。书里交代明白，言归正传。

清官爷眼望白氏佳人，说：“请问娘子，姓钟的这一位，是娘子的表兄？还是令夫主的表兄呢？”女子见问，说道：“爷，是奴家的亲表兄。”大人闻听，说：“这就是了。是你的亲表兄，他二人乃是表大舅、表妹夫一路同行。再者，娘子不放心，何不打发人到你表兄家问问去？”那女子闻听刘大人的言词，长叹一口气，“嗐”道：“爷说起我这个表兄，他吃喝嫖赌，无所不干，把

① 卦（guà）——古代的占卜符号。

一份家私花了个精光。到而今，上无片瓦，这身下无锥扎之地。他哪来的家？他但凡有个住处，他岂肯把他妹子送在我这里来？”刘大人闻听白氏之言，才知道青儿这丫头，就是她的表妹。大人问说：“娘子，令夫主在家做何生理①？”女子说：“种地为生。”清官说：“这个地是你们自置的，还是租着种呢？”白氏说：“是我租的。”刘大人又问说：“地主是哪的人？”佳人说：“是北京人氏。”大人说：“你们家种着多少地？”女子说：“种着七十多亩。”清官爷又问说：“这地主儿是姓什名谁？”女子说：“姓……”刚说这个姓字上，把话咽住，不肯往下讲咧，拿别的话岔过去咧，说：“交租子都是我夫主交与他们，我可不能知道。”刘大人闻听这女子的话里有话，刚要变着方法套访真情，忽听那女子开言说：“青儿，拿钱打发道爷去罢。”青儿答应一声，去不多时，拿了一百钱，来到刘大人的跟前站住，带笑开言，说：“先生，把卦礼收了罢。”大人闻听，站起身来，他老人家有心不收那一百钱，恐人看破，反倒不好。无奈何，接过来带在腰中。又听那女子开言说：“青儿，把道爷送出去罢。”青儿答应一声，说：“道爷，您两个山字垛起来——您那请出罢！”刘大人闻听青儿之言，他老人家故意儿的用智说：“不好！咦，我瞧你们家这院子里凶得厉害。莫非黑家有鬼闹吗？”青儿说：“呸！好丧气。你们家才有鬼呢！这是怎么说呢！叫人家怪害怕的，黑家怎么来拿马子呢？不快出去吗？必得等着我推出你去？”青儿说罢，将刘大人送出街门，咯当一声响，将街门关上。青儿进去不表。

再说刘大人出得门来，瞧了瞧，这一家西边是个土地小庙，

① 生理——这里指营生，谋生之业。

门对过有个四五棵枣树，门楼子是青灰抹的。刘大人记准，这才迈步朝前而走。

这清官瞧毕忙迈步，走着道，前思后想这事情：那女子说话有来历，大有隐情在其中。回到衙门差马快，如此这般探真情。但若得了真消息，立刻锁拿进衙中。与民圆案除祸害，也不枉，乾隆爷的御笔钦点府江宁。为官要不与民做主，枉受皇王爵禄封。刘大人，思想中间来得快，衙门不远在面前存。依旧还打后门进，张禄接爷献茶羹。大人茶罢来讲话："张禄留神要你听：快传承差陈大勇，本府有话问分明。"张禄答应来讲话，迈步翻身朝外行。

且说刘大人未曾去金陵江宁府上任之先，就知道府衙有一家好汉，姓陈名叫大勇，年有三十五六岁，生得五短三粗，相貌魁伟。他本是武举出身，做过一任运粮千总，因为他押运漕粮①来到通州，遭了漕粮的罣误②，把个千总丢咧。后来无可以为进身之道，所以在这江宁府的衙门当了一名承差。这个人与刘大人办了许多的大事，到后来刘大人提拔此人做到河南襄城的都司。到而今，现在这位陈老爷目下可在军前。书里交代明白，所以刘大人叫张禄去传他。

再说张禄奉刘大人之命，不敢怠慢，来在承差房外站住，用声高叫："承差陈大勇！大人传你，在内书房立等问话。"言还未了，忽听"哦！"差房中有人答应，走出门来，一同张禄往里而去。不多一时，来至内书房门。张禄说："站住。且等等，待我

① 漕（cáo）粮——漕运的粮食。
② 罣（guà）误——同挂误，指被别人牵连而受到处分或损害。

通禀大人。”陈大勇门外站立下来。

再说张禄儿掀帘进书房，打了个千，回说：“奴才把承差陈大勇传到，现在外边伺候。回大人知道。”刘大人闻听，说：“叫他进来。”张禄翻身出门，说：“陈大勇，大人叫你问话。”陈大勇答应，走进书房，也打了个千儿，说：“小的承差陈大勇，伺候大人。”大人一摆手，陈大勇起来在一旁站立。大人说：“陈大勇。”“小的伺候。”忠良说：“本府的眼下有一宗未结的公案，内有人命干连。皆因那上元县无才，才使良民受屈，倒叫凶徒漏网。本府要不除恶安良，我枉受乾隆爷的爵禄。这件事须得你去，休叫外人知道。但能把此事办成，本府自然另眼相看。”陈大勇说：“这是大人的天恩。”刘大人说：“你赶起更天，到东街上，那有个土地庙，庙东边有一个青灰小门楼，门对过有几棵枣树，紧对枣树那个门里头，你就越墙而过，必得要装神嚎鬼泪之声，见机而做，探听那女子口中之言。但得真情，本府好救店家的性命。务必小心着，千万不可叫外人知道。”“是。”“速速地照我的话办去罢。”这陈大勇答应一声，翻身出房而去。

不表刘大人书房闲坐。再说陈大勇领了刘大人的命令，不敢怠慢，出了衙门，瞧了瞧天气不早咧，眼看太阳归宫，忙忙回到家中，吃了点饭。吃完了饭，就有点灯的时候咧。陈大勇不敢怠慢，慌忙出了家门，要上那东街去，探访那女子的消息。

这好汉说罢不怠慢，迈步出门往东行。一边走着心犯想，不由纳闷在心中，腹内说：“莫非大人去私访？若不然，怎知有个女俊英？女流之辈身软弱，焉能杀人去行凶？依我想来瞎混闹，刘大人，鬼谷麻糖了不成。派我去访那女子，他说是，人命干连在内中。又叫我，装鬼装神将他吓，再听女子口中情。”陈大勇忠勇英名闻名远，东街不远面前存。举目留神观仔细，果有小庙在道东。好汉忙把台阶上，瞧了瞧庙里黑咕咚。也不知供何神圣像，庙门还是紧紧封。复又睁睛往南看，有几棵树，黑夜之间认不清。扭项又朝北边看，小小门楼倒也精。承差看罢时多会，果然与，刘爷言词一般同。好汉侧耳听更鼓，江宁府当当打二更。暗说："我也好行事——这差事，竟和做贼一般同。倘若叫人拿住我，现打不赊转不能。亲戚朋友知道了，往日声名一旦扔。刘罗锅子为难我，他还说，事情成了把我升。下次就派我接皇杠，早晚他，弄我个脖儿冒鲜红！说不的，既当此差由他使，叫上西来不敢东。"这承差，暗恨他把台阶下，来到那门楼的跟前验看明。

第　四　回

刘罗锅再访白翠莲

好汉陈大勇来到那小门楼底下站住，瞧了瞧，街门关紧，推了推，纹丝不动。陈大勇顺着门楼墙往东走，走到东头，朝北一拐，瞧了瞧，东面子的墙比南面子料着矬一点儿。陈大勇留神往四下里一看，可巧北边墙根底下，有一个破砖堆子。好汉瞧罢，不敢怠慢，慌忙上了砖堆子，就够着墙头了。用手扒住，将身一纵，嗖一声上了墙头。他就蹲在上面，举目留神，往院子里头这么一瞧：原来是正房三间，东厢房两间，西边是一间灰棚，紧对着街门，是一个白石灰抹的影壁。望正房屋里一瞧，窗户上透出灯光，却原来尽西边那一间屋内。可喜这家并无有养着狗。陈大勇看罢，站起身形，顺着墙头往北走，走到北头就上了房。顺着房后檐，蹑足绕到西边墙头上，轻轻溜下墙来，脚站实地，一下墙，就是窗户根底下咧。陈大勇站住瞧了瞧，虽有灯光，听了听，不听人声说话。听够多时，忽听屋内“嗐”长叹一声，又不言语了。好汉走近窗下，用舌尖将窗户纸舔破，他才往里观看。

这好汉举目抬头看，打量女子貌与容：愁锁春山眉两道，倒像有，千愁万虑在心中。独对银灯时着枕，借灯光，杏眼更显水灵灵。芙蓉面比丹霞嫩，鼻如悬胆一般同。樱桃小口朱唇点，未开口，想必是糯米银牙在口中。两耳藏春桃环配，乌发恰似墨染成。万卷书，一支儿别住了顶，旁边斜插一丈青。身穿一件蓝布衫，盖着脚，金莲大小未看明。十指尖尖如葱样，手腕上，两个镯子黄澄澄。并无半点轻狂样，那一宗，雅淡梳妆动人情。承差看罢多一会，女子开言叫一声："青儿，铜盆儿在哪一块？我要净手告神灵。"佳人言词还未尽，东屋青儿把话云："姐姐，铜盆在桌子底下，你拿罢，困得我眼睛难睁。"佳人闻听不怠慢，慌忙下炕站在流平。铜盆内，残水儿洗了洗手，端起桌上那盏灯。这佳人，轻移莲步往外走，原来是外间屋里供奉汉末三分关寿亭。佳人将灯桌上放，一股高香手中擎。未曾上香先祝赞，慌忙跪倒地流平。樱桃小口尊"神圣：保佑奴，在外的儿夫身体宁。再者还有一件事，神圣岂有不晓闻？奴家并非淫奔女，为什么遭逢这事情！供奉尊神为家主，就当庇护把弟子疼，反叫恶人行奸计，这不是，天地有恩神佛都不灵？瞧起来神灵都是假，从今后，谁还肯早晚烧香把礼行？"这女子越说越有气，翻身站在地流平。手端银灯将屋进，放在桌，坐在炕上自捶胸。承差听罢时多会，猜不透其中就里情。心内说："何不如此这般样，但得实情就好行。"陈大勇想罢不怠慢，找了块破瓦在手中。使着力气往下摞，只听"吧叉"响一声。屋中女子吓一跳，侧耳留神往外听。听够多时无动静，高声开言把话云。

佳人白翠莲听够多时，说："青儿，醒醒罢。院子里像有人走动呢！"青儿这个丫头，睡了个迷迷怔怔。闻听她姐姐叫她，打东屋里就跑过来，说："姐姐，人在哪里呢？等着我找咱们顶门的那个杠子，我打这个贼人的！跑到我们家摸索来咧！"佳人说："青儿，休要莽撞，待我再听听。"白氏说罢，侧耳又听，隐隐听见院子内有脚步之声。白翠莲正言厉色向窗外开言，说："外面的囚徒听真着！你必是打听我夫不在家中，半夜三更入宅，前来要行苟且之事。囚徒，你打错了主意了。奴家并非淫奔之女。你把此心歇了罢。”说罢又听，还是响声不绝。佳人说：“是了，想必是贼人想来偷盗。依我说，你赶早往别处去罢，别要耽误你的工夫。我天天度日尚且艰难，哪有存下的银钱？”说罢又听，院子里更响得厉害咧。女子说：“啊，原来是你。我知道了，你说你死得不明，前来缠绕于我。狠心贼，你想谁是谁非？既然你前来，奴家岂怕一死？待等我夫主回家，见上一面，奴家就同你森罗殿上辩个明白就是了。”

只听那佳人冲冲怒，向外开言把话明。这佳人，用手一推开言骂：“该死囚徒要你听：你的那，诡计奸谋人难测，奸贼呀，可你行来不可你行？思想起，恨不得吃尽你贼人身上肉，万剐千刀下油烹！待等我，夫主回家见个面，同你去，森罗殿上辩个明白。细思量，奴家并无一线路，叫你囚徒把我坑 。”屋中女子说的话，院子里，承差听了一个明。陈大勇外边就装鬼，“呜呜”大叫不绝声。青儿吓得浑身战，体似筛糠一样同。结结巴巴来讲话，说道是：“姐姐留神在上听：怪不得，白日老道说有鬼，果然那，罗锅子的神卦灵。明日再要打这过，请进咱家别放行。叫他捉住这个鬼，贬他在，阴山背后去顶冰。”房中二人说的话，承差句句听得明，说道是：“既然得了真消息，我也好，回禀大人叫刘墉。明早进衙把他去禀，我看他又闹什么鬼吹灯？”陈大勇，复又留神听更鼓，江宁府铜锣打四更。说道是“天气有限我也该走”，慌忙忙，奔到墙下不消停。一纵身形扒上走，咕咚跳在地流平。迈步慌忙朝前走，一路无词到家中。按下承差且不表，再把清官明一明。

且说刘爷自从打发承差陈大勇去后，张禄摆上晚饭，大人用完撤去，献上茶来，秉上灯烛。不多一时，天交二鼓。爷儿两个打铺安歇，一宿晚景不提。

霎时天光大亮，张禄起来，请起大人净面更衣，献上茶来，茶毕搁盏。忽见承差陈大勇一掀帘子进了书房，一条腿打千，这才回说："小的奉大人之命，到了东街土地庙东边那一家，照大人的言词而行……"就把那女子说的言语，也向大人说了一遍。刘大人点头，说："记功一次，等明天办事之后，再来领赏。"陈大勇叩谢而去。清官爷眼望张禄，开言说："方才陈大勇的言词，你都听见了。那女子还要本府去净宅捉鬼。罢罢，既为民情，少不得再去一趟，侦他的根底，好完这一案。"大人说罢，将自己身上的衣服脱下，又换了装作老道家的打扮，依旧打后门而出，打背胡同奔东街而走。

清官出衙不怠慢，刘大人，不辞辛苦为民情。今日又要去私访，好完那人案一宗。怕的是，凶徒漏网屈良善，覆盆①之下有冤情。我刘某，既在此处为知府，必须要把百姓疼。刘大人，正然思想朝前走，猛抬头，一座古庙面前存。山门上刻几个字，大人举目看分明，原来是：伏魔星君圣王庙，前后共有五六层。猛听里面"嗡嗡"响，自显钟声震耳鸣。大人闻听刹住步，腹内说："何不进去看分明？"清官想罢不怠慢，进了山门把虎目睁：钟鼓二楼分左右，关王大殿正居中。庙内何曾有人影？不见住持道与僧。忠良瞧罢时多会，暗自思想把话云。

大人进了山门，举目一瞧，何曾有个人影儿！忠良看罢，暗

① 覆盆——翻过来放着的盆子，里面阳光照不到。形容无处申诉的冤枉。

自思想，说：“这事真也奇怪。方才本府从庙外路过，只听里面有人撞钟，我自当是念经办会，缘何并无一人？此事大有隐情在内。罢罢，本府回衙自有道理。”大人说罢，翻身出了山门，顺着大街又往东走。

这清官，想罢出了山门外，顺着大街向东行。不辞辛苦又去访，皆因为，人命关天不非轻。刘大人，转弯抹角急似箭，土地庙在面前存。又到富家他门首，竹板拿出手中擎。咭哒呱嗒连声响，口内吆喝讲《子平》。按下清官来卖卜，单表丫头叫小青。正与他姐姐房中坐，猛听卦板震耳鸣。眼望佳人白氏女：“姐姐留神要你听：想必是，昨来的老道又来到，他的神卦果然灵。你瞧他，人头儿有限本事好，玄门法术不非轻。咱何不，叫进他来捉捉鬼，省得黑家闹事情。”

第　五　回

刘知府设局镇冤鬼

青儿这一会把个刘大人夸了个茂高①，复又说："姐姐，你听听卦板响呢！别是昨日那个罗锅子道人又来了罢？要是他来了，咱们叫进他来，捉捉昨日黑家那个鬼罢，省得半夜里又闹得怪怕的！"说罢，也不等他姐姐吩咐，迈开两只鲶鱼脚，咭哩呱嗒跑到街门的跟前站住，哗啷一声，将街门开放，高声喊叫，说："罗锅子老道爷子，这来罢！"

刘大人正然街前站立，忽听门响，又听见有人叫之声，举目观看，还是昨日那个门里头的那个丑丫头，他叫呢。刘大人看罢，高声答应，说："来了！"说话之间，来到一处。青儿说："进来罢，咱们是主顾。一遭生，两遭熟，是不是？"说罢，青儿在前，刘大人在后相跟，登时来到院内。青儿又把昨那个柳木椅子拿出来咧，还在原处地方放下，说："坐下罢。道爷，你这个、你这个罗锅子的嘴倒灵。你不说昨日有鬼叫吗？果然我们家黑里闹了半夜。扔了砖，又撂了瓦，把我们的尿盆子也给打咧！今日晚上就无使的。你今好好的给我们捉一捉罢。"大人说："知道。"

清官爷正与青儿说话，则见白氏佳人打屋里出来，站在大人的迎面，说："道爷，你瞧我们这院子，是何物作怪？"刘大人闻

---

① 茂高——极尽赞赏。

听白氏佳人这个话，他老人家就站起来咧，故意的把手往眼上一搁，东一瞧，西一望，拿糖作势的沉吟了半晌，他老人家这才开言讲话，说：“娘子，依贫道看来，不是怪物，竟是冤鬼作耗。”白氏闻听吓了一跳，复又开言说：“道爷，你瞧是个男鬼？是个女鬼？”大人说：“依贫道看来，是个男鬼。年纪还不大，只在这么二十几岁的光景。”女子闻听老大人之言，吓了个粉面焦黄！这刘大人是一边闲说谣言，一边是察言观色，瞧见女子这个光景，他老人家早有了主意咧。只听那女子又开言讲话，说：“道爷，既然如此，快施法力，将冤魂赶去，恩有重报，义不敢忘，有重重的卦礼相送。”刘大人闻听，开言讲话，说：“娘子，像我们出家之人，到处慈悲为本，方便为门。既然如此，快些拿一张高桌来，贫道好画符咒。”白氏闻听，忙叫青儿把屋里那个小一家桌儿拿出来，放在刘大人的面前。大人慌忙把那个小蓝布包儿打开，取出笔砚，放在桌子上面——忠良要套访死鬼名姓咧！眼望女子开言说：“娘子，依贫道说，天地间冤仇只可以善解，不可以恶结。这如今山人与你写一套解冤咒，把死鬼的名姓写在上面，到了三更天，多烧些纸钱，连解冤咒，得好而去，再不来作耗。”

这清官，安心要把真情套，要访死鬼姓与名。故意带笑开言道，说道是：“娘子留神要你听：说出死鬼名和姓，解冤咒上好填名。超度冤鬼脱生去，宅宅以后保安宁。”女子闻听这句话，不由着忙吃一惊，腹内说：“老道要问名和姓，我要说出怕有祸星。欲待不说冤难解，又怕那，半夜三更鬼闹得凶。”女子为难时多会，忽然一计上了眉间。眼望大人来讲话：“道爷留神在上听：解冤咒只管从头写，上边空着两个字档①，临烧时等我自己填上名。”刘大人闻听这句话，不由心中吃一惊，腹内说：“原来这女子还认得字，果然是：才貌双全女俊英。”大人到此无其奈，只得如此这般行。忠良爷他——虎爪提起逍遥管②，故意纸上落笔踪。写完时，递与青儿拿过去，大人开言把话云，说道是：“我再把灵符写几道，门户全贴保安宁。”小青儿，一旁开言又讲话：“道爷留神要你听：果然今夜要不闹，我们替你去传名。再者还有一件事，望乞先生把好行：另外把灵符赐我一道，贴在茅厕里镇妖精。邪魔外道不敢进，为得是，半夜里跑肚我好去出恭。”白翠莲闻听忙断喝：“青儿呀，满嘴里胡说竟有了疯！快些拿钱休怠慢，打发道爷去做经营。”青儿翻身往里走，不多时，手拿铜钱回里行。大人跟前忙站住，带笑开言把话云。

---

① 字档——字空。

② 逍遥管——逍遥本指安闲自得，没什么拘束；此处指刘墉用笔娴熟，握笔写文章龙飞凤舞。

第 六 回

焦素英愤题绝命诗[①]

话说青儿拿着一百钱，来到刘大人跟前站住，带笑开言，说："道先生，咱们这是老价钱，昨是一百，今日是俩五十。像这个买卖，你一天做六十来的遭儿，你就发定了财咧。费了你什么咧?"大人闻听，将钱接过来，把笔砚包好，青儿把大人送出去，将街门闭上，进内不表。

再说刘大人出了富全家门，街上一路无词。来到府衙，依旧打后门进去。张禄接了，进内书房坐下，献茶上来，茶罢搁盏，随即端上饭来。大人用完，内厮撤去，复又献茶。刘大人手擎茶杯，腹内思想，说："方才本府去到东街探访民情，路过关王庙，钟不撞而自响，这件事有些情节，内中必有缘故。"大人沉吟良久，说："有咧，明日升堂，何不如此这般如此这般，如此便见真假虚实。"说话之间，天色将晚，内厮秉上灯烛，一夜晚景不提。

到了次日清晨，张禄请起大人净面，献茶，茶罢搁盏。刘大人更衣，说："张禄儿，传出话去，本府升堂办事。"张禄答应，翻身出去。到了外边，照大人的言词传了一遍。书吏三班，一齐

---

① 后第六十七回与本回故事雷同，但人物姓名略有差异，《刘公案》原著如正文。

伺候。张禄进内，回明大人。大人点头，慌忙站起身来，朝外而走。张禄跟随，到了外边，闪屏门，进暖阁，升公位坐下，众书吏人等在两边站立。刘大人座上，手拔差签二支，瞧了瞧，上写“朱文周成”，忠良往下开言，说：“周成、朱文。”“有。小的伺候。”大人说：“限你们五天之内，把钟自鸣拿到本府的当堂听审。”“是。”说罢，差签往下一扔。周成他拾在手内，向上磕头，说：“回大人：这钟自鸣在哪州、哪县、哪府、哪村居住？望大人指示明白，小人好去办差。”刘大人闻听差人之言，连他老人家也不知在何处居住！不过是想理究情，捕风捉影，依仗胸中的才学，还不知道有这么件事、无有这么件事，故意的动怒，说：“好一个胆大的奴才！有意的顶嘴，不用本府跟了你拿去？再要歪缠，玩法不遵，立刻将你狗腿打折！”“是。”周成是久惯应役，攒里头露着比朱文透漏，想了想：“不好，刘罗锅子难说话。再要问他，他就说玩法不遵，拉下去打。好，不容分说，拉下去把眼子打个一撮一撮的，还得去拿。俗语说得好，光棍不吃眼前亏。罢了，算我们俩的月令低，偏偏的叫着我们俩咧。少不得暂且去访，且救一救我的眼子要紧。”想罢慌忙站起来，眼望朱文，讲话说：“起来罢，我知道钟自鸣家的住处。”朱文听说，也就站起来。他们俩连头也无从磕，翻身下堂，出衙而去，不表。

且说刘大人又办了些别的公案，刚要退堂，忽见打下面走上一人，来到公案前，打了个千，说：“大人在上：今有属下句容县的知县王守成，详报人命一案，现有文书在此，请大人过目。”刘大人闻听，吩咐：“拿上来我看。”这书办答应，站起身来，用吐津将文书套润开，双手高擎，递与忠良。刘大人接过，留神观看。

这清官座上留神看，文书上面写得清：上写“卑职句容县，名字叫做王守成。因为人命一件事，卑职开清才敢上呈。小县管，有个秀才本姓鲁，名字叫做鲁见名。家住县西黄池镇，这村中，有个土豪恶又凶。因赌钱，赢去秀才他的妻子，纹银三百事下清。这恶棍，本是一个大财主，‘黄信黑’三字是他名。谁知道，秀才之妻多节烈，佳人名叫焦素英。至死不肯失节志，悬梁自尽赴幽冥。留下绝命诗十首，令人观瞧甚惨情。全都开列文书后，大人尊目验分明。”刘大人看到这一句，锦绣胸中吃了一惊，腹中说：“女子竟会将诗作，可见得，文盛南方是真情。”大人沉吟多一会，复又留神验分明。

大人复又留神，后看焦氏留下的诗词：

一首　风雨凄凄泪暗伤，鹑衣①不奈五更凉。
　　　挥毫欲写哀情事，提起心头更断肠。
二首　风吹庭竹舞喧哗，百转忧愁只自家。
　　　灯蕊不知成永诀，今宵犹结一枝花。
三首　独坐茅檐杂恨多，生辰无奈命如何。
　　　世间多少裙钗女，偏我委曲受折磨。
四首　人言薄命是红颜，我比红颜命亦难。
　　　拴起青系巾一帕，给郎观看泪痕斑。
五首　是谁设此迷魂阵？笼络儿夫暮至朝。
　　　身倦囊空归卧后，枕边犹自呼幺幺。
六首　焚香祈祷告苍天，默佑儿夫惟早还。

① 鹑（chún）衣——指破烂不堪、补丁很多的衣服。

菽水①奉亲书教子，妾归黄土亦安然。

七首　调和琴瑟两相依，妾命如丝旦夕非。
犹有一条难解事，床头幼子守孤帏②。

八首　沧海桑田土变迁，人生百岁总归泉。
寄言高堂多珍重，切莫悲哀损天年。

九首　暗掩柴扉已自知，妾命就死亦如归。
伤心更有呢喃燕，来往窗前各自飞。

十首　为人岂不惜余生？我惜余生势不行。
今日悬梁永别去，他年冥府诉离情。

刘大人看罢焦氏留下的十首绝命词，不由得点头赞叹，说："真乃红颜薄命！"

众明公，刘大人将这件事，打折子进京，启奏乾隆老佛爷。太上皇见了焦氏的诗词，龙心大悦，说："妇女之中，竟有这样才深之女，可见得江宁府鱼米之乡，诗礼之地。"乾隆佛爷龙心复又思忖，说："土豪黄信黑，实在可恼！"太上皇就在刘大人的本后，御笔亲批："土豪黄信黑，罚银一万两，与焦氏修盖烈女庙。将秀才鲁见名的两手，去其巴掌，与焦氏守庙焚香。"在位明公，有到过江宁的知道，而今焦氏的祠堂现在，此是后话不表。

单言刘大人，虽说打了个折子进京，又办了些别的公事，这才退堂，暂且不提。

再说朱文、周成奉刘大人之命，去拿钟自鸣。二人出了衙

① 菽（shū）水——豆与水。指所食唯豆和水，形容生活清苦。
② 帏（wéi）——帐子。

门，同到了个酒铺之中坐下，要了两壶酒喝着。朱文眼望着周成说："老弟呀，你知这个钟自鸣家离咱这脚下有多远？他是个做什么的？"周成说："老弟，你这个话问了个精！我知道他家离这有多远？谁知道是个做什么的！"朱文闻听周成这话，说："好哇，敢则你净是闹烟炮！那么着你说你知道？"周成说："老弟，你枉当了衙役咧。这件事情，你也不知道闻名，这个罗锅子刘大人有点子难缠。今也不知道哪的邪火，要找咱俩的晦气。你要再问他，他就说你顶嘴咧，拉下去不容分说，轻者十五，重者就是二十。打完了，你还得去拿。这是何苦？白叫他挺一顿。莫若我说知道，咱们哥儿俩下来咧，再另拿主意，不知道做哥哥的，说得是不是？"朱文闻听，说："有的，真有你的！既是这么着，我倒有个主意。你想，天下的地方大着呢！哪拿去？再者，他的限期又紧。依我说，左右是左右，我听说句容县唱戏呢，就是咱们这北门外头十里铺，万人愁徐五爷家的戏，好行头，亮瓦一般。咱喝了酒，何不瞧他妈的戏子会去？乐了一会是一会，到了五天头儿上，再另打主意，好去给他哀帮。他要打不是？咱们俩就给他个趴下，他横是要不了咱的命。"周成闻听，说："老弟呀，你叫我也无法咧。就是这么着罢。"说罢，他们站起身来，会了酒钱，出了酒铺，一直又出了江宁府南门，上了句容县的大道而来。

两个人说罢不怠慢，径奔句容大路行。周成开言把朱文叫："老弟留神要你听：为哥跟官好几任，江宁府中我大有名。前任知府好伺候，可惜的撂①了考成。乾隆佛爷亲笔点，来了罗锅叫

① 撂（liào）——放，搁。

刘墉。骑着驴子来上任，提打扮，笑得我肚肠子疼。一顶缨帽头上戴，缨儿都发了白不甚红。帽胎子，磨了边咧青绢补，老样帽子沿子宽，五佛高冠一般样，那一件，青缎外褂年代久，浑身全是小窟窿。茧绸袍子倒罢了，不值两把好取灯①。方头皂靴稀脑烂，前后补丁数不清。也不知，是特意儿来装扮，也不知真正家穷。依我说，既穷很该将钱想，换换衣裳也长威风。昨日里，盐商送礼他不受，审官司，总不见罗锅顺人情。要提他，吃的东西更可笑，老弟听我讲分明：从到任，总无见他动过肉，好像吃斋一般同。小内厮，常常出来买干菜，还有那，大黄豆与羊角葱。我问内厮作何用？他说是，‘咯喳小豆腐，大人爱吃这一宗。一月发给钱六吊，我们爷俩，一天才合二百铜。哪里还敢去动肉，要想解馋万不能！单等着，八月十五中秋日，大人给开斋——每人一斤羊角葱！’”他两个，说着话儿朝前走，迈步如梭快似风。此书不讲桃花店，杏花村也不在这书中。大清小传不多叙，句容县，城池不远眼下横。

① 取灯——火柴的旧称。

第　七　回

赌博场钟凶自投网

两个人说话之间来得甚快，已至句容县的北门。迈步进城，到了个酒铺里，问了问，说：“十字街观音堂唱戏呢。”两个人并不怠慢，一直往南，顺大街而走。不多一时，来到十字街，往东一拐，就瞧见戏台咧。闹哄哄人烟不少。二人来到台底下站住，瞧了瞧，有一个光脊梁的，抹着一脸锅烟子，手里拿着个半截子锄杠，满台上横蹦。周成一见，说：“这可是哪一出呢？又不像《钓鱼》，又不像《打朝》。”旁边里有个人就说嘴咧，说：“你不懂得这出戏吗？这出就是《灶王爷扫北》，御驾亲征，大战出溜锅。”俩承差闻听，说：“这出倒是生戏。”二人说罢，就在台对过条桌坐下咧。倒了两碗茶，忽听那东边有个人讲话，说：“二位上差吗？少见哪！到此何干？”朱文、周成闻听有人讲话，举目观瞧，认得是句容县的马快头金六。二人看罢，说：“金六哥吗？彼此少见。”说罢，马快金六把茶就挪过来了，三人一张桌儿上坐下咧。金六说：“二位到此有何贵干呢？”周成说：“一来看戏，二来找个朋友。”金六闻听，说：“新近升了来这位罗锅子老大人，是个裂口子，好管个闲事。”周成说：“不消提起。也是我们的一难，拐孤①之的呢，说不来。”金六说：“二位不必瞧戏

① 拐孤——指脾气怪，难对付。

咧，这个戏也无什么大听头，你那想：六吊钱、二斗小米子、十斤倭瓜，唱五天，这还有好戏吗？不过比俩狗打架热闹点完咧。依我说，上我家里去罢，我家里有个耍，是个昴家子，很有钱，我约了两把快家子，还有这观音堂的六和尚，他们四个人耍呢。每人二十吊现钱对烧，咱们去看一看。要是咱们的人赢了呢，你那就拉倒；要是他们赢了呢，二位瞧我的眼色儿行事。我递了眼色，你们就动手，抓了色子①，诳上这狗日的们，咱们就作好作歹的把他们那个钱拿不了去，就是了。”俩承差闻听马快金六之言，满心欢喜，说：“六哥，这敢则是死赢。既然如此，咱们就走。”说罢，三人站起身来，马快金六认了个运气低，会了茶钱，三人这才一同迈步，穿街越巷，登时来到马快金六的门首。

金六把朱文、周成让到屋中，刚然坐下，忽然听炕上掷色子那个年轻的说话咧：“金六爷，你还有钱先借给我两吊？一会打店里拿来再还你。”马快金六闻听这个话，过去瞧了瞧——他们的人赢咧！不由得满心欢喜。虽然这小子二十吊钱输净咧，金六知道他还有钱，故意的望着快家子王五说话：“王五哥，把你的钱冲出过五吊零，给这朱文哥使一会，朝我吃，管保不错。”快家子王五假装迟疑之相，说：“先拿一吊掷着。”忽听那人说：“金六哥，何苦呢？碰这么个大钉子。这么着罢：你那打发人到西关里王虎臣家店里，就说有钟老叔要十吊钱呢。”快家子王五说：“先拿一吊下注不咱？”马快金六一旁插言，说：“二位不认得吗？”用手一指那个年轻的，说道：“王五哥，这位就是江宁府

① 色（shǎi）子——一种赌具，用木头、骨头制成的立体小方块。有的地方叫骰（tóu）子。

的钟老太爷吗!”又一指那一个说：“这就是东关里闲木厂的王五爷。都是自己人。”王五闻听金六之言，故意的眼望着那个年轻的，说：“钟老太爷，恕我眼拙，失敬，失敬。”钟老说：“岂敢，岂敢。”马快金六扭项回头说：“周大兄，要不你跑一趟罢。到西关外王虎臣家店里，就说钟老叔在我家耍钱呢，要十吊钱去。”周成答应一声，望朱文一送目，朱文会意。周成迈步往外而走，朱文搭讪着也往外走，二人一同出了金六的街门，这才开言讲话。

他两个站在街门外，周成开言把话云，说道是：“方才耍钱那一个，大不对眼有隐情。虽然他穿戴多干净，瞧他相貌长得凶。一脸横肉筋叠暴，不像良人貌与容。这小子，偏偏他是生铁铸，‘钟老叔’三字叫人称。再者是，咱那票上也相对，细想来同姓又不同名。这件事情真难办，咱何不，王虎臣口内去套真情?”二人说罢不怠慢，穿街越巷往前走，无心懒观城中景，出了句容小县城。过了吊桥朝南走，招商店在面前存。正当王虎臣门前站，一抬头，瞧见了江宁府承差人二名。虽然是，府县相隔不甚远，承差时常进县中，所以店家才认识，不过是，点头哈腰这交情。王虎臣，带笑开言来讲话：“二位留神在上听：今日到县何贵干?请进小店献茶羹。”二人闻听齐讲话，说道是：“特来拜望老仁兄。”三人说罢朝里走，进了招商旅店中。叙礼已毕齐坐下，周成开言把话云：“宝店中，住着姓钟人一个，‘钟老叔’，三个字是他的名。他如今，现在马快金六家中耍，叫我们来取十吊铜。”店家闻听这句话，他的那，眼望承差把话云：“我瞧这小子不成器，早晚间，输他娘的精打精。”周成闻听又讲话：“王大哥留神要你听：莫非与你是朋友?再不然就是好弟兄?”王虎臣闻听人讲话："二位留神要听明：他本姓钟在江宁住，'钟自鸣'，三个字是他的名。昨日他二人来下店，住在我的店中存。那一个未有三十岁，不过在，二十六七正年轻。前早一同出门去，他说是，北庄里去看亲朋。到晚上，他独自一个回来了，他说是，那一个亲戚家住下有事情……"店家言词还未尽，俩承差，满面添欢长了笑容。

第　八　回

上公堂钟凶逞狡辩

两承差闻听王虎臣之言，不由满心欢喜。周成故意地拿别的话打岔，说：“王大哥，这么着，咱们闲话休提，说正经的：他这到底还有钱呢?”王虎臣闻听提钱，说：“他这还有个十来吊钱，还欠我两吊多钱。要拿，你那给他拿八吊去，我们再算就是咧。”周成说：“就是这么着。”王虎臣随即找了个破捎马子，装上了八吊钱，交与周成。承差接过来，辞别了王虎臣。王虎臣送出店门，拱手相别。

朱文、周成一边走着，一边说话。周成说：“朱文兄弟，咱们俩无形中竟得了差使咧！这小子既然叫钟老，咱管他娘的是与不是，回去且诳上这狗日的，见了罗锅子去搪一限。再说，省得咱们俩眼子吃苦。”朱文说：“茂高何曾不是呢！”二人讲话之间，进了句容县的西门。周成说：“朱兄弟，你这如今找了巧趟子。这不是八吊钱吗？咱俩寄放在熟酒铺子里，回去见了那小子，就说店家不给，说不认得咱俩，叫本人去取呢。就着这工夫，咱们就诳上这狗日的，留着娘的他这个钱作盘缠，岂不美哉！”朱文说：“周成哥，油多捻子粗——到底灭不了你。真有你的黑蛤蟆！”说罢，他们俩找了个熟铺子，将这八吊钱寄放下，这才迈步往马快金六的门首。

二人朝里走进了屋子，说：“店家不给，他说不认得我们，叫他本人去取。”马快金六说：“不用了。这会钟老叔捞回来，倒铜呢！”周成走到金六的跟前，用手一捅他，就迈步往外而走。金六后跟，来到院中站住。周成低声说：“金六哥，耍钱的那个钟老叔，是一股子差使。”他就把奉刘大人之命拿钟老叔的话说了一遍，然后把刘大人的票掏出来，与金六瞧了瞧。金六说：“既然如此，等我进去，把家伙拿开，二位一个将门堵住，一个进内去动手，我在里相帮。”周成说：“多多借光咧。”金六说：“老弟，你说的那去咧！咱们都是一样，一笔写不出俩衙役来。”说罢，他们进了屋子。

众公，要是别处的差人来起差使，必得到县里挂号，这不用。可怎么说呢，句容县离江宁府才六十里地，还算是刘老大人的属下。承差要到了州县的衙门，还都是以“上差”称之，所以不用挂号。书里表明，言归正传。

再说马快拿起色盆子一拉，说：“列位，这么着，歇歇，喝盅酒再掷。”众位明公想理：赢家不理论，巴不得散了呢；输家未免就着急，说：“金六哥，才掷热闹中间，这会喝的什么酒呢！”说话之间，府差周成走进来，打袖子之中，把绳也拿出来咧。来到钟老跟前，哗啷，项上一套，不容分说，把疙疸子拿出来，也插上咧。钟老一见，怪叫吆喝，说：“这是怎么说！为什么勾当？在下并未犯法啊！是咧，抓赌来咧，要叫我打赌博官司，这倒使得。这么着罢，把他们齐大呼的都诳上一场，官司我是打定咧，见了天再说。要想我的亮吗？说个京里口头语你听：‘馅饼刷油——白饶不值’，外带着‘煤黑子打秋风——散炭’。钟老叔自幼十几岁外头闯交，哥们从无这么着花过钱，给我这么大好看。”周成闻听开言大骂。

承差闻听冲冲怒，说道是："钟老留神要你听：为人不做亏心事，半夜敲门心不惊。蛇钻的窟窿蛇知道，难道说，你的心中岂不明？要打赌博另日再打，且把这，眼下官司去算清。我们奉，刘大人命令来拿你，签票标了个通点红。有罪无罪我们不晓，见大人，当堂各自辩分明。你就是，我们的福星是一般样，省得我，爷们眼子去受疼。"周成说罢前后话，钟老闻听不作声，低头半晌才讲话："上差留神仔细听：既然是奉票来拿我，国家王法敢不遵？上差想：同姓同名人烟广，莫非今日错上了弓？"周成闻听啐一口："亮子日的别发晕！是也锁来不是也锁，到江宁，去见尊府刘大人。"钟老闻听口气紧，眼望着，马快金六把话云："现在有铜钱十七吊，寄放老哥此间存。"复又望承差来讲话："上差留神请听明：在下广道交朋友，岂不懂世路与人情。我店中还有钱几吊，取来好作盘费铜。我和二位把江宁上，大人堂前我去辩明。如要是，一时短变手头窄，周成就来走一程。拿了去咱们好费用，不过是，略尽在下一点情。难道说，还叫你二位赔盘费？那算我，白闻鼻烟枉交朋！"两承差，闻听有亮心欢喜，登时间，那一宗脸上带笑容。钱能通神真不假，再者是，公门中的爷眼皮儿过松。那见有铜，你瞧他没笑强笑来讲话，改过嘴来咧，说："钟老叔留神要你听：依我说来这件事，你不必害怕在心中。虽然票上标名姓，无据无证又无凭。见了罗锅子和他去顶，大料要不了你命残生。我俩也是无其奈，他叫西来不敢东。我瞧尊驾是个朋友，自古惺惺惜惺惺。"说罢慌忙站将起，眼望着，金六开言把话云。

周成站起身来，带笑开言，说："金六哥，天气也不早咧，我们俩还要同这一位钟老叔上江宁府，去见刘大人呢。暂且失陪。”金六闻听，说：“周大兄弟、朱大兄弟，没有什么说的，钟老叔是个朋友，多多照应罢。”俩承差闻听，说：“那还用说吗。”三人站起身来，往外而走，金六送出街门，回去不表。

再说承差、钟老叔三个人不敢怠慢，及至出了句容县的城，天气也就黑下来咧。虽然是府县相隔不算甚远，五六十里地，天有三更就来到了江宁府。城门也已关闭咧，只得在关厢里找了个熟铺店住了，一夜晚景不提。到了第二天早旦清晨，三人起来，不敢怠慢，一直进了江宁府的南门，穿街过巷，不多一时，来至府台衙门。恰好正当刘大人才坐早堂，周成说：“朱兄弟，你同钟老叔在这等等，我进去回话。”说罢，翻身往里而走，来至堂前，下面跪倒，说：“大人在上：小人奉大人之命，把钟老叔拿到，现在衙门外伺候。”刘大人闻听，往下开言，说：“你们从何处将此人拿来？”周成见问，回说把他们上句容县听戏、误入赌博场前后的话说了一遍。刘大人闻听，说：“既然如此，把他带将进来！”周成答应，站起身来，下堂出衙而去。不多一时，把钟自鸣带至堂前，跪在下面。刘大人在座上留神往下观看。

这清官留神往下看，打量钟老貌与容：满脸横肉颧骨暗，重眉两道衬贼睛。两耳扇风败家种，五短三粗相貌凶。身穿一件光棍套，河南褡包系腰巾。头戴一顶黑毡帽，沿边全是倭假绒。鸡腿袜儿土黄布，青缎洒鞋足下蹬。大人看罢时多会，往下开言把话云：“家住何方哪州县？或在村中或在城？什么生意何买卖？一往从前快讲明！”钟老见问将头叩：“大人青天在上听：我小人，并无生意与买卖，本家就是在江宁。一双父母全去世，家业凋零渐渐穷。我小人，并无三兄与四弟，就只是，有个妹妹叫小青。因我小人无家眷，我妹妹，跟着我表妹把人成。虽然贫穷多守本，奉公守分不敢乱行。今不知犯下什么罪？差人拿我上绑绳。望乞青天从公断，覆盆之下有冤情。”刘大人，座上闻言冲冲怒：“胆大囚徒要留神！花言巧语不能够，立时叫你见分明。暂且带下囚徒去——”下面青衣应一声。忠良座上开言叫：“值日承差要你听。”言还未尽人答应，堂下面，跪倒承差叫王明。大人上面来讲话：“王明听差莫消停。速速快到东街上，土地庙东边在道东，紧对街门有枣树，石灰门楼一抹青。门上贴着符一道，一家有个女俊英。速传女子将衙进，本府当堂问个明。”王明答应翻身去，再表忠良干国卿。吩咐暂且将堂退，少时间，把那女子传来问个明。

第　九　回

白翠莲传唤递冤状

刘大人座上吩咐："暂且退堂。少时那女子传来，禀我知道。"下面答应。又想一阵，大人退进屏风去了，不必再表。

且说承差王明，奉大人之命，去传东街上的富全之妻进衙问话，他不敢怠慢，迈步如梭，径奔东而来。不多一时，来到土地庙，举目一瞧，果然南边有几棵枣树；又往北一看，真有个青石灰小门楼。看罢，走到门楼底下站住，往上一看，果然门上贴着一道黄符。王明看罢，说："坛子里吹不噔①——有音。刘罗锅子怎么知道这个底细？真真的他有些个鬼谷麻糖的，倒要小心。"说罢，用手拍门，叭叭连声响亮。

且说佳人白翠莲，房中正坐，忽听门声响亮，说："青儿，你去瞧瞧，有人叫门，只怕是你姐夫他们回来了。"众位明公想理：这个小家主儿的院子可有多深？白氏屋内与青儿说的话，承差王明在街门口站着，白氏的言词句句他都听见咧！心中早有鬼吹灯咧！

且不说王明在门外等候，且说青儿闻听他姐姐之言，不敢怠慢，迈步翻身，两只鲶鱼脚，唧哩咕咚来到了街门的跟前站住，望外开言，说："谁拍我们家门呢？"承差王明说："我呀！给你

---

① 不噔——旧时北京庙会上卖的用玻璃吹制的玩具也称噗噗噔儿。

们家大爷带个信来咧。”青儿闻听，说：“等等罢，我去告诉我姐姐去。”说罢，高声往里跑，说：“姐姐，我姐夫他们带了信来咧!”白氏闻听，说：“既然如此，把那一位请进来见我。”青儿翻身往外走，来到了街门以里站住，眼望承差，开言说：“那一位大爷，我姐姐请你呢，里头坐着呢!”说罢，青儿在前，承差在后相跟，登时来到屋内坐下。白氏说：“青儿，倒茶。”青儿答应一声。

且说承差观看那女子容貌，是怎生的打扮。

承差王明留神看，打量佳人俏芳容：乌云巧挽真好看，发似墨染一般同。两耳藏春桃环佩，杏眼秋波水灵灵。芙蓉粉面丹霞嫩，小口樱桃一点红。两道蛾眉如新月，因开口，瞧见那糯米银牙在口中。十指尖尖如春笋，玉腕上，两个镯子绕眼明。万卷书文儿别住顶，旁边插着一丈青。腰如杨柳迎风舞，金莲三寸绣鞋红。虽然是，浑身上下穿粗布，那一宗，雅淡梳妆动人情。说什么西施王嫱女，貂蝉要比也不能。王明看罢直了眼，歪着脖子不转睛，腹中暗自来说话：“这一个，小样儿真可人疼。但得与我成夫妇，‘救苦观音’念万声，辞了差使家中坐，要想我出门万不能。”女子观瞧这光景，不由怒气朝上攻，说道是：“既有书信拿来看，紧自发呆主何情?”王明心中正打算，忽听女子把话言。半晌缓过一口气，带笑开言把“娘子”称：“奶奶留神听我讲，有个字帖一看你就明。”说着怀中掏出票，刘大人，朱笔标了个通点红。女子接过从头看，就只是，人命干连那一宗。上写着：“速传白氏进衙中，本府立等问分明。”佳人瞧罢递过去，说道是：“大人票到我敢不遵？上差少容奴打点，一同进府辩分明。”佳人说罢不怠慢，梳妆匣，取出一块帕乌绫，两手一抖头上戴，回手把，素罗白裙系腰中。收拾已毕又讲话："上差留神请听明：略容片时奴写状，刻骨难忘爷上情。"

白氏佳人说："上差少容片时，待奴写一张鸣冤的状词，好一同进府见大人鸣冤。"承差这一会，贪看女子的貌美，巴不得多看一会儿，再没有不依的咧。说："娘子，既然如此，就快写罢。"女子闻听，慌忙打妆奁①之内拿出笔砚，放在桌儿上面，研得墨浓，掭②得笔饱。白氏提笔，刷刷刷，连真带草，顷时之间写完了状子，掖在袖内。王明在一旁观看，乐了个事不有余。说："不但美貌无双，而且一笔的好字，真真的少有。像我王明，活了这么三十岁，今我才开了左边的右眼咧！"忽又听那女子开言说："上差，咱也走罢。"王明听说，无奈何，他才站起身来，故意要威唬这女子哀怜央求于他，他这心眼里才一乐，要美这么一美，竟意的"唏溜哗啦"，把锁子掏将出来咧，说："娘子，把这个东西略戴一戴。"刘大人并无叫他锁拿，他心里想着叫白氏佳人央求他，他好送个空头人情。哪知这女子深明大义，绝好的才智，瞧见票上写着"传唤"，并不是锁拿，这如今差人要把他上锁，就知道是公差的假局子。女子想罢，眼望王明讲话，说："上差，把锁递与我，奴家自己戴上就是了。王法敢不遵吗？"王明闻听，拉不回钩咧！只得递过去了。佳人接过，自己戴上，这才迈步翻身，出门而去。白氏回头说道："青儿，好生看守门户，奴家进府见大人鸣冤。"青儿答应，不必再表。

---

① 妆奁（zhuānglián）——女子梳妆用的镜匣。
② 掭（tiàn）——用毛笔蘸墨后，斜着在砚台上理顺笔毛或除去多余的墨汁。

且说承差王明，带定白氏佳人，穿街越巷，不多时来至了府台的衙门。王明打进禀帖，刘大人闻听把白氏传来咧，立刻升堂。刚然坐上，忽见承差王明跪在下面，说："大人在上，小的王明奉大人之命，把东街上土地庙东边那女子传到咧，回大人得知。"刘大人座上吩咐："带将进来！""是。"王明答应，翻身出衙而去。来到女子的跟前站住，带笑开言，说："娘子，见官府咧，须把这锁摘将下来，好跟我去见大人那。"白氏闻听，说："上差，私下开锁可不能。等着我见了你们大人再说，就是咧。"王明闻听女子之言，说："干妈呀，叫你今可顽着了我咧！"说不的，只得带进他去。说罢，王明在前，女子在后，进角门，登时来到堂前。佳人跪在下面，承差打千说："小的王明，把白氏女子传来。"刘大人上面一摆手，王明站起一旁伺候。忠良座上留神往下一看，瞧见是戴着锁，大人说："王明。""有，小的伺候。""叫你'传唤'，为何戴锁呢？"王明说："回大人：他要戴吗。"忠良又眼望女子，讲话说："你为何要戴锁呢？"女子见问，说："大人在上，差人调戏奴家，奴家不允，他就把我奴锁上咧。"刘大人闻听，冲冲大怒，说："好一个可恶的奴才！"吩咐："把王明拉下去，重打四十！"这一声答应，不容分说，把王明拉下去，按在丹墀，把眼子打得是一撮一撮的，把他的那股穷色，也打回去了。

这清官座上留神看，打量女子这形容：一条乌绫头上罩，素罗白裙系腰中。蛾眉紧锁带烟柳，双膝跪在地平川。年纪未有三十岁，不过在，二十六七正年轻。大人瞧罢时多会，认得是，算过命的女俊英。座上开言朝下问："那女子，抬起头来看分明。你的事情我知晓，这内中，几条人命不非轻！"白氏闻听抬头看，认得是，算命罗锅那先生。就知道，大人改扮去私访，忠良报国为民情。佳人看罢不怠慢，磕头尽礼在平川，说道是：“犯妇无知瞎了眼，望大人，贵手高抬把我容。”说着掏出那冤状，十指尖尖双手擎：“望大人秉正从公办，犯妇女，并非怕死赴幽冥。但只是，儿夫上了句容县，未回转，他不晓其中就里情。奴有心，昨日就要寻自尽，怕的是，夫主回家扑个空。奴死也是含冤鬼，被这囚徒把我坑。内中情由难出口，大人瞧状自然明。”忠良听罢前后话，眼望那，左右开言叫一声：“快些接状本府看，好辨那，浑者浑来清者清。”书吏闻听不怠慢，迈步翻身往下行。接过女子那张状，刘大人，用手接来看分明。

第 十 回

图钱财钟凶害亲人

刘大人接过那张白氏的状词，闪虎目观瞧，上面写的虽是草字，倒也真着，看是何等言词。

清官座上留神看，字虽潦草写得真。上写着："具呈犯女白家妇，翠莲乃是我的名。奴家夫主本姓富，二十七岁在年轻。不幸公婆早去世，奴夫主，下无弟来上无兄。并无经商与买卖，所仗种地务庄农。地主姓王叫王六，跟他舅舅在北京。每年九月将屯下，起租来，坐落却在我家中。谁知道，贼徒王六心不正，奸贼暗用计牢笼。瞧见犯妇容貌美，他暗自，设下牢笼万丈坑。这天三人同饮酒，就有奴家亲表兄，商议着，句容县去做买卖，王六拿本作经营。第二天，俩人起来不怠慢，夫主与表兄上句容。剩下王六家中住，这囚徒，万恶滔天了不成，黑家暗用蒙汗药，犯妇中了计牢笼。拨开屋门走进去，奴家昏迷在梦中。万恶的囚徒真可恼，硬行强奸不肯容。以至犯妇明白了，大人啊，生米已把饭做成。奴家有心寻自尽，做鬼含冤也不清。千思万想寻妙计，要害王六命残生。奴家假意将贼顺，他与奴脱逃要上北京。我们私行离家下，奴预备，一把尖刀在腰中。上元县北关去下店，假说是夫妇人二名。打发囚徒睡下觉，不多时，外面梆铃打三更。奴家见他红了眼，我还岂肯容留情？又怕奴，力小身微刀无力，杀不死贼人有祸星。所以才，对准心口只一下，王六一命赴幽冥。奴的冤仇也算报，就把奴，万剐千刀也愿情。这是一往从实话，半字虚言天不容！”刘大人，座上听罢留神看，往下开言把话云。

刘大人看罢白氏的状词，往下开言，说：“白氏，既然如此，你是半夜之中将王六杀死，店门岂有不关之理？你又如何出店？”白氏见问，向上磕头，说：“大人在上，那一夜有两辆布车，也下在此店中。又因他五更天起早，店家开门，所以犯妇才混出店外。”大人闻听，说：“这就是了。”复往下吩咐：“把钟自鸣带上来！”“是。”下面之人答应一声。不多时把钟自鸣带到堂前，跪在下面。刘大人座上，眼望白翠莲讲话，他老人家用手把钟自鸣一指，说：“白翠莲，你去上前看来，认得这个人不认得？快去认来。”白氏闻听，不敢怠慢，翻身站起，来到钟自鸣的跟前一看——不是别人，正是他表兄。这会也顾不得回大人话去咧，说：“老哥，你同你妹夫上句容县，怎么光自你回来咧？你妹夫怎么不来呢？未不知你又办何事，来到公堂？”钟自鸣闻听，说：“表妹呀，我那妹夫早家来了好几天咧，怎么倒来问我呢？”二人在下面说话，刘大人在上句句听得明白，就知道既有此人必有缘故。眼下白氏的男人又不知去向，定是钟老图财害命。怪不得钟不撞自鸣，原来是这囚徒的身上。大人想毕，在座上故意的一声断喝，说：“白氏，你到底认得不认得？”白氏见问，向上磕头，说：“大人，这就是同奴夫主上句容县去的我表兄。”大人闻听微微冷笑，复又往下开言讲话，说：“钟自鸣，白氏之夫富全，你们俩一同去，因为何不一同回来？这是什么缘故呢？”钟老儿见问，说：“回大人：我妹夫说家中有事，他就先回来咧，小人遇见了几个朋友，留小的住了几天，因此我小的来迟。”大人闻听，说："你这话说得倒也有理。抄手问贼，如何肯招？"吩咐左右："与本府夹起来再问！""嗻！"下面一齐答应，登时把夹棍拿来，当堂一撂，响声震耳。钟老观瞧，把魂都吓冒了！自己思想说："闻名这个罗锅子，就是苏州蛤蟆——南蟾（难缠）。再者，我害命又是真，有心不认，枉自皮肉受苦，倒不如早早招承，留下他娘的这两条好腿，就是做鬼，到了阴间里抢个江水喝，我比他妈的跛鬼跑得也快些。"也是命该如此，想罢，向上磕头，说："大人在上，不用夹，我小人、小人招了就是咧。"刘大人在座上闻听，微微冷笑，说："招将上来。"钟老向上磕头，说："大人容禀。"

钟老儿下面将头叩："大人留神在上听。小的姓钟江宁住，钟老原来是小名。还有王六人一个，在先他也住江宁。他的那，一份家财全花尽，后来投亲上北京。有他个，娘舅现在前门外，金鱼池内开窑子，算他是个大财东。王六在那挡过横，后来发财上金陵。在这置了几亩地，年年他来把租价清。前者九月将京下，住在富全他家中。瞧见我表妹生得美，王六定了计牢笼，蓦地与我同商议，一心要，图谋白氏女俊英。事成谢我银一百，我小人，一时之间心不明。我说：'此事怎么办？富全未必肯依从。'王六闻听小人话，他说是：'有条妙计在其中：明日三人同饮酒，假说商量作经营，就说我拿银五百，搭伙同心把利生。句容有座小酒铺，就说是，人家要倒我财东。'叫我诓他去瞧看，半道要他命残生。先给我银二十两整，事完之后再找零。富全上了我俩的当，第二天一同上句容。大道之上难动手，来往不断有人行。无奈同到句容县，下在西关客店中。第二天，诓他出店闲去逛，到了荒郊野外中。漫洼里偏有窑一座，诓他进去看分明。

他在前面我在后，他不防，一条绳子套在他脖项中。往后一背难禁受，他的那，手又刨来脚又蹬。不多一时断了气，我才把他放流平。小人举目留神看，可巧窑中有个坑。我小人，就把富全扔在坑，上边又用浮土蒙。我只说，此事神鬼不知晓，谁知道大人有才能。也是我，暗损阴德天不佑，死后江宁留骂名。这是小人真实话，但有那，半句虚言天不容……”钟老言词还未尽，这不就，气坏一边女俊英，用手一指开言骂：“杀剐囚徒了不成！你竟是，人面人皮畜生种，衣冠禽兽一般同……”佳人言词还未尽，忽听那，刘大人开言把话云。

第十一回

恶徐五强抢周月英

刘大人座上开言，说："钟自鸣，我把你这万恶的囚徒，因为你图财害命，为二十两银子，弄了两条人命！地主王六这小子，死之有余，杀得好，很该杀。但只是富全无故丧命，令人可惨。"大人说罢，又叫："白氏。""有，犯妇伺候。"大人说："你虽然是持刀杀人，应该偿命，奈因你夫主无故遭凶，你又被囚徒暗欺，其情可宽。钟自鸣图财害命，又助恶行奸，罪加一等，应当剐罪。地主王六，无故谋奸良人之妇，又计害人命，死之有余。"大人判断已毕，又叫白氏："暂且回家，等候领尸，埋葬富全的尸首。从今以后，好生紧守闺门。去罢。"白氏叩头谢恩，出衙回家不表。

再说刘大人随即派了江宁的知县，带领凶手刨验尸首，交与白氏领去葬埋。谁知白氏葬埋他夫主之后，也就自尽而亡。刘大人将这件事启奏乾隆老主。在位明公有到过此处，知道到而今白氏的牌坊现在，书里表过。

再说刘大人吩咐："提上元县的知县问话。"承差答应，翻身下堂。不多时，把上元县刘祥提到，当堂行参拜之礼，在一边站立。刘大人堂上开言，说："上元县令。"知县说："卑职刘祥伺候。"大人说："你知罪么？"刘祥说："卑职庸愚无才，在老大人台前领罪。"刘大人闻听微微冷笑，座上开言。

这清官座上开言道："知县留神要你听：既然初任将官做，必须要把百姓疼。常言道，官为父母民为子，岂可贪赃留骂名？再者是，人命关天非小可，屈打成招也忍行？若不亏，本府当堂亲审问，岂不就，屈死良民李店东！你的德行今何在？怎么想为官往上升？坑民犹如父杀子，我问你：你养儿女疼不疼？不看你十年窗下苦，立刻摘印要考成！以后为官要勤慎，一秉丹心与主尽忠。本府方才说的话，随你爱听不爱听，再有一遭犯到我的手，管叫你，脑袋瓜子长不成。"知县听罢浑身战，吓得他站着出了恭。只听啪啦一声响，——他闹了一裤子屎，江宁府堂上臭烘烘。大人吩咐回衙去，刘知县，磕了头连尿带屎往外蹭。清官上面又吩咐："快提店家到堂中。"下役答应往外跑，不多时，带进店家跪流平。不住只把响头叩："青天大人在上听：若不亏，公祖从公细断此，焉有小人命残生？民子无可以为报，愿大人，位列三台往上升。"忠良开言往下叫："李有义留神要你听：与你无罪休害怕，皆因那，上元县无才你受屈情。从今回家要谨慎，安分守己作经营。"有义当堂将头叩，千恩万谢转回程。刘大人，判断上元头一宗，轰动金陵一座城。有义回家不必表，再把那，干国忠良明一明。

刘大人堂事已毕，吩咐点鼓退堂。下役答应一声，鼓响一阵，大人退进屏风去了。到了内书房中坐下，张禄献茶，茶罢摆饭。大人用完，内厮撤去家伙。不多一时，秉上灯烛，一夜晚景不提。

到了次日早旦清晨，大人起来净面更衣，茶饭已毕，立刻升堂。闪屏门，进暖阁，升堂位坐下。下役喊堂已毕，两旁站立。刘大人才要断未结的民情，忽见从角门内慌慌张张走进一人，来至堂前跪在下面，手举呈词，说："大人在上，民子有屈情冤枉，叩求青天大人与小民做主。"说罢，叩头在地。刘大人闻听，吩咐两边："接状词上来。"书吏答应，翻身下堂，把那人的状词，接来递与忠良。忠良大人接过，举目观看。

清官举目留神看，字字行行写得清。上写着："小的民人周国栋，家住江宁府正东。村名叫做周家务，离府不过十里零。小人跟前有一女，奶名叫做周月英。今年才交十六岁，还未出嫁在闺门。府西北，有一座王家的镇，那村中，有我小人一亲朋：姓王名叫王自立，是我小人的亲岳翁。王家镇，四月初一香火庙，来接小女周月英。那时节，打发我小舅子人一个，来到周家务我家中。收拾已毕同他去，接去小女周月英。小人的，女儿骑驴头里走，后跟我小舅叫王洪。此去路过十里堡，那村中有个恶棍广行凶：姓徐名字叫徐五，'万人愁'就是他的名。小的女儿打他门前过，徐五瞧见不肯容。拦住毛驴硬动手，抢去女儿周月英。王洪吓得跑回来，来到我家把信通。小人闻听无其奈，只得在，大人台前把冤鸣。望乞青天与民做主，速拿徐五进衙中。小民无可以为报，愿大人，位列三台往上升。"大人看罢状词话，腹内暗说："了不成！"

有人说，你这个书说离了。而今我国大清，焉有这样不法之徒？你净是撒谎。回明众位明公的大驾：乾隆五十五年，打南边拿过一起英雄会。这一会，共十八个人，个个全都有绰号。为什么拿他们呢？众位明公想理：他们所作所为的事情，要是瞧见人家的妇女好，说抢就抢；要瞧见哪一家富足，硬去借贷，要是不借，动手就抢。明公想理究情，到而今，我国大清的王法，焉容这般凶徒作恶？所以把他们拿了来，与南边的百姓除了大害。乾隆爷的圣谕也好，不杀他们，吩咐把他们这十八个人，拨在九门，一个门头上二个，每人一面枷号，重一百三十五斤，钉槽木栏。平则门①这两个，一个叫花刀苗四，一个叫立地太岁乔七；宣武门这两个，一个叫黑虎王贵，一个叫金翅大鹏鸟徐虎。这个徐虎就是万人愁的当家侄儿，方才周国栋告的就是。书里交代明白，言归正传。

且说刘大人看罢这状子上面的言词，说："竟有这样无法的恶棍！本府要不早除，恐怕此处民受害匪浅。"大人想罢，往下开言，说："周国栋。""有，小民伺候大人。"大人说："你暂且回家，将呈词留下，等三日之后，把徐五传来，当堂对审对词，但有一句虚言，管叫你难讨公道！""是。"周国栋叩头答应，下堂出衙，回家不表。

再说刘大人，才要退堂，忽见打角门以外，又进来了老少三人：一个个是泪眼愁眉，手擎状词。来至堂下，一齐跪倒，说："大人在上，小民等有无限的冤枉，望乞青天与小民做主。"说罢叩头在地。刘大人一见，吩咐："接状上来。""是。"这手下的人不敢怠慢，将他们三个人的状子接过来，递与大人。大人拿起观看。

清官座上留神看，呈词上面写的真。大人看罢多时会，故意的眼望三人把话云："你们呈词我看过，告的都是姓徐人。本府的堂前从实讲，再把那，恶棍的行为对我云。但有一言虚假处，立刻当堂打断筋！"三人见问将头叩，"大人"连连尊又尊。这个说："小的名字叫刘五，离城八里有家门。村名叫做黄池镇，小

① 平则门——应为平贼门，即阜成门。

人就是那村民。府城北边十里堡，这村中，有个恶棍特欺人。横行霸道无人惹，手下豪奴一大群。恶霸名字叫徐五，‘万人愁’外号儿就是此人。瞧见我的房屋好，假契一张，说小的借过他的五百银……”刘五言词还未尽，那个开言把话云，说道是：“瞧见小民田地好，硬割在家坑小民。”那个说：“小人因为把租欠，打死我爹叫狗吞。”三人言词还未尽，这不就，气坏忠良刘老大人。

第十二回

巡抚子倚势行霸道

清官爷在座上闻听他三人的言词，与呈词上一毫不错，忠良说：“你等暂且回家，五天后听传候审。”“是。”三人叩头，站起出衙，回家不表。

且说大人这才退堂，回到内书房坐下，张禄献茶，茶罢搁盏。刘大人眼望张禄，开言说：“你出去把书吏和英传来，本府立等问话。”小厮答应，翻身而去。不多时，把书吏和英传进内书房。见了大人，打个千，在一旁站立。忠良眼望书吏，开言讲话，说：“这江宁府北门以外，十里堡有个万人愁徐五，你知道这个人不知道？”和英说：“大人，要提起这个人来，无人不知，无人不晓得。他父亲徐昆，做过一任云贵的巡抚，早已去世，膝下就只是这徐五一个。上三年以前，徐五捐了个监生。”刘大人闻听和英之言，复又讲话。

这清官闻听和英话，启齿开言把话云：“既然知道他根底，本府跟前快讲明。”和英闻听清官话，说：“大人留神在上听：要提徐五所为事，无法无天了不成。手下豪奴无其数，个个全有外号名：一个叫鬼头太岁于文立，一个叫白花蛇郑青，张三名叫黄蜂尾，孙八外号儿叫鬼吹灯，还有管家于文亮，是个秃子，外号叫金头蜈蚣大有名。这些人横行霸道无人惹，大小衙门有人情。前任知府王太守，就是在此人身上把官扔。”大人听到这句话，不由心中动无名。说道是："此处离京不甚远，焉有这般胆大的人！空有文武在此驻，个个装哑又推聋。我刘墉今日既然接了状，少不得秉正忠心与主尽忠。这一个四品的知府我不要，定要治倒万人愁。"清官又把和英叫："你快把大勇传来有事情。"和英闻听不怠慢，迈步翻身往外行。不多时把承差叫进书房内，陈大勇打了千儿，一旁站住把话云，说："大人传小人有何事？"刘大人闻听长了笑容。

大人说："陈大勇，本府瞧你是一条好汉，再者，你又是科甲出身，又做过一任送粮千总，本府瞧你这个人又耿直，又义气，本府待你比别人如何？"陈大勇闻听刘大人这个话，又打了个千，说道："大人的恩典，小的深感。但有用小人之处，就是赴汤蹈火，万死不辞！"忠良闻听，不由哈哈大笑，说："既然如此，听我吩咐。"

这清官眼望承差讲话："大勇留神你要听明，本府如今要去私访，为得是硬抢妇女这件事情。恶棍名字叫徐五，'万人愁'就是他的名。家住城北十里堡，这恶棍大小衙门能。前任知府他弄掉，乾隆御笔钦点我刘墉。我今要到十里堡，乔装改扮访民情，未不知你可敢保我，无事无非转江宁？但能除恶圆民案，本府保举你个前程。"陈大勇闻听忠良这一席话，一旁开言把话云："别说一个贼徐五，就有仨俩也稀松。不是小人说大话，敢保大人走一程。"忠良闻听心欢喜，眼望张禄把话云，说道是："快些将我便衣取，我今要去访民情。"张禄闻听不怠慢，开皮箱，把大人包袱手中擎。放在床上打开看，原来是，衣服鞋袜在其中。有一件茧绸袍子年代久，未必当出二百铜。皂布夹套精窄袖，浑身全是小窟窿。白布夹袜口袋同，大装粗布倒也精。皂靴一双足下蹬。还有一件白布衫，里面有袋扎腿带，两块毛竹底下横。复又留神仔细看：还有一本《百中经》。承差瞧罢多时会，好汉心中也已明，必定要把先生扮，搂局卖当讲《子平》。陈大勇正然心纳闷，忽听大人把话云。

刘大人说："陈大勇。""小的伺候大人。"忠良说："今日你既然保我前去私访恶人徐五的消息，本府改扮个算命先生，你把这个衣服换上一换，才好下的去呢。休叫恶人看破，反倒不便。你在那远远跟随，暗自保护本院，休露形迹。""是，小的知道。"大人说："你也就改扮罢咧。此出速快为妙，回来打后门而进，休叫外人知道。"陈大勇翻身而去。

再说刘大人并不怠慢，站起身来，将自己身上衣服脱下，搁在一旁，张禄收起。大人先就将白布夹袜、青布山东皂穿上，又把那个粗布白布棉袜穿上，然后将六十六文钱茧绸袍子与那个青布粗夹褂子穿上咧。把那一顶磨了边、补着顶子、缨子发了白的秋帽儿也戴上咧。用那个蓝布小包袱，将那块毛竹板和那一本《百中经》，也包上咧。诸事已毕，刚然坐上，忽见陈大勇走将进来。刘大人举目观瞧他是个怎么改扮。

清官举目留神看，打扮承差改扮形：缨帽摘去把毡帽戴，袍套不见少威风。身穿一件粗布袄，一条褡包系腰中。足下是，蓝布鞋来土黄布袜，不见靴子足下蹬。原来是乡民的样，还有那，一杆粪叉手中擎。刘大人，看罢不解其中故："手拿此物主何情？"承差见问腮含笑，说："大人留神在上听：我小的，空手相跟怕人看破，假装捡粪不露形。"忠良闻听心欢喜，说："就是如此这般行。"大人说罢往外走，张禄说："蓝布包袱手中擎。"爷仨并不朝前走，径奔后门快如风。转弯抹角来得快，后门不远面前存。小内厮，慌忙开放门两扇，刘大人，接过包袱往外行。承差后面紧跟定，官役两个要访民情。忠良回头频嘱咐：“张禄儿，诸事留神要用心。”小子答应说：“知道，不用大人再叮咛。”内厮关门不必表，再把忠良明一明。迈步当先朝前走，承差后面捡粪行。穿街过巷急似箭，顷刻间，出了江宁一座城。一心不上别处去，径奔十里堡大路行。大人走着心犯想：此去难定吉共凶。倘要恶人来看破，有大不便在其中。说不得，仗主的洪福臣的造化，我刘墉，凭命由天闯着去行，就是龙潭并虎穴，刘某也要看分明。此来不访真情事，怎与黎民把案清？刘大人，思想之间抬头看，十里堡就在眼下横。

第十三回

察贼情刘墉进徐宅

且说刘大人思想之间，来到十里堡，进了村头，举目一瞧，路东有一座茶馆。大人瞧罢，走将进去，拣了个座儿坐下。跑堂儿一见，不敢怠慢，慌忙倒了茶来。忠良一边吃着茶，一边侧耳听众人说闲话，暂且不提。

且说后面的承差陈大勇，瞧见大人进了十里堡路东那一座茶馆，好汉观瞧，并不怠慢，随后也进了十里堡的街，在路西里有个关了的铺子，雨搭排子底下，坐着吃烟等候，不表。

单说刘大人一边吃着茶，一边侧耳留神，细听众人讲话。忽听东边那个桌上有两个说笑，自见东边坐着那个人，向西边那个人说："老三，你听见咱们这昨日那个新闻没有?"西边那个人就问说："什么新闻?"那个人说："就是咱们这北头住的，万人愁徐五太爷他家里，净小女人有十三四个，自有多的。他心里还不足，昨日个骑驴的女子，打东往西而走，有个十七八的小伙子跟着。本来的，那个小模样子长了个茂高，刚到徐五太爷的门口，可可的被这位爷出来看见咧。不容分说，大伙把个女子抢进去咧，吓得那个小伙子往回里好跑。你说，这不是无法无天?"西边那个人说："你自知其里，不知其外。提起这个徐五太爷，你也不知他的根底。他父亲叫徐昆，做过一任云贵的巡抚，告老带职还家。膝下就自徐五一个。后来他父一病而终，挣下的良田千顷，家财万贯，府县之中很有脸。连咱们这总督大人，他都有个穿往。徐五儿倚仗着这个势力，是横行霸道，无所不为，无所不干。他还有一身的好本事，全挂子的武艺，手使两柄双拐棍，有这么三五十个人也不能到手。他还有个盟弟江二，外号叫做渗金头，这小子更硬梆，手使两把双刀，也可以招架个三几十个人。你想，谁敢惹他们？私下讲打罢，不是他们的对手。你说是打官司罢，好，更打的他们的叫儿里咧。别说你我，咱们这里前任的知府王大老爷怎么着？不是收了告他的状子了吗？王大老爷派了几个差人拿他去了。这一拿，扣的缸儿里去咧，叫徐五爷把差人吊起来，打了个啃土。后来听见说，差人们倒磕了回头，徐五爷才把他们放了。你打量光放了差人就依了这件事咧？厉害着呢！暗里回乡的弄了个人情，把一位王老爷弄得家去抱孩子去了，把个官也丢咧。闻听说新近升来的这位知府，说是乾隆爷御笔钦点。这位爷外号叫刘罗锅子。这位老大人，大大的有个听头儿。不怕势力，业已到任这么些日子了，怎么总不见他老人家个动静？莫非也怕徐五的势力不成？”那个人说：“这是什么话呢！这会的世道，谁没有个鼻子耳朵？刘罗锅子岂不知道前任的知府叫他弄丢咧？他还敢惹他？他要惹恼了徐五爷，徐五爷弄个手法，刘罗锅子也是家去抱孩子去咧！”刘大人在旁边吃着茶，闻听这个话，把位清官老爷的个肚子，气了个一鼓一鼓的，腹内说：“罢了，罢了，真正的可恶！”大人正然发狠，忽听那西边也有人讲话。

这清官侧耳留神听仔细，纷纷不断话高声。这个说：“咱们这江宁的官难做，须得随脱加人情。”那个说：“前任的知府王老爷，他与徐五爷拉硬弓。”这个说：“王知府，哪有徐宅势力大？

一封字儿治得回家抱孩子。”那个说：“提起徐宅真厉害，横行霸道了不成。”这个说：“徐五要瞧见好端女，当街拉住硬上弓。”那个说：“凭从他人行万恶，此处的官员装耳聋。”这个说：“闻听这位新知府，乾隆爷御笔钦点到江宁。”那个说：“外号叫刘罗锅子人人赞，官讳名字叫刘墉。闻听说，这位爷的根子硬，不怕势力断事清。也已到任有几个月，怎不见，惹一惹，十里堡的徐监生？刘罗锅子必定也是害怕，他也是，各保身家不尽忠。素日的清名全是假，过耳之言不可听。刘知府，哪有徐宅的手眼大，大管家，于秃子，皱皱眉头他的知府扔。”刘大人听罢前后话，这不就，气坏忠良人一名。

刘大人闻听众人这一片言词，气了个目瞪痴呆，腹内说：“罢了，罢了。徐五爷果然万恶非常。本府要不拿了这个恶棍，此处的子民受害匪浅。”说罢，大人站起身来，会了茶钱，迈步出了茶馆，把毛竹板打了个连声所响，口内吆喝：“算灵卦呀，算灵卦呀！”忠良这才朝前所走。

这清官吆喝忙迈步，大人一直向前行。卦板敲得连声响，口内吆喝讲《子平》：“周易文王马前课，六爻①之中定吉凶。《麻衣神相》分贵贱，善断富贵与穷通。大运流年瞧月令，嫁娶合婚我也能。净宅除邪咱也会，斩怪捉妖大有名。”刘大人，本事有限刚口硬，一边吆喝一边行。按下大人吆喝走，再把那，吃烟的承差明一明。瞧见大人出了茶馆，他也就，站起身来不消停。粪箕儿慌忙拿在手，搭搭讪讪后跟行。按下承差陈大勇，再把那，

① 爻（yáo）——组成八卦的长短横道，“—”为阳爻，“— —”为阴爻。

为国的忠良明一明。吆喝迈步朝前走，猛抬头，一座大门眼下存。门前两棵大槐树，骡马成群闹哄哄。门下放着两条凳，那上边，列位豪奴十几名。大人正把贼宅看，忽见那，大门内，跑出个小小子把话明，用手一招把先生叫："快来罢，我们爷要讲讲《子平》。"忠良闻听不怠慢，迈步慌忙往前行。来到门口刚站住，有一个家奴把话明。

刘大人刚到大门以前，还未站住，又见一个家奴站起身形，眼望着叫大人的那个小小子，讲话说："八十儿，你进去罢，等着我把这位先生领进去。"回："是咧!"那个小子答应一声，翻身往里面去。

且说方才讲话的这个家奴，姓赵名六，外号叫白花蛇。这小子来到刘大人的跟前站住，说："先生，我有句话先告诉你：一同进去，见了我们爷，可要你小心着。"大人闻听家奴之言，说："多承指教。"说罢，家奴赵六带定忠良，往里而走。刘大人一边里走，一边里留神观看。

清官这里留神看，进了贼宅广梁门。绕过照壁是甬路，里边款式不寻常。东西厢房分左右，正当中，安着屏风四扇门。清官爷，跟定赵六往里走，进了二门细留神：五间大厅在迎面，汉白玉台阶恰似银。再往里瞧看不见，不知道，后面屋房浅与深。赵六儿，不肯把大人朝后带，大厅东边有个角门。一直穿过往东走，另有座，小小的书房可爱人。门上贴着一副对，字字清楚写得真。左边是："懒去朝中登金阙①"，右边是："逍遥林下胜朝

---

① 阙（què）——此处指皇宫门前，大臣们上朝等候的楼，也泛指帝王的住所。

臣”。横批是：“万古长春”四个字。门里边，异草奇花栽满盆，刘大人还未将门进，白花蛇赵六开言把话云，说道是：“你在此处等一等，我好进去见主人。”忠良答应说：“知道。”赵六迈步就翻身。站在门外朝里看：天棚搭在当院中，上好鱼缸当中放，青花白地可爱人。还有那，金毛小犬汪汪地咬叫，铜铃挂在脖项中。只听里面雀鸟哨，唧留扎啦各样音。大人看罢忙迈步，溜进书院一座门。忠良站在台阶下，往里举目细留神。则见那，正面坐定人一个，年纪不过在三旬。五短三粗中轴汉，孤拐脸上带青筋，西瓜皮儿小帽头上戴，大红穗子在上边存。身穿一件细面袄，仔细瞧，宝蓝二串时样花，青缎子坎肩外面套，洋绉的褡包系在腰。腰中带着子儿表，所为早晚看时辰。刘大人，外面正观还未尽，忽听那进去家人把话云。

第十四回

陈大勇夜探虎狼窝

老大人于外面正观未尽，但见先进去的那个家奴，打一旁走至恶棍徐五的跟前，打了一个千，口尊：“老爷在上，小的奉爷之命，把外边那个算命的叫了来咧。现在书房门外伺候。”徐五爷闻听一摆手，赵六进来，一旁站立。徐五说：“叫进他来。”“是。”赵六答应一声，翻身往外而去，来到刘大人的跟前站住，说：“先生，小心着点好。跟我进去。”大人答应，跟定赵六上台阶，进门走到恶棍徐五的跟前站住。

列位明公：刘大人按天星下界，乃大清的臣宰，焉肯与恶人行礼？故意地把手向徐五一拱，说：“官长在上，生意人有礼。”徐五这个人，连身也无欠，大大的架子，说：“拿个座来。”“是。”手下人答应一声，慌忙搬过张椅子来，放在下面。大人一见，又把手向徐五一拱，说：“生意人谢坐了。”言罢，大人坐下。恶人徐五眼望刘大人，开言说：“先生，你今给我算一个，属鼠的，八月十五日戌时生。你可细占算占算，眼下目今怎么样？”大人闻听徐五之言，故意地把那小蓝布包打开，拿《百中经》看了一遍，说：“官长今年二十九岁，丁亥年①、癸丑月、己卯日、己亥时，这内中有天元二德，脾气呢，暴一点，好比作

① 编者按，属鼠的不应该是丁亥年，此处应为作者误。

一张桑木弓，宁折不弯，不惧势力，也不欺贫穷。眼下的有点低微，不大顺当，过了二十七了，交了四月节，就平安了。”

徐五才问话，忽见看门跑将进来，到了徐五跟前，说：“老爷，今有江二太爷拜望，在门外。”徐五闻听，说：“有请。”“是。”看门答应，翻身而去。去多时，渗金头江二进来。徐五迎出门外，带笑说：“老二来了。”二人往里而去，进了屋，分宾主坐下。家人献茶，茶罢搁盏。江二才要说话，一抬头，瞧见刘大人坐在下面。江二把大人上下打量打量，说：“五哥，这一位是哪来的?”徐五说：“算命的先生。愚兄正算，不料仁兄来咧，把我话掇了。”江二说：“很好，五哥你白闯了咧。你认得这个老先生吗?”徐五说：“老二，你这话从何说来呢?算命要认得不认得何妨?劣兄不认得他。”江二说：“却原来你把他真当算命的！五哥，拿耳朵来，听我告诉与你。”

江二带笑开言叫：“五哥留神要你听：他本是，金陵城内一知府，乾隆爷，御笔钦点他府江宁。外号叫，刘罗锅子人人晓，北京城中大有名。他今日，定是假扮来私访，依我说，多大职分就作精。非是小弟全知道，有了缘故在其中。皆因那天我闲逛，无心中，到了接官那座亭，瞧见他，骑着驴儿来上任，相貌形容我记在心。所以一见我就知道，他竟是，改扮算命哄于兄。”徐五儿，闻听此话冲冲怒，站起来，眼望大人把话言：“你竟是，假扮私行来访我，要你实说这事情！若有花言并巧语，想出门槛未必能！”刘大人，闻听恶棍前后话，故意吃惊把话云：“我乃是真正江湖客，岂不错认知府公?君子想，同姓同名人烟广，常有同貌与同容。”江二旁边来讲话：“假先生留神要你听：大料着，新到江宁也不久，焉知盟兄大有名。他的父当初做巡抚，乾隆爷驾下的卿，膝下缺女只一子，就是这，徐五太爷这一人。良田算来有千顷，万贯家财别当轻。江宁府，大小官员有来往，书吏三班上下通，知府知州全纳近，总督还是论弟兄。留神仔细从头想，岂怕你知府这前程？京都六部亲眷广，又有势力又有名。依我你今说实话，咱们倒，留下一个好交情。二指大的帖京中去，管叫你，眼下就此往上升。你要不说实情话，想出门外万不能！”

江二说：“刘知府，你要说了实话，咱们留下一个好儿，大料徐宅也不算玷辱于你。”大人闻听江二之言，说：“君子不要错认了人。我要是知府，我好应知府，在下岂肯冒称官长？”江二闻听冷笑开言。

江二闻听微冷笑：“罗锅留神要你听：与你善讲不中用，你不到黄河不死心。”刘大人，闻听江二前后话：“君子留神在上听：赖我江湖是知府，满腹冤屈难死人。”徐五儿，座上闻听冲冲怒，往下开言叫一声：“小厮儿等别怠慢，快把他，带我后面空房中。暂时且别将他放，要容他，回到江宁又费工。这个想头真不小，竟到我家访事情！靠你是，四品知府能多大？徐某的，跟前来闹鬼吹灯！”恶棍越说越有气：“小子们，快些拿他莫消停！将他带在空房内，少时等我去问他，非离吊打不招承！”手下人等不怠慢，似虎如狼往上拥。大伙围住清廉客，拉拉扯扯往外行。穿门越院朝后走，不多时，来到后院空房中。忙把大人推进去，扣上镣铞用锁封。众多家奴来回话，徐五儿，眼望江二把话云：“这如今，虽然将他来治住，锁在空房不放心。我的主意拿不定，要你斟酌这事情。”江二闻听来讲话：“盟兄留神在上听：罗锅子既然来私访，定是为，昨日那件事一宗。‘来者不善’

实情话，要容他，回转江宁了不成。一时粗心不大紧，难保咱们不受惊。依我说，今夜放了一把火，将他烧死空房中，神不知来鬼不觉，大家无事保安宁。”徐五闻听前后话，满面添欢长笑容。

徐五说：“老二，油多捻子粗——灭不了你。就是这么着罢——”吩咐：“摆酒上来，我与你二爷要沽饮三杯。”手下人不敢怠慢，登时之间，列摆杯盘。二人饮酒不表。

单言大人空房遭难。再说外面的承差官陈大勇，眼瞧大人进了贼宅，等够多时不见出来，就知凶多吉少，说：“罢了，少不得等到天黑，我舍命暗进贼宅，探听大人的下落吉凶，再作定夺。”

不言承差陈大勇外面等候，再说清官爷刘大人在空房之内，举目观瞧，但见那排山柱上有铁环二个，好像捆人桩一样，四面并无窗户。上看，有个小小的天窗儿，虽说是空房一间，原来是恶人的私立监牢。大人看罢，说：“罢了，罢了，也是我刘某赤心为民，遭此大难！”

不言刘大人自吁。且说陈大勇外面等够多时，太阳西坠，家家秉上灯烛。好汉不敢怠慢，慌忙绕过恶人的宅子后边，瞧了瞧，墙倒不高，就只是上不去。把个陈大勇急得汗透衣襟。猛抬头，瞧见那北角上有一棵树，黑夜之间，瞧不真什么树。忙来到树下，瞧了瞧，有一个树枝杈往南出着，离墙头有一尺来高。陈大勇看罢，满心欢喜，说：“我扒墙上树，何不先上树，顺着南边那个枝杈上去，再上墙，岂不妙哉！就是如此。”好汉说罢，站在树下，两手扒住树，连往上一纵一纵的，倒也灵便。不多一时，爬上树去，又顺着南边柯杈下来，站在墙头之上，举目留神仔细观看。

大勇站在墙头上，手扶树枝看分明：恶人宅子真不小，楼台厅堂数不清。不知大人在哪块？少不得，豁着死命闯着行。好汉瞧罢不怠慢，顺着墙头一出溜①，他就站在地流平。蹑手蹑脚朝前走，眼内留神耳内听。走到东头往南拐，东厢房三间点着灯，里面有人来讲话，听了听，都是妇女的声音。好汉留神房中看，瞧了那，桌案之上列摆新，刀勺碗盏乱纵横。原来是，恶人的厨房在此处，定有家奴在房中。何不到，他的窗下听详细，打听大人吉共凶。好汉想罢不怠慢，蹑足潜踪往前行。来到窗前刚站住，忽听那，里面女子把话明，开言就把姐姐叫："要你留神仔细听：昨日抢来的那女子，小名叫做周月英。年纪不大十八岁，五爷求亲他不从，把抓口咬来动手，又是掐来又是拧。五爷脸上着了肿，耳朵咬破淌鲜红。家主羞恼变成怒，立刻要了命残生。活活把他来打死，无法无天了不成！"忽听哪个把妹子叫："要你留神仔细听：今个白日那宗事，叫进个算命的老先生。五爷正然将命讲，看门的前来报事情：渗金头江二来拜望，他与家主是一盟。少爷吩咐说'有请'，不多时，来了家主好宾朋。来到书房刚坐下，抬头看见那先生。看够多时来讲话，望着家主叫'盟兄'：'你可认得这个人？根底未必知得清。'家主闻听江二的话：'愚兄倒要领教明。'江二闻听家主问，带笑开言把话讲。说道是：'他本江宁一知府，姓刘名字叫刘墉，外号罗锅子谁不晓？北京城中大有名。皆因那天我闲逛，无心到了接官亭，瞧见他，骑着毛驴来上任，形容相貌我记得清。所以一见我就知道，他竟是，假扮算命的哄盟兄！'家主闻听冲冲怒，火起无名往上攻。

---

① 出溜——滑，滑行。

说道是：‘不亏老二你看破，险些中了计牢笼。竟敢胆大来访我？不怕我徐宅有风？恼一恼怒一怒气，管叫你回家抱孩童！知府知州懒怠做，用我徐五哼一声。’说罢吩咐快动手，立刻带入空房中，半夜三更一把火，试试谁能谁不能。手下人等不怠慢，推推拥拥往外行。”

第 十 五 回

围徐宅困兽犹挣扎

且说这个女子有词："姐姐呀，锁在那屋里咧?"那个女子说："就是房北头往东一拐，挨着马棚尽东头那一间。听见说，赶三更天还要放火把他烧死呢!"

不言二女子房中讲话，且说窗外的好汉陈大勇，听出大人下落，不敢怠慢，慌忙顺着黑暗往北而去，登时之间，来到北头。瞧了瞧，果然西边是马棚，往东又走，走不多时，往北一看，尽东头那一间，门上有锁。来到门前，听够多时，并无人声，说："奇怪呀?"

不言承差陈大勇门外纳闷。且说刘大人空房之内，就地而坐，息气养神。忽听门外有人说"奇怪"，大人听见，只当是恶人打发人来盘问于我，竟有这样恶人！陈大勇正然门外，忽听里面有人说话，细听是大人的声音，不由满心欢喜。陈大勇本是武举出身，做过一任运粮千总，又在年轻力壮。好汉瞧罢不敢怠慢，一伸手将锁头抓住，用手一拧，只听"咯当"一声，将锁拧断，扔在地下。打开镣铞儿，将门推开。好汉迈步走将进去，低言巧语："大人在哪一块?"刘大人闻听是承差陈大勇声音，不由满心欢喜："本府在这呢!"好汉闻听，顺声音走至大人的跟前，用手一摸，大人在就地而坐，慌忙用手搀起："小的救护来迟，望大人宽恕。不必挨迟，快些逃出贼宅，回转江宁府，派兵擒拿这贼。这小子全身本领，有个渗金头江二相帮，万恶非常。”

说罢，爷俩不敢怠慢，大勇搀着大人出了空房门，顺着旧路，来到有树的那墙下，说：“大人上在小的肩膀上，小的慢慢地站起，把大人送上墙头去，接下大人，好一同回府。”大人闻听，说：“是如此。”话不可重叙，照承差之言，把大人送上墙头，大人手扶那树枝，怕的是掉下去。且说陈大勇进来的时候，是借树之力，先上的树，后又打树柯杈上上的墙；这如今树在墙外头，一点扒头无有。好汉为难，心生一计，说：“有咧!”把腰里褡包解下来，把那一头往墙上扔，搭在那墙头，低声开言：“大人，把那头拴在树枝之上，我小的好借他之力。”大人闻听，褡包拴在树枝，看见大人把褡包拴好，不敢怠慢，手拉褡包上了墙头，还是拉着褡包溜下墙来，站在平地，望上开言：“大人也拉着褡包下来罢，小的下面接着。”大人拉着褡包往下而落，大勇接下大人。大勇说：“出可是出来，褡包可解不下来咧。”大人说：“不必解他，本府赔你。”说罢，爷俩不敢怠慢，迈步往前所走，径扑江宁府而来。

单提恶人徐五、江二。

按下大人且不表，再把那，万恶囚徒明一明。徐五江二同饮酒，商量白日事一宗。徐五说：“今夜三更一把火，插翅难飞无处生。”江二说：“要不亏我来看破，罗锅子回衙了不成。我今倒有一条计，两全其美不受惊。也不用，放火将他来害死，糟蹋房子岂不疼？只用十天不开锁，就知是，铁打罗锅活不成。”徐五闻听心中欢喜：“老二此计赛孔明。”两个囚徒心欢悦，只饮到，铜壶滴漏鼓三更。酒阑席散要睡觉，手下之人忙打铺，两个恶人安了寝。再把那，大人承差明一明。爷俩逃出贼宅外，迈步慌忙往前行。黑夜难辨高低路，径奔江宁大路行。心虚恐怕人追赶，再叫他拿回了不成。大人走着开言叫："陈大勇留神要你听：果然徐五多万恶，'万人愁'是他外号名。手使两柄吕公拐，武艺精通在年轻。还有徐五一盟弟，渗金头江二恶又凶。一见认得是本府，立时锁到空房中。若不亏你将我救，本府难保不受惊。回衙借兵拿恶棍，与民除害保安宁。"爷儿俩，说话中间来得快，瞧见江宁那省城。城门业已早关上，大人说："少不得，你到门前将城叫。"陈大勇向门军说一遍，门军闻听吃一惊："老哥等我通禀去，取来钥匙好开城。城门都是武职官，都标守备叫王英。"门军说罢不怠慢，径扑衙门快似风，来到官衙忙通报，门上之人不消停。迈步慌忙往里走，宅门梆铃传事情，说道是："刘大人昨日去私访，带了承差出了城。十里堡去访恶棍，为得是抢夺妇女事一宗。"王英闻听前后话，说道是："等我本人去开城。"守备说罢不怠慢，忙整衣冠往外行。手下人，急急忙忙跟在后，守备在滴水檐前上走龙。两个灯笼前引路，径奔北门大路行。穿街越巷来得快，到跟前，守备吩咐快开城！门军闻听不怠慢，手拿钥匙往里行。登时开了锁把闩抬去，闪放江宁正北门。大人与承差往里走，进了金陵城一座。守备上前将躬打，说："迎接来迟望恕容①。"大人一见说"岂敢，有劳贵府理不通。"王英吩咐把坐骑看，兵丁一见不怠慢。

手下人闻听不敢怠慢，将守备王老爷的坐骑拉过来了。守备说："大人请乘。"刘大人故意这道："不好咧，罢了，既然如此，本府还有一事相求：贵府一同到敝署，有事相商。"守备闻听，

① 恕（shù）容——请对方不要计较我方的过错。

说："卑职遵命。"

论理，知府管不着守备，并非他的属下，为什么这么小心？再者，刘罗锅子难缠的名头谁不知道？他要一恼，不知早起有饭吃，不知晚上就挨饿，故此害怕。书里表明。

再说刘大人上了坐骑，守备王英把伴当跟班马要了一匹，跟在大人的后面，穿街越巷，登时来到府衙的门前。陈大勇慌忙跑进衙中，把众人叫了来迎接大人，书吏才知道大人私访去咧。

再说刘大人进衙，至滴水下了坐骑，守备在衙外下马，往里而走，穿堂越户，来至内书房，分宾主坐下。刘大人说："贵府，这如今有两个棍徒，离江宁府北门有数里之遥，地名叫做十里堡，一个叫万人愁徐五，一个叫渗金头江二，万恶非常。为民办公案，本府到恶人家探望虚实，不料被恶人江二瞧破——他见过本府。不容分说，立刻锁在空房内，要三更天一把火把本府烧死。幸亏承差陈大勇暗进贼宅，将本府救出虎穴。夤夜①而来，少不得有劳贵府，速速挑选兵丁，一同前去，好擒拿恶人，与民圆案。"守备闻听，说："卑职遵命而行。"说罢，告辞大人往外而去。出了府衙，上了坐骑，不多一时来在自己衙门。连忙传看人马，派了马上的弓箭手五十名、碹牌手②三十名、梢棍五十名，都在三十上下。挑选毕，不敢怠慢，守备王英带领，穿街越巷，登时又到府台的衙前。人马屯扎辕门会齐，人来通报禀，刘大人不肯怠慢，带了四名承差，十个捕役，他老人家也不坐轿，自己

---

① 夤（yín）夜——夜深的意思。

② 碹牌手——碹牌，原指碹制的盾，后泛指盾。碹牌手即指拿盾或持盾的战士。

乘马，众役尾随，送出衙外。刘大人马上开言，说：“贵府人马可齐?”王英说：“俱已齐备。”刘大人说：“既然如此，上马，一同前去。”守备上了坐骑，众兵丁尾随，一同刘大人出了江宁府北门，上奔了十里堡的大道。

大人马上来讲话：“贵府留神要你听：此去须要加仔细，恶人徐五了不成，手使两柄吕公拐，武艺纯熟有大名。还有个囚徒叫江二，‘渗金头’就是他的外号名。闻听他，手使双刀能交战，他与徐五是一盟。若不擒拿贼两个，此处的军民不太平。”守备回答说：“正是，大人言词理上通。”说话之间来得快，十里堡就在眼前存。大人说：“人马急速将村进，不可挨迟久驻停。”守备闻听传下令：“人马急速往前行!”兵丁们，听说一齐不怠慢，个个要擒贼争功名。一直进了十里堡，顺着大街往北行。走到北头朝西拐，路北里，就是贼宅眼下存。刘大人，大人马上传下令：“将贼宅，团团围住别相容。”守备王英不怠慢，排开马上步下兵。前门后门全堵住，要拿恶棍人二名。按下人马将贼宅困，再把贼奴明一明。天亮开门吓一跳，瞧见人马闹哄哄。就知道，昨日的事今日犯，必定是，来找罗锅叫刘墉。可叹呀狗肏的还做梦，哪知道，是大人调来的兵！慌忙将门又关上，咕咚咚飞跑往里行。按下狗奴来报信，再把那，两个囚徒明一明。徐五江二正安寝，报事家奴进房中，喘吁吁高声把“少爷”叫：“快些醒醒了不成!”两个囚徒正做梦，忽听人声把眼睁，带怒开言来讲话：“大惊小怪主何情?”家奴见问将“爷”叫：“在上留神仔细听：外面人马无其数，大门围了个不透风，想必是昨日那件事，来找算命这先生。”徐五闻听吓一跳，此事今朝了不成!

两个贼闻听这个话，心下着忙。徐五眼望报事的那个家奴讲话，说："你快去把管家于秃子叫来！""是。"家奴答应一声，翻身而去。去不多时，把金头蜈蚣叫了来。徐五望于秃子讲话，说："于管家，眼下这件事，怎么门外的人马拿咱们爷们来？你瞧着怎么好。"于秃子闻听家主之言，说："五爷，这件事且不必发忙，听小的回禀。"

听那管家开言道："大人留神在上听：定是江宁人共马，寻找那假扮那刘墉。听这来头就不善，咱岂肯，束手遭擒入牢笼？满破花上银几百，管叫那，大小官员都老成。那时才知咱的厉害，叫他们，听见徐宅脑袋疼……"金头蜈蚣言未尽，徐五闻听长笑容。说道是："你的主意真不错，就是如此这般行。事已至此难辗转，咱爷们，岂肯束手上绑绳？讲不起今日斗一斗，然后再，总督衙门去攀情。"于秃子闻听说："有理，大爷的主意果高明。"徐五复又吩咐话："你速去，快叫小厮们莫消停。"于秃子闻听不怠慢，迈步翻身往外行。不多时，大小狗奴全叫到，一齐来至上房中。头一个张三名叫黄蜂尾，第二孙八叫鬼吹灯，第三个，鬼头太岁于文立，第四个，白花蛇赵六在年轻。还有个管家于文亮，外号叫，金头蜈蚣镇江宁。以下家奴无其数，七大八小几十名。徐五看罢开言叫："小子们留神听个明——"

第十六回
十里堡官兵胜恶霸

徐五看罢，说："小子们，俗语说得好：'养军千日，用在一朝。'今日江宁府的官兵，将咱们爷儿们的宅子围了个水泄不通，要拿咱爷们。你们今得与我出点子苦力气，各找兵器，将官兵赶散，我好上总督衙门去托情。回来每人赏一个元宝！"众恶奴也不知道官兵厉害，齐声答应，说："大爷，这件事情，交与我们罢！"各自去找兵器，也有拿刀的，有拿枪的，也有拿一根棍子的，也有拿着扁担的，乱乱哄哄，七手八脚，要与官兵打仗。这一群恶奴，是管家于秃子带领。这小子手使两口双刀，带领众人往外而走。徐五与江二也都站起身形，吩咐伺候："小子快去把双刀双拐取来，叫马夫鞴①上两匹马伺候着。""是。"狗奴答应一声，翻身出书房而去。去不多时，刀拐取来，马夫把马鞴上两匹，也拉了来。两个囚徒一见，并不怠慢，徐五拿起双拐，江二抄起双刀，二人才要出门，忽见一个家奴慌慌张张连跑带颠进来，说："大爷不好咧！外面叫五爷与二爷快出去呢！眼看把大门都打下来！"徐五说："知道咧。你也摸家伙去罢！"两个囚徒出了书房门，马夫拉着马，伺候着呢。徐五与江二并不怠慢，俩囚徒接过马来，站镫上骑，一同管家于秃子，带领众多的狗奴，

① 鞴（bèi）——把鞍辔等套在马上。

来到大门以里站住，吩咐："开门。"家奴闻听，将门上闩抬将下来，"吱喽喽"将门开放。

且说外面的官兵正然砸门，只听里面门响之声，就知道里面有人出来，急忙退下台阶站住，一齐举目观看。

这清官举目留神看：大门内出来贼奴一大群，个个手中擎棍棒，瞧光景，要与官兵把胜败分。为首当先于文亮，两口双刀手内存。左边是，鬼头太岁于文立，黄峰尾张三随后跟。右边是，白花蛇赵六将党叫，后跟着，鬼吹灯孙八一个人。下剩狗奴都在后面，他们要，保定主人得赏银。徐五江二门内站，贼眼向外细留神：则见他那，官兵至少有三百，刀枪都在手中擎。还有那，两员官长也到此，来头不善要拿人。一个头戴水晶顶，年纪不过在五旬，坐下骑定铁青马，两柄铜锤手内存。徐五正然向外看，则见那，众多豪奴闯出大门。

恶人的管家于秃子，带领众多狗奴闯出大门，一个个手擎兵器，竟奔王老爷而来。守备王英一见，并不怠慢，一马当先，将众多的贼子挡住。大总管于秃子瞧见王守备他们挡住咧，他并不答言，赶上前来，把手中的双刀一晃，"嗖，"照着王守备就是一刀。王守备忙用铜锤架过，才要还手，左边的鬼头太岁和黄蜂尾他两个，枪刀并举，也来动手。王英刚刚的把二人的兵器架开，右边白花蛇赵六和鬼吹灯孙八也到了跟前咧。他们五个人，把王守备团团围住。

众恶棍，团团围住王守备，上来了，千总外委也不敢停。一齐撒马朝上撞，要与贼奴见输赢。千总名叫杨文炳，李国良就是把总名。还有经制两个外委，一个叫周玉一个叫和成。四员官长拿恶棍，帮助守备叫王英。马上步下齐动手，贼奴舍命斗官兵。

于秃子的双刀急又快，守备铜锤紧如风。赵六木棍胡乱打，千总双鞭把棍迎。张三的铁枪真厉害，把总的铁枪更不容。还有孙八和于文立，俩外委，敌住贼奴人二名。来往闹够时多会，众官兵，拿住贼奴人几名。按下他们来动手，单表忠良干国卿。刘大人，马上观瞧把牙咬碎：囚徒们，胆大包天了不成。倚仗泼皮来动手，擅敢与官长胡乱行。瞧光景，几个恶奴真扎手，五个官，要想拿他们万不能。还有徐五与江二，他两个，刀拐纯熟又年轻。瞧起来，今日倒有一场闹，要容那，囚徒辗转了不成。按下忠良心发恨，再把贼奴明一明。赵六木棍把千总打，杨文炳双鞭向上迎。只听"吧"的一声响，赵六木棍起在空。千总观瞧不怠慢，跟进去，右手鞭举下绝情。只听"喀嚓"一声响，耳门着中淌鲜红。"哎哟"一声倒在地，也是他的恶贯算满盈。呜呼哀哉断了气，白花蛇赵六丧残生。贼奴们观瞧心害怕，一个个，暗自思量了不成。

且说众贼奴瞧见一个戴白顶儿的，一鞭把赵六的木棍磕飞，又一下把他打死咧，他们的心中怯怕，后力不加。鬼头太岁于文立又被杨千总一鞭打倒，众兵丁就势将他捆上咧。张三被把总李国良一枪扎死，鬼吹灯孙八被两个外委拿住咧，大管家于秃子瞧见势头不好，也不敢动手咧，迈开脚步，"咕嘟嘟"向大门里飞跑。

且说万人愁徐五与渗金头江二，他两个在大门以里，观瞧狗奴与官长动手，也有拿住的，也有打死的，两个囚徒冲冲大怒。江二眼望徐五，讲话说："五哥你瞧，非离咱们老弟兄动手也不中用！"江二说罢，把坐骑一带，闯出大门，眼望着众兵讲话。

只听江二开言道："众多兵丁要你们听：若要是，不怕死只管来动手，丧残生，休怨二爷太无情……”囚徒言词还未尽，守备闻听动无名。一带坐下铁青马，迎上去，手举铜锤下绝情。江二一见不怠慢，手中双刀向上迎。二人虽然是动手，今书不比古书同，并无回合多少趟，什么相帮贵宝真。按下闲言归正传，再把囚徒明一明。

且说江二与守备王英动手，两个人闹在一处，并无回合一项。别的古词，两个一动手，至轻都是三十个回合、五十回合，再不就祭起法宝来咧。在位尊翁：哪一位见过法宝？这个法宝是怎么一个样儿？到而今我国老爷年间，法宝也无有咧，这是哪来的话！此书同不得野史，并无法宝，也无咒语，也无有几百个回合，也无刀枪歌。有人问：“你说说，什么叫做刀枪歌？我们不明白，我们要听一听。”这事也不难，虽则我的书中无有，我还记得几句呢。听，我这是刀枪歌：要使刀的一动手，是一路花刀分三路，三路花刀六路分，六路花刀分九路，九九八十大开门。把个破被窝也叫人家抱了去——谁叫他开着门呢！你我想，这个书中不过是两个人动手，强者的取胜，弱者的遭擒。书里表明，言归正传。

且说守备王英与渗金头江二两个人搅在一处，并无回合，斗够有半个时辰，王英竟不取胜。王守备虽是武职，本事也算罢了，就只是年纪过了点景，眼下有四十七八且巴①五十岁的人咧！打闹了半个时辰，未免后力不加，口中发喘。有他的个属下把总，姓李名叫李国良，瞧见他的上司不能取胜，他不敢怠慢，手使着一杆浑铁枪，也就闯将上去，并力擒拿恶人江二。

① 巴——快到，接近。

李国良观瞧不怠慢，前来帮助两相争。江二举目抬头看，又来了，头戴金顶人一名。年纪不过四十岁，坐骑黄马往上冲。手使浑铁枪一杆，看来倒也有威风。江二瞧罢微冷笑，说道是：“以多为胜来立功。”恶霸想罢不怠慢，手内双刀快似风。招架支持来动手，只使得，浑身热汗似蒸笼。按下三人来动手，再把那徐五明一明。正然勒马门内站，瞧他们二人赌输赢。眼看着，守备他那难招架，忽然又添了人一名，手使浑铁枪一杆，瞧他的相貌在年轻。两个人，围住了江二来动手，渗金头只有招架功。徐五瞧罢不怠慢，一带即将往上冲，手使双拐闯上去，“贤弟呀，劣兄前来助你一功！”江二观瞧把威风长，抖起精神不放松。四人门前交上手，不分胜败与输赢。徐五的，双拐搂头打，守备的双锤紧紧封。把总的铁枪分心刺，江二的双刀往上迎。拐打锤迎“丁当”响，枪刺刀磕冒火星。四人又闹了时多会，俩官长，拿不住恶棍人二名。按下他们来动手，再把那，刘大人明上一明。旁边观瞧将牙咬：俩囚徒，胆大包天了不成。怪不得，擅抢妇女行万恶，倚仗刀拐大有能。以我瞧，守备把总难取胜，要想拿他们枉费工。除非再添人两个，帮助那，守备把总立奇功。大人想罢时多会，扭项开言把话明，叫了声：“承差陈大勇，王明你也仔细听：你们两个休怠慢，速上前，帮助拿那囚徒人二名！”两名承差齐答应：“大人言词敢不听！”陈大勇，手使一条浑铁棍，三十五斤竟有零，武举出身做过千总，因为他，漕粮的罣误把官扔，无奈投进江宁府，暂当承差把役充。王明手使一铁尺，打磨得飞亮一般同。二人迈步往上闯，并无坐骑与走龙。王明径奔贼徐五，陈大勇，要与江二赌输赢。守备与把总抬头看，又见来了人二名：一个是，承差名叫陈大勇，那一个名字叫王明。守备把总心欢喜，就知道，是刘大人派来的兵。江二徐五正动手，忽又见，两个步下往上攻。一个手中拿铁尺，那一个，铁棍分量不非轻。打扮都像差人的样，不像吃粮应伍的兵。两个贼看罢吓了一跳，说："此事应当了不成！我们俩，虽然多骁勇①，怎挡官役人四名？"江二正然心害怕，守备的双锤往下攻。恶棍忙用刀来架，王明的铁尺哪相容？对准腰节骨只一下，只听"吧"地响一声，把江二的肋条打折了好几道，"咕咚"掉在地流平。徐五观瞧把魂吓冒，说"此事应当了不成"。

徐五观瞧，江二被步下那一个一铁尺打下马来，吓了个目瞪痴呆。

且说刘大人见王明一铁尺打倒一个，打马上掉在地下，不由得满心欢喜，马上开言，吩咐兵丁快些动手，把那个囚徒绑上。这众兵不敢怠慢，一拥上去十几个人，把江二按住，绳索捆绑，抬在一旁，不表。

再说守备王英、把总李国良、承差陈大勇、王明四个人，把徐五围住，并力擒拿。徐五见江二掉下马来，心里一怯，被陈大勇一棍子把马的两条前腿打折，那马疼痛难当，往上一跳，"咕咚"一声响亮，连徐五的腿也被马压住，不能动转。王明观瞧不敢怠慢，赶上前去一尺，"吧嚓"，把马上的这条腿打折了。徐五疼了个唉声不止。

再说刘大人见徐五连人带马躺在地下，满心欢喜，带领兵役跑下来，才要吩咐快绑，瞧了瞧两名承差，早把恶棍捆上。刘大人吩咐兵役，把恶人徐五家的车套上一辆，打死的不算，将活的

① 骁（xiāo）勇——勇猛。

囚徒装在车上。众兵役尾随出了十里堡，径奔江宁府的大路而来。至江宁府的北门进了城，不过是穿街过巷，登时来至府台的衙门。守备王英交代差使，告辞而去。

再说刘大人走马升了堂，吩咐："把两个囚徒带将上来！"众役答应，登时把两个贼人带至当堂。徐五的腿呢，是折了两条；江二的腰，被王明连肋巴骨都打折了。两个贼都不能下跪，一齐躺在尘埃。刘大人座上开言，说："徐五、江二，你们把抢去的女子周月英，现在哪一块，从实招来，免得你的皮肉受苦。"徐五闻听刘大人之言，大料也不能强辩，全都招承。刘大人吩咐："徐五、江二寄监①，明日把周国栋传来，当堂结案。"手下人不敢怠慢，登时将两个贼人寄监。刘大人这才退堂回后而去。到内书房坐下，张禄献茶，茶罢搁盏，用饭已毕，将家伙撤去，不多一时，秉上灯来，一夜晚景不表。

到了次日早旦清晨，刘大人坐了早堂，青衣把周国栋传来，上堂跪在下面，刘大人就将徐五定罪之言说了一遍而去，不必再表。这一来，要知徐五完案节目，明朝交代。

---

①　寄监——把犯人押送到监狱里去住。

第十七回

嫌礼轻总督斥忠良

诗曰：

运至猫如猛虎，时衰凤不似鸡。有钱有势一村驴，堪称英雄无比。凭你能文会武，那论妙算无移。凭君才志与天齐，运不通难遂平生大志。

此书残歌叙过。昨朝话表刘大人卖卜，拿了万人愁徐五、渗金头江二、管家于秃子、恶奴等，当堂结案，将这一起囚徒禀明上司，折奏万岁，斩首示众。这些节目，已经交代明白，不必再讲。

单表刘大人退堂，回到书房，内厮献茶，茶罢搁盏。张禄随即摆饭。大人用完，撤去家伙，秉上了灯，一夜晚景不表。到了第二天早旦清晨，内厮请起大人净面，献茶，茶罢搁盏。刘大人眼望内厮，说："你今日不必预备饭。今日是总督高大人的生日，咱爷们那儿吃去罢。白给他送礼不成吗?""是。"禄儿答应，刘大人复又吩咐。

这清官座上开言叫："张禄留神要你听：总督生日要打网，咱爷们少不得要行情。你快去，礼物一共买八样，两架食盒人四名。我的儿，你很知道我家苦，这份礼，就只打着两吊铜。牛肉三斤要硬肋，六斤白面两盘盛。干粉二斤红纸裹，伏地大米要三斤。小豆腐两碗新鲜物，木耳金针又两宗。另外买，白面寿桃二十个，速去治办莫消停。”内厮答应不怠慢，迈步翻身向外行。按下大人书房坐，再把内厮明一明。出衙来到大街上，置买一宗又一宗。一应东西全都有，就只是，小豆腐没有买不能。张禄儿，无奈何，买了一升大黄豆，还有那，两把子干菜萝卜缨。急忙回到书房内，费了有半天的工，才把小豆腐做成。诸事已毕不敢怠慢，来到书房，大人跟前回禀明。刘大人闻听说：“很好，即刻就去莫消停。”张禄答应向外走，到外边，派了衙役人四名。上寿礼物先抬去，内厮翻身向里行。走进书房一旁站，刘大人开言把话云。

大人说：“张禄儿，派人把礼物送了去咧吗？”内厮答应说：“派人送了去咧。”大人闻听，说：“既如此，咱们爷儿们也该走咧。”禄儿答应：“是。”大人这才站起身形，向外而走，内厮后面相跟。到外边闪屏门，刘大人打暖阁①穿过，来至堂口站住，早有家丁把马预备下咧。内厮侍奉大人上了坐骑，衙役打点喝道，这才出了自己的衙门，向西南而走，径奔高总督的衙门而来。穿街越巷，不多时，来至高大人辕门②以外。刘大人这才下了坐骑，手下之人接过马去，内厮手拿礼单，向辕门里面而跑。到了官厅上，见了总督的巡捕官，说明来历，然后把礼单递过去。巡捕官闻听，接过礼单向里面而去。来至宅门以外站立，手擎云板，惊动里面的内厮，来至宅门以里站住，向外问话：“外面打点，传报什么事情？”巡捕官见问，并不怠慢，就将刘大人来上寿之物说了一遍，然后把礼单递与内厮，内厮接过，向里面

① 暖阁——旧时为了设炉取暖在大屋子里隔出来的小房间。

② 辕（yuán）门——古时军营的门或官署的外门。

走来。至内书房，掀帘栊走将进去，见了高大人，单腿打千，就将刘大人来上寿之事说了一遍，然后把礼单递过去。高大人用手接过，留神观看。

高大人举目留神看，字字行行写得更真。上写着："卑职刘墉江宁府，今日里，特与大人庆生辰。礼物不堪休见怪，不过是，略表卑职这点心：牛肉三斤是硬肋，细条切面是六斤，三升大米二斤干粉，还有木耳与金针，小豆腐两碗新鲜物，二十个寿桃白似银。一共算来八样礼，卑职诚意孝敬大人。我刘墉，今日虽然做知府，算是皇家四品臣，不过是，驴粪球儿外面好，内里的饥荒向谁云？今日与大人买寿礼，无奈何，当了一件皮马墩。"高大人越看气上撞，礼单摔在地埃尘，说道是："好一个可恶的刘首府，罗锅子行事气死人！什么是来把生辰庆？分明是闹气到我的衙门中！首府倒送这样礼，外州县，高某倒贴盘费银。耳闻他难缠露着拐，话不虚传果是真。咱们倒要斗一斗，叫你认认我姓高的人！"总督带怒又吩咐："来福快去到辕门，告诉江宁刘知府，快把他，礼物抬回免费心。"内厮答应向外走，到官厅，告诉巡捕传事人。巡捕官，见了刘爷说一遍，这不就，气坏罗锅老大人。

刘大人，闻听巡捕官方才这一片言词——说："高大人说咧，礼物全都不要咧，生日也不作咧，叫府台费心，另日再道谢罢。"忠良闻听，不由恼羞成怒，说："罢咧，既是大人不赏脸，也就罢咧。禄儿，""是，小的伺候老爷。"刘大人说："抬盒子，把礼物抬回去，赏他四个人分了罢。""是。"内厮答应，来至辕门外，眼望抬盒子的四个人，照刘大人的话说了一遍。这四个人闻听，乐了个事不有余，抬起来欢天喜地而去。

再说刘大人越思越想，不由心中好恼，内断也是抱怨："这是怎么说！苦算盘饭也没吃，来到这里指望吃顿面。好，瞧这光景，还要吃面呢，连刷锅水也未必摸得着！"

不言内断暗恨，再表贤臣。

这清官不由无名动，说道是："制台欺人了不成。我的那，礼物不收你掉了造化，你想收别人的礼物万不能！倚仗上司欺属下，罗锅子真是省油灯？送礼不过私下的好，并非官吏我当行。常言千里把鹅毛送，礼轻人意不算轻。就便是凉水我温成热，你也当收下好看成。拿着小官来做脸，要望起调万不能。虽说是，知府的前程不算大，也是那，乾隆主子金口封。除正无私全不怕，我也是，甘愿洁净理民情。你要走错一步道，咱俩的饥荒①打不清。"刘大人，正然发恨要作对，猛抬头，则见那，来了官员好几名。江宁的，布按两司头里走，还有些，府道州县后跟行。一齐与总督来上寿，金银礼物不一同。刘大人一见迎上去，带笑开言把"列位"称："莫非都是来上寿？众位不知内里情：只因为，方才我刘某也来上寿，两架食盒不算轻。高大人里边传出话：一概不收早回程。"众官员，闻听贤臣前后话，一齐开言把话云。

众官员，闻听刘大人的这一片言词——说："高大人传出话来咧，今年不做生日咧，礼物全都不要。"

明公想理，江宁府的布按两司、还有外省的府道州县、还有都标管的副将游守、千把外委……这一省的文武官员，闻听江宁

① 饥荒——原指经济困难，周转不灵；或债务，此处指刘庸与总督，一清官与一贪官之间的是非恩怨。

首府刘大人说“礼物全都不要咧，高大人说今年不做生日咧”。一个个心里再无有那么欢喜的咧！江宁布按两司眼望贤臣，讲话说：“既是高大人的吩咐，我等焉敢不从？”说罢，扭项回头，吩咐手下人：“把上寿的礼物，全拿回去罢。”“是。”手下人一齐答应，然后抬起而去，各归衙门不表。

也不言众官员告辞而去，单表刘大人，他诚心要闹点事儿。见众官员把礼物全都抬回去咧，还恐怕传的不到，吩咐内厮拿了一个马扎子①，一坐坐在高大人的辕门口——他是诚心要找事！暂且不表。

且说高大人在书房等候收众官员上寿来的礼物，越等越不见一份前来，高大人正然心中纳闷，忽见家生子来福走进来咧，说：“大人不用等着收礼咧，今日有了挡横的出来咧，把咱们爷们的辕门都把住咧。他见众官员上寿来咧，他就迎上去咧，硬派着说：‘大人吩咐咧，叫他告诉众位老爷们，说今年不做生日咧。’众位老爷们闻听这个信，只得叫手下人把礼物全送回去咧。他还不死心呢，拿了一个马扎，在辕门上坐着吸烟。”高大人闻听来福这个话，说：“这是罗锅子干的不是？”来福说：“不是他还有谁呢！”高大人闻听，说：“很好，很好。你快去把他叫进来，叫他认认我是谁。”“是。”来福答应，翻身向外而去。去不多时，把贤臣带至书房。忠良见了高总督，难越大礼，自得行庭参见之礼，在东边站立，说：“大人传唤卑职前来，不知有何教谕？”高大人闻听，微微冷笑。

---

① 马扎子——一种小型的坐具，腿交叉，上面绷帆布或麻绳等，可以合拢，便于携带。

只听总督微冷笑："首府留神要你听：内有许多不便处，你的心中岂不明？闻名你难缠真不错，从今后，要你小心办事情。但有一点不周处，管叫你，马到临崖悔不能……"总督言词还未尽，刘大人开言把话明，说："卑职不做亏心事，哪怕暴雨与粗风？食君俸禄当报效，我刘墉，断不肯江宁落骂名。大人想，一辈做官坑百姓，他的那，九辈儿孙现眼睛。我本是，甘心洁净把民情理，望大人，'忠奸'二字要分明。"高大人听罢前后话，恼羞成怒脸绯红，腹内说："罗锅真可恶，话语如刀了不成。有心要归罪不合理，私事难以奏主公。要不拿错将他制住，官卿闻听把我轻。"左思右想无主策，只急得热汗似蒸笼。高大人正在为难处，忽见那，一个人，慌忙自书房跪在流平。

第十八回

审尸案女头与男身

话表高总督与刘大人正在书房斗气，猛见一个人掀帘栊走进，见了高大人，单腿打了个千，说：“大人在上，今有云贵巡抚苏大人进京召见，从此路过，前来拜会。”高大人闻听，心中倒暗喜，腹内说：“借此为由，且叫罗锅子回衙，我们俩再算账。”高大人想罢，眼望忠良讲话，说：“你且回衙，咱们再说再议。”刘大人闻听，说：“卑职愚鲁无才，专候大人的教谕。”说罢告辞，出书房而去。

且说高大人吩咐，“有请。”手下人不敢怠慢，不多时，把云贵巡抚苏大人请至书房。二人见面，也不过官场的套话，倒不必细讲。苏大人吃了一盏茶，告辞而去。

再表刘大人出了高大人辕门，上了坐骑，手下人跟随，穿街越巷，来至自己衙门。至滴水檐下了坐骑，向里而行。众人散出不提。

再表忠良回到书房坐下，内厮急忙叫厨房把饭摆上。这大人和内厮可饿了个知道！爷儿俩索性连早饭也没有吃了去，实实指望吃了早面，再不成想闹出这出戏来！只得饿着肚子回来，才饱餐一顿。小内厮也是如此。爷儿俩当时吃了一个饱。及至吃完了，天就黑咧。内厮秉上灯烛，侍奉大人安歇，一夜晚景不提。到了第二天早旦清晨，内厮请起大人净面更衣，茶罢搁盏，用过早饭，吩咐内厮："传出话去，叫外边伺候。""是。"内厮答应而去，到外边照大人的言词传说一遍，又到里面回明大人。忠良闻听，站起身形，向外而走。内厮跟随，到外边闪屏门，进暖阁，归位坐下。众役喊堂已毕，两旁站立。刘大人才要判断未结的民词，则见打下面走上一人，来至公堂，单腿打千，说："大人在上，今有制台大人公文一角在此，请大人过目。"刘大人闻听，吩咐："拆开。""是。"书吏答应，用吐津闷开封筒，双手高擎，递将上去。忠良接过，留神细看。

这清官座上留神看，公文上面验假真，上写着："南京总督高某谕，批与首府四品臣：你管的，江宁县界出怪事，人头扔在井中存，尸首不见在何处，快拿行凶做恶人。原告被告全无有，要你斟酌细留神。五天要结这公案，查明禀到我的衙门。五天要不能结此案，少不得，惊动贵府奏当今。遵批速办休迟滞，如过限，休怪高某把你寻。"刘大人瞧罢时多会，腹中暗暗叫高宾："你不过，因为昨日那件事，寿礼无得恼在心，要拿此事为难我，官报私仇把我寻。讲不起，这个知府我就下去，倒要惹惹姓高的人。咱们俩，知府总督拼得过，你要想钱白费心！"刘大人看罢时多会，眼望着，左右开言把话云。

刘大人看罢高大人的文书，吩咐左右："预备轿，本府亲身去验看。""是。"手下之人答应一声，轿夫们将轿抬至堂口栽杆，刘大人出了公位，来至轿前，毛腰上轿，轿夫上肩。江宁县的地方闻知此事，早来在这里伺候着呢。一见大人上轿，他就在前头引路。执事在前，轿子在后，穿街越巷，来至城隍庙前。轿夫站住，早有江宁县的知县在此伺候。

众位明公：这江宁县衙就在江宁府的城里头，离刘大人衙门才三里之遥，所以剪断。且说江宁县知县孙怀玉，把刘大人请下轿来，升了公位坐下。府县的衙役都在两旁站立，江宁县也在一旁伺候。大人座上，眼望知县孙怀玉，问道说："井中的人头，如今现在何处？什么人呈报？什么人见的？贵县速速言来。"知县孙怀玉见问，说："大人在上：人头现在此处井边，是本县的民人赵洪提水，无心中捞上来的。江宁县的地方刘宾呈报的。"刘大人闻听，说："既然如此，快带刘宾、赵洪听审。""是。"知县孙怀玉答应，翻身下行，不多时，知县带领差人，将赵洪、刘宾带至公堂以前。二人跪在下面。知县孙怀玉上前回话，说："大人在上，卑职令人将赵洪、刘宾带上。"大人闻听，一摆手，知县退闪一旁。忠良留神往下观看。

这清官座上留神看，打量下面两个人：地方刘宾东边跪，年貌不过在四旬，红缨帽儿头上戴，蓝布袍儿穿在身，青布夹褂外面套，因跪着，足下靴鞋瞧不真。大人瞧罢刘保正，又看赵洪那乡民：头上无帽光着脑袋，粗布夹袄不算新，年纪大概有五旬，满脸之上带皱纹，面貌不像行凶辈，其中一定另有情。本府既为民公祖，岂肯屈棒打良民？刘大人看罢人两个，座上开言把话云："赵洪几时将水打？人头怎样桶中存？就里情由从实讲，但有虚言打断筋！"赵洪见问将头叩，"大人"连连尊又尊："小人起早去提水，无心中，捞上个人头桶中存，小的观瞧魂吓冒，不敢怠慢，通知地方叫刘宾。县爷衙门去呈报，内里情由不晓闻。望乞大人悬秦镜，覆盆之下断清浑。"说罢复又将头叩，大人扭项叫刘宾："赵洪果然通知你，你才呈报到衙门？"地方见问将头叩："赵洪言词果是真。"大人闻听一摆手，公位上，站起身形把话云。

刘大人闻听地方之言，一摆手，说："下去。""是。"地方又磕了个头，这才站起来，退闪在一旁。江宁县的差人把赵洪带去。刘大人站起身形，眼望知县孙怀玉，说："人头现在何处？本府亲自验看。"知县闻听，说："现在庙前井边。"说罢，前头引路，刘大人后面相随，来到井边人头的跟前站住。知县吩咐衙役把盖的芦席掀去，露出那带血的人头，刘大人留神观看。

这清官站住留神看，打量人头这形容：仔细瞧来是个女子，油头粉面在年轻。光景未必有三十岁，不过在二十六七正妙龄。大人看罢归公位，说道是："快传仵作①莫消停。"大人言词还未尽，李五跪在地流平，仵作与大人将头叩，贤臣开言把话明："快把人头细验看，何物杀害命残生？如有粗心验不到，准备狗腿受官刑。"仵作答应忙站起，翻身迈步下边行。来到那，人头跟前忙站住，袜筒内，取出根，象牙筷子手中擎。用手不拉仔细看，瞧罢多时，又到公案前跪在地："小的去把人头验，原来是，刀尖杀死赴幽冥。"刘大人闻听一摆手，仵作站起一旁存。忠良上面又吩咐："县令留神要你听：速速差人去下井，看一看，尸首可还在井中？"知县闻听不敢怠慢，忙答应，退步翻身向下行。吩咐手下众衙役："速下井，快去打捞莫消停。"头役闻听忙答应，眼望着，地方开言把话云。

江宁县的快头王永，闻听本官的吩咐，眼望地方刘宾，讲话说："你快去找杉篙、绳子、滑车子，扎起架木，好差人下去打捞，快去！""是。"地方答应，如飞而去。去不多时，派人全都拿来，登时扎起架木，拴上滑车，绳子那一头，又拴上了个荆

① 仵（wǔ）作——旧时官署检验死伤的人员。

筐，弄妥当咧，快头王永眼望地方刘宾，讲话说："你就辛苦辛苦罢，下井去捞捞。"那地方闻听，不敢违拗，只得委屈心，坐在荆筐之内，拿丈二的钩杆子，众人这才送下井去，直到水皮上，将绳子才拉住。地方刘宾不敢怠慢，左手扶定筐沿，右手拿定钩杆，向水内探。

众位明公：这井中的水可不深，不过有六尺多深水，所以这钩杆一探，就到了井底咧。地方用杆子一连搅了几搅，向回里一抽，只觉像钩住什么东西似的，无奈何，轻轻钩出水面，留神观看，原来是个死人，倒吓了一跳。

刘保正井内不怠慢，将死人，拉在荆筐里面存。这才向上开言道："上面听真快拉绳！"刘宾言词还未尽，井上青衣不敢停。打了个号儿齐动手，咯吱吱，滑车响亮快如风。登时荆筐出井口，众人举目看分明：筐中坐定刘保正，他的那，手中拉起了死尸灵。众人看罢不怠慢，将地方，连死尸，一齐拉出那井中。保正的身上全是水，好像水鸡一般同。按下刘宾不必表，再把那，府县的差人明一明。大家举目留神看，打量捞上的死尸灵：并非是个女尸首，却是个男子在年轻。光景未必有三十岁，不过二旬竟有零，脑袋砸的去了半拉，并非杀害有刀伤。众人看罢全发怔，齐说道："这事啰唆了不成！"按下众人不必表，再把那，快头王永明一明。看罢死尸向北跑，慌慌张张，跑到那，公案前边跪在尘，说："大人在上小的禀：井中又，捞出一个死尸灵。并非是个女尸首，却是个男子在年轻。"刘大人闻听这句话，说："此事奇怪了不成！"

第十九回

进酒铺查询双尸案

刘大人闻听打井中又捞上个死人来咧，吃了一惊，暗说："奇怪！这个人头没闹清，又闹出死尸来咧。真乃是怪事！"刘大人想罢，站起身形，说："本府亲身验看。"快头王永答应站起，退闪一旁伺候。后面有江宁县知县孙怀玉一见，不敢怠慢，当先引路，刘大人后面相跟，登时又来到井边，那个死尸前站住。大人留神观看。

这清官站住留神看，观瞧捞上的这个死人：身上衣裳全无有，好似白羊争几分。浑身并无刀伤处，就只是，太阳稀烂塌了耳门。年貌不过二旬外，不知他，家乡何处哪一县的人？大人看罢忙吩咐："叫仵作，前来相验要留神。"忠良言词还未尽，李五前来见大人。清官说："快去把死尸验，不可大意与粗心。"仵作答应不怠慢，急忙退步就翻身。来至那，死人跟前忙站住，打量遭屈被害人：脑袋之上是木器打，墩子砸塌左耳门。复又留神往下验：胳膊上，几个青字倒也真：并非是墨迹笔来写，却原来，针刺靛染上边存。左边是"一年长吉庆"，右边是"四季保平安"。仵作验罢不敢怠慢，打着千，眼望清官把话云："小的留神将死尸验，木器打死见阎君。胳膊上还有两行字，针刺靛染倒也真。"刘大人闻听心中想：此事蹊跷倒有因。大人想罢走几步，又到那，死尸的跟前站住身形，虎目留神观仔细：果有字迹上边存。左边是“一年长吉庆”，右边是“四季保平安”。大人看罢两行字，爷的那，锦绣①胸中暗沉吟，腹内说：“虽然是两句俗言语，大有情节里边存。”大人看罢时多会，复又开言把话云。

刘大人沉吟多会，锦绣胸中早已明白。复又眼望江宁县的知县孙怀玉，说：“县令，令人将人头、死尸全都看守，休得损坏。本府就此回衙，明日自有公断。”知县答应，说：“卑职晓得。”刘大人吩咐已毕，上轿回自己的衙门而去。且说知县孙怀玉伺候刘大人上轿而去，吩咐人在此看守人头、死尸，他也就上马回衙而去，暂且不表。

且说刘大人坐轿，人抬穿街越巷，登时来到自己衙门，至滴水檐下轿，向后面而去。众人散出不提。单表忠良回到书房坐下，内厮献茶，茶罢搁盏，上饭，大人用完，内厮撤去家伙。复又献茶，刘大人擎茶杯，复又思想，心中纳闷。

清官爷擎杯心纳闷，说：“贼徒行事太也奇。既然你把人杀害，为何又去把头移？人头扔在官井内，又不见女子的尸体。再说是，移祸与人又是官井，城隍庙内少住持。原告被告全无有，他叫我拿什么去为题？差人下井捞尸首，真奇怪，偏偏又捞上个男子的尸！一案不完又一案，实在叫本府费心机。总督高宾恨怨我，定说我，应派刘某断虚实。五天要不能结此案，总督高宾未必服。定说我，才智缺少无学问，做不起，黄堂太守这官职。公报私仇必参我，倒只怕，因这案高宾奏本到丹墀。怕的是，圣主皇爷龙心恼，我刘某，丢官罢职要把任离。刘某要离了江宁府，到趁高宾那心机，以后任性将钱要，全不怕，骂名留与后人提。”

---

① 锦绣——此处指刘墉做人正，有计谋，方法多主意多。

大人复又沉吟想：要明此案，须得要如此这般，这般如此才见虚实，明日出衙我去私访，卖药为由找踪迹。大人想罢主意定，眼望那，张禄开言把话提。

大人说："张禄。"内厮答应，忠良说："你去速速预备几宗草药，小箱子一个，然后传出话去，就说本府偶染风寒，不能理事。回来我还有要紧话嘱咐与你。"内厮答应，退步翻身向外而去。来至堂口站住，照大人的言词传说了一遍。众人答应，内厮这才向里面而去。又来至书房，回明大人说："诸事全齐备咧。"忠良闻听，说："很好。"爷儿俩说话之间，天色将晚，内厮秉上灯烛，一夜晚景不提。

到了第二天早旦清晨，内厮请起大人，净面更衣，茶罢搁盏，献上饭来。大人用完，内厮撤去家伙，复又献茶，大人漱口，这才站起身形，更换了衣服。内厮一见不怠慢，将昨日预备下的东西全都拿来，放在忠良面前。大人观瞧，说："很好。"复又眼望张禄开言，说："打箭道的后门，把我送出去，休叫外人知道。外人知道不便。衙门事情，小心照应。""是。"内厮答应，说罢，爷儿俩出了书房。内厮背着箱子后面跟随，穿门过夹道，来至箭道的后门。内厮上前将门开放，可喜这一会儿并无个外人。刘大人走出门来，内厮递过药箱子，刘大人接过，背在肩头，内厮关门不表。

且说刘大人打背胡同绕过自己的衙门，来到大街之上，举目观瞧。

清官举目留神看：来往不断有人行，两边铺户无其数，果然热闹大不同。怪不得，洪武建都在此处，真乃是，龙能兴地地兴龙。到而今，我主改作江宁府，又名南京号金陵。大人思想朝前走，有座酒铺在道东。半空之中三尺布，两行字迹写分明。一边是："过客闻香须下马"；一边是："知味停车步懒行"。大人瞧罢忙站住，腹内沉吟把话明："不是本府来改扮，四品官，要进酒铺万不能。趁此时，何不进去吃一盏，然后卖药访民情。"主意已定忙迈步，进了酒家那铺中。大人举目抬头看，吃酒人等不一同：也有那，富家子弟来消饮；也有那，买卖工商士与农。大人看罢不怠慢，拣了个座儿偏在东。药箱搁在桌儿上，酒保前来把话明："先生要用什么酒？吩咐明白全现成。"大人闻听过卖话，说："堂倌留神要你听：给我半碗苦黄酒，速快为妙，趁早还要做经营。"跑堂答应翻身去，不多时，拿了来，放在桌上把话云："先生要用什么菜？"大人说："全都不要没有铜。"堂倌闻听扬长去，再把忠良明一明。一边吃酒闲听话，为得是，公案不结搁考成。大人正然心纳闷，忽听那，西桌上开言把话明。

第 二 十 回

贪秀色识别女人头

刘大人正然心中纳闷，忽听那西边桌儿上有人说话。刘大人举目看：原来两个人对坐着饮酒闲谈。北边那个人，有三十四五；南边那个，不过二十七八。看光景，都有几分醉意咧。北边坐着的那个人，向南边那一个年轻的讲话，说："老七，有件事情，你知道不知道?"南边那个人就问说："什么事情?"北边那个人闻听，带笑开言，说："这话有好几天咧。这一天，我给书办王先生出分金去不是？打王老爷的衙门后身过去，向北边走到了丁字街，又向正东去，离丁字街不过五六十步，路北里有一座庙，那不是莲花庵吗?"南边那个人闻听，说："不错呀！您那不知道吗，那庙里是女僧，当家的叫妙修，那个小模样子，长了个干净！今年至多不过二十七八，她就是咱们这翠花庵住的武老爷的第二个女孩。武老爷不是做过山西太原府的知府吗？因为官事，不是杀咧？这就是他的女孩。如不然，她的法名叫妙修，怎么都叫她武师父呢?"北边那个人闻，说："这就是咧。你说那一天，我刚到她的庙门口，只听哗啷一声，把门就开放了。我当是武姑子出来买什么来咧，举目一瞧，不是武姑子。"南边那个人就问，说："必是做饭的那个老净师父。"南边那个人言还未尽，北边的那个人又接上咧："老净咧，老脏咧，是一个年轻的妇道！光景不过在二十二三。你说武姑子长得好不是？老弟呀，要叫你瞧见这个女子的容貌，眼珠子努出有四指多长，还不够使的呢！你说她出来做什么来咧？”南边这个人也爱问，说：“她出来做什么来呢？”北边那个人说：“原来她是出来买线来咧。我一见，我这个腿不由得就站住咧。随即我就装了袋烟，和卖线的对了个火，搭讪着我就装着问道，一边说着话，我眼睛可是瞅着她。她就挑线。你瞧，她伸出那个小手儿来，真乃葱枝儿似的一般，叫人怎么不动心？这个工夫，她买线进去咧，哗啷，把庙门关上咧。晒了我个挺梆子老硬，我才无的想咧，死心塌地出分子去咧。及至出了分子回家，到了晚上，要睡觉了，我这个觉哪睡得着？眼睛刚一合，那个小模样子就来咧！闹得我这几天少魂无魄，拿东忘西。老弟，你说怎么好！再者，还有件事：昨日江宁县城隍庙前头，官井中出的那件事，赵洪提水，不是捞上个人头来？无有尸首，也无有原告，也无有被告。地方报咧。总督高大人委了首府刘大人去断，五天要断清回复。五天要断不清，听参。刘大人坐着轿就去咧。到了城隍庙前头一验，令人下井打捞，好，女子的尸首倒没见，又打捞上个死人来咧！那一天，我就跟了去瞧热闹来着。老弟呀，你说刘大人怎么断？他看了一看，一声儿也无有言语，扯了个溜子，回衙门去咧！这也搁在一旁。也不知是这几天我想的色上了脑袋，欺住眼咧；也不知是他娘的真是那个死尸！我可不认得那个人头。我越瞧越像前几日买线的那个女子她的脑袋……”北边这个人刚说到这一句，吓得南边那个年轻的就站起来咧，一把手就将他的嘴捂住咧，说：“二哥，不要你混讲！”

只见那南边的开言讲话：“二哥留神要你听：你也不知其中事，信口开河了不成。总督昨日把生辰庆，为得是打网要想铜。

属下敢不把上司敬？众官员，自得侍奉要行情。内中就有刘知府，他向总督去装穷。牛肉切面黄花菜，还有那，小豆腐两碗也算礼，一句话，共总不值两吊铜！高大人见了气红眼，礼物全拨不留情。刘大人羞恼变成怒，辕门把守不相容。瞧见那，众位老爷来上寿，迎上前去把话明，说道是：‘高大人吩咐全免礼，一概不收早回程。’总督闻听这个信，不由怒气往上攻。因为他昨日拨寿礼，今日硬派他审屈情。方才你说的那句话，要叫他的差人闻听了不成！”

第二十一回

害人命李四中邪祟

话表南边那个年轻的人，吓得站起来，会了酒钱，拉着那个色鬼出门而去。刘大人旁边吃着酒，闻听这个话，腹内思想，说："那是姑子庙，怎么又住着在家女子？莫非是带发修行？方才那个人，怎么又说井中的人头，像莲花庵女子之头？细想来，定是讹言。莲花庵既将女子杀死，必定掩埋尸首，缘何把人头扔在井中？岂不是自招其祸？再说，移祸于人，此井又是官井，真真的这个囚徒行事古怪！方才那个人的话，不可不信，也不可全信。此时天气尚早，何不到莲花庵观看动静，见机而作。"大人想罢，站起身来，会了酒钱，背着药箱出了酒铺，照着那个人说的方向，迈步而走。大人一面走着，一面吆喝。

这清官，走着道儿高声卖："列位乡亲仔细听：我卖的，妙药灵丹无虚假，专治那，古怪病症与恶疮。"大人虽然装卖药，吆喝的闷都嗓子更强。又说道："一切疔毒无名肿，小儿食积脸焦黄，跌打损伤筋骨坏，还有五痨共七伤。这些病症全能治，北京城内把名扬。"刘大人，正然吆喝往前走，路北边，门口站立一红妆，用手一招把先生叫："快来罢，请你瞧病治夫郎。"大人闻听又细看：女子的娇容实在强，黑漆的驴脸擦上粉，好似冬瓜下了霜。头上黄发如金线，根根披散耳边厢。樱桃小口有牛腰子大，胭脂搽在嘴边厢，好像血瓢一般样。一说话，先露出，板尺黄牙有尺半长。身穿粗布蓝夹袄，绿布挽袖上面镶。红布裤子不算旧，又往下瞧，相衬那，小小金莲尺半长。杨柳细腰够两搂①，瞧光景，只怕早晚要占房。年纪不过三旬上，你听她，说话故意拿巧腔。世间少有这般妇，恰似那，显道神的妈妈猪八戒他的娘。

刘大人看罢，说："娘子将我叫住，有何话讲?"那丑妇见问，说："先生，你会送祟②不会?"刘大人闻听，说："斩怪捉妖都能，送祟小事，有何不会!"丑妇闻听，说："既然如此，请先生到里边坐。"大人说："娘子前行。"

丑妇将大人领进房内，将药箱儿搁下，然后坐在斑竹椅上。大人留神观看，但见那床上躺着一个人，年纪不过三十四五，又听他满嘴里念念叨叨，也不知他说的是些什么言词。大人正然观看动静，又听丑妇讲话，说："先生，床上躺着这个人，就是我家的男儿，忽然得了这么个病症，躺在床上，自言自语，念念叨叨，竟不知他说的是些什么话语。问着他，他也不知道。据我瞧，倒像撞客着什么咧。所以把先生请进来，看看是何病症。若治好我家男儿，自有重谢，不敢相轻。"大人闻听，说："娘子，既然如此，把令夫的被窝掀去，我好瞧看而治，方不能有误。"丑妇闻听，不敢怠慢，站起身形，迈开那尺半长的小金莲，走至她男人的床边站住，用手将被窝掀去，说："先生请看。"刘大人闻听站起身形，走至床前留神细看。

---

① 两搂——两人合抱。形容长得肥胖。

② 送祟（suì）——祟，原指鬼怪或指鬼怪害人。送祟，即把鬼怪请走，不要让它加害于人了。

这清官，留神仔细用目看，目视床上得病的人。年纪不过三旬外，有几根，狗蝇胡须像铁针。鹰鼻相配耗子眼，两腮无肉翻嘴唇。项短脖粗脑袋小，孤拐脸上带青筋。大人看罢心明亮，腹内说："长相就是坏贼根。"又听他念念叨叨自言语，句句糊涂听不真。大人观瞧这光景，眼望丑妇把话云："令夫病症真厉害，我一瞧，冤魂缠绕不离身。"大人刚说这一句，丑妇闻听面似金。忠良观瞧这光景，早已明白八九分。故意又用话来吓："娘子留神听我云：趁早若不除邪物，倒只怕，半夜三更要闹人。"丑妇闻听魂吓冒，战战兢兢把话云："先生既然你看破，快施法力赶冤魂。夫主但得灾病好，愿谢先生二两银。"刘大人闻听这句话，复又开言把话云。

刘大人闻听丑妇之言，话内有因，说："娘子，既然如此，快去买黄表纸一张、新笔一管、朱砂二两、白芨一块，我画几道灵符，将冤魂赶去，病人即刻身安。"丑妇闻听刘大人的这些鬼吹灯，并不敢怠慢，出去烦了西边的街坊张兴的儿子张住儿。去不多时，全都买来咧，送到丑妇房中，交代明白，出门而去。丑妇将纸笔等类，递与忠良。刘大人接过，搁在放的那一张一字桌儿上面。贤臣复又开言，说："娘子，有裁纸刀拿一把来。"丑妇闻听，连忙走到西套间屋子里，拿过一把尖刀，递给大人。大人接过一看，这把小刀子倒也可以使得，硝鱼皮的鞘子，银什件桦木刀柄。复又留神细看，见那刀柄上面，有刻的三个字，原来是"长保记"。大人观瞧，不由得心内一动，暗自沉吟，说："昨日城隍庙前井中捞上来的那一个死尸，胳膊上有针刺的字迹，左边是'一年长吉庆'，右边是'四季保平安'，掐去上二字，岂不是'长保'二字？"大人越想越对，说："井中尸首，一定是这个囚徒谋害。”大人想罢，知此案归于有着，可以就此追究。因用那把小刀子，将纸裁开，复又讲话。

这清官复又开言叫：“娘子留神听我云：令夫主，贵姓尊名说与我，灵符上面改誊真。赶去前冤魂除邪祟，家门清泰过光阴。”丑妇难猜贤臣意，真乃是，诡计多端刘大人。为得是，访问囚徒真名姓，两下相对辨假真。丑妇不解其中意，眼望忠臣把话云：“奴夫主，姓李行四号叫破庙，奴家刁氏住在北屯。”大人闻听这些话，亲笔拿在手中存。再将那，朱砂掭饱霜毫管，黄表纸上起烟云。大人本不会这一道，讲不起，既装师婆要跳假神。手中朱笔胡乱抹，也不知请的是那位神。忠臣画完搁下笔，眼望那刁氏开言把话云：“这道符，贴在外边房门上，冤魂再不敢进宅门。”丑妇闻听接过去，果然贴在外边存。忠良复又开言叫：“娘子留神听我云：我再念套解冤咒语，打发怨鬼早离门。若要病好身安泰，明日早，叫令夫，城隍庙中去谢恩。表说自己的真名姓，叩头礼拜把香焚。如要不听我的话，怨鬼再来命难存。”刁氏答应说：“知道，先生良言敢不遵？”刘大人说罢不怠慢，拿糖作势就请神。左手掐诀当地站，眼望李四恶贼根。口中含糊来讲话，满嘴中，一溜哇啦听不真。大人道：“本府出衙来私访，为得是，井中尸首少尸灵。还有个，少妇人头无苦主，高总督，官报私仇把我寻。刘某既做民公祖，岂肯屈棒打良民？你果然，要是井中那死鬼，我的言词要你遵：暂且相容将他放，本府好拿他进衙门。与你雪冤将仇报，叫你家，葬埋尸首好入坟。”大人说罢拍一掌，“吧”，一个嘴巴下狠心。打得个李四一合眼，暗中果然去冤魂。贼人爬起翻身坐，说道是：“贤妻快些插上门。”

只见囚徒李四，被刘大人一个嘴巴打好咧！翻身坐起，楞里楞怔，说："贤妻快些将门插上，再别叫他进来咧！"刚然说完，一抬头，瞧见刘大人坐在椅子上面，贼人不解是谁，眼望刁氏，说："贤妻，椅子上坐的这位，是哪里来的？到咱家有何贵干？"刁氏见问，就将以往从前告诉他男人一遍。囚徒闻听，这才明白，腹中说："好手段！"复又向刁氏开言讲话，说："既然如此，那屋里小柜子里还有五百钱，拿来给这位先生买盅酒吃罢。"刁氏闻听，说："我有言在先，如若将你治好，送先生纹银二两。"贼人李四闻听他妻子刁氏之言，不由心下为难：再说不拿出来，使不得；再说拿出来罢，白花花的二两银子，叫人拿了去咧，实在的心疼。这囚徒是得命思财，把贼眉一皱，计上心来。眼望刘大人，开言说："先生，我有句话和你商议，不知道使得使不得？"大人闻听，说："但不知有何话讲？"李四见问，说："先生，我有个朋友，离这里不远，也是得了个邪气病，闹得很厉害，总治不好。我见你手段高强，你明日再来，我把你荐到那里去，管叫你发点财。再者呢，眼下我家中不便宜，明日我给你预备下；再治好了我那个朋友，连我的这个一块儿拿去。但不知先生意下如何？"

明公想理：这是李四的花串，刘大人是何等样的英雄，胸藏锦绣，智广才高，按星宿下界，扶保清朝，算治世的能臣，就叫这厮赚了去咧？哪能呢！

忠良闻听，装着猜不着，就说："是，多承荐举，另日再谢。"大人说罢，背起药箱，向外而走。李四将大人送出街门不表。

再说刘大人记住了他的门户，这才迈步而走，要到莲花庵观看个动静，好完此案。

这清官假扮江湖客，卖药为由把人瞒。穿街越巷走得快，大人抬头举目观：路北就是那庙宇，“莲花庵”三字刻在山门上边。朱红山门紧紧闭，一对旗杆分左右，挂旗绒绳上面悬。刘大人，庙外观瞧时多会，总不见，有人开门到外边。无奈复又向东走，却原来，一块空地少人烟。大人举步向东北走，有一个，蓝布包袱扔在那边。忠良说：“必因荒疏失落此，到家要找难上难。富足之家还犹可，穷苦之家坑个眼蓝。”大人思想朝前走，来到跟前仔细观：小道旁边是路北，包袱就在路北边。大人伸手忙拿起，只觉沉重不可言。忠良说：“何不打开看一看，什么东西在里边?”说话之间解开扣，留神看：有个蒲包封裹严。大人说：“必是吃食物，定是瞧人套往还。”说着打开蒲包看，把一个，为国的忠良倒为难。

第二十二回

风云变又起腌尸案

西江月：

百岁光阴易过，人生何不回头？争名夺利几时休，只是钱财不够。

名乃风前之烛，利是水上浮沤。恁君肥马与轻裘，生死无常依旧。

话表刘爷打开蒲包一看，并非吃食、衣物等类，原来是不多几天的一个死孩子在里头包着呢！刘爷又仔细一瞧，还是个小厮，就只一件，通身上下，被盐腌得好似胭脂瓣一样。刘爷看罢，说："这件事稀奇，也不知这孩子死后才腌的，腌了才死的？再者，人家死了儿女，疼还疼不过来，岂有拿盐倒腌起来的？断无此理。想来这孩子定是私情之胎。就是私胎，将他扔在荒郊野外，也不可腌了才扔。这件事，细想来一定另有隐情在内。"大人想罢，眼望着那个盐腌了的死孩子，讲话说："罢了。暂且我送你一个安身之处。等着我访一访你的准爹准妈是谁，那时节我替你问一问他们：你干了什么不才的事情咧？把你这等一路苦办！"大人说罢，仍旧拿包袱把蒲包包好，将他老人家那药箱子打开，全都装在箱子里面，仍旧把箱盖盖好。

猛抬头，东南来了个人，行走得甚是慌悚，说话之间，已来至近前。刘大人一看，原来是个闲汉：身穿的衣服甚是不堪，年有五旬开外。大人看罢，眼望闲汉开言，说："君子，在下有一事相烦，但不知肯应与否。"那人闻听，慌忙站住，也就带笑回答说："尊长有何吩咐，请道其详。"刘爷闻听，说："在下要到此处首府刘大人衙门瞧看病症。箱子中的药材，特带得多了。不料行至此处，背不动，因此相烦，把这个小箱子替我背到刘大老爷门内，绝不相轻，定有酒资相赠。"那人闻听，也就带笑回言，说："这有何难？我就代替先生送去，有何不可。"说罢，毛腰①伸手，将箱子背在肩上，迈步前行。刘大人在后面相跟，径奔了自己的衙门，迈步而来。

这清官走着道儿心纳闷，猜不透其中这段情。不由紧把眉头皱，又想起，官井之中事一宗：总督高宾硬派我，因他怀恨在心中。差遣刘某断此案，分明是，公报私仇要扳成②。五天不能结此案，好大不便在其中。丢官罢职全是小，怎么样的才是好？回归故土上山东。事已至此难相顾，一秉丹心答圣明。刘爷思想来得快，知府衙门眼下横。大人后面吩咐话："后门而进要你听。"那人答应说："知道，不用先生再叮咛。"说话之间到门首，药箱子搁在地流平。大人上前将门叩，惊动张禄在房中。就知大人回来了，迈步翻身向外行。哗啷开放门两扇，刘大人开言把话云："快把箱子背进去。"内厮答应不怠慢，忠良迈步向里走，张禄背箱后跟行。刘爷前边吩咐话："张禄儿留神要你听：此箱背到东边去，放在那，土地祠的小庙中。派人看守不许动，回来我还有

---

① 毛腰——弯腰。也作猫腰。

② 扳成——原指把物品方向改变过来，此处指总督妄图陷害刘墉，要将黑说成白。

事情。”内厮答应背了去，大人自己向里行。穿门越户好几道，书房门在眼然中。刘爷掀帘走进去，太师椅，坐上清官人一名。按下刘公书房坐，再把那，内厮张爷明一明。

且说张禄身背药箱子，穿门越夹道，来至土地祠，走将进去，将那个小箱子一搁，在二供桌上面，然后出去，又派了两名差人前来看守，也不知贩了来的什么宝货。交代明白，他这才向里面而去。

来至内书房门首，掀帘走将进去，一旁站立。刘爷一见，说：“禄儿，”内厮答应，大人说：“拿上一串钱，给那个背箱子来的。把钱送出去，就说是方才那个先生给你的，叫你喝盅酒罢。”“是。”内厮答应一声，拿上一串钱，到后门外，将钱递与那人，照刘爷的话说了一遍。那人接过，千恩万谢，欢天喜地而去。

那禄儿又回到书房禀明，遂与大人献茶，茶罢搁盏，摆上菜饭。忠良用完，内厮撤去碗盏。不多时，太阳西落，秉上灯烛，大人吩咐：“快去到外边，把该值的衙役叫两名进来，本府自有使用。”“是。”内厮答应而去。不多时，带进两名承差，跪在大人的面前，说：“大人传小的们，不知有何差遣？”刘大人上面开言：“你二人叫什么名字？”二差人见问，一个说：“小的叫杜茂。”一个说：“小的叫贾瑞。”大人闻听，说：“杜茂、贾瑞听真：命你二人，今晚上速去到江宁县城隍庙中等候，明早要有人进庙烧香，自己通名道姓，要有叫李四者的，将他即刻拿来，自有道理。尔等须要小心，勿得违误。”“是。”二人一齐答应出去，刘大人这才安歇，一夜晚景无词。

到了次日早旦清晨，刘爷起来净面更衣，茶酒饭食已毕，吩咐内断传出话去："预备伺候本府升堂办事。"内断答应，翻身向外而走，至外边堂口站住，高声吩咐一遍，进内回明太守。刘爷点头，随即站起身形，往外行走。

清官闻听内厮话，站起身来往外行。张禄相跟在后面，刘大人，来至大堂闪屏门，忠良走入暖阁去，公位上，坐下诸城县内人。衙役喊堂两边站，大人抽签验假真：上写"王明"两个字，忠良看毕把话云："王明速来听差遣……"言未尽，承差答应跪在尘："小的王明来伺候。"刘爷开言把话云："快到东边土地庙，有一个，箱子现在那里存，速去取来本府看——"王明闻听口内应。站起翻身向下走，不多时，箱子拿到手中擎。放在当堂将千打："小的取到照言行。"刘爷上面又吩咐："你就打开莫消停，取有东西向外倒，本府当堂验分明。"承差王明忙答应，打开箱盖哪消停。端起向外只一倒，呱嗒掉在地流平。众人举目留神看：却是个，蓝布包袱在其中，不知里面包何物，还有那，几味药材掉在尘。书吏正然心纳闷，忽听那，刘爷开言把话云。

两旁书吏、衙役一个个心中正然纳闷，刘公上面说："王明，你索性把那个包袱也打开。""是。"承差答应，用手将包袱打开，又解开里面蒲包，一看，把王明吓了一跳！

只见那，众人齐都留神看，不由着忙吃一惊：原来不是别的物，却是孩娃里面盛。光景未必有一月，可叹他，刚转阳世又丧残生！更有一宗奇怪处，腌得好似血点红。众人不晓其中故，难猜就里这段情。书吏看罢齐发怔，刘爷开言把话云，上面又把王明叫："近前来，我的言词要你听。"下面承差忙答应，迈步复又向上行，走至公案一旁站，大人低言把话明。清官爷，喊喊喳喳说几句，"如此这般这样行。"王明答应向下走，将那个，蒲包夹起往外行。按下王明出衙去，再把刘爷明一明。刚然要，纷纷点鼓将堂退，又见三人向里行：当先走的名贾瑞，手中锁拉一个人；后跟承差叫杜茂，来至堂前跪在尘，说道是："小的二人遵命令，城隍庙内拿此人。"大人上面一摆手，承差抖锁一边存。忠良留神往下看，打量囚徒这形容：年纪不过三旬外，鼠耳鹰腮翻嘴唇，一脸黑麻真难看，有几根，狗蝇胡子像铁针。大人看罢开言叫："李四留神要你听：你的事犯机关露，谋害人命丧残生！囚徒抬头往上看，瞧瞧本府是何人？"李四吃惊贼眼瞅，这不就，吓坏囚徒一个人。

恶人李四在下面闻听大人之言，朝上一看，吓得他目瞪痴呆，腹内暗说："不好，原来是知府假装卖药的先生，到我家私访。"正是李四害怕。刘大人在上面开言说："李四，你为何谋害人命，将尸首扔在井中？从实招来！但有虚假，定叫你狗命难逃！"李四闻听，说："大人在上，乾坤朗朗，小人焉敢行凶？再者，既是原告，小人谋害的是张、王、李、赵？什么人看见？望公祖详情，休要屈赖小人。"刘爷闻听，冲冲大怒。

忠良闻听冲冲怒："胆大囚徒要你听：花言巧语哄本府，想想刘某平素中。你说无据又无证，要想不招怎得能？依你说，死鬼名字我不晓，倒要囚徒狗耳听：死鬼名姓叫长保，被你谋害命残生！"刘爷刚说这一句，李四听闻魂吓惊。又听大人忙吩咐："快看夹棍莫消停！"左右公差齐答应，不多时，夹棍拿来撂在尘。只听咯当一声响，堂音震耳令人惊。大人上面忙吩咐："夹上囚徒胆大人！"左右公差一声喊，李四一见走堂人：说"大人不用动夹棍，小的都，一往从前禀告明。"

第二十三回

昧良心盟兄杀盟弟

贼人李四见公差们将夹棍拿来，当堂一摔，那宗东西响声震耳；再者呢，他又认出刘爷是昨日卖药的，到过他家，明知事犯，不敢强辩。心里想：我今算是上供羊咧！迟早不过一死，是个好的，何苦又挨一夹棍，临死落一个跛鬼？看起来果然是神目如电。也是我暗损阴德，苍天不佑。李四想罢，向上磕头，说："大人暂且宽息，待小的实言禀告。"

李四下面将头叩："大人留神在上听：小的姓李名李四，家住此地江宁府，我有个盟弟叫长保，出外镇江做经营。昨日得意回家转，无心中，当街撞见两相逢。我将他请到我家去，叙谈闲话饮刘伶。忽然之间天际雨，盆倾瓮倒一般同，雨大天黑难行走，也就住在我家中。夜晚复又将酒饮，长保带酒有十分，趴伏桌上沉沉睡，好似死人一般同。小人就，暗暗打开他被套，瞧见里面银四封，还有那，新旧衣服好几件，二吊七百老官铜。小人见财起了意，要害长保命残生。瞧见那，菜墩搁在桌底下，忙忙拿在手中擎。轻轻走到长保处，小人举意下狠心：照着脑袋打下去，一墩砸塌左耳门。"李四说到这一句，这不就，气坏山东诸城县的人。

刘大人听到这一句话上，牙咬得咯吱吱连声听响，说："我把你这人面兽心的囚徒，谋害人命如同儿戏！后来怎么样？"李四见问，说：“大人在上，小的也不敢撒谎：一木墩子将长保打死咧，又将他身上衣全都脱下来，然后将他的尸首趁夜静无人，小的就将尸首背去，扔在江宁城隍庙前井中，这就是一往实情。我自说此事神鬼不知，哪知大人裁断高明，今日事犯，小人情愿领死。”大人闻听李四之言，说：“万恶囚徒，哪怕你不死！”

清官座上一扭项，眼望书办把话云：“快把招词拿下去，叫恶人，画上花押等受刑。”书办答应不怠慢，拿下去，递与李四落笔踪。当堂画押搁下笔，大人吩咐：“快上刑。将他掐入监牢内，等候结案问典刑。”禁子答应不怠慢，当官钉钮上官刑。带下李四人一个，收监等死暂不明。再表清官刘太守，吩咐点鼓掩屏门。大人说罢忙站起，出了公位一转身，忠良迈步向后走，大堂上，四散公门应役人。衙中里外全不表，单讲承差叫王明。夹定死孩出衙外，抱抱怨怨往前行。开言不把别的叫，“罗锅”连连叫两声：“你今故意扭难我，这‘美差’，偏偏单派我王明。少头无脑从那办？我知道，谁家扔的小孩童？既无名来又无姓，真是挠头事一宗。放着公事你不办，胡闹三光混逞能！我看你，五天不能结此案，总督焉肯把你容！一定动本参了你，丢官趁早上山东！”王明他，抱怨之间来得快，自己家门眼下横。

承差王明抱怨之间，来到自家门首。迈步往里而走，一直进了自己住房，还未坐下，他的妻子张氏正在房中做些针线，猛抬头，瞧见他男人从外边走进门来，手里拿着个蒲包子，也不知包的是何物件，张氏只当是给他买来的什么吃食东西，眼望他男人带笑开言，说：“你买了什么来咧？”王明见他女人问他，有点气儿不大，说：“你问的是这蒲包子里头的东西吗？这宗物口沉呢，白嘴难吃呀。告诉你罢：这是罗锅子刘爷施了恩咧，瞧着孤苦，说我没有家谱，把这个物赏与我做爹——这是我前因前世的个小祖宗！快给我搁在咱们那个佛龛里面供起来罢！”那张氏闻听他夫主之言，妇道人家心实，他接过来，果然的搁在财神龛里头，高高的供起来咧。随即还烧上了一炷香，王明的心中有事，饭也没吃，他翻身向外而走，来至大街上，找了个小酒铺，进去拣了个座儿坐下，要了一壶酒，自斟自饮，心中纳闷，抱怨刘爷糊涂。忽听那边对过桌子上，有二人讲话。王明举目一瞧，原来也是喝酒的，一个有四十几岁，一个有二十七八岁，两个人可也是对坐着。东边那个年长的，向西边那个年少的，开言讲话。

他两个，饮酒之间把话云。年长的开言把话云：眼望幼年叫："老弟，要你留神仔细听：昨日早晨一件事，实在叫人好不明。偏遇见，我的肚子实不济，一早起来要出恭。”年长的，刚然说到这一句，西面之人把话云："出恭不算奇怪事，怎么说，纵然不济主何情？”年长见问腮带笑："老三别急仔细听：一早起来往外跑，莲花庵后去出恭。刚然蹲下撤出尿，瞧见那，皮匠挑担向东行。有一个，蓝布包袱担子上，走着走着掉在尘。皮匠他竟无瞧见，自管挑着担子行。老哥一见不怠慢，屎未拉完站起身。

老三你听：我见皮匠担子上挑着的那个蓝布包袱，走着走着呱嗒掉在地下咧！那个皮匠也没看见，竟自扬长去了。我一见，恭也顾不得出咧，屎也没拉完。你说凑巧多着的呢！偏偏的忘了拿手纸！两只眼睛只顾瞅着那个包袱咧，用手去地下一摸，摸了块瓷瓦子，拿起来就往眼子上一抹，吃喽，把眼子也拉破咧！那一时我也顾不得疼，慌忙站起，拾上裤子，跑到跟前一看，才乐了我个事不有余！打开一看，你说里头包的是什么东西罢？”西边那个年少就问，说：“包的是什么东西呢？”年长之人见问，说：“老三，你听：是他妈的奇了怪咧——是个死孩子在里头包着呢！我又仔细一瞧：还是个小小子儿！这也罢了，你说这个孩子的浑身上下，拿盐腌得好像腊肉一般！你说奇怪不奇怪？”西边那个人又问：“这个皮匠，可不知是哪里来的？你认得他不认得他呢？”年长些的说：“怎么不认得呢？我这脚上穿着这双鞋，后掌儿不是他打的吗？告诉你罢：提起这个人来，八成儿你也知道——就在这鼓楼底下出担子的，缝破鞋的王二楼那小子！”西边这个人闻听，说：“啊，原来是他！敢情我认得他。他的女人，不是跟着卖切糕的跑了吗？”年长的闻听，说：“是了，就是他呀！”二人说罢，大笑一遍，会了酒钱，站起身形，出了酒铺子，扬长而去。

刘大人的承差王明，一旁闻听方才二人之言，不由满心欢喜。

他两个，说罢出门扬长去，王明闻听长笑容：无心之中得消息，要刨根底不费难。何不径到鼓楼下，细细再去访根源。皮匠王二我见过，素日之间有往还。你家去把孩子扔，真奇怪，何人拿出到堂前？偏偏罗锅就找我，这样“美差”照顾我，说不得，既然得信去一趟，拿他搪限理当然。王明想罢不怠慢，站起慌忙会酒钱。迈步翻身出酒馆，一直径奔鼓楼前。一边走着心犯想，不由腹中好为难：倘若王二不认账，何为凭据被人说？王明心中打主意，忽然一计上眉尖，说道是：“必须如此这般行，管叫王二入套圈！”王明走着抬头看，鼓楼就在眼然间。承差安心钻皮匠，腹内沉吟把话云。

王明思想之间，来到鼓楼底下头，找了一块瓷瓦子，故意把脚上的靴拉绽了几针，他这才迈步向前而走，穿街到鼓楼北边一看，烟铺的雨搭底下，搁着一副皮匠担子，细看，果然是王二楼。承差王明一见，搭讪走到跟前，带笑开言，说："王二吗？许久不见，哪里发财来着？"皮匠闻听有人讲话，一瞧，认得是江宁差人王明，慌忙站起来，说："王大爷吗，彼此少见！"王明说："有点活计，特来找你，待再替我做一做。"说着说着，一毛腰，把那一只瓷瓦子拉绽了的那只鞋，就脱下来咧："这不是绽了几针？与我缝缝罢。缝得好的。"皮匠王二闻听，说："错不了。"说罢，接过来穿缝。王明穿了皮匠一只破鞋，蹲在一边搭讪着讲话。

王明一旁开言道，眼望皮匠尊"老兄"："真真我才活倒运，一言难尽这苦情。今早晨，原本我要去拜客，我们伺候跟轿行。刚到莲花庵东北，小道旁，有个包袱那边存。大人偏偏说丧气，吩咐跟随手下人：'上前去，打开包袱仔细看，什么物件里边存？'手下闻听不怠慢，跑上去，打开包袱验分明。包的物件真奇怪，原来是，未曾满月死孩童。大人一见说丧气，冲天冲地了不成！吩咐王明'埋了罢'。你说我敢不依从？慌忙借锹借镢，就在此处刨下坑，这才将他埋葬了。将鞋刨绽自己缝，你说丧气不丧气！并不知，谁家扔的小孩童，白埋白葬拿住我，细想起，要肏他的都祖宗！"皮匠闻听王明话，手中扎煞鞋不缝："叫声王爷你别骂，是我扔的小孩子。"王明闻听心欢喜，暗骂了几声，正要你说这白话，拿你好去见刘公。承差想罢假和气，说道是："愚下失言了不成。"

第二十四回

王二楼贪财误偷尸

承差王明闻听皮匠王二楼之言，竟意的带笑说："好的，幸亏才没骂什么别的重话，是王二哥你那扔的？"皮匠说："是我扔的。"说话之间，将鞋缝完，递给承差王明。王明接过，将鞋穿好，不慌不忙站起来就解褡包，稀溜哗啦，就掏出锁子。皮匠王二楼不开眼，反倒带笑用手把王明一推，说："去罢，这点活计值不得要钱，带了去就完咧。这不是笑话了吗？"说话的这个工夫，王明可就把锁子掏出来咧，说："怎么叫你好意思白缝鞋吗？我也是无可为报罢咧——给你个罗锅子刘大人见见罢！"说着说着，哗啷，项上一套，拉起就要讲走。皮匠王二楼一见怪叫，吆喝说："好的，好的！怪不得人家说公门中爷们没个相与头，这句话真不错！你们在其位的太爷们都听听，这才是不讲理的呢！白缝鞋不要钱，他还不依，把我倒诓起来咧！还要给我个刘大人见见！你们太爷们说，这不是黄了天了吗！"王明一见，说："我把你这个关东刘的外孙惯造谣言；根半腿的钱亮秃子，闻听的不要浪言叫，听我告诉与你——"

王明带怒开言叫："皮匠王二楼要你听：非是我来将你锁，有个缘故你不明：我奉那，刘公之命来拿你，快些走罢莫消停！"皮匠闻听发了怔，少不得，同到衙门见刘公。无奈慌忙收担子，他两个，迈步如梭奔衙行。越巷穿街急似箭，留神看：府衙就在眼然中。可巧大人把晚堂坐，判断呈词理民情。王明一见不怠慢，手拉皮匠向里行，来至堂前将千儿打，说道是："大人在上请听明：小的遵依爷命令，原来是，皮匠扔的小孩童，他的名字叫王二，大人仔细问分明。"刘公上面一摆手，王明抖锁一旁行。忠良上面往下看，观瞧皮匠貌与容：年纪不过四旬外，眉目之中带老成，身穿蓝布旧夹袄，青布褡包系腰中。大人看罢开言叫："王二留神仔细听：道边孩童是你撂，又用盐腌主何情？本府堂前从实讲，但有虚言定不容！"皮匠闻听将头叩，说道是："大人在上请听明：孩童本是小的撂，却有缘故在其中。并非我家产生子，不知盐腌主何情。"刘爷闻听微冷笑，说道是："王二胡说了不成！"

刘大人座上闻听王二之言，说："满嘴胡说！死孩子既是你扔，缘何不知就里？"皮匠说："大人在上：这个死孩子，是北街上开鞋铺的李三的。"刘老爷闻听，说："就是他的，你为何替他去扔？"王二说："大人，这件事内中有个隐情，小的若不说讲，大人听之不明。小人当初在本府西街上，开着座鞋铺。此处有个姓李的，外号叫李三膘子，做的也是我这皮匠的手艺，家中甚是寒苦。小人当初周济过他，到而今小人倒闹累咧。李三膘子倒开了铺子咧，小的无处栖身，承他的情，叫小的在他铺子里住着。小的昨日有件事情窄住咧，心里想着和他借几百钱，他想念前情，再无不应之理。谁知这小人更他娘的钱上黑，一个大钱不借！小人越想越气恼，他不念当日周济之情，忘恩负义。小的见他的柜底下撂着一个蓝布包袱，自当是衣服钱财在内，小的本要偷他的，一解胸中之气。天还未亮，小人就起来咧，轻轻地将屋门开放，把那个蓝布包袱就搁在小人担子上了，小的就挑出去咧。到了那莲花庵的东边，打开一看，是个死孩子里头包着呢！我就赌着气子扔在小道旁边咧。这就是实情，小的并不知盐腌的缘故呀！”大人忠良闻听皮匠王二之言，说：“既然如此，你领王明到鞋铺将李三拿来，当堂对词。”“是。”王明、皮匠一齐答应，说罢，王明带领皮匠一齐出了衙门，往北而走。王二楼眼望王明，讲话说：“王大爷，这如今咱们去拿他，倘或他不认账，反为不美。倒不如你那刹住脚步慢行，我头里先去，将这个花尾巴狼稳住，省得他到当堂变卦。”王明说：“很好。”说罢，王二楼扬长而去。承差王明在后边拿眼瞟着。

且说王二楼迈步如梭，不多一时来至鞋铺门首，往里一看，可巧李三膘子在柜里头坐着呢。一见王二楼前来，他就站起来咧，带笑往外开言，说：“业障行子，你干的好事！白在我这里住着，一个大钱房钱不和你要，时常的倒喝我个酒，这个样的待你，这不越发好咧吗，偷起我来咧！怎么，你把我个蓝布包袱也偷了去咧！却原来你不自打量里头包的什么好东西呢！算你运气低，没有偷着。告诉你罢：是你个老生子舅舅在里头包着呢！还我罢，我还白给你五百钱，也不用你还。我那个东西，到你手也是个废物……”李三膘子言还未尽，皮匠王二楼往后一点手，王明一见，不敢怠慢，紧跑几步，登时来至了鞋铺的门首。

王明举目留神看，打量柜里那个人：年貌不过三十岁，打扮却是买卖人。皮匠王二一努嘴，承差搭讪进铺中。李三一见忙站起，说道是：“爷台请坐献茶羹。要用鞋来要用袜？吩咐我好遵命行。”王明闻听佯不理，褡包掏锁手中擎，迈步近前只一抖，哗啷套在脖项中。李三一见黄了脸，怪叫吆喝把话明，说道是：“在下并没犯王法，无故上锁理不通。倚仗公门欺买卖，李三不是省油灯！”王明闻听微冷笑，说：“李三，不必发虚混充人。太爷既然将你锁，总有缘故在其中。何用多说快些走，刘大人，当堂立等问分明。”说罢拉起向外走，皮匠王二后跟行。越巷穿街全拉倒，大人衙门眼下存。王明一见不怠慢，带进王李两个人。来至堂前齐跪倒，王明回话一转身。大人座上往下看，打量李三貌与容：年纪倒有三十上，面带奸顽不老成。刘爷看罢开言问：“叫一声，李三留神你听明！”

刘公看罢，往下开言说：“你就是此处北街鞋铺里的李三吗？”李三见问，向上磕头，说：“小人就是李三。”贤臣爷又问说：“今有皮匠王二，当堂将你供出：莲花庵的东边，扔着一个蓝布包着盐腌的孩童，他说是你家扔的。但不知死后又腌他，主何缘故？倒要你实说。倘有一字不实，管把你狗腿夹折！”李三见问，向上磕头，说：“大人在上，要问这死孩子盐腌的缘故，小人也不敢撒谎。因为小人的房东是个年轻的寡妇，小人住着他的房子，总不给他房钱，每月还要倒使他个三吊两吊的。他要不依，小人就拿这个死孩子讹他——我说是他养的。他怕小的吵闹，被人耻笑，他不与小人一般见识，小人就得了这个倚咧。我就把这个死孩子收起来咧，一搁搁在柜底下，预备到了月头上，好搪房钱。不料昨日黑家，被王二楼当衣服财帛就偷了去咧。回大人：这就是死孩子的缘故。”刘公闻听，说：“搪房钱罢了，为何又拿盐腌起来？这是取何缘故呢？”李三说：“小的实回大人：这宗东西，实在的难掏弄。好容易才得了这么个，怕得是日子多了坏咧，没有使唤的，故此才拿盐腌起来咧。”刘爷又问：“这个死孩子，可是你家的么？”李三说：“回大人：小的光棍汉，并无家眷，哪来的孩子呢！”刘公上面一声断喝：“咄！我把你这奸诈的奴才！既不是你家的，是何处来的？快快实说！但有虚言，立刻把狗腿打折！”李三见问，他哪还敢撒谎？向上磕头，说：“实回大人：是小人的个朋友送小人的。”刘爷闻听李三之言，座上带笑咧，说：“李三。”“有，小的伺候。”大人说：“你这个朋友，真交着咧！他姓什么？叫什么名字？住在哪一块？做何生理？快快说来！”“是。小人的这个朋友，也住在北街上，三官庙的对过，开着座纸马铺，姓张，他叫张立。”刘爷闻听，往下开言说：“王明。”“有，小的伺候。”大人说：“你速去到北街上，三官庙的对过纸马铺中，把那张立拿到堂前听审。”王明答应，翻身下堂，出衙而去。

去不多时，把纸马铺中的张立带到堂前，跪在下面。王明交差回话已毕，退闪一旁，刘爷座上观看。

清官座上留神看，打量张立这形容：年纪未有三十岁，不过在，二十六七正妙龄。天庭饱满准头亮，地阁方圆唇更红，脸似粉团一般样，分明白面一书生。蓝布袍儿正可体，外边罩，青布夹套穿在身。脚上穿，白布棉袜行穿荡，青缎皂鞋足下蹬。头戴一顶立绒帽，杭批缨子通点红。跪在堂前听吩咐，垂颈低头不作声。大人看罢开言叫：“你就是张立吗？纸马铺内做经营？传你前来无别故，李三当堂把你供。他说是，你俩相好如骨肉，因此你送他死孩童。不可隐瞒从实讲，但有虚言定不容！”张立闻听大人的话，腹内说：“原来却为这事情。皮匠李三嘴不稳，走漏风声了不成。内有许多不便处，叫我怎样去应承？”张立为难无主意，刘大人，带怒开言把话明。

第二十五回

乱佛规女尼私产子

刘大人座上开言，说："张立，为何不语?"张立无奈，向上磕头，说："大人在上，李三当堂既然实回，小的焉敢巧辩。"

张立害怕无主意，暗自思量了不成：眼下大人当堂问，怎样回复刘府公？罗锅大人难说话，恰似包公海刚峰，倘若一字说错了，难保今朝不受刑。不如当堂招认罢，料想不能要残生。张立想罢将头叩："大人留神在上听：孩童本是女僧养，就是那，莲花庵中那女僧。我俩素日有来往，夜晚长宿她庙中。小的原本行的错，与她有奸是真情。大人台下不敢隐，望公祖，宽宏大量暂且超生。"说罢下面将头叩，刘大人，座上开言把话云。

刘大人闻听张立之言，扭项讲话说："王明。""有，小的伺候。"刘爷说："爽利你再跑一趟罢，到莲花庵把庙主尼僧传来对词，快来!""是。"王明答应，翻身下堂出衙而去。一边走着道儿，一边抱怨说："这个刘爷，特也混闹。放着正事一点不办，不知打哪里掏弄了个死孩子来了，传这个唤那一个，叫他把我支使了个手脚不沾地！这么一会就是三四趟，连拿带传够一捧咧！再弄出这个来好开招，我看你闹到归齐是怎么样!"王明抱怨之间，来到莲花庵的门首，慌忙站住，瞧了瞧，山门紧闭。王明看罢，用手击户，啪啪连声响亮。

且说里面女僧，闻听外面门声响亮，只当是施主送香灯布施来咧，迈步向外而走。来至山门以里站住，向外问话，说：“外面什么人叫门?”王明说：“送布施来的!”女僧闻听，哗啷，把庙门开放。王明一见，开言就问，说：“大师父，你就是这宝庵的当家的么?”女僧说：“不敢，小尼就是。但不知爷上是哪一位老爷家送布施来的呢?”王明说：“你问我？我是江宁府刘大人打发来，立传法驾即刻进衙。你那偷嘴的那一案犯咧，快些跟着我走罢。我一个人的大老爷咧!”武姑子闻听承差王明之言，吓得无言可对，面貌更改。

这女僧看罢心害怕，不由着忙心内惊：莫非冤家那事犯，口齿不严走漏风？正是尼姑心害怕，忽听那，王明开言把话明：“不必挨迟快些走，一同前去见刘公。与其这时心害怕，当初不该把那事行。”武姑子闻听通红脸，默默无言不作声。王明催促说：“快走，但要支吾我定不容。”女僧闻听无其奈，只得锁上山门要进衙门，一同承差往前走，穿街越巷不消停。招惹军民无其数，纷纷不断语高声。这个说：“武姑子犯了什么事？承差来传有隐情。”那个说：“武姑子素日正经得很，不见闲人进她庙中。”你一言来我一语，大伙言讲后跟行。按下军民不必表，再整王明共女僧，转弯抹角来得快，刘大人衙门在眼下存。正遇大人将堂坐，判断民情与主尽忠。承差一见不怠慢，带定女僧往里行，东边角门走进去，举目瞧，堂上人役乱哄哄。这王明，带定女僧朝上走，来至当堂跪流平说：“大人在上女僧到。”大人上边一摆手，王明站起一旁行。罗锅留神往下看，打量女僧貌与容：年纪未必有三十岁，不过在，二十六七正在妙龄。青缎僧帽头上戴，三镶的云鞋足下蹬。套环的丝绦在腰中系，一双俊眼赛星星。眉似远山拖翠黛，鼻如悬胆正当中，脸似丹霞一般样，未开口，想必是糯米银牙在口中。两耳藏春真好看，就只是，缺少桃环显着空。腰如杨柳随风舞，袍袖长，十指青葱看不清。小口樱桃无言语，跪在地，默默无言不作声。刘大人，看罢自是将头来点，不由赞叹这尼僧："难怪这尼姑把佛门乱，不由人不动心情。"大人想罢时多会，往下开言把话明。

刘大人看罢，往下开言，说："那一女僧，今有纸马铺的张立，说与你有奸，将私胎与人，扔在野外，可是真情？"女僧见问，向上磕头，说："大人在上：公祖的神见高明，小尼也不敢强辩。望大人贵手高抬，看佛怜僧。"刘大人闻听，微微冷笑，往下吩咐，说："将这女僧和开纸马铺的张立带将下去，令人看守，不许他们串通口供。少时再问。"下面人答应一声，将两个人带下看守不表。

且说刘大人又叫："承差朱文。""有。小的伺候。"大人说："俯耳过来。"大人向朱文耳朵上悄语低声，喊喊喳喳，说："如此这般，这般如此，急去快来。""是。"朱文答应，翻身下堂出衙而去。不多一时，只见他手拿个蒲包往里而走，来至堂上，将蒲包搁下，一条腿打千儿，回话说："小的照大人的言词而办，拿了来咧。"刘大人一摆手，朱文站起，一旁侍立。大人又往下开言，说："将那女僧和张立带将上来！""是。"这下面答应一声，不多时，将二人带至当堂，跪在下面。刘大人上面开言，说："张立。""有，小的伺候大人。"刘大人说："你放着买卖不做，你眠花宿柳，私奸佛门弟子，岂是良人所行？今日事犯，当堂还有何说分辩之处？"张立闻听刘大人之言，向上磕头，说："大人在上，贵手高抬，恕小人年幼无知，饶过我这一次，下次再不敢妄行。"说罢，咕咚咕咚只是磕头。大人微微冷笑，又往下叫："那一女僧。""小尼伺候大人。"刘大人带怒开言，往下便问。

刘大人带怒开言叫："女僧留神要你听：既在佛门为弟子，你就该，一心秉正去修行。为什么，私自偷情把纲常坏，玷辱了佛门教下的僧？私胎埋在荒郊外，令人观瞧甚惨情。我瞧你，这个光景也难住庙，倒不如，还俗还是一个正经。细想来，你素日朋友也不少，你何不，拣选一个把夫妇成？也省得，受怕担惊在风月下，育女生儿也有后承。"刘大人，不村不俏①几句话，把尼姑，白脸说了个通点红。这女僧，下面只是将头叩："望大人，隐恶扬善容一容。"大人闻听又讲话："你二人留神仔细听：幸亏遇见我本府，少不得，看佛要怜僧。私胎现在公堂上，就在蒲包里面盛。拿去埋在荒郊外，自此后，紧守佛门不可乱行。张立也好做买卖，再要是，犯我手中定不容。"吩咐衙役把蒲包取，交与他们两个人，当堂打开验分明。承差朱文不怠慢，把蒲包拿来交与女僧。刘大人吩咐打开看，武姑子闻听不消停。伸手就把绳扣解，真奇怪，蒲包包够好几层。全都打开留神看，武姑子观瞧把魂吓惊；张立在旁边也是打战，登时嘴唇紫又青。众多青衣也发怔，变为咧，何从是个死孩子在里面盛？原来是个人脑袋，仔细瞧，是粉面油头的女俊英！武姑子看罢真魂冒，"哎哟"了一声扔在尘，浑身乱抖筛糠战，口内说"打鬼打鬼"不住声。刘大人观瞧这光景，贤臣腹内早已明。往下开言把女僧叫："不必害怕你吃惊。送暖偷闲犹可恕，绝不该，杀害人命在庙中！将头扔在官井内，因奸不允擅行凶！你自说，此事神鬼不能晓，哪晓

① 不村不俏——不庸俗也不俏皮。

得，本府判断有才能。事犯当堂有何辩？快快实言免动刑！”

刘大人说：“那一女僧，还有何辩？从实说来！”武姑子闻听刘大人问的这个话厉害，自己心中思想，说：“我自想认了奸情，也不至于要命，谁想又勾出这一件事情。这人头本是我妹妹素姐之头，因为我那狠心的冤家求奸不允，将他用尖刀杀死，尸首埋在庵后院中，冤家将头拿出庙去，他说有一仇家，移祸于人。不料这人头现在当堂，这如今要招承，性命休矣！”复又思想，心说：“素姐虽是我庙中杀死，现今无凭无证，何不咬定牙根，至死不招，看这刘罗锅子其奈我何！”

武姑子想罢，向上磕头，说：“青天大人在上，小尼与人通奸真实，要说小尼杀人，谁是见证？哪一个是原告？望大人的秦镜高悬。杀人之事，休要屈赖我佛门弟子。”大人闻听武姑子这个话，座上微微冷笑，说：“你这个话说得倒也顺理，就只是抄手问贼，你如何肯应？”吩咐左右：“与本府拶起他来再问！”这下面一声答应，登时把拶指①拿到堂前一撂，响声震耳，不容分说，把武姑子尖生生的青葱十指入在木棍之内。刘大人座上吩咐：“拢绳！”这下面齐声答应，左右将绳一拢，挽在上面。武姑子疼了个面如金纸，唇似靛叶，浑身打战，体似筛糠，热汗顺着脸直淌，战兢兢望上开言，说：“青天大人在上：我小尼杀人，又无证见，无故屈拶，叫我招承，大人岂不有伤天理？”刘大人闻听，不由冲冲大怒，往下开言。

清官闻听冲冲怒：“女僧留神要你听：花言巧语哄本府，想想我为官平素中。我也曾，十里堡去拿那徐五，假扮算命一先

---

① 拶（zǎn）指——旧时用拶子夹手指的酷刑，此处亦指刑具。

生；上元县北关出怪事，将人杀在旅店中，我也曾，私访拿过王六，搭救店家命残生。昨日里，巡按派我把人头审，当街卖药把人蒙。其中就里我早知晓，你要不招枉受了疼。”吩咐左右加拶板，手下人答应不消停。只听乒叮连声响，疼坏佛门好色僧，咬定牙关不认定，挺刑也是为残生。话要叙烦人不喜，一连三拶不招承。大人观瞧也发怔，说：“莫非其中有冤情？我要断不清这件事，巡按高宾未必容。再要加刑不合理，真真为难的事一宗！”刘大人，座位之上搭着窄，只急得，浑身热汗似蒸笼。忽然之间灵机动，说道是：“必须如此这般行。”大人想罢开言叫：“王明留神要你听：快把女僧带下去，明日早堂审问明！”

第二十六回
莲花庵色鬼又杀人

刘大人说："王明。""有，小的伺候大人。"刘大人说："俯耳过来。""是。"王明忙答应，将耳朵俯在刘大人的嘴边。刘大人低言悄语，说："王明，你暂且将这女僧带将下去，赶三更天，将她带到城隍庙的大殿之上，锁在她供桌腿子之上，你就在一旁看守。但有错误，把狗腿打折!""是。"王明答应，翻身下行，带定女僧出衙而去，不必再表。

且说刘大人座上吩咐："将王二楼打放；将李三膘子打了十板，一月的枷号；把开纸马铺的张立暂且寄监。"刘大人堂事已毕，吩咐点鼓退堂。下面鼓响一阵，刘大人退进屏风，众役散出不表。

再说刘大人来到内书房坐下，张禄献茶，茶罢搁盏，随即摆饭。刘大人用完，张禄撤去家伙，不多一时，太阳西坠，秉上灯烛。刘大人叫："张禄儿。""有。"小厮答应。大人说："传书办和英、承差陈大勇，叫他们二人速来，说本府立等问话。""是。"张禄翻身而去。不多一时，将二人传来，带至内书房，打了个千儿，都一旁站立。刘大人一见，说："你二人起更天，到城隍庙中，暗自将大殿上的泥胎挪出庙外，你二人就在后殿等候。本府今夜，必须如此这般，这般如此，方能事妥。休叫外人知道。""是。"二人齐声答应，往外而去，城隍庙办事去不表。

也不提刘大人书房闲坐，再说承差王明，带定女僧出了衙门，到了个饭铺中吃了点子饭，王明的本心，要请武姑子吃顿饭，奈因武姑子至死不吃，王明无奈，自己吃了，会钱，带定莲花庵的女僧，径奔城隍庙而来。

王明走着开言道："武师父留神你是听：依我瞧你这件事，明明放着是屈情。又无据来又无证，罗锅子，混打胡搅瞎逞能！方才我瞧你将刑受，我的心中替你疼。"武姑子闻听王明说，又羞又臊面通红，低头不语长叹气，暗自后悔在心中。无奈何，跟定承差朝前走，径奔城隍古庙中。王明走着打主意，今日该我大运通：我瞧这尼姑容貌美，岁数不大又年轻，令我看守武姑子，罗锅子他必瞧我好，瞧我素日露着老成。这王明，思想之间抬头看，古庙城隍眼下存。庙中并无僧和道，缺少住持庙内空。王明瞧罢走进去，带定莲花庵内僧。眼看太阳朝西坠，登时落了小桃红。二人就在山门坐，单等半夜才进庙中。按下他们人两个，再把刘爷明一明。

且说刘大人等到定更之后，带领张禄暗自出了后门，悄悄地径奔城隍庙而走。转弯抹角，不多一时，来至城隍庙的后门。张禄上前击户，里面的书办和英、承差陈大勇二人闻听不敢怠慢，就知是大人前来，连忙来至后门，将大人接进庙内。刘大人一见，开言就问，说："事情妥了吗？"二人答应说："俱已办妥。"刘大人闻听，说："既然如此，咱们一同前去。""是。"二人答应，后面相跟，不多一时，来至城隍大殿。刘大人吩咐张禄回衙，小厮答应，出殿而去不表。

再说刘大人并不怠慢，随便上了供桌，坐在神位之上，叫书办和英站在东边，承差陈大勇站在西边：老大人装城隍、书办装判官、成差装小鬼。诸事已毕，不用再表。

且说承差王明和莲花庵的武姑子，山门上坐够多时，瞧了瞧天有二更光景，王明说："咱们也该往里升一升咧。"说罢，带定女僧，又往里走。登时之间，来到大殿，偏偏又遇见月黑天，一抹漆黑。王明无奈，一同武姑子进大殿，果然他将锁锁在供桌腿上，他就坐在一边，掏出火镰打了火，装了袋烟，一边吃烟一边说话，说："武师父，你不吃烟么?"武姑子说："小尼不会吃烟。"王明闻听武姑子娇滴滴的这个声儿，乐了个事不有余，心痒难挠，说："武师父，我可辖不住了，可成了个嚏分了。俗语说得好：'有缘千里来相会，无缘对面不相逢。'也是咱们俩前世里有缘，再想不到这乐这么一夜。"武姑子闻听王明之言，说："误遭冤枉，乐从何来?"王明说："武师父，很不必发愁，这件事依我瞧，你本是屈情，偏偏的遇见我们家糊涂虫刘罗锅子，混冲他有才，没有的事情，他就叫人家招承。这么着，武师父，把这一件事情搁开，眼下我有点小事，你要依了我，我就有个很好的主意，管叫你不吃苦。"

王明带笑来讲话："武师父留神你是听：今夜依我这件事，你的官司交与咱，王明一乐将你放，刘罗锅子不依我去缠。"这王明，说着话儿朝前凑，苦扒苦拽要闹袋烟。黑影之中一伸手，拉住姑子那衣襟。刘大人，上面闻听王明话，腹内说："这厮可恶要硬强奸！何不将他吓一吓，管叫他吃不成这女僧烟。"大人想罢不怠慢，从桌案上跺脚响震天。武姑子闻听吓一跳，王明在下面把眼都吓蓝。战战兢兢来讲话：说："方才是哪里响震天?"武姑子闻听说："不知道。"王明说："真正奇怪特也罕然！"虽然害怕色不退，欲火攻心似箭镩。乍着胆子又动手，把武姑子拉住不放宽，扳着脖子就要个嘴，他把那“干娘”连连叫几番。刘大人，上面闻听心好恼，“当”一脚把个花瓶踹在地平川。王明怪叫说：“不好！莫非是，城隍爷见怪不容宽?”王明正然瞎猜鬼，上面刘公开了言，吩咐鬼判休怠慢：“快把那，阳间差人拿下莫迟挨！谁叫他，胡言乱语在佛殿，佛门弟子要强奸！吾神既把城隍做，像这等，奸顽之辈怎容宽！拉将下去着实打，二十五板警愚顽。”书办承差不怠慢，“当”的一声齐上前。二人把王明来拉住，吓得他浑身打战把话言。

王明跪在地下，死也不动，说：“城隍爷饶过小的这一次，下次总不敢抄烟吃咧！连鼻烟都忌咧!”说罢，只是叩头。刘大人上面吩咐：“把这厮拉将下去!”只听下面答应一声，不容分说，把王明拉出殿外，按在月台之上。那的板子呢？陈大勇进了大殿，找了个门闩，有茶盅般粗，拿出殿外，来至王明的跟前站住，两手抡圆，往下就打，书办和英在一旁数数儿。打完放起，跪在月台之上。陈大勇进殿回话，刘大人说：“将他掐出庙外!”陈大勇答应一声，翻身出殿，一同书办和英扯着腿子，把王明拉下了月台，一直拉到山门口，这才放在地下，二人这才进庙而去。

且说王明挨了二十五门闩，又搭着这一拉，实在地挣扎不起，他就躺在山门口咧，暂且不表。

且说书办和英、承差大勇陈爷，把王明放在山门口，二人翻身来至大殿两旁侍立。刘大人上面开言说：“莲花庵的女僧听真：今有那屈死的女鬼将你告下。她说你的庵中因奸不允，将她杀害，她的冤魂不散，告到吾神，正要遣鬼捉拿于你，不料自投罗网。吾神台前，从实招来！但有虚言，管叫你形销骨化！两边的鬼判：看油锅钢叉伺候！”和英、陈大勇一齐答应。武姑子闻听，吓了个浑身打战，体似筛糠。

这女僧闻听前后话，不由着忙吃一惊：暗自后悔当初错，绝不该，害了妹妹命残生！阳间官府还好挺，咬定牙根不招承。谁知道，冤魂不散幽冥去，城隍台前把我鸣。有心不把实情诉，眼前就要下油烹。罢罢罢，倒不如全都招认，省得那，滚油锅内丧残生。女僧想罢主意定，“城隍爷”连连叫二声：“小尼原本行得错，庙内杀人是真情。小尼的妹妹叫素姐，住在莲花古庙中。我妹夫姓张叫长保，镇江贸易未回程。小尼是，奶地出家将庙入，一心秉正苦修行。有一个张立开纸铺，住在北街三官庙东。瞧见小尼容貌美，他就设下计牢笼：庙中许愿常来往，那一天，把小尼请到他家中。酒泡的江米将人赚，小尼不知吃在腹中，登时醉倒难挣扎，张立囚徒不肯容。硬行强奸真可恼，可叹我，小尼昏迷在梦中。及至酒醒明白了，城隍爷，生米也已把饭成。小尼万分无其奈，才做了通奸这事情。那天刚有一更鼓，张立去到小尼庙中，见我妹妹容貌好，硬去求奸要偷情。我妹妹一见不肯允，一心要告状进衙门。张立观瞧心好恼，拔出了，解手尖刀不肯容，哽嗓咽喉只一下，我妹妹一命赴幽冥。小尼一见把魂吓冒，说：‘这件事情怎样行？’张立闻听小尼话，说：‘你不必担怕惊。尸首埋在后院内，神鬼不知这事情。’他把那，人头割下拿了去，他说是，有他个仇人叫赵洪。”

第二十七回

奸夫淫女僧俱服罪

武姑子说到此处，向上叩头，说："城隍爷，张立将人头拿去，情实要扔在赵洪家中，移祸于赵洪。不料，那一日晚上，赵洪家有事，不得下手，张立就扔在江宁县城隍庙前井中。自此以后，又不知怎么样，我妹妹的人头又弄到刘大人衙门。这就是实情。望城隍爷超怜①，拿张立问罪，与小尼无干。"说罢，只是叩头。刘大人望下开言，说："判官，记了莲花庵女僧的口供。"诸事已毕，轻轻地下了神台，打后门而走。书办和英、承差陈大勇也溜将出去。刘大人一见，吩咐陈大勇："如此这般，如此这般，在城隍庙看守女僧。"刘大人吩咐已毕，带领书办和英出了城隍庙，回衙而去。书办把刘大人送入内衙，他才回家。不表。

且说刘大人及至到了衙门，天只四鼓，打铺安歇，一夜晚景不提。到了次日早旦清晨，张禄请起大人净面更衣，茶罢搁盏。刘大人吩咐张禄："传出话：叫外边的伺候，本府升堂办事。"小厮答应，翻身出了内书房，来至堂口站住，将大人之言传了一遍，又到内书房回明了大人。大人点头，随即起身来，往外而走。来至外边，张禄闪屏门，刘大人进暖阁，升公位坐下。众役喊堂已毕，两旁站立。刘大人座上开言，说："值日承差何在?"

① 超怜——特别地怜悯。

“有，小的朱文伺候大人。”大人说：“你速到城隍庙中，把王明与莲花庵的女僧传来，当堂问话。”这朱文答应，翻身下堂，出衙而去，暂且不表。

且说差人王明，被假城隍爷打了二十五门闩，眼子也打肿咧，又搭着和英与陈大勇扯着腿子又一拉，将他扔在山门底下，他就在那躺了半夜，屁股略薄儿的好了点，他就一骨碌爬将起来，瞧了瞧天有辰时咧，心中应记着莲花庵中的女僧，怕的是再跑了，再叫刘罗锅子再打顿板子，那可就算是死定咧！王明想罢，不敢怠慢，慌忙迈步往里而跑。

且说陈大勇奉刘大人之命，在城隍庙的暗处看守女僧。一见王明前来，他就暗自出了城隍庙的后门，回衙交差不表。

且说王明来至大殿，举目一瞧：武姑子还在供桌腿子上锁着呢！这才放心。

王明举目留神看，不由着忙吃一惊：上面城隍不见了，座位之上空又空。王明一见只发怔，猜不透其中就里情。自己思量这件事，大有隐情在其中：昨夜晚，我和女僧说玩话，城隍爷吃醋不肯容，他说我，私奸佛门徒弟子，吩咐拉下莫肯容。只听两边人答应，听声音，好像陈大勇那汉，打我也不像毛竹板，好像扛子一一楞。真真这才闷死人，莫非是，刘罗锅子的计牢笼？正是王明胡思想，一抬头，瞧见朱文往里行。不多一时上了大殿，说“王大哥留神要你听：我奉那，大人之命来传你，一同女僧进衙中。快些走罢不怠慢，大人立等问分明。”王明闻听不怠慢，供桌下，慌忙解下那女僧。迈步翻身齐出了殿，二人说着往前行。王明的，腿带棒疮紫又疼，又不好说这隐情。走一步来把牙一咬，龇牙咧嘴皱眉峰。朱文一见开言道：“王大哥，你为何面带着愁容?”王明闻听口撒谎：说：“着兄留神你是听：昨黑家，庙中看差将寒受，只觉阵阵肚子疼。”他二人，说话之间来得快，府衙不远面前存。

王明、朱文二人，说话之间来至辕门，正遇刘大人升堂。朱文说：“王大哥，你先等一等，我进去回话。”说罢，朱文往里面走，来至当堂跪在下面，说：“小的朱文，把王明和莲花庵那一女僧传了来咧，现在衙门外伺候。”刘大人座上吩咐：“叫他进来。”这朱文答应，翻身走出，来至外边，眼望王明，说：“大人吩咐：叫你带进那一女僧去呢，当堂立等问话。”

王明答应，带定武姑子往里而走。来至当堂跪在下面，说：“大人在上，小的王明昨日奉大人之命，把莲花庵的女僧带至城隍庙中，小的看守一夜，今将女僧带至当堂，讨大人的示。”刘大人座上一摆手，王明站起，一旁侍立。刘大人往下开言，说：“那一女僧，害命之事，招与不招？快些说来!”武姑子见问，说：“大人在上：小尼原本不曾杀害人命，叫我招什么?”刘大人闻听，微微冷笑，往下开言，说：“你也不肯善自招承，少时便叫分晓。”

这清官，座上开言把和英叫：“快取他的口供莫消停!”书办答应不怠慢，取出那，女僧原招手中擎。刘大人吩咐：“拿下去，递与莲花庵内僧。”淫尼接过瞧一遍，才知中了计牢笼。只后悔，昨夜不该说实话，原来是，罗锅子假装城隍在庙中。既然昨夜把实情诉，今日里，要想反招万不能。女僧想罢将头叩，“大人”连连尊又尊：“速提张立来问话，小尼已往尽招承。”刘大人，听罢女子前后话，吩咐朱文莫消停：“快到监中提张立，本府立等问分明。”承差答应翻身去，径奔南牢快似风。不多时，把张立带到府堂上，刘大人，往下开言把话明："你为何，因奸不允伤人命？岂不知，王法无私不顺情？事犯当堂有何辩？快快实诉莫消停！"大人言词还未尽，武姑子旁边把话云，眼望张立把冤家叫："老娘替你早招承！料想强辩也不能够，何苦枉去受官刑？"张立闻听女僧话，好一似，凉水浇头怀抱冰。仰面朝天长吁气，自己后悔在心中：绝不该，因奸不允伤人命，一时酒后擅行凶。我如今，有心不招这件事，罗锅子，未必肯善罢容情。武姑子也已全招认，你叫我，跳到黄河洗不清。倒不如，当堂之上说实话，早死早灭早托生。张立想罢时多会，望上叩头把话明。

张立想罢，向上叩头，说："大人在上，武姑子既然招认，小的也不敢强辩……"就把那因奸不允，酗酒一时将武姑子的妹子素姐杀死的话，说了一遍。刘大人上面又问，说："死尸首现在何处？"张立闻听，说："回大人在上：尸首现在莲花庵的后院之中埋了呢！"刘大人闻听，说："你为何又将人头扔在官井之中，不知是取何缘故？"张立闻听，说："大人，小的只一家有仇，他就住在东边，姓赵，名洪，小人实指望将人头扔在他家院内，移祸于赵洪，不成望那一天晚上，他家有事，人烟不断，未得下手，所以小的就扔在官井之中咧。这就是实情，小的也不撒谎。"刘大人闻听，吩咐书办记了口供，拿下去，叫张立与武姑子画了花押，刘大人又看了一遍，吩咐："将张立与莲花庵的女僧暂且收监。"下役答应，登时将他两个带将下去，收监不表。

且说刘大人又吩咐王明，将那个盐腌的死小孩子抱了来，这王明答应翻身下堂，出衙而去，不多一时，他把那个死小祖宗抱了来咧，放在当堂。刘大人一见，说："王明。""有，小的伺候大人。"刘大人说："这就是你的差使：你就抱着他跟着本府到高大人衙门交差。”“是，小的是应当的。”王明是敢怒而不敢言，只得把他的小祖宗又抱起来咧，在一旁伺候。刘大人又叫书吏拿着张立与武姑子原招，然后吩咐预备马。手下人闻听不敢怠慢，登时将马鞴上，赶到滴水。刘大人一见，站起身来，往下而走。来至堂口站住，下役坠镫，扶持刘大人上了坐骑，并不用执事众役尾随，出了府衙，径奔了高大人的衙门而来。就只是王明抱怨，说：“好的，我这承差，当泄了底咧，竟挟起死孩子；赶明日我就要置买个扛，抬一抬咧！”

不表王明心中抱怨，再表刘大人正走之间，来至高大人的辕门，下了坐骑，手下人接过马去。刘大人打书办手内接过张立与武姑子的原招口供，进了巡抚的辕门。众巡捕官一见首府刘大人前来，齐都站齐。刘大人来至巡捕的跟前站住，说：“与我通禀大人：就说城隍庙中的人头，我刘墉审问明白，现有原招口供在此。”说罢，递与巡捕，然后又将井内捞上死人一口，言讲明白，又把私访拾了个死孩子、得了消息的话，又说了一遍。巡捕官听罢，不敢怠慢，手拿口供，翻身往里而去。

巡捕官听罢不怠慢，迈步翻身往里行。来至院门忙打点，惊动了里边内厮人一名。宅门站住开言说：“打点传报有何因？”巡捕闻听不怠慢，就把那，刘大人之事说个明。然后将口供递过去，内厮接来往里行。来至书房把大人见，递过原招与口供。高巡抚接来仔细看，不由心中喜又惊。喜的是：无头的公案能判断，果然罗锅子学问通。惊的是：不惧上司是个硬对，更有那，我要想钱万不能。倘若是，一步道儿走的错，刘罗锅子未必容。我何不，打发他早离了江宁府，省得我心中担怕惊。一套文书将京进，保举刘墉往上升。高大人想罢时多会，眼望来福把话云：

“快去告诉刘首府，叫他回转衙门去，不必伺候在我衙中。你就说：本抚偶把风寒染，暂且不必理事情。”来福闻听答应：“是。”迈步翻身往外行。辕门见了刘太守，就把个，高大人言词说个明。刘大人闻听不怠慢，出了那，巡抚衙门上走龙。马上开言把王明叫：“要你留神仔细听：那一个，盐腌的孩子不要了，赏了你罢，难为你庙内看女僧。本要将你打去报，罢罢罢，将功折罪把你容。”刘大人，说话中间来得快，自己的衙门在眼下存。

刘大人来至自己的衙门，至滴水下了坐骑。张禄接进大人，到内书房坐下，献茶已毕，随即摆饭。刘大人用完，张禄撤去家伙，不多时，太阳西坠，秉上灯烛，一宿晚景不提。

到第二天早旦清晨，张禄请起大人，净面更衣，茶酒饭罢，刘大人吩咐：“传出话去：叫外面伺候，本府升堂办事。”这张禄答应，出了书房，来至堂口站住，照大人的话传了一遍，翻身往里而走，来至内书房，回明大人。大人点头，随即站起身来，往外而走。来至外边，张禄闪屏门，刘大人进暖阁，升公位坐下。众役喊堂已毕，旁边站立。刘大人才要判断民词，忽见一个人走上堂来，跪在下面。

第二十八回

伸正义吴旺告吴仁

且说刘大人才要判断民词，忽见打下面走上一人，来至公堂跪在下面，说："大人在上，小民是南关的地方，名叫王可用。今有南门外离城五里，有一座五道庙。这庙中死了个乞丐贫人，小的身当地方，不敢不报。现有呈报在此，请大人过目。"刘大人闻听地方王可用之言，说："拿上来我看。""是。"手下人答应，即将地方的报呈接过来，递与忠良。刘大人举目观看。

这清官座上留神看，字字行行写得清。上写着："南关的地方王可用，大人台前递报呈：聚宝门外五里地，五道庙，有个乞丐丧残生。年纪约有五旬外，麻面身高四尺零，身穿蓝布旧夹袄，腰中系定一麻绳。竹杖一根旁边放，还有个，小小竹筐把破碗盛。除此并无别物件，大人台前呈报明。"忠良看罢多时会，高声开言把话云："两边快些预备轿，本府亲去验分明。"轿夫闻听不怠慢，将轿抬来放在地流平。慌忙栽杆去扶手，坐上清官叫刘墉。执事早出门外站，大轿相跟后面行。地方当街前头跑，说道是："闲人退后莫要高声。"刘大人，轿中留神往外看，两边铺面数不清，缎店盐当全都有，恰比北京一样同。怪不得，洪武①建都在此处，真乃是，龙能兴地地能兴龙。到而今，我主改作江

① 洪武——明太祖朱元璋的年号。这里即指朱元璋。

宁府，一统华夷属大清。刘大人，轿中思想抬头看，这不就，出了金陵那座城。果然快，轿夫叉步急如箭，五道庙在眼然中。不多时，来至眼前将轿住，张禄一见不消停。慌忙上前去扶手，出来清官人一名。

刘大人下了轿，轿夫将轿搭在一边，公案设在庙前。刘大人他举目一瞧，原来是孤孤零零一间小庙，四面并无裙墙。忠良看罢，归了公位坐下，书吏三班在两边站立。刘大人座上开言叫仵作。忠良言还未尽，只听人群之内，高声答应："嗻，小的李武伺候。"大人说："李武，你去到那庙中，将个死乞丐尸首留神验看，有伤痕无有，回来禀我知道。但有粗心，定有处治。""是，小的知道。"仵作说罢，站起身形，一直进了庙内，站在那个死尸跟前，向外高声叫道，说："来一个人，将这地塌子的衣服剥下来，好验看。"

众位明公，要照咱这北京城的规矩，逢死尸相验，都是兵马司的事情；验伤也是仵作相验。这刷尸抬埋是火夫勾子老弟兄的事情。你要到了外省，哪里来的火夫勾子？像这断，刷尸抬埋，是地方的事情。书里交代明白。

且说仵作刚叫声"贤弟"，地方王可用手一指，说："来了。"说话之间，也就进了庙咧。仵作李武又手一指，说："快些来，将这个地塌子的衣服脱下，好验看。""是了。"地方答应，不敢怠慢，走上前来，将那个死尸拉了一拉，伸手就去解他的衣纽。刚然把大襟的纽子解开，向里一看：只见他的怀中，掖着一张字纸。地方一见，不敢怠慢，伸手掏将出来，就递与了仵作。李武虽然的也认得几个字，看了一看，竟不断上面的字写的是何等缘故。仵作说："这件事，须得回明大人知道才好。"手拿着这一张字纸，翻身出庙，至公案以前，跪在下面，说："大人在上，小的奉大人之命，去验看那庙中的死尸，打他怀中掉出一张字帖来咧！小的等也不知写的是什么言词，回大人知道。"刘大人闻听，吩咐："拿上来我看。"这手下人答应一声，从仵作手中接过，递与忠良。刘大人拿起，举目一瞧，并不是什么言词——却原来是自己作的一首诗句。听在下的念来：

"自幼生的是野流，手提竹杖过江头。
宿水餐风吟皓月，带露归来唱晚秋。
两脚踏遍尘世界，一生历尽古今愁。
从今不傍人门户，街犬何劳吠不休？"

刘大人看罢，说："原来是个隐士高贤，何不将他留下的这首诗，启奏当今老主的驾前，也不枉他留诗之意。"清官爷想罢，折了一折，插在那纸袋之内。

这清官看罢不怠慢，诗句插在纸袋中。这不开言叫："李武，快去庙内验分明！"仵作答应忙站起，一直又进小庙中。死尸上下瞧了个到，并无青肿与伤痕。仵作又，回明江宁刘太守，刘大人闻听把话云："吩咐快叫王可用！"地方答应跪流平。大人说："买口棺木盛尸首，暂且掩埋官地中。"地方答应说："知道，不用大人再叮咛。"清官吩咐预备轿，手下人等不消停。搭过栽杆去扶手，座上贤臣赛包公。轿夫上肩忙叉步，开道铜锣响又鸣。军牢头戴黑毡帽，衙役吆喝喊道行。皂班手拿毛竹板，三檐伞，罩定忠良刘大人。四轿正然朝前走，忽听得"冤枉冤哉"不住声。大人闻听吩咐轿，轿夫答应把步停。四轿放在流平地，忠良在，轿内开言把话云，说道是："快把喊冤人带过！"手下之人应一声。不多时，带进公差人一个，大轿前边跪在尘。

众公差把喊冤之人带过，跪在轿前。皂班张炳仁在一旁打千，说："回大人：小的们将喊冤之人带到。"刘大人闻听，在轿内一摆手，皂头张炳仁站起，退闪在一旁。贤臣留神向轿外观看。

这清官，轿内留神往外看，目视申冤告状人：年貌不过二旬外，身上褴褛苦又贫。五官端正长得好，就只是，天庭特灰主劳奔。虽然眼下时未至，将来有日定鹏程。则见他，跪在轿旁身不动，呈词一张手中擎。大人看罢开言问："你有什么冤屈快讲明，竟敢拦轿把冤伸！真真可恶休怠慢，快些实诉莫消停。"喊冤之人闻此话，说："大人在上请听真：小人因为不平事，人命关天非小可。素闻公祖如明镜，亚似龙图包相公，所以才敢拦轿告，大人冤枉把我容。公祖要问因何故，大人瞧状自然明。"忠良闻听说接来看，手下之人不敢停。接过状子向上走，大轿旁边站身形。两手高擎轿内递，刘大人伸手接过看分明。上写着："具呈民人名吴旺，家住此地府江宁。我有个，族中当家也在此住，他住在，上元县东边那条小胡同。地名叫做翠花巷，却原来，兄弟两个一母生。兄名吴祥卖绸缎，贸易长在北京城。弟名吴仁是举人，候选知县有前程。谁知他，人面兽心真畜类，衣冠禽兽一般同！半夜谋害亲兄去，家财独占他一人。昨日出殡埋在坟内，他说暴病丧残生。望求大人悬明镜，速拿囚徒定罪名。"刘大人看罢开言问，说："吴旺留神听说明。"

刘大人向轿外开言，说："吴旺，吴仁半夜谋害他的兄长吴祥，你怎么知道？从实说来！"吴旺见刘大人这个话问得厉害，在轿前叩头，说："大人在上，小的有个下情①：吴祥自从北京贸

① 下情——谦辞，旧时对人有所陈述时称自己的情况或心情。

易回来，是九月初二日到的家中，并无灾病。昨日二十七的晚上，小的还与他饮酒，言讲买卖的事情，他还说明日二十八日我还有件事，托小的给他办一办。有二更天，我们俩才散的，他就回家去咧。到了第二日，小的去到翠花巷吴祥的家中去看，刚然到他家的大门口，只听见里面号啕痛哭。小的一问吴家管事的张兴：‘因何事一家痛哭？’张兴见问，说：‘我家的大爷，昨日晚上有二更多天回的家，忽然得了个暴病而亡，所以痛哭。’小的听这个话，心中似信不信。哪有这样怪事？我想了想，何不进去一看，便知真假；再者呢，我们又是一家子。小的就进去咧。到了里面一看——回大人：实在令人可疑。”刘大人问，说：“吴旺，有什么可疑之处，从实言来。”吴旺见问，说：“大人容禀。”

只见吴旺开言叫：“大人在上请听明：小的到里边留神看，明是其中有隐情。就是暴病将命丧，也不该，天亮就用棺木盛。大人想，九月天气不算热，走马入殓理不通。三天出殡就入土，怕的是旁人看破有讨保，明明谋害亲兄长，我小的，舍命前来把状呈。如若死鬼逢好死，小的情愿领罪名；死鬼若不是逢好死，望大人，速拿吴仁定口供。”吴旺说罢将头叩，刘大人，轿内开言把话云：“但不知，吴宅坟茔在哪里？离这脚下有多少程？”吴旺见问，“尊公祖，贵耳留神请听明：吴宅坟茔不算远，向西去，二里之遥还有零。”大人闻听，说：“既然如此，你就引路头里行。本府到你坟茔观动静，然后再，把举人传来问口供。但有一字虚言假，妄告良人罪不轻！”吴旺答应忙站起，翻身迈步头里行。执事大轿跟左右，径奔吴宅坟茔来。二里之遥来得快，留神看：一片松林眼下横。吴旺又在轿前跪：“回大人：这就是吴宅那座坟茔。”大人闻听吩咐住轿，搂子上的答应把轿停。慌忙站住，大轿搁在地流平。内厮上前去扶手，轿夫栽杆，这才出来干国卿。刘大人慌忙上前走几步，来至那，坟茔以外站住身。则见那：松柏栽列坟左右，走道全是砖砌成，方圆大概有十亩，还有那，祭台石一块在正当中。坟头不过六七座，这内中，倒有一座是新坟。刘大人看罢开言叫："陈大勇和张炳仁，快些前来听我把话云！"

第二十九回

坟茔地传讯吴举人

刘大人言还未尽，两个承差齐声答应，都跪在面前，说："大人叫小的，不知有何差遣？"忠良一见，说："你二人休要怠慢，速到江宁府上元县东边翠花巷，将那坟主吴举人传来，本府立等在此，快去莫误。""是。"二人答应，站起身来，一直的向聚宝门而去，暂且不提。

且说地方王可用，一见刘大人要在此坟茔之中，审问这件事情，他也不敢怠慢，慌忙去预备公案桌椅茶水等项，大人这才归座，公位坐下，大人暗自沉吟，腹内讲话说："要瞧起这座坟茔的款式，他的祖上也做过几任官职。既然他的祖上做过官，他的子弟焉能行出乱伦之事？想来必不是图家产，这其中另有别情缘故。少时等举人到来，本府一看，察言观色，便见其情。"

按下刘大人在吴宅坟茔等候不表，且说两个承差陈大勇、张炳仁他两个，走着道儿讲话。

他两个，走着道儿言讲话，陈大勇，眼望炳仁叫："仁兄，因为地方来呈报，五道庙，倒卧乞丐花子一名。江宁太守来相验，并无伤痕果是真。身上搜出一张字纸，并不知，什么言词为何情……（文不衔接，原文如此——校点者按。）刘太守，现在你家坟茔内，立等着，举人吴爷把话云。"家丁听罢不怠慢，转身迈步向里行。一直来到书房内，吴举人，正然闷坐书房内，家人有语将爷叫："在上留神仔细听：今有府尊差人到，他说是：刘大人现在咱家茔地中。立传二爷急速去，不晓他有何事情。"家丁说罢一席话，书房内，唬坏囚徒万恶人。

且说举人吴仁，闻听家丁之言，说目今有尊府刘大人的差人，在门外立等；再者呢，又不是进衙门，说大人在他家的坟茔内等着他呢！明公想理：你叫他这囚徒怕和不怕？俗言说得好："为人不做亏心事，半夜拍门心不惊。"皆因他有一个乱子，怀着鬼胎呢，故此害怕。

只听那，家丁之言还未尽，这不就，唬坏囚徒胆大的人。腹中暗自沉吟语："莫非是，有人投诉到衙门？如何到我坟茔内？差人相传定要铜。莫非犯了哪件事？刘大人，借此为由要想银？纵然事犯有人告，管叫你，赢不了江宁吴举人！当初要不行此事，倒只怕，难保无事不花银。刘府尊，倚仗你的学问广，不惧仕宦与乡绅。让你就有包公志，要想展才白费心！我今要不去倒有假，见见他，看他有什么话来云。"想罢这才不怠慢，回到后面换衣巾。嘱咐家丁看门户，他这才，一步三摇来到大门。吴仁站住留神看，瞧见公差两个人。

且说吴举人来至大门口，瞧见两名公差坐在左右石头鼓子上面。吴仁一见，满脸带笑，说："二位上差，来到舍下，何不里面尊坐吃茶？"两名公差一见，是举人出来咧，他们俩慌忙也就站起来了，说："好，吴老爷！"举人听说，回言说："岂敢，岂敢。"陈大勇说："我们两个人，是府衙的承差。今有我们的本府官，在南门外相验一个倒卧贫人，事毕，刚要回衙，有一个人拦挡轿喊冤，把你老人家告下来咧。故此，我们大人差我小哥俩到府上来，请快些走罢。老头子别叫我们耽误事。"吴仁闻听，不由得心内吃惊，复又说："二位放心，既然如此，咱们就一同去见见大人。"张炳仁说："你老人家不坐顶轿去吗？再不然骑匹牲口，这到那，有六七里地呢！你那走着不乏吗？"吴仁闻听，说："二位上差步行，在下焉敢骑马？倒不如步行，陪着二位才是。"大勇闻听，说："你那特圣明咧，真不肯亏人，等着你老人家选着知县的时节，我们小哥俩辞了这个差使，跟着你老人家当定了内斯咧！"吴仁说："好说，好说。"说罢，彼此大笑，这才迈步前行。

他两个说罢玩笑话，说得举人长笑容。最和气不过公门客，说话语甜实在受听。大家迈步向前走，穿街越巷不敢停，霎时来至城门脸，出了江宁聚宝门。转过关庙朝西走，不多时，来到吴宅一座坟。大轿执事摆在后，闹哄哄，净是公门应役人。俩公差，一同举人将坟进，承差打千把话明，说道是："小的们遵奉大人的命，把举人，传到现带在坟茔。"刘大人闻听扭项看：则见一人向上行。剪绒秋帽头顶上戴，相衬那，铜顶镀金放光明。身穿一件二截公绸，红青绵褂，里边衬，宁绸绵袍是雨过天晴。足下穿，青缎子皂靴罗丝转的底，皆因他，步行前来带上灰尘。年貌不过二旬外，妙龄之际正青春。光景虽像书生样，就只是，白脸之上暗含青。鹰鼻相衬近视眼，这宗人，定然好色爱淫风。颧骨高露嘴儿小，说话舌能机便灵。大人正观还未尽，则见他，走上前朝定贤臣打一躬，然后他才抢一步，礼拜平身把话明。

吴举人将礼行完，在一旁站立，眼望刘大人开言，说："公祖大人在上，而今虎驾来到贱茔之中，又命上差将我举人立刻传来，不知有何教训？"刘大人在座上闻听吴举人这些个话，座上开言，说："你就是此茔的坟主儿吴举人吗？"举人见问，又打一躬，说："举人名叫吴仁，此茔就是举人的茔地。"刘大人又说："目今有你一个一族，名叫吴旺，将你告下，说你独霸家产，半夜谋害亲兄。此事可有分辩？"吴仁闻听，又打一躬，说："公祖大人，休听他一面之词。他不过穷乏所使，借贷不周，心中怀恨，借此为由，将举人告下。大人想：举人既读孔圣之书，岂不明周公之礼？焉能行得出这样乱伦之事？望公祖上裁。"刘大人闻听举人之言，倒也近理，暗自沉吟说："要听举人这一片言词，倒也近理；要瞧他的这个相貌行为，大有不善之相。"大人想罢，座上开言，说："快带原告吴旺！"这手下人齐声答应。

这清官，座上之言还未尽，公差答应不消停。不多时，带过原告名吴旺，双膝跪在地流平。皆因他身上无职分，要到见官，白丁与举人大不同。书里言过不多叙，再把公差明一明。往上打千才回话，说："小的把原告带到咧，请讨大人示下行。"忠良座上一摆手，公差退闪不必云。刘大人座上开言叫："吴旺留神要你听：你告举人害兄长，图谋家产一人擎。本府把举人传来问，问他无有这事情。皆因为，借贷不遂你就恼，借此为由把状呈。你要是，兴心要把良人告，难逃欺官这罪名！"大人言词还未尽，吴旺叩头把话明，说道是："朗朗乾坤有王法，我小人，岂敢无知胡乱行？休听吴仁虚圈套，倚仗舌巧与口能。素闻公祖如明镜，不爱钱财断事公。不惧乡绅与势力，恐怕百姓受屈情。要是那，别的尊府也不敢告，吴举人，大小衙门上下通。倚财仗势藐王法，谋害亲兄胡乱行。回大人：死鬼要是灾病死，我小的，情愿当堂领罪名；死鬼要是遭害死，速拿举人定口供。大人快些刨开坟验，我与举人立见真实输共赢。"吴旺言词还未尽，这不就，吓坏囚徒人一名。

第三十回

审案情寡妇进公门

原告吴旺说："大人要不信，将这座新坟刨开相验，死人要是有伤，算我赢了举人；要是死鬼无伤，算小的妄告不实，情愿领罪。"举人在一旁闻听，也不等刘大人吩咐，他却眼望原告吴旺，讲话说："你满口胡说！你拿来大清律，来看一看，坟也是轻易刨得的？别说我坟中无缘故，就是有缘故，要想这么空口说白话，刨我的坟，不能！既要刨，咱们须得立下合同。有缘故是怎么着，无缘故是怎么着。"吴旺闻听，说："咱就立合同。"吴举人闻听，微微地冷笑，说："你算什么东西？与你立合同，不值！要提你的家当罢，并无隔宿粮；要提你的功名罢，好像花了头。吴旺呀，你真是个忘恩负义的东西！你想想，我哪条儿待错了你咧？你在大人的台前，把我妄告下来，恩将仇报，于心何忍？"刘大人座上闻听吴举人前后言词，这话中软硬全有，腹内暗自沉吟说："吴仁呀，你错打主意咧！你把本府当作怕势力、贪官之辈，怎得能够？"大人想罢，恼在心中，故意的面上带笑，眼望举人，讲话说："贤契，此事不必你着急。以本府想来，你的祖上呢，也做过官职。而今你又是个举人，既在孔圣的门前读书，焉有不晓周公之礼？你焉能行得出这样乱伦之事？这件事呢，依我本府看来，只是吴旺穷苦难窄，求你帮助；或者你一时之间，少有疏忽，周济不到，也是有之的。因此，吴旺怀记此仇，将你告下，说你半夜三更谋害亲兄，独霸家产。这件事，幸亏遇见本府，要是那别者之人，贤契呀，你就难逃无事！此事倒不必你着急，本府自有公断就是咧。”

明公想哩：刘大人的这一片言词，不但软硬全有，另外比举人还多着几着儿。

吴仁闻听刘大人前后的言词，腹内暗自思想。

这清官说罢前后话，吴仁腹内暗沉吟：猜不透贤臣这主意，只当刘爷要想银。举人反倒心内笑，错把忠良当贪臣。腹内暗叫：“刘太守，原来你，素日清名净哄人。这件事，分明要把钱来想，话语包含有后门。”也是举人该倒运，却把丧门当喜神。吴仁正然心犯想，大人含春又把话云，眼望举人把“贤契”叫：“但不知，坟内埋葬却是何人？”吴仁见问，“尊公祖，大人贵耳请留神：若问这几座坟茔内，听我举人细禀明：当中左手举人的祖，名叫吴辅臣，光禄司做过少卿，皆因为，身得痰症辞官诰，乾隆岁次赴幽冥。下首就是举人的父，名字叫做吴子龙。所生举人哥儿俩，吴祥就是我长兄。我们俱都将妻娶，家门不幸丧残生。举人之妻名张氏，未过一载赴幽冥。新坟内，就是举人亲兄长，娶妻韩氏，五年之前丧残生。家兄复又将弦续，后又娶，赵氏嫂嫂在家中。举人兄长当今岁，从北京，贸易归家是真情。”吴仁说到这句话，刘大人开言把话云：“令兄得了什么病？贤契说来本府听。”举人闻听大人问，暗自思量把话云。

吴举人闻听刘大人之言，腹中暗自沉吟，寻思良久，说：“回大人：家兄得的是暴脱①之症，皆因体胖，再者呢，饮酒太

---

① 暴脱——突然而猛烈地发生病征。

过，所以才病发无救。”刘大人闻听举人之言，心中暗想说：“且住，要依举人说，他哥哥前妻已死，后又续弦，娶过赵氏，吴祥自北京贸易归家，九月二十七日黑夜之间暴脱而死，埋此坟中。似此说来，倒也近理。但只是原告吴旺的状词上写的言语，以本府瞧来，倒有几分是真。再者呢，举人的相貌言谈，大露诡奸邪之辈，哪像斯文一脉之人？这件事大有情弊①。哦，是了……”想罢，大人带笑，眼望举人讲话，说：“贤契，后续的这位令嫂多大年纪？身边有几个儿女？”吴举人见问，说：“回大人：举人嫂嫂今年才交二十四岁，却是个女儿填房，娶他之时，才交一十九岁。”刘大人闻听，座上点头，口中说：“呵呵，这就是了。”贤臣的嘴中虽然答应，腹内可思想。

这清官，虽然口中连答应，锦绣胸中暗想情。按下刘爷且不表，再把那，原告吴旺明一明。一旁跪，闻听举人回的话，太守闻听尽依从。腹内暗暗说：“不好，这场官司别想赢。要保无事不能够，真乃是，钱能通神果是真。瞧起来，罗锅素日净虚名！”难怪吴旺错会意，刘大人，诡计多端恰似孔明。按下吴旺心害怕，再表忠良干国卿。刘爷寻思时多会，公位上，站起身形把话云：“且把吴旺带下去，到衙中，本府公断并无别情。”贤臣爷，复又眼望举人讲话：“贤契留神要你听：你也只得到衙内，案完结，此事再回转家中。”吴仁闻听将躬打，说道是：“公祖言词敢不遵？”大人闻听又吩咐：“快伺候，本府就此转衙门。”轿夫闻听不怠慢，大轿抬过放在尘。后杆请起出扶手，坐上位，最爱私访刘大人。执事前行头引路，清道旗摇左右分。军牢头戴黑红

① 情弊（bì）——这里指吴旺心内藏奸。

帽，皂吏行板手中擎。地方当先头前跑，高声喊叫撵闲人。霎时来到关厢内，又进江宁聚宝门。穿街越巷不过如此，剪断说，大人的衙门眼下存。

刘大人的大轿来至自己衙门，滴水檐栽杆落轿，内斯去扶手，刘爷出轿，向后而去，众人散出不表。

贤臣回到书房坐下，内厮献茶，茶罢搁盏，随即摆上饭来。大人用完，内厮把家伙撤去，回来又端过半盏清茶，大人漱口，然后又吩咐内厮：出去到外边暗暗地把原告吴旺带进书房。刘爷又细细地问了一问，这才叫他带去。大人复又暗想说："须得这般如此，方晓其情，管叫他难出吾手。"忠良想罢，吩咐张禄传出话去："叫外边伺候，本府升堂办事。""是。"内厮答应一声，翻身向外而走。来至外边堂口站住，照大人的言词吩咐一遍，众衙役齐声答应。内厮又到书房回明大人。刘爷点头，站起身形，向外而走。张禄跟随，到外边闪屏门，刘爷升暖阁，进公位坐下。众役喊堂已毕，两边站立。刘爷坐上，手拔差签一支，望下面讲话。

这清官座上开言叫："王明留神要你听……"大人言词还未尽，承差跪在地流平。说道："是，小的伺候听差遣。"大人说："这般如此你快行。"王明答应忙站起，则见他，毛着腰儿向上行。来至那，公案旁边忙站住，刘大人，俯耳低言把话明："这般如此急快去，本府立等问分明。"王明答应向外走，出了衙门向北行。皆因为，大人立等公堂上，不敢迟挨哪消停？穿过江宁上元县，衙门北边，路东第四小胡同，地名叫做翠花巷，却原来，举人就在这条巷。王明迈步走进去，来至了，吴家门首站身形。用手拍门高声叫，只听里面有人应。连忙就问："是哪个？"

说话间，开放吴宅两扇门。王明一见开言问：“尊驾是，吴宅做什么的人?”家人闻听说：“爷上问我？举人就是我主人。”王明闻听心明亮，他把那，“尊管”连连叫几声：“因为那，贵府族中人一个，‘吴旺’二字是他名。江宁首府告上状，告的是，举人图财害长兄。府尊接状传被告，你家主人见刘公。大人当堂问一遍，才晓其中就里情。却原来，原告吴旺因穷苦，借贷不周，怀记此恨把状呈。立逼大人刨坟验，他说死鬼有伤痕。我们官，皆因看是举人面，你家中，不久出任也是县公。俗言说，‘官官相护’真不错，岂肯刨验贵宅坟？再说不去刨坟验，又怕那，吴旺上告了不成。这如今，我们大人有妙计，两全其美息事情。也不用刨坟把死鬼验，吴旺也不能把呈状攻。太守与举人商议定，请你家，吴大娘子进衙中。当堂画押把甘结递，死鬼病死是真情。开花再破银几两，买住吴旺松口供。”王明说罢前后话，吴宅管家把话明。

吴宅管家张兴，闻听承差王明之言，说：“爷上少待，等我进去，回禀我们奶奶知道。”说罢，向里而去。王明在门外等候不提。

且说管家张兴，到了里边，见了家主寡妇大奶奶赵氏，就将承差王明之言，前前后后根本缘由说了一遍。赵氏闻听，腹内暗自沉吟说：“这件事必是小叔用银钱买通官府，才如此而办。”赵氏想罢，并不害怕，反倒欢喜。

赵氏想罢不怠慢，忙打扮，并不害怕在心中。他自知，银钱买通官与吏，哪知是，罗锅使的计牢笼。赵氏梳洗将衣换，出绣户，忙上二人小轿中，嘱咐家奴看门户，轿夫上肩往外行。霎时来到大门口，家丁张兴跟轿行。一同承差王明走，一直径奔府衙门。越巷穿街走得快，不多时，来到刘爷府辕门。将轿放在流平地，赵氏这才下轿行。王明引路头前走，吴寡妇，虽是官门官家体，犯官事，入衙门要比素日大不同。承差带定往里走，好威武，报名才敢往里行。东边角门走进去，王承差，来至堂前跪在尘，说："小的遵奉大人命，今把赵氏传到临。"大人摆手，承差站起一旁立，座上刘公往下看，打量女子这芳容：年貌未必有三十岁，不过在，二十五六正妙龄。孝冠一顶头上戴，相衬着，青丝好像墨染成。两道蛾眉如新月，杏眼含春暗有情。鼻似悬胆一般样，因穿孝，不见樱桃那点红。芙蓉面，虽然擦去胭脂粉，面皮儿好似好苹果，红中套着白，白中又套红，好叫人动情。身穿一件白孝褂，下衬一条白孝裙，小金莲，尺量未必有三寸。此妇虽然长得好，就只有一宗不得，瞒不过刘爷他的俩眼睛：赵氏女，本是一双桃花眼，相书注上写的真，说道是："男犯桃花倒主贵，女犯桃花定主淫。"此妇貌美露轻贱，大有深义里边存。忠良看罢开言叫："赵氏留神听我云。"

第三十一回

查究竟叔嫂露破绽

刘大人看罢，座上开言，说："赵氏因何见官不跪？擅敢站立在公堂！"赵氏闻听刘大人之言，不由心中吃了一惊，暗自思量说："要瞧这光景，奴小叔并无买通，所以刘罗锅子这样为难于我。罢了，既在矮檐下，暂且把头低。"赵氏想罢，跪在下面，说："大人在上，奴家自幼勤守闺门，并未到过公堂，不知见官的规矩。望大人宽恕。"说罢，跪在下面。

这清官座上开言道："赵氏留神要你听：因为吴旺将你们告，叔嫂定计，谋害吴祥丧残生。本府也曾把吴仁问，他说并无这事情，皆因吴旺多穷苦，借贷不周，因此怀恨把状呈，这件事，本府与你们和息了罢，省得刨坟验尸灵。你叔嫂，本府当堂把甘结递：吴祥病死是真情。但不知，令夫得的什么病？甘结上面写得清。"赵氏闻听大人问，不由的，腹内着忙吃一惊：此事未见小叔面，不知道，他报何症丧残生？二人倘要不一样，怕的是，罗锅翻脸了不成。赵氏为难时多会，他这才向上开言把话云："奴夫得的心疼病，二更以后丧残生。"大人闻听赵氏话，眼望书吏把话云："赵氏口供快记上！"书吏答应落笔文。这大人，上面吩咐："带举人。"承差答应下边走，不多时，带上举人当堂站，望着大人打一躬。然后他才抢一步，礼罢平身站在东。瞧见赵氏堂前站，不由着忙吃一惊。他的那，眼望赵氏尊："嫂嫂，为何你也到衙门？官家体面今何在？年轻妇，出头露面了不成！”举人言词还未尽，刘公上面把话云。

刘大人座上开言，说：“吴举人，你家坟茔之中，所报令兄是何病症而死？”举人闻听，说：“举人已经回禀过大人，家兄是饮酒太过暴脱而死。”刘大人闻听，微微冷笑，扭项向书吏讲话：“你把赵氏方才的口供，递与他看。”这书吏答应，转身下行，来至举人跟前站住，把他嫂子的口供，递与吴举人。吴举人接过，留神观瞧一遍，暗暗地跺脚。复又向上开言，说：“回大人：家兄本是两样病症，在先是虚症暴脱，复又添上心疼呀！”大人闻听，上面一声断喝：“哣①！我把你这奸盗的畜生！倚仗口巧舌能，在本府的堂前强词夺理，怎得能够？你把刘某当作何人？倚仗你是个举人，现有顶戴在身，你岂不知：王子犯法，庶民同罪！”大人说罢，扭项望书吏讲话：“速作文书一套，发到府学，将他顶戴革了，本府好动刑审问这畜生！”“嗻。”书吏答应，立刻作了文书一套，行到府学，不多时，回文已到。刘公立刻座上吩咐：“将顶子拧去！”吴举人这才跪在下面。

这清官上面一声喝：“囚徒留神仔细听：吴祥到底是怎么死？本府堂前快讲明！但有一句虚言假，狗命难逃丧残生！”吴举人闻听将头叩，“大人青天”称又称：“家兄本是暴脱死，妇女家，不晓病症是实情。望乞大人悬秦镜，爷的那，后辈儿孙往上升。”吴举人言词还未尽，刘公开言把话云：“囚徒你，不见亲丧不下泪，不到黄河不闭睛。与你善讲不中用，左右急速看大刑！”公差闻听齐答应，夹棍拿来放在尘。吴仁一见真魂冒，浑身打战体

---

① 哣（dōu）——怒斥声。

摇铃。大人上面吩咐话："夹起吴仁这畜生！"忠良言词还未尽，慌坏当堂应役人。齐声答应就动手，跪上前，拉下靴袜两腿精。入在夹棍三根木，大人吩咐："快拢绳！"左右答应一声喊，刚一拢，吴仁"哎哟"闭上睛。有名青衣走上去，瓷碗一个手中擎，照定面门一口水，吴仁他，倒抽凉气"哎哟"一声。醒了一会睁开眼，他把那，"大人青天"尊又称："小的并无这件事，纵然夹死是屈情！"大人闻听心犯想，暗自思量把话云："虽然二人话不对，怕的是，其中另有情。将他举人也革退，无缘故，他定要上司衙门把状呈。此事倒得加仔细，如不然，丢官事小还要落个臭名。"忠良想罢高声叫："你等快些止住刑！"

大人想罢，上面开言，说："快些将这囚徒带将下去，少时再问。"这公差卸去夹棍，把吴仁带将下去。刘公在上面眼望赵氏，讲话说："赵氏，你夫主吴祥，到底是怎么死的？"赵氏见问，向上磕头，说："回大人：小妇人一则年轻，二则又不晓医道之事，只见奴夫主吴祥，二十七日的晚上，二更天回的家，进门一头躺在床上，人事不省。小妇人问他，他也不言语。有三更之时，就死了。小妇人见他临死时节，两只手捂着心口，所以奴家就禀大人，才说是心疼而死的。"

列位明公：赵氏这一片言词，回得有理，前后相应。幸亏是刘大人，要是别者之人，可就叫这俩闹住咧。书里言明。

再说大人闻听赵氏之言，倒也尽理。爷的那锦绣胸中沉吟多会，向下面讲话："快传官媒！""嗻。"差人答应，走去二名，不多时，把官媒王氏带至堂前，跪倒在下面。差人退闪，王氏向上叩头，说："小妇人官媒王氏，与大人叩头。"忠良上面开言，说道："你就是官媒吗？""是，小妇人就是官媒。"大人闻听，往下一指，说："把赵氏带去看守，本府明日再问。""是。"官媒站起，把赵氏带下堂看守不表。大人又吩咐掩门，鼓响三阵，大人退进屏风去了。众役散出不表。

且说刘爷回到书房坐下，内厮献茶，茶罢搁盏，摆饭，大人用完，内厮将家伙撤去，回来在一旁站立。忠良望内厮讲话。

清官座上开言叫："张禄留神要你听：快把那，马夫破衣要几件，毡帽一顶，还有靴袜这两宗。"内厮答应向外走，不多时，全都拿来手中擎。走进书房放在地，刘爷举目看分明：蓝布袄上补补丁，青布褡包拧上绳。一双棉袜粗白布，毡帽一顶有窟窿。一双布鞋山东皂，底儿飞薄走得轻。却原来，马夫也是山东客，登州的，招远县内叫王兴。因此才穿山东皂，书里交代要分明。按下闲言不必表，再整忠良干国臣。大人看罢又吩咐："张禄儿，快到厨房告诉李能：叫他把，硬面饽饽做几个，还有那，金刚圈薄脆这两宗。做完装在笸箩内，今日下晚我就要，快去告诉莫消停。"内厮答应向外走，自己思量把话云："老爷今日大破钞，也不知哪刮东北风？又非初一与十五，为什么犒劳手下人？"张禄思想把厨房进，照着那，大人言词告诉李能。厨役闻听活了面，说道是："大人饭食预备现成。"内厮闻听说"交我"，饭菜就用捧盒盛。两手端定向外走，霎时之间到书房，放在八仙桌上存。先开捧盒全摆上，什么菜？列位细听讲分明：头一样是秦椒①酱，另外还有两棵大葱。小豆腐一碗第二样，刘大人，一生爱吃这一宗。吊炉烧饼只两个，小菜粥，恰似米汤一般同。全都摆在桌儿上，大人开言把话云。

① 秦椒——辣椒。秦，指陕西，此地产的辣椒较有名。

刘大人说："禄儿，去到厨房里问问李能，饽饽做出来了没有？快些拿来我用。""是。"内厮答应，翻身而去，大人这才用饭。登时吃完，并不怠慢，忙忙将头上的官帽摘去，又将袍褂脱了，用手拉去皂靴，换上马夫的青布山东皂鞋，头戴那一顶有窟窿的毡帽，身穿无领儿的蓝布棉袄，腰中系上拧绳儿的青布褡包，褡包上拴一根钱串，钱串上又串几十文钱。不知道打几时预备下一根烟袋，腰里一别，褡包左右又系上了个羊皮旧烟荷包。打扮已毕，坐在椅子上面，等候长随。则见内厮张禄手端硬面饽饽笸箩走进房门，一眼瞧见刘爷这宗打扮，不由好笑。

只见内厮不由心好笑，说道是："大人为何改扮形？"忠良闻听开言叫："我的儿，本府乔妆另有隐情。"内厮闻听不敢问，站在旁边不作声。大人眼望内厮讲话："禄儿留神要你听：今日出衙我有公干，千万别要走漏风。皆因前堂这件事，吴举人，叔嫂不应难以上刑。本府要拿不住真把柄，岂敢刨坟验尸灵？万般无奈我出衙访，全仗那，苍天保佑把冤明。不过三天就回转，传出话去：'本府染病在衙中。'"内厮闻听答应："是，大人言词敢不遵？"说话就是太阳落，刘大人，一同长随向后行。穿门越户来至箭道，有座后门把小巷通。内厮忙将门开放，刘大人，接过笸箩向外行。扭头吩咐："关门户，小心仔细在衙中。"内厮闻听答应"是"，连忙关门退身形。不言内厮回房去，再把刘爷明一明。迈步一直向西走，转过拐角又南行。疾走如飞果然快，霎时出了府江宁。越过吊桥向南走，安心要去访冤情。一路之中来得快，五里堡不远面前存。大人举目留神看：这村庄，十数人家竟有零。路西倒有一座铺，只听里面有说笑声。大人慌忙走进去，口内说："硬面饽饽"吆喝得受听。又听屋中人声语，这个说："摸我两注才下二百铜。”大人闪目向里看：原来是赶羊赌输赢。贤臣搭讪旁边站，说道是：“掌柜留神要你听：有酒与我烫二两。”掌柜答应说“现成”。搁下酒儿低头问，那人笸箩留神看，拿起一个手中擎，说道是：“这样饽饽怎么做?”刘爷说：“凉水和面炉内熥①。”掌柜闻听将手摆，“这样点心南边不兴。南方人本来胃口就弱，再吃这么硬面物，想要出恭万不能!”掌柜言词还未尽，忽见那，一个人从屋中，一溜歪斜向外行。

① 熥（tēng）——把凉了的熟食蒸热或烤热。

第三十二回

吴二夜偷盗窥淫行

刘大人正然要了二两酒，在外间屋小饮，就着自己的薄脆，忽见从里间屋中走出一个人来，年纪未过三旬上下，头上戴着一顶旧西瓜皮的耍帽，身穿土布小棉袄，腰中系着一根钱串子，白布单裤，散着裤脚，趿拉着一双旧缎子双脸鞋，两太阳上贴着两贴红布膏药，重眉毛，一对星星眼，大高的鼻子，薄薄的嘴唇。

众位明公：人生在世，若生星星眼不好。何为星星眼？滴溜圆，甚小，夜晚瞧东西放光。麻衣神相先生有云："人生两眼似星星，终身为盗度残生。"故说不好。

闲言不表。且说那个人无酒三分醉，晃晃荡荡来到刘大人的跟前站住，假意装醉，身形乱晃，口内讲话："吾要吃个点心。方才我在屋中听说，硬面饽饽人要吃了不能出恭，我倒要试试。别说硬面饽饽，就是铁秤砣我吃了，我这个眼子还拉得下来呢！"说罢，拿了一个吃了一口，连声说："好点心！甜蜜蜜的，倒也好吃。"他一边吃着，伸手又拿起一个金刚圈，哈哈大笑，用手将大人肩膀之上一拍，说："我的伙计，你必会卖春方药——还带着锁阳圈呢！"刘大人闻听，说："尊驾休得取笑。这个叫做硬面金刚圈，此乃是哄小儿玩耍之物。"那人说："啊，这就是咧。"

列公，你当此人是谁？他就是本村人氏，因为他不走正道，吃喝嫖赌，众人给他送了个外号，叫做吴二匪，游手好闲，不做庄田，他可黑夜作些营生，也不过是偷鸡盗狗。江宁府管着这宗人叫做夜猫子。闲言不表。

且说吴二匪吃了刘大人的硬面饽饽，转身就走。大人说：“还没给饽饽钱呢。”那人说：“赊着罢，等我赢着了再还你！”又见掌柜的向大人将手摆了几摆，忠良也就不言语咧，就知这人皮袄改凹单——一定是个毛包。

且说吴二匪进到屋中，又捞起骰子来咧，大呼小叫，喝幺喝六，闹了一会子，把个土布棉袄也押上输咧，光着个膀子没好气。这天约有一更将近，忽然阴云四合，星斗无光，淋淋漓漓下起雨来。大人一见，正中心怀。

忠良一见天降雨，正对心怀暗把话云：“本府如今改装扮，唯恐怕，铺家不叫把身存。可巧忽然降大雨，正好对着掌柜云。”大人想罢开言叫：“掌柜留神要你听：天降大雨难行走，暂借宝铺把身存。”掌柜闻听将头点：“自去张罗不必云。”又听里面人声嚷，说：“掌柜的，有钱借我几百文。明日一早必还你，我要撒谎不是人！”老冯摆手说：“没有，柜中没存钱半文。”吴二闻听心有气，眼望众人把话云：“你们也都散了罢，二爷睡觉要养神！”众人知道他难说话，大伙一齐站起身，搭搭讪讪向外走，不顾天降大雨淋。众人归家不必表，单讲吴二一个人。无事无非就挑眼，瞅着掌柜把话云：“老冯你今大大错，瞧不起，吴二太爷你的令尊！几百铜钱真有限，竟敢不借把我村！你既无情谁有义？二太爷，从今不交你这小人。有朝一日我事犯，你就是窝主跑不能！”老冯闻听吴二话，吓得他，眼子一松出了大恭。开言不把别的叫：“祖宗留神在上听：并非孙子敢不借，二祖宗留神听话明。”

掌柜的老冯说："吴二太爷，不是我不借给你老人家，原本柜内分文没有。这两天卖了吊数多，钱都还了调和钱咧。方才取酒还不够，无奈何，我到西边车子李二哥家，借了条白布单裤，当了二百钱添上，才取了酒来咧。二太爷要不信，这不是当票子吗？"老冯一边说着话，一伸手，打抽屉内把个当票子拿出来咧，说："你那瞧，莫非我撒谎不成？"吴二闻听，伸手接过来瞧了瞧，果然是实。瞧罢，向桌子上一搁，说："罢咧，这还可以。虽然这么说，还要罚你二两，你愿意不愿意？"老冯说："现成，现成。怎么单今日个这二两才说呢？自从你的小孙子接过这个铺子来，从开张那一天起，直到而今，总是罚我。怎么单今日个才说这句话咧？那算你老人家外道①于我了。"老冯一边说着，一边将酒拿来，还有几个鸡子儿，两个盅儿，放在那张竹床上面。吴二匪拿别的遮羞，说："这么大雨，我也不家去咧，喝完了酒，我要和卖硬面饽饽的圆房咧！他别拿锁阳圈唬我。"老冯说："吴爷又取笑咧。人家是个大老实人，这是做什么呢？"说罢，扭头望大人开言，说："卖饽饽的大哥，天也不早咧，你该歇着去罢。"大人闻听，说："正是呢。"说罢，他老人家就在外间屋桌子上面睡下咧。

再说吴二耍了一天，又没摸着饭吃，又搭着输了个精光，饿着个肚子，拿起酒来杀气，一连饮了四五杯，又叫："掌柜的，再烫一壶来！明日二太爷就给钱。怎么着？你省酒待客吗？"老冯无奈何，又拿过一壶来，全是吴二吃了。酒有八成，他也乜斜两眼，望着老冯讲话。

---

① 外道——指礼节过于客套周到反而显得疏远；见外。

只听吴二开言叫："老冯留神要你听：我做的勾当你尽晓，所仗的偷盗是营生。昨遇一件奇怪事，我的心中好不明：二十七，太阳未落将城进，一心要，去偷吴宅是真情。二更要进翠花巷，举人门口站身形。越墙而过不怠慢，脚点地，蹑足潜踪稳又轻。真可巧，二门未插竟虚掩，我就溜进内院中，墙下一贴忙站住，观看动静怕有风。上房之内全睡下，西厢房中点着灯。正然墙下瞧动静，出来一人看不分明，虽然两下瞧不见，听脚步，却是须眉男子行。我在墙下刚要躲，西房北头又有人，恍恍惚惚是个女子，他们俩，行到一处站住身。低言悄语来讲话，相隔远，嘁嘁喳喳听不真。二人说罢不怠慢，竟奔西厢房内行。他俩还未将房进，又听'吡'地响一声，大概是要了一个嘴，好丧气，我们最忌这一宗！心里说：'爽利前去瞧热闹，活春宫①儿倒有情。'他俩刚然将屋进，我就溜在窗外听。刮破窗纸向里看，则见那：妇人床上不消停。却原来，床上还躺一男子，倒像酒醉一般同。妇人手拿一竹筒，猜不透要做何事情。地下男子浑身战，两手搂定一瓷瓶，慌忙递在妇人手，不知何物里边盛。又见妇人一伸手，将醉汉，脖项搂住在怀中。这可是，背着身子脸朝里，我在外面看不真。忽听那，床上之人一声喊，手又刨来脚又蹬。床上闹够多时会，总不听他哼一声。妇人这才将床下，眼望那，地下男子把话云：'暂且你快躲出去。'男子答应向外行。我就连忙一旁闪，黑暗之处隐身形。我心想：等着睡觉好下手，偷些钱钞赌输赢。等了不过一更鼓，忽听房中出浪声：杀人动地他嚷起：'大爷暴病丧残生！'又则见，那个男子也来到，还有男女人

---

① 春宫——淫秽的图画。

几名，一齐哭喊把‘大爷’叫，犹如闹丧一般同。我瞧光景难下手，赌气回到破庙中。不知后来怎么样，天亮我就出了城。老冯啊，人人都说有报应，老天行事太不公！”老冯闻听把吴爷叫：“你的言词理不通。暗有神鬼明有王法，瞒不过地哑与老天聋。”吴二爷闻听老冯话，带怒开言把话明。

吴二闻听酒铺子掌柜老冯之言，不由他的浊气上攻，说：“老冯，你说有报应，这件事明明我亲眼见的，是谋死的，殡也已都出咧，难道他还打坟里头刨出来，喊了冤不成？这报应在哪一块？你说这天爷可就不公道咧。多只咧，像这事情，你该报应不该报应啊？单单的和我作对，专在我的身上闹报应！”老冯说：“吴二爷，老天爷又报应你什么咧？”吴二见问，说：“怎么不是在我的身上闹报应呢？我光在你这耍了有六十场儿咧，哪一场你见我赢过钱？我的注一下，就是人家的定咧。你搁的注，大小点总他妈的赶不上，又是你没见过的生铁球、官八奇，挤了我个五夺十，乐了我个事不有余。赶着把骰子，我就抄起来，哗唧，往盆子里一撂，低头向盆子里面一瞧——好，气得他妈的我吃放了一个出溜子屁！赶了他娘的仨儿六、俩幺、一个二的个龇牙子，你说可气不可气？现见我是偷了来的钱，怎么不是报应呢？”

且说刘大人在外间屋桌子上躺着，并未睡着，他二人的言词句句全都听见咧。不由心中暗想，腹内讲话。

这清官，外间屋中并未睡，吴二言词听得明。腹内暗自沉吟想：却原来，有这缘故在其中。本府既然得真底，哪怕他俩不招承？明早回衙刨坟验，完结此案，保住本府这考成。如若坟中无缘故，吴仁岂肯善容情？按下大人先不表，再整屋中两个人。将酒吃完也睡下，一夜无词到天明。老冯起来忙开板，里外打扫手不停。大人也就忙爬起，饽饽笸箩手中擎。眼望老冯来讲话："另日再谢这高情。"大人说罢向外走，一直还顺旧路行。几里路程不多叙，又进江宁聚宝门，越巷穿街也拉倒，府衙就在目下存。依旧还打后门进，内厮接爷献茶羹。张禄儿，笸箩里面留神看，瞧光景，连个张儿也无开，卖不行，内厮不由心中喜：该我开斋是真情！内厮正然胡盘算，大人开言把话云："快把饽饽端下去，交与厨子那李能，留着本府零碎用，省得买去又花铜。"内厮闻听噘了嘴，赌气答应把话云。说道是："大人不点饽饽数，怕得是，厨子偷吃了不成。"刘爷闻听说："不用点，难道说，卖了一天还记不清？二十个饽饽卖了一个，还是赊去没给铜。瞧起买卖真难做，难为我，许多乡亲在北京城，终日间，'硬面饽饽'直声喊，端着个笸箩像游营。瞧来不如去登碓，一月准剩两吊铜。就是挑水也不错，全仗腿快把主户供。哪家有红白的事，头两天，就像把斋一般同，腹内陈食全化尽，单等主家叫一声。领到厨房去吃饭，算他中了计牢笼，干饭至少十二碗，合起来，细米平斛①有二升，还得四碗杂烩菜，吃一个，意满心足腆肚行。"大人说罢买卖话，又叫那："张禄儿留神要你听：快些传出速预备，本府要刨坟相验被害人！"

① 斛（hú）——一种旧量器，方形，口小，底大，容量本为十斗，后来改为五斗。

第三十三回

明案情知府大劈棺

刘大人说："张禄儿，你到外边告诉他们预备，把吴仁叔嫂也带着，还有原告吴旺，本府去到五里堡吴家坟茔开棺相验。"内厮答应，复又开言，说："爷不吃饭去吗?"大人闻听，说："这放着现剩下的硬面饽饽，吃上两个也就当了饭咧，何必又多费咧?"禄儿闻听，这才向外而走。穿门越户，来至堂口站住，照大人之言传了一遍，外面众役齐声答应，内厮向里而走，来至书房，回明了大人，一旁站立。刘爷说："禄儿。""是。"内厮答应。大人说："你也吃两个硬面饽饽罢，好跟我去相验。"内厮答应，把饽饽笸箩拿过来就吃。大人见内厮吃饭的这个时候，这才将白毡帽、破棉袄、白布袜、山东皂、破褡包、烟袋套这一干的行头，才脱下来，换上官帽、皂靴、袍褂，诸事已毕，小内厮也吃饱咧，也搭着轻易不见面食东西，再者呢，内厮张爷那时节又在年轻，正是吃饭的时候，刘大人才吃了两个半，张禄儿搿了九个，这才将余剩的收起来，回来在一旁伺候。刘老爷说："禄儿吃饱咧?"小内厮答应说："吃饱咧。"

大人闻听，这才站起身形，向外而走。内厮后面跟到外边闪屏门，刘爷从暖阁穿过，来至堂口站住，轿夫将轿搭过，后杆请起，去扶手，刘爷一见，并不怠慢，毛腰倒退，贤臣坐在轿内，轿夫上肩，还有许多的执事摆出衙外。

忠良坐上四人轿，许多公差跟轿行。开道铜锣声震耳，清道旗摇左右分。皂班手拿毛竹板，三檐伞，罩定诸城县内人。众手下，带定原告名吴旺，还有被告叔嫂二人。衙役喊道头引路，大轿相跟随后行。越巷穿街急又快，出了江宁聚宝城。过了吊桥面南走，不多时，瞧见吴宅一座坟。地方前来接太守，大人四轿进坟茔。公案地方早预备，贤臣下轿把公座升。书吏衙役两边站，大人开言把话明："快传土作人两个，将这座，新坟刨开莫消停。"忠良言词还未尽，跪倒那，土作头目人一名，尽礼磕头口尊："公祖，小人是，土作头儿叫张成。"大人闻听开言叫："张成留神要你听：快带土作人几个，刨开吴家这坟茔。棺木搭出停放稳，本府要，撬开棺材验死人。"土作头儿连答应，站起身来往下行。带领手下人数个，径奔遭屈被害坟。吴仁一见魂胆裂，害怕着忙脸似金。虽然把举人来革退，家中豪富却不贫。如今年成与世路，要比古时大不同。今人都把有钱的敬，财主说话到处听，哪怕他，生来是个矫子手，运转发财把"爷"字尊。吴仁虽遭这件事，钱多就是有好人情。按下闲言不多叙，再把吴仁明一明。正然着急无主意，又见那，坟外走进一个人：年貌不过三旬外，细白麻子宽脑门。剪绒官帽头上戴，杭红缨子血点红。身上穿，倭缎马褂真好看，相衬着，宝蓝宁绸一口钟。三直缎靴明纸底，为得是行走脚下轻。吴仁看罢不相认，不知到此有何情？正是吴仁心纳闷，只见那人向上行，走至刘爷公案下，单腿打千把话明。

说："大人在上：小的是制台高大人差遣来的，请大人安，外有一封小柬相托，请大人过目。"说罢，递将上去。

明公，你说这个人是做什么来？这是举人吴仁，暗遣家丁去到亲戚家转托高大人，高大人允情，倚仗罗锅子刘爷是他手下的属员，心里想着不好意思的不准这个人情，所以才差一名家丁到此。哪知这位刘爷是个左脾气——傲上，伏软不伏硬。

闲言不表，单言刘大人用手将高总督的书词拿起，留神观看：书皮上面写着："贵府刘公亲手开拆"，忠良看罢书皮的言词，心中也就明白八九，复又用手将封皮套撕去，大人又留神细看：

忠良举目留神看，字字行行写得清。上写着："侍生高某亲笔写，拜上刘公台览明：因为那，举人吴仁一件事，虽然被告是屈情，不必深究将尸验，贵府心中岂不明？举人与高某最相好，再者他，祖父做官也有名。总而言之一句话，望刘公，完全此案我感情。"刘爷看罢书上话，暗把贪官詈①几声："倚仗上司压属下，刘某岂肯顺人情！满破不做江宁府，要叫我，搬你嗔脚万不能！本府要，验出死鬼有缘故，连你一齐奏圣明。"大人想罢开言叫，眼望着，高爷内厮把"尊管"称："回去见了你家主，你就说：刘某留下书一封。刨坟验完再去请罪，要有伤，少不得惊动你主人。此书就是奸党证，我与你，朝中见主再辩分明。"高爷的内厮答应"是"，退步翻身向下行。按下他回衙去报信，再把吴仁明一明。

且说吴仁见刘爷差遣土作，眼看着这座新坟刨开，不由胆战心惊，颜色更改。他的嫂子赵氏，眼似离鸡，心中暗自后悔。

不言他二人害怕，且说刘大人将高大人的来书折了一折，收在纸袋里边，如果要验屈死的鬼伤痕，好打折子进京，高爷的这

① 詈（lì）——骂。

封字，也夹在折子里边。

有人说，这个书中漏空，刘大人出任才做江宁府，四品前程，他就掌奏事吗？列位有所不知：乾隆佛爷将他点用江宁守，未从出京，就许他：准他出折子奏事。所以这位爷才敢奏此而行。书里言明。

且说刘爷在公位之上，站起身形，眼望众土作讲话，说："尔等快些动手，刨开这坟。"众人齐声答应。

清官吩咐一句话，土作答应不敢停。青衣向前也动手，登时刨开这新坟。搜尽灰面挨棺木，大家齐下在坑中。将棺搭出旁边放，惊动瞧看众军民。众人一齐向上挤，齐都观看这新坟。吴二匪，闻听刨坟也来看，挤在坟外众人群。大人一见忙吩咐："军民不许进坟茔。如要不遵违我令，立刻锁拿动大刑！"公差闻听忙答应，照言传说不敢停。众人闻听心害怕，大家不敢向前行，一齐站住留神看，观瞧撬材这事情。不言军民瞧热闹，再把刘爷明一明。吩咐地方把仵作叫，前来预备验尸灵。地方答应高声喊，李五答应向里行。挤进坟茔将千打："大人传小的有何情？"忠良说："你且旁边去站，等候少时验尸灵。"仵作闻听答应"是"，连忙预备不敢停。复又挤出人群去，只见他，回来手端大瓦盆，里边盛着半盆水，慌忙挤进众人群。将盆放在尘埃地，眼望地方把话云："快去将席拿一领。"地方答应就转身。去不多时席拿到，毛腰铺在地埃尘。诸事已毕回太守，大人开言把话云：吩咐青衣"带他叔嫂，好去掀盖辨假真。"公差答应不怠慢，带进吴门两个人。

江宁府的公差，闻听大人之言，不敢怠慢，立刻将他叔嫂二人带进，站在棺材旁边，眼似离鸡瞅着棺材发怔。刘大人一见，复又吩咐："把原告吴旺带过来。""是。"众公差答应一声，去不多时，把原告带至此处。刘公见诸事已毕，这才吩咐："快撬开材盖!""这。"手下人齐声答应。

清官吩咐一句话，忙坏当差应役人。大家上前齐动手，只听那，斧钻之声震耳鸣。不言众人把材盖撬，再整诸城县内人。刘爷复又沉吟想："圣祖皇爷在上听：为臣出任江宁府，御笔钦点我刘墉。皇恩浩荡如山重，君臣父子一般同。一秉丹心无二意，到处里，恐怕良善受屈情。可恼吴仁真万恶，奴才冒法乱胡行。他与那，总督高宾有来往，压派威逼好硬风！讲不起，知府的前程我就下去，要叫准情万不能！今朝断出这件事，方不负，乾隆老主待我恩。"按下刘公腹内话，再把青衣明一明。手擎铁斧一旁站，对准银钉下绝情。复又用，斧刃去将材盖撬，消息努出外边存。又将那两个也掀起，齐用力，材盖掀起在地埃尘。众人举目留神看：这不就，瞧见棺材之中被害的人。

第三十四回
命仵作三验吴仁尸

且说众青衣用力将材盖撬开，扔在尘埃，大家举目观瞧：虽然是一月初头，已经十数天咧，再者一到冬令，阳气是往上升的，虽无朽烂，却也发变咧。那一宗恶味难闻，呛的众青衣干哕①恶心，实在难受。刘大人也觉难闻，连忙向内断要过鼻烟壶去，倒了些鼻烟闻了闻。

原来刘爷这个烟壶是个水晶的，烟却是黑烟，并不是他老人家花钱买的，这是在工部做官的时节，人家送的。及至乾隆老佛爷将刘公从工部中御笔钦点江宁此处的知府，刘爷这才交代工部的事务，星夜前来上任。明公想理：这也有多少日期，所以烟也干咧，味也走咧。再者呢，素日间他老人家也不喜爱这宗东西，今日被死人这般臭气一熏，无奈何才强闻了一点，倒抽噎气地闹了七八个嚏喷，又向内断要了几个缩砂含在口内，这才略薄儿的好了一点。

大人又吩咐众人："将棺材中死人轻轻地搭出，放在芦席上面，不可轻易莽撞。""是。"众青衣答应，只得动手。六七个人抬的抬，托的托，好容易这才将死尸搭出棺材以外，放在芦席上

① 干哕（yuě）——哕，象声词，呕吐时嘴里发出的声音。干哕，要呕吐而吐不出。

面。众青衣退闪一旁，说：“够了我的咧，从来没有闻过这宗高口味咧，把我的五脏也都熏坏咧！”

不言众人私语，且说刘大人吩咐：“仵作，去死尸身上细细地验来，不许粗心。”仵作答应。则见吴仁叔嫂瞧见死尸，他二人故意哭将起来。大人闻听，说：“暂且不许啼哭！”青衣接声断喝，说：“别哭！大人不叫哭！”二人闻听，这才将哭声止住，心中甚是害怕，浑身乱战。

且说仵作，他既当这份差使吗，难说恶味难闻，则见他将袖子卷了一卷，又把衣襟掖起，毛腰伸手，从袜筒之中把一根象牙筷子拔将出来，走至死尸旁边站立，眼望地方，开言就讲话。

只听仵作开言叫：“王哥留神要你听：快些过来帮助我，咱二人，好脱衣襟验分明。”地方闻听心暗恨：李五猴儿了不成！那么些人他不用，单单叫我理不通。这宗味道实难受，只怕今朝熏死人。有心要说不过去，又怕刘公爷动嗔；若是府尊脸一变，毛竹板儿要打臀。地方无奈走过去，咬牙闭气把手伸。帮着仵作解纽扣，又见那，死人身上好衣襟。地方心中胡乱想：这才巧当儿不同寻。大人验完走之后，我就拿起这衣襟。拿到当铺我去当，至少也当八吊铜。眼下棉袄有了准，省得我，又借打钱去求人。心想是宗苦差事，原来是，财神叫门把我寻。不言地方胡打算，且说仵作应役人。一见那，死人衣服全脱去，毛腰慌忙把手伸。连忙拿起一个碗，噙上水，死人身上用口喷。然后又浇十数碗，这才上下细留神。手拿筷子按着验，从头至尾与前身。两膀两手全看到，鼻眼口牙验得真。颈项太阳都验过，往下看，胸膛心口少伤痕。小肚之上看又看，就是那，小便卵子也留神。复又低头向下瞅，观瞧死尸那粪门。验罢将尸翻个过，留神又看他后身。就是那，脑后海底与脊背，腰眼看到脚后跟。仵作验罢时多会，忙转身，大人跟前跪在尘。

仵作李五，将死尸验了验，瞧了瞧，总而一言，再没那么验得底细的咧！通身上下，一毫伤也是无有，真是病死的！验罢，将筷子插入靴筒之内，放下衣襟，来至刘大人座前打了个千，说："小的回大人：死尸周身验到，并无伤痕一毫，真是病死的。"刘大人闻听，说："这必是你验得不到，再去验来！如若是粗心，本府要你的狗腿使用，快去！""是。"仵作答应，慌忙站起，又去相验，不提。

且说刘大人口中虽然这么说，心中也觉害怕：真正若无伤，怎么好？坟主吴仁就依咧？还有高大人总督这个硬对，那等着他呢！刘爷如何不着急？

再说原告吴旺，闻听仵作回大人的话，说死人尸身俱各验到咧，并无有伤痕，吓得屎也拉在裤子里咧！吴仁与他嫂子赵氏他们俩，听见了这个话，再没这么样乐咧！吴仁立刻威风长起，眼望刘爷讲话。

只听吴仁微含笑："大人留神仔细听：天子以至庶民等，理字当先到处行。府台现是民公祖，算是封疆制度卿。吴旺的，一面之词全然信，也不想理细究情。虽然官断十条路，不按理来万不能！硬将举人详文退，无故歪究擅动刑。刨开坟头刷尸验，将尸暴露罪不轻。大人的，倚仗官威欺良善，凌辱斯文落朽名！死尸验完无伤处，众目同观是真情。请问府尊怎么样？单等台前领罪名。"吴仁言词还未尽，赵氏开言把话云。用手指定刘太守："贪官行事不公平！硬把棺材刨出看，拿我真金当作铜。将我传到衙门去，抛头露面好羞人！我本是，宦门之体官家女，奴父山东做过县尊。也不知，贪官受了何人贿？硬说寡妇害夫君！”赵氏他越说越得意，她的那，杏眼之中把泪噙。故装节烈冰霜女，混充他是正经人。他又说：“奴今也不活着了，一同夫主上鬼门！”说着就向坑中跳，公差慌忙拉住身。忠良一见心焦躁，急坏诸城县里的人。

你说举人的嫂子赵氏，叫刘爷把他活埋在这个坑里罢，说着他就往里跳，这样做出来刁恶，刘爷这一会理亏情虚，如何答对？大人正在为难之际，忽见坟外走进一人来，则见他头上戴着一顶老样高沿子秋帽，上面安着个铜顶儿，身穿天蓝绸棉袍，外套青绸子棉褂，脚上穿一双青缎子方脑皂靴，年貌有五旬以外，红眼边，羊鼻子，一脸的黑麻子，相配着老大嘴，无胡须，两耳扇风，大摇大摆，走进坟茔，来至大人公案以前站住，多加陈醋打了一躬，说：“老公祖在上，门生有礼。”刘爷一见，就知是个穷酸，座上开言，说：“你有何事，擅自到此？”

列公：你当此人是谁？他就是江宁府学的秀才，家中甚是穷苦，倚仗着肚中有几句酸文，走跳衙门包揽词讼。他姓朱，名亮，有受过他的害的人给他送了个外号，叫“坏肉”。这朱亮素日与吴仁他俩最好，再者呢，他与吴仁的嫂子又是亲戚，论着他算是赵氏的两姨表侄。有人说：“你这个书不对，方才你说朱亮有五十多岁，吴仁的嫂子赵氏才二十三四岁，怎么他倒是赵氏的表侄呢？这书漏空呀！”列位有所不知，眼下的世路年成，与古时不同。方才在下已经表过，秀才朱亮家中甚穷，他走的是吴举人的门子，打他的旗号，借他的脸，再者呢，时常还借贷点，算是吴仁的个走狗。这朱亮要与吴仁争论，他们算是同辈，皆因朱亮穷损咧，赶着有钱的亲戚走动吗，只得认了一个晚辈，表兄改作表侄，无钱的苦处言明。

坏肉朱亮闻听大人之言，说："公祖容禀。"

只听那狂生开言叫："大人留神在上听：生员姓朱名朱亮，我与吴仁是至亲。俗言道，'人平不语'真不错，'水平不流'是常情。请问大人一件事：死鬼的，身上可曾有伤痕？无故生非来胡闹，朱亮打个抱不平。大人也有坟茔地，人要刨开容不容？圣人云：以己之心将人度，瞧来未必不相同。还有《论语》一句话：其身不正令难行。再者江宁吴宅内，祖上至今有前程。无故开棺死尸现，大人行事理不通！太守还要去拜相，这件事，岂不无故损阴功？不是门生爱多嘴，皆因路见甚不平。"坏肉说罢微微笑，一旁站，野鸡戴帽子——混充鹰。刘公闻听前后话，气坏诸城县内人，大叫"狂生休胡讲，本府之事你焉明？你不过，诗云子曰能为处，究情问理你不通。白头秀才如朽木，哪知我，腹读五车万卷经。眼下叫你见分晓，马到临崖悔不能！"大叫"狂生你且退，不看那，至圣先师定不容！"扭头吩咐众手下："将他掐出这坟茔！"公差答应往上跑，揎拳捋袖①不消停。赶上去，掐住脖子往外搡，急得坏肉脸绯红。口中连说"好好好，凌辱斯文理不通。看看归齐怎么样，无缘故，咱们再把账来清！"不言掐出坏肉去，再把忠良明一明。

且说刘公见把狂生朱亮掐出坟外，气还未消之际，又听吴仁的嫂子赵氏直声大哭大喊，说："贪官，你要了奴家的命罢，奴

① 揎（xuān）拳捋（luō）袖——揎，挽衣使手伸出；用手握住条状物向一端走动。意为伸出拳头，挽起袖子，怒气很大要动武。

家可活不得了！虽然我与死鬼是后续之妻，到底是夫妻一场，怎忍叫他死尸暴露?”一边哭喊，还带着满地下打滚。大人一见，也竟是为难。刘爷正在为难之际，暂且不提。

且说仵作只得又到死尸跟前，复又细细验了一遍。总而言之，并无伤痕，依旧来到大人的公案以前跪倒，说：“回大人：小的去又仔细验了一遍，实在验不出伤来。小的若有粗心，情愿领死。”刘爷闻听仵作之言，暗说：“不好。”连忙站起身形，说：“待本府亲验。”说罢，迈步离了公位。仵作一见，慌忙站起，先至死尸的跟前站住，又用筷子，指与大人瞧，说：“这是某处某处，那是致命，那不是致命……”前后身全然指到咧。真是要一点伤也无有。霎时，把一位刘爷颜色更改，大人的罗锅子也直了一半。

忠良爷一见说“不好，此事应当了不成。吴二匪说是害死，为何验看少伤痕？莫非吴二是醉话，不然如何无影形？大人越想越后怕，登时急汗似蒸笼。正是刘公心急躁，忽见那，掐出去朱亮向里行。他在外面听详细，所以复返又进坟。要与刘爷说偏理，倚仗着头上有衣巾。出出被掐这口气，找个脸，好包讼词走衙门。朱亮眼望刘太守，冷笑开言叫“大人，死尸到底怎么样？有伤无伤要讲明。这样本事来混闹，竟把斯文瞧看轻！”坏肉越说越得意，这不就，怒恼诸城县内人。用手指定朱秀士，大叫“狂生少胡云！这样言词对我讲，轻视皇家制度臣。料定本府官事毕，管叫你，悔之晚矣罪临身。”坏肉闻听哈哈笑，大叫“尊驾请听明：官府见过真不少，督抚以至到县尊。虽然问事不一样，哪像贵府老大人？全然不辨真和假，硬自刨坟验死人。”狂生说罢一扭项，他把那，“吴老先生”尊一声：“揪着只管去上省，我作见证到衙门。不怕督抚将他护，自古有理讲倒人。”朱亮言词还未尽，忽见那，赵氏径奔刘府尊，跑到跟前一伸手，揪住诸城县内人。举人一见也上去，拉住忠良褂子襟。坏肉相帮也动手，这一回急坏诸城县里人。

第三十五回

害长兄叔嫂暗通奸

话说他男女三人，不容分说，把忠良拉扯，往坟外就走，要到高大人的衙门去讲。忠良一见，说："这还了得！擅揪命臣，反咧，反咧！"朱秀才闻听大人之言，说："既是命臣，越当讲理。无缘无故地硬刨坟开棺相验，死人又无伤痕，请问尊驾：这种事，大人也有不是无有？"

刘爷还未开言，忽见人群中挤进一人来，高声喊，说："朱亮！你打抱不平，我还要打个抱不平呢！"坏肉闻听，只当是他手下的生①杂子、艮崽子，连说："快来呀！咱们大家揪着他上高大人的衙门！"那人说："揪谁呀？祖宗来揪你这个狗秾养出来的、这个酸卵子肏的！"朱亮闻听，说："你怎么骂起来咧？"那人说："光骂敢自便宜你，我还要教导你呢！"两下里说着，赶上前去，一伸手，将狂生坏肉揪住咧，说："你过来罢！"往怀里一带，带得狂生几乎跌倒。且说陈大勇等也就上前，将他男女二人拉开。清官得便，连忙又坐在公位之上，说："真乃可恶！"一边说着话，举目观瞧揪朱亮的那个人，今日又挂了画来咧：头戴一顶毡帽，穿一件自来破先溺的青绉绸棉袍子，外带着一身油泥，里边并无衬衣，可是打过膛儿，无带子，系着一根单钱串，脚上

① 生（gǎ）——乖僻。

是白布夹袜，双飞燕的缎鞋，一双星星眼，这就是大人昨日酒铺中见的那个吴二匪。忠良看罢，心中暗想：他今日来出头，这件事倒有了辗转咧，本府看他怎么样。

且说吴二匪一手揪住狂生，说："我把你这个姑子养的野种！你和举人通同一气谋害人命，凌辱官长，你哪知这件事我目睹眼见的！爽利告诉你罢：老爷子是个夜猫子，那一日照顾他们家去咧，我在窗外站着，把窗户纸舔破，向屋里一看——那不是就是那个小女人，和南边站着这个男人，他们嘁嘁喳喳，说了几句话，我在窗外也听不真。说完了话，那个女人就把床上躺着的那男子的脖子搂住咧，手里还拿着一根三尺多长的有核桃粗的二条木棍子，南边站着那个男人递过个瓷瓶子，却被他们俩身子把我挡住咧，我可没有看见是怎么样害死的，这是我亲眼见的，你竟欺官，我做定了见证咧！"

且说吴仁叔嫂一闻此言，魂都吓冒。

只听吴二前后话，吓坏叔嫂两个人。吴仁暗暗说："不好，此事倒要得留神。若被这人说破了，我俩残生定要坑。"想罢连忙往上走，眼望吴二把话云："原来你是贼鼠辈，暗暗溜到我家门。偷看我等或者有，搂着病人却是真。我递瓷瓶原不假，那是药材里边存。你就误言这些话，将无作有讹诈人！"吴仁言词还未尽，狂生坏肉把话云："你必然，素与吴宅有旧恨，今日当堂诬赖人。咱们这里不用讲，去到那，抚台衙门把理分！"狂生越说越得劲，吴二闻听大动嗔，赶上坏肉就要打，刘爷闻言把话云。

且说吴二闻听朱亮之言，浊气攻心，赶上前去就要讲打。刘太爷一见，连说："不可动手！本府自有道理。"复又说："那人松手，你过来，我有话问你。”吴二闻听，这才松了狂生，走至刘爷跟前站住，众公差一齐断喝，说：“跪下，跪下！”大人一见，说：“不要威唬于他。”“是。”公差答应，退闪不提。再说刘爷眼望吴二眶，讲话说：“你可认得我么？”吴二闻听，说：“小的不认得老爷。”大人说：“你再仔细瞧来。”吴二复又留神，把大人尊容端详了一会，口内说：“呵呵呵，是咧。”说：“小的看着老爷好像昨日酒铺子里卖硬面饽饽的那位大哥。”刘大人说：“好眼力，不错咧！”吴二闻听刘大人之言，直唬了一跳！

列公，你说他怕在哪一块儿？皆因他昨日在酒铺中，他把刘爷真当作卖硬面饽饽的咧！拿着大人玩笑，他又要和大人圆房，闹了个难！吃了一个硬面饽饽还是赊着。这会儿他才明白咧，原来是此处的知府，假扮的卖硬面饽饽的，你叫他如何不怕？书里讲明。

且说吴二听大人之言，不敢怠慢，一回手，打腰里掏出了有一百多钱，原来是一根棉花线的钱串穿着，忙忙撂下六个老钱来，说：“小的昨日还该老爷个饽饽钱呢！”刘大人闻听，说：“什么大意思，扰了我就是咧。”两边书吏见大人这宗劲，一个个抿嘴儿笑。刘爷又问，说：“本府问你：吴宅这件事情，你果然看真咧吗？”吴二眶说：“这也撒得谎？我的卖硬面饽饽的老爷子！”大人闻听，腹内暗笑，说：“好一个粗鲁之人！”忠良又说：“你既然看真，为何方才本府相验，又无破绽？再者，你说瓷瓶，想来必是毒药。既是毒药害死，为何死鬼七窍内又不见绿红，通身也不发紫，这是何故？”吴二闻听，说：“我知道吗？要不然，拿刀子把死鬼这个捞毛相分的肚子挑开，再看看也可以，是他妈个死不中用的人罢咧！”刘爷闻听吴二之言，猛然省悟。

清官闻听前后话，提醒诸城县内人："哎呀我的主意错，刷尸而验外五形，内中万一有缘故，本府如何断得清？吴二之言真有理，少不得如此这般行！"大人想罢忙吩咐："吴仁赵氏与狂生，本府既来刨坟验，必有缘故在其中。你们想：刘某本是中堂后，大清国律岂不明？刨坟开棺非为己，皆因为，圣主钦点理民情。不用你们发急躁，眼下立刻见分明。死尸真若无缘故，我刘某，情愿丢官领罪名！"大人说罢一扭项："仵作留神要你听：快将那，死尸肚腹豁开看，便晓其中这段情。"

大人说："今日要明此案，必须用刀将死人肚腹豁开，方能明白……"刘爷言还未尽，忽听男女三人一齐嚷起来咧，说："好一个贪官！擅自将坟刨开，开棺材相验，把死人拉出来，硬刷了一水，好呀，索性要开膛咧！"又听赵氏哭着说："该我男人犯了什么罪过，死后翻尸捣骨，还要开膛？"她装得那宗腔调儿，哭喊不止。

且说大人吩咐仵作李五："将死尸肚腹用刀挑开，仔细相验。"仵作答应，不敢怠慢，转身而走，又到死尸的跟前站住。

你说坟外那些观看热闹的百姓，一齐乱嚷，说："瞧呀，瞧呀，豁肚子咧！要开膛咧！迟一会还要大卸八块呢！"哄齐都往上拥挤。大人一见，吩咐青衣："告诉他们，不可拥挤喊叫。"公差答应，向坟外开言，说："大人吩咐咧：不叫拥挤喊叫，哪一个不听，先就拿他试刀咧！"众人闻听，这才不敢喧哗。

且说仵作一回手，将解手尖刀拔出，向靴底儿上扛了一扛，毛腰用刀将死人肚腹"哧喽"一声挑开——这才受闻呢！麻木凉香苦辣酸甜全有！说罢，用手掰开肚腹，将五脏拉出，放在芦席上面，细细验看多时，并无缘故。验罢，转身来到大人跟前打了一个千儿，说："小的回大人：五脏验明，实在的无伤。"这刘大人闻听，这一惊非小。

清官闻听仵作话，肺腑着忙吃一惊。大人的罗锅直了一半，暗说："此事了不成。内外五形全验过，并无破绽与伤痕，眼下真若无缘故，叫我怎样对人云？洗尸开腹来相验，白闹半天无隐情，又把吴仁革了举，本府一定耽考成。丢官罢职却是小事，有玷先父刘氏门：想当初，我父当朝为宰相，轰轰烈烈在朝中。目今到了刘某我，深感当今主圣明。我的父，一怒之间翻了脸，二位兄长丧残生！刘某多亏皇太后，保举一本救刘墉。将我认作干殿下，乾隆佛爷主准情。又将我，御笔钦点江宁府，浩荡皇恩别当轻。刘某丹心无二意，也不过，臣子知恩好尽忠。苍天怎不遂人愿？江宁遇见怪事情！件件桩桩皆有证，到归齐，画饼充饥竟落空！此事叫我如何办？就是神仙也不能。"大人越思越着窄，如坐针毡一般同，急得通身出躁汗，思前想后好不明。大人为难时多会，眼望着，吴二开言把话明。

大人思想这件事，实无头绪，心内着急，低头暗想，想够多时，抬头眼望吴二讲话，说："本府方才令人将死尸肚腹用刀挑开，验看五脏，也并无缘故。这可如何？"吴二闻听，说："这就难办咧！验又无伤，明明的我看见的，此事就是那个妇人的身子挡住咧，无得看见她怎样害死的。嗐！这都是我这个王八肏的嘴快，爱管闲事，才叫大人跟着受累！"复又说："大人不必为难，我倒有个主意。"刘爷说："什么主意？"吴二说："大人如今拿我扎个法子，问我一个诬赖好人之罪，把大人摘出，我和这一起子狗肏的滚上就是了！"刘爷闻听吴二之言，腹内说："真好个直肠汉！"想罢，将手一摆："使不得，使不得。"吴二说："使不得，这可怎么样呢?”

不言吴二也替大人为难，且说吴仁叔嫂和狂生坏肉，男女三人见刘爷命人将死鬼尸身肚腹割开，取出五脏相验，又听说无伤，亦发不依咧！一齐喊嚷，叫道说：“好贪官！你是一府尊父之公祖，这样的胡为，岂不有负当今爵禄？可惜了的这个知府给你!”大人闻听，又是气又是着急。忽听吴二匪开言说：“好奇怪！验呢，又验不出来；拿水刷呢，又刷不出来；取出五脏瞧，又瞧不出来。难道说把肠子翻个过看看不成?”你说吴二一句无心话，倒把个刘爷提醒，说：“是呀！此事再不是毒药，必是什么东西吃在腹中，先到肚子里边，然后才变粪归肠，往下行去。何用翻肠子？把肚子翻过，便见明白。”大人思想，高声吩咐。

清官想罢高声叫：“仵作留神你是听：快把肚子豁开了看，定有缘故在其中!”仵作闻听不怠慢，又把尖刀手中擎，低头仔细席上看，认准拿在手中存。尖刀上面只一挑，只听“吱喽”响一声，刀割肚子分两下，留神看：倒把仵作吃一惊！复又向地只一抖，把一个，毒物东西抖在尘。

且说仵作用刀豁开肚子，向地下一抖，喷鼻气味难闻，将粪袋那一宗毒物，抖在尘埃。大家一瞧，齐声大嚷：“有咧，有咧！敢则是个东西，怎么进去呢？真奇怪!”

不言众人闲谈，再说刘爷闻听说“有咧”这么一句话，大人连忙走至跟前一看：原来是一尺多长的一条菜花蛇死在粪内!

列公想哩：这个东西怎么进去的？真是万人想不到的巧计！诸公细听。

且说大人一见，说：“好奸计！巧毒计!”说罢，转身归公位坐下，吩咐：“带男女三人，预备刑具!”手下人答应，将带来的刑具夹棍、拶指等，都放在公案以前。左右登时带过男女三人，他们见有了赃证咧，立刻魂都吓冒，这才一齐跪下。刘大人一见，吩咐手下："先将这万恶的囚徒吴仁夹起来，然后再将无耻的淫妇赵氏拶上！"这公差齐声答应，立刻把他叔嫂二人俱各上刑。大人吩咐拢绳，下面答应，将绳一拢，吴仁、赵氏背过气去。用凉水喷醒，刘爷这才问话："你们还有什么分辩？从实招来！但有虚言，管叫你每狗命难逃！"刘大人这夹棍、拶指，乃五刑之祖，他虽然心毒意狠，到底是细皮嫩肉，如何禁受？闻听大人之言，说："招了，招了！"赵氏先就讲话，说："大人在上，因犯妇的男人吴祥，娶奴过门，未有三个月，他就贸易上北京而去，有五年的光景，总不见归家。奴与小叔吴仁，旷夫怨女，勾引成奸，将有四载，忽然上月奴的夫主吴祥自京回家，谁知又得了缩阳不举之症，竟成了废物！奴与小叔商议，要将吴祥谋害。先前小叔不允，后来从之。无物可害。这一天，奴在花园之中闲游，猛见花棵底下，有一条小长虫盘绕。犯妇一见，得了主意，连忙用瓷瓶将他装起。这是九月十一日，奴家终日喂养其蛇，难以下手。等到了昨日，二十七日，天有二更以后，奴的夫主大醉而归，进门躺在床上，人事不省。奴家一见，忙叫小叔吴仁进房，将瓷瓶递与小妇人，帮着奴搂住吴祥的脖子，用小小的二尺多长的竹筒，将长蛇装在竹筒里边，那头儿插在醉汉的嘴内，这头儿，再用鞭杆子香尖一根，顺着竹筒向长蛇尾巴上一烧，其蛇疼痛难禁，自然向那头逃生，所以才钻入醉汉的咽喉，直入五脏，外边又不能见伤，就是这样害死的。"大人闻听赵氏之言，气得眉上生烟。

清官闻听赵氏话，将牙剉碎把话云："世间少有这恶妇，碎剐零迟还算轻!”大人又把吴仁问:“可是这样害残生?”囚徒下面头碰地,说道是:“赵氏言词是真情。”忠良闻听提起笔,判断奇冤案一宗:举人吴仁真禽兽,与嫂通奸谋害兄,有坏五伦非人类,当问立斩项冒红。赵氏伤天行万恶,罪应凌迟万剐身。秀才朱亮多管事,行文革退去衣巾,然后再打三十板,枷号两月再开刑。吴二虽然系偷盗,并未犯事到官中。可喜他,心直口快最相热,敢作敢当报不平,官赏白银五十两,从今后,弃却偷盗做经营。刘公判断刨坟案,轰动金陵这座城。事毕的,忠良上轿回衙转,忽听得,“冤枉,冤哉!大人施恩救小的!”这件事应当了不成!

第三十六回

王客商投宿遇强人

话说刘公自从判断举人吴仁、赵氏叔嫂二人用长蛇谋害人命一案，江宁府军民无不称奇，都说这位刘爷好官府，清似水，明如镜，实在的令人可敬。

按下众百姓闲谈不表。且说刘大人自刨坟相验回衙，一夜晚景不提。到了第二日早旦清晨，大人茶饭酒罢，立刻升堂，众役排班。刘公才要判断煞结民词，忽听衙外有人声喊冤，说："冤枉，冤哉！青天老爷救命要紧！"

大门外，只听有人声叫喊："冤枉冤哉了不成！青天太爷将人救，可恨赃官诬小民。"刘大人，座上吩咐"出去看，速把那，告状之人带进门！"站班衙役往外跑，来至门外细留神：但见却是人两个，公差看罢问分明："不用乱嚷故喊叫，大人叫你快些行。"二人回答说："是是，正然前来见大人。"言罢齐将角门进，公差传报语高声。刘公座上仔细看，两边官吏各睁睛。但只见，外边进来人两个，未问言词先辨形：头前顶戴白毡帽，布袍布褂紧随身。棉带系腰耷拉穗，白袜青鞋足下蹬。年纪却有六十岁，行动跄跄带嗽声。后边之人戴缨帽，绸袍布褂尽是青。年纪倒有五十岁，布靴一双足下蹬。面貌不像行凶辈，眉目之中带老成。滴水檐前齐跪倒，公差回话已退身。刘大人，座上看毕往下问，慢吐清音把话云："你们二人因何故？一一诉讲要分明。"

刘公乃是天生成的一位能臣，从来问事与别官不同，并不刚强暴躁，察言观色，辨别鱼龙。看罢，立时在座上往下言讲，说："你二人是哪里人氏？做何生理？是一件事还是两件事？一个一个诉上来，不许争词强辩，不许刁词妄拉！""是。"二人答应，磕一个头，那一个年长些的先就讲话。

那老者，未曾说话将头叩："大人青天在上听：小人家住句容县，龙潭码头有门庭。姓盛名叫盛公甫，今年六十零四春。全凭开店为生理，公平交易不欺人。上月二十单三日，就是这，客人投店进我门。行囊沉重银不少，坐跨走骡独自行。到店中，小人盘问他来历，客人弃骑对我云：他说：'家住太原府，生意来往贩绸绫，如今回家归故土，来岁开春方上京。今日个，在此投宿住一夜，明日一早就登程。'小人闻听吓一跳，半晌沉吟尊客人：'明知自己行李重，为何还从此路行？新近出了人一伙，近来这里闹得凶。西北离此三十里，有一座，玉皇大庙古禅林。寺内先有僧家住，被贼赶得影无踪。他们就在里边住，说来就有二十人。白昼出来硬打抢，专截经商过往民。你要是，没有行李只管走，怕得是，金银随身橐子①沉。要想过去不能够，留下资财丧残生。难为你，竟会那边过来了，难道强人不晓闻？'实回大人一句话：客人闻听吃一惊。骑上骡子就要走，小人相拦不放行。"

刘大人听到此间，在座上开言，说道："盛公甫。""有，小人伺候。""本府问你：这一个客人，是上月二十三日到你店中下店？是你告诉他：离你们龙潭码头的西北上三十里，有一座玉皇

① 橐（tuó）——口袋。

古庙，庙内有一伙强人住居？是这伙贼专截经商，打劫客旅，他的行李沉重，冒险担惊竟自闯将过来？是他听见这个话自然后怕，要走，你为何复又拦住不放他去，取何缘故呢？”老者见问，复又磕头，口尊：“大人，并非小人不放他走，却有个缘故：因上次七月间，有两位客人，也是行李沉重，小人就多了个嘴，也是如此告诉他，二人闻听害怕，即刻出店，径自去了。迟不多时，就有十数个人来，手执刀枪，闯进小人的店门就问：‘有两个客人，可曾下在你家店内？快快实说：现在哪里？’屋中小人回答：‘没有见。’他如何肯依？不容分说，前后搜了个遍，并无客人。他们就说是小人泄机，将那客人放走，只有心要害小人的性命。内有一人解说：‘你我快往前追赶，如若赶上便罢；若是赶不上，回来杀他不迟。’众人应允，一齐出了店门去了。回大人：几乎把小人吓死。”

“回大人：众贼说罢出店去，小人心中担怕惊。那天不过一更后，众人又到我店中，只说赶上那两个，俱各杀死丧残生。行李抢回得饱载，只有一人把话云：口叫‘店家听我讲，几句话，要你留神记在心：以后再有人下店，不可传言走漏风。截客不干你的事，何必多言信口喷？但若再像今日事，一定要，先追老狗命残生。’说完俱各出店去，小人这才放下心。回大人：被害之人无苦主，地方报到县衙中。县官自把身家保，只说差役访拿人。小的明知这件事，哪敢多言说一声？正是自扫门前雪，休管他人瓦上霜。那天若把客人放，众强盗，他若来时怎样应？自然拦他不放走，所因惧怕众强人。”刘爷闻听心不悦，虎面含嗔把话云：座上叫声“盛公甫，这算是，心中奸诈不公平。只图自己身无事，不管别人死共生。你只顾，拦住客人不放走，贼盗来时了不成。损人利己不公道，白活花甲有余零。”老者着忙将头叩，口尊：“青天爷上听：内中另有一缘故，大人呀，容我细细讲分明。”

盛老者往上磕头，口尊：“青天大人，小的相拦客人不放他，我有救他之意呀！爷爷，这个客人见小人相拦不放他走，说：‘你把我拉住，不过是自己保身家，坑我的性命。’小人闻听，说：‘我要有心害你之命，我就不告诉你咧，你如何知道？你住在我的店内，贼人来时，你落个人财两空。’客人说：‘既是如此，为何又不放我走呢？’小人说：‘你就是走，他们随后赶上，你的性命也是难保。’客人说：‘依你怎么样呢？’小人说：‘我有两个表弟，姓杨，在前边十五里地之遥，地名叫杨家庄，哥哥杨文炳，兄弟杨文芳，两个人都是前科的武举，身量高大，膂力①过人，浑身武艺，胆量不小。平生仗义，怕软不怕硬。我如今写一封书字拿去，你奔到他家，可保无事，大料着那贼人闻名，未必敢找了去。就让他们找到那里去，我那两个表弟可也不怕他们。’这客人闻听，心中是个喜欢，立逼着小人写了一封书信，他揣在怀内，骑上骡子，出了店扬长去了。那天不过刚黑，众贼人来了。小的数了数，不多不少，整二十个。进了店就问小人说：‘有个骑骡子的人，在你这里歇了一歇，你见了无见？’小人闻听，说：‘方才倒有个骑黑骡子，到这歇歇走咧。他说往前边杨家庄杨武举家去了。’贼人说：‘往那里去，难道我们就找不了去不成？’说罢，全都出店，自去了。”

老者复又将头叩，口尊“青天老大人：他等出店扬长去，后

---

① 膂（lǚ）力——体力。

来事，爷问客人自然明。”刘公闻听开言道，眼望客人把话云：“你到那里怎么样？以往从前诉讲明。”客人未语先叩首，尊一声“太爷青天在上听：小人家住太原府，平阳祖居是良民。每年并不在家内，贩卖绸缎去上京。小人名叫王自顺，今岁四十九岁零。那天九月廿三日，龙潭投宿进店中。店家对我言就里，小人闻听心内惊。住下也是难保命，要走又怕众人跟。多亏了，盛姓店东为人义，亲笔写下书一封。他叫小人投表弟，杨家庄去投武举两个人。小人时下哪怠慢？上了骡子出店门。不多一时十五里，进庄访问到他门。叫门家丁回进去，杨武举里边出来迎小人。先令家丁搬行李，然后将骡拴在棚。将小的，让到书房分宾坐，招呼家丁献茶羹。追问小人从何处到，小的把已往从前对他云。书字拿出递过看，瞧罢之时口内应。家丁立刻摆上饭，哥俩一齐让小人。吃饭已毕撤下去，不觉黄昏点上灯。那天不过一更鼓，大人呀，若是说出吓死了人！”

第三十七回

杨武举救人战群寇

王自顺说："回大人：是九月二十三日到他的店中投宿，他就说出新出了一伙强人之故。他又说：'住下呢，也是死；往前走呢，可是也活不成。'这可如何是好？回大人：幸亏盛店家修书一封，叫我投奔杨家庄他的表弟家中，可以保全无事。小人就拿着他这封书字到了杨家庄杨家，见了武举弟兄两个，将书取出，与他观看。很承他弟兄的情，看他表兄之面，将小人招留下，满口应承，敢保无事。又设酒饭款待，将小人送至书房安歇。那天不过三更天，外面把大门打了个山响，将小人也惊醒，小人不敢言语。东屋内侧耳，闻听杨家的家人，隔着门问了问，外边人说是找小人的。家丁进内回报了他的家主。武举弟兄二人，俱各起来，吩咐人在大厅上点起灯烛，令家丁把大门开放，将那些人放进来，让在大厅之上。小人也就暗暗地起来，开门出屋，隔着照壁往里听，看来的人就有十数多个，人人手拿器械。杨家弟兄明知有事，也是预备而出，坐在厅上。杨文炳先就开言讲话。

王自顺，往上进礼将头叩，口尊"青天老大人：小人站在照壁后，耳眼留神看又听，只听得，武举文炳先讲话，眼望来人问来情：'列位到此因何故？有话对着在下云。'贼人听见举人问，内有一人语高声，说道是：'我们俱是绿林客，专劫经商过路人。

今日别处做买卖，俱各无从在府中。方才回来伙计报，踩盘之人对我云：说是过路一行客，独自单身行李沉。今日个，大料必住龙潭镇，天晚不能向前行。因此我们随后赶，到了盛家旅店中。问了问，说他投亲到这里，所以赶来找此人。想来他在你这住，献将出来理上通。情义双全无话讲，要想瞒哄万不能。’武举闻听开言道，并不生嗔带笑云：口呼‘列位听我讲，在下说来大伙听：买卖之人非容易，抛家失业做经营，撇闪①父母与妻子，戴雪披霜奔途程。好容易赚钱回家度日月，养赡②合家满共门。要是遇见众好汉，人财两空丧残生。常言说：古来就有绿林客，却与列位不相同。也有财物留下半，也有求财不害人，也有那，单杀贪官与污吏，喜助孝子与贤孙。小本经营不稀罕，英雄另是一般行。哪像列位如何样，又要资财又害人。损人利己终不好，岂不知，恶贯将来要满盈。’”

“回太老爷：小人站在照壁后面，听看明白，武举文炳解劝那些个强人，他说：‘做好汉的人，要济困扶危疏财仗义，才是丈夫所为。要像列位劫着客商，不论多少，必要叫人财两空，使他父母不能相见，妻子不能团圆，岂不阴功有损吗？见过做贼的有庆八十的？恶贯将满，来要打劫路费，再无不报官之理，倘然县官知道，惊动官兵，列位如何抵挡？被获遭擒，难免在刀下之苦。若死之后，贼名脱不过的。你们方才说的那个单行的客商，乃是在下的一门亲戚，贩卖绸缎为业，路过至此，到舍下探望。列位既然赶到此处，在下知道此道中的规矩，再不空回。今朝既

① 撇闪——放在一边，丢开不管。
② 养赡（shàn）——供给生活所需。

然是你们来到舍下，别说还有这么一点，就是没有这件事，来会子，再也没有空过的道理。在下情愿奉送八百两的微礼，列位收去，以作会亲之资。列位瞧着，我弟兄也有一点名望，当作了相与，有何不可？'”

王自顺开言把“大人”叫：“贵耳留神请听闻：杨姓要把小人救，情愿拿出几百银送给强人拿了去，怎奈他们不依从。内有一人开言道：‘叫声杨姓你听真：这要是，别者之人说倒允，惟你弟兄却不能。我们离此不甚远，四十五里路途程。你家富足谁不晓？远近各处尽知闻。我弟兄，不来惊动看情义，皆因算你是宾朋。很该知情心感念，世路人情才算明。今朝我来到此处，就该献出那客人。你反倒，之乎者也来搪塞，你又拿出几百银。让你金银过北斗，想买客人万不能！今朝若要将你让，外人闻知笑破唇。说我们，欺软怕硬怕武举，辱没了江湖好汉名。既然此话出了口，须得献出这个人。’武举闻听强人话，文炳登时面带嗔。眼望强人开言道，脸带怒色把话云：说道‘你是胡言讲，信口开河把粪喷！我将实话告诉你：快些回去死了心。那客人，素不相识无会面，特来投到我家中，济困扶危称好汉，除恶霸，方是英雄丈夫行！’”

“回大人：武举杨文炳，他见那些人不要银子，单叫把小人献将出去，杨文炳他就恼了，说：‘我好意赏你们几两银子回去，就是天高地厚之恩，你们反倒无知，不识抬举，执意不允。实对你们说罢：人也有，银子也有，只怕你们要不了去！’回大人：那些强人闻听武举之言，全都恼了，登时翻脸就要动手。”

“只见那人翻了脸，他们时下要相争。现成兵刃拿在手，跳下厅来赌输赢。武举弟兄真好汉，抵挡强人十数名。小人观瞧心内怕，只恐怕，弟兄二人不能赢。到后来，杨宅家丁也助力，看来却有十数名。两下一齐动了手，火把灯笼满院红。看看闹到交三鼓，一死相拼岂肯容？杨家弟兄施展勇，两把钢刀实在精，蹿跳蹦跃急又快，砍倒强人贼二名。虽然是，身上着伤却未死，躺在地上口内哼。余者贼人敌不住，只想时机跑出门。杨家主仆又要赶，只想一概尽皆擒。到底还亏杨文炳，那个人，心怀仗义有老成，拦住家丁和兄弟，高声叱咤叫贼人：'论正理，一齐拿住将官送，解到当堂问口供，正法开刀问立斩，与民除害气才平。但只是，内中一件我不肯，当面说出你心明：纵然你等为强盗，并无惊动我这村，还算你们明时务，故此今朝我恕容。开条生路容你走，快些脱身莫消停。'众贼闻听这些话，一转身形往外行。举人复又开言道：'尔等回去要务正，别想再干这营生。作寇为贼无好处，急速回头正路行。'"

"杨武举把那些人还劝了会子，那伙贼人抬着带伤两个贼，径自出了杨家。杨家家丁把门关上，他们弟兄俩回厅歇息。小人感谢，倒劳武举说：'贼盗灭除，乃是大丈夫所为，正是英雄本色，这倒不敢劳谢。那伙贼人，这一去，必然远奔他方而去，从此太平，歇息了罢。'他弟兄回后而去，小人仍回书房。他家的家丁，收拾家伙灯烛，各自散去，歇息半夜。到了次日早旦清晨，小人起来装粮行李，杨家的家人送出洗脸水、茶来，小人净面吃茶，杨家弟兄出来相见。小人告辞，举人叫家丁把小人的骡子鞴上，搭上行李，拉出门外。小人别了杨家，二人出门相送，小人骑上骡子，要回家去。

"小人上骡才要走，一心要转我家中。复又多心不肯走，暗自辗转在心中。小人想：不是他写书托表弟，小人残生保不成。

又思想：强人虽去有后患，打听真实才放心。不如还回盛家店，又谢盛姓又存身。我小人，再回一句实情话：心中胆怯怕贼人，万一他们前途等，小人一去中牢笼。我小的，主意拿定圈回骑，紧紧撒放骡子行。依然又到龙潭镇，越想越怕回里行。我小人，复又回到客房内，店小二将骡拴在棚。盛店东，出来留在他店住，打听杨家信共音。在他店中住一夜，第二天，真正果有岔事情：人头扔在杨家院，两颗首级淌鲜红。武举拿进县中报，乡保他，同到衙门去禀明。谁知道，知县竟是来作对，一派歪词人怎禁？他说武举将人害，收入南牢监禁门。只问尸首在何处，定叫实招认口供。二十五日这一夜，又出一宗怪事情：杨家一门老共少，尽情杀死赴幽冥，男女二十零四口，可怜个个淌鲜红。”王自顺，说罢不住将头叩，公座上，立怔诸城县内人。

第三十八回

官匪暗勾连共为虐

刘大人在公座上，听客人王自顺之言，爷的心中犯想，说："据客人之言，不用说，武举一家是那一起贼人杀死。内中误事，俱是知县之过。此事必须如此而行，方能完结此案。"刘公想罢，往下又开言，说："王自顺。""有，小人伺候。"刘爷说："你二人下去补状，待本府行文，提句容县令、杨家弟兄到来时，一并听审圆案。""是。"两个人磕头站起，退步出衙，补呈子不表。

且说刘爷往下问道："此处离句容县衙，有多少路程?"下役跪倒回话，说："此处离句容县六十五里之遥。"刘公点头，下役站起，退闪一旁。大人吩咐："书吏作文一套，到句容县，把知县与杨家弟兄、还有乡保地方，一齐提来，完结此案。""是。"书吏答应，立刻回科房，作文书，用印，差该值的人去提差不表。大人退堂，下役散去，掩门。刘爷回后用饭歇息，俱各不表。

此书速快，到了次日天交正午的时候，下役回话说："禀大人：句容县知县与杨武举俱各提到，请大人的示下。"刘大人吩咐："叫外边伺候，立刻升堂。"内厮答应，连忙外跑，传出话去，不多一时，伺候停毕，进内回话。大人走出房来，张禄跟随，转过二堂，闪屏门，进暖阁，大人归位坐下，众役喊堂，两边伺候。刘爷上面吩咐："叫句容县知县、带杨武举当堂问话。"

清官座上言未尽，忙坏当差应役的人，答应一声往外跑，登时之间到大门。口说传话“大人叫：知县武举三个人。”句容县，知县答应头里走，杨家弟兄后面跟。三人举步角门进，刘公座上细留神。但则见：前边走的是知县，头戴秋帽颜色鲜。天蓝缎袍石青褂，鸬鹚①补子钉前胸。飘带荷包分左右，缎靴一双足下蹬。年貌不过五旬外，面带奸诈不老成。二位举人跟左右，俱各绸袍紧着身。立绒秋帽头上戴，缎靴薄底带灰尘。身体生来多雄壮，腰圆背厚在年轻。瞧他俩，面目忠厚人慈善，不像行凶那等形。刘爷看罢心中想：意中照顾他二人。他弟兄，若不仗义行此事，焉有塌天大祸星？知县当先忙行礼，仪注不敢错毫分。礼罢躬身一旁站，武举双膝跪在尘，磕头一心听吩咐。堂上的，刘爷开言把话云：“下边二人何名姓？家住句容什么村？所因何事遭陷阱？你把那，一往之事细表明。”两个武举将头叩，文炳开言尊“大人：举人祖居句容县，杨家庄，遗产尽够过光阴。父母双亡去世早，只有同胞二弟兄，弟名文芳兄文炳，本姓杨，去岁秋科中举人。”

杨文炳磕头，说：“回大人：举人兄弟，平素间闭门不出，每日家中操演弓箭，以图上进。正是闭门家中坐，祸从天上来。九月二十三日，天色将晓，有一人叩门，口称是龙潭镇开店的盛公甫那边来的。回大人：这个盛公甫原是举人的亲表兄。家丁报禀举人，举人瞧了瞧，是我表兄的笔迹，本曾看出，先把那人让至书房之内，行李搬进屋中，骡子拴在槽头，叫家人预备茶水，

① 鸬鹚（lúcí）——一种善捕鱼的水鸟。这里指知县官服胸前的鸟样花纹。

这才把书拆开观看。原来是举人的表兄盛公甫，托付举人弟兄照看这一位客人。客人原来是山西太原府的人，贩卖绸缎为生，姓王，叫王自顺。因为路过龙潭镇，要在举人的表兄盛公甫的店中投宿，盛公甫知道那条道上难走，叫他下在店中罢，又怕众贼人赶到店中害死客人，连累店家遇祸。”

杨文炳，复又进礼将头叩：“大人青天在上听：举人表兄盛公甫，生来相熟有慈心，见了客人生怜悯，唯恐王姓丧残生。欲待要，留他住在招商店，又怕贼人随后跟。客人受害也不好，又怕连他有灾星。欲待要叫客人走，强贼必定要追寻。赶上客人还是死，看他一场无始终。因此盛姓将书写，叫他到，杨家庄上找举人。在我家中住一夜，明日登程无事情。回大人：举人弟兄多仗义，再者又看盛表兄。留下款待那人饭，出房安歇到二更。门外又听来人叫，敢则就是众贼人。看门的，进内去报他的主，就知必是是非星。弟兄二人拿兵器，出来叫人开大门。强贼就有十数个，各把刀枪手内存。举人问他何缘故？他说来把客人寻。将他们，个个请在大厅上，诉说其中就里情。他说：‘我们为盗寇，并未到过你的村。’皆因是，闻我弟兄名头大，并未曾，偷盗杨家庄上民。”

“回大人：众贼说：‘我们纵然做贼，并不曾到过贵村，皆因看的是你们俩，也算是此处的杰俊。自古说好汉爱好汉，并非怕你不敢来，你们错想了。今晚上我们哥儿们既是赶到此处，论理，就该把人早早献将出来，才是正理。’大人想：举人既把那人留在家内，焉肯又把他献将出来？举人无奈，对他们言讲大道，说：‘那做贼的不好之处，损人利己，将来定有报应。’举人说：‘就是你们来赶上客人，也不过为的是财呗！今朝看我的薄面，将此人放过，我情愿奉送几百两银子，你们拿去，此事如何?’回大人：谁知他们不依。群贼之内有一人开言：‘漫说你给几百银子，就是黄金过北斗，也不算什么！你要是软弱无能的人，这倒使得；要是让了你，要不出客人去，还叫别者的江湖闻知耻笑。’举人闻听贼的这些话，心中就有几分怒气。举人说：‘人也有，银子也有，只怕你们要不出去。’”

杨武举，口中连把“大人”叫：“贵耳留神请听真：众贼闻听举人话，大众不依齐动嗔。跳出大厅讲动手，举人弟兄哪肯容？招呼家丁明灯火，奋勇努力要相争。手下家人也来助，主仆齐心挡贼人。回公祖：众贼难把举人胜，带众着伤有二名。余者胆怯不敢战，思量只恐要逃生。若论理，一齐该当全拿住，送到当官问罪名。内中却有两件事，饶过众寇也通情。头一宗：他们无伤客人命，行李未动半毫分；第二宗：惧怕余寇来生事，他们不敢惹举人，拿着别者来出气，岂不就，苦坏杨家庄上民？饶他去罢是正理，自然成全在心中。哪知慈悲生祸害，反惹飞灾祸奔身。开路饶放强贼走，抬定着伤两个人。出了大门扬长去，举人家丁关上门。谁知客也无睡醒，前走致谢到厅中。歇息半夜天光亮，打发客人起了身。一天无事直到晚，各自安歇睡昏沉。那天不过二更鼓，一桩异事罕惊人。”

“回大人：二十四日这一晚上，二更多天，举人家里俱各睡着，只听‘咕咚’一声，把举人惊醒。皆因举人的心中有事，怕的是贼反来搅闹。睡梦之中，只听‘咕咚’一声响亮，就掉在举人的窗外。举人连忙穿衣，秉灯出房，留神观看——却是一个蓝包袱。随即打开，一瞧：里面包定血淋淋的两颗人头！举人看罢，情知是贼人移祸之计，少不得等到天明，举人同兄弟杨文芳，拿定那个包袱，同着乡保地方，一同进句容县报明此事。谁知这位县尊一味地偏心歪问，只说举人弟兄将人杀死，堂前只叫招认。回大人：举人无可所招认，不过实诉而已。怎奈县尊不听，硬行文书一套，将我弟兄二人前程革退，要动刑审问。举人细想：贼人把头移祸于我，我说必是贼人暗害我之意，因此举人哀告，怎奈县尊总也不听。”

杨文炳，复又向上将头叩，口尊“青天在上听：举人明知有后患，强贼定害我满门。无奈复又央县令，弟兄两个留下心：放回一个保家眷，知县执意不肯从；要放一个不能够，全都拘禁县衙中。次日一早人来报，牌头报事到衙门。举人的，家中尽被人杀死，二十四口赴幽冥！定是众贼来暗害，丧尽全家真惨情！今蒙大人提来审，得见青天一般同。望大人，速拿此贼结此案，合家幽魂感天恩。”说着连连将头叩，刘爷开言把话云：“叫声武举杨文炳，算是糊涂心内浑。你说明知有后患，为什么，粗心反中计牢笼？进县去把人头报，弟兄很该去一名，留一个，在家提防保家眷，如此而行理上通。弟兄两个同进县，也算是，天宫造定不非轻。二十四人坑性命，冤冤相报在今生。就只可恨句容县，做官糊涂很不明。若还暗把人杀害，谁还肯，自拿人头到县中？既叫武举他偿命，尸首却在那边存？拘禁武举有缘故，生生的，断送杨家满共门！本府定叫他偿命，这宗贪官岂可容！”刘大人，说话之间翻了脸，把一位署任的贪官吓冒了魂！

第三十九回

索巨赌逼杀廿四人

刘爷座上开言，说："杨文炳。""举人伺候。"说："你弟兄不把王自顺留下，哪有这么一场大祸？见了人头，着一个进县去报，也无有此事。想来，万事俱由天定。二十四条人命非同小可，他们俱是前世的冤家，今生的对头。这件事本府自有公断。""是。"举人弟兄磕头不语。刘大人一回头，眼望着句容县知县，讲话说："贵县。""有，卑职胡有礼伺候。"刘大人说："你升到句容县，有多少日子了？"知县说："卑职出任当初的是主簿，候补六合县的县丞。那时句容县的知县丁忧，卑职在此署事不足三个月。"刘大人又说："你是一榜，是两榜呢？"知县胡有礼说："卑职是监生出身。"刘爷闻听，说："原来是个捐纳呀！本府问你：杨举人弟兄到县出首，你是怎样问法？"知县说："杨举人到卑职衙门出首人头，他说是九月二十四日夜间，听得院中响亮，出屋观看，瞧见一个包袱，包着两颗人头，又把二十五日之事说了一遍。回大人：卑职出问，原未追问他弟兄两个，是他们自杀的人，将尸藏起来，所图无罪。"刘爷闻听，心中大怒，把惊堂木一拍，说："哇！你净是满口胡说！市井中有这样痴人？自己杀了人，倒把人头拿到当官出首？岂有此理！方才说他弟兄杀死人命，将尸藏起，你再不想：他既然会将尸首藏起，难道说他不会将人头藏起吗？再者，就是他们杀的人，你也该究出凶器、尸首，方可定罪，此二件俱各无有，你把他弟兄拘禁衙中，这内中大有情弊。就是他弟兄留一个在衙中，放一个回家，叫他保守家口，也很使得呀！你一个不放，这二十四条人命，生生死在你的身上！”

贤臣爷，说话之间翻了脸，满面含嗔把话云：用手一指叫“知县，要你留神仔细听：花言巧语不中用，可知道，刘某为人平素中！不究尸首与凶器，安心拘禁他二人，倒使断送合家命，皆因你起丧残生！内中一定有情弊，快些实说就里情！”胡知县，看见刘公动了怒，连忙双膝跪在尘。磕头连把“大人”叫：“公祖在上贵耳听：拘禁武举有缘故，卑职愚见在心中。恐怕他往别处告，留他在，衙中住下好拿人。差役暗把贼人访，拿住时，审明冤枉此事情。并非卑职有情弊，大人格外另开恩。”刘太守，闻听此话微冷笑，用手一指带怒云：口中大叫“胡有礼！这些话，想瞒本府万不能！你说留下杨武举，怕他别处把冤伸，你叫差人外边访，好拿盗寇把冤明，问你怎么知贼至？内里情由快讲明！”

刘爷说：“我且问你：留下杨武举弟兄，怕他往别处去告，你再差人好拿获强人？”“是，卑职就是这个主意。”刘爷听说，说：“你还与本府强证，我要不叫你口服心服，也不知本府的才断。本府问你：你留卜杨家弟兄，这是二十五日事情，他的家口被人杀害，天明是二十六日，隔着一夜，你怎么就知道贼人来杀杨家的良眷？头一天就把他留住，怕他别处去告，你差人去访二十六日事情？狗官！你怎么就能知道了？难道你有耳报神，未卜先知不成？你既知先有人来杀他的家口，为什么你又不放出一个去保家口，这是取何缘故？本府不明，倒要你细细言来！”罢咧，这一席话，把个贪官问住。

这清官，说罢一往从前话，知县闻听不作声，理亏情虚难开口，跪在尘埃似哑聋。刘爷时间更动怒，手拍惊堂喊连声。说道是："知县快些实言讲，一字言差我不容！漫说你，捐纳县丞署知县，王子犯法与民同！本府圣主亲笔点，专查赃官苦害民。你今犯到刘某手，那管州官与县尊！你若是，实说倒有宽容处，官官相护是常情。今日要不说实话，本府如今动大刑！肉拌干柴如何受？看你招承不招承！就使眼下夹死你，也不过，一套折子完事情。"说着吩咐"摘去帽，快看夹棍莫消停！"下役答应往上跑，把一个，贪官着忙魂吓惊，口中只把"大人"叫，磕头碰地响连声。刘爷摆手说："不必，还有一事再听音。"说着扭项叫武举："杨家弟兄也听明：二十四日进县内，出首人头到县中，知县扣住弟兄俩，他必有，什么言词对你云？不必怯官只管讲，本府做主要言明。"举人弟兄将头叩，杨文炳，口尊"大人在上听：举人弟兄到衙内，出首当堂见县尊。他说举人将人害，公堂上，只叫实说认口供。不知底里如何认？牙关咬定不招承。然后带到班房内，又等晚上问分明。一人走进班房内，他对着，举人弟兄把话云。"

"回大人：举人弟兄坐在班房之内，待有多时，进来一人。"刘大人听到此处，跟话又问："这个人是谁？"杨文炳说："回大人：进来的这个人，举人却也认得，他是本县中头一个有脸的皂头，名叫吴信，彼此相熟，自然让座。大家坐下，吴皂吏递了个眼色，把他们的伙计都支将出去，他才对举人讲话，说：'杨爷，你弟兄二人这件官司，有些个费手。问官与你作了对了，没有什么说的，你弟兄得瞧破着点子，比不得别的事情。俗言说得好：

能打真赃实犯，不打人命干连。花几个钱，我与你们打点打点，把这件事情就消灭了呢，岂不是好？'他还说：'堂前生瑞草，好事不如无。'"刘爷又问，说："这是二十五日呀？还是二十六日呢？"举人说："这是二十五日。"大人说："应了他无有呢？"杨文炳说："举人也愿无事，举人就问：'这得多少银子呢？'吴皂役说：'这件事连上带下，看来就得五百两。'"刘大人说："不多呀？五百两银子，难道你不愿意吗？"杨文炳说："回大人：五百两是衙门的数——是五千两银子呢！举人如何肯应？"

杨文炳磕头把"大人"叫："贵耳留神在上听：理正情真这件事，花银岂有不心疼？又想不如完了好，早回家中理上通。因此上，开手给了一千两，皂役摇头不为应。复又进内回知县，实价准要四千银。添到二千还不允，举人心中怒气生，说道是：'二千纹银他不允，再想要，一厘一毫也不能！任凭把我怎么样，至死再也不花银！'回大人：吴信一怒进衙内，必然去见胡县尊。因此才把详文作，革我举人问罪名。这是一往实情话，哪敢虚言哄大人？"杨武举，说罢不住将头叩，刘爷闻听大动嗔。眼望知县将牙咬，连把"赃官"叫几声："意欲贪赃真可恼，陷害良民乱胡行！你只说，署印官儿如打枪，搂些银子转回程，不管良民生共死，心中只想要金银。似此贪官人人恨，难免将来落骂名。再不想，顶冠束带吃俸禄，该报君王雨露恩。知县乃是民父母，如待赤子一般同。为官不与民做主，不爱贤名落怨声！"刘爷越说心越恼，满面含嗔少笑容。

刘爷越说越恼，满面含嗔，叫声："胡有礼！""卑职伺候。"大人说："你手下的这个皂役吴信，想来给你做过此事也就不少咧罢？"知县说："回大人：这是头一次，以前并无此事。"刘爷闻听，冷笑说："就是这一次？这一次自然是一次，这算是末了的一次罢？从前还不知有几次！我把你这该死的！句容县的百姓，这三个月的光景，叫你害的想来也就不少。本府若不与民除害，我就白受乾隆老佛爷的爵禄！"知县胡有礼听大人之言，吓得连连叩首，只叫："大人开恩，超怜卑职的草命！"

胡知县，理亏情虚心害怕，叩首连连尊"大人：皆因卑职心性蠢，诬言当作事情真。杨举人，弟兄进县来出首，布包人头进衙门，卑职就知事有假，内有缘故在其中。当堂审问杨武举，文炳文芳据实云。言说客人这件事，卑职想来是屈情，将他押在班房内，未入南牢监禁门。卑职退堂回后面，出房闲坐饮茶羹。皂役吴信来回话，面对卑职讲其情，他说是：'杨家富足尽够过，家内广有金共银。这件事情虽然假，人命干连却是真。老爷署事非正印，只管取利莫图名。这件事情休错过，总得要，想他几千雪花银。'回大人：原是卑职一时错，信了皂役姓吴人，并无得着银一两，可免贪赃受贿名。就只可恨吴皂役，窝挑不叫放举人。那时若把举人放，焉有今朝这事情？"说着不住将头叩，只叫大人开圣恩。刘太守，闻听此话心明亮，忠良腹内自沉吟：若要擒拿众贼寇，须得吴信到衙门。刘爷想罢忙传话：叫一声，"该值下役莫消停！急速去到句容县，捉拿吴信到来临！务要明日午堂到，迟误责革不容情！"书吏忙把票写下，公差接过往外行。这一去拿吴皂役，刘太守，设计擒拿众贼人。书吏答应不怠慢，翻身迈步向外行。出了衙门奔东去，一直径奔句容县，去拿吴信贪贿人。

第四十回

审恶皂青天大动怒

刘大人闻听知县胡有礼之言，得了主意，腹内说："若要擒拿这伙贼人，必须这般如此。"刘爷想罢，忙令书吏写了票，差人到句容县，会同本县的衙役，拿皂吏吴信。知会他住的那村中的乡保地方，务于明日午时听审。"是。"承差答应，接票出衙，传人不表。

刘爷又吩咐："把杨家的乡保地方带进来问话。""是。"差人答应，往外就跑。不多时带至堂前，下边跪倒。刘公上面开言，说："昨日二十五日夜间，杨家被难之事，你们乡保地方，与左邻右舍，全都不知道吗？"三个人内中有一个年长的，往上磕头："回大人：那一夜有三更天，众贼人进入杨家，与杨家的家丁动手相争，吵嚷之声，左邻右舍焉有不晓之理？奈因自顾自身，谁肯舍己从人？小人不瞒大人说，就是小人等知道这些事，一来天黑贼多，小人等也是不敢上前。到了二十六日一早，都到杨家观看，原来杨家男女大小二十四条人命，尽被贼人杀死。家中所有细软的物件，俱各被贼人拿去。小人等只得进县去报。"刘爷说："你等进县报官，知县可是差人去验么？"地方说："就只说了一声'知道了'，小人等这才回村，到杨家把那些死尸停放一处，将门封锁，拨人去看守。"刘爷点头，又望知县讲话，说："这事还了得？乡保他来报，你竟不去相验！罢了么，你只顾与皂役吴信商议着想银子咧，哪里还顾得办事情呢？”知县胡有礼闻听，也不言语，只是磕头。刘爷说：“乡保地方，你们回去罢。杨举人，你们弟兄二人，暂且下去，等明日提到句容县的皂役吴信，再行听审。”“是。”二人答应。大人上面又叫：“承差二名，将知县胡有礼暂且押起来，等明日对词。”承差答应，将知县押将下去。众人俱各也退出衙外。王自顺、盛公甫见了杨家弟兄，俱各道及感念之情。王自顺说：“因为在下一人，故使恩公合家被害，使在下感佩无地。”言罢，一同歇息不表。

单言那刘爷退堂，回后用饭，歇息一夜无词。到了第二天早旦清晨，还未到午时，下役将恶人提到。

正是那，未交午刻去役转，解来皂役姓吴人，还有本村乡保地，伺候诸城县内臣。内厮里边回太守，刘爷开言把话云：“去吩咐：外边伺候休怠慢，本府升堂问民情。”张禄答应向外跑，传与当差应役人。一齐进衙来伺候，各着首尾哪消停？全都左右分班站，刘爷里边向外行。点响但见屏门闪，衙役喊堂震耳鸣。刘大人，秉正居中归正座，书办承差左右分。忠良上面开言叫：“先带吴信进衙门！”差人答应往外跑，不多一时到大门。口中说：“大人里边传出话，句容县皂役进衙中！”衙役闻听答应“有”，带领吴信向里行。来至了，滴水檐前双膝跪，刘爷座上看分明。衙役退闪旁边站，目视观瞧姓吴人：头戴一顶新秋帽，毛蓝袍子褂皂青。年貌不止五旬外，长了个，恶眉恶眼坏形容。连鬓胡子生颏下，犹如铁线一般同。刘爷看罢吴皂吏，座上开言把话云。

刘爷在座上瞧了瞧皂役吴信的相貌，不是个良善之辈，但见他向上磕头，自己报名，说：“小的是句容县知县的皂役吴信，给大人叩头。”刘爷上面开言，说：“你是皂役吴信吗？”“是。”刘爷又问，说：“你就是句容县的么？”“是。”“住在什么庄村？”吴皂役说：“小的家离城才十五里，名叫做白沙屯。”大人说：“你应役几年了？”吴信说：“小的应役，整整的二十年咧。伺候过七位太爷。”刘爷说：“你也算久惯应役的了，这七位知县都是你做过付吗？”吴信说：“小的应役多年，并无做过过付。”刘大人闻听，把惊堂木一拍，两边下役喊堂，刘爷说：“哇！我把你这利嘴奴才！你说你无从做过过付，杨家之事是谁与胡知县说？带知县！”“哦。”差人答应，往外面跑，不多时，把句容县知县胡有礼带至当堂。行礼已毕，站在一旁。刘爷上面开言，说：“你的过付皂役不是这个吴信吗？”知县说：“是。”大人说：“既然是他，如何不认？”

刘公座上脸带怒，叫一声：“皂役留神要你听：应役当差二十载，衙门诸事自然明，跟官作弊是常事，打点官司上下通。再遇知县是刽子手，不用说，全是你等暗吃银。做官的把柄你拿住，所做之事必相应。我问你：杨家之事你必晓，就里情由快讲明！本府台下从实诉，省得身体受官刑！”吴信闻听将头叩，口尊“青天老大人：既吃黑饭抱黑筋，衙役向官理上通。既然名义在衙内，谁不肯，本官跟前献殷勤？大人明见高万里，小的不敢把谎云。”刘爷闻听说：“掌嘴！”两边衙役喊连声。破步撩衣向上跑，左右绑住姓吴人，膝盖垫住皂役脸，巴掌抡圆下绝情。打得那，皂役吴信连声嚷，顺着嘴角流鲜血。一边十个方住手，牙齿活动脸肿青。刘爷带怒往下叫：“吴信留神要你听：什么是，既吃黑饭抱黑筋？向着官府坑害民，只图买好本官喜，不管良民死共生。这样奴才真可恨，杀之有余真恨人！”

刘爷说：“你只图在本官的跟前买好献勤，不管别人的生死，你是句容县的人，坑害本县的民人，于心何忍？不但人人唾骂，连你那死去的先人，在坑墓中剩下一把枯骨，也跟着你挨骂。偏遇见这样的狗官贪赃，听你之言，陷害良民，再不恩待如子，报答皇恩雨露才是。怪不得说：一辈为官，十辈为娼。就是你们当衙役的人，也该思身在公门道在心。又道：公门之内好修行，三班之中，唯有皂役下贱，子孙都不准科考，但遇受刑之人，你必要想钱。有了你们的礼咧，你就轻些；要是没钱的人呢，你就下无情的打。这就是头一宗损处。再者呢，你既公门应役，难道不知这个过付的人有多大罪过？你把这件事当作儿戏了。你的本官带在本府的台下，已经实说，你还仗嘴硬巧辩，不肯招承，焉肯就白撂过手了不成？快快实说，免得三推六问！”

贤臣爷，座上未语腮带笑，高叫：“吴信快实云！你的本官已招认，一往从前尽讲明。你还勉强仗嘴巧，本府焉肯擅容情！从实招认是正理，免得我，六问三推动大刑！”吴信闻听将头叩：“大人在上请听明：杨家弟兄来出首，拿定人头到县中。大人上才想一想，千载难逢事一宗。杨家豪杰金银广，五里三村尽知闻，人命干连非小可，哪怕杨家不花银？因此上，小的进县回官府，诉说举人家业兴。俗言说署事如打枪，须得想他几千银。回大人：本府他若不愿意，小的怎能勉强行？这才面对举人讲，五千银，包管完结无事情。只因举人他不给，故此不放转家中。也不过，磨他的火性消了气，自然打点愿花银。要说小人是过付，回大人：杨家交我多少银？官与小的全无罪，没使举人银半分。望求大人宽恩恕，小的合家尽感情。”说罢不住将头叩，刘爷闻听满面嗔，用手一指吴皂役：“骂一声，大胆奴才乱胡行！”

刘爷说："我把你这胆大的奴才，满嘴胡说！你无见银子，就不算是过付了？你说要五千银子，杨武举他若愿意呢？这个过付，是你不是？再者，你也不是净为在本官的跟前献勤买好，单给他想这宗银子，这内中还有别的缘故。你在本府的台下，须得细细言来！"皂役吴信向上磕头，口尊："大人太老爷在上，公祖明见，见般诸事，难瞒大人。方才叫小的强做过付，小的总未见经手之银多少；就算过付，大人这样恩典，小的只得认作过付。大人又说还有别的缘故，小的实在无的说的咧。"

刘大人闻听，微微冷笑，说："吴信，你久应役，自然就会搪官。但只一件，要搪本府，怎得能够？"

清官爷，座上含嗔开言道："吴信留神仔细听：你在衙门当差久，惯会搪官仗嘴能。就只是，本府不叫人瞒哄，在我台下要实供。你说无有别缘故，定有情弊在其中。我今朝，若不叫你实招认，以往清名火化冰！"刘爷说着又吩咐："下役速去莫消停！快带那，白沙屯内乡保地，本府当堂问口供！"差人答应往外跑，登时带进人三个，滴水檐前忙下跪，自己口内报花名。刘爷座上开言道："你们三人对我云：你等俱在一村住，根本缘由自然明。本府台下从实讲，隐瞒一字不能行。他无犯下该死罪，内中还有胡知公。不用惧怕只管讲，一字不实我动刑。"三人见问将头叩，地方开言尊："大人，太老爷，若要提起吴皂役，久惯应役在衙中。太府跟前很得脸，走动官司讲人情。常给太爷弄银子，官府岂有不加恩？三班之中他为首，眼横四海目无人。他瞧着，一村草木如草芥，常欺合庄老幼民。家中常来人一伙，夜聚明散辨不真。大约不是善良辈，多半是，一伙大盗众绿林。"刘爷闻听心欢喜，腹中说："杀杨家定是这伙人！"

第四十一回

刘罗锅计赚赃证银

善恶到头终有报，只争来早与来迟。皂役吴信生来的不正，在衙门中应役，刑上最狠；拿起银子来，就红了眼咧。哪怕你是他亲爹，不花费，他是往死了收拾。他家里也富足点，走跳官司，给县主做活想钱，官府跟前得脸，因此他眼横四海，目中无人，谁人不恨？就只是不敢惹他。当面奉承，背地里挨的詈，也就不少。今日在大人台下犯法，谁不想官报私仇？不用多添，照实话就够他受的了！再者呢，众人又知道这一位罗锅子难缠，也不敢替他撒谎，故此地方才实说：他怎么把持衙门，怎么欺压良善，怎么家中招无籍之人，夜聚明散。

刘大人听到其间，忠良不由得心中欢喜，座上开言，说："地方，你们白沙屯村内，可有座玉皇庙吗？"地方说："有座玉皇庙，可不在村内，在白沙屯东北。离白沙屯有数里之遥，有一片荒郊，去年间，那道河路也算是个码头的地方，因为这几年被沙子掩埋，船也不能那里走咧，那买卖人也不能做，百姓难以居住，所以全都搬挪到别处而去。到而今，就只剩下那座玉皇大殿咧。"刘爷听到此处，将头点了一点，复又开言，说："吴信，""有，小的伺候。"刘爷说："你家中常来的这些人，都是做什么的？从实说来！"皂役吴信说："回大人：他说小的家中有这些人来往，大人就信；小的要说杨武举的合家全是他杀的，不知大人信不信？圣明莫过大人，俗言说：一家饱暖千家怨，小的家中原本有碗饭吃，又搭着本官赏脸，三班的人俱各不忿，背地里皆有怨言。再者，各村的乡保，他又与别人不同，有什么大小事情，俱各少不了他们，稍有不是，自然要回官责打，他等不明，在背地里抱怨，都说小的不好。今日大人因为杨家之事，审问小的，他等趁势加火，诬言添作，大人就信以为真，这不冤枉小的吗？”

刘爷闻听，微微冷笑，说：“吴信，你说本府听了地方的话，冤枉了你咧。我还要大冤枉冤枉你呢！俗言说：不打不招，两边看夹棍过来！”“哦。”下役答应。

忠良爷，座上带笑开言道：“奴才胆大了不成！倚仗嘴巧能巧辩，你把本府当别人！”说着吩咐“看夹棍！”只听下面喊连声。动刑的，青衣迈步往上跑，“哗啷”撂在地埃尘，震得堂砖连声响，犯法之人心内惊。青衣绑住吴皂役，先把布衣扒在尘，然后又把袜拉下，脊背朝上按在尘。两腿高跷将刑入，公差攥住拢头绳，两边一分齐用力，只听“扑通”响连声，又听得，吴信“哎哟”一声喊，再无“哼哈”第二声。一名青衣往上跑，含了口，凉水照定面门喷。吴信“哎哟”缓过气，疼得他，满面尽是汗流痕。刘爷座上高声叫：“快把一往尽招承！你家中，来往俱是何人等？夜聚明散有何情？”皂役怕死求活命，真情一吐丧残生，忍刑不招高声喊，口中连连尊“大人”：“我小的，家中并无人来往，如何招承认口供？望求大人施恩典，莫将屈棒拷良人。但愿老爷增福寿，公侯万代受皇恩。”刘爷闻听微微笑，连把忍贼骂几声：“你就挺刑不招认，我刘某，怎肯轻饶善放松？俗言人心如似铁，官法如炉却是真！”吴信说：“原来无有这件事，强叫招承主何情？夹死小人臭块地，爷岂不，坏了从前清正名？”

吴信是久惯应役，岂有不知刑名？他做的事情，是该死之罪，今日若要一招，性命就难保。无奈何，挺刑，想他做的事不招，要求活命。怎奈刘大人早已参透其情，要叫他招承："吴信，你与杨姓说，要完此案，须得五千两银子。武举人不肯花费许多。他弟兄明知强人夜间必来，才与你们说留一个在衙中听审，放一个回去保守家口，堵挡强人。你也明知强人要害杨姓的家口，所以在内窝挑赃官，不放一个回去，才伤了二十四条人命。"

清官爷，公座上面开言叫，"该死奴才"骂几声："分明知道强贼去，不放杨家转家中。二十四条人性命，你与赃官手内坑！情弊显然不招认，还敢巧辩仗口能！本府非是别官府，怎能叫你漏网中？从实招来无话讲，若不实说枉受刑！"说着连拍惊堂木，冲冠发乍怒生嗔。吴皂役，叩头口把"大人"叫："青天何故不分明？偏心只把杨家护，才说小的尽知情。夹死小人也难认，就死黄泉不闭睛。大人那，辈辈为官传永远，子孙万代受皇恩。小的不过犬羊辈，太老爷，何苦只叫我招承？"说着不住连叩首，二目之中带泪痕。刘爷座上微微笑，连把"忍贼"骂几声："安心挺刑图活命，也不过，多活一刻保残生。"吩咐两边将刑卸："暂且押下不法人。本官自有方法办，管叫这贼你招认！"公差答应将刑卸，又把皂役发阵昏。搀出衙外先不表，刘爷又问县官身，说道是："左右将他押出去，等我完结这事情。"

刘大人说："胡有礼，少时听本府的完结此案。""是。"知县答应，承差将他带出衙外不表。

刘爷吩咐点鼓掩门。刘爷离公座往后，下役散出不提。

再说刘公至书房坐下，大人眼望张禄，开言说："你出去，到外边把承差头目陈大勇叫进来，本府有事立等。""是。"内断答应，回身向外而走，不多时，将承差陈大勇带至书房，见了刘爷打了个千，在一旁站立，说："大人叫小的何事?"刘爷眼望好汉，开言说："大勇。""有，小的伺候。"大人说："你同举人杨文炳，带着白沙屯的地方，骑快马，速到吴皂役家中，这般如此，如此这般，急去快来，不可迟误。""是，小的知道。"陈大勇转身出房而去。刘大人书房闲坐不表。

且说承差陈大勇回到自己下处，吃了饭，更衣，诸事齐备，令人把杨文炳叫进房来，说："大人方才吩咐：你我三人到吴皂役家中，这般如此，还要急快回来。"武举答应。大勇又叫手下人："外边鞴快马三匹伺候。""是。"下人答应，传出话去，三人这才向外而走。

陈大勇，迈步当先头前走，武举他也随后跟。霎时来至大门外，认镫扳鞍上能行。地方催马前引路，承差武举后边跟。大勇马上开言道，叫一声："杨爷留神要你听：想来万事因天定，苍穹造定难变更。非是在下言此话，贵昆仲，移祸飞灾天上临。留下客人因重义，皆因又看令表兄。杀退贼人惹下祸，才有那，人头扔在你院中。自然出首到衙内，偏遇赃官胡县令，要讹银子五千两，皂役窝挑可恼人。将你弟兄拘衙内，贼人得便下无情。家口尽被贼杀死，良眷遭诛真惨情！多亏表兄家人告，幸遇清官刘大人。当堂准了二人状，设计要完案一宗。"杨文炳，闻听此话将头点，马上开言把话云："请问尊驾爷贵姓？语音好像此处人。"大勇回答说："问我？江宁人氏贱姓陈。愚下当先也是武举，得了个，运粮千总一载零。因为皇粮遭失陷，公名革职算福星。无奈投奔江宁府，休见笑，暂为承差把役充。"杨武举，闻听此话将头点："真是由命不由人！"复又想起自己事，不由一阵好伤心：仗义为把客人救，谁知道，反惹飞灾祸临身！一家被难还可恕，带累老娘丧残生。弟兄身背不孝名，活在世上枉为人！

杨文炳提起老母被害之事，不由心中伤感，二目流泪。陈大勇说道："杨爷不必伤心，就是令堂与合眷被害，俱是前因造定，命该如此，你还要自解呀才是。"说着话催马前行，野店打尖，歇息一夜。

第二天，交辰刻，到了白沙屯。进村走到吴信的门口下马，地方他领着二人到吴信的客座内坐下，地方叫出个做活的人来，说："你进去告诉你们内当家的，就说我从江宁府来，有要紧的话来说，一定要见。"那人闻听，连忙进内。

且说皂役吴信的妻子王氏，为人正道贤良，见丈夫不行正事，常常的解劝，怎奈吴信总也不听，夫妻反倒不睦。前日听见丈夫被江宁府的差人提去，就知道有些不好，在家中提心吊胆。房中正坐，忽听长工在窗外开言说："外边有地方崔大哥，他说打江宁府回来，有要紧话，要见面讲。"王氏闻听，满心欢喜，正要去打听丈夫的信息，崔地方又是本村人氏，叔嫂常见，并不躲避。听见他来，房内讲话说："你就把崔大叔请进来罢，有话好讲。"

长工闻听向外走，来至客房把话云，口称："崔爷后边去，当家奶奶有话云。"崔地方，告辞武举陈大勇，迈步翻身向外行。霎时走到进房内，王氏一见欠起身，口称："崔叔你坐下，有何事情讲言明。"地方坐下尊："嫂嫂，留神要你仔细听：吴哥为人我知道，仗义疏财要知闻。衙门中，官府跟前很得脸，伙计之中夺尽尊。常言道：一家饱暖千家怨，这句俗言却是真。有人江宁将他告，说他窝藏众绿林，连着知县全提去，大人当堂问口供。

我哥只说无此事，令人押带在衙中。府中上下人人好，都与吴哥是宾朋，里外打点完此事，要结须得二百银。因此大哥央烦我，到家中，来对嫂嫂回言明，上月分的那银两，休要迟挨拿四封。回府完结这件事，大料着，明日早晚转家中。”王氏怜夫哪怠慢？箱中忙取银四封。又托地方：“急速去，完了事，叫你大哥另补情。”“他就回来无要紧，小事何须挂在唇？”说着迈步向外走，客房之中见二人。将银递与陈大勇，武举一旁看得真，口中连把“大人”叫：“你瞧来，四封全是愚下银！”

第四十二回
地方劝罪人早招供

王氏疼夫，不辨真假。头一宗，崔地方是本村人，又是同他丈夫一同进的府；二则，又要的是上月分的那宗银子，要无有他丈夫话，崔地方怎么说知道有上月分的银子呢？故此拿了四封银子，递给了地方，复又托付了几句。崔地方说："还有江宁府的二位头目，跟了我来，同取银子。嫂嫂是知道的，我家内房屋窄小，也不像个样儿。没的说，你那叫收拾点酒饭，我们吃了好走。再者，这两个人和我哥是莫逆之交，进来的时节，还叫我问好，只顾和嫂嫂说话，把个'好'我赚起来咧！"王氏说："容易，容易。叔叔只管前边去，我叫人收拾就是咧。"崔地方答应，往外而走，来至客房，见了陈大勇，将银递过。大勇接在手中观看，杨举人在一旁看得明白，说："陈爷赐一封给我瞧瞧。"大勇递过一封，武举看了看，附耳低言，望陈大勇讲话。

杨武举，附耳低言来讲话："陈爷留神仔细听：在下方才留神看，原来却是我家银！"大勇闻听将头点："杨爷莫要语高声，银子既是你家物，那件事情自然真。"不言客房前边事，再整王氏女钗裙。连忙叫，做饭的婆子将鸡宰，退了煮在铁锅中，急速和面烙上饼，加火立刻却现成。鸡饼装在盘子内，小菜酒壶筷与盅。长工端定往外走，来到那，客房摆在上面存。大勇说："地方你也同坐下，此处不比在衙门。"地方告坐归了位，连忙擎壶把酒斟。先敬大勇杨文炳，大家一齐饮杯巡。鸡肉就饼不用让，又搭着，腹内饥饿是真情。酒足饭饱才安筷，又拌草料喂能行。坐骑吃足拉门外，崔地方，眼望长工把话云："你进去，告诉嫂嫂我们走，再来致谢到家中。"说罢走出大门外，一齐扳鞍上能行。地方引路回里走，路上开言把话云。大勇带笑开言道："杨爷留神仔细听：方才吴家你言讲，为何知是你家银？"举人闻听承差话，尊一声："陈爷在上请听明：我家银子有记号，花押封定笔迹真。银子既在他家内，一定有，别的缘故在其中。"大勇闻听腮带笑，口尊："杨爷好不明！皆因吴信不招认，刘公故此设牢笼。令咱三人将银取，可辨其中假共真。地方到了他家内，对着皂役妻子云：说他丈夫被人害，知府刘爷问口供。打点官司用银两，相烦地方到家中。口说来把银子取，单要那，上次分的那宗银。"

陈大勇说："杨爷你想：吴皂役他若不与强人相连，地方到他家取银子，他的妻子自然说那里有什么分的银子？老爷想着他坐地分赃，想来分的也就不少，故此和他要四封银子。他既然拿出，想来还有。你既认准是你家的银子，吴信与盗寇相连不假，贼人下落可得，你的冤仇可报。"举人说："但得如此，举家的冤仇能报，心愿足矣。自此以后，也无什么贪恋，不过削发为僧，出家而已。"大勇说："凡事俱要自己开怀，不可丧志。方才言过，举家被害，皆因前定。还是想后事才是。贵昆仲俱是少年英杰，业已进步，何愁不功名显达，前程有分？因此事心生退意，岂不有误终身？杨爷你想。"举人说："陈爷的指教，何曾不是。怎奈小弟此时心绪如麻。只等举家冤仇得报，那时节再议。"

二人马上闲叙话，丝鞭不住打能行。举人开言把"陈爷"

叫：“仔细留神要你听：不共戴天仇当报，举家冤恨不非轻。这一回到江宁府，面见恩公刘大人。太老爷，定把皂役深究办，贼人却在那边存？但能得他真实信，我弟兄，必把仇家去找寻。全凭浑身糟艺业，一定拿住那些人！割贼头，灵前祭奠生身母，合家幽魂气也平。那时方遂心头愿，不枉为人市井中。”大勇闻听腮带笑，口称：“杨爷在上听：在下有句拙言讲，我要说来你莫嗔：此去见了刘公驾，大人自有主意行。拿人哪用贵昆仲？刘爷手下有能人，他既然，准状一定要圆案，静听结果理才通。大人天生多性傲，上司他还拉硬弓，你说拿贼他必怪，只说藐视把他轻。”杨武举，闻听此话将头点，口中连把“陈爷”称：“见教高明说得是，点悟在下醒愚蒙。”说话之间向前走，地方引路趱①能行。野店打尖晚吃饭，赶至天晚进了城。大料难把刘公见，衙门以前下能行。伺候之人接去马，地方武举进庙中。大勇迈步将衙进，来至自己卧房中。进房歇息不必表，单等着，次日清晨见大人。

又因天晚，大人歇息难以回话，陈大勇到自己房中歇息，一夜无词。

到了次日，先说刘公起来净面更衣，家丁献茶已毕，下人回话说：“承差陈大勇来了，伺候大人的示下。”刘爷闻听，说：“叫他进来。”陈大勇掀帘栊进屋，见大人行礼已毕，在一旁侍立。刘爷说：“你回来了？事情怎么样？”陈大勇见问，说：“小的昨晚可就回来了，只因是大人虎驾安歇，不敢惊动，今日才来回话。小的奉大人之命，一同武举杨文炳、白沙屯地方三个人，

---

① 趱（zǎn）——快走。

到了皂役吴信的家中，地方入内，见了吴信之妻，照依大人所谕之言，对他言讲。他果然不出大人所料，正中其言，拿出四封银子。杨文炳一见，他说是他家的四封银，皆因上有花押未动，是他自己的笔迹。小的同他回来，见大人交差。”刘爷闻听，不由满心欢喜。

清官闻听承差话，喜坏诸诚县内人，座上开言叫：“大勇，仔细留神听我云：这件事，就只可恨胡知县，还有皂役姓吴人。只图贪赃想银两，断送了，许多人命送残生。眼下虽然有题目，只恐难拿这伙人。”大勇一旁开言道：“老爷留神在上听：这件事情容易办，看当堂，审问吴信有何云，招出贼人在哪厢，再作商量怎样行。”刘公闻听将头点，复又开言叫内丁：“传出去：外边伺候休怠慢，本府立刻把堂升。”内厮答应向外跑，照言传说不必云。三班的，青衣书吏齐伺候，单等刘爷把堂升。且说忠良向外走，内厮张禄随后跟，点响但见屏门闪，青衣喊堂左右分。刘大人，秉正公位升公座，要结此案悦良民。

堂规已毕，刘公座上吩咐：“带句容县的知县胡有礼、皂役吴信、店家盛公甫、客人王自顺、举人杨文炳、杨文芳、白沙屯杨家庄两村乡保、地方俱来听审！”“是。”下役答应往下跑，不多时，把众人俱各带到，跪在堂下。知县在一旁站立。刘公座上一送目，陈大勇把四封银子从怀中掏将出来，放在公案以上。刘大人拿起一封，叫：“人来！”“有。”“把这银子拿下去，叫吴信看一看。”“是。”伺候的将银子拿下，递与吴信观看。刘爷上面开言，说：“吴信，你瞧这个银子，是谁家的？”皂役吴信说：“小的不认得。”大人又说：“再叫杨举人认一认。”“是。”伺候的人，又把银子递与杨举人看了看，杨文炳说：“这是举人家的银子。”大人说：“你家银子，有何记认？”举人说：“上有花押，是举人的笔迹。”大人说：“既是你的银子，如何到了吴信的家内？”

忠良座上腮带笑，有语开言叫：“举人，既然是，你的银子有记号，却为何，到了吴信他家中？”说着复又往下叫：“白沙屯地方上来有话云。”地方闻听爬半步，尽礼磕头尊“大人”，刘大人说：“昨日吴信他家内，如何送与这宗银？对着吴信言就理，他的心中自然明。”地方闻听一扭项，口叫“吴信你是听：昨日我到你家内，面见令正后房中。大嫂见了心欢喜，打听仁兄你信音。我说仁兄犯了事，拿到江宁问口供，若要是，保住大哥你无事，打点须得二百银。小弟复又使诈语，这可是，大人吩咐如此行。我说你叫我将银取，上月分的那四封。大嫂敢则最胆小，听你有事心中惊，又搭着，夫妻恩爱心牵挂，连忙拿出四封银。临走再三托付我，照看仁兄在府中。我劝大哥招了罢，免得皮肉受官刑。赃证俱明何用赖？不招大人岂肯容？我与仁兄却相厚，皆因咱俩是乡亲。又常上门同应役，我不疼你哪个疼？”地方说罢前后话，吓坏了，做歹为非胆大人。

第四十三回

吐蛇毒恶皂终招供

崔地方这些话，说得痛快，刘大人与陈大勇等俱各心中欢喜。刘爷腹内说："这奴才倒懂得知趣。"吴信闻听崔地方前后的言词，好似如醉如痴。忽又听地方说："吴大哥，你不用犹疑咧，招了好，难道我哄你不成？你若不信，我告诉你：你这个银子，是放在里间屋内，靠西山墙的南边，大柜之上，第二个皮箱里边。我说的是不是？"

崔地方越说越高兴，吴信越听越不爱听，又见刘大人把惊堂木一拍，两边青衣喊堂，刘爷说："吴信，我把你这胆大奴才！情弊显然，赃证俱有，你还不招？左右，看夹棍伺候！""哦！"两边的青衣答应。皂役吴信想了想：不好！欲待要不招，也是白叫皮肉受苦，却无奈何，向上高声说："招了，招了。"

吴皂役，想够多时主意定，大料不招枉受刑，向上高声说："招了，大人息怒免动嗔。"动刑之人往后退，刘爷说："一字不实另加刑！"皂役向上将头叩："大人青天贵耳听：伺候七任知县任，并无一点过犯行。公门应役二十多载，小的祖居句容县，白沙屯中几代民。官府赏脸原不假，皆因小的能办事，众人不免生怨心。都给小人添过恶，说是我，倚仗官势胡乱行。若提杨家这件事，原本也非是本心。那日天晚家中坐，门外来了一伙人，砸门说把小的找，忙叫那，长工开门问分明。忽地进来人一伙，看来就有二十名。硬进房中全归座，俱有兵器手中擎。内有一人开言道，他对小的把话云。他说：‘特来把你找，闻听吴姓好交朋。特意找你有件事，不知尊驾应不应？’小的观瞧风不顺，忙问道：‘有何事情请言明。’那人复又开言道：‘吴姓留神你是听：我等俱是绿林客，从此路过到府中，意思借点盘费走，又听说，尊驾好交绿林朋。故此言明这件事，并不敢，惊动尊驾众高邻。’小的闻听这句话，我一时动了义气心。小的说：‘列位既然瞧我重，吴某心中甚感情。何用搅扰众邻舍，在下家中就有银。要用盘费我奉送，四海之内是宾朋。’回大人：小的不过暂口话，众贼闻听信作真。一齐都说：‘好朋友！市井之中算得人。大家既然逢一处，八拜为交作弟兄。’小的万般出无奈，只得点头就依从。”

“回大人：小的也是万分无奈，与他们拜作弟兄。白日间他们上村外漫洼之中，玉皇庙隐藏，打劫行客，夜晚间到小的家内存身，也是暂去。小的心中想着将此事要回明了府，差人擒拿；又恐怕画虎不成，反连累一家的性命。不瞒大人说，他们劫来的财帛，分给小的一股儿，小的一时贪财不明，顾其利而忘其害咧。”刘大人说：“这算是你招认强人的起见，他们那一来的时节，你就不该招惹他们，送他点盘费，很是正理，又拜的是什么朋友呢？你想着：如若不依，又怕他们翻脸，是不是？”“是，大人的恩典。”刘爷说：“你绝不该坐地分赃，与他们勾手。你既在公门应役，难道不知例条吗？坐地分赃、知情窝主，该个什么罪过？再者，杨家一事，要不是盗案、不是强盗打劫他家，动起了干戈，致伤人命，你的罪轻不轻？这都是你在内窝贼、不放武举回家生出此事。”

清官爷，座上带怒叫皂役：“一定实招快快云！”吴信复又将头叩："大人青天在上听：杨家弟兄算多事，自惹飞灾横祸临。那一天，小的家中摆酒宴，款待众寇为接风。有名手下来禀报，说是过去一客人，单身独骑行李重，客住龙潭客店中。他们闻听不怠慢，立刻跟去一半人。龙潭码头得了信，说他投奔杨举人。众贼人，随后找到杨家去，武举宅内要搜寻。举人不管是正理，他与客人又无亲。弟兄俩，咬定牙关不肯给，因此翻脸动手争。杨家弟兄原本勇，单刀纯熟武艺精，杀败八个伤两个，回到小的我家中。大家商议生毒计，杀了着伤两个人。天晚又到杨家去，将头扔在他院中。不过给他官司打，众人心中气才平。谁知本官想上账，要使杨家几千银。我小的，既在公门当青役，应当奉承知县尊。故此才与举人讲，哪知他，弟兄两个不依从。"

"回大人：杨家弟兄二人不知此事，知县才把他们扣起来了。这事与小的无干。"刘爷闻听，将头一摆，说："不是，不是。这内中还有别的缘故。难道你不知众贼人去杀杨姓的家口？你还得实说！"皂役吴信说："大人问事忒仔细了。杀人者乃是众盗，拿住他们应当偿命，何必尽自追问小的？小的爽利说全了罢：我只因杨举人的父亲，乃是个捐纳的州同，小的到过他家催差，他不但不给，他反叫家里人把小的痛打了一顿，随后他还亲身进衙门，与县官面讲，把小的又打了一顿板子，将差使革退。后来换了官府，小的才把衙役挑上咧。这段冤仇，至今有十四五载未报。上月遇着这么一件事情，小的想起旧恨，所以在内中窝挑本官，扣住他弟兄两个，本是实情。这是一往之事。"

清官闻听皂役话，公位上，气坏山东诸城县人，用手一指高声骂："奴才胆大了不成！怀仇旧恨将人害，岂不知，明中王法暗中神！报应循环如随影，昭彰善恶最分明。今朝事败机关泄，怎脱过，市曹挨刀项冒红！死后还叫人唾骂，万古千秋落骂名。本府问你贼盗等，他们却是哪边人？姓甚名谁何处住？一党之人共几名？从实说来休瞒昧，本府差人好去擒。”吴信见问将头叩，说道是：“大人在上请听明：为首之人来一次，家住六合小柳村，离此路程八十五，手下之人二十名。还有两个副头目，王凯徐成两个人。余者手下不算数，李四张三众混星。徐成王凯未来至，镇江宁，稳坐家中把分擘。劫盗不在此一处，南北西东四下行。若遇着，府县州官拿得紧，众人齐奔小柳村。镇家藏躲无人找，窝主敢保无事情。贼人本名叫镇禄，人起外号‘镇江宁’。他们打劫杨家去，杀人又得金共银。一定是，投奔镇家去藏躲，要找不用别处寻。非是小的说实话，皆因他们小看人。”

“回大人：这不当着杨家弟兄说，他们家这一份家私，就给我留下了四封银子，大伙就走咧，真正令人可恼！如今有罪同受，他们想清静，怎得能够！”刘爷闻听，咬牙发狠，说：“好一个万恶的奴才！无情无义，狠似过蝎蛇，令人可恼！胡知县，你可全听见了？”胡有礼着忙，奴膝跪倒，不住地磕头，只叫：“大人开恩！”刘爷说：“不用你害怕，事情还在未结。等着圆案之时，那时再讲。”知县磕头，站将起来，退闪一旁。刘爷又叫：“人来，”“有。”“你们把知县、青役严加押带，不许徇私。”“是”。刘公又说：“两村的地方、王自顺、盛公甫，你们暂且也下去，等着拿住贼人的时节，再来听审圆案。”“是。”答应磕头，站起出衙而去。承差把知县、皂役押带出衙不表。

且说刘爷往下叫：“杨文炳、杨文芳。”“有。”“有，举人伺候。”

清官爷，座上开言往下叫：“举人留神你是听：因为仗义生此事，这也是，龙天造定不非轻。老母举家遭陷害，世上闻知真可怜。你俩暂且回家去，发送老母入了坟茔。妻子之尸也入土，暂且先完事一宗。劝你俩，不可生心往后退，丈夫奋志挣功名，光宗耀祖更门户，才是男儿好汉行。我刘某，保养人才爱惜你，正在年轻当令中。武举正好跟随我，何不效力挣功名？本府之言是不是，你弟兄，仔细度乎在心中。”弟兄闻听将头叩，口内连连尊：“大人，举人弟兄遭奇祸，龙天造定岂能更？幸亏大人如明镜，拨云见日一般样同。举家的，血海冤仇有日报，死鬼黄泉尽感情。多蒙提拔弟兄俩，再造之恩很不轻。愿大人，公侯万代身康健，官居千载受皇恩。葬埋合家事完毕，回来侍奉老恩公。”弟兄说罢将头点，站起身形向外行。回家葬母先不表，再整刘爷把话云，吩咐退堂将身欠，点鼓开门往外行。吏役散出官衙外，刘公进了内宅门。贤臣进房归座位，大勇张禄左右分。刘公带笑开言道，与大勇，重商计议拿众人。

第四十四回

陈大勇私访小柳村

刘大人发放众人，出衙退堂，回后进书房归座。下面陈大勇、张禄在两旁站立。刘公眼望承差陈大勇，开言说：“杨家之事，虽然审问明白，得拿住众贼方能圆案。如今贼人虽有影响，奈因道路遥远，隔府隔县。要拿众寇，必须大费周折，方能事妥。”大勇闻听之言，口尊：“大人，这件事若依小的愚见，也无有什么难处，不过费些辛苦，可以成功。”

好汉大勇开言道，口尊：“恩官老大人，事情不论大与小，只要功到自然成。少不得，我等出去暗私访，我到六合小柳村，若能得了真实信，商量计策把贼擒。全仗圣祖洪福大，仗爷的，虎威处处可成功。”刘公闻听将头点，说道是：“又叫尔等费辛勤。”大勇一旁说：“不敢，大人言词怎样禁。小的蒙爷高抬举，赴汤投火亦甘心。”刘爷闻听腮带笑：“你的言词理上通。暂且歇息去用饭，明日再去把贼擒。”大勇答应往外走，回到自己住房中。用饭歇息不必表，一夜无词到天明。吩咐那，速唤朱王人两个，不多时，朱文王明进房中。看见头目陈大勇，一齐开言把话云。

朱文、王明眼望大勇，开言说：“陈爷令人将我们哥俩传来，不知有什么差遣？”大勇见问，说：“二位，此事非是陈某一己之能。昨晚上大人吩咐，叫咱们去拿杀杨武举的凶手，好定此案。再者还有一说：目今虽得凶手之底，他等却在六合县界内，小柳村镇家藏躲。窝主的名字叫'镇江宁'，本名叫镇禄。手使双刀，还能飞檐走壁。还有两个副头目：一个叫王凯，一个叫徐成，浑身也有些武艺。除此三人，还有余党十七八个，听起来倒有些扎手。咱们哥仨，奉大人之命，前去拿贼，须得商议商议，看是怎么个办法。所以令人将你们哥俩请了来，大家议论议论。怎么样？"朱文、王明闻听大勇之言，王明先就讲话。

大勇说罢前后话，王明开言把话云："陈爷何必闹客套，不用为难我二人。既是本府亲差派，我敢不应不依从？陈爷瞧着怎么好，总要此事事成功。我们不过听调遣，尽心竭力把贼擒。"大勇闻听说："如此，咱们速走莫消停。各自兵器全带去，以防不测与贼争。另外再带人几个，即刻就到小柳村。"二人答应说"知道"，齐转身形走出门。走不多时来得快，各把兵刃带在身。另外叫，府衙差役十几个，全是精壮在年轻。大勇一见忙吩咐："你们留神仔细听：出衙散开各自走，兵刃藏好别露形。六合县内咱聚会，打探虚实再找人。"众人答应说："知道，陈爷之言敢不行？"说罢一齐向外走，出了衙，全都散开不同行。混出南京江宁府，径奔六合小柳村。按下差役人几个，再把那，杀人群贼明一明。

按下刘大人、承差等径奔六合县而来，暂且不表。

且说的是，杀杨武举那一伙众贼，自从得了杨家那一宗买卖，不敢在别处藏身，一齐径奔六合县小柳村窝主镇江宁家中藏躲。

且说窝主镇江宁，他就是本小柳村的人，自幼不受父母的教训，不干正事，吃喝嫖赌，无所不为，把他的一双父母，活活地气死。就有王凯、徐成投了他来，终日开操演刀枪棍棒，招聚无徒贼匪。家中广窝盗贼，水旱两路全有。到后来，越闹越大，大家起盖地窨[①]子暗室，窝藏强人，坐地分赃，称为头目。今日乃是窝主镇禄的生日，五里三村的乡绅都来与他出分子，名帖就不少，并非是真心爱与他相交，又搭着些无赖棍徒，真真的不少。但只一件，这贼自从杀杨武举的举家，又劫了财帛物品，估量着事情是大，迟早不同，必有人来搜捕。这几天众贼人爽利无作买卖，净在窝主镇江宁家中，白昼间暗室藏身，黑夜里厅房聚会。每日里差人在村外路口，不住地探看，如有人来，好作准备。这一天偏偏又是窝主镇江宁的生日，群贼全都在此。

众贼寇，镇家饮酒大聚会，敬奉窝主庆生辰。还有那，五里三村乡民等，也来上寿敬恶人。并非真心将他敬，怕好就好是真情。还有许多无二鬼，张三李四众混星。大厅之上安座位，家丁上菜来往行。按下前厅安了座，再把那，众多贼人明一明。他们另有一座在，清幽暗室饮刘伶。还有那，两名妓女来陪酒，耍笑讴歌乱胡行。一个叫做“一汪水”，一个叫做“赛小红”。二人不过二旬外，长得那，小模样子可人疼。妓女来往将酒敬，挨次而斟手不停。玉腕拿起乌木筷，布菜一直入嘴唇。大家欢喜又说笑，那宗意思最恼人。妓女正然来敬酒，忽听那，镇禄开言把话云。

妓女正然敬酒，忽听窝主镇江宁眼望副头目王凯、徐成，说：“王第二的，徐第三的，你们哥儿俩听：今天算是我的一个大好日子。多蒙五里三村许多乡亲们赐光，全到我家，给愚兄上寿，实在的叫我感情不尽，也不枉愚兄创立一场。想来，我镇某

① 地窨（yìn）子——地下室或地窖。

在六合县的地方，也算是个人物。众乡亲全自己前来咱这里，实在叫哥哥够使的，我真乐咧。依我瞧，咱们空酒喝的无趣。”说罢一扭项，望妓女一汪水，讲话说：“水多的姑娘过来，我和你打个相谈。”一汪水闻听窝主镇江宁之言，慌忙过去，带笑开言，说：“老爷子，但不知有何吩咐？”

镇江宁，带笑开言叫妓女：“水多的姑娘要你听：我今点你一个曲，单要听，《姐儿南园栽大葱》。不用丝弦打瓦碴，委曲还要《哭五更》。”妓女闻听忙答应，登时间，瓦碴拿来手中擎。“咭嗒呱嗒”倒有点，外带“嘟噜”却受听。先唱姐儿将葱看，忽然跳过愣头青，倒把姐儿吓一跳，说道是：“莫非来偷我家葱……”姐儿言词还未尽，愣头青开言把话云：“姑娘这话不在理，隔墙边，并非来意偷大葱。自从那日瞧见你，想得我，夜梦遗精马跑空。望求姑娘行方便，胜造浮屠七卷经。”姐儿闻听红粉面，说道是：“你的言词不受听。你要吃葱刨地起，你要调情万不能！”镇江宁，听到此处一声嚷：“这曲作的理不通！谁家的姐儿在那块，可可都在南园中？北园不许走一走？岂有此理没有事情！但不知，什么人留下这宗曲，拿住她，扒了裤子硬上弓，先玩一下不算账，后将那，脑袋挖空作个夜行。”众人闻听镇禄话，王凯开言把话云。说道是：“难怪大哥你挑理，算来这曲理不通。”众贼正然饮酒乐，忽听那，跑进一人报事情。

第四十五回

承差大勇名震贼窝

众贼人正在畅饮之际，忽见有一个家丁，从外边跑将进来，禀报说："有句容县白沙屯的皂役吴大爷那里来的人，要见呢!"镇江宁闻听，先就讲话，说："快些叫他进来，我正要问问他那件事情怎么样了。"家丁答应，往外跑去。不多时，来至外面，将那人领进。

不多一时那人进，酒席筵前立住身。众贼举目留神看，认得是：皂役吴家做活人，到那全是他伺候，故此相见便相亲。镇禄性急先问话："你来到此有何因?"长工见问开言道："众位留神在上听：当家婆，差我到此来送信，告诉众位请知闻：我们当家的，身有了难，江宁府，拿到当官问口供。夹棍板子全受到，牙关咬定不招承。后来刘公施巧计，家中诓去四封银，无奈之何实招认，江宁当堂画口供。当家婆差我来到此，恳求众位念朋情：务必要，定计铺谋施巧智，救我们当家的脱难星。"镇禄闻听将头点，叫声："列位请听明：吴哥现今身有难，你我旁观理不通。怎么样，思想一条良谋计，搭救吴哥出火坑?"徐成一旁开言道，他说是："不用商量依我行：大家齐上江宁府，黑夜之间杀进城。杀官斩吏将他救，打劫库饷抢金银。大闹一场是正理，该死该活凭苍穹!"王凯回答说："胡闹！这件事，关系重大不非轻。杀官劫库非儿戏，必须商量然后行。"

镇江宁的主意是要全义气，设计铺谋搭救吴信。徐成他是混蛋，他要杀官劫库，真要造反。王凯再相拦，说："这件事如何使得？你把江宁府当作别的小县份咧！那里兵多将广，人烟稠密。杀官劫库，情如造反，画虎不成，反惹灭门之祸。这件事情，横是做不得。"大窝主镇江宁说："依你怎么样呢？"王凯说："要依我的主意，吴大哥虽说现今被难，你我往哪去，岂不是飞蛾投火？倒不如咱们躲开，拿不住咱们，料他也难定吴大哥之罪。也不过受些磨难，性命可保。"镇江宁说："你我往哪里去躲？难道说携着家眷走不成？只顾你我，再者，撂下家眷，一定被人拿去，拘禁监牢。你我的朽名，就传于后世。使不得，另寻别方才好。"王凯说："若要贪恋家口，心无决断，必然要受其害。那时节，悔之晚矣。"镇江宁说："吴家来人，你去吃点心，我好打发你回去。"言罢，令人将吴家的长工领去吃饭不表。

且说众贼正要商议万全之计，方保无事，说话之间，天色将晚，前边上寿来的亲友，都散去。

暂且不表众贼在窝主镇江宁的家中计议，且说刘大人的承差陈大勇等二十余人，各带兵器，径奔六合县而来。

陈大勇，带领众人不怠慢，径奔六合小县民。全都散开不一处，为得是，怕人看破事难成。出府一直西南走，天将晚，六合县在面前存。东门外边有座店，"三合"字号大有名。大勇朱王人三个，住在三合老店中。原来门外有暗号，全都找至此店中。众人虽都会了面，俱各散住不露形。各人要水洗了脸，小二各屋献茶羹。茶罢全都要用饭，吃完了，各人单回各人房。不多一时天色晚，眼望落下太阳星。陈大勇，信步闲游出店外，当街站立看分明：来往不断人行走，要比江宁大不同。好汉正然当街站，忽见个，老者从东向西行，年纪约有六旬外，一条拐杖手中擎。刚然走到大门外，店中人，向外开言把话云。

那一老者，刚然走至三合店的门口，店小二向外开言，说：“李大太爷，你上哪里去来？一定有什么事情？”

明公：店小二一见那个老者，为什么先问这两句话呢？内中有个缘故。你到了外边，小县府乡村之中，与此地京都不同。你要穿上两件新衣裳，人见了必问：“那出份子吗？”这是外头的风俗。店小二问那个老者，皆因他也是见他穿着两件新衣裳，故此才问，书里言明。

且说那老者见店小二相问，他慌忙站住，带笑讲话。

老者带笑开言道：“老三留神仔细听：我今镇家去上寿，他的名字叫镇禄，人送外号镇江宁。今朝他把生日作，老汉只得去行情。这不过，哄奉叫他心欢喜，才保居家得太平。今日上的人不少，大概足有四百名。还有他，许多伙计也来到，一个个，身体雄壮在年轻。天色将晚众人散，剩下他们饮刘伶，光景全都带了酒，今夜晚，又不知谁家遭祸星！”老者说罢扬长去，大勇在后尽听明。好汉不由心大悦，慌忙回到旅店中。见了朱王人两个，就把那，老者之言细说明。二人闻听心欢喜，说是那：“天意该当咱立功！内中还有一件事，陈爷留神仔细听：虽然众贼全带酒，并非一名并二名。咱们不可不防备，看猫似虎一般同。”大勇闻听说：“有理，你的言词果高明！依我说，柳林离此不甚远，十里之遥谈笑中。乘此夜晚咱就去，贼人带酒难战争。”王明闻听说：“有理，事不宜迟就登程。”

王明闻听陈大勇之言，说：“陈爷主意不错，就是如此办事，必有成手。”说罢，众人全都收拾所用物件。店家这一会，也瞧出破绽来咧："定是公门的爷们踩差使来咧！"也不敢多言。

且说陈大勇、朱、王等，连头目带户整整二十个人，陆续全都出店，一直径奔贼首镇江宁的村庄小柳村大道而走。

陈大勇，带领众人出了店，一直径奔小柳村。按下公差人几个，再整作恶众贼人。打发亲友全散净，天色将晚秉上灯，群贼复又重整酒，大家归座饮刘伶。两个妓者来饮酒，镇禄开言把话云："依我想来这件事，大有隐情在内中。江宁府，闻听这位刘知府，不受民财素有名。上司总督全不怕，州县见他脑袋疼。乾隆爷，御笔钦点来到此，他的家住在山东，青州府管诸城县，他本是，太后义子叫刘墉。既然提去吴皂役，他还岂肯善放松？保不住，吴信当堂不实讲，供出你我众弟兄。刘公必定差人访，捉拿咱们进江宁。闻听他，手下有个陈大勇，武艺精通大有名。出身本是一武举，宜兴那，运粮千总有前程。因为粮船遭失陷，千总革职转家中。一气才把公门入，伺候江宁刘大人。他也曾，十里堡中拿徐五，江二险在他手内坑。圣水庙中拿过和尚，其名叫做苑围僧……"贼人言词还未了，从外边，跑进一人说："了不成！"

第四十六回

深夜探虚实进贼宅

话说众贼正在议论之间，忽见从外面走进一人，来至席前站住，说："回禀众位爷们知道：句容县白沙屯吴爷那里，又打发一人来，务必求爷们拿个主意，将吴爷救出来才好。"窝主镇江宁闻听手下之言，先就讲话，说："知道咧，你出去告诉他，一同头里来那个人，暂且先去告诉家里大奶奶放心，不必害怕，我自有道理。""是。"下人答应，往外去告诉吴家的来人，回去不提。

且说江宁县的承差陈大勇、朱文、王明等，连头目带户整整二十个人，出离了三合店，一直径奔小柳村窝主镇江宁家的大道而来。

陈大勇，走着道儿来说话："朱王二位请听明：此去须要齐奋勇，舍命擒贼好立功。耳闻镇禄多扎手，人送外号'镇江宁'。武艺精通会枪棒，有个缘故在其中：眼下不过四旬龄，非是陈某说知道，这个人，那时我未将举中，就知此人姓与名。打家劫舍寻常事，但则是，不像如今闹得凶。咱们奉命来到此，他岂肯，束手遭擒上绑绳？拿他必有一番闹，况且还有众贼人。"大勇言词还未了，王明开言把话云："闻听贼人带了酒，大料难逃上绑绳。到那一直就进去，齐心并力把贼擒。"朱文一旁说："有理，王哥言词理上通。"大勇复又开言道："你们留神仔细听：依我说，此去擒贼休莽撞，小心而办事有成。王老弟，你说到那一直去，怕他们知道越墙行。到那时反倒费手，贼人跑脱了不成。要依陈某愚拙见，倒不如，暗围贼宅撒下人，然后咱再越墙过，打探众贼哪屋存。冷不防，堵门擒拿无处跑，如此而办事有成。也不知，陈某说的是不是，大家商议然后行。”朱王二人闻此话，满脸添欢长笑容：“陈爷高见真不错，就是如此这般行！”说话之间来得快，贼庄不远目中存。

且说陈大勇等，说话之间，来至小柳村外。瞧了瞧天，有一更的光景。众人煞住脚步，大勇低声向着众人开言，说：“咱们虽然找至此处，但不知那是贼人的宅舍？须得一个妥当人进庄村，去打听打听，认着贼人的门户，方好办事。”王明闻听，先就答言，说：“我去走一趟！”大勇说：“总要小心！”王明说：“陈爷放心。”说罢，平身独自，暗藏着一把铁尺，一直向小柳村中而走。王明走着他一边心想，腹内他暗讲话。

王明走着心犯想，腹中暗暗自沉吟：句容县皂役名吴信，坐地分赃有强人。他既然，招出窝主名镇禄，岂有来往不相亲？如今我把贼宅进，有人问，我说吴家差来的人。一时难辨真和假，何不如此这般行。问准贼人他住处，通知陈爷进村中。王明想罢留神看，偏无月色不分明：路北边，倒有一所大宅舍，大门悬挂一灯笼。门旁放着两条凳，上边坐着一个人。自言自语自捣鬼，嘟嘟喃喃把话云。瞧他光景像带酒，他说是：“整跑一天到黄昏。什么是他把生日作，好像吊丧一般同。天气很热交二鼓，还不睡觉饮刘伶。直直闹到多半夜，不管别人死共生！白日间，你们地窖去睡觉，我们跑腿探事情。从今懒吃这碗饭，不如还干旧营生。我还要，书场之中抓瓜子，就是捞毛我也能。吃亏眼下岁数大，儿孙行中卖不成。”醉鬼今日说胡话，王明一旁听得明。承差不由心欢喜，说道是：“活该贼人大数临！”

王明在一旁闻听大门下坐的这个醉汉之言，不由满心欢喜。说：“有音儿，我这正要访问贼人住处访不着，细听方才这些话，不用问咧，此处定是贼人住处。真乃凑巧！”王明说罢不怠慢，转身迈步一直向小柳村外而走。不多时，来至村头外边站住，皆因天黑无月，观瞧不远。王明无奈，只得蹲在地下，留神往四下里一瞧：见村子西北上有几个人，原来也是蹲着呢。王明看罢，站起身形，凑至一处，低声讲话，说：“那边可是陈爷么？”王明言词未尽，只听有人答应。

王明言词还未尽，对面开言把话云：“来者可是王老二？你打听，贼人住在哪边存？”王明见问尊：“长兄，快些传齐手下人，贼人住处我知道，小弟当先引路行。”大勇闻听不怠慢，查点着，跟定承差要进村。一直全都奔村口，硬抢贼村小柳村。王明头前走得快，众人岂有不随行？拐弯抹角来得快，不多时，贼宅就在面前存。原来都是左右邻，真可恼，强贼也住广梁门。细看贼宅真不少，相连倒有六七层。四面围墙高一丈，却原来，地窨暗屋在内中。大勇看罢时多会，眼望朱文与王明，说道是：“贼宅甚大房屋广，不晓他们在哪层？少不得，你们外边来接应，陈某暗进贼穴中。探准贼人哪屋住，见机而作事有成。如此而行方为妥，若不然，贼人知觉越墙行。”王明闻听说：“有理，陈爷说的话语通。我们在外围宅舍，他们想跑不能行。齐心努力拿贼寇，刘大人，完结此案咱也目明。”大勇闻听说：“有理，事不宜迟咱就行！”

陈大勇闻听王明之言，说：“天气大概有二鼓的光景，也依我进去咧。你们在外面要小心防备了，不可大意。”大勇说罢，并不怠慢，绕至大门东边，顺着墙岔，往北走到了北头，向西一拐，走了几步，慌忙站住一瞧：原来此处就是贼宅尽后边。好汉瞧毕，站住身形，则见他将脚一跺，“嗖”一声，纵上墙头。

有人说：“你这个书不用说咧。你怎么乾隆老佛爷年间，竟有这样的人，平地将脚一跺，丈数高的墙，就上去呢？你这不是按《施公案》上的黄天霸那应下来了么？他会飞檐走壁，跳墙上房。你说这书上的陈大勇，怎么也会飞檐走壁？”众明公有所不知。要看起来，康熙年间《施公案》上的黄天霸，他的本事就算数一数二，头等艺业。到如今乾隆年间出的人，要瞧起来，比那黄天霸的本事，还强着几个码呢！有罢？众位就问是谁？明公细听：有一个秃子，黑夜进宫，主子在宫歇息的地方，都是什么去处？他会知道，越城而过，如走平地。要讲黄天霸的本事咧，还得输给他！在下说明，这个秃子，六十罗汉钱，可以过海。这是一个。还有一个人，他是天津人氏，姓刘排行在四，外号叫燕尾子。这个人的本事，又难说咧！他要是撒开腿一走，任你六百里的马，也赶不上，小燕尾打眼前一飞，他能将身纵起，抓住它的尾巴。有这么大的本事！他还能水里头住个三五天。明公想理：在下提的这两个人，比黄天霸怎么着？焉知在下说的江宁刘大人的承差大勇，越墙就要扒房呢！书里讲明。

再说大勇跳上墙头，站在上面留神观看。

大勇墙上留神看，皆因天黑看不明。方圆大概有十亩，房屋一层又一层。好汉瞧罢不怠慢，轻轻跳在地流平。蹑足潜踪向前走，耳内留神仔细听。顺着墙根向前走，绕弯夹道又南行。可巧并无人来往，皆因是，贼宅何用人打更？门户时常不关闭，贼人大意是真情。走坏承差陈大勇，一直又往南边行。穿过那，耳房夹道抬头看，大房西边点着灯。又听里面人说笑，细听还有妇女声。好汉闻听将头点，腹内说："贼人定在这屋中。"大勇想罢不怠慢，蹑足潜踪向西行。好汉来至窗根下，站住了，侧耳留神仔细听。正可巧，窗上安着玻璃镜，好汉看罢长笑容。凑至前，隔着玻璃向里看，瞧见贼徒人几名。众明公：可知玻璃那宗物，夜晚外看不分明。白日难望里边看，陈大勇，知道才敢这样行。书里言明不多叙，再表公门应役人。大勇看罢时多会，却原来，三个贼徒在房中。还有花街俩妓女，一共算是五个人。三个贼人都带酒，只吃得，前仰后合晃身形。镇禄拉着妓女手，他们俩，一对一口闹皮杯。贼妓正然来胡闹，大勇一见动无名。好汉看罢心好恼，手拔腰刀要进门。

第四十七回

镇江宁诡施缓兵计

承差陈大勇，隔着窗瞧见了三个贼人、两个妓女闹得实在难听，好汉大怒。刚要进门动手，复又说："且住，眼下他们的人多。再者，素闻武艺扎手。如今我要是一个人堵门擒拿，拿住还罢了，倘或走脱一个，那时反落朱文、王明等褒贬，饶省了他们的劲，还叫他二人挑眼：既知贼多，为什么不知招呼我们一声咧？等我出去，将他二人叫进来。"好汉想罢，顺着旧路而走，暂且不表。

且说朱文、王明他们，素日与陈大勇有个小俚戏。王明眼望朱文，讲话说："朱二哥，陈头儿听那声儿呢罢？"朱文说："未必，陈头儿素行不是那宗人。"王明说："二哥，如今年成儿，正直丈夫有几个？我也得进去瞧瞧，我才放心呢。"朱文、王明忒透咧。王明说："朱二哥，你听过'夏迎春私探昭阳院'——齐宣王蹲在墙下，夏迎春脚蹬着宣王的肩膀子上去，可要蹬好了——《私探》这回书？"朱文说："我倒听过这意思。你今要学夏迎春，可要蹬好了，别掉下来，摔一地黄子。"王明说："罢呀，业障。我今要学定了夏迎春咧。快蹲下，我把你这个屎蛋的！"朱文说："好瘸儿，竟敢强嘴了！"朱文刚然蹲下，王明才要蹬肩上墙，忽听墙上"嗖"一声，王明只当是贼人越墙，吓得往后一仰，几乎摔在墙下。

只听墙下一声响，王明害怕栽在尘。慌忙爬起咧着嘴，抬头看——原来大勇墙上存。低言巧语来吊坎①："月丁合子闯了我的春。窖口里边叭哈到，戎孙全在腰内存。还是月丁是除果，窑儿搬山饮刘伶。你我快把拨眼入，亮出青子好拿人。"朱文王明闻此话，大勇复又把话云："我还顺着旧路走，你们二位进大门。余者之人在外等，众贼插翅也难腾。囚徒倚仗贼名大，里外全没插上门。二位速去休怠慢，不可大意与粗心。"朱王二人齐答应，各把兵刃手中擎。拐过墙弯，二人一直向南走，径奔贼宅那大门。按下朱文王明前去，再表承差姓陈人。轻轻复又将墙下，顺旧路，径奔贼人饮酒门。拐弯抹角到前面，还在贼人窗外存。不言大勇门外等，再表朱王两个人。

按下陈大勇又至贼人饮酒的房门以外，黑影之中，手擎顺刀，隐住身形，单等朱王二人到来，好一齐动手。

且说朱文、王明闻听陈大勇之言，不肯怠慢，王明手擎铁尺，朱文是一把解手攮子刀，有尺半多长。两个人，慌忙跑进大门，一直向里而走，并无一人拦挡。

在下方才已经交代明白，镇江宁倚仗贼名远近皆知；再者，他们这一行的有本事做大活的，无有不认得他的，焉能偷他？再者，那些猫子狗子，连影儿也不敢傍。所以贼人势傲自大，里外门全都不插。书里言明。

且说朱文、王明他们俩跑进大门，手擎兵刃，一直的向后而走，又进了二门，穿过大厅，下台阶，二人举目观看。

他两个，穿过大厅留神看：西厢房内点着灯。仔细听，男女

---

① 吊坎——同调侃。

声音全都有，大约贼人在房中。朱文王明正观看，忽听人言喊一声："囚贼出来快受死，不必装哑与推聋！劫杀杨家那一案，有人告状上江宁。刘公准状差我等，堵窝擒拿众贼人！"大勇言词还未尽，朱王闻听也出声。听出语音是大勇，故意儿，知会先来姓陈的人。好汉闻听他俩到，满心欢喜抖精神。按下他俩外边骂，再整贼妓五个人。镇江宁，一同徐王正饮酒，忽听窗外语高声，又听说为杨家事，要拿他们进江宁。王凯徐成也听见，不由心中吃一惊。镇禄到底胆子大，他与王徐大不同。屋中开言向外叫："外边留神仔细听：你等前来知会我，什么话，请进屋中讲分明。何必如此直声喊，四海之内广交宾朋。敢作敢当男子汉，镇某也算是人物。既到此，快些进来言就里，事犯公庭哪一宗？天大官司我去打，要了脑袋也稀松。何必院中发急躁，快请进，说明不用动手争。"大勇朱王闻此话，他们仨，暗自着量怎么行。

陈大勇等三人，闻听镇江宁之言，叫他们进去，"有什么话当面言讲，我镇某并不是不讲理的。男子汉敢作敢当，总要言明的是那一案，也不用你们哥儿们动手，官司我打定咧！"

众公：窝主镇江宁说的这些个话，有软有硬，又露着朋友义气："但不知你们敢来不敢来？"大勇闻听，眼望朱文、王明讲话。

陈大勇，眼望朱文开言道："二位留神仔细听，既然他说朋友话，想来行事定不松。不枉坐地擎银两，犯事出头理上通。怪不得，众多好汉将他奔，仗义恰似宋公明。"陈大勇，方才说的这席话，也有深意在其中，净给贼人高帽戴，然后看风把船行。又和朱王低声讲："着意防备镇江宁。咱们若是不进去，镇江宁，反把你我看得轻。不入虎穴焉得子？成功全仗老苍穹。"大勇说罢头里走，后跟朱文与王明。再说窝主名镇禄，还有王凯与徐成。三人屋中无出路，故此才将大话云。怎奈手下无兵刃，难挡公门应役人。心中想：大话镇住公门役，挨迟时候等救兵。谁知大勇更不怕，就敢闯进那屋中。朱文王明跟在后，各把兵刃手中擎。陈大勇，一个箭步蹿进去，怕的是，贼人暗地下无情。朱王一见不怠慢，一齐也进那房中。镇江宁，一见三人将屋进，站起身形把话云。

窝主镇江宁一见陈大勇等三人，齐进屋中站住，并无惧色，副头目王凯、徐成就要动手。镇禄一见，说："王二、徐三休要动手，听我一言。"二人闻听，这才站住身形，两只眼睛瞅着镇禄，镇禄眼望大勇等三人讲话，说："你们三位就是江宁府知府，那位罗锅子刘爷打发来的？"大勇说："不错呀！"镇禄说："尊驾贵姓？"大勇说："贱姓陈。"又用手往左右一指，说："这一位姓王，这位姓朱，都是我的伙计。"镇禄闻听，复又讲话，说："莫非是那位大勇陈爷么？"大勇说："不敢，在下草号大勇。"镇禄说："久仰，久仰。"大勇说："岂敢，岂敢。"镇禄说："在下有句拙言，不怕三位恼。这内中却有个缘故。官司我可是打定咧，并非瞧见众位的虎威，不敢动手，我们才束手受绑。三位要这么想，可就错了。别说是尊驾三位，就让来三百人，也稀松。也并非是怕什么罗锅子刘爷又要卖药呀，算命，卖什么硬面饽饽呀，放我等过去，这全都算不了事。内中却有一段情节。皆因句容县白沙屯住的皂役吴爷，我们是生死之弟兄，当初说下有罪同受，有福同享。而今他被刘大人拿去，现在监中受罪。我们要袖手旁观，岂是大丈夫行事？"

镇禄复又开言道："三位留神仔细听：皆因吴信拿进府，刘公当堂问口供。原说下，不愿同生愿同死，患难相扶拜弟兄。而今他遭杀人祸，镇某旁观理不通。再者是，三位也露朋友气，竟敢闯进我屋中。你们过来快动手，将我们三人上绑绳。”大勇闻听说：“不必，朋友行事岂能更？我瞧镇爷多重义，视死如归要分明。既是镇爷为朋友，并不动手想逃生。怪不得，威名传遍南京省，人送贵号‘镇江宁’。陈某何敢欺朋友？那算镇爷把我轻！既如此，咱们慢慢去进府，再提上刑理不通。当堂去把刘公见，照应有我们小弟兄。”镇禄闻听说：“多谢，多蒙仰仗我感情。”镇禄说：“话已说完咱就走，趁早快快进江宁。”说罢才要向外走，忽听那，一人喊叫把话云：“这件事情我不允，要进江宁万不能！”

镇江宁与陈大勇二人，话已说明，刚向门外而走，忽听背后一人一声大叫，说：“这件事要这么行，我不允！要叫咱们进府也容易，他们三位必得抖点武艺，也与我们瞧一瞧，我们也开一开眼！”镇禄扭项观看——原来是徐成。镇江宁说：“贤弟，你休要无理，听我讲诉与你。”

镇禄扭项开言叫：“老弟留神要你听：你我并非别人等，患难相扶好弟兄。吴哥目今身有难，现遭官司受官刑。他被刘爷拿进府，死生只在眼然中。咱这行，全凭‘义气’两个字，有罪同受理正通。只顾你今来胡闹，江湖上，朋友闻知落污名，说明有更神前义，不念当初结拜情。人活百岁终须死，贤弟呀，只怕死后不留名。”一席话，说得徐成无言语，垂颈低头不作声。众人这才向外走，一心径奔府江宁。这一来要知完案杀凶犯，明日前来讲分明。

第四十八回

李财主贪色生淫欲

且说的是江宁府句容县有个公义村，这村中有个财主姓李，名叫正宗，妻子赵氏。夫妻二人广行善事，周济贫穷，众人都叫他李善人。膝下无女，只有一子，年方二十五岁，名叫李文华，与他的父亲就不相同，专好眠花卧柳。他父亲李正宗，常常的苦劝，怎奈他总也不听。无法子，也就只得由他而去。不上一二年光景，老两口儿相继而亡。李文华把他的父母殡葬，家业就是他支撑，暂且不提。

且说李文华的场院中，有两间草房，住着一家姓孙名叫孙兴，年长二十三四岁，甚是忠厚，他就与李文华做苦工活。他的妻子何氏，年二十二岁，虽无闭月羞花之貌，论容颜，也算数一数二，还通文墨，奶名叫月素。李文华瞧见何氏貌美，久有图谋之心，怎奈何氏性烈不从。到了这一天，李文华忽然生心起意，设计将何氏的男人打发上别处去讨账，她家中就只剩下何氏一人。到了晚上，欲待亲去，又恐怕何氏不从。他又左思右想，心中甚是为难。忽然心生一计，说："必得如此，如此这般，这般如此。常言道得好：妇人是水性杨花，眼皮子又浅，何愁此事不成?"想罢，开言说："秋桂。"丫头答应："奴家伺候。"李文华说："你去把宗住他娘叫了来，我有话讲。"秋桂答应，翻身而去。

不多时，宗住的娘宗婆子叫了来咧，站在面前，说：“大爷有何吩咐?”李文华闻听，带笑开言。

李文华，带笑开言来讲话：“宗妈留神要你听，眼下有句要紧话，必得你去走一程。”说到此处忙站起，低言巧语把话云：“场院住的那何氏，几次求奸不肯从。你今晚，拿上白银二十两，前去顺说女俊英。但能与她成好事，一世不忘你恩情。”宗婆闻听，回答说：“交与我，皮条穴中数咱能。哪怕她节烈冰霜女，管保我去她就应承。”李文华，听见心欢喜，取出了，二十两白银手中擎。递与宗妈接过去，迈步翻身往外行，一心要把牵头做，未知苍天容不容？宗婆子，转弯抹角来得快，何氏的房门眼下横。宗婆子上前将门叫，“何二嫂”连连尊又称：“特意前来将你找，快些开门莫消停。”何氏正然做针黹①，忽听门外有人声。放下活计开言问：“是谁叫门？有什么事情?”宗婆子闻听说：“是我，何二嫂，快开开，有件事情对你明。”何氏闻听不怠慢，慌忙下地把针停。用手开放门两扇，把宗婆子让进在房中。何氏一见忙赔笑：“宗婆子留神要你听：黄夜到此有何事？望乞从头要讲明。”宗婆闻听腮带笑：“二嫂留神在上听：老身到此无别事，大相公求我事一宗。那一天，瞧见你在门前站，爱上二嫂你的芳容。这几天，茶饭懒餐精神短，胡梦颠倒不安宁。小命残生在早晚，望乞娘子把好行。大相公得病得你去探，二嫂你，如同修塔去造经。现有白银二十两，娘子收下略表情。”何氏闻听前后话，粉面不由得赤通红，说：“妈妈此话不在理，信口开河了不成！岂不知，授受不亲分男女，大相公岁数又在年轻。奴与

① 针黹（zhǐ）——指缝纫、刺绣等针线活。

他，非亲又非故，不过是，奴家夫主去佣工。快把银子拿回去，再要胡言我不容!”宗婆子闻听微微笑，说：“二嫂，你直净是假聪明！虽说是，授受不亲①分男女，也要见景和生情。若论大爷待你厚，缘何不知重与轻？你记得，夫妻当初无投奔，相公收下做长工。到而今，家主身染风流病，二嫂心中岂不明？相思害病十分重，性命只在眼然中。你倒推聋与装哑，恩将仇报假撇清。二十两银子送给你，只当行好积阴功。”说罢将银炕上放，何氏一见脸通红：叫声：“妈妈休取笑，似这等，混闹歪缠理不通。”

何月素着急害臊粉面通红，说：“妈妈这些混话，从何而起？大相公害病，与我何干？这银子，奴家断乎不受！你把银子拿去，见了你家主母子，多多替我拜上安人。你就说这无义之财，奴家不受。作娘儿们一场，好离好散。我先拜辞，明日就要回家而去。”宗婆子闻听，微微冷笑，说：“何二嫂，你吃了灯草灰咧，说得这么轻巧！来也由你们，去也由你们？这也罢了，你们这二十两身价银，还有八个月的嚼裹，你拿算盘磕一磕，该着多少银子？你们不说一个清白，大相公就放你们去咧？他不是流鼻涕的傻小子！俗言说得好：典当如小买。这如今咱们大开着门子说亮话罢：我家的大相公，实在的爱上你咧。你要是拿糖作势的不允，他要是恼羞成怒，立刻给你一个歪帽子，送到你们句容县去，只说是奴仆欺主，你们两口子就难讨公道。二嫂子，你少不得掐监。你想想，那时节姨夫反倒丢人。这件事依我说，既在矮檐下，暂且把头低，你就与大相公暗来暗去，也不能知道。”

---

① 授受不亲——授，给予；受，接受。旧时指男子与女子不能亲手传递物品。

何月素闻听宗婆子这一片言词，暗说："不好。她这些言词，说得甚是厉害。宗婆子是计，好献勤，软求硬派，打就的活局子。我夫妻并不是典身，她怎么说有文契呢？是了，李文华一心爱我，只想成亲作双，哪里还有天理良心？或者假写一张典身的文约。我要不依他，好变脸将我夫妻送到县里，追比身价银，必然是掐在牢内。妇女要下监内，难脱干净，岂不叫我出丑？他们好称愿。细想此事阴毒，无法可救。欲待夫主回来再说实话，又恐他性子不好，一时的愚拙，发作吵闹，弄出饥荒，那时怎了？讲打官司，没他的人多，没他的势力，倒只怕官罢私休，总是我夫妻的亏。若要忍而不言，又恐遭毒手。事在两难，如何是好？"月素心内着急，竟自没了主意咧。"也罢，事从款来，不可性急。我如此假意应允，竟收下这二十两银子，只说等大相公病好，约他成亲，暂哄一时，且挡将过去。但只愿天从人意，李文华病重而死，这一场冤孽，暗自开消。"

何氏想罢，带笑开言，说："妈妈，你老教导我的，都是好话。也罢，既是大相公见爱，老妈妈为好，两下里张罗辛苦，再要是推托，那我就算奴家不懂事体。将这银子留下，奴领高情。"

何月素，含羞假应允，叫声"妈妈听我言：虽然不是闲花草，怎奈游蜂浪蝶缠。大相公留情将我爱，这就是，结下的风流露水缘。有心不依妈妈劝，显见奴家事不端。欲待顺从怕出丑，叫我那，夫主闻知别当玩。事到临头舍着干，重担千斤奴要担，失身一场丢脸面，遮羞钱百两要明言。先收二十两为定礼，好事临头再找完。妈妈说合为正保，不许改悔两相甜。人多眼众须瞒蔽，怕只怕，好事不出丑事传。妈妈告诉奴应允，大爷病好巧团圆。回禀主母将心放，大相公，喜气一冲病又安。"烈妇假意亲口许，宗婆子闻听怪喜欢，说："二嫂既然你应许，不可改口叫我为难。百十两银子可值多少？这宗事儿交与咱。老身还有一件事，二嫂跟前要明言：大爷的，二十两银子为定礼，你有那，什么表记把他还？"何月素闻听这句话，不由心中为上难。女子的，性巧心灵急又快，叫声："妈妈你叫言：大相公差你将银送，你就苦苦把我缠。推辞不过才应允，亲口收下把亲连。你倒疑心要凭据，咱俩当面要明言：皆因我，夫妻穷苦无能耐，低头下气在人前。大爷有病赖着我，把个鱼头抖给咱。我本是良家乡下的妇，比不得，半开门子那一般。那晓留情送表记，点头是账无谎言。妈妈啰唆要凭据，竟把这，银子拿去两无干！"烈妇不怕结巴病，宗婆子闻听倒带上笑颜。

宗婆子见何氏的话紧，有些个抻心①，恐怕事黄了，她把话就抽回来了，说："二嫂，咱们娘儿们，都是自家。我老天巴地的，竟有些个背晦了。口应是账，又要什么凭据？银子只管留下，好回去见大相公回话。等大相公病好些，我再来见你罢。"欠身而起，迈步出房而去。何氏月素暗恼，嘴里冷笑，搭讪着说："妈妈，你那去吗，我竟失送咧！"宗婆子拾不起来，只当是好话，说："二嫂，咱娘儿们熟，不讲礼。"说罢，出门如飞而去。

何月素拿起银子，收在箱内，炕上坐下，斜靠着桌子，手托香腮，心中暗想：可恨老淫婆，献勤讨好，把我这美玉黄金，只当作闲花野草！这二十两银子，刀把在我手内，我的把柄，怎能给她？何月素心中暗恨，又唯恐夫主的性浊，不肯告诉孙兴。何

---

① 抻心——揪心的意思。

氏发狠，暂且不提。

且说宗婆子出了场院，来到前院，径进书房。李文华一见，将手下人全都支开。婆子向前开言，他低声回话，就把那威吓应允之事，从头至尾，说了一遍。李文华闻听，满心欢喜，登时间长起精神，相思全好。

到了第二日，李文华打点了些簪环首饰，绸缎衫裙，用包袱包好，打发宗婆子送与何氏。复又收拾一对金钗，送到她房中。宗婆子就将李文华他今日夜间要成双的话，说了一遍。何月素闻听，吓得惊疑不止，不敢明言。心中暗想：我只说李文华病危，大约必死。哪知道苍天不从人愿，恶浪子病好，就在今夜晚要来歪缠。预先把我儿夫支开，奴家就没了膀臂，我如今要说不依，只怕说以强压弱，奴总是点头应允，又恐怕贞节难保。

何月素，无言心纳闷：奴今竟在两难中！李家有钱势力大，可叹我夫主苦又穷！已经落在天罗网，想要逃身万不能！实指望，病死李家子，奴家才逃过这灾星。哪想冤家病倒好，约定今夜要相逢。有心明说奴不肯，怕他翻脸下无情。赖我夫妻有典契，退还身价理情通。当堂有口难分诉，明是披麻跳火坑！自古红颜多薄命，不但奴家事一宗。古时多少贞节妇，只为姣姿惹祸星。想起他人思自己，将今比古一样同。奴今遇见文华李，这就是，欢喜冤家狭路逢！欲待推辞怕有祸，不如假意竟依从。待等小李今夜到，苦劝一番好了情。我就是，坐怀不乱柳下惠，鲁男子，闭户无干落美名。劝他回心转了意，何月素，转祸为福我的老天，狂徒必定歪缠我，那就是，对头冤家二虎争。拿把钢刀只一抹，我叫他，人命奸情事两宗！这场官司尽够他打，择出我儿夫叫孙兴。烈妇发狠生毒念，登时体内附杀星。按下何氏节烈妇，再把那，宗婆子明一明。瞧见何氏把头低下，默默无言不作声。开言先把“二嫂”叫：“明日我再来与你道喜。快些打扮休怠慢，等候多时大相公。诸事须当记心内。”何氏含糊应一声。宗婆子把“二嫂”叫：“不必面上带羞容。到晚上，房门别关竞虚掩，省得有敲门打户声。邻舍闻知反不美，你们俩，暗中好把好事成。”何氏闻听微微笑，说：“妈妈，你是个行家走得道通。”宗婆子闻听他也笑，说：“好嫂子，会撒娇咧，把我骂了个苦情！”说罢出门扬长去了，剩下了，何氏烈妇在房中。独坐沉吟心犯想，神魂散乱不安宁。佳人想罢时多会，“何不如此这般行”。

第四十九回

何氏拒奸怒斥王八

何氏想罢，何不将我一往之事，尽情写在书札之上？等我儿夫回来，见了这书字，就知道何氏误遭其害。佳人想罢，并不怠慢，登时拿过笔砚，研墨挥毫，提笔就写。不多时，连真带草，将书字写完，手封好，装在梳头匣内。头也不梳，脸也不洗，衣领包头，乌云罩紧，拿一把锋快的切菜刀，搁在炕上。天气呢，也黑咧，房内也点灯，佳人和衣而卧，等着狂徒李文华。这且不表。

且说宗婆子告诉了李文华，约定今夜成双。说罢回房，各去安寝。李文华满心欢喜，连忙打扮。

李文华说罢不怠慢，站起身来把衣更。剪绒的秋帽头上戴，龙抱柱的缨子通点红。内穿一件松绫袄，外罩着，宝蓝的缎儿袍子，钮子是凿铜。三镶的锦袜脚上套，青缎子皂靴足下蹬。好像那，去做新郎一般样，单等着晚上把亲成。心急只恨天黑得晚，犹如那，热地蚂蚁一般同。恨不能，伸手摘去金乌鸟，一口吹落太阳红。恨不能，双掌托出海岛月，两把撒上满天星。只急得，心如麻乱神难定，意似猫抓体不宁，自言自语如痴醉，浑身热汗似蒸笼。走出走进来回地转，干急干燥在心中。无精打采长出气，好容易，盼到黄昏点上灯。吩咐家僮都散去，独坐书房侧耳听。“当当”一声锣声响，公义村中起了更。此时就去还太早，夜静人稀方可行。忽然想起一件事，不觉心中吃一惊：曾记得我父临危日，遗言嘱咐细叮咛：夸吾为人诸事好，只有风流事一宗。将今比古将我劝，句句戳心透彻明。我父的遗言犹在耳，仔细思量理欠通。冯商还妾生贵子，皆因德行有阴功。偷花的浪子西门庆，恶报难逃与武松。我今心邪把何氏爱，有损阴德罪不轻。既读诗书学礼义，想进黉①门名教中。君子须学柳下惠，坐怀不乱有贤名。出房胡行钻狗洞，岂不玷辱与文风？吾今知过必要改，李文华，心中后悔恨难平。一口咬住右手指，银牙嗑破血流红，疼痛难挨眉紧皱，不由口中只是哼。唯恐人知怕耻笑，不敢高声暗忍疼。和衣睡倒牙床上，一床锦被把头蒙。十指连心疼难忍，他把那，好色的心肠冷如冰。按下文华在书房内，再把那，性烈的佳人明一明。

且说那何氏月素，独对孤灯，不由心中叹气，心内惊疑，杏眼朦胧。俗言说得好：人逢喜事精神长，闷来愁肠盹睡多。

列公：这也是神鬼的拨支，造定有大祸临身。皆因他一团的性烈，怨气攻心，等到二更身体困倦，一合眼，迷糊睡着，做梦也不知有个追命鬼前来！

且说这公义村西梢头有一个歹人，姓王，排行第八，皆因他卖狗肉为生，故此有个混号，叫“狗肉王”。妻子毛氏，并无儿女。两口子住着一间草房，在村的尽西边，连个院墙也无有。像这杀生害命的买卖，白刀子进去，红刀子出来，屠行里的生意，好过的能有几个？狗肉王好喝、好吃、又爱花闲钱，两口子是肥吃肥穿。这一天，狗肉王近里去卖肉，天晚出城，正撞着个酒

① 黉（hóng）——古代的学校。

友。好喝之人，见面无空过之理。关厢里有一座山东馆子，二人进去，拣了个座坐下。狗肉王现成的狗肉，切了点子，就生蒜瓣子，干花两对的烧酒，二人就喝起来了。你一盅，我一盅，两个人闹了个二斤四两，都有酒意，这才凑钱会账，趔里趔趄①，指手分别。

且说狗肉王大醉而归，走错路，竟走到公义村的后面去了。晃里晃荡地信步斜行，一抬头，到李文华的场院跟前。慌忙站住，瞧了瞧孙兴的房中，点着灯。狗肉王自言自语，说："孙兴不在家，孙二嫂就该早睡。天有二更咧，点着灯有何事干？"侧耳闻听，并无动静。咂嘴摇头说："这也奇怪，要是做活，有些影响，为什么寂寞无声，只有灯光明亮啊？是咧，孙二嫂生得齐整，俊俏风流；李大爷又邪辟，好钻个狗洞。莫不是他们俩有些黑大忽，也未可定。我何不跳过墙去，踹他个狗尾巴，要是叫我堵住，先使一个讹盆，后借几吊钱，末了燥一个干腗。事逢凑巧，落得去干。"

狗肉王，要使讹盆堵狗洞，恶人净是狠毒虫！耳听锣声打两棒，天斗云迷天黢黑。放下肉桶手攀树，两脚一纵快如风。扒住墙头蹿过去，蹑足潜踪越土堆。径奔草房门外站，舔破窗棂用目观：只见佳人炕上睡，杏眼双合柳叶眉，香腮粉面樱桃口，犹如春睡的醉杨妃。头枕玉腕和衣卧，狗肉王看罢越发了迷，暗暗只叫："孙二嫂，果然齐整似花魁，但能与此妇睡一夜，眼看做鬼也不亏。细看桌上有盒酒，点着灯儿却等谁？趁着孙兴他不在，我竟大胆将门推。上前抱住不撒手，讲软讲硬要相陪。若要牛心

① 趔趄（lièqie）——身体歪斜，脚步不稳。

相喊叫，定把花奴的小命追!”狗肉王想罢不怠慢，走上门前用力推。只听“吱喽”一声响，这不就，惊醒佳人烈女魁。

狗肉王原是恶人，心毒胆大，看见何月素的美貌花容，躺在炕上，竟似春睡的杨妃。狗肉王一见，邪心一动，不由得惹火烧身。明欺妇女软弱，家中又无男子，放心大胆，竟来推门。

何月素虽然睡着，心中惊恐，睡梦之间，忽听门响亮，忙睁杏眼，一翻身爬将起来，愣里愣怔①坐在炕上，只当是李文华前来，她的怒气上攻，厉声低问，说：“大相公来了么?”狗肉王颤着口气，也是低声答应，说：“正是，我来了。”何月素听见差异，用手掩住了灯光，留神观看。

何月素，闻听说话声音岔，杏眼留神验假真。只听“吱喽”一声响，有一个，大汉侧身进了门。头戴小帽穿短袄，蓝布褡包系一根。月布单裤白布袜，撒鞋油透带灰尘。黑肉横生麻子脸，恶眼凶眉翻嘴唇。鼠耳鹰腮心最歹，狗蝇胡子像铁针。膀乍腰粗头似斗，青筋叠暴鲁又村。趔里趔趄进房内，晃里晃荡醉醺醺。口内低声叫：“二嫂，大相公是我要成亲。”何月素，认得姓王卖狗肉，佳人瞧罢冒了魂。着急无奈高声詈：“老八撒野少胡云!奴的丈夫和你厚，时常喝酒讲交情。他今有事将城进，你竟胡行把我辱!因吃酒你佯推醉，混吣②嚼毛信口云。什么是‘成亲’我不懂，快些出去把脸面存!要再多说我就嚷，叫起李家的家下人!把你当作贼拿住，打一个半死小发昏!”烈妇言词还未尽，狗肉王，挤鼻弄眼把话云，冷笑开言叫“二嫂，不必发昏你动

① 愣怔——眼睛发直。
② 吣（qìn）——猫、狗呕吐；谩骂。这里指不知羞耻的说话。

嗔。我问你，孙二哥有事将城进，你就该，吹灯睡觉养精神。又不做活又不纺线，为什么，点着灯儿又不插门？桌子上搁着酒和菜，明明现露你有私心。方才你问的就异样，专等着，大相公前来好成亲。哪知我，王姓的老八来得更早，趁早拜坟我好出城。”何氏闻听心好恼，紧皱双眉满面嗔，悄语低言破口骂：“王八胆大你太欺心！我在房中将夫等，忘记了吹灯去插门。你竟狂为调戏我，混语胡言气死人。赖我偷做风流事，要踹狗尾使讹盆。拧起眉毛认一认，贼眼睁开看看人：何氏可比无瑕玉，烈性犹如火炼金。别说使讹吾不怕，纵然就死也不失身！趁早歇心收歹意，快些出去免祸根。再要多说我就嚷，当贼拿住送衙门。那时想走不能够，横祸皆因自己寻。”何氏着急拿话吓，狗肉王，冷笑开言把话云。

第五十回

狗肉王杀何翻移祸

狗肉王微微冷笑，说："孙二嫂，你别拿那大话吓我这小孩子。拿过《大清律》来，咱们瞧瞧，穷富犯法，一例同罪。难道说，只许财主调情，不许穷人摸俏？李文华与你相好，吾今和你也赖一个厚交。一交你就嚷，我看你嚷不咱？我要不给你个硬上弓，你也不知道我王老八的厉害！"说着说着就扑何氏。佳人一见，不敢怠慢，慌忙去抓切菜刀。两手举起，恶狠狠地望着狗肉王搂头就砍。狗肉王的眼尖，侧身躲过，探背伸手，将刀把抓住，攒劲一夺，就夺到手内。何氏着忙，怕狗肉王粗鲁，心内发毛，高声喊叫，说："杀了人咧！快来救人哪！"

狗肉王闻听，心下着忙，连酒都吓醒咧！他不敢怠慢，用手抡刀，加劲一砍，只听"咯吱"一声响亮，砍在左膀之上。何氏"哎哟"一声，栽倒在地。狗肉王一见，哪肯留情？用脚踩在胸膛，一手抓住头发，一顿刀，把个脑袋砍下来咧。眼瞅着死尸，发毛后怕，自己开言说："这事怎了？因奸害命，罪犯得偿。趁此夜静天黑，无人知道，我何不把何氏的人头，拿了出去，撂在开粮食店赵子玉的家内：一报不肯借与粮食之仇，吾回了家，假装睡觉，等明日孙兴回来，或是李家知道，一定报官，访拿凶手。赵子玉家有人头，李文华家有身子，叫他两家混打官司，再也疑不到凶手是我。"恶贼想罢，主意拿定，毛腰伸手，把何氏的脑袋提溜起来，将头发作了个扣儿，拴在腰内，迈步出门，走到墙下，两脚一蹬，手扒墙头，一个纺车子跟头栽过墙去。人头装在卖肉的桶内，背将起来，一直的向西而走。

本村的道路走得稀熟，来到粮食店的后墙根，煞住了脚步。听了听，鸦雀不动，放下了肉桶，将盖子掀开，取出了何氏的人头，拿在手内，单臂攒劲，往墙里头一扔，只听“拍搭”一声，人头落地。这粮食店的后院子，净堆柴草，所以无人，赵家万不能知晓。

狗肉王背起桶子，又往前走。出了村头，来到自己门外，只见窗上灯光明亮，又听嘤嘤的声响，就知是妻子纺线。狗肉王心虚有病，到底发毛，不敢叫门，恐怕街坊家听见。站在窗外，用手指轻弹。毛氏知道丈夫暗号，时常偷猫盗狗的，得了手回来，只弹窗纸，并不敲门打户。毛氏佳人停车低声就问：“是谁?”狗肉王答应：“是我。”毛氏听真，是她丈夫的声音，翻身下炕，用手开门。狗肉王迈步进房，把桶子放下。

列位明公：善恶都有报应。狗肉王屈杀何氏，天理难容。恶贼半夜杀人，此事谁能知晓?就是龙图出世、海刚峰，也难断这件公案。他哪知神鬼的催逼，有一个冤家对证。诸公想是谁?此人姓李，排行第九，是一个半憨子。哥哥早死，并无有六眷三亲，只有生身之母，又是个寡妇。陈氏娘儿两个，甚是贫穷。这一天，李傻子跑肚，蹲在街上出恭，瞧见狗肉王回家进房，傻子把稀屎撒完，系上裤子，口中不言，心中暗想。

这李九，稀屎拉完街上站，腹中只觉空又空。忽然想起一件事，自言自语把话明。说道是：“常听老年人言讲，狗肉补肚子，这方法更灵。刚才狗肉王回家转，我何不，赊斤狗肉把饥充?”

这李九想罢不怠慢，迈步如飞不消宁。登时间，来至王八的窗儿外，只听说话是妇人声。正是那，鬼使神差傻李九，忽然间，他伶俐又聪明，站在窗外身不动，侧耳留神往里听。只听毛氏把夫主叫：“为何你浑身血点红？”狗肉王，摆手说：“别嚷！贤妻留神仔细听。”这囚徒，冤魂缠绕说实话：“不必你心中害怕惊。只因我出城来得晚，带酒回家把路错行。走到李宅的场院外，瞧见那，孙兴的房中还点着灯。是我疑心有坏事，跳过墙去看奸情。推门惊醒那何氏，他把我，当作李家大相公。谁指望，将错就错图欢乐，哪知泼妇不依从。抓起钢刀将我砍，拙夫一见动无名，上前夺刀她就嚷，倘若是，惊动街坊了不成。我也是，事急杀人图灭口，割下头来在肉桶内盛，扔在粮店他后院，因此浑身带血红。咱们吹灯快睡觉，你我倒要做撇清。明早人命官司犯，竟是无头案一宗。粮店后院有脑袋，场院房内有尸灵，李文华与赵子玉，他两个，这一场官司打不清。我杀泼妇无人晓，神鬼不知我做得精。别说官司难以审，就是那，铁面的包公也断不清！”凶徒说罢凶人的话，毛氏闻听脸吓青，手脚麻木浑身软，半晌开言把话云，低声只把“天杀的”叫：“大祸滔天别当轻！因奸杀人还是死罪，犯了官司了不成。缘何又将人头扔？遗祸给粮店狠又凶。赵子玉，与你何仇恨？你竟是，借剑杀人不见红！皆因素日不赊米，小事变为大祸星。吃酒行凶谁似你？冤家竟是狠毒虫！倘或犯出人命事，那时后悔总是空。”毛氏狠骂他夫主，凶徒后悔在心中。只说“贤妻咱且睡”，上炕脱衣吹灭了灯。二人在房内说私话，李傻子闻听说：“了不成！”

第五十一回

赵掌柜避祸反招灾

李傻子在窗户外，听得明白，吓得魂不附体。眼看着房中将灯吹灭，狗肉王、毛氏都睡了觉咧。李傻子看罢，不由心中害怕，一声儿也不敢言语，轻手蹑脚儿，走不多一时，来到自己家中，慌忙将门插上，把桌上残灯剔亮，悄语低言，说："妈妈，刚才我在街上出恭……"就把遇见狗肉王回家，他要去赊狗肉，王八杀何氏，人头扔在粮食店的话，前前后后，告诉他妈妈一遍。陈氏闻听，不由心中害怕，说："九儿，这个话，外头千万不可言语。你要信嘴胡说，叫差人听见，把你就拿了去咧！"李傻子为人老实，最能顺母。听娘的言词，如同圣旨。李傻子说："妈呀，狗肉王杀人，我偿命不成？"陈氏说："与你无干，休要胡说！快些脱衣睡觉罢。"说罢，娘儿两个安歇不表。

且说粮食店里的伙计，有一个姓宋的，名叫宋义。天还未亮，他就起来要出恭。来到后院之中，褪下中衣，刚要蹲下拉屎，猛一抬头，瞧见那边有一个物件，圆咕囵的，像一个西瓜。走到跟前一看，吓了个目瞪痴呆——原来是一个人头——乍着胆子，留神细看，说："奇怪！这倒像孙二嫂子的脑袋。是谁杀死，将人头扔在此处？我想这个凶手，定与财东有仇。我去报知老赵，看他是个什么主意。"

说罢，他拿了些干柴，盖上了人头，迈步走到前边，正遇着财东赵子玉打卧房内出来。宋义一见，面带惊慌，说："掌柜的，咱到后边，我有句话说。"赵子玉见宋义变貌变色的，就有些疑心，并不再问一问，来至后院的墙下站住。宋义悄语低言说："掌柜的，不好咧！祸从天降，如何是好？"赵子玉闻听，不由得发毛，说："伙计，有什么祸事？告诉于我。"宋义说："刚才我到后院出恭，瞧见一个女人的脑袋。"赵子玉闻听吃了一惊，非同小可，说："伙计，果然是真？"宋义说："这也撒谎？我仔细一看，不是别人，竟是李财主家的管事长工——孙兴的妻子何氏月素！不知被谁杀死，把脑袋扔在此处，还算造化，幸亏我看见，不肯声张，怕街坊闻知，掌柜的，你难逃有罪。无奈何，拿乱草盖上，悄悄儿地告诉于你。"说着话，一伸手，把那乱草拉开，露出了何氏带血的人头。赵子玉为人老实，胆子最小，只吓得面似金纸，浑身打战，体似筛糠。

赵子玉，为人多忠厚，怕打官司花费银。瞧见人头都是血，害怕发毛脸似金，往后倒退抽冷气，战战兢兢掉了魂。拉住宋义叫："伙计，大祸滔天怎样禁？是谁杀了孙二嫂，扔在我家后院存？有意安心坑害我，不知犯法是何人？我与他，什么冤来什么恨？素日间，并无得罪于街邻。这一报官先问我，如何分辩论清浑？人头现在我的后院，孙兴必定要搜根。他要赖我奸杀的事，倒只怕，理正情屈假作真。人命官司无头案，定然要，严刑拷打审凶身。受刑不过屈招认，做了无头怨鬼的魂。是谁杀人我偿命？横死不能入祖坟！"宋义手拉赵子玉，悄语低言把话云。

赵子玉怕打官司，宋义又要就中取事，想账图财，手拉财东，悄语低言，说："掌柜的，你别害怕，咱俩商量。眼看大天大亮咧，难以干事。素日你老人家待我甚好，吾是无恩可报。掌柜的，你别着急，这件事情交与我。”赵子玉忧中化喜，说：“宋伙计，你有这样好心，替我了事，吾无补报，愿谢你百两纹银。”这个赵子玉虽然识字，文理上不通，买卖的人，哪晓得律例？杀人事假，移尸情真。按律治罪，还有个冲发。赵子玉竟没有主意，倒把宋义的拙见，当了良谋，说：“伙计的主意不错，天已待中亮咧，不可挨迟，咱们快去干事要紧。”

说罢，二人并不怠慢，找了个粪箕儿，将人头背起，往外而走。来至野外刨了个坑，刚把人头搁上，才要动手去埋，忽听那边有人说话：“宋二叔，你们埋什么呢？”说话之间，来在一块儿。宋赵二人闻听，举目一看，原来是西边的街坊王兴立的儿子，叫王保儿。一早出来，背着筐子拣粪，才交一十三岁。赵子玉还未开言，宋义先说：“你去拣你的粪去！”王保闻听，说：“我偏不去！我偏要看！”一边说话，一边往前走。来至坑边之上，他站住身形，往下一瞧——是一个血淋淋的人头！王保说：“好的，怪不得不叫我瞧。你们杀的是谁？宋二叔告诉我呢！”宋义闻听，说：“保儿，不要嚷，叔叔明日请你。”宋义一边说着话，一边打主意：“不好，这个小冤家既然瞧见咧，他岂有不告诉人的么？那时犯事，赵子玉杀人是假，我移尸埋头是真。这件官司，倒闹到我身上来咧！也罢，事到其间，也说不得咧。生米酣儿——舍着做罢！我何不给他个冷不防，一镬头将他打死，连尸首和脑袋，一共掩埋。小保儿灭了活口，再有谁来与我对证？”宋义想罢，心一横，杀星就附体。恨在胸中，笑在面上，说：“小业障，今只埋个东西，你偏要看。又不是私盐包子，怕你拿什么抓头不成？混账孩子，爱看，请看！”嘴里搭讪着，将身一闪，搁下铁锨，一弯腰，把镬头抓起，小保儿不知是计，只顾两眼往坑里瞅着，宋义一见，并不怠慢。

宋义一见不怠慢，杀星附体把心横。两手慌忙扬铁镬，照着保儿下绝情。只听“叭叹”一声响，天灵打碎冒花红，“咕咚”栽倒尘埃地，两手扎煞足又蹬。吓坏了粮店赵子玉，埋怨宋义擅行凶：“怕打官司才埋脑袋，为何你，又害了保儿命残生？倘或犯事倒有罪，性命只在刀下坑。”宋义摆手说：“不怕！打死冤家灭口声。神鬼不知道这件事，哪有事犯到公庭？掌柜别毛快动手，大家用力去刨坑。埋了冤家绝祸害，咱们回家保安宁。”赵子玉点头说：“的是如此。”二人说罢，不怠慢，登时间，死尸人头埋一处，他二人，欢欢喜喜转家中。按下此事不用表，再把那，宗婆子明一明。一见天亮不怠慢，径奔场院往前行。登时来到草房外，窗前站住仔细听：鸦雀不动无声息，宗婆子，轻轻咳嗽三两声。悄语低言呼“二嫂”，又叫：“风流大相公，天已大亮快些起，暂且分手再相逢。”连说几遍无人应，不由心内暗吃惊：“他俩睡觉如小死，怎么做，送暖偷香这事情！”着急舔破窗棂纸，往里举目看分明：床上并无人睡觉，地下倒有个死尸横。项上无头光腔子，血水喷流满地红。宗婆子看罢“吓杀我”！战战兢兢脸黢青，掉转身躯往外跑，穿过夹道往后行。一直径扑上房去，他把那，“相公娘子”叫两声：“大相公杀死孙二嫂，现有那，凶器钢刀刃带红。娘子快些拿主意，问一问，行凶的大相公！”宗婆子，说罢前后其中话，这不就，吓坏了佳人赵素容。

第五十二回

何氏夫孙兴巧告主

李文华的妻子赵素容，闻听宗婆之言，吓了个惊魂失色，随即打发人，把李文华请了来，就将宗婆子之言说了一遍。李文华闻听他妻子赵素容之言，登时间魂飞魄散，面如金纸。他也将他无去的话，说了一遍。宗婆子说："大相公，常言说得好：人要睡觉，如同小死。想来必是贼人偷盗进房，瞧见何氏貌美，求奸不允，怀恨杀死，才把脑袋割去——倒是没有人头。我竟有个主意：等孙兴回来，瞧见尸首，不知是谁杀死他妻子，必定大哭一场，将此事告诉家主。大相公明知故问，就与他出个主意，不过是通知地方乡长，写一张报呈，到县里去递，只说是黉夜贼人杀死何氏，求官府批准访拿凶手。只等查出死鬼的人头在谁家，谁就是凶手，拿他偿命，与咱家无干。"李文华闻听，忧中带喜，说："此计大妙。"按下此事不表。

且说孙兴与李文华要账回来，将账目交代明白，来到场院的后门站住，用手击户，"啪啪啪"，敲够多时，不见答应。无好气，自言自语说："日出三竿，还睡呢！叫着也不醒，等我端下门进去，瞧瞧是什么缘故。平素不是这样人，为何今日这么懒？必有些岔事。等我端下来，进去看个明白。"说罢，"叽呸咕咚"连声所响，把院门端开，复又安上，这才迈步往里而去。来到卧房门，用手赌气子将门一推，说："半天晌午咧，不睡咧！"也不听有人答应，推开房门走进屋，举目一看：只见一个死人躺在地下，浑身是血，普遍通红，吃一大惊。留神细看，竟是他的妻子何氏的尸首，项上无头！登时间主意全无，也顾不得哭咧，说声："不好！"转回身来，朝外就跑。

孙兴说罢不怠慢，迈步翻身往外行。一边嚷叫一边走，两泪千行大放声，怪喊怪叫："坑死我！是谁昨夜时行凶？杀死我的妻子在房内，人头割去影无踪。邻居街坊帮助我，快拿凶手莫放松！"哭哭喊喊跑得紧，众人闻听吃一惊。乱乱哄哄齐来问："你别胡说撒酒疯！是谁行凶杀令正？人命官司别当轻！"孙兴闻听呼："列位，你们不信同我行，大家去看真和假，竟是一桩岔事情！割去脑袋尸首在，不知凶手姓与名。"邻居闻听担不住，说道是："快见李家大相公！他的场院是房主，必得叫地方同去递公词，禀明县主拿凶手，这一场，人命官司了不成！"众多乡邻跟着走，同定那，苦主尸亲叫孙兴。不多一时来得快，李家的宅门面前横。见了管家说一遍，李固闻听不消停，迈步慌忙往里跑，上房中，回禀家主大相公。他把那，孙兴的事情说一遍，李文华闻听假吃惊。他说："怎么有这样的事？人命干连别当轻！"吩咐那，孙兴快把地方请，一同保正验个明。李管家答应朝外走，来到那大门以外见孙兴。就把那，家主的言词说一遍，孙兴与邻居不敢停。登时间请进地方人两个，同到场院看分明。则见那：无头的尸首地下躺，一把钢刀带血红。众人瞧罢齐商议："咱们速速地写报呈！"孙兴一旁号啕痛，说道是："屈死的妻儿快显魂，捉拿凶手将仇报，为夫的就死黄泉也闭睛！"孙兴疼妻哭又喊，何氏的冤魂暗中听。冤魂附上一只狗，猛然间，跑进了孙兴的住房中。满屋里混闹横蹿跳，把一个，梳头匣蹬在地流平。忽然一阵旋风起，遗书乱起在空中。孙兴正哭抬头看，字纸一张地流平，不由疑心忙拾起，举目留神看一个明。

孙兴拾起何氏的那一封遗书，留神细看，认得是他的妻子笔迹。从头至尾瞧了一遍，才知道是奸情之事，只当是李文华行凶，哪晓得狗肉王害命！孙兴虽是愚民，倒还粗中有细，就把遗书叠了一叠，掖在袖内。口中不言，心中暗想：我如今要说破李文华因奸杀命，他定然不认，那还是小事；倘或使人前来，将这书字夺了去，那时节叫我何以为凭？有咧！目下我且不说破，同他们递报呈，到了衙门回话，见官的时候，我就当堂喊冤，将遗书递将上去。人命重情，不怕官府不准。古语常言一句话：一字入公门，九牛拽不出。现有遗书赃银为证，他就有万贯家财，也难买朝廷的定例。因奸杀命，按律抵偿。杀了仇人，方解我心头之恨，以表何氏的节烈芳名。就是这个主意。说罢，打开皮箱，找出那二十两冤孽银子，用遗书包裹，装在兜肚之内。收拾已毕，走出房门，倒扣上锁，一同地保径奔句容县而来。

一路无词，来到县衙的门首，正遇王知县升堂办理事。尸亲、地方、保正等，并不怠慢，一齐上堂，公案前跪倒叩头，先就回话："禀太爷在上：北门以外，离县城十五里，有一村，这村中有一富户，姓李，名叫李文华。他家场院，住着一家姓孙名叫孙兴，他的妻子何氏，名叫月素。因奸不允，事出在黑夜间，何氏不知被何人杀死，人头不见。小人身当地方，不敢不报。"句容县的知县王守成闻听地方之言，吃了一惊，开言便问。

知县座上开言道："地方留神要你听：将人杀死头不见，此事其中定有情。"开言又把尸亲叫，孙兴下面应一声。知县说："何氏月素是你妻子，被人杀死你岂不知情？本县当堂从实讲，但有虚言我定不容!”孙兴见问腮流泪，说道是：“老爷留神在上听：小人的无限冤枉事，青天台下细禀明。小的本是庄农汉，公义村李家做长工。我只说，恩东情义深似海，谁知道，他家万恶行不公。因见小人妻何氏，一心要把亲事成。小的的妻子多节烈，生嗔动怒不依从。恶贼毒计难成就，百计千方总落空。谁知道，贪淫好色真大胆，暗地又定计牢笼。叫他家人宗婆子，花言巧语对我妻云：先给纹银二十两，事成再找银一封，若还不依就使硬，要把我夫妻送县中。无情拷打逼身价，何月素，无奈只得假依从。自己亲写一封字，她把那一往从前尽写明，留与小人为见证，好与申冤雪恨凭。谁知李文华多万恶，果然此夜到家中。我的妻，至死不依奸情事，恶贼一怒下绝情。囚贼杀死妻何氏，人头拿去不见踪。小人这段冤情事，望乞青天判断明。现有这，何氏留下亲笔写，二十纹银可为证明。”孙兴说罢将头叩，王知县，有语开言把话明。

第五十三回

李文华无奈招死罪

且说王知县闻听孙兴之言，往下讲话，说："何氏笔迹，现在何处？拿来本县观看。"孙兴叩头，说："现在小人的身上。"说罢，慌忙打怀中取将出来，连那二十两银子，两手高擎，书吏接将过去，递与王知县。知县先将书字展开，仔细观看，上面写的言词，与孙兴口诉的事一样。王知县又问，说："孙兴，这个字迹，乃是你妻子临危写的。那时节你又没在家，及至你回来，你妻已经亡故，这个字迹，如何到了你手？莫非你与李文华有仇，写假字，你冤赖于他？人命关天，非同小可，若有虚情，法不容宽！"孙兴磕头，说："青天老爷在上：小人的妻子留下此字，收在梳头匣内。小人回家时，见妻子被人杀死，正然悲痛，谁知道何氏的冤魂不散，起了一阵旋风，一个疯狗，跑进屋内，把梳头匣蹬开，将此书掉在尘埃，小人抬起观看，才知道其中的备细。望乞青天从公判断，愿老爷公侯万代。"王知县闻听，眼望着地方、保正，开言说："你们这些奴才！地面上有了这样人命，你们为何不把房主李文华带来？一定你们受了他的钱财，前来欺哄本县！"王守成说罢，冲冲大怒，吩咐左右："先将地方、保正，每人各打二十大板，然后锁起来，等本县审明，按例治罪。"地方、保正闻听此言，吓得魂不附体，不住磕头。众青衣不容分说，把二人拉下去，打了个皮开肉绽，这才放起，上了刑具。王知县发签一支，差人两名青衣，即刻锁拿凶手李文华到县听审。暂且把一干人犯，带在一旁听候发落。王知县发放已毕，退堂歇息，不再表。

且说这两名青衣，奉本县之命，不敢怠慢，出了北门，一路而来。到了公义村中，到李文华家的广梁门首，外边见了李管家，就把县主之命，拿人的话说了一遍。李文华闻听，吓了个魂飞魄散，面如金纸。说："李固，此事怎好？"

李文华，听罢管家的一席话，不由着忙惊又惊，迟疑半晌才讲话，说："李固留神要你听：县里既然发签票，少不得衙门走一程。"说罢连将衣裳换，迈步翻身往外行。来到大门把青衣见，两个人，二十两纹银略表情。公差卖法不上锁，三人一同奔县中。说话之间来得快，进了句容一座城。十字街中朝西拐，衙门不远面前横。两个公差腮含笑："李大爷留神在上听：眼下屈尊把刑具戴，我们好交差见县公。"李文华闻听说："罢了，见官必得要戴刑。"二人听说不怠慢，这不就，锁上李家大相公。二人这才打禀帖，王知县，闻听立刻把堂升。登时三人朝里走，来到堂前跪在尘。两个衙役忙回话，说："太爷留神在上听：凶手带到公堂上，太爷细问就里情。"知县闻听手一摆，两名公差站在一旁。王守成座上开言叫："李文华留神要你听：你为何，因奸不允伤人命，杀死何氏女妇人？快快当堂来招认，但有虚言我定不容！"李文华磕头尊："县主，太爷留神请听明：小人并不知这事，父母为何叫招承？"知县闻听冲冲怒，说道是："可恶奴才要你听：花言巧语哄本县，想要不招万不能！"吩咐左右把夹棍看："夹起这囚徒胆大的精！"衙役闻听不怠慢，夹棍拿来撂在尘。不容分说齐动手，按倒李家大相公，动手拉去鞋和袜，两腿入在木棍中。知县吩咐将绳拢，下面青衣应一声。李文华“哎哟罢了我”，顶梁骨上走真灵。有一个差人喷凉水，李文华苏醒把二目睁，大叫：“县主真冤枉，覆盆之下有冤情！小人并未杀何氏，望青天，秦镜高悬判断明。”知县闻听微冷笑：“万恶囚徒了不成！”

王知县闻听，冷笑开言，说：“李文华，料你也不肯擅自招承。你瞧瞧这是什么东西？”说罢，将何氏的遗书，连那二十两银子，往下一摔，扔在堂前。李文华拾在手内，瞧了瞧，不由得腹内着急，说：“太爷在上，小的回禀……”李文华就把那“见何氏起意，使宗婆子说说，送银子情实。小的到了晚上，自己思想：这件事损阴坏德，小人倒后悔。所以倒无去，并不知何氏被谁杀害”的话，说了一遍。王知县闻听，如何肯信？往下开言，说：“李文华，你这话欺哄本县，就是那三岁孩童，他也不信。你既然使人去说说，又送银子，岂有不去之理？想来必是何氏不从，你一怒，将他杀死。人头现在何处？快快招来！免得你皮肉受苦。”李文华闻听，说：“青天老爷在上：小人并未杀人，叫小的招什么？”王知县闻听，冲冲大怒，吩咐左右：“快些加刑！”众青衣齐声答应。

李文华本是富家子弟出身，如何受得这样官刑？这方才一夹棍，把魂都夹冒了！又听王知县吩咐“加刑具”，吓得他魂飞魄散，说：“县主在上：不用加刑了，小的情愿招承。”知县闻听，冷笑开言，说：“哪怕你不招！”李文华无奈，只得屈招“何氏因奸不允，本是小的杀死”。知县闻听，吩咐书吏记上了口供，自是追问何氏人头在于何处。

话不重叙。王知县一连审了几堂，李文华因受不过极刑，本是屈打成招，哪知人头在于何处？可怜李文华，受了些个无数官刑，眼看待死，这话不表。

且说李文华的妻子赵氏，自从她丈夫被公差带去，等至天晚，不见回家，不由心中害怕。到了第二天一黑早，打发管家李固进县打听消息。李固不敢怠慢，急忙到了句容县衙门中，将此事打听明白，回到家中，就把“受刑不过，小主人无奈招承，王知县追问人头”的话，说了一遍。赵氏闻 听，吓得面如金纸，唇似靛叶①。

不表赵氏在家中害怕，且说王知县把李文华屈打成招，追问何氏的人头。李文华受刑不过，只得屈招应承，说：“何氏的人头，被小的扔在公义村的北边，壕沟之内，到了第二天，踪影全无，想是被狗叼去。”王知县闻听，也不深究细问，吩咐书办作了文书，往上详文。一面吩咐将李文华收监；将地方、保甲打放，说他们报事不明；叫孙兴暂且回家听传。按下此事不提。

再说江宁府的知府刘罗锅子刘大人，这一天刚然升堂，就有衙役、经承，将句容县详报的文书呈上，把封套拆去，递与刘大人。刘大人接来，举目观看。

这清官，接过文书留神看，仔细参详就理情。上写着：“卑职呈报杀人的事，李文华因奸不允擅行凶。杀了那孙兴之妻何氏女，将人头，扔在荒郊不见踪。律应抵偿该立斩，现有那，何氏的遗书作证明。卑职审清才敢详府，李文华现在监禁中。”刘大人，看罢文书上的话，说：“此事其中有隐情：李文华既然将人杀死，为何人头又不见踪？这一案须得本府亲审问，怕得是覆盆

---

① 靛叶——深蓝色的叶子。

之下有冤情。我刘某身受皇恩当报效，一秉丹心与主尽忠。”刘大人想罢不怠慢，往下开言叫一声：“承差王明速领票，快到那句容小县中。速提那，因奸杀命这一案，李文华听审到公庭。”王明答应接过票，迈步翻身往外行。按下承差去提人犯，再把刘大人明一明。吩咐打鼓将堂退，清官爷翻身往里行。不表大人在书房坐，再把王明送一程。出了府衙急似箭，越巷穿街快似风。离了江宁城一座，径奔句容大路行。一边走着心犯想，腹中暗自叫：“刘墉：我瞧你，人头儿有限爱管个事，很爱私访探民情。巡抚大人也全不怕，拨回寿礼还拉硬弓。一干上司将他惧，听见罗锅子脑袋疼。今日又差我上句容县，他说是，这件事情有屈情。莫不是，知县贪赃受了贿？屈打成招定口供。王守成果有这件事，刘罗锅子闻知未必容。”这王明，思想之间来得快，句容县不远在咫尺中。

第五十四回

私访官喜遇李傻子

且说承差王明，思想之间来到句容县的北门，进了城，穿街越巷，来至王守成的衙门。见了门上的人，把此事说明，然后把大人的票掏将出来，递与王知县的内断。内断不敢怠慢，接将过来，迈步翻身往里而去。进了内宅，见了本官，按承差的话说了一遍，然后将刘大人的票，递与知县。王知县接过看了一遍，不敢怠慢，站起身来，往外而走。来至外书房坐下，吩咐手下之人，将王上差请至书房献茶，然后将来意问明，又送了王明五十两银子，这才吩咐手下人，将文华提出监来，又吩咐人到公义村中，把孙兴也传来，派了四个衙役押去。王明一见，并不怠慢，站起身形，告辞了王知县，一同众人出了句容县的城，径奔江宁府而来。虽然府县相隔才六十里地，天有三更多天才来到。江宁府的城门业已关闭，只得找了个熟店住了，一夜晚景不提。

到了第二天早晨，众人起来，不敢怠慢，王明带众穿街越巷，来至刘大人住的衙门。恰好正遇刘大人坐堂审事。王明一见，眼望句容县的四个差人，开言说："你们在此处等候，我进去好回禀大人。"四个人答应，王明这才翻身往里而走。来至堂口跪倒，说："大人在上，小的王明，奉大人之命，到了句容县，将李文华提到，现在衙外伺候。"刘大人吩咐："带将进来！"这王明答应，站起身来，往外而走，来至辕门，将李文华、孙兴带定，句容县的四个差人回县而去不表。

且说王明，把孙兴、李文华二人带至堂口，在下面，王明打千回话，说："大人在上，小的王明把李文华、孙兴带到。"大人一摆手，王明站起，在一旁侍立。刘大人座上留神，往下观看。

清官座上留神看，打量李孙人二名：年纪上下都相仿，不过是，二十八九正年轻。刘大人看罢开言问："那一个姓李的快通名！"李文华闻听将头叩："大人青天在上听：小人是叫文华本姓李，公义村中有门庭。误遭冤枉无处诉，望大人，秦镜高悬断分明。"说罢只是将头叩，刘大人上面冷笑两三声。说道是："因奸不允你伤人命，杀了何氏女俊英。事犯情真有何辩？本府当堂快讲明！但有虚言一字假，性命难逃刀下坑！"李文华闻听将头叩："公祖在上请听明：小人吃了熊的胆，也不敢大人台前敢说虚情。"李文华，一往从前说了一遍，刘大人闻听把话明："孙兴就在你场院住，是你留下做长工。欺心要图他妻子，将他养活在家中。幸亏何氏多节烈，至死不从那事情。宗婆子拿银将他哄，立逼何氏女俊英。节妇那时无其奈，那时只得假应从。不肯失节心如铁，何月素，亲笔留下书一封。内里情由全写尽，留与他夫主叫孙兴。还有赃银二十两，要作见证把冤明。你一定强去奸他他不允，羞恼成怒就行凶。事犯情真当领罪，王法无私不顺情！"吩咐左右："带下去，万恶的囚徒刀下坑！"刘大人说罢人答应，上来了承差好几名。李文华一见心害怕，"大人"连连叫几声："不知是谁杀何氏，小人做鬼也是屈。闻听大人明如镜，胜似龙图包相公。青天不允我说话，可怜我屈情丧残生！"言罢不住头碰地，瞧他一定有屈情。大人听罢心犯想，腹内思量把话云，吩咐左右："带下去，暂且寄在监禁中。"孙兴听传讨保去，大人退堂往里行。来至书房忙坐下，张禄前来献茶羹。清官爷，手擎茶杯心犯想：这件事一定其中有隐情。我想要结这公案，除非私访细打听。刘大人想罢忙站起，眼望张禄把话明。

刘大人说："张禄。"小厮答应。大人说："看便衣伺候，本府今日要去私访民情。衙门事情，小心照应。"然后传出话去："本府偶然感冒风寒，不能理事。"张禄答应，慌忙开了刘大人皮箱，将大人的包袱取将出来，搁在床上打开。刘大人更换已毕，拿了蓝布小包袱，又拿上一本《百中经》，两块毛竹板，诸事已毕，站起身来，望张禄开言，说："打后门把我送出去，休叫外人知道。""是。"小厮答应。说罢，爷儿两个并不怠慢，出了书房，迈步往后而走。穿门过院，来至后门。张禄将门开放，可喜并无外人。走将出去，张禄把那个小小蓝布包袱，递与了大人。刘大人接过，搭在肩膀上，又回头嘱咐张禄："诸事小心。"张禄答应，关门不表。

再说刘大人，打背胡同绕过江宁府的衙门，穿街越巷，又出了江宁府的南门，上了句容县的大路，朝前而走。

这清官，出了江宁城一座，径奔句容县大路行。一边走着心犯想：只恐百姓有冤情，不辞辛苦来私访，独自孤身步下行，扮作先生将卜卖，算卦为由访事情。大人离了江宁府，迈步如梭快似风。霎时间，找到公义村中去，大人举目看分明：两边人家无其数，都是良民士与农。家家都有柴草垛，骡马耕牛闹哄哄。老叟对对闲谈话，儿童们嬉笑乐无穷。刘大人看罢将头点，腹内沉吟把话明："此村虽然是个背道，倒也丰富不算穷。"刘大人，正然观看心犯想，猛抬头，一座古庙眼下横。举目留神往下看：供的是：汉末三分关寿亭。刘大人瞧罢不怠慢，卦板掏出手中擎。

"咭咕呱嗒"连声响，口中吆喝讲《子平》："目今高低分贵贱，善断富贵与贫穷。求财问喜来问我，道吉言凶板钉钉。外带专治疑难病，我的那，手段高强大有名。专治瘸腿与瞎眼，秃子哑巴我也能。傻子憨格全会治，一服药，管叫你伶俐就聪明！"刘大人，他口内吆喝庙前站，招惹得小人儿们闹哄哄。内中就有傻李九，侧耳留神仔细听。方才大人说的话，李九旁边听得清。开言便把"先生"叫："你的方法果然灵。我李九生来的愚又鲁，人人叫我傻愣葱。望乞先生治一治，只当行好积阴功。"大人闻听抬头看，打量说话人一名。则见他：头上无帽光着脑袋，脸上的油泥有半指零。脖子好像车轴样，辫子都擀了毡乱哄哄。身穿一件撅肚子袄，破褡包一条系腰中。深蓝布裤子光粗腿，脚下是，鞋袜全无两脚精。刘大人看罢时多会，带笑开言把话明。

第五十五回

傻李九快口道真情

刘大人看罢多时，带笑开言，说："你姓什么？叫什么名字？告诉我，好与你治一治。我有三等治法，分三样的价钱：头等治法，将脑袋拿半头砖一块，砸一个窟窿，冒些傻气就好咧，要纹银一两；二等治法，将你的两条腿，用绳子捆上，高高的吊在树之上，吊一天一夜，摔出些尿屎来，就好咧，要青钱一千文；三等治法，用我一丸灵丹，你拿回家去，用凉水送下，你就躺在炕上，拿棉被蒙严，出上一身汗，立时就好，这一宗治法，要青钱一百文。三样治法，不知你要怎么治？"李傻子闻听刘大人的言词，说："先生这头等二等治法厉害，一来是我治不起一两银子，二来是又怕打破了脑袋，冒不成傻气再得了破伤风，我再吹了土，那就大好咧！二宗治法，我也花不起一吊文，要将我倒吊在树上，吊一天一夜，白日里还好，有人看见，要问我我就说是治病呢；要到了黑家，我们这儿饥狼又多，倘或要来五六个的狼，我不能动，不用说，准被他吃了，不好。第三宗治法，倒罢了，价钱又不大，又不用砖头砸，又不用绳子捆，只用吃上一丸子药，出上一身汗，就好咧，才要一百钱。家里我妈妈现在给我一百二十文，那是我昨日与道南里周五叔家抬食盒去，得的喜钱，回来我就交与我妈妈咧。我何不到家里将这个先生的话，告诉我妈妈，把钱要了来，给这先生，好多教他与我治病。"李傻子说罢，望大人说："先生，按这第三宗的方法治罢，你等我家里和我妈妈要钱去。"说罢，迈步就走。刘大人一见，用手一招，说："你回来，我有话对你言讲。"李傻子闻听，慌忙站住，说："先生，我不是瞎打落的，我真是取钱去。你要不信，你瞧，不但我走，连外头站着的这些人，听见你住了弦子要钱呢，比我跑得更快！敢你要完了钱，弦子一晌的工夫，我就回来咧！等你要钱的时候我再走，看你还拦得住谁？"

清官带笑开言道："李九留神要你听：不用你回家将钱取，我送你一丸丹药不要钱。"刘大人说罢走两步，来到那，李傻子的跟前把步停。将嘴对在他耳朵上，低言悄语问一声："你要知道告诉我，管叫伶俐更聪明。你要是瞒哄不说真实话，神灵要归罪你的傻命就坑。我问你：这村中可有个大财主？'李文华'三字是他名。闻听他杀了月素何氏，孙兴告状在句容县中。知县差人将他拿去，当堂招认定口供。李文华因奸不允伤人命，难逃刀下丧残生。你可知道这件事？告诉我，我白治你的傻病倒给铜。"李九闻听大人问，不由着忙吃一惊。腹内说："算卦的怎么知这件，莫非与李文华是宾朋？自从那日去赊狗肉，才知其中就里情。我妈说不叫我对人讲，怕的是人命官司别当轻。一向总不敢提这件，我只说此话总不说，谁知道算卦先生来问我，他倒说，白给我治病不要铜！"李九想罢低声儿叫："先生留神你是听：要提这件人命事，就是那，铁面的包公也断不清！却原来内里情由难瞒我，并非文华去行凶。"刘大人又问："哪一个，什么人杀了何氏身？"李九又把"先生"叫："不必你心急你慢听：有个王八卖狗肉，煮得出奇大有名。'狗肉王'三字他的外号，那小子杀了何氏在房中。因奸不允下毒手，他还把人头扔在粮店中。一心移祸赵子玉，皆因为无从赊他米二升。李文华，受刑不过屈招认，可怜抵偿他在刀下坑。那庙里无有屈死鬼？王知县如何断得清？”刘大人闻听李九的话，满面添欢长笑容。

刘大人闻听李傻子之言，说：“你怎知道的这般详细？莫非是他杀人，你跟着他来吗？”李九说：“先生，你不知道，他杀人我可无跟着他！那一天，有二更多天，偏偏的我就跑肚，正在蹲着出恭呢，我瞧见狗肉王背着桶子回来咧。素日我常听见老人家说，狗肉补肚子，吃了就好。及至我出完了恭，我想着到王八家，赊他几斤狗肉，拿回家去，好补肚子。随后我也就跟了去。刚到他的窗户底下，我听王八的女人说：‘你怎么带着一身血？莫非与谁打架拌嘴？’王八见问，低声开言，说：‘不要高声！听我告诉你……’他就把卖狗肉回家，打孙兴家门口过，瞧见他房中点着灯，心内生疑，只当是孙兴的女人何氏定有私情。他就跳过墙去，踹了狗尾巴。谁知他等了半天，总不见人来，他就硬去端门，偏偏的又无插着。狗肉王一推门，他可就进去咧！瞧见何氏貌美，他就要求奸。何氏不允，王八羞恼成怒，可可的孙兴桌案搁着把切菜刀，拿起来咧！不由分说，一顿刀将何氏杀死，然后把何氏的人头割下来，提溜在手中，又跳过墙来，背起肉桶子，送到开粮店的赵子玉家的房后，把一个脑袋往他家一扔，他这才回家。狗肉王把前后的情由，告诉他女人一遍。说完咧，他们就吹了灯睡了，我在他们窗户底下站着来着。我听他这个话，把我的病也吓回去咧！我一声也不敢言语，我也就回家去，把这话告诉了我妈妈一遍。我的妈妈不叫告诉人，怕的是官府知道了，又连累了我。所以我总不敢言语。今要不是你白给我治病，又不要钱，我断然不肯告诉于你。”刘大人闻听，不由得满心中欢喜。

这清官，闻听李九前后话，满面添欢长笑容：要不是本府来私访，想明此案万不能。刘大人正然来犯想，李傻子开言叫："先生，快把灵丹送与我，病好难忘你的大情。"大人闻听李傻子话，说道是："李九留神要你听：眼下无从把丹药带，全都放在旅店中。我有个方法告诉你，回家速治莫消停：打他二两干烧酒，一个花椒一棵葱，热酒一盅吃在肚内，一床棉被把他蒙，多多地出上一身汗，管叫你伶俐更聪明！"李傻子闻听心欢喜，说："多谢先生你的情！"李九说罢扬长去，刘大人一见也不消停。慌忙收起毛竹板，顾不得卖卦讲《子平》。迈步翻身回里走，出了公义一座村庄。径奔江宁大路走，路程歌儿不用明，《大清传》与他传不同。此书并无桃花店，杏花村中美佳人。刘大人，一路无词来得快，进了江宁一座城。越巷穿街来得快，依旧打后门进衙中。张禄接爷将茶献，刘大人，茶罢搁盏把话明："快传王明陈大勇，本府立刻有事情！"张禄答应不怠慢，迈步翻身往外行。登时传进人两个，刘大人，眼望承差把话明。

第五十六回

刘知府再审连环案

刘大人说："王明、陈大勇。"二人齐声答应，清官说："你两个休要怠慢，明日一早出城，到句容县城，西北有个公义村，那村中有一个卖狗肉的，姓王行八，外号叫'狗肉王'，还有一个开粮食店的赵子玉，速去将他二人拿来，晚堂听审。如有懈怠徇私，定要重处！""是。"二人齐声答应。刘大人说："张禄。""这。"小厮答应。大人说："将他二人送出去。""是。"二人闻听，一同张禄出了内书房。王明、陈大勇往外去，张禄回内书房，一旁侍立。不多时，秉上灯烛，一夜晚景不提。

到了第二日早旦清晨，刘大人起来净面吃茶，暂且不表。

且说陈大勇、王明二人，奉刘大人之命，不敢怠慢，一黑早起来，出了江宁府的南门，迈步如梭，径奔公义村大路而走，一路无词。来到公义村中，二人举目一看：只见路北有个小酒铺，倒也雅趣。二人就到了酒铺之中，要了两壶酒，喝着酒搭讪着就问，说："掌柜的，闻名咱们这村中，有卖狗肉的王八，说他煮得出奇狗肉。意思我们要买点下酒，也不知他在哪里住？"这个开酒铺的张姓，他叫张二牛。听承差之言，他说："二位爷要买狗肉，就在这村西边，路北一间草房。可是独门独院，外带没有院墙——那就是卖狗肉王八的住家。"两个承差闻听，不由得满心欢喜。

他两个，闻听张二牛的话，不由添欢长笑容，说："多承掌柜的来指教，少不得，要到他家中访问个明。"二人说着话喝完了酒，会了钱，出了酒铺向西行。不多一时来得快，到西头，二人站住看分明：果有一间草房屋，在路北，并无院墙门向东。俩承差，一齐看罢不怠慢，门外高声把话云，说道是："家中可有熟狗肉？我二人，前来照顾老仁兄。"狗肉王，闻听外面有人买肉，他在那，房中答应往外行。一边走着心中想，说："今日的买卖定兴隆。昨日我，套了一只狗，又肥又大价又轻。煮熟挑到句容县，手拿八准有六百铜！"狗肉王，思想之间到外面，一抬头，瞧见承差人二名。带笑开言来讲话，说道是："二位爷，要买几斤吩咐明。"大勇闻听先讲话："要你留神仔细听：闻名你的狗肉好，句容县中有大名。我二人，特意找到此，请问贵姓与尊名？知道字号好来买，做一个主顾你可愿情？"狗肉王，闻听心欢喜："二位爷，留神在上听：在下姓王此处住，专卖狗肉度平生。因为我煮得味道好，'狗肉王'三字是众人称。"王八越说越得意，承差闻听不消停。解开袖子就开锁，铁线一根手中擎，迈步临近只一抖，"哗啷啷"，套在王八的脖项中。狗肉王一见黄了脸，怪叫吆喝把话云，说道是："在下并无犯王法，无故锁我主何情？"陈大勇，闻听微微地冷笑：说"王八留神要你听：为人不做亏心事，半夜敲门心不惊。我们奉，刘大人的命令来拿你，为得是，因奸杀命的事一宗。还有那，杂粮店的赵子玉，刘大人，府衙立等问分明。你把我二人带了去，同到赵家粮店中。"陈大勇说罢前后话，王八闻听说："了不成！"

狗肉王闻听，吓了个惊疑不止，少不得一同两个承差，穿街越巷，径奔开粮食店的赵子玉家而来。

不多一时，来至粮店门首，可巧正遇见赵子玉在门前站立。王八用手一指，向承差开言说："那不是！那一个戴缨帽、穿青褂子，面朝前站着，就是赵子玉。"两个承差闻听，不敢怠慢，一同狗肉王来到跟前。杂粮店的门前，陈大勇指手开言，说："尊驾就是那一位开粮店的赵大爷吗？"赵子玉闻听，说："不敢，在下的就是。二位哪边来的？问我在下有何事故？"陈大勇见问，说："我们俩是江宁府刘大人打发来的，有个字帖儿你一看就明白了。"说话中间，打靴筒内把票夹子掏出来咧，将刘大人票递与赵子玉。赵子玉接过看了一遍，吓了个面目如金纸，唇似过靛叶，哑口无言。大勇他不由分说，把赵子玉也就锁上咧，拉着就走。赵子玉说："二位上差，既是刘大人的票，我敢不去吗？望乞二位：与在下的刑具，暂且留一个体面。赵某也不是那无义之人，定叫二位过得去。"陈大勇闻听，说："你就是有茶酒之资，想给我们的话，是不是？"赵子玉闻听，说："正是。"陈大勇说："你歇了心罢！你就是黄金万两，送了我们俩，叫我们营私，说句时兴的话你听听罢：老虎拉车——我们不敢（赶）。别说是叫我们卖法，昨日我这个王大兄弟，因为在城隍庙看守莲花庵的武姑子，他要抽袋烟吃，叫我们老大人打了二十五门闩，眼子八成到这会还肿着呢！我们老大人知道我还敢使钱，叫刘罗锅子知道了，怕又要眼子受惊了！"赵子玉闻听，无言可对。

赵子玉闻听无言对，默默无言似哑聋。两个承差不怠慢，拉定王赵人二名，一直径奔江宁府，顺着大道往前行。穿街越巷全不讲，来到江宁聚宝城。进了前门朝前走，迈步如梭快似风，登时来至辕门外，正遇大人把堂升。俩承差，一见往里走，来到当堂跪在尘。陈大勇开言来讲话：说"大人留神在上听：小的二人领下票，公义村，锁拿王赵人二名。堂前销差要回禀。”说话间，抖下铁索手中擎。刘大人，闻听一摆手，两个承差一旁行。清官爷，留神朝下看，打量王赵人二名。大人先瞧赵子玉：穿戴齐整买卖形。年纪不过五旬上，瞧他的面貌露着老成。刘大人，又把王八看，他与赵子玉就大不同。则见他：鸭子尾毡帽头上戴，一条褡包系腰中。身上穿，粗布夹袄毛蓝布，上边的油泥有半指零。土黄布的鸡腿袜，青布靸①鞋脚下蹬。年貌未必有四十岁，一脸的横肉相貌凶。重眉两道是母猪眼，有几根，狗蝇胡子是黄澄澄。两腮无肉是个雷公嘴，瞧长相，光景挺值个充发还算轻。刘大人，看罢多时会，座上开言叫一声：“王八为何将人害？因奸不允就行凶！杀死何氏月素妇，如何又，把人头拿去主何情？偏遇见，糊涂虫的王知县，李文华，受刑不过认屈情。本府堂前从实讲，一字虚言狗命坑！”王八闻听将头叩：“大人青天在上听：小的虽穷多守分，并不敢无故擅行凶。不知道，哪个杀了何氏女？大人硬叫我招承。望乞大人悬明镜，覆盆之下有冤情！”说罢不住将头叩，刘大人，座上冷笑两三声。开言就把“王八”叫，说道是：“你的话语倒也通。未从欺压我本府，想想我，为官却与平素中。大料着，你不见亲丧不掉泪，料你不肯善招承。”吩咐左右把夹棍看，夹起这囚徒人一名。

刘大人吩咐：“把这囚徒夹起来再问！”“这。”众役答应，一齐上前，登时夹棍拿到，当堂一摺，这一声响震耳，狗肉王观瞧把魂都吓冒咧！自己思想说：“闻名这刘罗锅子难缠，再者我杀

① 靸（sǎ）——鞋帮纳得很密，前脸较深，上面缝着皮梁或三角形皮子的布鞋。

人是真，既然打发差人将我拿来，岂肯善罢甘休？罢了，罢了，也是我的命该如此！何苦的叫他把腿夹折，还得招认，倒不如留下他妈的两条好腿，虽然作鬼，到阴司抢水喝，比他妈的别的鬼跑得快些。"狗肉王想罢，望上磕头，说："大人在上：不用夹我，我小的招了就是咧。"刘大人闻听，冷笑开言，说："哪怕你不招！"王八说："大人容禀……"狗肉王就将他卖肉回家，路过孙兴的门首，一时间求奸不允，才将何氏杀死的话，说了一遍。刘大人闻听，上面又问，说："人头你扔在何处？"王八见问，说："大人在上，小的也不敢撒谎。素日我和赵子玉不对，我就将何氏人头，扔在他的粮店后院，心想着移祸于他。大人要问人头的下落，这不是赵子玉吗？大人问他便知。"

刘大人闻听狗肉王之言，果然与李傻子的话相对。大人望下开言，说："赵子玉，你可听见王八的话了吗？"赵子玉见问，向上磕头，口尊："大人在上，休听王八之言，不知他人头扔在何处，诬赖小人。望大人的明镜高悬，与小人做主。"说罢，只是叩头。刘大人闻听赵子玉之言，说："你不必害怕。王八说将人头扔在你的后院之内，要是见了，只管说，与你无干。"赵子玉见问，说："大人在上：小的实在未见。"刘大人闻听赵子玉之言，说："与你好说，你也不肯实说。"吩咐左右："看夹棍过来，夹起再问！""这。"众人齐声答应。赵子玉闻听要动夹棍咧，吓得惊魂失色，说："大人在上：不必夹，小的实说了……"两边衙役一齐断喝，说："快说！"赵子玉又将宋义设计，埋人头这事说了一遍。刘大人闻听，又吩咐："将他二人收监。"又叫承差朱文，领票去拿宋义，明日午堂听审。刘大人这才退堂，回后而去，不必再表。一夜无话。

且说承差朱文，领了刘大人的票，出了衙门，回家吃过晚饭，不多一时，秉上灯烛，一夜无话。到了第二天早旦清晨，朱文起来，不敢怠慢，公义村拿宋义不表。

再说刘大人退了堂，回到内书房坐下。张禄摆上晚饭，大人用饭已毕，撤下家伙，天气已晚，秉上灯烛。

清官爷，回到书房内，用毕晚饭点上灯。一夜晚景不多叙，到了次日大天明。张禄儿，请起大人先净面，茶酒饭毕把衣更。刘大人，立刻升公位，判断民案与主尽忠。正然堂上把公事断，忽见那，承差朱文往里行。手中拉定人一个，来至堂前跪在地："小的朱文将票领，把宋义拿来到衙中。"说罢慌忙去了锁，刘大人，一摆手，朱文迈步一翻身，清官爷，上面开言叫："宋义留神要你听：为何你，瞧见人头不去报，私下掩埋主何情？本府堂前从实讲，一字虚言狗命坑！"宋义见问将头叩，说："大人在上细留神：私埋人是小人的错，并无杀人是真情。因为一时见识短，怕的是，人命官司打不清。"刘大人，闻听朝下问："宋义留神要你听：你把人头埋何处？带领差人去验明。"大人又把王明叫："你同宋义走一程。把人头刨来当堂验，速去速来莫消停。"王明答应不怠慢，带定宋义往外行。刘大人，这才将堂退，众人散去也不必表，再讲王明与宋义，径奔公义村大路行。按下他们把人头起，再表清官叫刘墉。退堂回到书房内，张禄慌忙献茶羹。茶罢搁盏摆上饭，刘大人用完，张禄儿，撤去家伙点上灯。一夜晚景不多叙，次日清晨天大明。小内厮，请起大人将头叩，茶酒饭毕把衣更。刘大人，吩咐传出话去："立刻升堂办事情。"

第五十七回

骗人圣母妖言惑众

张禄闻听，不敢怠慢，出书房，到了大堂的门口站住，照刘大人言词，高声吩咐一遍。众人齐声答应。张禄进内回明大人，大人点头随即站起身来，往外而走。来至外边，张禄闪屏门，刘大人进暖阁，升公位坐下。众役喊堂已毕，两旁侍立。清官爷才要判断未结的案卷，忽见承差王明，带宋义往里而走，后边有两个人，抬着一副筐，紧紧地跟随，来至堂前，将筐耽搁在地下。王明不敢怠慢，来至堂口，跪在下面，说："大人在上：小的王明，奉大人之命，一同朱文到公义村去，起何氏的人头。不料人头的坑中，又起出一个死尸。看光景，脑袋上有伤，好像打死的。小的不敢自专，与本地地方要了两个民夫，用筐担抬来，现在堂下。回大人定夺。"刘大人闻听王明之言，说："真真的奇怪咧！人头刚有下落，怎么又有个死尸呢？真正怪异！"刘大人想罢，慌忙站起，出了公位，下来到筐担的跟前站住，举目一瞧，只见筐中那死尸还是幼童，瞧光景，不过十三四岁。死尸的旁边，搁着个人头，仔细一看，鬓发蓬松，倒是个妇人之头。刘大人看罢，复归公位坐下，说："宋义，为何人头坑中，又多了个死尸来咧？莫非是你这奴才，图财害命？在本府的堂前，从实招来！但有虚言，管叫你难逃公道！"宋义见问，向上磕头，说："大人在上，小的也不敢撒谎。"他就把早起埋死人头，王保看见，怕他声张告诉别人，用铁镢打死的话，说了一遍。刘大人闻听，不由心中好恼。

刘大人，闻听微微笑："胆大的囚徒了不成！移下死尸就有罪，何况你，害命又行凶！非是我本府要你的命，皇王国法不容情。"刘大人，说罢一扭项："王明留神要你听：速速快到监中去，把李文华、狗肉王，提到当堂好辨明。"王明答应不怠慢，迈步翻身往外行。大人上面又吩咐："快传孙兴进衙中！"又差人，公义村，捉拿事头宗婆子，好完人命案一宗。不多一时齐带到，一齐跪在地流平。刘大人，上面开言叫："李文华，留神要你听：本府与你明冤枉，残生脱过刀下坑。都因为，句容县知县缺才智，屈打成招定口供。虽然你无杀何氏，祸因你起是真情。你要不，差遣宗婆行诡计，何氏怎能丧残生？虽然死罪逃过去，活罪难容法不容。"吩咐左右："拉下去！四十大板莫消停！"只听两边人答应，上来了承差好几名。不容分说拉下去，四十大板，皮开肉绽淌鲜红。打完放起当堂跪，刘大人，开言把话明："自今以后须改过，切不可，倚仗财势乱胡行。再有一遭到我手，管叫你，血染钢锋项冒红！"刘大人吩咐："回家去。"李文华，千恩万谢往外行。按下此事不用讲，再表清官叫刘墉。眼望堂前高声叫："承差留神你们听：快把拶指速取到。"手下答应往前行。

众青衣登时将拶指取到，放在堂上。刘大人这才开言，说："宗氏。"宗婆子闻听，向上磕头，说："小妇人伺候大人。"刘大人说："你偌大年纪，还不知事务！助恶行奸，以至闹出人命。"刘大人越说越恼，吩咐左右："宗婆子打他二十个嘴巴！"拶了一拶子，这才放出衙门以外。宗婆子回家不表。

刘大人这才提笔判断："狗肉王因奸不允，杀害何氏妇人之命，又移祸于人，按律立斩；赵子玉见人头，私下掩埋不报，以至于宋义又害人命，按律充发；宋义图财移尸，又害人命，律应立斩，决不宽贷！"刚然将王保的父亲传来领尸，又叫孙兴把何氏的人头拿去，一同尸首埋葬。孙兴叩头谢恩，出衙而去，不必再表。

刘大人又把句容县知县王守成调来，当堂训教。清官爷将李文华受屈、狗肉王行凶，前前后后说了一遍。王守成只是磕头，说："卑职无才，望大人宽恕。"刘大人说："以后要小心办事，这一次将你恕过，再这有一遭，定叫你难逃公道。回你的衙门去罢！"王知县闻听，回衙不表。

再说刘大人这才退堂，回到内书房坐下。张禄献茶，随后摆饭。刘大人用完，张禄撤去家伙。天已将晚，秉上灯烛，一夜晚景不提。到了第二天早旦清晨，张禄儿请起大人净面更衣。刘大人吩咐张禄儿传出话去："预备轿，今日拜庙烧香。"张禄儿答应，迈步出房，来至堂口站住，高声吩咐一遍，进内回话。刘公点头，站起身来往外而走。来至外面，张禄闪屏门，刘大人出暖阁，来至堂口站住。众衙役一见，不敢怠慢，忙忙搭过四人轿，去了扶手，刘大人上轿，轿夫上肩，衙役尾随，出了衙外。

这清官，坐上四人大轿，衙役吆喝喊道声。上打一把红罗伞，下罩清官叫刘墉。大轿人抬正往前走，忽见那，"冤枉冤哉"不住声。刘大人吩咐将轿住，轿夫答应把步停。大轿抬至平川地，刘大人，轿内开言把话云："快把那，喊冤之人速带过，本府当面问分明。"承差闻听不怠慢，登时间，带过二人跪流平。刘大人轿中朝下看，打量二人貌与容：一个年有五十外，一个在四十还有零，面貌不像行凶事，不知他，二人为着何事情？大人看罢开言问：“你两个，姓甚名谁快讲明。有什么事情从实讲，但有虚言我定不容！”二人见问将头叩，说：“大人在上请听明：小人姓李叫李五，专卖瓦盆作经营，一辆小车装货物，指着这，些小的买卖度平生。他本姓赵叫赵义，把我的，车子碰倒地流平，一车子瓦盆全摔碎，小人货物一切扔！缺少本钱难去买，我家年残活不成。小的叫他来赔补，他倒动怒不相容。因此我二人分争理，不料那大人轿到此行。小人冲撞该万死，望大人，贵手高抬容一容。”说罢只是将头叩，刘大人轿内开言把话云。

刘大人闻听卖盆的李五之言，在轿中说：“赵义，你为何将李五的车子碰倒？把他的盆打碎，你倒不依，是何缘故？快些实说！”赵义见问，叩头在地，说：“大人在上，小的非是故意的将他的车子碰倒，有一个缘故在内，小人今早挑了一担子干柴草，要到市上卖几百钱，好买升米度日。小的打西往东走，卖盆的李五推着车子打东往西走。我们俩当时行至一处，忽然间刮了一阵大风，把小的柴担子往外一碰，偏偏碰在他的小车子的上头，把他的车子就碰倒咧，他的瓦盆全都打碎。李五一见，叫小人赔他。回大人：小的家中有八十二岁母亲，指着小人的卖草，剩几百钱养我妈。大人想：小人这干草，是三百钱的本钱，就让全赔了他，也不够。再者，小人要把这三百钱本赔了他，小人拿什么买草？小人的老母，不饿死了吗？”说罢，泪流满面，只是磕头。

刘大人轿中闻听他二人之言，腹中暗想，说：“我只当是恶棍刁匪，原来是贫苦的良民。这件事，虽然说不大，倒教本府为难。说是教赵义赔李五的盆本钱，赵义又赔不起；说是不教赵义赔罢，于理不合。”刘大人按天星下界，腹隐珠玑，胸藏锦绣，才高志广，乃是咱大清的能臣。句容这点小事要了不开，焉能还事圣主、治国安邦？这大人在轿内开言，说：“就吩咐承差，将他二人带进衙内审问。”“这。”青衣们答应，登时将二人带起，复又吩咐起轿，轿夫答应，不敢怠慢。

刘大人吩咐一句话，轿夫闻听不敢停。慌忙上肩齐迈步，顺着大路往西行。大轿刚到南门口，只听见庙中钟响不绝声，仔细观瞧在庙门口，又见一群百姓闹哄哄。刘大人，看罢不解其中故，眼望着，跟轿的衙役把话云：“这些百姓因何故？一个个，围住庙门有什么情？”衙役见问开言道：“大人不知此乡风，这乃是：金花圣母与人治病，设下道场请神灵。因此庙中才钟响，众军民，许愿烧香秉前程。故此男女无其数，一个个，求告圣母在庙中。”刘大人，闻听衙役前后话，太守心中已经明：想来就是洪阳教，民间妇，装神弄鬼哄愚民。借此诓骗资财物，妖言惑众了不成。这其中，弄出多少奇怪的事，明显恶习与刁风。当街上，男女不分无道理，这般怪异不能容。我今日，既在此处为知府，必须要，地方清净正民风。刘大人，拈香已毕回衙内，寻思定下计牢笼。说道是：“必须如此这般样，管叫你神仙也不灵！”刘大人复又沉吟想：北京城内也有此情。曾见过，九门提督出告示，其名“瞧香”，就是这一宗。又叫堂子将人哄，口内说：男女不分，妖言惑众。出些个蹊跷怪事情。刘大人想罢不怠慢，回过头，眼望张禄把话云：“快把那捕快传几个，本府立等有事情！”

第五十八回

金寡妇弄神贪供品

张禄闻听，不敢怠慢，翻身往外而走。不多一时，把承差传进几名。刘大人悄悄吩咐了几句话，说："如此这般，这般如此。"承差答应，出衙去行事不提。

且说金陵城内，南大街前边，有一条小胡同，唤作翠花巷。这巷内有一个寡妇，年有三十七八余岁，长了个妖里妖刁的，专意装扮神鬼，家中供着无数的胎相、木相、神仙，设摆着炉瓶、供器、海灯，设摆鲜花、桌围、宝盖、幢幡①、木鱼、铜磬、经卷、法器……无所不有。结下了一起道婆子，共有四五个。又度了街坊家两个七八岁的幼女做了徒弟：一个叫明月，一个叫清风。这个寡妇，本来姓金，自己又起了个名儿，称为洪阳的"金花圣母娘娘"。打扮得奇奇怪怪的，终日里高香明灯，故意地问心打坐，闭目合睛，哄那些愚民都来烧香许愿，问病求签，不住地送些银钱来。不是说去家中宣候念仙，就是说到十字街前下神献圣，轰动了金陵的百姓。

好一个妖人金寡妇，兴开邪教哄愚民。诸般事情人求筹，先要上供秉虔心。不是来送柴和米，定然是银钱送上门。明灯蜡烛仙会办，终日里，烧香的男女打成群。金寡妇，珠冠霞帔来打

① 幢（chuáng）幡——刻着佛号或经咒的窄长旗子。

扮，自称是，“金花圣母”救灾殃。两名童儿左右分，混充是，清风明月候节尊。妖言惑众将人教，自称是娘娘降世尘。还有些助恶的道婆，一个个，乱嚷“菩萨救人来”。每日间，翠花巷中人如蚁，许愿烧香糊涂民。白日里，咯喳豆腐吃素菜，到晚来，鸡鸭鱼肉饱里餐。不是菩萨碍着脸，个个还要半开门。书中按下金寡妇，再表公差两个人。他们俩，迈步朝前走，越巷穿街快似风。王明走着开言叫，“陈大哥”连连尊又称：“依我瞧，这个刘知府，长相平常，他的学问深。上司大人全不怕，志广才高压万人。假扮先生拿过徐五，还有那渗金头江二；他也曾，上元县北关把人命断，他也曾，改扮云游老道人，私访白氏，断出店家李老民；他也曾，假装城隍把姑子哄，得了口供，回明巡抚高大人。就只是，我的委屈无处诉，险些儿，门闩插进我的后门。今日又把咱俩派，仔细之中要小心。”陈大勇回答说：“正是，官要清来役要勤。”他二人，说话之间抬头看，翠花巷不远在目下存。

他二人说话之间，一抬头，来至翠花巷内，到了金寡妇的门首。刘大人嘱咐的话语，只得遵依，照样而行。二人也不用叩门，此处乃是烧香的神堂，和庙宇一样，所以他二人剪直①的就进去咧。

这一天也清静，就只有几个道婆子在仙堂正坐，见两个承差进了房中，故意地向着神座拜仙参神。众道婆当他们也是前来烧香还愿的，一齐起身，连忙让座。

他两个承差将仙拜，抬头举目细观瞧：只见那，满堂仙像无其数，幢幡宝盖半空飘。还有那，两个童女分左右，正中间，金

① 剪直——指没有绕弯，直接。

花圣母坐位宁。穿着那，珠冠霞帔捏酸款，倒像菩萨下凡尘。俩承差，故意又把娘娘拜，说道是："我俩前来把圣母朝。还有一宗要紧事，奉请娘娘去把病瞧。但愿慈悲走一程，病好时，悬灯献供献花袍。"众道婆，听言尚未来讲话，只见那，圣母留神往下瞧：下面跪着人两个，身穿青褂与青袍。全都是，一顶缨帽头上戴，薄底快靴脚下蹬。闻听请他去看病，又听说，病好献供献花红。金寡妇，上面故意一睁眼，二目慢慢地瞟一瞟。看罢多时不怠慢，拿捏着假嗓子，把话学，说道是："二位善人来请我，不知是何处把病瞧？"承差闻听尊"圣母"，说道是"我们的老官，偶然得的病，他的月令不高，因此上，特叫我们两个，到此烧香把圣母朝。"金寡妇闻听说："容易，你二位明日雇一顶轿子来吧，我去走一遭。"俩承差闻听说："就是如此，明日前来把圣母朝。"

俩承差辞了金寡妇，出了他的仙堂，一路无词，来到府衙。进内书房，就将此事回明大人。大人点头，复又吩咐说："你们俩如此这般，这般如此……"二人答应，各去遵依而行，这且不提。

且说刘大人在内书房用过晚饭，天色就黑咧。张禄秉上灯烛，一夜晚景不提。到了第二天早且清晨，张禄请起大人，净面吃茶，不必细表。

再说陈大勇、王明，到了第二天，果然雇了一顶轿，就来到金寡妇的神堂。俩承差参拜，说："弟子二人遵依圣母之命，今日来了一顶轿，现在堂外伺候。望娘娘的圣驾早去。"金寡妇闻听俩承差之言，信以为实，竟意地捏着酸款下了神座，上了轿子，放下轿帘，坐在里面，是洋洋得意。两个女童在轿子的左右帮扶，还有那老道妈子，在轿后跟随。又令人挑着神鼓、经卷、仙像等类，不多一时，来至府衙的后门。先把神鼓、仙像、经卷都在书房里面放下，然后摆下高桌，摆上了木鱼、铜磬、经卷、神鼓，预备着娘娘下神。一群道婆子，摇摇摆摆，坐在房内不表。

且说这金花娘娘下了轿，两个女童儿跟随，早有家人张禄昨日的圈套，将金寡妇引至上房。且说大人坐在床上，合着眼睛，一声也不言语。

列公须要记着这时节目，已经表过，这刘大人上任并无带家眷，就只是家人张禄跟随。书里表明。

且说金寡妇与众道婆子，从衙门的后门而进，哪知道是江宁府刘罗锅子的衙门？金寡妇见刘大人坐在床上，他就开言说话，说："奶奶们在何处？"张禄随即答话："我们家的奶奶、太太，被人家请去赴席去咧，一会就来。且请前边用茶，香灯俱已预备下咧。众位道奶奶，且去书房等候。"

不言张禄说话，且说刘大人，忽然将眼睁开，观看金花娘娘是如何的打扮。

这清官，床上举目留神看，打量着，金花圣母俏容形。故装有病假欠身，床上仔细留神看，但则见，这位娘娘怎么形。仔细看，珠冠霞帔不非凡。年纪不过四十岁，重眉撒眼站身形。自称说："请我下神看治病，少时间，菩萨定然对我云。病轻病重无妨碍，我自有仙法保平安。"说罢转身往外走，扭扭捏捏混装憨。一步一步朝外走，来至书房，端然坐在正居中。张禄开言说讲话："圣母在上请听言：我家爷病体十分重，望娘娘，大发慈悲见可怜。"金花圣母，闻听张禄前后话，拿捏着巧腔就开言，说道是："你不必着急怕，等我观香，看他其中就里原。问一问菩萨，是何病症，便晓得他的寿缘。"复又开言把张禄问："你是他家什么人？对我言。"张禄回答，说："圣母问我？我是他家长子，那是我的主恩公。"金花圣母闻听，他又讲话，说道是："快些去，快些去，别迟挨，置买供献莫消停。"张禄说："不知圣母要何物？"金寡妇说："用的多着呢！等我从头对你言。"

金花圣母闻听张禄之言，说："管家，虽然你是他家的家长子，诸事只得和你说。"张禄说："自然。圣母把所用的东西，吩咐明白，我好去置办。"金寡妇闻听这个话，不由得心中欢喜："今日可遇着了昴家儿！我还肯轻放了他吗？多多的想他几个钱，拿到我家中，且吃且喝。"金寡妇想罢，眼望着张禄，说："家人，听我把所用的东西，先告诉于你。"

金寡妇，洋洋得意开言道，未曾说话，那一宗光景最恼人，下神不过是二五眼，诓点子吃食与银钱。他又说："快买供献休怠慢，我才好，点灯焚香先请神。别的东西全不要，要的是：四样素来四样荤，素的要给娘娘用；荤的是，预备先锋白马神。荤的要：公鸡鲤鱼猪羊狗；素的要：木耳蘑菇与面筋。另外要：二百馒首请上供，十两的，一锭金来一锭银。等着我，敲起神鼓来求告，叫菩萨，保佑消灾病离身。这个东西一样要不到，惹恼了，白马先锋要命根。还叫他，立刻病上就添病，要想活着万不能！还要本人将香跪，我也好，打起鼓来先跳神。"金寡妇，作梦也不知是知府，他把那，四品的黄堂当庶民。混要东西来想量，这张禄，有语开言把话云。

张禄听见金寡妇要东西，明知是起发，不觉得暗自骂道：

"好一个没脸的养汉老婆！若论这些东西、金银，都也不难。但只一件事：你要起发可不能。又不好问他，再说没有，只得且和他撒一个寸金谎，耍一耍这个老洪阳道的！"张禄想罢，故意地叫一声："娘娘，这些个东西，实在的无有钱买。此时病人要吃糖水，还无有钱去办呢，哪有十两的一锭金银？菩萨若要降灾，也只好听命由天罢了。就是病人跪香，病人也不能起来行走，也只好我替他跪着还使得。"张禄支吾了一路苦穷①。

这金花圣母同众道婆子闻听这个话，好像斑鸠跌弹—— 一齐才咕嘟嘴了。这时候，又不能散去，这可怎么样难处呢！正在为难，只见一老道婆子走上前来，到金寡妇的跟前站住，未曾说话，先把两个母猪眼一挤咕，说道："娘娘既来之，则安之。现时他虽然穷苦，也罢，叫他家拿出一千钱来罢，吩咐在左右一串，权当供献。管家替跪着，也是求娘娘大发慈悲，好救你的主人的性命。"

金寡妇，咬破舌尖自想帐，众道婆，活该倒运有饥荒。张禄取了钱一吊，说道是："此钱还是当的衣裳。我的主人走不动，叫我前来替跪香。"道婆子，连忙点香又点蜡，打起了，太平神鼓站两旁。不说众人来弄鬼，单表金花圣母娘。摘下珠冠脱霞帔，麻裙高系代灵堂。手内也拿鼓一面，又听他，口里哼哼还闹巧腔。坐下起来起来又坐下，好像一只大绵羊。满屋里，跳来跳去又交拜，亚赛牛犊拜四方。张禄跪着是好笑，时间再表金花娘。闭眉合眼捏酸款，手中鼓，打了一个响当当。一连闹够三四

① 苦穷——即哭穷，口头上向人叫苦装穷。

阵，他又装势又拿糖。装的妖调来惑众，说道是“神将下坛场”。口中有语来问话：“病人他可有公郎?”张禄回言说：“没有儿子。”神人又说：“一共病了几个月？又不许愿又不烧香？一毛不拔求病好，这是白说不了场。”金寡妇说罢这些话，这不就，笑坏张禄在下端详。

第五十九回

洪阳教妖妇现原形

话说金花娘娘说道："吾神难以保安康。"张禄又说道："实无力量上供，我的菩萨。"神人又开言说道：

"若要是，好了上供不上供，再告艰难命要伤。再把大钱拿一吊，吾神替你免灾殃。"

张禄又说道："娘娘，这一吊钱还是当了来的呢！多要一个，实在的也没有咧。等好了，再上供罢。"神人又说话咧：

"忙时就来抱佛腿，闲时再不肯烧香。既然你说无钱钞，吾神何必恋坛场？"一边说话鼓乱响，再听我几句好文章。张禄听罢前后话，暗詈道："特会装猾！"

张禄儿与金寡妇左说右对，穷磨了半日。道婆吗，估量着挤不出油来，腹中暗自说："何不在他们家说些个丧话，一解我胸中之恨，大家好散！"金寡妇想罢，主意已定，说："听吾神念一套劝善歌儿罢。"复又打起神鼓，只听他口中念道……

金寡妇，口中只把歌儿念，太平鼓打响连声。念的是："一请东方甲乙木，二请南方火丙丁，三请中央戊己土，四请庚辛秉虔诚，五请北方壬癸水，六请家堂众祖宗。烧上高香把灯点，你们都，细听吾神讲分明。人吃了，五谷杂粮要生病，我的言词要你们听：遇见了，打架拌嘴加言语，新锅底子补窟窿。天上下雨满地水，瞎子原来无眼睛。父母要是生灾病，不用吃药花费铜，只须断他七八天饭，管保叫他活不成。地下有水多泥泞，滑倒就栽倒栽葱。人家柴草点上火，包管大亮似明灯。许下长斋吃到老，天天晚上动荤腥。十冬腊月喝凉水，临死埋在灶火坑。见人家孩子井边立，推将下去一溜风。人家力大你就跑，多多吃酒要行凶。这些阴功全要有，时时刻刻要遵行。若是依从吾神教，年年养个愣头青。无有供奉休问病，神佛无力也难应。吩咐住鼓灯吹灭，留神就要转天庭。”金寡妇，说罢坐在金交椅，从外边，来了青衣人数名。手拿索子齐说话，把一个，业老道的快快行。哗啷啷，铁索套在脖子上，吓得那，道婆子个个把魂惊。细看都是公门客，不由得，顶梁骨上走魂灵。承差说：“不用发呆跟着走，府台爷，前厅立等问口供。”

承差们一句话，把众道婆提醒了，一个个这才明白，说道是：“不好咧，原来是官府衙门中差人！”不由得半晌开言。众青衣齐声断喝，说：“业老道的们，别望你众位太爷们装腔咧！总让你们装神弄鬼，也是白不中用，乖乖地跟着我们走罢！”金寡妇说：“众位那个衙门差来的？”承差说：“你们还发昏呢！这是江宁府刘大人衙门！”众三班捕快说罢，将众道婆和金花圣母，一齐拉到堂前，暂且不提。

且说刘大人假装有病，坐在床上，看见张禄领进金花娘娘。刘大人一声也不言语，用目一观，心中且已明白，吩咐张禄将他引进书房。金寡妇看见刘大人坐在床上，只当是个病人，所以装腔作势，恶想发几两银子的财，骗些口吃，哪知道分文无有。做梦也不知是刘大人衙门！为什么他们都不知道？这是什么缘故呢？皆因他们是邪门，是邪的，哪里能够明白？

再说刘大人，打发道婆子们在书房中打着神鼓下神，刘大人暗詈："妖妇刁民败坏风俗，令人可恼!"说着起身下床，悄悄地来至书房门外，偷眼往书房看了一遍，一个个装腔作势，又听得那下神的金花娘娘，打着神鼓同声乱响，还带着嘴里乱胡说。刘大人观看这个光景，又是笑又是恼，连忙到当堂归公位坐下，两旁边衙役半已伺候。刘大人打发承差，到书房将他们锁上带至大堂，一面令人到翠花巷金寡妇的家中，把那些神胎圣像，尽行搬运，交付各处庙宇供奉，这也不必细表。

且说众道婆子，来至大堂，众青衣一齐喊堂，吓得一个个浑身打战，朝上跪倒。刘大人座上开言讲话。

清官座上冲冲怒，往下开言把话云："你们这伙谁为领袖?哪一个，身为圣母降神坛?"金寡妇开言把"老爷"叫："小妇人，不过救人灾难结善缘，求神立愿烧香火，保佑家口人人安。供神像，无非使人瞧见敬，望空的，唯恐众人心不虔。小妇人，又是寡妇多洁净，因此上，金炉不敢断香烟。总有些，男妇上供来还愿，不过是，随心祭祀在神前。'金花圣母'是佛号，却与小妇不相干。老爷裁夺情和理，这都是，实在情由不敢瞒。"刘大人，闻听不住微冷笑，说道："妖妇嘴巧太无端!烧香还愿我不表，求灾求病理当然。你家并非庵与寺，供了些泥胎主何缘?寡居妇女不算老，乱哄哄，男女不分理太偏。更不该，装神弄鬼将人哄，结党立教号'白莲'。下神打鼓装嘴脸，实在的下作特不堪!哄的那，劣民围绕如蜂蚁，分明是，伤风败俗弄谣言!"刘大人说罢无明动，恶狠狠，连拍惊堂把眼瞪圆。

刘大人在座上越说越恼，无名火起，把惊堂一拍，吩咐："人来!把这妖妇拉将下去，先打他二十板子!"青衣齐声答应，一拥上来，四五个人，把金寡妇拉将下去。用掌扇把官府挡住，这才按倒金寡妇，将他的绿布裤子拉下来，露出那漆黑的屁蛋子。青衣举起毛竹板子，打了二十下子，只打得“爹”一声，“娘”一声，浪叫不止，还闹了个尿屎直冒。大堂上这股子味道，再没有那么难闻咧！

众位明公细听缘故：外官打妇女，要是打良人家的妇女，倒要褪去裤子打；要是打婊子，倒是穿着裤子打。总要用扇挡住官府的脸，不叫看见。打完之时，那一根毛竹板可不要咧，又换新的。这是外省的规矩。此理明言，书归正传。

把金寡妇打完放起，又把那个道婆子按倒，并无偏理，每人二十大板。刘大人这才吩咐：“将这一起妖人掐监！”下边答应，登时把他们送入监中。刘大人一面做文书详报抚院，一面写了告示，禁止邪教。众位细听：这禁止邪教告示上写着：“江宁府正堂加一级纪录五次刘为晓谕事。照得金陵一郡，物阜民安，白叟黄童，尽知礼义，真称鱼米之乡，诗礼之地。今有无知妖妇，陡起教名，称‘金花圣母’，装神弄鬼，惑乱人心，致使街巷不宁。若不禁止，早除伏恶，恐其贻害小民非浅。为此，通行晓谕民人等知悉：各安生理，特示。”后有年月日时，实贴街前。

刘大人判断已毕，这才吩咐把拦轿喊冤那二人带上来，这才下边答应。登时，将卖瓦盆的李五和卖干草的赵义带至当堂跪下。刘大人复又问了一遍，二人的言词照前。清官爷闻听，不由心下为难。

这清官，闻听他二人的话，不由心中倒为难：欲待叫赵义赔李五，怎奈他俩受贫寒。况且是，一担干草钱三百，养活他的母老年。要叫他赔了李五去，赵义无本怎生吃穿？有心不叫赔李五，卖盆说得更可怜。这件事情倒费手，叫本府，怎样判断在堂前？我有心拿出钱两吊，又怕是，无知愚民作笑谈。刘大人为难时多会，忽然一计上眉尖。说道是：“必须如此这般样，管叫他二人都喜欢。”清官爷想罢不怠慢，满面春风把话言。说道是：“你二人不必来分理，听我公断并不偏。”叫赵义：“烧锅里去快打酒，四两一壶要老干。回来与李五赔个礼，彼此相和两下安。”赵义闻听不怠慢，慌忙站起把身翻。下了月台往外走，出了衙门举目观：有一座烧锅在路北，酒幌高挑半空悬。赵义瞧罢不怠慢，登时之间到跟前。到柜上，打了四两干烧酒，他径奔衙门跑又窜。依旧又把衙门进，至大堂跪在地平川。说“大人在上酒来到”，清官座上便开言：“赵义你打了多少酒？本府给你好会钱。”赵义闻听说：“四两，大人台前不敢瞒。”刘大人闻听又讲话：“赵义留神你听言。”

第六十回

豪门赵通欺民强霸

刘大人说："赵义。""有，小的伺候大人。"清官说："虽然是本府替你会钱，你说是四两酒，本府可不信。我知道你打多少？本府要当面卮①一卮。"赵义闻听刘大人这个话，向上叩头，说："大人要不信，只管请卮。小人肚中无病，不怕冷年糕。"刘大人扭项回头，说："张禄。""有，小的在。"大人说："快取一杆秤来。"张禄翻身而去。不多时，则见他手里拿着一杆秤，来到堂前，一旁跪下，回说："小的将秤取到。"刘大人说："你就把那酒卮一卮，够四两不够。"张禄答应，站起身来，打赵义手中将壶接过来，用秤卮了一卮，倒在碗中，又把那个空壶卮了卮，张禄这才往上开言，说："回大人：这酒不够四两，只三两四钱。"刘大人闻听张禄之言，微微冷笑，说："赵义，我说不够，果然就不够。为什么你打三两四钱酒，告诉本府四两？当面撒谎，就欠打你十板！"赵义闻听刘大人之言，说："大人容禀。"

只见赵义将头叩，说"大人在上请听云：小的就，吃了熊心共豹胆，也不敢欺心哄大人。壶中本是四两酒，若不信，打发人烧锅问假真。"大人闻听把王明叫："你快去，速传烧锅掌柜人。本府立等在堂前，叫他快来进衙门。"王明答应不敢怠慢，慌忙

---

① 卮（zhī）——古代盛酒的器皿。此处活用做动词，称一称酒的重量。

迈步就翻身。去不多时来得快，带到烧锅掌柜人。老西一见忙跪倒，王明交差一边存。大人座上开言问："姓甚名谁何处人？"老西见问将头叩，说："大人在上请听真：小人姓张叫张必，本是山西太原民。"清官爷上面开言叫："张必留神听我云：既然抛家做买卖，就该天理要良心。世上黄金虽然贵，分明必须要应人。方才赵义去打酒，价钱并不短分文。你为何，三两多酒算四两，买卖之中使欺心？本府当堂从实讲，但有虚言打断筋！你要不信当堂瓩，酒秤现在此处存。"老西闻听将头叩，"大人"连连尊又尊："皆因小人一时错，分两①不足果是真。"刘大人闻听微微笑，往下开言把话云。

刘大人冷笑开言，说："张必。""有，小的伺候。"刘大人说："你既认错，你是愿打，愿罚？"老西见问，向上磕头，说："大人，愿打怎么讲？愿罚怎么讲？求大人吩咐明白，小的好遵命而行。"刘大人闻听张老西之言，在座上讲话，说："愿打，打你四十板，十字路口枷号一月，解枷还打四十；你要是罚，罚你十两纹银济贫。罚打俱已讲明，不知你愿罚愿打？快说！"老西说："大人在上，小的愿罚十两银子罢，不愿受刑。"刘大人说："既然如此，快些将银子堂上交兑。"张必闻听，说："回大人：小的身边并无带着银两，容小的回铺子取去。"刘大人说："既然如此，快去取来。""是。"张必答应，慌忙站起，翻身下堂，出衙而去。

不多时，则见他手中拿着一包银子，往里而走。来至堂上跪倒，说："回大人：小的将银子取到。"刘大人闻听，吩咐书办接

① 分两——分量。

过来，用戥子①称了称，足够十两。

这清官，座上开言叫：“张必，要你留神仔细听：从今买卖要正道，不可欺心行不公。”张必闻听答应“是。大人言词圣训同。”清官说：“你回铺去。”张老西叩头往外行。按下张必出衙去，再把刘爷明一明：座上开言叫：“李五，要你留神仔细听：赵义误把你的盆子碰，瓦盆打碎地流平。你的本钱全折尽，心中着急也是真。赵义贫穷又赔不起，你们俩，才告到我的衙中。我本府看你二人多本分，因此今朝这般行。现有那罚的银十两，你二人分开做经营。奉公守法行正道，不可吃酒去行凶。”二人闻听将头点，说：“大人天恩海样深。小的二人无可报，愿大人，位列三台往上升。不但是，小的二人得活命，我们举家都感恩。”二人当堂分了银两，他们俩，千恩万谢往外行。刘大人这才将堂退，到书房，张禄慌忙献茶羹。不言大人书房内，另表书中一段情。

不表刘大人在书房闲坐，且说的是江宁府西北，离城四十里，有个沙河驿，这府中有个恶棍，姓赵名通，外号叫“雁过拔毛”。这小子生得身高八尺，膀乍腰粗，家中十分豪富。赵通又捐了个候选州同，他哥哥做过山西布政司，挣的是家成业就。赵通这小子，倚仗势力，横行霸道，无所不干。更有一宗令人可恼：生性好色，见了人家的妇女，有几分姿色，就像苍蝇见血的一般。就是姿色平常的，也要看一番，这才放的过去。要标致风流女子打他的眼前过，千方百计也不肯轻放。或是设下圈套，或是硬抢生夺，务必要图谋到手，娶以为妾。除了他的原配王氏不

① 戥（děng）子——一种小型的秤。

算，还有八房侍妾。这其中，有六个是家人的妇女，硬霸为妾，那两个俱是重利拆算的有夫之妇。另外还有两个，一个是诓了来的寡妇，一个是抢了来的女子。众公听到后面，这些人的出处下落，自然明白。

赵通好色伤天理，衣冠禽兽一般同。家有良田千万顷，楼台厅堂数不清。仆妇丫环无其数，家奴院子几十名。米积陈仓用不尽，猪羊牛马闹哄哄。库内的，金银珠宝和钱钞，绫锦纱罗满箱盛。真乃是：一呼百诺人人敬，他要西来不敢东。这样的，铜斗家私还不够，他还要心心念念把人坑。见了人家肥地土，昼夜谋想存在心。瞧见人家房和产，一定要，诓哄讹诈到手中。只要自己心快乐，不管人家死共生。害得人，倾家败产离乡井，万恶滔天了不成。正人君子不亲近，尽交狗党与狐朋。有几个，走跳官司包词讼；有几个，专会讹诈算良民。书中表过众恶棍，再把那，万恶家奴明一明。俱各生成身高大，拳脚精通大有能。时常眠花抢妇女，横行霸道了不成。似虎如狼一般样，世人见了躲着行。莫非军民都害怕？就是督抚也闻名！四个家奴全有号，提将起来令人惊：一个叫，“杉篙尖子”名王虎，“净街王三”在年轻，张五名叫“仙鹤腿”，吴八外号“独眼龙”。赵通家人全表过，再把他的房屋明一明：三间大门安稳兽，马台石，一块西来一块东。垂花门楼磨砖砌，转过游廊是大厅。后面虎座门内穿过去，层层盖造果然精。暖阁凉亭好几处，预备迎亲宴宾朋。看家更接分四角，夜晚还有人打更。响墙外边紧马道，还有那，一座高楼接碧空。玲珑窗户分四面，画阁雕梁绿配红。闲表赵通楼上坐，观看南北与西东。手拿一个千里眼，专看那，街头过往女俊英。若要是，看见哪个容貌好，他就硬抢到家中。还有幽房与暗室，修造的，门户相连处处通。夹墙重壁有夹道，里外勾连认不清。处处暗藏地窨子，小道相通尽可行。住宅花园连一处，画图天宫一样同。这一天，正是三月十五日，恶棍原来此日生，一家大小齐忙乱，来了些亲族众宾朋。

第六十一回
衣冠兽强抢亲甥女

这一日正是三月十五日，乃是赵通的生日。厨房中安排酒宴，大厅上扮演大戏。亲戚朋友与那些混星走狗，全来庆寿。轿马盈门，鼓乐喧天，好生热闹！赵通在大厅上相陪男客，王氏在后边款待女眷。家童小子仆妇丫环来来往往，就似穿梭一般。早席已完，戏唱的是全本《寿荣华》。锣鼓一住，堂客起席更衣，官客往后边书房闲坐吃茶。王氏带着二八侍妾，陪着诸亲的女眷在后花园内散步闲游，看那三春花柳。

王氏带领众侍妾，接着那，女眷花园散步行。一个个说说笑笑穿芳径，步摇环环响丁咚。此时正逢三月半，百花频放笑春风。真乃是：天开图画春光好，良辰美景乐无穷。书中按下众女眷，再把那，万恶的囚徒明一明。前边撂下众官客，这个贼，蹑足潜踪往后行。一直不上别处去，暗暗地，溜进花园夹壁中。偷观顺着那玲珑，诸亲六眷美芳容。但则见：满园都是多娇女，各自风流大不同。这一个，青衫绿袄红裙衬，举止端庄不轻狂。那一个，绿柳阴中摇春扇，手扶花枝长笑容。一个个，虽有百美千娇体，看起来，俱是寻常一数同。这个贼，复望碧桃花下看，瞧见了，绝色超群女俊英：上穿松绿绯，罗裙八幅系腰中。尖尖玉指擎湘扇，犹如春笋粉妆成。裙边微露金莲小，一点风逗三寸红。腰肢好似风前柳，轻盈体态动人情。两道蛾眉如新月，一双俊眼似明星。糯米银牙含碎玉，樱桃小口一拧拧。芙蓉粉面吹弹破，鼻如悬胆一样同。乌云挽就苏州髻，真是闺中女俊英！恶贼越看心越爱，不由似醉出哑声。赵通正在着魔处，只见那，多娇女子转身形，燕语娇音尊声："母，这一枝碧桃开得精！"有一个，半老佳人忙答应，上前来，用手掐来掌上擎。恶贼留神观仔细，腹内吃惊说："了不成！"

赵通看罢，不由得吃一大惊，把一片滚热心肠，化了冰冷。

列位，你道花下女子是谁？原来是他嫡亲外甥媳妇！赵通本是姐弟三个，方才掐碧桃的那个年老佳人，就是赵通姐姐。这位姑娘居长，做山西布政司的第二，恶贼赵通第三。这位姑娘生性贤德，父母在日，许配江宁府城东八里庄张举人为妻。张举人中年去世，故此孀居了十有余年，年将半百，膝下只有一子，名叫张宾，也是黉门中饱学的个秀士，年方二十一岁；娶的这位娘子，乃是北乡里杜贡生之女，乳名叫杜媚娘，生得天姿国色，绝世无双，年方十九岁。今日跟了婆婆来与母舅庆寿，早席之后，一同众女眷一同在花园散步，夹墙中不想恶贼看在眼内，后来才认出是自己的外甥媳妇。他的姐姐现在花园，外甥又在前厅。

赵通看罢，不由得满心下为难，说："此事如何下手？"恶贼左思右想，为难多会，把眉头一皱，计上心来。常言道"色胆包天"，这句话真不错。赵通把心一横："必须如此这般，管叫她难逃吾手！不怕她不屈体相从。只要做得机密，外人哪里知道？"恶贼主意已定，退步翻身，出了夹壁。

恶棍赵通行毒计，下回书，苦坏杜氏女俊英。赵通回到前边去，相陪亲友饮刘伶。不多一时天色晚，众人告辞转家中。各家女眷也散去，剩下婆媳两个人。还有张宾也没走，皆因是，至亲与众大不同。赵通定下牢笼计，吩咐那，手下家奴四五名："我今有件要紧事，非你几个万不能！我白日，瞧见杜氏容貌美，把我的，魂灵勾去上九重。今日你们别怠慢，必须如此这样行。"

话不可重叙，书要剪断①为妙。赵通定计，叫家奴扮作了几个强盗，暗自跟在杜氏婆媳轿后。到了旷野之处，一齐动手，将轿夫赶散，把杜氏的轿子抢回，抬至赵通的家中，将媚娘囚在暗室之中，使人看守，不必再表。

且说杜氏的婆婆，和她丈夫张宾，见几个强人，打着脸子，拿着刀枪，自称是"山大王"，硬将妻子抢去。吓得他栽下坐骑，倒在尘埃，昏迷不醒。把马也吓惊咧，跑了个无影无踪。抬他母亲的轿夫，也吓得将轿子扔在地下，一齐跑了。及至母子醒转过来，杜媚娘的轿子与那一伙强盗，踪影全无！张宾无奈，搀着他母亲赵氏，少不得挣扎着，径奔八里庄大路而行。虽然离家剩了四五里，只走到二更多天才到家。母子二人进房，痛哭一场，将泪痕止住，一夜晚景不提。

到了第二天清晨，母子二人起来，梳洗已毕，一面使人去往赵通家里送信，一面商议着去江宁府刘大人衙中去告状，按下不表。

且说清官爷刘大人，堂前判断了金寡妇这一案，退堂回后，到了内书房坐下，张禄献茶，茶罢搁盏，摆上饭来。大人用完，张禄撤下家伙。天色将晚，秉上灯烛，一夜不提。到了次日早旦清晨，刘大人起来净面更衣，茶酒饭罢，立刻升堂。众役喊堂已毕，两旁侍立。刘大人才要判断民间，忽听外面有喊冤之声，叫

---

① 剪断——此处应为简短，编者按。

进角门，来至堂前跪下，说："青天大人在上，生员有不白之冤，叩求公祖与生员做主！"说罢，将呈词两手高擎。刘大人闻听，往下观看。

刘大人闻听往下看，打量下边那书生：年纪未必有三十岁，不过在，二十二三正年轻。蓝布袍儿正可体，四块瓦的褂子是皂青。剪绒帽子头上戴，龙抱柱缨子血点红。因上堂，瞧见是白布鞋，青缎子治公足下蹬。大人看罢时多会，吩咐"接状我看分明"。书吏答应朝下走，接过状词往上行。双手放在公案上，清官爷，用手接来把二目睁。上写着："生员家住江宁府，离城八里有门庭。我父名叫张朋举，不幸中年把命坑。生员今年二十二岁，张宾就是我的名。也是我的时运败，平地风波大祸生。这一天，正逢三月十五日，沙河驿，去与母舅庆生辰。一日宴罢天将晚，诸亲席散各回程。生员也就回家转，夫妻母子一同行。出了沙河驿不远，到了荒郊旷野中。那天刚有初更鼓，遇见了，一伙强人把路横。一个个，神头鬼脸形容恶，手执刀枪绕眼明。只听他，'嘀嗬嘟噜'说着话，声声只要买路钱。谁知他，一枪扎伤我坐下马，我的那，能行负难乱奔腾，将我摔在尘埃地，险些把残生性命坑。及至苏醒明白了，带轿连人不见踪。生员万分无其奈，才敢到，大人台前把冤鸣。"刘大人，闻听看罢状词话，腹内思量说："了不成！"

第六十二回
七村民状告赵豪强

刘大人看罢状词，往下开言，说："张宾。""有，生员伺候大人。"清官爷说："你母舅姓什么？"张宾说："姓赵。"大人说："你暂且回家，将呈词留下。五天之后，听传候审。"张宾答应出衙，回家不表。

清官爷刚要退堂，猛听得角门外有喊冤之声。刘大人闻听，往下吩咐："把那喊冤之人带进堂来！""哦。"承差们答应，翻身下堂，往外而去。不多时，将喊冤的老少七人，带至当堂，跪在下面。刘大人往下观看。

这清官，座上留神往下看，打量告状七个人：也有老来也有少，一个个，贫富不等各衣巾。人人手内高擎状，泪眼愁眉跪在尘。清官看罢开言问："你们都，有什么冤枉到我衙门？本府当堂往实讲，但有虚言打断筋！"七人见问将头叩，"大人"连连尊又尊。这个说："小的名字叫刘五，城西八里有门庭，村名叫做桃花坞，小的就是那村人。城北有个沙河驿，这村中，有个恶棍特欺人。横行霸道无人惹，手下豪奴一大群，将我女儿抢了去，囚徒行事狠到万分！他姓赵名通人人晓，外号叫：'雁过拔毛'就是此人。"刘五言词还未尽，那个又开言把话云。说道是："他瞧见小人房子好，假纸一张，说小人借过五百银。"这个说："我妈打他门前过，拉将进去配了下人！"那个说："瞧见我的田地好，硬割庄稼坑小人。”这个说：“因为小人把租欠，打死我父叫狗吞！”众人言词还未尽，这不就，气坏了清官刘大人。吩咐“快接呈词看”，书吏答应就翻身。到下面接过七人状，往上走，全都放在公案上存。刘大人伸手忙拿起，举目留神验假真。清官看罢时多会，往下开言把话云。

刘大人看罢状词上的话语，与他七人口词一样。清官爷说：“尔等暂且回家，五天之后，本府把赵通传来，当面对词。但有一句虚言，管叫你们难逃公道！”七人叩首出衙，回家不表。

且说清官爷这才退堂，回到内书房坐下，张禄献茶，茶罢搁盏。刘大人吩咐张禄：“快传书办何英，本府立等问话。”这小厮答应，张禄翻身①往外而去。去不多时，将书办何英传进内书房，见了大人，打了个千在一旁。清官爷眼望何英，讲话说：“这江宁府西北上，有个沙河驿吗？”何英见问，说：“有个沙河驿，离这府城四十里地。”刘大人又问，说：“这村中有一个赵通，你认得他不认得他呢？”何英见问，说：“回大人：要提起这个人来，无人不知，无人不晓。他哥哥是山西布政司，赵通是捐的涅白顶，修选的州同。”刘大人闻听何英之言，复又讲话。

这清官闻听何英话，启齿开言把话云，说道是：“既然你知他的根底，本府跟前快讲明。”何英闻听清官话，“大人留神在上听：说起赵通所做的事，无法无天了不成。手下豪奴无其数，个个都有外号名。一个叫，‘杉篙尖子’名王虎，一个叫，‘净街王三’在年轻，张五号叫‘仙鹤腿’，吴八的，外号叫做‘独眼龙’，还有个，管家名叫陈三恍，外号人称‘丧门神’。这些人，

① 翻身——转过身。

横行霸道无人惹，大小衙门有人情。前任知府王太守，就是在，此人身上把官扔。”大人闻听这些话，不由心中动无名。说道是：“此处离京不算远，竟有这样胆大人！空有那，文武官员在此处，个个装哑又推聋。我刘墉，今日既然接手状，少不得，一秉忠心主尽忠。四品府任我下上，定要治倒恶赵通！为官不与民做主，枉受乾隆圣主恩！”清官爷，开言又把“何英”叫：“你速去，把陈大勇传来有事情。”何英闻言不怠慢，迈步翻身往外行。不多时，承差来到书房内，陈大勇，打着千儿把话云：“大人传我有何事？”清官闻听长笑容。

刘大人带笑闻听，说：“陈大勇，本府今日接了几张词状，告的是那沙河驿的赵通。方才本府听见何英说，赵通的势力通官，又仗着他哥哥是现任山西布政司，他又是候选的州同，他手下的豪奴不少，横行霸道。再者，张宾的那张状子上写着的，妻子杜氏，因与赵通上寿，天晚回家，路遇强人，连轿抢去，踪影全无。这件事，若依本府想来，大有隐情在内。既是强人拦路，就该打抢资财，为何又竟只把杜氏连轿子抢去，并不要钱财？再者，离江宁府的省城，也不算远，为何有这不要命的强盗，敢来拦路打抢？依本府想来，定是赵通见色起意，叫家奴假扮强人，将杜氏抢去，也未可定。本府有心差人去拿他，又恐怕这件事情不真。再者，方才本府听何英的那个话头，就去几个人，也未必拿得了他来。那时，要容他辗转，反倒不妥。这如今，本府要去到赵通家私访，探着他一个动静，回来用兵擒拿，方保无事。讲不起爷们走一趟罢。”陈大勇闻听大人之言，说：“小的遵命。”刘大人说：“我初次访拿徐五，假扮了个算命的先生；二次通天观断人头，拿莲花院的姑子，是扮了个卖药的。这一次，可怎样改扮?”陈大勇闻听刘大人之言，说：“小的倒有个主意。”

陈大勇带笑开言道：“大人留神在上听：既然要去访恶棍，须得改扮方可行。大人装做商客样，小的扮作一仆童。沙河驿，离城也有四十里，大人焉能会步行？须得鞴上一匹马，预备路中好登程。小的步下跟着走，沙河驿，会会恶棍叫赵通。”大人闻听说：“很好，就是如此这般行。”说话之间天色晚，西山坠落小桃红。张禄一见不怠慢，慌忙前来秉上灯。陈大勇，就在衙中来住下，预备着，明日早起好登程。大人也就安了寝，一夜不提到天明。那天不过东方亮，大人起来把衣更。承差也就将衣换，张禄的衣裳也现成。官役二人齐改扮，清官爷，用过衣裳好登程。小厮慌忙鞴上马，拉过来，爷仨一同往外行。张禄儿，把大人送到衙门外，清官爷，回头又把话来云：“张禄儿，诸事小心不可大意，本府赶晚就回程。”小厮答应说：“知道，不用大人再叮咛。”说罢主仆分了手，刘大人，带领承差往前行。一向城门混出去，陈大勇，服侍大人一走龙。一直不往别处去，径奔沙河驿村中。大人马上心犯想：此去难保吉共凶。倘若要恶人来看破，好些不便在其中。说不的，仗主洪福臣的造化，我刘墉，凭命由天闯着行，就是龙潭并虎穴，刘某也要看分明！此去不访真情弊，怎与黎民把案清？清官爷，马上思想抬头看，沙河驿不远就在面前存。

第六十三回
暗察访知府被劫持

话表刘大人，思想之间，来到沙河驿的村南，离沙河驿就只剩了五六里地。大道的旁边，有一个饭铺，清官爷骑着马来到跟前。大人在马上眼望承差陈大勇，开言说：“咱们爷俩在这个铺中吃点子饭，再走不迟。”承差答应，将大人搀下坐骑。刘大人进铺，拣了个座坐下。陈大勇把马拴在桩子的上面，也进了铺子，来到刘大人的跟前，一旁站立。清官爷低声开言，说：“你也坐下罢，今日不必拘礼。”“是。”陈大勇答应，他就坐在桌子的横头。堂倌一见，不敢怠慢，来到跟前，带笑开言，说：“二位客官，用什么酒饭？吩咐明白，也好预备。”刘大人闻听，说：“不用念诵，拣那爽口的拿来就是咧。”堂倌答应，翻身而去。不多时，全都端了来了，什么东西呢？不过是汤饭馒首等类。清官爷与承差陈大勇一边吃着饭，一边侧耳闻听，留神细听众人讲话。

清官爷，侧耳闻听留神看，纷纷不断语高声。这个说：“咱们这江宁的官难做，须得托付准人情。”那个说：“前任知府王太守，他与赵爷大拉硬弓！”这个说：“王知府，哪有赵宅的势力大？一封字，治的回家抱孩童！”那个说：“提起赵家真厉害，横行霸道了不成！”这个说：“赵通要瞧见好妇女，当街拉住要硬上弓！”那个说：“任凭恶棍行万恶，此处的官员装不听。”这个说：

"闻听说这位新知府，乾隆爷，御笔钦点到江宁。"那个说："外号叫'罗锅子'，人人晓，官讳从么事叫刘墉。闻听说，这位爷的根子硬，不怕势力断事清。业已到任有一个月，怎不见，惹一惹，沙河驿的赵州同？罗锅子必定是他害怕，各保身家他也懒尽忠！素日的清名都是假，他岂肯，大睁着两眼去碰钉？刘罗锅，哪有赵宅的手眼大？'大管家'，'丧门神'，皱皱眉头他的知府就扔！"刘大人听罢前后的话，这不就气坏清官人一名。

刘大人闻听众人之言，把肚子气了个一鼓一鼓的，腹内说："罢了，罢了！赵通果然万恶非常。本府要不拿了这个棍徒，此处的子民受害匪浅。"清官爷思想之间，将饭用完，承差陈大勇打发了饭钱，刘大人站起身来，往外而走。

出了饭铺，陈大勇他将马拉过来，扶持大人上了坐骑，承差在后面相跟，爷儿俩径奔沙河驿而走。不多一时，来到村头。清官举目一瞧：那边柳阴树下，有一个老者，在那里站立。刘大人来到跟前，下了坐骑，将马交与承差，往前紧走两步，眼望老者，带笑开言，说："老丈，我在下借问一声：眼前边就是沙河驿吗？"那老者闻听，把刘大人上下打量打量，是个买卖人的打扮，也就不好相轻，带笑开言，说："客官问的是眼前头这个村么？"大人说："正是。"那一老者，用手一指，说："客官瞧：那西北上有树木围绕的，叫做沙河驿。千万的别往那里去，可恶得紧。"刘大人才要问话，忽见打那边有几匹马，如飞而来。不多一时，来到跟前，把那个老者吓得磕磕绊绊地跑了个无踪无影。刘大人举目一瞧，当中这个骑青马的，他带着个涅白顶，年纪不过二十五岁，身上穿戴得甚是鲜明，旁边那个骑白马的，长了个兔头蛇眼的，年纪不过至多四十岁。是后面随的奴仆不少，单他在马上，用鞭子指指点点的，讲话也听不真说的是什么言词。“托托托”，打刘大人的面前过去。

清官爷，看罢时多会，自己思量把话云：“细瞧方才人数个，不像良人的貌与容。莫非就是那恶棍，候选州同叫赵通？”正是大人心犯想，忽见那，三四匹马往回里行。眨眼之间来得更快，到跟前，“噗噗噗”一齐下了走龙。众豪奴，齐望大人来讲话，说：“客官留神在上听：我们奉，主人的命令将你请，快些走罢莫消停。”刘大人，闻听前后的话，说道是：“你家的主人叫何名？与我在下的无见过，但不知，唤我有什么事情？”家奴们见问，开言道：“客人留神要你听：我家主人本姓赵，现是候选一州同。不必挨迟快快走，但若支吾，我们定不容！”清官爷，闻听家奴的话，不由着忙吃一惊，腹内说：“果然就是那恶棍，莫非看出我本府的形？这如今，有心跟了他们去，又恐怕，中了恶棍的计牢笼。欲待不跟他们去，瞧光景，众多的豪奴未必容。罢罢罢，既然假扮来私访，少不得，要进龙潭虎穴坑！此来不访真情弊，怎与黎民把案清？”清官爷，想罢开言道：“众位留神在上听：既承高情将我请，焉敢推却这盛情？”大人说罢忙上马，众豪奴，一齐也都上走龙。陈大勇，紧跟在后走，径奔沙河驿中行。不多一时来得更快，赵通的，走马大门在眼下横。恶棍豪奴齐下走龙，不慌不忙也下了马，陈大勇上前接过坐骑，净街王三开言把话谈。

净街王三眼望杉篙尖子王虎，开言说：“王大哥，你们看着他，别叫他跑了，我进去回话。”王虎说：“交给我罢，够他跑的咧！”王三说罢，往里而去。

刘大人闻听豪奴们那个话头，腹中说：“罢罢罢，也只是凭命由天。”清官爷复又留神，把恶人赵通的宅子一看：方圆占地有七亩，房子瓦窖一般，走马大门，门底下搁着两条大凳，有十几名家奴，列坐在两旁。内有一个年老的家人，走到刘大人的跟前站住，点头砸嘴：“你哪里寻不得死呢？怎么跑在鬼门关上挂号来咧呢？一会进去，见了我家主人，要你小心。也只是看你的造化咧！”那个人说罢，又到板凳上坐着去咧。刘大人来到承差陈大勇的跟前站住，低声悄语，说：“本府一会进了贼宅，吉凶难保。要是无事呢，咱爷俩好一同回府；要是本府赶酉时不出来，你就急急地回去，到守备王英的衙门，将此事说明，叫他带领人马，速速前来搭救本府。”陈大勇答应。

清官爷正与承差讲话，忽见先进去那个家奴净街王三，慌慌张张打里面跑出来咧，眼望众恶奴讲话，说：“主人公大动了嗔痴咧！叫你们都进去伺候着呢。”复又开言，说：“那客人呢，快些跟我进去罢，不用发愣咧。”刘大人闻听，并不怠慢，跟定王三往里而走。

清官爷，跟定恶奴忙迈步，进了贼人的广梁门。大人举目留神看：里边的款式不同寻。十间厢房分左右，正当中，安着屏风四扇门。清官爷，跟定王三又往里走，进了二门细留神：五间大厅正迎面，汉白玉的台阶恰似银。再往里瞧看不见，不知道，后面的房子浅与深。王三儿，不肯把大人朝后带，大厅的东边有个角门，一直穿过又往东去，另有座，小小的书房可爱人。门上贴着一副对，字字行行写得更真，左边写：“懒去朝中登金阙”，右边是：“逍遥林下胜朝臣”，横批是：“万古长春”四个字。门里面，奇花异草栽满盆。刘大人还未将门进，净街王三把话云：“你在此处等一等，我进书房去见主人。”清官答应说“知道”，王三迈步就翻身。刘大人，在门外又朝里看：天棚搭在半天云。只听里边雀鸟哨，“咭嚠扎校”各样的音。清官爷，门外正观还未尽，忽听那，进内的家奴把话云。

刘大人正在外面观看，忽听那方才进去的恶奴王三开言，说：“小的奉爷之命，把那个客人叫进来咧，现在书房门外。”雁过拔毛赵通，闻听净街王三之言，说：“叫他进来罢。既然来到我家咧，尽自在外边发会子楞，也当不了，难道说还跑了你不成么？”刘大人在外面闻赵通之话，腹内说：“罢了，罢了，我刘某今日可入了虎穴龙潭咧。讲不起仗我这三寸不烂之舌，拼他一拼，再作定夺。”

清官在外面正然思想，一抬头，瞧见恶奴王三，打里面走出，来到了刘大人的跟前站住，说：“客官，我家主人叫进去呢。小心着点。”刘大人答应，一同王三来至书房门首，上台阶进门槛，走至恶奴赵通的跟前，煞住脚步站住。

列公：罗锅子刘大人按天星下界，乃是咱大清国的臣宰，焉肯与恶人行礼？清官爷故装愚鲁之相，望恶人一拱手，说：“官长在上：我买卖人行礼了。”两边豪奴们闻听刘大人之言，一齐断喝，说：“呀！还不跪下么？见了我家老爷，擅称买卖人，不跪下，就当将你腿打折！”雁过拔毛赵通，在上面一声断喝，说：“明明你们把他当作是谁，叫他跪下？他乃是江宁府台大人，民之公祖，如何叫他下跪？快些看一个座来！”这下人答应一声，拿过一张椅子，放在下面。清官爷把手向恶人又拱了一拱，说：“买卖人谢坐了。”说罢，他老人家一屁股就坐在椅子的上面。恶人赵通在上面开言。

赵通上面开言叫：“刘知府留神要你听：咱们俩，打破鼻子说亮话，你的来意我尽明。必定是，假扮客人来私访，倒要你，实说这件事情。闻名你难缠露着拐，巡抚的跟前你拉硬弓。又听你，上元县的北关将人命断，访白氏，假扮玄门的老道公。二次私访拿过徐五，渗金头江二，也入了打笼。又听你，假装城隍把姑子审，金寡妇叫你，也治了一个苦情。难为你，这一遭的想头真不小，竟敢在我家来访事情！倒要你实说这件事，倘有花言，想出我的门槛万不能！大爷如何认得你？多亏我的管家人一名：姓陈名叫陈三恍，‘丧门神’就是他外号名。皆因他，常上江宁去讨账，时常见过你的尊容。快些当面说实话，咱俩倒留下个好交情。”刘大人闻听前后的话，不由心中吃一惊。故意慌忙来站起，说：“长官留神在上听：吾乃真是经商客，岂可错认是知府公？同名同姓常常有，广有同貌与同宗。既蒙呼唤我在下，不知道，官长有何事情？吩咐明白我遵命，要是无事，在下的还要赶途程。”赵通正要把无名①起，忽见那，门外进来人一名。

① 无名——即无名火，发怒。

第六十四回

陈大勇快马搬救兵

赵通正要动怒，忽见他的管家陈三恍走进来咧，说："大爷不用动气，等我问他。"说罢，来至刘大人的面前站住，眼望清官，讲话说："刘知府，我们家大爷焉能认得你是官府？所以方才在沙河驿的村上，取讨些账目，一见，我就认得你。再者，我们大爷既然把你叫了来咧，就当实说，咱们倒留下好交情。大料我们赵宅，也不玷辱于你。"刘大人闻听陈三恍这个话，说："君子不要错认了人，我若是知府，焉肯自寻死路？"陈三恍说："刘罗锅子，你特也不知好歹。我和你善讲呢，你也不肯实说，你是不见亲丧不下泪，不到黄河不死心。你想一想：是打着好是不打着好？"清官爷说："君子，我要是知府，好应知府。我本是一个客商，从贵处路过，叫我说什么？"赵通在上面开言，说："陈管家，那么大工夫和他细说！管他是不是呢，暂且将他留在这里，锁在空房之中，等到半夜里将他杀了，就完了事咧。何必望他尽自磨牙呢！"陈三恍闻听恶人赵通之言，说："倒也罢了。"

陈三恍，闻听家主一席话，说："就是如此这般行。"吩咐两边："快动手，将他锁在空房中！"众多豪奴齐答应，一个个，似虎如狼往上行。大伙围住清廉客，一齐动手上绑绳。穿门过户朝后走，不多时，来至后院空房中。慌忙把刘大人推进去，扣上钉锦用锁封。一群恶奴才朝前走，到书房，赵通的跟前把话禀明。恶人闻听豪奴的话，眼望着，丧门神把话明，说道是："今日虽然将他制住，咱们俩商量，拿一个主意然后行。但虽然，认准他是刘知府，假扮前来访事情。"陈三恍闻听说："不错，千真万真是刘墉。他的那，形容相貌我认明，谁不晓，北京城中大有名！本是皇后的干殿下，刘统勋的第三子，家住在山东。乾隆爷的驾前很得脸，御笔钦点府江宁。爷上要粗心将他放，罗锅子，回了衙门就了不成。"赵通闻听心倒害怕，说道是："原来有，这些缘故在其中。怪不得，他硬驳巡抚的礼，高大人低头倒落下风。倚仗着他的根子硬，闻听他，判断民词不要铜。这如今，事在两难怎么好？要你掂掇①这件事情。"陈三恍闻听赵通话，带笑开言把话云。

陈三恍带笑开言，说："大爷，这件事必得如此这般，这般如此，方保无事。"赵通闻听，满心欢喜，说："此计大妙。"

不言他主仆定计，也不言刘大人在贼宅遭难。再说外面的承差陈大勇，拉着马，在外边等候。眼瞧刘大人跟定恶人的家奴，进了赵通的贼宅，等了半天，总不见出来，就知道这件事情凶多吉少。瞧了瞧太阳，有平西。陈大勇腹内思想，说："瞧这光景，老大人定是被恶人看破，不肯放他回衙。这如今，我何不骑上这一匹马，速速地回转江宁府，到守备王老爷的衙门，将此事说明，叫他带领人马前来，一来搭救大人，二来就势儿擒拿赵通，与民圆案？"陈大勇想罢，不敢怠慢，慌忙上了坐骑，一抖丝缰，径奔江宁府大道而走。陈大勇哪肯松劲咧，四

① 掂掇——斟酌。

十里的路途，一磬头就赶到咧！把那匹马跑了个浑身是汗，按六百里那么下来咧。

陈大勇进了江宁府北门，穿街过巷，到了守备王英的衙门。见了门上的人，将此事说明。门上的人闻听，不敢怠慢，翻身往里而走。来到了里边，就将鼓击响，就将刘大人沙河驿赵通家私访遭难的话，说了一遍。内厮闻听，到了里边，就将此事回明王守备。王英闻听，吓了个惊疑不止。

王守备，闻听前后话，不由着忙吃一惊：此事须得把上司禀，总镇的衙门去回明。王英想罢不怠慢，忙整衣冠往外行。来到堂口煞脚步，滴水檐前上走龙。出了衙，一同承差陈大勇，穿街过巷往前行。不多一时来得更快，周总兵的衙门在眼下横。王守备，辕门以外下了马，迈步翻身往里行。官厅上面把传宣见，就把那，刘大人的事情说了个明。传宣闻听不怠慢，那里面，回禀了大人周总兵。总镇闻听前后话，不由着忙吃一惊。慌忙传令把中军唤，游击李龙带领兵，挑选三百人共马，沙河驿去拿赵通。李龙闻听不敢怠慢，速传人马进衙中。不多一时挑完队，军令一下就登程。千总外委好几位，人人的，弓箭撒袋在腰中。游击李龙忙上马，守备王英也上走龙。陈大勇，另换了一匹马，把他的，铁棍捎在马上横。李游击，带领人马急似箭，出了江宁的一座城。一直不上别处去，径奔沙河驿去拿赵通。按下这，江宁人马在路途上，再把那，恶人赵通明一明。把刘大人锁在空房内，不放贤臣转江宁。于秃子，定下一条绝户计，要害清官命残生。门上锁着铜斗观，十字封皮上面封。怕得是，有人开门将他放，派了狗奴人二名。昼夜门前来看守，阴七阳八就活不成！清官爷在空房遭磨难，无奈何坐在地流平，腹中暗把“皇爷”叫：“不承望，为臣死在这里把命坑！江宁空有文共武，一个个，装哑又推聋。任凭恶人行万恶，各保身家不尽忠。本府一死如蒿草，从今后，再无人，敢惹赵州同。但不知，外面的承差晓不晓？可从江宁去调兵？”按下清官在空房内，再把那恶人明一明。

第六十五回
李游击挥兵围赵府

且说恶人赵通，听管家陈三恍之言，把刘大人锁在空房，将贤臣爷要饿死。吩咐已毕，打书房回内宅而去，心里惦记着他的外甥媳妇杜媚娘。虽然叫管家假扮强盗，将杜氏抢来，藏在暗室之中，他可不敢硬去成亲。先叫仆妇丫环去说杜氏，他仍旧和他姬妾妻子去耍笑讴歌，不必再表。

且说江宁府的游击李龙带领着三百人马，还有守备王英、千把外委，承差陈大勇引路，一直的径奔沙河驿的大道而走。不多一时，来至沙河驿。陈大勇带领着众人，穿街越巷，登时来至赵通的门首。陈大勇收住能行，说："这就是恶人赵通宅子咧。"游击李龙闻听陈大勇之言，在马上传令："将贼宅团团围住！"守备、千总、把总等官闻听，不敢怠慢，将这三百多人撒开，把赵通的住宅围了一个水泄不通。

暂且说说赵通家的众狗奴，瞧见一个戴亮蓝顶子的，还有一个戴水晶顶，带着一群人，将他家的宅子围了个严紧，就知道是来找刘罗锅子的。众狗奴看罢，不敢怠慢，慌忙将大门关上，顶了个结实。"咕嘟嘟"往里飞跑，前去报信不提。

且说雁过拔毛赵通，在后面正与他的姬妾耍笑讴歌，作乐饮酒，忽见家奴净街王三，他打外面慌慌张张跑进来咧，喘吁吁开言，说："大爷，不好咧！外面不知是何处的人马，把咱们的宅子，围了个水泄不通。奴才们将大门顶上咧，前来禀大爷知道。”赵通闻听家奴王三之言，把他吓了个惊疑不止。

赵通闻听家奴的话，不由得着忙惊又惊，腹内说：“定是江宁的人共马，寻找假扮那刘墉。听着前来就不善，我岂肯，束手遭擒入打笼？满破着花上银子几百，管叫你，大小官员都撂考成。那时才知我的厉害，叫你们，从今再不敢惹赵通！”恶贼想罢不怠慢，眼望王三把话明：“快叫管家陈三恍！”家奴答应不消停。迈步翻身朝外走，不多时，把丧门神叫到上房中。赵通将此事说了一遍，管家闻听吃一惊，半晌开言才讲话，说：“大爷留神在上听：事已至此难展爪，咱爷俩，岂肯束手上绑绳？讲不起，今日定要斗一斗，然后再，总督的衙门去搬情。”赵通闻听说：“有理，就是如此这般行！”吩咐：“快把小子们叫，速速前来莫消停！”陈三恍闻听不怠慢，急忙忙，迈步翻身往外行。不多时，大小狗奴全叫到，一齐来到上房中。头一个，张五名叫“仙鹤腿”，第二吴八叫“独眼龙”，第三个，“杉篙尖子”名王虎，第四个，“净街王三”在年轻，还有管家陈三恍，外号叫，他是“丧门神”恶又凶。一切家奴无名号，七大八小几十名。赵通看罢开言叫：“小子们留神要你们听明。”

赵通看罢，说：“小子们，俗言说得好：‘养军千日，用在一时。’今有江宁的官兵，将咱爷们的宅子围了个水泄不通，要拿咱爷们。你们今日得与我出点子苦力气，各找兵器，将官兵赶散，我好总督衙门搬情。回来每人赏银五十两！”狗奴闻听，齐声答应，说：“大爷，这件事情交给我们罢！”各自去找兵器。也有拿刀的，也有拿枪的，也有拿棍子的，有拿着扁担的……乱乱哄哄，七手八脚，却是与官兵打仗咧！这一伙狗奴，是管家陈三恍带领着，小子手使着一口单刀，带领着众人，往外而走。王虎手拿着一杆浑铁枪，在后边督着阵。正往外走，忽见一个狗奴迎头跑过来咧，说："大爷，不好咧！外面人声呐喊，叫快些开门，把刘罗锅子送出去呢！眼看把大门都打下来咧！"赵通闻听，说："知道咧！你快去摸家伙去罢！"一同众豪奴，来至大门以里站住，吩咐："开门！"众狗奴闻听，将顶门的东西拿开，拔了插关，"吱喽喽"，门分两扇。

且说门外的兵丁，正然砸门，忽听里面有人说"开门"，忙忙退下台阶站立。游击李龙和守备王英，一齐抬头观看。

他两个，官长抬头看：大门内，出来了贼奴一大群。个个手内擎棍棒，瞧光景，要与官兵上下分。为首当先陈三恍，一口单刀手内存。左边是，杉篙尖子名王虎，仙鹤腿，他却在后面跟。右边是，净街王三挡头阵，后跟着，独眼龙吴八一个人。下剩的狗奴在后面，他们要，保定赵通出大门。恶人站在台阶上，赵州同，手拿浑铁枪一根。贼徒举目往外看，打量江宁三品的臣：头上戴着亮蓝顶，年纪不过在四旬，补褂上绣金钱豹，弓箭撒袋紧随身，坐下骑着匹粉鬃马，一条铜棍手中存。下首还有一官长，亮白顶儿恰似银，坐下骑的铁青马，手使着，两把铜锤分两沉。还有那，千把外委随在后，仔细瞧，全是人马围了大门。赵通正然把人马看，忽听那，游击李龙把话云，眼望着，众多豪奴来讲话："哪个是，囚徒赵通作恶的人?"李龙的言词还未尽，恶棍赵通，走上前来把话云，眼望李龙尊："官长，要你留神听一个真：赵某并非犯王法，你为何，带领人马围我大门？既然做官该懂理，岂可擅自动官军？倚仗官长欺负我，你要错费这场心！别说是游击和守备，就是那，总督巡抚还让我二分!"赵通越说越有气，忽听那，李龙开言把话云。

第六十六回
英雄大勇救援知府

李龙闻听赵通之言，说：“囚徒！朗朗的乾坤，你横行霸道。你快把江宁府的知府刘大人送出来，还叫你多活一会，但若挨迟，管叫你目下倾生！”赵通闻听李龙游击这个话，冲冲大怒，眼望着众狗奴开言，说：“你们快些动手。暂且将这狗官拿住！等我去江宁府，见一见他们总兵周大人，我们再说就是咧！”众狗奴闻听不敢怠慢，齐往上拥齐动手。守备王英一见，一马当先，将众贼奴挡住。大总管陈三恍，见王老爷把他们挡住咧，他并不答言，前来把手中单刀一举，照着王守备的上三路，“嗖”就是一刀。王守备忙用铁枪架过，才要还手，左边的杉篙尖子王虎和仙鹤腿张五他两个，枪刀并举，也来动手。王英刚刚把二人的兵器架过，右边的净街王三和独眼龙吴八也到跟前。他们五个人，把王守备团团围住。

众恶奴，围住王英守备爷，江宁的，千把外委也不消停。一齐撒马朝上撞，要与贼奴见输赢。千总名字叫杨文炳，李国良是把总的名。还有两个经制外委，一个叫周玉，一个叫和成。四个官长来拿恶棍，帮助守备叫王英。马上步下齐动手，只听兵刃响连声。陈三恍单刀急又快，守备的铜锤紧紧封。王三的枋木棍胡乱打，千总的双鞭把棍迎。张五的扁担搂头打，把总枪也不放松。还有吴八和王虎，俩外委，敌住贼奴人二名。来往斗够多一会，众官长，拿不住囚徒人几名。按下他们来动手，再把那，游击李龙明一明。马上观瞧将牙咬：囚徒们，胆大包天了不成！倚仗能争来动手，擅自与官长见输赢！瞧光景，五个囚徒真扎手，五个官，要想拿他们万不能。我李某，奉命来到沙河驿，擒拿恶棍好救人。今日要，不能取胜众奴婢，怎么样，回府去见周总兵？须得本府亲动手，若不然，叫贼奴们就走脱了不成。李老爷，才要催马迎上去，承差陈大勇把话云："李老爷，这件功劳赏与我，小的前去助一功。"李龙闻听心欢喜，说道是："要你小心着，不可大意瞧看轻。"陈大勇答应说："知道，不用老爷再叮咛。"好汉说罢不怠慢，一抖丝缰往上冲。铁棍一条手中举，三十五斤还有零，一直径奔王三去，要与贼奴见输赢。盖顶搂头往下打，王三木棍把铁棍迎。只听"咯当"一声响，贼奴木棍起在空。大勇一见不怠慢，一抖丝缰抢上风，反背抡棍又一下，王三的残生就活不成。

陈大勇头一棍把净街王三的木棍磕飞，把坐下马一带，反背抡棍，望定王三的后背打去。王三一来是赤手空拳，难以招架；二来不妨陈大勇的棍在背后打来，只听"乓"一声响亮，王三打倒在地下。陈大勇这一条铁棍，重三十多斤，王三如何搁得住这么一家伙？只打得骨断筋折，呜呼哀哉！那四个恶奴，瞧见王三被一个骑黑马使铁棍的，一下打倒咧，他们的心中一怯，后力不加咧，杉篙尖子王虎被千总杨文炳一鞭打倒，众兵丁就势把他捆上咧。仙鹤腿张五，被把总李国良一枪扎死咧。独眼龙吴八，被两个外委拿住咧。陈三恍瞧见势头不好，他也不敢和众人动手，迈开脚步，"咕嘟嘟"往大门的里面飞跑。

恶人赵通，正在台阶上观看众奴与官长动手，只见也有打死的，也有拿住的，正然心中害怕，忽见大管家丧门神陈三恍，慌张张跑回来咧，说：“大爷，快些进去罢，官兵甚是厉害！咱暂将大门关上，再作定夺。”赵通闻听陈三恍之言，说：“就是这么着罢。”说罢，他们两个跑进去，将大门关上咧，顶了个结实，暂且不表。

且说的是，门外的众官长，将王虎和吴八，绳绑二臂，交与兵丁看守，然后又来到大门以前站住，吩咐兵丁快些动手砸门。

众兵闻听齐答应，都来动手就砸门。只听“乒乓”连声响，这不就，吓坏豪奴主仆二人。他们俩一齐往后飞跑，暗室之中去藏身。登时间，把大门劈了个粉粉碎，游击李龙不怠慢，带领着，守备千总进了贼门。各处留神找恶棍，并不知他主仆何处存。厢房大厅全找到，书房之内细搜寻，一找找到尽后面，众官长，一齐举目细留神。但只见：有一间房门锁着锁，封条上面贴在存。众官长，看罢不解其中意，说道是：“莫非里面藏着恶人？咱给他，打下门来瞧真假，省得你我起疑心。”说罢他们不怠慢，一齐动手就砸门。只听“乒乓”连声响，铁锁掉在地埃尘。用手去开那钌铞，“吱喽喽”，门响一声往左右分。众官长一齐留神朝里看，这不就，瞧见了假扮客商的刘大人！盘膝打坐尘埃地，闭目合睛养精神。众官长看罢不怠慢，到眼前，把“大人”连连尊又称：“我们都，救护来迟休见怪，望乞宽怀莫动嗔。”刘大人闻听一睁眼，这才慢慢地细留神。认出是，江宁千把和守备，还有总兵的一中军。清官爷，看罢忙站起身形，眼望众人把话云。

第六十七回

鲁见明贪赌竟输妻

刘大人看罢，眼望众官员讲话，说："既然如此，快些将恶人拿住。"说罢，一齐出了空房，带领兵丁们各处里搜寻，一找就找到个地窨子之中，赵通和陈三恍这两个狗子，在那里头，他忍着呢！众兵丁一见，说："有了恶人咧！在这里头藏着呢！"说罢，一齐动手，将赵通和陈三恍打地窖里头掏出来咧。刘大人一见，赵通和他的管家陈三恍打地窖中出来，不由得无名火起。吩咐："快些动手，将这囚徒绑上！""这。"众人一齐答应，登时把他主仆二人绳拴索绑。刘大人又吩咐，就将恶人赵通家的车套上一辆，打死的不算，将那活着的赵通、陈三恍，还有外面拿住的王虎和吴八，全都装在车上。

刘大人这才一同众人出了赵宅，来到大门口站住。承差陈大勇一见，不敢怠慢，慌忙将他骑的那一匹坐骑拉过来了，扶持清官爷上了马。众官员也都上了坐骑。兵丁们将那一辆车，团团围住，出了沙河驿的村，这才径奔江宁府的大路而走。

这清官马上开言叫："李老爷留神要你听：今日虽然拿了恶棍，赵通势力有人情。他哥哥，现在山西为布政，他又是候选一州同。倚财仗势欺良善，昨日有，七人告进我的衙中。本府无奈又私访，带领承差人一名。不料刚到沙河驿，村头遇见恶人赵通。手下的随奴有七八个，有一个秃子也在其中。一个个，骑在马上说又笑，他们都，奔了沙河驿中行。不料那个秃子认得我，皆因他，时时讨账进江宁。将本府诓到他家去，不容分说，把我锁在空房中。多亏众位人马到，就势拿了赵州同。杀了恶棍除后患，此处的黎民才得太平。”游击李龙答应：“是，大人的言词理上通。”说话之间来得更快，瞧见江宁一座城。刘大人，催马一直把北门进，游击千把后跟行。越巷穿街急似箭，不多时，来到大人的辕门在眼下横。

说话之间，来到辕门。刘大人与游击李龙，至滴水下了坐骑，众官员在衙外下马。清官爷走马升堂，把赵通问了一遍，赵通也不用夹打，尽情全都招认。为什么恶人赵通招得这么坚决？心里想着：不过暂受一时之屈，少时必有硬勘到来，哪怕刘罗锅子不依！所以赵通等心中都不大十分害怕。

且说游击李龙等告辞刘大人，去周总兵的衙门交差不表。再说刘大人，这才吩咐把赵通等收监，一面作了文书，详报巡抚；一面修成本章，启奏太上皇爷。皇爷将山西布政司赵顺革职免究，说他不能治家，焉能治国？巡抚高宾，罚俸三年，说他失于觉察。然后在刘大人的原本后面，批了一笔：“将赵通等本处斩首示众”，暂且不表。

且说刘大人接了御批，斩了赵通等，然后把告状的老少七人和秀才张宾，全都传了来，都跪在下面。刘大人就将拿恶棍赵通斩首的话，说了一遍。才要吩咐他们去各认产业，忽见打衙门外有一乘轿子，往里面走。原来是赵通的妻子王氏，将杜媚娘送至府衙。杜氏虽被赵通抢去，并未失身，所以王氏将他送至当堂，听刘大人的发落。

且说杜氏下了轿子，见了他夫主张宾，夫妻二人抱头痛哭。

刘大人一见，座上开言，说："张宾，这是你妻子么?"张宾见问，向上叩头，说："大人，是生员的妻子。"清官爷说："既然如此，你的冤仇也算报了。快些与你妻子一同回家，好生安分守己度日去罢。"张宾夫妻二人千恩万谢，出衙回家。那些个人，也是照样而行，到赵通家各认其产，都不必细表。刘大人退堂，也不用再讲。

且说的是，江宁府宣城县管，有一个黄池镇。这村中有一个文秀才，姓鲁，字见明，年方二十六岁，一生好赌。祖上所有遗的产业，都被他输了个精光。妻子焦氏，年方二十五岁，生得有沉鱼落雁之容，闭月羞花之貌。不但貌美，尚且是三从四德，诗词歌赋，琴棋书画，件件皆精。奶名叫焦蕙兰。只有一子，年方五岁，叫鲁廷义。公公早已去世，就只有婆母陈氏在堂。一家四口度日，暂且不表。

且说这黄池镇中，有一个土豪，姓黄，叫信黑，家有敌国之富。要讲他的势力不可盛，横行霸道，无所不为，无所不输。

这恶棍，天生的真万恶，横行霸道了不成。倚财仗势将人害，专把良民百姓坑。这一天正逢五月景，端阳佳节庆丰年。金陵原来是水地，龙舟斗得大有名。黄信黑，带领家人闲游赏，江宁府，果然是水秀与山青。回来路过双美巷，猛抬头，瞧见个女子在路东。原来是，见明之妻焦氏女，因为找他的小儿童，所以才站在街门口。不承望，正遇土豪从此行。黄信黑，举目留神看，打量焦氏的俏形容。但则见：乌云巧挽仙人髻，发似墨染一般同。杏眼秋波花含露，鼻如悬胆正当中。两道蛾眉如新月，芙蓉面上带润红。两耳藏春桃环配，腰如杨柳舞春风。小口樱桃无言语，想必是，糯米银牙在口中。玉腕上，两个藤镯明又亮，尖尖十指赛春葱。往下瞧，金莲未必有三寸，仔细看，穿鞋上绣半枝蜂。头上是，碧玉簪儿别住顶，鬓边斜插一丈青。身穿一件蓝布衫，月绢单裙系腰中。虽然穿戴不为贵，天生的，温柔典雅动人情。黄信黑，正然看得正高兴，忽见那，佳人翻身往里行。这土豪，瞧罢正自发了怔，魂灵儿飞上九重空。嘴中的黏涎往下淌，目瞪痴呆似哑聋。半晌才缓过一口气，他的那，眼望家人把话明："但不知，此妇是谁家的女？要你们留神细打听。但得与我睡一夜，就死黄泉也闭睛！"黄信黑的言词还未尽，有一个家人把话明。

土豪黄信黑，有一个家奴，叫永兴。这小子闻听他主人的言词，带笑开言，说："爷连这个女子也不认得吗？这就是最爱赌钱的那个秀才——鲁见明之妻。"黄信黑闻听，说："呵，这就是他的女人吗？不承望小鲁倒有这么个好女人！"黄信黑说："永兴儿，有个什么计策，将这个女人弄到我的手中，做一个姨娘，我赏你五十两银子，另外还把玉莲那个丫头给你为妻。"永兴闻听黄信黑之言，说："大爷，这有何难？鲁秀才是个最爱赌钱的，只须爷回到家中，合一个局，把鲁见明邀了来，赢他个三百两二百两的，下炕就和他要钱。他无钱给大爷，何愁他的女人到不了大爷的手内？"黄信黑闻听永兴之言，不由满心欢喜。

黄信黑，闻听家奴的一席话，不由得，满面添欢长笑容，说："此计大妙真不错，事不宜迟咱就行。"他两个说罢不怠慢，一直的，径奔自己的大门庭。穿街越巷急似箭，转弯抹角快如风。霎时间来到大门口，主仆俩，迈步翻身往里行。来至书房忙坐下，家奴慌忙献茶羹。黄信黑，茶罢搁盏来讲话："永兴留神要你听：方才咱俩说的话，速去置办莫消停。先到南街请唐五，后到北头去叫赵洪。就说我有要紧的话，叫他俩，速速前来有事情。然后再到双贤巷，去请秀才鲁见明。焦氏果然要到我手，今晚上，你就去，拉住玉莲硬上弓。”永兴闻听心欢喜，迈步翻身就往外行。出了大门急似箭，径奔南街走似风。先请快家子名唐五，又到北头去叫赵洪。然后再到双贤巷，去请秀才鲁见明。不多时，永兴把三人全请到，黄信黑观瞧长笑容。

土豪黄信黑，一见三人来到，慌忙站起，带笑开言，说：“三位请坐，今日咱们掷场子罢。这个局算我的，拿出五百银来，赢了，拿着走；输了，我的是三天的钱。”三人闻听黄信黑之言，唐五和赵洪先就说话咧——他们是搭就的活局，快家子唐五说：“黄大爷，不瞒你那说，我是去了块稻地，去了四百三十吊钱，明日就写文书。”赵洪说：“这还有个十来间房。赢了，我就拿着走；要是输了呢，写个欠字给你那，我就要串房檐玩去咧！”

众位明公，他们仨这个话，激得都是鲁秀才一个人。俗语说得好，“耍钱场里出高汉”，这句话真真的不错。鲁见明家里本无钱，他偏说有钱。黄信黑与鲁见明住在一个村中，他岂不知他耍不起这个局么？他不为赢他的银子钱，他为得是要赢他的女人。众位明公，要瞧起这件事来，这个钱就再不可耍咧！有个好女人，人家还惦着呢！这是玩的么？

且说黄信黑闻听他三人之言，说：“既然如此，咱们就赌咧！”永兴儿这小子答应，黄信黑说：“把色子、色盆子，还有牌子，全都拿了来！”“是。”小厮永兴去不多时，全都拿了来咧，放在床上。黄信黑一见，开言讲话。

黄信黑一见开言道：“三位留神仔细听：一根牌子是银十两，耍完了，按着牌子把账清。”三人闻听说：“有理，黄爷的言词理上通。”说罢他们不怠慢，一齐坐下就赌输赢。他们仨打就的通通股，单赚秀才鲁见明。快家子唐五掷得好，仰托高料果然能。秀才本是个眼子耍，连点儿他还认不清。四个人，从晚掷到三更鼓，一算账，输了秀才鲁见明，纹银输了三百两，黄信黑，眼望唐五又叫赵洪：“依我说咱们也歇歇罢，眼下就交五下钟。”两个走狗说：“有理，大爷的言词理上通。输赢倒是平常事，明日我俩还有事情。”鲁见明闻听发了怔，腹内说：“这一哈喇①了我个精！纹银输够三百两，家中哪有许多的银？三天要不能清此账，黄信黑不是个省油灯。实指望赢他几百两，不承望，倒输了个大窟窿！”鲁秀才，默默无言自发怔，黄信黑开言把话明。他的那眼望秀才来讲话：“鲁先生留神要你听：你输的银子是三百两，明日送到我家中，短少分毫不能够，成色要错我是不容。”鲁见明，闻听土豪这些话，不由着忙吃一惊，腹内说：“信黑素日行霸道，就如恶虎一般同。我家中，哪里又有银共两？惹恼囚徒就了不成。”秀才思想打主意，赵洪开言把话云，说：“大爷不必发急躁，事从款来慢慢行。我倒有个拙主意，未不知先生听不听？据我瞧你这光景，家中未必有现成的铜。我说这话你别恼，还不知大爷从不从？”秀才闻听开言问：说：“赵大哥，但不知，有何主意快讲明。”赵洪见问腮含笑，说：“先生留神要你听：既然你屡屡将我问，我也是为好息事情。依我瞧你家令尊嫂，岁数也算在年轻，倒不如卖与黄财主，三百纹银一笔清。省得你添人又买柴米，添人不如减口，是一个真情。未不知我说的是不是，鲁先生，你要掂掇酌量行。”鲁见明闻听长叹气，说：“大哥，留神听

① 哈喇（hāla）——早期白话中当“杀死”讲。

我把话明。”

秀才鲁见明，闻听走狗赵洪之言，长叹一口气，说：“罢罢，既然如此，还不知黄大爷应与不应？”黄信黑在一旁闻听鲁见明应允，不由满心欢喜。他也就开言说：“鲁先生，这如今你既然无银子，把令正折与我，你听我也无的说咧。论理可不值三百银子，罢了，就是如此罢！永兴儿。”这小厮答应，黄信黑说：“看笔砚过来。”“是。”不多一时，全都拿来，放在秀才鲁见明的眼前。赵洪一见，先就开言，说：“鲁先生，赶早写一写，天气也不早咧。”鲁见明闻听走狗赵洪之言，无奈何，只得提笔在手，立了个亲笔的卖字。黄信黑接过来瞧了一遍，慌忙收起，说：“鲁先生，今日不是五月初八日？又是一个好日子。我明日接人就是咧。”鲁见明闻听黄信黑之言，说：“任凭尊意罢。”告辞而去。黄信黑给了唐五、赵洪每人十两银子，他们俩也各自回家，不表。

再说秀才鲁见明，出了黄信黑家的大门，一路上提心吊胆，径奔双贤巷而走。

只见那，秀才见明忙迈步，径奔双贤巷内行。转弯抹角急似箭，霎时间，自己的家门眼下横。秀才翻身走进去，一直径奔上房中。先见高堂陈氏母，然后再，去见焦氏女俊英。进门坐在竹床上，鲁见明，默默无言似哑聋。焦氏一见忙站起，带笑开言把“夫主”称：“想必昨夜又去耍。”说话之间递过茶羹。秀才一见心讨愧，未曾说话脸先红，说：“娘子请坐我有句话，皆因是，万般人出无奈中。昨日晚上我去耍，运不通，耍了一夜不能赢，倒输了纹银三百两，三天就要把账清。为夫的，万般出在无其奈，将贤妻，卖与人家做仆从。就是本府的大财主，信黑黄爷大有名。到他家，穿的是绸罗纱与缎；吃的是，珍馐美味样样精。一呼百诺人侍奉，强如跟着我受贫穷。”秀才的言词还未尽，焦氏闻听把魂吓惊，好似头顶三江水，犹如脚䟶①五湖冰，登时更改平常色，脸像金纸一般同。半晌缓过一口气，“夫主”连连尊又称：“奴与你，数载的恩情如山重，怎忍将奴一旦扔?”秀才说：“千错万错我的错，到而今，后悔不来总是空！黄信黑，五月初九就来娶，贤妻不去就了不成。土豪如何肯依我？娘子只当把我疼。”说着说着忙下跪，焦氏女，心中恰似滚油烹，慌忙用手来搀起，尊了声：“儿夫你听明：不必如此发急躁，事款则圆是真情。”秀才闻听忙站起，其心讨愧，搭搭讪讪往外行。鲁见明，信步又入了赌博场，无有钱，在人家，脖子后头去打康灯。按下秀才挨靠后，再把那，贤惠的佳人明一明。

① 䟶（cī）——脚下滑动。

第六十八回

节烈妇绝命劝夫君

且说佳人焦蕙兰，闻听他夫主鲁见明之言，说将卖与土豪黄信黑为妾，吓得惊疑不止。再说，是听夫主之言，去与黄信黑为妾，一来与他的父母打嘴，二来叫鲁见明怎么抬头？再说是不去，鲁见明如何搪的开黄信黑？又怕他夫主受土豪的陷害。

论理，想要这宗东西如何能够？这秀才鲁见明，总不想上进，一心贪着赌钱，将祖上遗留的产业，输了个精光，到后来，把个女人也输咧！众位明公，像鲁秀才这样的不成人，也就到了万分咧。佳人焦蕙兰，并无抱怨之言，可见的是个淑女。怪不得启奏乾隆爷的驾前，到而今是万古不朽。有到过那金陵，知道焦氏的烈女祠现在。

闲言不表。且说佳人焦氏蕙兰，思前想后，说："罢了，罢了。事已至此，不得不如此而行，也是我的命该如此，定不由人算。"焦蕙兰腹中暗想：不如我今一死，亦全其名节，何不留下几首诗词，一来诉我心中之苦恼，二来劝解我儿夫，极早回头，改过前非，也未可定。焦氏蕙兰想罢，将系腰的一幅罗帕，拴在床头之上，然后将文房四宝①拿过来，研得墨浓，掭得笔饱，提

① 文房四宝——文房，指书房；四宝，指书房中必备的纸、笔、墨、砚四种文具。

笔就写，作《绝命词》十首，开列于后，都是七言四句：

头一首　　风雨凄凄泪暗伤，鹑衣不奈五更凉。
　　　　　挥毫欲写哀情事，提起心头便断肠。

第二首　　风吹庭竹舞喧哗，百转忧愁只自家。
　　　　　灯蕊不知成永诀，今宵犹结一枝花。

第三首　　独坐茅檐集恨多，生辰无奈命如何。
　　　　　世间多少裙钗女，偏我委屈受折磨！

第四首　　人言薄命是红颜，我比红颜命亦难。
　　　　　拴起青丝巾一帕，给郎观看泪痕斑。

第五首　　是谁设此迷魂阵？笼络儿夫暮至朝。
　　　　　身倦囊空归卧后，枕边犹自呼幺幺。

第六首　　焚香祈祷告苍天，默佑儿夫惟早还。
　　　　　菽水奉亲书教子，妾归黄土亦安然。

第七首　　调和琴瑟永相依，妾命如丝旦夕非。
　　　　　独有一条难解事，床头幼子守孤帏。

第八首　　沧海桑田尚交迁，人生百岁总归泉。
　　　　　寄言高堂宜珍重，且莫悲哀损天年。

第九首　　暗掩柴扉已自知，妾命既死亦如归。

伤心更有呢喃燕，来往窗前各自飞。

第十首　　为人岂不惜余生？我惜余生势不行。

今日悬梁永别去，他年冥府诉离情。

佳人焦蕙兰将《绝命词》十首写完，折了一折，掖在挽袖之内，这才站起身形，将她的粉项一伸，入在绫帕之内，身躯往下一坠，登时间身归那世，命染黄泉。

只见那，焦氏悬梁寻自尽，她也是，万般出在无奈中。为人但有一线路，谁肯自尽下绝情？按下焦氏挨靠后，再表秀才鲁见明。赌博场中看了多一会，脖子歪了个挺生疼，天亮人家将赌散，无奈他才转家门。一边走着心犯想：回到家中去折变铜，令人找主将房卖，赌博场中去见输赢。我就不信羊上树，皆因是我运不通。人家想红我想皂，一连三场落下风。鲁见明，一边思想朝前走，穿街越巷脚不停。不多一时来得快，到门前，迈步翻身往里行。一直径奔卧房内，一抬头，瞧见焦氏的死尸灵！身躯直挺床头站，罗帕一条套在项中。鲁见明一见真魂冒，吓得他，回转身躯往外行。一边跑着一边想：焦氏自尽赴幽冥。上房中，惊动寡妇陈氏母，闻听此言吃一惊。他也就，慌忙来到当院内，眼望秀才把“儿”叫：“你为何，大惊小怪主何情？”鲁见明，闻听此言腮流泪，说：“老母留神在上听：为儿昨夜身在外，今朝才到我屋中，不知焦氏因何故，悬梁自缢赴幽冥？”陈氏闻听唬一跳，说声：“咳，大祸塌天了不成！”

陈氏闻听鲁见明之言，慌忙来到了焦蕙兰的房中一看，果然是真。眼见陈氏望鲁秀才讲话，说：“我儿，此事如何是好？这可怎处！”鲁见明说：“事已至此，少不得与他娘家去送一个信去，等他娘家的人来了，再做主意。”陈氏闻听鲁见明之言，说：“我儿，既然如此，你就去一趟罢。快去快来！”鲁见明答应一声，翻身出门而去，暂且不表。

单说的是，焦氏的父母，就住在黄池镇的西北，有一个小村，叫做太平集，离黄池镇就有三里多路。他父亲名叫焦成，母亲于氏。焦成是一个斯文，为人忠厚，膝下无儿，只有小女焦蕙兰这个女儿，夫妻俩爱如珍宝。匹配了个女婿，又不成人，一生好赌钱，夫妻俩是心中常常的惦记着。这一天，正是五月单五日，到了次日，老两口子商量着要往女婿家去接女儿回家过节。夫妻二人正自讲话，讲话之间，一抬头，看见他家女婿走至面前，泪眼愁眉。焦成夫妻二人一见，慌忙站起，说：“姑爷请坐。今日来到甚早，莫非是小女打发姑爷到此，叫老汉去接他回家吗？”鲁见明闻听他丈人焦成之言，未曾启齿，泪流满面。

鲁见明，闻听岳丈焦成的话，好似那，万箭攒身刺前心。未从开言先流泪，“岳父”连连尊又尊：“今日到此无别故，为得是，令爱自缢命归阴。昨夜晚，小婿在外未回转，今日一早到家门。不知令爱因何故？床头上见了阎君……”秀才的言词还未尽，吓坏了，焦成夫妻两个人，登时改变平常色，面如黄纸似淡金。半晌缓过一口气，说：“姑爷此话果是真？想来必定有缘故，不可隐瞒对我云。我女儿，素读诗书知礼义，四德三从尽晓闻。岂肯无故寻自尽？想来为难到万分。其中就里告诉我，做主自有你的丈人。你要不说实情话，要叫我，女儿白死就枉费心！衙门之中先告状，翁婿一旦就绝情。”秀才闻听他岳丈的话，只吓得，面目焦黄似淡金，开言不把别的叫，他把那，“岳丈”连连尊又称，说道是："小婿也不敢来撒谎……"便把那，以往前事仔细云："因为赌钱起的祸，输了黄家三百银。黄信黑，不容倒脚立时要，他说是：三声不给定拉脚心。小婿万般无其奈，才把那，令爱折与姓黄的人。"鲁见明的言词还未尽，焦成的，怒气攻心才把话云。

焦成闻听他家姑爷鲁见明之言，不由得怒气攻心，说："姑爷，这件事，你就行得大错了！你又不是不懂理的人，年轻轻的冲冲秀才，不想读书上进，一心贪着赌钱，房产地亩输了罢了，你想，天地间赌钱的也不少，那有把女人折了输赢账的吗？难为你还是个秀才呢！活活玷辱了孔圣的门墙咧！怪不得我女儿自缢而亡！再者，黄信黑也实在的可恶！赌博硬敢折算人，真正的万恶！罢了，事已至此，说不得破着我这口气，定要与黄信黑恶棍，到那宣城县打一场官司！姑爷，你暂且回家，与你无干。"焦成说罢，并不怠慢，到后边换了衣服，又到前边，叫小厮到外边雇了一乘二人小轿，抬至门前。

到了南边地方，不论男女出门，都是坐轿，就和咱们北京城内坐车的一样。闲话休讲，言归正传。

且说的是焦成赌气出门，上了二人小轿，轿夫抬起，径奔宣城县大道而走。

只见那，焦成坐上二人轿，径奔宣城大路行。太平集，离县只有六里地，轿夫们，霎时之间就来到。进了宣城小县中，将轿落在流平地。焦成迈步往外行，举目睁睛抬头看，有个酒铺在道东。焦成看罢走进去，只见那，吃酒之人闹哄哄。焦举人，拣了个座位刚坐下，堂倌一见不消停，来到跟前忙赔笑，说："焦先生，许久未到小铺中。今日到县有何贵干？清晨就来进县城？"

焦成闻听堂倌问，说道是："有点小事要见县公。把你的，笔砚暂借我用一用。"堂倌闻听说"现成"。走去拿来桌上放，他又去，照应别人不消停。按下堂倌不必表，再把那，焦成时下明一明。研墨掭笔擎在手，乌星落纸快如风。不多时把呈词写毕，告辞出了酒铺中。顺着大街往南走，十字街一拐又西行。县官的，衙门就在大路北，衙门口，青衣人等闹哄哄。焦成看罢往里走，正遇县主把堂升。来在堂前并不下跪，拖地毛腰把"父母"称，说道是："学生有件不平事，望乞父母判断明。"说罢呈词双手举，汪知县，座上开言叫一声，"书吏接收本县看"，手下人答应不消停。迈步翻身往下走，接过来，递与知县汪自明。

汪知县伸手接过焦成的状词，留神观看，但见上写着："具呈人，系江宁府宣城县太平集村举人焦成。因为恶棍黄信黑，赌博折算人口，将举人的女儿焦蕙兰逼死，自缢而亡。这土豪万恶非常，求父母做主，速拿黄信黑与举人报仇。焦成感恩万世矣。"

汪知县看罢，是人命重案，不敢怠慢。随即吩咐，预备轿马，同举人焦成上黄池镇去相验。手下人答应一声，登时预备妥当。汪知县在滴水上轿，执事前行，大轿后跟，出了县衙。举人焦成也上了他的小轿，在后面跟随，一直径奔黄池镇而走。不多一时，来至黄池镇秀才鲁见明的门首。

汪知县，来到那座黄池镇，鲁家的门首把轿停。轿夫栽杆去了扶手，出来了宣城的汪知县尊。刚要迈步朝里走，大轿前，跪倒生员鲁见明。报名已毕忙站起，打后边，又来了，秀才的岳丈唤焦成。见明当先前引路，知县相跟往里行，后边就是焦文举，到了鲁宅看分明。公案就在当院设，问一声："焦氏在哪屋寻自尽？"鲁秀才，用手一指"这屋中"。汪知县，闻听此言朝前走，西厢房，门口站住看分明。只见那：焦氏佳人床头吊，罗帕一条套在项中。光景未必有三十岁，不过在，二十五岁正年轻。身穿一件蓝布衫，仔细瞧，有张字纸在挽袖中。知县看罢将屋进，又到那，死尸的跟前把步停。看罢多时开言叫：“鲁秀才，仔细留神要你听：快把那，妻子袖中那字纸，取出来本县看分明。”鲁秀才，答应一声走上去，仔细瞧，果有张字纸在袖中盛。见明瞧罢不怠慢，伸手拿出递与县公。汪知县接来留神看，原来是：十首诗词写得更清。七言四句作得更好，字眼清楚还有仄平。知县看罢将头点，腹中赞叹两三声：“人言红颜多薄命，常闻俗语是真情。”县主叹罢时多会，眼望焦成把话明。

第六十九回

罚黄贼建祠旌烈女

汪知县看罢多时，将佳人焦蕙兰的这十首绝命诗词，递与秀才鲁见明的丈人焦成看了一遍。焦成越加伤感，说："只求父母与生员做主，拿土豪黄信黑问罪。"知县闻听举人焦成之言，说："你不必着急，本县自有道理。"说罢，来到公位坐下，把秀才鲁见明叫过来，问了一遍。鲁见明并不敢隐瞒，就将"黄信黑找去耍钱，输了他三百两银子，黄信黑不容时刻，生员万般无奈，才把我妻子焦氏折算与他方休。黄信黑要作为妾，焦氏闻听此言，昨日夜晚，打发生员不在家中，他就自缢而亡。我二人并无拌嘴打架。"汪知县闻听鲁秀才之言，说："难为你还是儒门①的弟子，也有因赌钱将结发的妻子算与人家为妾的吗？你真是狗彘②不如，衣冠中的禽兽！等本县将焦氏的十首诗词，并其中的情节，详报本府的刘大人的台前，回文一到，再定你与黄信黑的罪案！"说罢，又吩咐鲁见明将焦氏的尸首暂且卸下，停放看守。这才站起身形，往外而走。来到外边，上了大轿，轿夫上肩，鲁见明与焦成，把汪知县送出镇外。焦文举回家而去。鲁秀才灰心丧气，也就回家，不必细表。

---

① 儒门——孔子的学派，或指读书人。
② 彘（zhì）——猪。

再说汪知县坐轿人抬，径奔宣城县大路而走。不多一时，来至宣城县，进了衙门，先派差人将黄信黑锁拿，然后来到内书房坐下，吩咐内斯将稿房传进来。汪知县一见，开言讲话。

汪知县，眼望稿房开言讲话："要你留神仔细听：黄池镇中这一案，速速地作稿莫消停。详报本府刘太守，回文一到遵命行。还有那，焦氏的，自作《绝命诗》十首，文书之中要讲明。"稿房闻听忙答应，登时作稿不消停。誊清装在封套内，星飞电转上江宁。按下此事不必表，再表清官叫刘墉。自从拿了赵通后，金陵一带尽闻名。这个说："省内这位刘太守，不亚龙图包相公！"那个说："本是皇后的干殿下，他的老家在山东。"这个说："这位老爷子肯私访，不是卖药就讲子平。"按下居民挨靠后，再把那，刘老大人明一明。这一天，正然升堂把民词看，忽然间，一名书办往里行，双手高擎一封套，细想来，定是文书里面盛。登时就把大堂上，站在那，公案一旁把话云，开言不把别的讲："大人留神在上听：这是那，宣城县的文书到，不知详报何事情？"刘大人，闻听接来打开看，书办答应不消停。大堂之上拆封套，取出文书双手擎。递与清官接过去，刘大人，举目留神看分明。

刘大人接过文书一看，只见那上面写："禀省属下宣城县，卑职汪自明，详报黄池镇人命一案。生员鲁见明，因赌输赢，将妻子焦氏折算与黄信黑土豪为妾。焦氏于临娶以前，夜晚见鲁见明去赌未归，自作绝命诗词十首，自缢而亡。卑职业已差人，将黄信黑锁拿。卑职不敢自专，听候大人的示下遵行。"

刘大人看罢，又往后瞧，只见那焦氏的十首绝命诗词，粘列于后。众位明公，听我念来。

这清官，座上留神朝后看，只见那，字迹端正写成行。头一首：“风雨凄凄泪暗伤，鹑衣不奈五更凉。挥毫欲写哀情事，提起心头更断肠。”二首是：“风吹庭竹舞喧哗，百转忧愁只自家。灯蕊不知成永诀，今宵犹结一枝花。”三首是：“独坐茅檐杂恨多，生辰无奈命如何。世间多少裙钗女，偏我委屈受折磨!”四首是：“人言薄命是红颜，我比红颜命亦难。拴起青丝巾一帕，给郎观看泪痕斑。”五首是：“是谁设此迷魂阵？笼络儿夫暮至朝。身倦囊空归卧后，枕边犹自呼幺幺。”六首是：“焚香祈祷告苍天，默佑儿夫惟早还。菽水奉亲书教子，妾归黄土亦安然。”七首是：“调和琴瑟永相依，妾命如丝旦夕非。独有一条难解事，床头幼子守孤帏。”八首是：“沧海桑田尚交迁，人生百岁总归泉。寄言高堂宜珍重，且莫悲哀损天年。”九首是：“暗掩柴扉已自知，妾命既死亦如归。伤心更有呢喃燕，来往窗前各自飞。”十首是：“为人岂不惜余生？我惜余生势不行。今日悬梁永别去，他年冥府诉离情。”刘大人，看罢《绝命词》十首，连连赞叹五七番。说道是：“可惜这样裙钗女，只落得，身躯自缢把梁悬。我何不，启奏乾隆当今主，旌奖烈女焦蕙兰。不枉他，留下《绝命词》十首，也显得，古郡金陵出大贤。”刘大人，想罢时多会，眼望书办把话明。

刘大人看罢多时，眼望书办何英讲话，说：“将黄池镇生员鲁见明的妻子这一案，速做文书，详报督抚。然后我再修本章，启奏圣上。”书办答应一声，翻身下堂，去作文书，详报督抚，暂且不表。

且说刘大人又办了些别的公务，这才退堂，回到内书房坐下。家人献茶，茶罢搁盏，厨役摆饭，大人用毕，撤去家伙。天气将晚，随即秉上灯烛，刘大人就在灯下修本章，装入本匣之内。诸事已毕，这才安寝。一夜晚景不提。

到了第二天早旦清晨，刘大人起来，净面更衣，在大堂上拜了本章，放了三声大炮，闪开中门，打发本章出离衙门。押折的差官出了江宁府的城池，径奔北京大道。

众位明公：罗锅子刘大人初任，虽说是个知府，可与别的知府大不相同，乾隆佛爷许过他随便出折子奏事。书里表明，还是言归正传。

且说的是，刘大人上本的差官，离了江宁府，径奔北京大道而走。

只见那，差官坐骑上了大道，加鞭顿辔①往前行。此书不讲桃花店，杏花村也不在这书中。此书比古词不一样，这都是，眼前的故事出在大清。书里表明归正传，再把那，上本的差官明一明。在路行程非一日，涉水登山也记不清。那一天，进了彰义门一座，又到那，通政司的衙门去投文。按下差官归寓所，晚景休提又到天明。这通政使司的大人，不敢怠慢，只得进内启奏主公。跟随早膳将事奏，刘墉的本章进了朝中。乾隆圣主看了一遍，满面添欢长笑容，说道是："竟有这样才淑女，十首诗词作得精。可叹红颜多薄命，这句俗言是真情。此祸皆因鲁见明起，秀才输妻与禽兽同。黄信黑，也就实在真可恶，私折人口理不通。"圣主爷，看罢足有时多会，说："必得如此这般行。"王开金口说"看笔砚"，内侍答应不消停。登时间，文房四宝全捧过，圣主爷，御笔亲批写得更明。上写着："刘墉接旨遵批办：速拿

① 辔（pèi）——驾驶牲口用的嚼子和缰绳。

秀才鲁见明。将他的，两手之上去八指，看他怎样去赌输赢！黄信黑，应该罚银一万两，与焦氏，修盖祠堂在金陵。鲁见明，就叫他去看香火，以表烈女美英名。”圣主爷，御批完毕把笔落下，原本发出内院中。金陵的差官又接了本，晓行夜住奔江宁。那一天，来到了金陵郡，刘大人，跪接御批遵命行。在位的，可有到过江宁府？便知此书是真情。到而今，焦氏的祠堂还现在，烧香的还是鲁见明。这是那，乾隆圣主的御笔断，出在那金陵一座城。后人看到其间作了诗一首：

可惜佳人焦蕙兰，遇见秀才无义男。

土豪罚银一万两，焦氏芳名万古传。

第七十回

圣水庙老妇失爱女

话说刘大人，这一天正坐堂，要将那未结的民词判断，忽见一妇人跪进角门，口内嚷："冤屈呀，爷爷！"众青衣一见，赶上前来，用手一齐往外推搡，说："别嚷，别嚷！"那妇人那里肯听？只急得口中叫道："要不叫我见官，我就要撞死在这了！"刘大人一见，公位上吩咐左右："不必拦他，叫他来见我。""是。"众青衣答应，各自归班。那妇人这才上堂，双膝跪倒，座上的清官留神观看。

清官座上留神看，目视伸冤告状人：原来是个年残妇，年纪大概有七旬。面皮苍老相带病，腔腔咳嗽跪埃尘。头上罩定乌绫帕，蓝布夹袄穿在身。腰系青布裙一件，他的那，竹枝放在一旁存。大人看罢开言问："那妇人，有何冤枉对我云。"妇人闻听爬半步，"青天"连连尊又尊："若问民妇有何事，大人贵耳请听明：民妇祖居江宁府，翠花巷内有家门。民妇夫主名李贵，早已去世命归阴。膝下就只有一女，并无坟前拜孝根。女儿今年十九岁，可喜他，在我跟前尽孝心。并非民妇夸其女，样儿本来见得人。只因民妇身得病，眼看不久见阎君。民女端姐行孝道，他对民妇把话云：'奴听街坊讲，离咱家，三里之遥有座庙门，全都是，女僧焚修在庙内，"圣水姑姑"谁不闻？庙内出了一泉水，其名"圣水"效如神，远年近日身得病，一喝就好不同寻。为儿今到庙中去，拜求圣水治娘亲。’民妇闻听说：‘不可，幼女如何进庙门？’女儿说：‘此庙并非男僧庙，都是女僧把香焚。’民妇也是盼病好，说道是：‘快去快来转家门。’民女闻听将衣换，天有巳时去求神。只等到，一天一夜无音信，我女儿，想必路上遇强人。”刘大人，听到此处忙插话，说：“民妇留神听我云。”

刘大人闻听，在上面说：“那妇人住口。本府问你：你既知道幼女不该独自上庙，就该求个老者街坊同去才是，为何叫你女儿独自出门？这就是你的不是了。”民妇说：“回大人：我女儿要去的时节，小妇人也曾说过：‘你去求东边的街坊王老伯一同去。’我女儿闻听，说：‘母亲，人家说圣水庙圣水姑姑有言在先：若有求水治病者，只许亲丁前来，不许外人跟随。再者，不许男子进庙。’因此我女儿才独自去。爷爷呀，只到如今日，整整三天了，想必是路上遇见强人，将我女儿抢了去了。望大人与民做主。”说罢，只是叩头。

大人闻听，心中暗自沉吟，说：“庙中莫非有什么缘故？不然，为什么不叫男子入庙？再者，庙中乃是十方之地，大有隐情。此事必须如此这般，方知其情。”大人想毕，眼望民妇，开言说：“到后来怎么样？”两旁青衣断喝一声，说：“快讲！”刘大人说：“你等不用威吓于他。”“是。”青衣答应，一旁伺候。且说那妇人望上开言讲话。

只听老妇开言道：“大人留神在上听：小妇人，恳求邻居挨路找，又到庙中问影形，回来街坊告诉我，一路到庙并无踪。我女儿，尸骨全无不知去向，民妇无奈到衙中。望大人，可怜寡妇无倚靠，明镜高悬照分明。”刘大人，一见民妇这光景，说道是：“不必着急要你听，我问你：此庙尼僧有多少？来往施主有几名？

当家女僧怎么样？或是年老或年轻？你若知道从实讲，快些说来莫消停。”民妇见问将头叩，“大人”连连尊又称：“民妇一概不知道，从无到过这庙中。”妇人言词还未尽，有一名，青衣跪倒地埃尘。

只见有一名青衣，上前打千，说：“回大人：小人知道这庙中之事。小人的家离此庙不远，这庙在南门外边，西北角上，王家村北边，坐北向南。此庙共是五层，全是新近翻盖的：头层殿，供的是药王；二层，供的是送子娘娘，龛前悬挂一个大金钱，听见说打着金钱种子；三层殿供的是灵官。当家的尼僧，法号叫悟清，年有三十多岁，胖胖的，因他能汲①圣水治病，军民与他送了个号，叫‘圣水姑姑’。手下徒弟有七八个，年纪吗，都不过在二十上下。还有三个尼僧，年有五十多岁，可是厨房之僧。每逢初一十五日，才叫男子进庙烧香，别的日子，只许妇女进庙。回大人：本来庙中的圣水灵应，无论是什么病症，一喝就好。再者，那些尼僧，佛法最严，轻易连山门也不出。”

刘大人闻听，心中暗想，腹内说：“这件事，依本府想来，其中定有缘故。”大人想罢，将手一摆，那名青衣退去不表。忠良眼望民妇，开言说：“也罢，本府暂且准你呈状，待五天后，听传圆案。外面不必声扬。快些去罢。”

清官座上开言道：“妇人留神要你听：不必声扬回家去，本府与你查访明。”民妇闻听忙答应，叩头站起往外行。自去归家不必表，单言忠良叫刘墉。大人一见民妇去，退堂翻身往后行。衙役三班将堂散，各归家，也有伺候在衙中。不言公差外面话，

① 汲（jí）——从下往上打水，或从井里打水。

且说大人往后行。登时来到书房内，禄儿慌忙献茶羹，贤臣饮罢接去盏，吩咐看饭莫须停。长随答应往厨房去，不多时，捧盒托来手中擎。原来今朝是热面，一碗倒有半碗葱。连忙放在桌儿上，大人一见哪消停。三碗热面吃个净，剩下点汤儿碗内盛。禄儿一见心暗恨，腹内说："要想剩下万不能！"赌气将碗撤了去，回来与大人献茶羹。大人眼望禄儿讲："你吃饭去，回来我还有事情。"内厮闻听说："饭还早，窝窝头儿还未蒸。王能那里才做菜，白水加盐煮大葱。"大人闻听说："既如此，你快去，把大勇叫来我有事情。"

大人说："禄儿，你去把陈大勇叫进来，我有话对他讲。""是。"长随答应，转身而去。不多一时，则见张禄在前，陈大勇在后，二人走进书房。禄儿一旁站立。陈大勇来至大人的眼前，打了千，说："大人，叫小的么?"忠良一见，说："起来，起来。"好汉闻听，站起身来，在一旁伺候。大人扭项说："禄儿，设一个座儿，叫他坐下。本府有话讲。""是。"内厮答应，慌忙设座。张禄眼望大勇，说："大人叫你坐下呢。"好汉一见，哪敢怠慢？上前打了个千，说："大人在上，小的焉敢坐?"忠良说："无妨，只管坐下。"

这好汉，闻听连忙将恩谢，这才坐下在下边存。大人眼看英雄把话讲："好汉留神要你听：本府传你非别故，就是方才事一宗。李氏丢女这一案，依我想，庙中一定有隐情。必得本府亲去访，观瞧庙中众女僧。好汉跟我一同去，方能无事保安宁。若是访着拿凶恶，我本府，提拔好汉挣前程。别要灰心朝后退，将来有日定高升。"大勇闻听忙站起，说道是："大人吩咐敢不遵！赴汤投火也愿意，皆因为，恩官拖带我与众不同。"大人闻听心欢喜，满面添欢长笑容。

忠良与大勇说话之间，天有太阳偏西。大人眼望张禄，开言说：“看饭。”张禄答应，转身而去。

众公，为什么大人这么重待陈大勇？当面又赏他座，又赏他饭吃，这是什么缘故呢？有一个缘故在内：陈大勇一来是科甲出身，又是个武举的底子；二来又有本事；再者，刘大人虽然身做四品黄堂，天子的命官，理刑名，断民词，不过是仗着胸中的才学，推情问事，设法拿贼，这是他老人家的本等。再者，还有一说，设法擒贼，若不能拿，难道他老人家还亲身去拿贼不成？断无此理。所以他老人家才重待陈大勇，为的是好叫他尽心办事。讲了个“牡丹花虽好，还得绿叶扶持”。书里言明。

且说张禄去不多时，则见他手托油盘，走进屋内，放在那八仙桌上，一样一样地摆开。都是些什么菜呢？今日算是待人，自然比每日的菜饭体面些了：一盘子炒肉丝，一碗黄芽菜，一盘子生酱拌大葱，一碗小豆腐，闹了个两盘子两碗，还有昨日剩下的硬面饽饽，两碗小米粥。刘大人开言说：“陈大勇，过来，咱俩吃饭。”好汉一见，又打了千，说：“谢大人的赏赐。”这才坐在下面，一同起箸。不多一时，将饭用完。张禄将家伙撤去，献上茶来。刘大人手擎茶杯，眼望好汉，开言讲话。

清官座上开言道：“大勇留神你是听：因为前堂一件事，丢女一案难判明。俗言说，为官不与民做主，枉受皇王爵禄封。可巧明日是十五，咱爷俩，假扮香客走一程。圣水庙中瞧动静，一定是，妖言惑众哄愚氓。古语庙大必有险，其中一定有隐情。但得真情回家转，定拿妖言惑众人！”好汉答应说：“正是，大人言语果高明。”说话之间天色晚，张禄慌忙点上灯。清官爷，吩咐大勇："歇着去，明日早起进衙中。"好汉答应说"知道"，退步翻身往外行。大人这才安寝了，一夜无词到早晨。张禄说："请起大人将面净。"吃茶已毕把衣更。此乃是，十月天气不算冷，南边不与北边同。刘大人，红缨帽儿头上戴，山东皂鞋足下蹬。身上穿，茧绸薄棉袍一件，青布夹褂有窟窿。刘大人，改扮已毕刚坐下，忽听那，大勇掀帘往里行。但见他，头戴一顶白毡帽，粗布鞋袜足下蹬。蓝布袄袍穿一件，青布褡包系腰中。原来是个乡民样，手内还抱香一封。清官一见心大悦，眼望好汉把话云。

刘大人瞧见陈大勇走进门来，一旁站立，忠良带笑说："你来得正好。"扭项说："禄儿，看饭来，吃了我们爷俩好烧香去。""是。"张禄答应，翻身而去。不多一时，全都端来，摆在桌上。大人一同好汉吃完，禄儿撤去家伙，献上茶来。大人漱口已毕，站起身形，眼望大勇说："咱们走罢。""是。"好汉答应。忠良在前，大勇在后，张禄暗自把他们爷俩送出箭道的后门。禄儿关门，不必细表。

且说大人一同陈大勇，打背胡同绕出江宁府的聚宝门，径奔圣水庙大路而行。

大人走着开言叫："大勇留神要你听：要据本府推情想，庙中必有坏事情。既出圣水能治病，为何又，单叫妇人进庙中？每逢初一十五日，才许男子把善行？求圣水，为何又分男共女？难道说，神圣心中有偏情？再者还有李氏女，取水不见影共踪。你我少时将庙进，必要留神察访明。但得消息回衙去，本府定拿做恶僧。与民除害方为本，不然枉受制度卿。"好汉回答说："正是，大人言词果高明。"但已人多不很少，老少男女闹哄哄。人人手内将香捧，说说笑笑往前行。这个说："圣水姑姑多灵应，江宁一带尽闻名。”那个说：“但要喝他一口水，一辈子不能把病生。”这个说：“前者在下长瘩背，半盅圣水就长平。”那个说：“不瞒爷上别见笑，在下屁股长个疔，未从走道撅着走，要想见外万不能。喝了圣水有半碗，就好咧，裤子没脱就出恭。”这个说：“在下得了阳痿症，要想行房万不能，凭你什么总不起，好像那，醉汉卧倒一般同。我妻子，今年倒有三十二，跟前并无子亲生。我们商量取圣水，打发拙荆①去至庙中。你说圣水真灵应，不多时，她就有孕在身中。大概也有十个月，养下一名小儿童，又白又胖又好看，臊死犹如少土形。”众人闻听一齐笑，大家迈步往前行。正走着，三里之遥来得快，则见那，古庙山林眼下横。

① 拙荆——自己的妻子。

第七十一回
尼姑庵养痈好色僧

话说刘大人，一同众人来至圣水庙外，离着有半箭多远，就听见钟声。众人登时之间，来至山门。

大人与大勇跟随那些烧香的男女，进了山门，闪目观瞧：头层大殿，香烟缭绕，又见圣像甚是齐整，法像上挂的是黄袍，两座十大名医，供桌上摆着香炉、蜡台、花瓶等项，还挂着黄缎子围桌，桌子旁边站着一众女僧，光景不过二十二三岁，长得雪白的脸蛋，黢青①的头发，两道蛾眉，一双杏眼，衬着那小腰子嘴，脸蛋上还有两个酒窝，光景是一口白牙，身上穿着酱色绸子薄绵僧袄，月白绫子僧袜，脚上穿着一双大红缎子治公鞋，有二寸厚的底儿，手内拿着磬槌②，口内说："阿弥陀佛，阿弥陀佛。"虽然他念佛，心可不在佛上，他那两只眼睛，单看青年俊俏的小伙。那些轻狂少年的男子，也都瞅着他。刘大人一见这个光景，不由得心中暗恨。

清官一见心暗恨，腹内说："尼僧露着不老成，哪有出家修行意？一片淫邪狂又轻。"大人想毕往后走，霎时来到殿二层。此处比前边更热闹，烧香男女乱纷纷。也有那，背搭鞍子爬着

---

① 黢（qū）青——黢是黑的意思，黢青是黑青色。
② 磬槌——佛教的打击乐器，形状像钵，用铜制成。

走，为爷为娘许愿心；也有那，走一步来跪一跪，磕着头来往里行；也有那，蠢妇村姑爱行好，手内高擎香几封；也有那，俊俏女子把香降，浑身打扮甚轻盈；也有那，年老之人将香降，保佑他，腰不疼来腿不疼；也有那，浪荡子弟把香降，他可不为把好行，为得是，单瞧年少妇共女，又看庙中众女僧。又见那，大家一齐将头叩，有个尼僧把磬鸣。大人扭项回头看，神龛内坐着一女僧：打扮各别实在好，他就是，“圣水姑姑”养汉的精！年纪约有四旬内，雪白大胖可人情。五佛冠在头上戴，身上穿，大领僧衣是黄绫。众人与他将头叩，你说这个牛禽的，闭目无语在龛①中。还有那，两个童女分左右，十五六岁正年轻。全都是，大领僧衣真好看，头上边，两个抓髻绕红绒。手擎宝剑旁边站，好比观音善财童。恰似那，彰义门外西峰寺，五十一年事一宗。出了个，妖言惑众张寡妇，她的家，住在顺义小县城，假称神仙来降世，活菩萨，晃动京都锦绣民。后来事败遭拿问，七月十二命归阴。江宁这座圣水寺，就与西峰寺相同。按下闲言归正传，再把忠良明一明。

且说刘大人，在一旁观看“圣水姑姑”这样动作，腹内说：“好款式，好做派，必是妖言惑众，哄骗愚民。”又见龛旁有一个女僧，手拿银墩子，打那瓷瓶内的圣水，倒在各人的家伙内。求圣水的人，这才散去。

忠良看罢，刚要到后边看个动静，则见打那边来了个年少的坤道，年纪还不过在十八九岁，手内拿着一股香往里而走。你说后面那些浪荡子弟，跟了来的可就不少，一个个指指点点，说说

① 龛（kān）——供奉神佛的小阁子。

笑笑，恰似那游蜂采蜜，苍蝇见血一般。刘大人一见这个光景，暗说："不好!"

清官举目留神看，少妇露着不老成。但见她，头上挽着苏州髻，乌云恰似墨染成。两道蛾眉新月样，杏眼含春暗有情。鼻如悬胆空中挂，相衬樱桃一点红。美容面比丹霞样，想必是，糯米银牙在口中。万卷书儿别住顶，旁边斜插一丈青。身穿月白松绫袄，青缎云肩上掐金。水红汗巾腰间系，桃红裙上绣芙蓉。金莲窄小刚三寸，仔细听，高底之中带着响铃。白绫裤腿把鸳鸯绣，深州的，丝线带子大有名。真乃是：人还未到香风至，那一宗，柔香熏人了不成。说什么西施王嫱女，就是三国貂蝉也不能。就只一件大不好，举止动作露狂轻。并无跟随人一个，她的那，手中扶定一小童。年纪不过五六岁，身上衣服甚鲜明。皆因她，手扶幼童往前走，现露尖尖十指葱。珐琅戒指手上戴，玉腕上，响镯丁当透玲珑。又见她，来到神前将头叩，她把那，"天仙"处处叫几声："保佑弟子生儿女，挂袍上供到庙中。"祝告已毕忙站起，走到那，金钱底下看分明。一回玉腕将钱取，露出中衣是大红。你说那，浪荡子弟直了眼，个个发呆心不宁，帽子丢了不知道，手内烟袋地下扔。按下众人且不表，再把少妇明一明。掏出铜钱一大把，挑出一文往上扔，只听"当啷"一声响，正中金钱震耳鸣。女僧一见将佛念："我弥陀佛圣有灵！施主多把香资助，小尼好念《种子经》，保佑施主身怀孕，一年一个不脱空。"小妇闻听反倒笑，越现娇姿美芳容。你说那，年轻子弟闻此话，那个物，裤裆里面发了疯，一心要进红门寺，他的那，身子直挺眼圆睁。不言不语生闷气，一脑袋，把裤裆顶了个大窟窿。按下色鬼干急躁，再把忠良明一明。

刘大人观看这个光景，心中暗恨，说："一个青年的妇道进庙，如何并无人跟着？一会儿必定闹出事来。"

不言忠良心中之话，你说那少妇，闻听尼僧之言，不以为耻，反倒带笑说："我弥陀佛，要的是那么着才好呢！"刘大人一见，说："也怨不得狂徒无礼，原本他轻狂，引诱于人。这如今，有几个柳下惠？"大人正然说着话，又见那妇人给了香资二百，他这才转身往后而去。那些狂徒，就说说笑笑，跟在后边。

明公想理：先前不过是说说笑笑，指指点点，到这会儿，见无人跟随，他们的胆子就大咧！挤上前去，抠抠摸摸，就动起手来咧。你说，抠得那少妇，唧吗喊叫，说："躲着些罢，浪娼妇养的们！怎么这故意地挤人！"你说那些年少的男子，闻听此话，反倒嘻嘻带笑，说："小娘子，大庙场上人多势众，道路狭窄，那就挤着咧？"你说，刘大人一旁观看这光景，不由心中动气，慌忙走上前来，说："列位，闪一闪，让这位小娘子出去。再者，众位既是来烧香的，就是行好只顾这等胡为，岂不白行了好了？"众人闻听刘大人之言，抬头观看。

但见那，一群老土抬头看，打量这，假扮私行刘大人：一顶秋帽头上戴，缨子发白年代沉。青布夹褂精窄袖，蓝绸袍子不算新。脚穿青布山东皂，活脱一个侉乡屯！老土看罢私行客，不由一齐带上嗔。内有一人开言道，怒目横眉把话云，说道是："你这言词好无理，多管闲事混充人。莫非是你亲供养？怕人挤着别出门！"说着说着就动手，要打皇家私访臣。大勇一见不怠慢，走上前来拦那人。好汉说："休撒野，动一动儿抽你筋！"老土一见忙站住，打量公门应役的人。则见他：白毡帽儿头上戴，蓝布袍儿穿在身。年纪约有三旬外，五短三粗像凶神。料着讲打打不过，脖子一缩就翻身。说道是："等着我去将人找，你要跑了算丢人！"这小子，搭搭讪讪回里跑，登时间，大勇震散多人尊。按下老土全四散，再表皇家私访臣。瞧着那，浪荡子弟全都散，要到那，禅林后面探假真。那一个，年轻妇人出庙去，算她是，黄连入胆苦在心。明公想：年轻妇人休上庙，难道家堂没有神？家中尊敬老父母，何必上庙秉虔心？按下少妇出庙去，再表私行刘大人。

且说刘大人，见陈大勇赶散众人，心中欢喜，一心要到后边探看个动静，望着好汉讲话，说："咱们到后边看看。"大勇答应。说罢，爷儿两个，一直地往后面而去。穿门越户，来至三层殿上，一看：

诗曰：

金光闪闪透九重，香烟缭绕瑞气浓。

威严全仗鞭一把，感应声名到九重。

原来供的是灵官圣像。桌子旁边，也有一名女僧打磬。刘大人观瞧众人烧香礼拜，又见那西边配殿旁边，有一个月亮门，站着一名女僧，高声说："施主们，要看圣水井，往这边来呀！真是圣境！阿弥陀佛！"又见那些男女，都往月亮门中而去。忠良看罢，扭项望着大勇说："咱也到那里看看怎么样个圣井。"好汉答应。

清官看罢不怠慢，迈步慌忙向西行。进了月亮门一座，忠良举目看分明：四时不谢花竹景，真乃是，鱼米之乡果真情。有一座，小小的亭子盖得好，彩画庄严绿配红。众多男女无其数，大伙相争看分明。忠良一见忙迈步，来至那，井边之上立身形。汉白玉石镶井口，宽窄三尺有余零。井中泉水"呼呼"响，犹如开锅一般同。其水碧绿真好看，井有圣意在其中。水离井口刚半尺，要想涌出万不能。又听那，井边女僧开言道：“施主留神请听明：我们这座圣水庙，全是真心守法僧。”一边说话将人看，瞧见那，年轻子弟动了情。这尼僧，今年才交二十二，因为多病入庙中，出家犹如将寡守，欲火阵阵把心攻。两眼只顾将人看，手中磬槌胡乱扔，“叭嚓”打在花瓶上，一下打的碎纷纷。众人一见哈哈笑，齐说是：“这一家伙打得不轻！”女僧也是脸发讪，扯脖子带脸赤通红。大人一见这光景，暗说：“此尼不老成。可惜一座圣水庙，却为何，住着一群好色僧？本府侦得实情事，决不轻饶善放松。”大人越想心越恨，虎目直瞪那女僧。尼僧一见错会意，只当是，大人爱上她美容。淫尼反倒心里笑，说道是：“这样人才也作精！浑身并无风流肉，好比那，癞蛤蟆要吃樱桃万不能。”不言女僧错会意，再把忠良明一明。刘大人，倒背手儿井边站，哈着腰儿看分明。忠良正把圣井看，身后来了个愣头青，冒冒失失只一撞，碰着清官叫刘墉。盖不由己往前倒，只听“扑通”响一声。大人掉在圣水井，吓坏大勇人一名。

第七十二回

青楼女遵命探秽庙

且说刘大人正然在圣水井边站立，观看那井内的泉眼，忽然间打身后来了个冒失鬼，往前一碰，刘大人盖不由己，往前一栽，只听“扑通”一声水响，把一位忠良掉在圣水井内。亭子上边站着那些男女一齐嚷，说：“这个人必是会水，跳在井内洗罗锅子去了！”众人只这么一嚷，打磬的那个女僧，也顾不得打磬咧，慌忙跑过来，说：“谁跳在井内洗罗锅子去咧？还不快出来吗！看脏了我们的井，圣水就不灵了！”众人一齐眼望女僧，都说那个燥脾的话：“快叫他出来吧，还在里头泡着呢！”尼姑也不醒腔。

列公，人要掉在井内，往下一沉，要往上冒，要是下边有挂脚之物，或是淤泥，那就上不来了。这个圣水井，同不得咱们那本地的井，这是石头缝儿长出一道泉眼，底下焉有挂脚之物？再者，水又不深。且说刘大人不防，被冒失鬼撞在井内，往下一沉，喝了一口水，又往上一冒。

且说承差陈大勇，瞧见刘大人被人碰在井内，好汉魂都吓冒咧！连忙赶上前去，往井中一看，恰好大人往上一冒，大勇并不怠慢，一毛腰，左手扶住井口，一探右臂，将刘大人后领抓住，往上一提，借着水势，轻轻这才将忠良提出井外，放在尘埃。大人苏醒多时，这才站起来，浑身精湿，不由打战。尼姑一见，用手一指，开言讲话。

女僧一见用手指："你这人行事欠掂掇。要洗罗锅讨圣水，跳在井内是怎说？你心只顾罗锅好，脏了圣井了不得！我同你去把当家见，且看师父是怎说！"大人闻听忙讲话："师父留神你听着：谁人愿把井来跳？哪个愿去洗罗锅？皆因身后有人撞，在下才掉在井中，幸喜上来念弥陀。"女僧闻听说："这就是，我说你，安心跳井理不通。"这刘大人连忙将身转，说道是："快些回去把衣脱。"好汉答应说："正是，速速回去才使得。"忠良闻听忙迈步，不由冷得战哆嗦。不顾再往后边访，虎步忙移向外挪。众人一见这光景："这人精湿为什么？"知者闻听忙答应："他跳在井内洗罗锅。"众人闻听一齐笑，说道是："这人呆了个了不得，万一井内将身丧，好了罗锅命难活！"按下众人齐议论，再把忠良说一说。刚出庙门留神看，忽听那，大勇开言把话云。

大人刚出庙门外，陈大勇开言说："我与你老将衣服换了罢。"大人说："不必，回署再换罢。"好汉答应。官役两个并不怠慢，一直径奔江宁南门而走。三里之遥，不用多叙。

忠良与承差大勇，顷时间进了聚宝门。穿街越巷，不多时，来至府门，打后门而入。张禄接爷到书房，大人也顾不得坐下，眼望小内厮讲话："快拿我的衣服来！""是。"张禄答应，去不多时，把大人的衣服、靴鞋、小衣，全都拿来，放在床上。贤臣爷脱了湿衣，将干衣换上，才坐下，内厮把湿衣拿去，回来献茶。忠良爷茶罢搁盏，吩咐立刻看饭来，与大勇共桌而食。吃完，撤去家伙，清案漱口，刘大人望好汉讲话。

清官爷，本是忠良的后代，将相之苗别当轻，天生扶保大清主，万古千秋留美名。忠良耿耿无二意，爱民如子一样同。只因为，接了民妇李氏状，大人为难在心中。圣水庙内瞧一遍，回衙要定计牢笼。眼望好汉陈大勇，说：“好汉留神听我云：虽然咱去将庙进，无得破绽事难行。”大勇回答说：“正是，大人言词理上通。”忠良复又开言道：“这事实在有隐情。要得尼僧根与底，必须个坤道方可行。圣水庙中住一夜，探着女僧假共真，但见得了真实信，立时提拿众僧人。与民圆案除祸害，也不枉，身做皇家制度臣。就只是，良家之女难以去，必须得，妓女假扮到庙中。”大勇闻听忠良话：“恩官计策果高明！”大人复又来讲话：“好汉快去莫消停，速传妓女将衙进，必要俊美在年轻。”大勇闻听答应“是”，迈步翻身往外行。顷时来到大门外，眼望那，青衣得用把话云。将他拉到屏风后，大勇低言吩咐一声：“大人叫你急速去，花街柳巷走一程，俊美姑娘叫一名，急去快来莫消停。”好汉言词还未尽，只听那，得用开言把话云。

陈大勇话还未从说完，青衣得用说：“陈爷你别赚我咧！我不信。咱们大人不好那出戏，他舍不得花这宗钱。素日连斤肉还舍不得呢，净闹小豆腐子，再不然，买俩烧饼吃，就算是开斋咧！他舍得干那个？”大勇闻听，说：“混账行子才哄你呢！快些去罢。”得用见好汉这个腔来得瓷实①，不敢再问，只得去叫。

青衣出了衙门，一边走着道，一边说话：“细想刘大人真胡闹，今想起什么来咧，虎不拉的要叫个媳妇！这是怎么缘故呢？啊，是了，他老人家上任，并无家眷来，今日必是要松松腰儿，闹袋水烟。定是这个缘故！”青衣思想之间，来到紫石街风流院的门首，一直走将进去。

---

① 瓷实——东西挤压得很紧；结实。这里指扎实。

且说这家老鸨子①名叫杨大儿，养着四个姑娘，内中就只有一名俊美，又在年轻，会弹会唱，绝好的酒令，今年才二十一岁。老鸨子见是公门中爷们进门，只当是打红砖来咧。连忙站起，说："上差爷请坐。咱爷们有两三个月没见，你老人家越发发了福咧！孩子，过来装烟。"四个妓女答应，一齐过来，还未到跟前，只听这么一阵子兰芭香，钻入鼻内，越闻越近咧，一齐说："老爷子，你老人家好啊？"说罢，装了袋烟递过去。公差说："又扰烟。"说罢，接过来，一边吃烟，一边腹内说："真！小模样子难说，杨树上喜鹊——茂高！"复又说："你姐儿们也坐下。"四名妓者闻听，一齐坐下。青衣眼望着掌柜的杨大，开言讲话。

但则见，青衣得用开言道："老杨留神要你听：今日里，大人差我来到此，其中就里你不明。我们官，上任不曾带家眷，只随内厮人一名。想必是，这几天中欲火盛，夜里睡觉不安宁。俗语说，'精满自流'真不错，小和尚，摸不着洗澡把气生。所以差我来到此，传一名，俊美姑娘进衙中，必得年轻模样好，大人立等在公堂。"杨大闻听说："我不信，闻听大人做官清，从来不喜风月事，江宁一带尽闻名。"青衣闻听说："真是，大人立等在衙中。"老鸨子，一见公差这光景，真是实言无假情，忙叫秀兰快打扮，好衣穿上两三层，脸上多多搽上粉，乌云恰似黑染成。秀兰闻听忙答应，顷时齐备站身形。外边又将小轿雇，抬进门，妓女上轿往外走，公差连忙跟在后。老鸨子，托付照应在衙中。青衣答应："交给我，捞毛营生我很能。"言罢后面跟着走，穿街

① 老鸨（bǎo）子——开妓院的妇女。

越巷不消停。转弯抹角来得快，大人衙门眼下横。

小轿人抬，公差跟随，来至衙门，一直抬进仪门，刚要落轿，公差说："别放下，抬进宅门去，再落轿！"轿夫答应，一直又抬进宅门。轿子是放着帘子，别人焉能知道？公差带领，直到内书房外，这才落轿。妓女出来，轿夫自去不表。

且说青衣带领妓女，来到书房门，妓女站住。青衣掀帘进去，打了个千，说："小的奉大人之命，将妓女唤到，现在门外伺候。"大人说："叫进他来。""是。"青衣答应，站起身来，出门眼望妓女，说："大人叫你。"妓女闻听，移莲步，进书房，花枝招展，跪在尘埃，说："大人在上，贱人秀兰叩头。"说罢，叩头在地。忠良上面开言，说："你叫何名？"妓女回答："贱人叫秀兰。"大人说："起来。""是。"妓女答应站起，在一旁侍立。大人眼望青衣得用，开言说："你也歇着去罢。"公差答应，退步翻身，往外而去，自己说："好的，街坊家的鸡——把我轰出来咧！"

不言青衣自去，且说刘大人眼望妓女秀兰，讲话说："本府叫你前来，非为别故，只因前者，有人告状丢女一案，因母病，女儿到圣水庙中求水，一去无回。又言此庙不许男子进庙。每逢初一日、十五日才叫男子进庙烧香。本府假扮香客，到了那圣水庙内观瞧，庙内之尼，大露不端，事有可疑。皆因那是女僧庙，不能宿歇访他的根底。为此，本府传你到衙，今晚你急去到庙，假扮良家之妇，只说为母病求水，只管宿在庙内。若有别端，你只管依法，务要留神，用心察看他庙动静，事毕回来，本府有赏。小心急去。"秀兰闻听，说："大人的召命，贱人焉敢不遵？"大人又吩咐："张禄，送出他去。""是。"小内厮将妓女领到宅门外，青衣传了轿子来，秀兰坐上轿，轿夫上肩，出了衙门，穿街越巷，不多时，来到风流院的门首。

则见轿夫不怠慢，将轿轻轻放在尘。妓女下轿往里走，轿夫等候不必云。且说秀兰把鸨子叫，说道：“妈妈听我云……”她把大人言词说一遍，杨大闻听把话云：“原来为的是这件事，这是他，为国为民一片心。既然如此快梳洗，打扮急速到庙中，须要小心加仔细，访明回来回大人。”秀兰答应说：“知道，不用妈妈你费心。”说罢慌忙就梳洗，顷时间，变作良家女钗裙。鬓边斜插花一朵，微施官粉点朱唇。耳上戴着珠子坠，别顶簪①儿素白银。身穿月色绫子袄，青缎坎肩上掐金。八幅湘裙腰间系，三寸香钩可动人。细瞧恰似良家女，哪有风流院内行？杨大看罢说：“甚好，我儿快去莫消停。”这天就有晚饭后，秀兰答应向外行。门口上轿把帘放，又听那，老鸨子开言把话云。

杨大复又开言，说：“我的儿，务要留神。明日早来。”妓女答应，转身上轿，轿夫上肩。

不言老鸨子回去，且说那小轿人抬如飞似箭，顷时出了江宁府，径奔圣水庙而来。三里之遥，赶天有掌灯之时，来到庙门口落轿，妓女出轿，轿夫等候，秀兰一直径奔里走。刚至山门之内，尽头撞见一个二十多岁尼姑，说：“哪边来的？这时候进庙，有何事情？”妓女闻听，说：“女师父，奴乃府城内之人，家住紫石街。因母得病心疼之症，夜不安眠，看看至死。奴听说宝刹圣水如神，故此诚心前来求讨，望师父慈悲引领。”女僧闻听，信以为真，说是：“既然如此，随我来。”

---

① 簪（zān）——别住头发的条状物，用金属、骨头、玉石等制成。

女僧说罢不怠慢，带领妓女向里行。穿门越户来得快，来到那，当家禅堂把步停。女僧回头说“稍等”，秀兰答应立身形。小尼掀帘将房进，说：“师父留神听我云……”就将那，妓女之言说一遍，只听那，圣水姑姑把话云：“既然如此将他叫进。”小尼答应向外行，开言就叫：“女施主，快见师父莫消停。”妓女答应移莲步，慢款金莲进房中。圣水姑姑留神看，打量妓女貌与容：年纪至大二旬外，长得干净可人疼。老尼看罢开言叫：“施主留神要你听：你的来意我尽晓，方才小徒尽回明。今日天气晚得很，料想难以进江宁。眼看城门就关上，暂且宿在我庙中。明日一早去求水，管保你母免祸星。”秀兰闻听答应：“是，师父言词敢不遵？”老尼复又吩咐话：“性本留神要你听：你把这，施主带到西边去，预备茶水莫消停。”小尼答应说“知道”，带领妓女向外行。穿过角门好几道，又进那，月亮门内看分明：另是一座板子院，这个所在又不同。秀兰这一将房进，泄机关，刘大人大难临身了不成！

第七十三回

净空僧夜半遇熟人

且说性本将妓女秀兰带至这一所板院内，原来是三间禅堂。门上挂着大红猩猩毡的帘子，窗户上糊着玻璃镜。又听里面“丁当”山响，原来是自鸣钟之声。秀兰正观未尽，小尼将帘子掀起，说：“施主请进。”妓女忙移莲步进禅房，只闻得这屋内有安息香、檀香、百合香之味。当中堂屋，迎面放着一张紫檀八仙桌，桌上摆着个大宣窑的古樽①，樽内插着一枝一尺多长菠菜叶根的珊瑚子树，右边是个白玉盘，相衬着三个大香橼、两个佛手，当中是一个古铜炉。墙上悬挂着一轴画，原来是赵子昂的八骏，左右一副对联，上句是：“雅致尘心冷”；下句是：“清香古桂烟”。西边套间门上，挂着水红帘子，可是卷着呢，因此才瞧得见里边的摆设：迎门放着一张南竹子月牙桌子，后头画着个假门，之上还画着个香色绸子帘子，恰似套间一样。

列公，瞧着是个假门，原来此就是个真门。推桌而入，令人难测。

妓女看罢，暗暗点头，说：“好富贵庙呀！”忽见打套间屋内，走出一小尼来，年纪有个十七八岁，原来就是看这禅堂的。

---

① 樽（zūn）——古代的盛酒器具。

性本一见，用手把秀兰一指，说："这位是前来求水的贵客，师父叫我在此处安歇。告诉你咧，我还在前边伺候着师父去呢。"说罢，翻身而去。

性本说罢翻身去，再把那，性定淫尼明一明。眼望妓女来讲话："施主请进这屋中。"秀兰闻听忙迈步，跟着尼僧往里行。进了屋门留神看，这里款式更不同：八步牙床挂帐幔，苏州绒造是大红。一对银钩上面挂，床上毡子是白绒。上边是：闪缎被褥真好看；又有那，鸳鸯枕上绣着那，一双鸾凤去和鸣。床前还摆一物件：檀木脚凳放流平。银烛高照明又亮，真有那，椒房之美妙又精。妓者看罢心纳闷，忽见那，小尼开言把话云："施主你也歇着罢，天气眼看交二更。桌上灯烛不必灭，这就是，玉盏常明万年灯。"言罢将帘来放下，小尼就往外边行。按下性定出门去，再把秀兰明一明。独对银灯芯犯想：瞧光景，准是尼僧不老成。且别管，暂且睡个舒服觉，明日一早进江宁。秀兰看罢不怠慢，摘去钗环云鬓松。光景不是好妇女，她与良人大不同：身上衣服全脱去，露出那，雪白身子玉琢成，两个乳头真好看，恰似那，发面馒首一般同。还有一件值钱物，价值十二锦连城：就是那，小肚子底下那道缝，好比那，杀人的钢刀不见红。有多少，英雄好汉因此丧，万里江山上面扔。君王好色失天下，官员好色误前程，买卖好色伤血本，财东知道把你轻。劝君不可入此道，休落得，悔之晚矣总是空。按下闲言归正传，再把妓女明一明。

且说妓女秀兰，将身上衣服全然脱去咧，躺下还没半个更次工夫，只听那月牙桌子一声响，有一扇门往两下一闪，那张桌子就不见了。假门变作真门，打那门内，走出一众僧人。

明公，你道那僧人打里边来的？听愚下交代明白：他也是镇江府内，有一个丹徒县之内，有一座绍兴禅林，他就是那庙里同和尚第二个徒弟。因出来化缘，来至江宁府。偏偏的他害眼，到这庙内求水，因此与这圣水姑姑就好上咧。他今年才交三十二岁，法名叫净空，绍兴寺学来拳棒，又能飞檐走壁，手使一把单刀，可以挡五六十人。他又招了两个僧人：一个是滚马强盗，惧罪削发，才入空门，法名天然；他本是绍兴人氏，才三十六岁，黑面，目大，大鼻子，一双牛睛，满嘴的胡子好像铁针一般，手使一条铁禅杖，重三十五斤，也能飞檐走壁，两膀有五百斤的膂力。那一个可是江宁县的本地之僧，法名了凡，年四十七岁；他与这圣水姑姑早有交情，并不会武艺。因此上，三个和尚就在这圣水姑姑庙内，暗室栖身，合庙僧人，任意奸淫。后又想出圣水治病的方法来咧，不过是哄那愚人以为生意。这三个秃驴，坏得妇女也就不少。书里讲明，言归正传。

且说妓女秀兰留神观看。

且说妓女留神看，打量出来这名僧：年纪不过三旬外，才剃头皮亮又青。生成一双调情眼，雪白大胖在妙龄。身披僧衣是酱色，厚底云鞋足下蹬。见他进屋床上看，妓女在床眼朦胧。凶僧一见动意马，上前抱住不放松。开言不把别的叫："可意人儿要你听。"秀兰故意一声嚷："是谁胆大了不成！擅自强奸良人妇，送到当官罪不轻！"凶僧闻听说："不怕，就要我命也愿情！常言宁在花下死，黄泉做鬼也有名。"说着说着不怠慢，搂住妓女岂肯容？书中难以深言讲，列位明公岂不明？和尚与他成好事，秀兰沉吟在心中：怪不得，大人差我将庙进，果然这庙有隐情。正是秀兰心里想，假门内，又来江宁本地僧。秀兰一见吓一跳，说道是："此事今朝了不成！"

且说秀兰正然沉吟，忽见假门内又走出一个僧人，仔细一看，并不是别处之僧，就是他们本地和尚，法名叫了凡，原先在江宁府城里，紫石街东头，玉皇庙内出家——他们两个早有交情。且说了凡和尚，这一会子色攻了心咧，也等不得净空干完了，他就出来咧！来至床前，借灯光一看，见了妓女秀兰，他"哼"的一声，后又说："奇怪呀！我当是哪个，原来是秀姑娘么？"秀兰闻听，也就难以推托，只得说："好哇？了师父！"

且说净空刚完了事，则见了凡走进来咧。一见面，他们俩认得，听口气，是有交情。净空在一旁说："了师父，你们认识吗？"了凡闻听，说："这是我的乾亲家母。"净空闻听，说："站着，站着，你这亲家母，家里还有个什么人？"了凡说："老净，你真不开眼，连个窑内赊果都不钻吗？你还和哥哥成天家碎大套！"

众公，这句话，知者的明白，不知者听之纳闷。待在下破说明白！了凡说"窑内赊果都不钻"，是"连个出门子的养汉老婆也不知道"，书里言明。

净空闻听，说："这事就奇怪！"

自听了凡一句话，净空开言把话云："非是不懂你的坎，此事一定有隐情。她是花街柳巷女，为什么，又扮良民到庙中？莫非是，何人差她来到此，探听你我做的事情？此事不可不在意，必须把此事问分明。别等到，马到临崖收缰晚，船到江心补漏迟。"了凡闻听说："有理，老净言词理上通。"了凡和尚开言道："秀姑娘留神听我云：何人差你来到此，假扮良人到庙中？一往从前实言讲，方显咱们旧交情。你要是，瞒哄不肯说实话，想要出庙万不能！”秀兰闻听吓一跳，暗说：“此事了不成！大人差我来探事，不承望，遇见本地了凡僧！奴今有心说实话，劳而无功少厚成；有心不把实话讲，凶僧光景未必容。”秀兰正在为难处，忽见那，净和尚急忙跑进去，拿出把，明晃晃钢刀手内擎。

第七十四回

贼淫僧行刺刘知府

话说妓女秀兰，正自沉吟，忽见那净空凶僧，打假门内进去了，他拿了一把明晃晃的钢刀出来，眼望妓女一声喊叫，说："你今要不说实话，我这一顿刀，剁你个稀烂！"秀兰一见，魂不附体，战兢兢眼望和尚，讲话说："师父不必动手，待我实讲。"

众位想理：像他们这宗娼家之妇，见银钱忘恩义，见刀剑且顾水性杨花，反复无常，孔圣人的话不错："唯女子与小人为难养也。近之则不孙，远之则怨。"朱洪武怎么说："我要不是妇人所生，天下的妇人我全杀尽。"所以这妇道之中，最难得其贤德。且妓女秀兰，乃是娼家，又不是良家之女，这一会眼看刀剑临头，她如何不怕？

话不可重叙，他就把那刘大人假扮香客，到庙中私访，无得真底，然后又打发她假扮良人之妇，求取圣水，夜宿此庙，探看虚实的话，说了一遍。净和尚闻听，暗说："不好！"

凶和尚，闻听妓女秀兰的话，暗自吃惊说："了不成！原来是，罗锅子差他来到此，假扮良家妇女到，探看庙内根与底。想必是，风声走漏被他闻。多亏了凡来看破，险些中了计牢笼！刘罗锅，我不寻你你找我，你竟是，无故生非显你能！"净和尚，眼望了凡来讲话："去请天然二师兄。大家商量拿主意，迟则生变悔不及。"了凡闻听不怠慢，走进去，叫出来，绿林杀人万恶僧。净空一见开言道："师兄留神你是听……" 用手指定娼家女，就将那，一往从前尽讲明。天然闻听说："气死我，而今竟有这事情！这算他自己来找事，成心不做府江宁！咱们若不先下手，祸到临头悔是空。常言俗语一句话：'无毒不是丈夫行'！"天然僧，眼望净空叫："贤弟，留神听我讲分明：愚兄有条牢笼计，两全其美保安宁。火燎眉毛顾眼下，这就是：二虎相逢争一争。"净空闻听天然的话，"请问师兄怎样行？"

净和尚眼望天然僧，说："师兄，你说了这么半天，到底是怎样的行？"天然闻听，说："这件事，要依我的主意，咱们是生米醋——舍着做。"净空又问，说："怎么叫舍着做？"天然说："老弟，你听俗语说得好：不入虎穴，焉得虎子？"用手又把秀兰一指，说："这个人，千万别放出庙。等我前去施展飞檐走壁之能，趁此黄夜之际，暗带钢刀一口，到刘罗锅衙门行刺，暗暗将刘罗锅子杀害，逃出府城，回古庙藏身，朝夕与尼僧美娘快乐，岂不是好？如不然，刘罗锅子岂肯干休？你我也难住此庙！"

只听那，天然之言还未尽，净空闻听把话云："师兄言词真有理，就是如此这般行！"天然闻听不怠慢，慌忙就去把衣更。脱去长衣穿短袄，青布褡包系腰中。薄底快鞋蹬足下，鸡腿袜儿是皂青。花布手巾将头系，背后插，一口单刀耀眼明。他本是，绿林杀人真强盗，漏网脱逃到江宁，皆因番役拿得紧，他才削发去为僧。虽然出家空门入，不过是隐姓暂埋名。天然僧，收拾已毕往外走，到外边，眼望净空把话云："小心防守别大意，愚兄行刺就回程。"天然说罢不怠慢，迈步一直往外行。走到院内抬头看，一天星斗在当空。这和尚，并不开门往外走，越墙而过令人惊。登时就过墙几道，出了禅林古庙中。一直不往别处去，径奔江宁聚宝城。此庙离城三里路，眨眼之间到江宁。城门业已早关闭，听了听，梆铃三下震耳鸣。天然僧，来至城下不怠慢，施展飞檐走壁能。头朝下来脚朝上，倒爬金陵锦绣城。眨眼之工急似箭，垛口上，上去了行刺万恶僧。这凶徒，轻轻又把城来下，顺着城根向东行。走不多时又往北，一直的，径奔府衙哪消停，穿街过巷急似箭，霎时间，刘大人的衙门面前存。

天然和尚穿街越巷，不多时，找到刘大人的衙门以外。听了听，还是三鼓。这凶僧，绕到那箭道的墙下站着，只见他两脚一跺，“嗖”，蹿上墙头，留神观看。

和尚闪目留神看：原来是，衙门照房是后层。凶僧看罢不怠慢，两足一纵快如风。轻轻站在流平地，蹑足潜踪往前行。黉夜前来要行刺，要与忠良把账清。转弯抹角来得快，霎时来到前院中。和尚举目留神看，侧耳留神仔细听。则见那：上房五间在正面，六间厢房列西东，各屋不见灯光亮，真可巧，天上阴云把星斗蒙。凶僧看罢不怠慢，“苍天帮助我成功”，抽出单刀手内擎。蹑足潜踪把上房奔，来到哪，游廊底下站身形。举目瞧，两扇房门关得紧；用手推，纹风不动开不能。凶僧推罢不怠慢，暗把罗锅叫几声：“今夜晚，要想脱过我的手，除非转世再脱生！”和尚看罢将头点，用刀尖，撬得门“咯叮叮”响，大人和内厮正美寝，作梦儿，不知竟有岔事情！凶和尚，撬开插关整两道，只听得，“当啷”一声了不成！

众位明公，你说是什么响？原来是个铜镜子掉在铜盆里头咧！说这个书就说离了，镜子在哪？铜盆在哪？怎么镜子就掉在铜盆里头咧呢？众明公有所不知：这一位刘大人做事，底细到万分。到而今，那些富贵之家，都有按着刘大人这个法儿行的许多。说到底，是怎么个方法儿呢？众位留神细听：用小铜镜子一个，镜鼻儿上拴上一块纺丝手巾，到了晚上锁门之时，那镜子上拴的那块纺丝，夹在那两扇门缝之内；下边正对那镜子，搁一个洗脸的铜盆。明公想理：莫说你有时迁之能，要破开这个法，不能。你想，这个门略薄儿的往两下里一分，上边的那个镜子一点挂头无有，岂不往下掉？这一掉下来，又在这铜盆上头，这两宗东西一响，这个声音，就让你入夜不睡觉的人，管保也吵得醒！书里讲明。

且说的是，天然凶僧，用刀尖刚将那上房门的两道插关撬开，才用手一推，只听"当啷"一声响亮，凶僧只当是里面知觉，有了准备，吓得他倒退闪几步，留神观看。

按下凶僧看动静，再把忠良明一明。大人与张禄正美寝，睡梦中，忽听那"当啷"震耳鸣。忠良惊醒留神看，屋中黢黑看不明，复又侧耳听仔细，鸦雀不动静无声。张禄梦中也惊醒，吓得他，拉过被子，蒙上脑袋声也不哼。按下忠良且不表，再把那，好汉承差明一明。这一夜，正是大勇该值日，带领朱文与王明。大人并无把家眷带，三人伺候内衙中。西厢房内来上夜，为的是，早晚听差办事情。按下闲言不必表，再讲三位美英雄。正然睡在厢房内，睡梦中，忽听那，响亮一声震耳鸣。三家好汉全惊醒，陈大勇，慌忙爬起看分明。窗户眼中往外看，好汉眼尖看分明：瞧见那，上房门外台阶上，一人站立把刀擎。大勇看罢吓一跳，腹内说："这人胆大了不成！竟敢衙内来偷盗，不怕拿住丧残生！"好汉瞧罢不怠慢，忙穿衣，墙上摘刀手中擎。顾不得，告诉朱王人两个，开门一直往外行。大叫一声："休撒野！胆大蟊贼了不成！衙门竟敢来偷盗，不怕拿住丧残生！"言罢赶上用刀剁，和尚秃驴闪身形。刚然躲过刀又到，僧人还手不相从。只听“丁当”声音响，这就是，狭路相逢二虎争。大勇就使龙探爪，和尚的，丹凤朝阳架势精。承差慌忙跟箭步，僧人急急退身形。这和尚，口中大叫：“刘知府！私探禅林为何情？你为何，来到江宁多管事？我明人不做暗事情！无是无非来胡闹，我也是，路见不平到衙中。特地前来为行刺，要害罗锅是实情！谁知你今夜不该死，惊醒你手下人一名！”这和尚，大叫：“那人休撒野，你今要活万不能！”说罢将刀紧一紧，绿林传授实在精。幸亏遇见陈大勇，刀棍无敌本领能。二人闹够时多会，陈大勇干急躁，要想成功万万不能。

第七十五回
擒贼盗罗锅暗遣兵

话说当院中僧俗二人动手，不见高低，这且不表。且说上房里刘老大人和长随禄儿，这一会吓得一声儿也不敢言语。

列位，刘大人生性胆壮，那是傲上忠直。像这样拿刀动枪的，大人如何不怕呢？可怜吓得这位大人，睁着俩眼睛，口内打“哼哼噜噜”，呼声不断。张禄这会子吓得把他老爷的棉被也溺了，低声叫：“老爷，别睡！”大人闻听，也低声把老爷山东话吓出来，说：“得儿他妈妈，借个厂儿，有了银咧！院子北边动手！”

不言大人和长随屋中害怕，再说那陈大勇，见那人刀一路紧似一路，那刀钐①砍劈剁，削耳撩腮，直奔致命之处。好汉观瞧，暗暗喝彩，说：“此人的本领，在我以上，我倒要留神。万一有失，可惜我这几年的英名，付与流水。”想罢，也将刀的门路更改招架。此时大勇把拿人之心，减去八成。

他两个复又来动手，狭路相逢岂肯容？一个是，因为瞧破庙中事，胆大行刺进江宁；一个是，身在公门现应役，速拿贼人好立功。想罢钢刀眼前晃，好汉忙用刀刃迎。一个就使挂面脚，一个慌忙仰身形。大勇登时浑身汗，和尚也觉膀臂疼。正是那，棋

① 钐（shàn）——抡开大刀割的动作。

逢对手难藏性，将遇良才是真情。一个是，绿林出身真强盗；一个是，运粮千总把官扔。陈大勇，一个箭步蹿上去，刀刃一直奔他前胸。和尚用刀忙招架，这好汉抽回刀来，凶僧利刃竟剁空。大勇即便抬左腿，只听“吧”，一脚正中那凶僧。天然手腕着了中，手内刀，“当啷”一声落在流平。和尚心中并不怕，头一低，往前跑，使了个小燕穿云架势精。一直径奔陈大勇，成心与好汉定雌雄。大勇一见不怠慢，手中刀，高扬起径奔凶僧下绝情。和尚又往旁边闪，大勇钢刀竟剁空。凶僧左边只一闪，这好汉不防备，腿上着中晃身形。僧人得便托右肘，陈大勇，想落钢刀万不能。和尚左手往上起，掐住脉门不放松，使力往下只一按，凶僧的，右拳举起下绝情。只听“吧”的一声响，陈大勇，手背着伤刀落空。好汉一个踩子脚，和尚松手退身形。二人钢刀齐落地，各施拳脚来斗争。一个就使五花跑，一个忙用手来迎。按下二人当院闹，再把那，屋内承差明一明。

且说西屋内的承差朱文、王明被响声惊醒，正自发呆，忽见陈大勇穿上衣服，打墙上摘下刀来，拿在手中，将门开放，一声喊叫，跑出院子里，有个人赶上去，他们俩动起手来咧！朱文、王明一见这光景，腹内说：“必是个蟊贼，前来偷盗来咧！看陈大勇本事！”他们俩也知道，他既出去咧，料想也跑不了那个人咧，因此上他二人大意咧，慢慢穿上衣服，各拿兵刃在手，一齐跑出房门，一声喊叫。

他两个，跑出房门齐呐喊，大叫：“陈头儿别放松！齐心拼力拿贼盗，大家一同把贼擒！”一边喊叫往外跑，和尚一见暗吃惊，腹内说：“今朝难取胜，要害罗锅万不能。手中又无吹毛刃，眼下又添人二名。万一有失落人手，半世英名火化冰。”凶和尚，正自思想朱文到，手使攮子往上攻。僧人一见忙躲闪，王明铁尺哪放松？盖顶搂头往下打，和尚的，身体灵便躲得精。王明观瞧心好恼，大叫："蠢贼了不成！你竟胆大把官衙进，来偷府尊瞎二睛！"大勇接言说："不是，他是前来把刺行。二位快些来帮助，大家并力把贼擒！"朱文王明闻此话，一齐又奔那凶僧。和尚一见微微笑，说道是："倚仗人多万不能！要是好汉个对个，叫人相帮匹夫行！并非我今将你怕！我还有事要回程。"说罢将脚只一跺，"嗖"一声，纵上房去不见形。

且说天然和尚，正与陈大勇动手，心中想要追了好汉的性命，然后将刘大人谋害。不想又来了两个人：一个是铁尺，一个是攮子，也来动手。和尚这会又无兵器，如何敌持？他也是恐遭毒手，瞅空将双脚一跺，蹿上房去，霎时间踪影全无。陈大勇、王明、朱文三人一见，说："不好咧，被贼人逃走了！"

明公，这件事要出在往常间，陈大勇必要追赶，今他可不敢去追。这是怎么个缘故呢？一来是黑夜之间，二来方才与那个人动手，那个人的武艺比他又不差，就是赶上他，也难取他之胜。所以他才不去追赶，眼下保了个平安无事，他就念佛，焉能他还肯去追赶？书里讲明。

且说上房屋中的刘大人与小内厮，听见院子众承差与贼人动手，不由得发毛。后来又听见三个承差一齐说贼人跑咧，大人与内厮这才放心咧。忠良吩咐内厮："快些把灯烛点上！"禄儿答应，不多时，灯也点上咧，门也开咧，陈大勇等这才找着院内的兵器，又找着和尚扔下的那把刀，慌忙齐进上房，与大人请安，说："小的等无能，使大人受惊！"刘大人一见，说："起来，起来！贼人半夜而来，焉怪你等？"说话大人坐在炕上，陈大勇将和尚扔下的那把刀，献与忠良。刘大人接来，留神观看。

清官接过留神看：光辉夺目眼难睁。复又留神仔细看，刀上有，字迹两行凿得分明："妙法禅林圣水庙"，一边是："暂入空门隐姓名"。大人看罢刀上字，眼望那，大勇三人叫一声："今夜晚，这人不是来偷盗，他原来，暗进官衙把刺行。钢刀上面明明写，他是那，圣水禅林庙内僧。要依本府心中想，大有情弊在其中。定然是，尼姑庙内藏和尚，妖言惑众哄愚氓。妓女庙内把机关泄，才有这，僧人行刺进衙中。幸亏本府不该死，苍天庇佑我刘墉。你们三人将他赶跑，这件奇功别当轻！"大勇闻听忠良话，说道是："恩官留神在上听：既然刀上将字造，定是禅林圣水僧。机关不密他先知晓，晓夜行刺狠又凶。待等天明将人派，暗自出离府江宁，团团围住圣水庙，一概全拿进衙中。大人堂前将他来问，真赃实犯问典刑。除去江宁这一害，上司喜，恩官指日要高升！"说话之间天将晓，东方送上太阳星。大人开言又讲话，说道是："大勇言词理上通。"

忠良闻听大勇之言，说："此话有理。"忠良复又吩咐："禄儿，赏他三人酒饭。""是。"禄儿答应，不多之时，摆上饭来。大勇等三人谢过，这才用饭。不多时，三人用完，禄儿撤去家伙。刘大人眼望大勇，开言说："好汉，这件事情，怎么样个办法？"陈大勇闻听刘大人之言，说："这件事，要依小的的主意，事不宜迟，小的等三人，再带上十几个伴们，各带兵器，暗自出城，将那一座圣水庙围住，把庙内所有的人，全都拿来，大人审问他的口供，料想昨夜行刺的那个僧人，虽然逃去，也未必敢隐藏此庙。先拿了尼僧，然后再捉拿行刺的那个和尚，不怕他飞上天去！"刘大人闻听，满心欢喜，说："此计大妙！"

清官闻听前后话，满面添欢长笑容，说道是：“此计大妙真不错，事不宜迟急速行！”好汉答应说“知道”，一同那，朱王二人向外行。又带捕役十数个，全都是，暗藏兵器在腰中。出了衙门急似箭，一个个，径奔江宁南正门。霎时来到南门外，陈大勇，悄语低言把话云：“此去庙内拿人犯，大家齐心事有成。非是陈某言此话，皆因那，行刺的僧人本领能。岂知庙内无余党？不可不防要用功。”众人回答说：“正是，陈爷言词理上通。”按下公差人数个，再把那，绿林贼，杀人寇行刺的凶僧明一明。

第七十六回

闯尼姑庵捕役捉凶

且说圣水庙行刺的天然和尚，被刘大人的承差陈大勇等三人围住，闹够多时，自己觉着怕机关败露，难以谋害忠良，腹内说："何不暂且逃走，回庙另想良谋，再进官衙，连这一起狗腿全然杀害，方解心头之恨！"凶僧想罢，将脚一跺纵上去，蹿房越脊，这时间出了官衙，穿街越巷，来至城根，又施展飞檐走壁之能，出离了城。回到圣水庙中，见了净空，就把行刺无成，实然难以动手的事，从头至尾，告诉了一遍。净空未语。天然复又开言，说："老弟，这件事依我瞧，你我也难住此庙。倒不如趁此远走高飞，另投别处栖身，再为后图，未不知老弟意下如何？"

众公想理：别的事可以，唯有奸情这件事了不的。或是争风，或是因奸不得，闹着闹着急咧，动了刀咧，闹出人命来，后悔也就迟咧！你想，这个净空年纪只有三十二三，正在妙龄，与这一起尼僧闹热了盆咧，还有隐藏下的几个妇女，在圣水庙中暗室之内，无有不为，任意快乐，焉能一旦割舍得就离此庙呢？

净空闻听天然之言，说："师兄，不必害怕，听我一言奉告。"

净和尚开言把"师兄"叫："要你留神仔细听：不必着急休害怕，丈夫做事要留名。畏刀避箭非男子，师兄你，枉在江湖绿林中！这件事，虽说官府来看破，依我瞧来更稀松！如有差人将庙进，管叫他有死并无生！你的单刀我的拐，可以能搪百万兵。事情紧急咱再走，众狗腿，焉能挡住咱弟兄？纵有拿住咱命丧，花下死，黄泉做鬼也有名。”天然僧，闻听净空前后话，说道是：“老弟言词理上通。”了凡闻听心犯想，这个秃驴胆战惊！皆因他，各般本事全不懂，要讲嫖赌属他能。虽然害怕舍不得走，穷色大，贪着庙内众女僧。也是秃驴恶贯满，遇见那，赛包公，乾隆爷把他升，御笔钦点到江宁。按下凶僧不肯走，依旧隐藏在庙中。妓女秀兰也留坐，还有那，李家瑞姐人一名。这些节目全不表，再把那，奉命的承差明一明。

且说好汉陈大勇、王明、朱文等，奉刘大人之命，前往圣水庙。众人出了江宁的聚宝门，一直径奔圣水庙而来。此庙离城才三里之遥，霎时间来到山门以外，瞧了瞧，山门紧闭。

上部书，愚下已经表过，这座圣水庙，每逢初一十五开庙，方许男子女子进庙烧香；除此以外，平常日期，只许妇女进庙求圣水，不许男子跟随进庙。所以，他这山门常常的关闭，书里讲明。

且说陈大勇等，来至圣水庙山门以外，瞧了瞧，山门紧闭，用手推了推，纹风不动。大勇才要望众人讲话，忽听见那边有一个骑马的，带着一个水晶顶子，领着二十多个兵，蜂拥而来，眨眼之间，来到跟前，下了坐骑。大勇一看，不是别人，乃是江宁府的守备王英王老爷。好汉一见，先就讲话，说：“王老爷到此，有何贵干？”这守备王英见问，说：“陈头儿，我奉刘大人之命，带领本营兵丁，前来协同你们等擒捉此庙的凶僧，怕得是这庙中余党势众，难以擒捉，所以才打发我前来，共同协办。”陈大勇等闻听王老爷之言，不由满心欢喜。

这好汉，闻听守备前后话，满面添欢长笑容，说道是："这座禅林宽大得很，前后相连五六层。如若一齐将庙进，怕得是，贼僧知道越巷行。要依小的糙主意，老爷你，带领手下众兵丁，庙外巡逻加防范，我们进庙去拿人。如此两班方为妙，大事定矣必成功。"王老爷闻听说："很好，陈头儿计策果高明！就是如此这般样，速速进庙莫消停！"好汉闻听说"正是"，眼望朱文与王明。说道是："咱们哥们仨将庙进，着意留神要小心。"二人答应说："知道，不用陈头儿再叮咛。"好汉闻听不怠慢，用手推门把话云，说道是："快开山门求圣水！"这不就，惊动里面小尼僧。他就是，圣水姑姑大徒弟，法名性本在年轻，今年才交二十二，长了个茂高，那一个，小模样子倒可人疼。这淫尼，正在前院来说笑，忽听那，山门打得震耳鸣。慌忙来到山门下，往外开言问一声："那边来的有何事？快把情由对我云。我好回禀家师去，如若不听你枉用功。"好汉闻听将头点，隔着那，山门缝儿把话云。

陈大勇山门外面开言，说："我们是龙潭村特意到此求圣水来的。"里面的小尼僧又问，说："是男客女客？"好汉说："男女都有。"女僧闻听，说："等我替你们回禀家师一声。"说罢，翻身往里而走。

且说山门外面的好汉陈大勇，眼望朱文、王明讲话说："少时要有人来开门，见一个，拴他一个。"众人闻听，齐声答应。陈大勇正然要与伙计伴儿们议论，只听里面有开门之声，原来还是头里进去的那个女僧，将好汉陈大勇的言词，回禀他师父一遍。圣水姑姑闻听，吩咐："将女客请进庙去，将男子留在庙外。"所以又出来开门。女僧刚然开开了山门，往外一看——哪里的女客？竟都是男子！仔细又一看，那些人的穿戴，都是公门中的打扮。

众明公，唯有公门中的爷们，有个贵官脾气，很爱穿个细毛蓝的官罩，腰中系上一条褡包，或是绉纱的，或是足青布的，必要弄一个四块瓦儿的青布单褂子，可不是穿着，胳臂一搭，若死了，要闹个吓雀的缨帽，所以令人好认。书里言明。

且说大勇见了山门已开，不问青红皂白，带着众人硬往里走。女僧一见这个光景，不由得害怕，乍着胆子开言，说："我们这是女僧所在，岂是胡闹混闯的么？"大勇眼望王明，说："老弟，拴起这个来。"王明答应，掏出锁子，赶上前去就要动手。女僧一见，吓得往里飞跑。

女僧一见心害怕，迈步翻身跑似风，意乱心忙腿发软，二门槛，"咕咚"绊了一个倒栽葱！四脚拉叉躺在地，露出那，腰中的汗巾是大红。云子镶鞋也摔掉，雪白的袜底儿，两脚高扬叫人动情。僧帽却在旁边扔，显露出，新剃头皮是亮又明。胸坎上，两个乳头高四指，好一似，发面的馒首一般同。王明一见浑身软，手提铁锁忙上前，竟奔贪淫好色僧。他未曾一锁摸一把，点头咂嘴口内哼，腹内说："这个女僧长得好，他的那，小模样子叫人疼。"王明无奈上了锁，带起红颜白面的僧。陈大勇，带领众人又往里走，进了那，二层角门看分明：三层大殿在正面，药王圣像在当中。十大名医分左右，都是那，五彩庄严绿配红。东西配殿俱关闭，看不见里面众神灵。众人看罢朝后走，穿过大殿到二层。一直又把三层过，抬头看，殿旁边，五间禅堂盖得强，独门独院真清雅，原来是，圣水姑姑在这屋中。陈大勇，来至门外忙站住，侧耳听，禅堂里面说笑声。好汉闻听不怠慢，三两步，闯进房门看分明。

陈大勇闯进屋门，留神观看：原来是当家的圣水姑姑与他的手下几个徒弟，还有几个凶僧、净空，在这屋中饮酒作乐，耍笑讴歌，挨肩擦背，无所不为。净和尚正喝到高兴之际，一伸手，搂住小尼姑性定，要了个嘴，说：“我的小乖乖子！”要完了嘴，一回头，打外面闯进个人来，年纪不过在三十五六，五短身粗，相貌威武，雄赳赳将门堵住。净空和尚一声大叫：“呀！你这人好无道理，擅入内室，令人可恨！”

只听和尚一声断喝：“你这人，胆大无知了不成！擅闯内室做何事？快些说来莫消停！”凶僧言词还未尽，只听那，大勇开言把话云，说道是：“庙为十方称善地，女僧焚修①在其中。依我看，你这秃驴非姑子，你如何，也在此处胡乱行？你们的，事情败露机关泄，不必装憨与推聋。快些受死是正理，少若挨迟了不成！”好汉言词还未说尽，只听那，净空和尚把话云：“我当你倒有何事，却原来，找我老爷进衙门。想来是，罗锅差你来到此，也是你，大数难逃此处坑。”和尚说罢不怠慢，打墙上，摘下那一口单刀手中擎。“刷拉”一声亮出鞘，光华夺目眼难睁。一直径奔陈大勇，照着那，好汉顶上下绝情。承差一见忙闪退，和尚的钢刀竟砍空。好汉观瞧哪敢慢？衣襟底下取钢锋。折铁钢刀亮又明，照着那，凶僧背后砍下去。净空岂是省油灯？使了个，鹞子翻身躲得巧，好汉的，折铁刀砍在门上响一声。他两个，就在屋中动了手，这不就，吓坏了圣水姑姑养汉精。还有性黄与性定，二小尼，钻在那桌子底下不敢哼！按下淫尼不必表，再把

① 焚（fén）修——佛教徒焚香修行。

那，门外众人明一明。听见屋中动了手，刀声响亮震耳鸣。朱文开言把“王哥”叫：“老哥留神要你听：你与这，众位伴们将门守，等我进屋助一功！”朱文王明不怠慢，取出铁尺手中擎，一声大叫闯进去，说道是：“贼秃要跑万不能！”和尚闻听人讲话，举目瞧，又来了公差人一名。

第七十七回

凶僧恶满盈落法网

且说净空凶僧，正与好汉陈大勇动手，忽见打门外又闯进一个人，手擎铁尺，恶狠狠指着他，赶上前来就是一下。净空和尚慌忙躲过，回手也就还了一刀。朱文用铁尺相迎，大勇在一旁相观，并不怠慢，使了个箭步，“噗”，蹿到净空和尚的背后，照他的下三路就是一刀。净空一见，往前边一跳，也是和尚的恶贯满盈，可可儿的那边搁着一张椅子，净空和尚不防，被椅子一绊，险些栽倒。朱文一见，哪肯容情？赶上前去，照着他的脑后“噹”就是一尺，只听“吧叉”“咕咚”“喀嚓”“哗啦”，这一路乱响！

有人说，你这书可不用说了，怎么满嘴里都是舌头？到底是“咕咚”，是“吧叉”，是“喀嚓”，是“哗啦”？你闹了个老西儿拉骆驼——摆了这么一大溜！众位明公，别心急，听在下的慢慢破解明白：净和尚中了朱文铁尺，是“吧叉”的一声不是？净空和尚往前一扑，栽倒在地，是“咕咚”的一声不是？两只手又一扳地下的高桌，把那些个盖碗咧、茶盅咧、瓷瓶咧……这些东西都掉在地下咧，是“哗啦”的一声不是？所以，才这么一路乱响。书里讲明。

朱文一铁尺打倒了净空，赶上前去，“吧叉”，踝子骨上又是一下，净和尚不能动转。大勇这才向外面讲话。

这好汉向外高声叫：“众伴们，快些进来莫消停！朱文打倒凶和尚，快将这囚徒上绑绳！”手下人，他们闻听不怠慢，进来了公差人几名。先拿了净空人一个，然后又绑众尼僧。陈大勇，吩咐手下把尼僧看，带领朱文与王明，出了这座禅堂院，一直又往庙后行。按下承差人几个，再把那，天然凶僧明一明。

且说天然和尚，正在暗室之中，与别的尼僧还有妓女秀兰说笑，饮酒作乐，忽听前边有打闹之声。凶僧吃了一惊，慌忙站起身来，拿了他的那一条铁杖，要去看一个动静。事逢凑巧，天然僧刚出那暗室之内，正遇见陈大勇带领朱文、王明前来，两下里相见，哪里能回避？天然僧眼望陈大勇，一声喊叫，说道：“呀！你们是做什么的！擅自到此，有何贵干？”大勇一见，微微冷笑，说：“秃驴！休推睡里梦里，你们的事情败露，我等奉刘大人的命令，前来拿你，快些前来受绑，还多活一会；但若捱迟，管叫你这秃驴死无葬身之地！”

只听那，好汉之言还未尽，天然凶僧把话云：“原来为的这件事，擅敢前来到庙中。今日要饶过这狗腿，其情可恼理难容！”天然僧，说话之间赶上去，镔铁禅杖举在空，径奔好汉陈大勇，承差一见闪身形。朱文观瞧迎上去，手中铁尺禅杖腾。只听“咣叉”一声响，朱文的，铁尺掉在地流平。王明一见不怠慢，“噗”一个箭步奔凶僧。手中的攮子要取胜，凶僧的，大腿上面下绝情。只听“哧”的一声响，和尚顺腿淌鲜红。天然“嗐哟”眉一皱，不由动怒眼圆睁，一声怪叫：“气死我！倒被这小辈暗算了不成！我今容你们出庙去，有玷从前绿林名！”正是天然要报恨，又来了，承差大勇美英雄。手内单刀急又快，光华夺目眼难睁。泰山压顶削下去，和尚忙用禅杖迎。只听“喀嚓”一声响，铁禅杖，被刀削去二尺零！凶僧一见心害怕，暗自思量说：“了不成！”

天然僧的铁禅杖，被陈大勇的折铁钢刀削去半截，凶僧腹内思量，暗说："不好！这厮的刀果然厉害，怪不得捕盗拿贼，常立奇功。倚仗他手内利刃，削铁如泥，是一把吹毛利刃！我若与他斗力，只怕不是他的对手。三十六着，走为上策。"凶僧的主意已定，将两脚一跺，"嗖"的一声，蹿上房去。陈大勇、朱文、王明三个人，一见凶僧逃走，不由心下着忙。朱文、王明净剩下干瞅着。陈大勇一见，不敢怠慢，将身形一纵，也就跟上房去，手提钢刀，声言大叫："凶僧，你往哪里跑！"

陈大勇，一见凶僧要逃走，不由着忙心下惊。则见他，身形一纵跟上去，声言大骂叫："凶僧！要想逃生不能够，拿住你，好见本官刘大人！"两腿如飞往下赶。凶僧回头吃一惊，口中说："若叫承差赶上我，我的那，性命残生活不成！"无奈之何妄想走，蹿房越脊往前奔，心虚只怕他赶上，拿住之时了不成！大勇后面追得紧，凶僧在前面担怕惊。只顾在房上往前跑，庙房上，兽头挂住他的后衣襟。大勇一见不怠慢，手抡刀，大叫："凶僧要想逃生万不能！"

凶僧天然只顾往前逃命，你说，无巧不成书，庙房上兽头，将凶僧的衣襟挂住。承差陈大勇一见，不敢怠慢，手抡利刃，身形一纵，就赶上凶僧，搂头一剁，凶僧估量着身后面一揪，心里想着：这必有什么东西，将衣襟挂在咧！人到了急处，也顾不得三七二十一了。又见后面的承差，手抡明晃晃的利刃，从背后赶来。这凶僧心内一急，浑身攒劲，往前一窜，不提防瓦滑，脚底下一溜，几乎栽倒。大勇得便，探身将凶僧揪住。

陈大勇，一见凶僧要栽倒，好汉连忙一探身，伸手揪住凶和尚，掌住身形把话云："秃驴你要逃命走，怎么回衙见大人？几个秃驴拿不住，踧尽了一往从前我的名！”说罢之时一攒劲，将凶僧，按在房上不容情。此时间，朱文王明也在此，往上开言把话云，口中只把“陈头儿”叫：“要你留神仔细听：庙内的，众多女僧全拿住，拿住凶僧完事情。”此时间，大勇闻听不怠慢，他将凶僧往下扔。凶僧到此难挣扎，摔了个不死小发昏！朱文王明忙按住，就将凶僧上绑绳。大勇也把房来下，庙内四下全搜尽，并无一个里边存。男女僧人装车上，公差又往别处寻。密室找出李瑞姐，还有那，妓女秀兰人一名。叫地方看守这古庙，众人这才往外行。三里之遥不算远，进了江宁聚宝门。正遇大人把晚堂坐，大勇朱王往里行。大人一见开言问：“你们仨，可曾拿住作恶的僧？”大勇朱王将躬打：“大人在上请听明：凶僧淫尼全拿住，请讨大人示下行。”刘公闻听将头点，座上开言把话云：“急速带进众凶犯！”下役闻听应一声。一齐迈步往外走，口中说：“大人叫呢快些行！”门上之人忙不住，带定众人往里行。来到堂前齐下跪，刘公上面验假真。只因私访进过庙，淫尼个个认得清。唯有三名凶和尚，并不认识做恶僧。扭项眼望大勇讲：“昨夜晚，行刺却是那名僧？如何又多二和尚？”大勇闻听把话云：“大人留神听详细……”一往从前细讲明。刘公心内早明亮，吩咐：“速传周李氏，本府当堂判个清。”下役答应往外走，民妇进衙听口供。进衙瞧见女儿瑞姐，母女见面恸伤情。大人吩咐带众犯，男女僧人跪在尘。刘公上面来问话，僧尼不敢不招承。一往从前俱实诉，大人闻听满面嗔。提起笔来明判断：瑞姐他母带了去，可喜清白没失身，官赏白银五十两，以表此女孝娘亲。僧尼掐监南牢内，详文上报等信音。大人判断刚完毕，只见那，有人来说：“圣旨到，快接钦差莫消停！”

第七十八回

刘罗锅御旨试清廉

刘大人才要退堂，忽见土报连声，三元跪在下面，说："大人在上：有京都钦差来到，离此不远，回大人定夺。"刘大人闻听，一摆手，说："再去打探。"土报叩头而去。

刘大人不敢怠慢，随后换了吉服，带领官兵出了江宁府衙门，迎至十里接官厅，把钦差接进衙中。滴水下了坐骑，站在当堂，把旨意打开。刘大人跪在下面，钦差官高声朗诵。

钦差官高声把旨意念，朗朗声音吐字清。念的是："奉天承运皇帝诏：晓谕贤卿叫刘墉，朕闻你，江宁做官多清正，治国安邦把百姓疼。今将你补升都察院，旨意一到速进京。钦此钦遵休迟误，星夜前来见朕躬。"钦差念罢皇王诏，刘大人，磕头谢恩把身平。眼望钦差来讲话："有劳贵驾走一程。"钦差回言说："岂敢，可喜大人往上升。"说罢告辞往外走，钦差紧急要进京。刘大人送出交界外，拱手相别各西东。钦差进京吾不表，再把刘爷明一明。回到衙门不怠慢，叫张禄，装上褥套要登程。总督遣官将印署，大人交代甚分明。众属下，把大人送至交界外，辞别州县要起身。刘大人，爷儿两个才要走，忽见那，前面人等闹哄哄。大人不解其中意，举目抬头看分明：原来是，江宁愚民众百姓，一齐与大人来送行。担酒牵羊无其数，慌忙齐跪地流平。一个个，眼含痛泪把"大人"叫："公祖留神在上听：小民等，闻听大人将京进，位列三台往上升。大人来到了江宁把官做，爱民如子一般同。众百姓无以可为报，水酒一杯来饯行。新靴一双爷穿去，旧靴脱下在江宁。”刘大人闻听百姓话，不由心中也伤情，开言不把别的叫：“众多良民要你们听，本府有何德能处？倒叫你等来饯行！这如今，刘某无可为遗念，几句言词要你们听：奉公守法行正道，严妻教子把人疼。”军民闻听将头点，说道是：“大人言词圣训同。”忠良说：“尔等也都回家去罢，本府的，钦命紧急要进京。”众百姓闻听无其奈，一个个，退步翻身回里行。

不表众人回去，再说刘大人爷儿两个，还是像上任来的那个光景，乔装改扮，一路上盘脚，饥餐渴饮，晓行夜住，非止一日。那一天，来到彰义门。进了城，顺着大街往东走，到了菜市口，朝北一拐，又进了宣武门。刘大人抬头观看。

这清官举目抬头看：北京城，果与外省大不同，各样铺面全都有，茶轩酒肆闹哄哄。来来往往人不断，净都是，奔奔忙忙为利名。还有那，各样江湖无其数，大人留神看分明：头一档子是八角鼓；第二档，惯说评书是佟亮公；三档就是《施公案》，这人在京都大有名，他本姓黄叫黄老，“辅臣”二字是众人称，说的是，施公私访桃花寺，西山庙内拿恶僧。大人看罢又往北走，这一档子更不同：有个人，黑不溜秋像个鬼，年纪四十有余零。头上戴着花一朵，胡子叫胭脂染了个通点红！绿绸子裤子敞裤脚，你瞧他，扭扭捏捏来往行，两根弦胡琴拿在手，拉的是：“姐儿南园栽大葱”。拉够多时他就唱，这小子，浪不溜丢开了声，唱的是：潘金莲勾搭上西门庆，来了个，替兄杀嫂的名武松。众明公，要问此人名和姓，他就是，胡琴黑子，外号叫做“色公虫”！大人看罢又往北走，这一档子倒受听：原是评书说得好，喉咙响亮吐字清，说的是：《锋剑春秋》燕孙膑，走石飞沙闹秦营。众明公，要问此人名和姓，号叫老黑本姓滕。大人看罢又北走，只听那，锣鼓喧天响又鸣。

刘大人爷儿两个又往北走，只听那锣鼓喧天，人声喊叫。忠良举目观瞧，有一个白布大帐围着，并不知里面是什么玩意儿。大人看罢，不解其意，扭项回头，望张禄说："这白布帐子围着的，是什么东西?"张禄听到，说："那是玩老虎的。"大人闻听，说："哎呀，伤人之物，也弄来玩耍，可见得人能!"大人说罢，又向北走，只听那东边鼓声震耳。

这清官，举目抬头观仔细，只听那牛皮鼓打响嘣嘣，他手中，还拿一副核木板，上边穗子是大红。你瞧他：一边打鼓一边唱，指手画脚不安宁，起来坐下身不定，使得他，汗似瓢泼一般同。唱的是：咬金下了瓦岗寨，带领一盟众弟兄，一心想要坐天下，大破孟州一座城。有人问他名和姓，他本是，久惯擂鼓的秦记生。刘大人，看罢多时心明亮，说道是："这玩意儿出在我们老山东。想必是，年景有限柴米贵，饿得慌，情急无奈才跑上京。"大人想罢又北走，只听那，哗啦啦山响不绝声。有个人，光着脊梁当中站，手拿着，一杆铁叉绕眼明，来来往往浑身滚，好一似，粘在身上一般同。众明公，要问此人名和姓，他本是，榆垈人氏叫黑熊。这大人，瞧罢多时又北走，这一档子闹得凶：仔细看，三人原来没有眼，都是金行的老先生，一个个，咷①天宿地招人笑，这一个，故意又挤瞎眼睛。众位要问名和姓，他就是"跑瞎子"，八怪之中也有名。大人看罢又北走，西单牌楼眼

---

① 咷（táo）——哭。

下横。

刘大人爷儿两个，瞧看之间，到了西单牌楼根底下咧。爷儿俩雇了辆羊车，大人在里头，小内厮跨辕，一直地向北而走。到了外西华门，顺着皇墙又往北去，打皇墙拐角往东而走，不多一时，来至后门，顺着皇墙又往北走，打皇墙拐角往东而走，到火神庙内。

为什么他们爷俩又不上驴市胡同家去呢？又在庙里住一夜，这是什么缘故呢？众位明公有所不知：奉旨进京，必得先去见了圣驾，然后这才敢到各人的私宅。书里交代明白，言归正传。

且说刘大人爷儿两个，住在后宰门外，路西火神庙内，一夜晚景不提。到了次日早旦清晨，大人起来，净面更衣，又雇一辆羊车，大人坐上，一直的进了后门，到了神武门外下车。刘大人整整衣冠，进朝见驾。朝中之事，在下也不敢细叙，咱们就是简短截说。

刘大人见了圣驾，圣主爷命他吉日上任。刘大人不敢怠慢，这才出朝，才坐之车，还在那里，立刻坐上羊车，立刻来到了东四牌楼，路东镶白旗四甲喇驴市胡同。刚一下车，就有看门的人看见，不敢怠慢，把大人接将进去，合家问安道喜，此书中不必细表。忠良茶酒饭毕，就到都察院去上任。升得麻利，丢的剪决①，这一任做了三天，因为他老人家上本之事，不知道是上的什么本章，皇爷不但不准，而且还是革职为民。刘大人只得交代印务，回到驴市胡同，择日要回山东原籍而去，暂且不表。

且说圣主皇爷，虽说把刘大人革职，并非是真心不用他，定

① 剪决——形容迅速。

要试探试探他往日的清名真与不真，这是太上皇爷一计。随后差了三位大臣，拿了三千两纹银，到东四牌楼驴市胡同刘大人府中，假说是帮送盘费，看他是收与不收。

有人问我这说书的：哪三家大臣？我知道哪三家大臣！此书不想满嘴混唚①。乾隆爷又称呼“罗锅子刘老大人”，哪的这么件事情？哪的这么宗称呼？很欠把牙打了去！竟由他的嘴想。在下说的这部书，并非是不知三位爷的名姓，是愚下不敢深讲。书里交代明白，言归正传。

且说三位爷打海甸遵奉老主的君命，不敢怠慢，一路无言，来到东四牌楼刘大人的宅中。见了刘大人，叙礼已毕，分宾主坐下。家人献茶，茶罢搁盏。三位爷这才开言讲话。

只听那，三位开言来讲话，“大人”连连尊又尊：“主公一时在盛怒，大人革职是屈情。闻听说，不日要回山东去，就还故土转家中。我等无可以为敬，奉送那，纹银三千以表情。路上吃杯茶与酒，也不枉，咱们同做一殿臣。”三家爷，口中言词还未尽，刘大人冷笑把话云：“既承费心我就领，焉敢推却这高情？”三位爷闻听大人这句话，腹内说：“罗锅可中计牢笼！”扭项回头把内厮叫：“快些搬银莫消停！”手下人，闻听此话不怠慢，登时间，盘进纹银六十封。刘大人一见他才讲话：“三位留神在上听：你们的纹银三千两，暂且放在我家中，等我去把主子见，明人不做暗事情。”吩咐家丁：“快鞴马，细想来，并无穿往大交情，问了主公什么缘故，我上海甸见圣明。”三位闻听这句话，腹内说：“真正罗锅不爱铜！”按下三位爷回府，再把那，大人的家丁明一

---

① 唚（qìn）——猫、狗呕吐。借用以骂人，比“胡说”更重。

明。登时将马来鞴上，回明忠良干国臣。刘大人闻听不怠慢，迈步翻身往外行。大门外，大人上了叼狼马，饿得都不动咧！一步刚挪四指零。大人不上别处去，径奔西直门大路行。出城上了厚土道，催开坐骑往前行。此书不讲桃花店，杏花村不在这书中，大清小传不多叙，海甸圆明园在眼下横。

第七十九回

主考官深州查赈粮

刘大人思想之间来到海甸①，不过是穿街越巷，不多一时，来至宫门以前，东辖哈外下了能行。进了大宫门，来到奏事门前。等够多时，则见打里面走出一员接事官，走出门来。刚然站住，就有那八旗六部众多文武官员，一齐走至奏事官跟前，将奏折全都递将过去。刘大人一见，并不怠慢，随即也走上前去。接事的一见，带笑开言，说："老大人，今日到此，有何贵干？"刘大人说："今有一事，特来求大人替废员刘墉，转达天颜②。"说罢，将本章递将过去。

住了！说书的，我且问你：刘大人那时候业以革职，他算是废员，焉能还奏得着事？列位明公有所不知，刘大人那时候虽说是革了职，谁不知道他是皇后的干殿下？官革的了，他的干殿下可革不了！所以与别人不同。书里表明，言归正传。

且说奏事官接了众位王大臣的折子，不敢怠慢，翻身往里而去。来到里面，将众位大人的本章，递与黄本的内侍。内侍呈到圣主面前，龙目御览。太上皇爷看到末尾，瞧见刘墉刘大人的奏折，上写着：

---

① 海甸——即今北京市海淀区。
② 天颜——指皇上。

废员臣刘墉，奏闻圣上：今因三位大臣（下赘着某人某人）拿着三千两银子，到臣的家中，说我刘墉实在寒苦，情愿将三千两银子送与微臣，以作路费。臣子家中有心收下，想来素与他们并无这样交情来往；臣子有心不收，又恐怕三位大臣见怪，废员臣子禁当不起。望乞圣主看臣子素日的勤劳，把他们三人宣来，当面问明了，有什么缘故，送臣子银三千两。主上将此事问明了，刘墉感圣恩于万世矣！

圣主爷看罢，不由龙心甚喜，说："刘墉果然清廉，不是虚传。倒是朕躬多疑，才差派人拿了银子三千两，去试探于他，看他收与不收。倘然收下朕躬的银两，那时节管叫他有口难分诉。这如今他不肯收下，前来见朕，真正是不爱钱财。这是朕躬的洪福，才出这样贤臣。"

太上皇爷龙心悦，圣主金腮带笑容："也是我朕洪福大，才出这，干国忠良保大清。自从朕躬登九五，四海升平五谷丰。到而今，一统华夷十七省，万国来朝参朕躬。朕躬的，八旗兵丁如骁虎，外国闻名胆战惊。又有这样贤臣子，何愁江山不太平？也不愧，太后当初将他保，认为殿下作螟蛉①。他的父，一品当朝居宰相，烈烈轰轰大有名。不幸一病身亡故，朕也曾，亲身到过他家中。到而今，刘墉又像他的父，耿直无私不爱铜。恰似那，嘉靖年间名海瑞，不亚如我朝于成龙。"圣主越想龙颜悦，往下开言把话云。

---

① 螟蛉（mínglíng）——《诗经》中说："螟蛉有子，蜾蠃负之。"螟蛉是一种绿色小虫，蜾蠃是一种寄生蜂。蜾蠃常捕捉螟蛉存在窝里，产卵在它们的身体里，卵孵化后就拿螟蛉作食物。古人误认蜾蠃不产子，喂养螟蛉为子，因此，用螟蛉比喻义子。

皇爷想罢，眼望两边朝臣讲话，说：“朕躬方才御览众卿的本章，末尾看至刘墉上的一道本章，为的革职要回原籍，有三人送了他三千两银子的路费，他执意不肯收下，前来见朕。他哪里知道，系朕躬一计，要拿他一款？谁知他是真正无私。罢了，到底是忠臣之后，将相根苗。”说罢复又开言。

圣主座上开金口，帝露银牙把话云：“快宣刘墉来见朕！”众多官员不消停，应一声，迈步翻身外边走，来至了，奏事门外唤一声：“刘墉进见参圣驾，皇爷有话问分明。”刘大人闻听不怠慢，高声答应往前紧行。一同迈步把禁门进，惊动了，圣主皇爷细留神。“废员刘墉来见驾，辜负我主大恩情。”圣主爷一见腮含笑，往下开言叫：“刘墉，方才你递这件事，纹银三千六十封，非是他三人送你的物，有个缘故在其中：那是我朕银共两，试探你刘卿清不清。”罗锅子闻听这句话，就手叩头说：“谢恩！又蒙我主把盘费赐，三千纹银赏刘墉。”圣主闻听这句话，说：“好哇，倒中罗锅计牢笼！讹去了，我朕银子三千两，朕倒没把他问住，朕躬这倒花了铜！”圣主爷复又开言叫：“贤卿留神要你听：果然你的清名无虚假，倒是我朕不公平。今点你：保定府去做主考，不可迟捱快出京！”圣主爷，明升暗降把他撵，怕得是，专动参本闲事生。刘大人，只得叩首将恩谢，叩头站起在流平。圣主爷，又说：“快着去上任，就是今朝便启程。”刘大人闻听辞别了主，退步翻身往外行。登时出了宫门外，家人服侍上了走龙。刘爷马上心犯想：要想撵我万不能！又讹银子三千两，买件棉袍好过冬。又叫我，直隶省城去做主考，明升暗降我学生。少不得暂且去上任，想个方法我再进京。刘大人思想之间来得快，进了西直门的城。穿街越巷急似箭，径奔东四牌楼行。往南不远来得快，来至了，自己门前下了能行。刘大人来到自家门首，下了坐骑，手下之人接过马去，大人进了内宅。家人献茶，茶罢摆饭。

大人用过饭，立刻传出话去："预备轿，今日启程，上任保定府公干。"手下人答应一声，往外而去。去不多时，前来回话，说："轿夫俱已齐备。"刘大人闻听，站起身来，往外而走。来至大门上轿，轿夫上肩，并不多带人役跟随，就是自己两个随人张禄、王安。张禄顶马，王安在后，城里头不过是穿街越巷，霎时间出了彰义门，上了大路。

刘公大轿出城外，顺着石路往南行。小井大井穿过去，又到卢沟晓月城。常新店上住一夜，次日一早又启程。良乡县打尖吃了饭，径奔涿州大路行。过去就是松罗店①，眼看来到定兴城。刘大人，坐轿人抬正往前走，猛抬头，瞧见那男女一群闹哄哄：也有老来也有年少，一个个，搀老扶幼往前行。大人不解其中意，吩咐暂且把轿停。轿夫闻听止住步，大人把"王安"叫一声："快些叫过男共女，问他们，为什么弃舍家园往何处里行?"王安闻听不怠慢，来到了，男女跟前把话云："大人叫你们去问话，快些前去莫消停。"众百姓闻听抬头看：一乘大轿在流平。前后跟役人两个，四名轿夫在年轻，玻璃镜只剩半块，轿杆子折了绑着条麻绳。众民瞧罢不怠慢，走上前来跪在尘。刘大人轿内来问话："你等留神仔细听：你们都，家住何方哪州县？为什么，弃舍家园何处行?"众民见问将头叩，"老爷"连连哪住声，"要问我等家何处，就在深州那座城。年景荒旱实难过，米贵如珠一般同。无奈何，弃舍家园去逃难，要上京都一座城。"大人闻听

① 松罗店——即今松林店。

前后话，轿内开言把话云：“闻听说，奉旨放赈卖官米，因甚黎民奔京城？”

刘大人说：“风闻深州奉旨放赈，济卖官米呢，为什么你们不买？”众军民闻听，说：“老爷有所不知，虽然卖官米，与市价也不差么。”刘大人说：“卖官米多少钱一斗？”有一老民上前回说：“卖四百京钱一斗。”刘大人说：“奉旨卖三百钱一斗，怎么的他要四百钱？这一百钱谁要呢？”老民说：“老爷还不晓得，有一斗多卖一百铜钱，州官吃七成，衙役、书办、长随等吃三成；这还不算赈呢，一斗只给七升！老爷想想：里折外扣，七米算八糠，与市价不差什么！”刘大人闻听，说：“好一个万恶的赃官！你克扣民粮，该当何罪？”刘大人说：“你们不必上京逃难，暂且回家，不用声张。十天之内，我要叫你等三百钱买不了一斗米咧，我就白受皇恩咧！”众百姓闻听，叩头而去，不必再表。

且说刘大人吩咐起轿，轿夫上肩，往前而走。路上言词，不必多叙。逢州过县，登时来至省城保定府北边河沿，就有保府官员，把大人接入公馆。考童不过文才，高低取中，不上几天，诸事已毕。太阳西坠，秉上灯烛，一宿晚景不提。

到了次日早旦清晨，刘大人起来净面吃茶，公馆内上了大轿，吩咐暗自去访，由保府上深州公干。手下人答应，不敢怠慢，暗暗出了保定府城，上了深州的大道。此书剪断，不过是穿州过县，登时惊动深州的百姓。大人进了深州的交界，离城不远，约有二十五里之遥，有一个李家镇，虽然镇店不大，倒也热闹得很，刘大人就住在李家店内。大人用的饭好备，用的两个子儿火烧，一碗豆腐脑儿就结咧。再喝上一碗子末儿茶，共总花上三十来的钱。刘大人吃完了饭，就晚咧，张禄秉上灯烛，一夜无词。到了第二天一早，大人起来，净面吃茶已毕，望张禄开言。

刘大人，眼望张禄来讲话："你且留神仔细听：这如今，我要把深州城去进，为得是，赈济饥民这事情。轿马人夫全不要，你们暂且住店中。申正以后去找我，千万不可走漏风！"张禄闻听说："知道，大人言词敢不听？"贤臣复又来吩咐："快叫店家莫消停！"张禄答应往外走，不多时，把店家叫到上房中。进门跪在流平地，说："老爷叫我有何情？"大人带笑来讲话："店家留神要你听：你把那，破草帽兜找一顶，洒鞋一双要足青，月白汗褂找一件，口袋一条共四宗。速速拿来我要用，事完之后有赏封。"店家答应不怠慢，翻身站起往外行。去不多时来得快，四宗穿戴尽拿来。店家出去不必讲，再把那，大人见物那消停？站起身来把衣换，袍子褂子全脱去，靴子拉下把鞋蹬。身上光剩白布小褂，店家的汗褟①套在外边，破草帽儿头上戴，口袋搭在肩上横，带上乾隆钱三百，要上深州走一程。诸事已毕又讲话："张禄儿，我的言词要你听。"小厮答应说："知道，不用大人再叮咛。"刘大人说罢不怠慢，迈步翻身往外行。原来是个乡民样，出了李家小店中。一直不往别处去，径奔深州大路行。刘大人一边走着心犯想，说："皇恩浩荡不非轻，圣主疼民把官米卖，为得是，年景旱涝不收成。谁知州官将弊作，贪赃误国把民坑。好一似，民打幌子州官卖酒，我刘墉，焉能容过这事情？等我查出他的过，管叫那，狗官脑袋长不成！"刘大人，思想之间来得快，深州北门眼下横。

① 汗褟（tā）——夏天贴身穿的中式小褂。

第八十回

刘罗锅解衣权质酒

刘大人思想之间来到深州的北门，迈步走进城去，到了个烟铺里问了问，说："赶午前才卖牌子呢。"刘大人闻听，下了烟铺的台阶，瞧了瞧，天过辰时，还早一点。大人说："好，还到个酒铺之中，略坐一坐，再去买米。"

刘大人想罢，迈步往前面走，来到十字街，剪东边州官衙门西边有一个小酒铺，倒也干净。刘大人瞧罢，走将进去，拣了个座儿坐下。堂倌一见，走到刘大人面前站住，说："老爷子，你喝黄酒？喝烧酒？"大人说："烧酒罢。"堂倌说："喝四两？半斤？"大人说："十个大钱的罢。"堂倌说："你这老头儿，瞧着你钝头钝脑的，你说的倒是京里的排场。我们这里不卖十个大钱的，至少是二两。要喝，给你打上二两；要不喝就罢。"刘大人说："二两几个大钱呢？"堂倌说："我们这里，老干卖六个大钱二两。"刘大人闻听，说："既然如此，就拿二两来罢。"堂倌闻听，慌忙拿了二两酒来，放在大人的面前。堂倌又问说："要个什么菜？"刘大人说："你们这里卖的都是什么菜？"堂倌说："煎炒烹炸，应时小卖，一应俱全，与京内一样。"大人说："全不要，你给我两文钱小豆腐罢。"堂倌说："我的爹，二两酒喝呢，就醉咧！这哪里卖过小豆腐的！被窝里伸腿——不是脚（搅）也是脚。我们这里无有。你要图省钱呢，你瞧，对过那个烧饼铺里，炸的油炸鬼，三个大钱一个，你买他一个，就当了菜咧。好不好?”刘大人闻听，说：“就如此。你叫他拿过一个来罢。”堂倌闻听，望那边开言，说：“拿过一盘子油炸鬼来!”那边答应一声，送过来，搁在大人的面前，翻身而去。

清官坐在酒铺内，喝着酒儿思想买米事情：少时我把衙门进，一斗米我只给三百钱。斗口小了我不要，叫你认认我刘墉！非是我，罗锅子爱管这闲事，受主爵禄当尽忠。大人思想喝完酒，忽然间，想起另外并无带铜！腰中只有钱三百，预备买米好进衙中。有心拿他把酒钱给，官价要缺欠我理不通。刘大人，开言就把堂倌叫：“快些算账莫消停!”走堂答应来得快，站在了，大人面前把话云：“一壶烧酒是二两，六个老钱快拿铜。”大人闻听腮含笑：“堂倌留神要你听：我今钱钞不方便，记一记，另日前来再把账还。”堂倌闻听大人话，冷笑开言把话云：“不认尊驾这金面，不知你，张王李赵姓与名。我们的，小铺本短不赊账。”刘大人闻听又把话云：“既然你们赊不起，我有个白布小褂还当二百铜。烦你大驾走一趟，当了来，再把酒账算还清。”堂倌闻听说：“很好，就是如此这般行。”大人闻听不怠慢，白布褂，登时脱下手内擎。递与堂倌接过去，拿着那汗褂他往外行。路东就有一当铺，上写着“富兴当”三字甚清明。堂倌迈步走进去，将汗褟搁在柜上把话明：“此物要当钱二百，快着罢，我还有事情去。”柜上一见不怠慢，拿起汗褟手中擎。瞧了瞧，往里高声把话云：“白布小褂钱二百!”写票子闻听不消停。登时钱票往外递，堂倌接过往外行。

堂倌接过，不肯怠慢，出了当铺，来至酒铺之中，把当票连钱交与大人。大人说：“把钱拿了去，收去酒钱。”堂倌闻听，把那二百钱拿起来，到柜上一搁，说：“掌柜的，收六个大钱。”

且说这个开酒铺的人，姓王，名字叫王忠，是一个最老实人，听到“掌柜的，收六个大钱”，一瞧，这二百钱是当了来的，还没有打串儿呢！眼望堂倌开言说：“老三，这是哪一位的钱？”堂倌说：“就是这一位老爷子的。喝完了酒咧，无钱，还是叫我现当来的。”王忠说：“老三，你不好为六个大钱叫人家脱下件衣裳来当了，叫人家知道的，说他无钱当了衣服；不知道的，说咱们剥脱人家。你想想，为六个大钱，咱们要这个名使吗？我添上三个大钱利钱，你跑一趟，给他赎了来罢。”说罢，拿了三个大钱，搁在柜上，堂倌拿起来，又到刘大人的跟前，说：“老爷子，拿票子来罢，我们掌柜的叫给你那赎去呢！”大人闻听，说：“这倒不好咧。既然如此，改日再加倍奉还。”说罢，把票子交与堂倌。

堂倌接过，出了酒铺，又来到当铺之中，把票子连钱往柜上一搁，说：“掌柜的，借个光儿你那，将这票当快给我赎将出来罢。”有一个吃劳禁的伙计，走上前来，瞧了瞧票子，把那二百钱拿过来。堂倌说：“不用费事，这是才当了去的，无动就拿来咧，扣儿还无解呢！另外添上了三个大钱利钱。”当铺里的这人说：“进来钱必要过手。”说罢，将钱串解开，一一数来，数出两个小钱。这人说：“把这两个小钱换上罢。”堂倌说：“小钱也是你们的，我们连扣儿无解呢，怎么找我换小钱不成？”当铺里的人说：“我们的小钱？我们都是过了手的钱，哪来的小钱咧！分明是你拿出去抵换咧，和我们搅来咧！”堂倌闻听，心中好恼！

堂倌闻听冲冲怒，高声开言把话云：“你们小钱和我抵赖，真正欺人了不成！倚仗当铺字号大，眼中无人把我轻！要是我把小钱换，男盗女娼我重誓情！要是小钱你们换，天火烧得铺子精打精！”掌柜闻听心好恼，登时气坏杨大成，吩咐：“伙计休怠慢，拿住这小子把嘴楞。打他一顿还不算账，送到那，州官衙门问罪名！”众人听罢财东话，出来了伙计五六名。堂倌一见往外跑，口内大詈不绝声。当铺人等朝外走，一齐站在大街东。按下他们来吵闹，再把大人明一明。正然坐在酒铺内，忽听那边有喊声。大人迈步出酒铺，一抬头，看见当铺门口闹哄哄。刘大人慌慌忙忙走上去，来到跟前看分明：原来是，酒铺堂倌与人打架，不知道，他们所因何事情？大人不解其中故，走上前来问一声：“为着何事来生气？告诉我与你们评一评。”当铺一见先说话：“老爷子留神在上听：方才他来将钱当，白布小褂二百铜。不多一时来赎取，二百钱，数出两个小钱在其中。叫他换来他不换，他说道，我们讹他不公平。”堂倌闻听那人话，“老爷子，你还不知这事情：方才与你把汗褟当，将钱拿到酒铺中。掌柜一见倒说我，为小钱，叫你赎当理不通。添上利钱叫我来取，数出了，两个小钱在其中。我们连扣也无解，他说是，我换的小钱闹鬼吹灯！”大人闻听堂倌话，眼望着，当铺里财东把话云。

刘大人眼望当铺里财东开言，说：“掌柜的，方才他这钱拿了来，是散着的？是原就串着那拿来的？”杨大成说：“老爷子，倒是原就拿了来的。”刘大人说：“既是原就拿了来的，小钱还是你们的。”杨大成闻听，说：“你这个老头子，也跟着瞎说！分明是他换上的小钱来和我们胡说！”旁边这个吃劳禁的说：“掌柜的，你那不知道，方才无有听见说，跑堂的就是给这个屯旧老头子当了！”杨大成闻听，说：“这就是怪咧！他也说是咱们的小钱，原来他们是打就的通通鼓儿，来讹咱们来！这么着罢，把这老头子也拿住，先打他一顿，然后送官衙治罪。都像这么着，我们这当铺不用开咧！”众伙计们闻听，并不怠慢，跑上一个人，把刘大人抓住，往怀里一带，把老大人扔了一个跟头。这一个举拳就要讲打，不表。

再说酒铺掌柜的王忠，听见他们跑堂的和人打架，他就走出门来。举目一看，瞧见当铺门口好些人，闹闹哄哄，随即走到跟前一瞧，瞧见当铺里的人，把铺子里喝酒的那个老头子按在地下，举拳要打。王忠一见，说：“不可动手！你们为着何事？”杨大成就说：“为小钱之事……”说了一遍。王忠说：“多大意思！松开手罢，我与你换上两个就是了。”当铺人闻听，这才将手松开。刘大人这才站起来，说：“真正可恶！少时再说。”

不表刘大人发恨，再说王忠又添了两个大钱，说合着才把当取出来咧！一同大人和跑堂儿的，来到酒铺之内。

清官又到酒铺内，王忠开言把话云，管着大人把“老爷子”叫：“你老留神仔细听：当铺里，倚仗人多不讲理，我们这，深州地方惯欺人。酒钱不用你惦记，常言道：‘四海之内皆弟兄。’”说罢又往那边叫：“烧饼铺掌柜的仔细听，快把盘子拿了去。”那边答应不消停。登时来到酒铺内，王忠开言把话明。眼望着，饼铺掌柜把“李哥”叫，就把那，大人的事情告诉他听。李明闻听王忠话，说：“老哥留神仔细听：既然你把老爷叫，难道说，我的炸鬼还要铜？”眼望大人来讲话：“老爷子留神仔细听：要不弃嫌随我去，同到弟的小铺中，有的是，烧饼还有油炸鬼，斤饼斤面都现成。”大人闻听说：“岂敢，另日前来再补情。”大人说：“有扰二位的酒和菜，少时再到你这宝铺中。我如今还要衙门买官米……”内里情由来讲明。刘大人说罢不怠慢，拿起口袋说

“暂且失陪”往外行。二人送出酒铺外，李明也回转铺中。按下他们挨靠后，再把刘爷明一明。一路走着心犯想：少有王李人二名！酒钱菜钱全不要，少时必要补他情。当铺实在真可恶，将我摔在地流平，要不亏，王忠他前来劝，他们焉肯善放松？暂且衙门去买米，回来再找杨大成。刘大人，正走中间抬头看，州官衙门咫尺中。则见那，男男女女无其数，都等着，买米好回转家中。大人站在衙门外，举目留神看分明：有一个老民在那里边坐，瞧光景六十多岁竟有零。他也是等着来买米，腰里带着四百零。大人瞧罢走上去：“老人家，特来我借问一声：不知几时才卖米？前来领教老仁兄。”那老民闻听人讲话，抬起来，打量大人这宗形：头戴一顶破草帽，青布洒鞋足下蹬。月布汗褂穿一件，一条口袋肩上扛。原来也是乡民样，带笑开言把话云。

第八十一回

查赈粮钦差受枷刑

那一老民，见刘大人也是个乡民的打扮，带笑开言说："老仁兄，请坐罢。"大人说："请坐。"说罢，刘大人把口袋一铺，也就坐在地上。眼望老民，开言讲话说："借问一声：我今是头一遭儿买米，不知道怎样一个买法？"那一老民见问，说："一进州官衙门，南边有一座棚子，里头立着个柜，有个内厮，一个在里头卖牌子，四百钱一根牌子，是一斗。预先买了牌子，后往北边去打米。"大人闻听，说："这就是了。"

刘大人与那老民正然说话之间，忽听有一个差人，站在衙门以外，高声吆喝，说："卖牌子咧！"众人闻听，一齐往里乱跑。来到棚里，拿了钱，拿着牌子，去北边打米。刘大人一见，并不怠慢，站起身来，也就跟着众人往里而走。来到棚前站住，把那三百钱掏出来，往柜上一扔，说："卖给我一斗米。"衙役闻听，接过钱来一数，说："不够，短一百钱。"刘大人说："怎么短一百钱？"衙役说："四百钱一根牌子，你这才三百钱，这不是短一百钱么？"刘大人说："奉旨，官价三百钱一斗，你们要四百钱一斗，那一百钱归于何处呢？"衙役张三，闻听刘大人之言，说："你这个屯旧老头子！我瞧言不压众，貌不惊人，你咬文咂字的，'奉旨'咧，又'旨奉'罢咧。你爱买不买，四百钱一根牌子，想短底子还不能，多说给你个大天见见！"刘大人闻听，说："你不要动气，钱不够，我今儿不买，下次多带一百钱来再买，把那钱递与我罢，我进去瞧个热闹，也不枉我大远的来一遭儿。”衙役闻听，说：“这不是？老正经！”说罢，将那三百钱递与大人。大人接过，带在腰中，迈步往里而去。登时来到米场的跟前站住，举目观看。

刘大人，举目抬头留神看，打米的军民乱纷纷。一支牌子一斗米，众百姓，虽是赈济竟虚名！我主就知把饥民养，哪知道，可恶州官把民坑！大人复又留神看，一斗焉能有十升！里折外扣且肥己，民打幌子，州官卖酒一般同。我刘某既然来到此，焉容狗官乱胡行！大人想罢抬头看，有一张，板斗放在地流平。大人瞧罢走上去，将斗拿在手中擎。眼望衙役来讲话，说：“斗特小了不成！皇上旨意十升斗，你们是，私扣民粮罪不轻！”衙役闻听抬头看，打量大人这形容：破草帽一顶头上戴，青布洒鞋足下蹬。身穿一件月布袄，上头油泥有半尺零。一条口袋搭肩上，原来是，买米穷民一样同。衙役瞧罢有点气，冷笑开言把话云：“尊驾问我什么缘故，你管一斗是几升！快快放下你打去罢，不用这，野鸡戴帽——混充鹰！”说罢上前就夺斗，把大人扔了个倒栽葱。只听“叭嚓”一声响，把斗摔了个大窟窿。衙役观看更有气，怪叫吆喝把话明：“私摔官斗该何罪？擅闹米场了不成！待我去把上司禀，伙计们，拴起他来莫消停！”衙役闻听不怠慢，上前来，围住大人不放松。这一个，怀中掏出铁索链，只听“哗啷”响一声，铁索子，套在大人的脖项内，单等着，见官好去回禀明。按下大人上了锁，再把那，州衙差役明一明。慌忙来到宅门上，敲梆他就传事情。米场事情说一遍，赃官闻听动无名。立刻升堂归公位，说道是：“快带刁民我问明！”

且说这个州官，姓闵叫闵上通，叫白了，都叫他“更稀松”。他本是个书吏，捐纳出身，做过满城县的知县，二任升到深州。论文才，打心口往下，一肚子净大屎。因为他爱钱，给他起了个外号，叫“吞钱兽”。根底表明。

且说这州官立时升堂，吩咐：“把那一个闹米场的刁民带将上来！”这下面一声答应，不多一时，把大人带至堂前。众衙役喊堂，吆喝：“跪下！”老大人闻听，不慌不忙，把一条口袋一铺，就坐在了上边。众役一见刘大人坐下了，说：“你这个老头子，叫你跪下，你怎么倒坐下了呢？”刘大人说：“我没有犯着了王法的罪，跪谁呢？为什么不坐着！”州官一见，冲冲大怒，说：“你这个刁民，见了老爷因何不跪？就该打你二十大板！”刘大人说：“你私自克扣民粮，就应斩首。”州官说：“你怎见本州克扣民粮？”刘大人说：“奉旨卖米，赈济贫民，官价三百钱一斗，你要四百钱，这一百钱归于何处？我问你：官斗十升，你为何又私改官斗，一斗米只给七升？刮民肥己，是你有罪？是我有罪？”州官闻听刘大人说着他的心病咧，吓了一哆嗦，急得无言可对。羞恼变成怒，吩咐左右：“把这个刁民，与本州带将下去，先打他一二十大板，然后再问！”众役人闻听，不敢怠慢，走上前来，不容分说，把刘大人按在丹墀。

州官才要抽签下扔，忽见从角门以外，慌慌张张跑进一个人来，来至公堂跪在下面，说：“启上太爷在上：今有圣主钦点保定府的学政主考刘大人的大轿前来，离此不远，请太爷去接大人吧。”州官闻听，吓了一跳，腹内说：“莫非圣上打发他前来，查看我放米的事情？也未可定。”想罢，往下开言，说：“先不必打他咧，先看一面枷号来，把他枷号起来，在米场示众。俟本州接待钦差大人已毕，回衙时节，再与他算账!”

知州说罢前后话，手下答应不消停。登时抬上枷一面，刘大人，观看此物自思明，说：“此件本为凶徒做，谁知今该我刘墉！何不戴了上热河去，叫圣上，瞧瞧这般恶非刑。”刘大人正然心犯想，众青衣，上前动手不消停。把枷号大人忙戴上，当堂钉榫①帖上封。青衣带定往外走，再把州官明一明。回衙忙把吉服更换，滴水上马往外行。按下赃官去接主考，再把那，两名青衣明一明。带定大人往外走，登时来到米场中，把大人锁在石鼓子上，太阳地里似蒸笼。两个衙役旁边坐，瞧看居民闹哄哄。内有一人本姓李，家住李家那镇中，原来认得几个字，走到跟前看分明。上写着：“刁民一名叫王玉，家住李家镇那村中，私闹米场真可恶，枷号一月再松刑。”李洪看罢枷上字，不由着忙吃一惊：李家镇并无有个名王玉，这件事情我不明！想罢多时忙迈步，走到那，差人跟前问一声：“此人不在李家镇，那村中，并无王玉人一名。”刘大人闻听抬头看：“你问我吗？我的家住在山东。”衙役闻听大人话，启齿开言把话云。

衙役张栋说：“你住在山东，这么远，买官米来咧?”大人说：“我新近搬到李家镇去。”李洪闻听刘大人之言，说：“我就在李家镇住，你说你搬在李家镇，你住的是谁家的房子？在哪条街上?”刘大人说：“我在李家镇李家店内居住。”李洪说：“这就是咧。你贵姓王?”刘大人说：“我不姓王，我姓刘。”李洪说：“你姓刘，枷号上写着‘王玉’。”刘大人说：“那我就不知道

① 榫（sǔn）——竹、木、石制器物或构件上利用凹凸方式相接处凸出的部分。

咧。”李洪说：“你叫刘什么？”“我叫刘墉。”李洪闻听，吓得连北也不认得咧！一把手，拉住两个衙役，走到一边，说：“可不好咧！又听说山东的刘大人叫刘墉，别是他罢？”张栋说：“哪的话呢！山东的刘大人，是罗锅子。”李洪说：“你瞧瞧，难道说这不是罗锅子不成？”张栋闻听，留神一看——果然是个罗锅子！吓得“扑哧”，闹了一裤子屎，眼睛也蓝咧。两衙役正自害怕，忽见一乘大轿，前头一个顶马，迎面而来，就知道是接刘大人来咧。张栋说：“咱们俩快跑罢！”说罢，俩衙役往东飞跑而去，找了个酒铺的柜房屋里，两个人借了一床被褥盖上，底下筛糠打战，战成一处咧！不必再表。

且说深州的州官闵上通，骑着骡子，刚出了衙门，就瞧见了刘大人的大轿迎面而来。慌忙下了坐骑，站在道旁。不多一时，大轿来到跟前，帘子是放着，州官闵上通只当刘大人在轿内。顶马王安一见深州的州官站在道旁，将马勒住：“大人在哪一块呢？”州官说：“大人不是在轿里坐着呢？”王安说：“你别做梦咧！刘大人拿着一条口袋买米来咧！一早就进了城，没有看见么？”州官闻听王安之言，顶梁骨上冒了一股凉气。

州官闻听王安话，顶梁骨上冒真魂，“哎哟”一声“罢了我”，腿肚子朝前转了筋：“我今可是瞎了眼，莫非那，老头子就是刘大人？我把他枷号在米场，谁知是，奉旨钦差来的臣！真真我才活倒运，偏遇见，刘罗锅子会赚人！”州官想罢不怠慢，顾不得骑骡往前走，“咕咚咕咚”往衙门跑，王安一见不怠慢，坐骑一催随后跟。登时也把衙门进，一抬头，瞧见那，石头鼓子上锁着老大人。王安瞧罢吓了一跳，一下坐骑，“咕嘟嘟”跪到跟前就开言：说“大人为何把刑具戴？莫非是，州官瞎眼不认得大人?”刘大人举目抬头看，瞧了瞧是王安才把话云：“暂且不必问原因，快找州官一个人。”大人言词还未尽，忽见那，衙役门外又来了一个人。原来是，深州游击闻此信，慌忙前来接大人。这位老爷本姓李，名字叫做李元真。进衙慌忙下坐骑，来到那，大人跟前控背弓身把话云，说道是：“不知大人台驾至，有失迎接莫要嗔。”大人闻听抬头看，打量深州三品臣：头上戴着个亮蓝顶，一挂朝珠项下存。补子上绣金钱豹，瞧年纪不过在四旬。大人看罢开言道，认得是，深州的游击叫李元真，说道是：“你今来得正恰巧，我派你事情要你遵：快拿州官一个人，还有那，锁我的衙役人两个，州官无有归你的罪，要你留神加小心。我上热河把主子见，请圣旨，好发落这狗佞臣①!”游击答应：“是是是，大人言词敢不遵?”大人闻听说：“快去!”李元真，遵令立刻就翻身。按下游击把衙门进，再表清官刘大人。王安上前解开锁，大人说：“你别开枷，我还要热河去见圣主。”说罢迈步往里走，众人慌忙随后跟。登时来到大堂上，公位上，坐上扛枷刘大人。按下清官大堂坐，再表州官狗佞臣。

① 佞（nìng）臣——惯于用花言巧语谄媚人的官员。

第八十二回

奸商杨缺德亏钱财

且说深州的州官闵上通，听见王安之言，吓得跑进衙门。来到内书房，也不敢坐下，满屋内乱转，一口的蛮语，说："可杀了吾了，可杀了吾了！"

州官闵上通，正自书房言语，忽听院子内有脚步之声，原来游击李元真带领兵丁前来。刚到书房的门口，就听见屋里说话："可杀了吾了，可杀了吾了！"李元真就知道是州官闵上通在内。来至书房门口，一把手将竹帘子抓住，往下一顿，就扔在院中，望身后的兵丁，开言说："快些将知州闵上通拿住。刘大人在大堂立等问话！"手下人闻听，不敢怠慢，闯进房门，来到州官闵上通的跟前，不容分说，把他绳缠索捆，推出了书房，游击李元真后面跟随。

转弯抹角，不多一时来至大堂。州官闵上通瞧见刘大人扛着那一面枷，坐在他的公位之上，果然是买官米的那个老头子，吓得他跪在下面，"咕咚咕咚"只是磕头，说："大人在上，卑职瞎了眼了！不知是大人的台驾前来，有失迎接，冒犯钦差，卑职身该万死。望大人贵手高抬！"说罢，"咕咚咕咚"又磕起头来咧！刘大人座上开言，说："暂且你不必发慌，等我上热河，见了主子，把你做官的好处说一遍。皇上若说你做官很好，只怕还有恩典，圣旨前来，眼下高升，也未可定。"州官闻听，只是磕头，说："大人的恩典，望乞超怜！"刘大人座上开言，说："将官。""有，卑职伺候大人。"大人说："把州官闵上通，交与你看守，只要在，不要坏。等圣旨前来发落。如有错误，罪归于你。""是，卑职遵命。"说罢，游击李元真，登时把州官闵上通带将下去，带到自己的衙门。怕他服毒，他也会想方法，用竹筒将他的胳膊套上，派了三十名兵丁，两个把总，昼夜看守，然后将那两个衙役，派兵也拿来，不必再表。

再说刘大人座上吩咐："令深州三衙，暂且署印。"这才吩咐："看轿过来。"手下人答应，不多一时，将轿搭至堂口。刘大人站起身来。

众位听这老大人的这个打扮：头上戴着个破草帽子，身上穿着店家的那件月白布破汗褂子，脚上穿着一双旧洒鞋，又搭着扛上一面枷，真真的可有个看头咧！

说罢闲言，且说刘大人上了轿，轿里头刚刚搁开那一面枷，可是小三号的枷，不是大枷，所以轿里头搁得开。他老人家也想方法，把那个枷一搁，搁在轿里内的扶手上，倒也稳当。就只轿夫抱怨，又添了个七八十斤分量。大人这才吩咐到西边去，还有点小事儿。众人闻听，不敢怠慢。

刘大人吩咐一句话，轿夫上肩不敢停，慌忙迈步往西走，登时间，出了衙门往西行。十字街中往北拐，"富兴当"三字目下横。大人吩咐快落轿，轿夫答应把步停。张禄慌忙下坐骑，刘大人，轿内开言把话云："张禄去，快把当铺财东叫，他的名字叫杨大成。"内厮闻听不怠慢，走进当铺把话明："你们财东在哪块？刘大人立等杨大成！"财东闻听这句话，往外开言问一声："尊驾找我何缘故？"张禄说："你出来自然明。"杨大成听罢不怠慢，走出门外把眼睁：一乘大轿迎面放，里头坐着人一名。破草帽一顶头上戴，青布洒鞋足下蹬。穿一件月白布汗褂，上面油泥半指零。原来是个庄稼佬，扛着面小枷在轿中。杨大成看罢时多会，猜不透他这就里情。财东正然心纳闷，刘大人，轿内开言把话明。

杨大成正然纳闷，只听王安说："还不跪下吗？这是大人！"杨大成说："我知道！一嘴的胡子么，不是大人吗？难道说是个小人吗？"王安说："你胡说！这是圣主钦点的钦差，保定府的主考刘大人！"杨大成听见说是钦差主考刘大人，吓得他跪在地下，说："大人在上，小的不知大人的大驾前来，有失迎接，罪该万死！望大人宽恕。"说罢，只是磕头。刘大人闻听，在轿内开言，说："杨大成，你不叫人打我就够了，焉敢劳动你一个当铺里的财东迎接！"杨大成说："哪的话呢！我们焉敢打大人呢？"刘大人说："你们方才，把本院就摔了一跤，按在地下，举拳就打。要不亏酒铺子里的王忠王掌柜的相劝，这会子不知道还有本院没有本院呢！"杨大成闻听刘大人之言，说："大人：原本有这么件事，我们方才打的这个人，年纪虽与大人不差，他是个罗锅子，怎么说是大人呢？"刘大人说："杨大成，你方才打的是个罗锅子。那罗锅子怎么惹着你们咧，你们就把他按倒要打呢？"杨大成说："大人不知道，那个罗锅子和酒铺子里的跑堂的，他们俩搭就的活局子，拿小钱来讹我们，为什么不打他？"大人闻听，说："你真可恶！把本院摔了一跤，摔得我腰到这会还是疼呢！问着你，你还不承当。你说你们打的是个罗锅子，你往枷的下面瞧，本院是个罗锅子不是？"杨大成闻听大人之言，起来，走到轿的旁边站住，往轿里头枷的下面一瞧——何尝不是个罗锅子！

吓得他拉了一裤子屎！随即跪在地下，说：“小的可是瞎了眼咧！求大人宽恕！”说罢，“咕咚咕咚”，只是磕响头。刘大人一见，冷笑开言，说：“杨大成，我问你：小钱到底是你们的，到底是本院和跑堂的换上的，来讹你们呢？倒要你实说！”杨大成闻听刘大人之言，还敢折证吗？说：“大人，小钱本是小的搀上的。他们当当来，要是事情忙，顾不得过手，他们就走咧，也使不出去咧；要是当面过手，数出来，再给他换上。一挪地方，我们就不换。不家，每逢当铺都写‘出门不换钱’呢？”刘大人又问，说：“你们这个小钱，又是哪来的呢？”杨大成闻听，说：“回大人：小的也不敢撒谎，是小的每天百钱一吊，买了来的。使出一吊去，赚出四百。”刘大人说：“你们哪买的？哪有这个铺子呢？”杨大成说：“回大人：不是铺子里卖，是南边的一宗私炉，粮船上带了来的，到天津发卖。小的们打天津卫买来的。”刘大人闻听，说：“这就是了。”

只因杨大成一句话，送了两条人命。后来刘大人放赈这件事情，把卖小钱的两个蛮子拿了来，杀在菜市口咧。

再说刘大人又问，说：“杨大成，小钱既是你的罪，归与你咧，你是愿打愿罚？”杨大成说：“回大人：愿打怎么讲？愿罚怎么着？大人吩咐明白。”大人闻听，轿内开言。

大人轿内开言道：“大成留神要你听：愿打打你四十板，枷号俩月再开刑，卸枷还是四十板，发在你湖北把军充。要是愿罚不挨打，免了充军这罪名，俩小钱，罚你清钱一百吊，算起来，一个小钱该罚五十吊铜！两条道儿由你拣，快些说来莫消停！”杨大成闻听刘大人话，自己思量这事情：宁可愿罚钱百吊，不愿挨打还把军充。杨大成，拿定主意来讲话：“大人留神在上听：

小的愿罚不愿打，情愿认罚不认刑。”大人说：“既是如此休怠慢，快些盘钱莫消停！”杨大成，闻听无奈把话明，扭项回头叫：“伙计：快去取钱莫消停。”吃劳禁闻听往里跑，你一抱来我一抱，不多时，盘出一百老官铜！大轿旁边摆两垛，刘大人，轿内开言把话云：“快把那，开酒铺的王忠叫，还有那烧饼铺的那李明。”手下人闻听不怠慢，登时间，把二人叫来跪流平。两个人只是将头叩：“小的们瞎眼了不成！不知大人台驾到，望大人，贵手高抬把我们容。”刘大人闻听开言道：“你俩留神仔细听：方才有扰酒和菜，多承你们这高情。无物可补你两个，现有百吊老官铜，每人拿去五十吊，你们两个分个明。要是嫌少不够用，快些过手莫消停，打开串子仔细看，有一个小钱，罚他五十吊老铜钱！”杨大成闻听这句话，吓得他，磕头碰地响连声，开言不把别的叫：“老大人留神仔细听……”

杨大成说：“大人说是这两个小钱，罚小的一百吊钱。大人说罢，都要过手，那就杀了我咧！那里还多着呢！要是一个小钱罚五十吊，别说连当铺的本利添上，就是把小的卖了，也不够！望大人开恩罢！”他这些话，说得连酒铺王忠与烧饼铺里的李明二人，都有些心中不忍，眼望刘大人，开言说：“大人，小的二人焉敢嫌少？望大人的贵手高抬，饶恕他这一次，连小的二人也感天恩无尽。”刘大人闻听，说：“既然如此，看你二人的分上，饶他去罢。”杨大成闻听，在轿前磕头，说：“谢大人的天恩！”刘大人轿内开言，说：“杨大成，要不是王掌柜的和李掌柜的与你讲情，本院若要按小钱罚钱——罢了，便宜你去罢！”“是。”杨大成又磕了个头翻身爬起，进当铺而去。王忠李明也叩谢，拿钱而去。

众多军民，瞧见王、李二人拿钱而去，就有眼热的。这个说："我要知道他是刘大人，我请他吃顿饭，少不了给我一百吊！"那个说："我要知他是刘罗锅子，我请到我们家住两天，管保把杨大成的当铺罚了他，给了我呢！"这个说："你未必有这么大命。若得了这座当铺，只怕你们家的炕都站起来了！别胡思乱想发财咧！"说罢，四散而去，不必再表。

且说刘大人，虽然吩咐起轿，轿夫上肩，穿街越巷，登时出了深州城，上了北京的大道。

刘大人，轿子里面将枷戴，一心要，热河去见主圣明。轿夫迈步急似箭，径奔保府大路行。穿庄越村无其数，晓行夜住又登程。一心要把热河上，保府越过一座城。安肃定兴也不表，松林店派二地明。这边就是良乡县，常新店，一过就是小月城。大井小井石头道，彰义门不远目下存。刘大人，并未曾将京来进，顺城根，大轿人抬就往北行。一直径奔怀柔县，过去石槽有行宫。眼前就是密云县，石匣那边是瑶亭。出了长城的古北口，榜石营、青石山二地名。总说罢，路程歌儿不多叙，承德府，不远就在面前存。刘大人，坐轿人抬来得快，大宫门外把轿停。轿夫栽杆去扶手，出来个，杠枷的大人叫刘墉。迈步翻身朝里走，奏事门前把步停。刘大人，正然扛着枷门前站，忽见那，接事的官儿往里行。刘墉一见不怠慢，走上前来把话明。

第八十三回

刘清官御封大学士

刘大人瞧望接事官，开言说："烦大人替我传达天颜，我刘墉奉主命，上保定府考选文童已毕，前来复命交旨。"接事官闻听，不敢怠慢，翻身往里而去。

来至太上皇爷驾前跪倒，说："奴才启奏圣上：今有刘墉，打保定府做主考回来，现在禁门候旨。"太上皇爷闻听，说："宣他进来。"接事官答应，退步翻身，来至奏事门外站住，高声开言，说："皇爷有旨，宣刘墉进见！"刘墉闻听，不敢怠慢，走上前来，一同往里而走。一边走着道，接事官开言说："刘大人，你这个枷，从何处扛来的？什么人给你戴的？"刘大人见问，眼望接事官，说："大人，这件事提起来话长，等我见了圣主，大人自然明白。"

二人说话之间，来至禁门。刘大人见了圣驾，不敢怠慢，跪在驾前，说："奴才刘墉，打保定府考童生完毕回来，在我主驾前交旨。"太上皇爷闻听，往下一看，瞧见刘大人扛着枷，跪在下面，封皮上写着："刁民一名王玉"。太上皇爷看罢，往下开言，说："刘墉，你特也多事，怎么你把王玉的枷扛上来见朕？又有什么事故？快些奏来！"刘大人见问，扛着枷，向上叩首，说："我主：难道说为臣的是个呆子不成？王玉的枷，为臣的为什么替他扛着呢？"圣主爷闻听，往下又问，说："到底是何人与你的呢？”刘大人见问，说：“我主：要提起这个人，主上也知道，就是保定府的总督良肯堂管的深州的州官，闵上通给为臣的戴的。”

众位明公，罗锅子真难缠，未曾告闵上通，先把良大人搁在里头咧！圣主将他罚奉三年，说他失于觉察，从宽免究。

再说圣主爷座上开言。

圣主爷，宝座之上开言道：“贤卿留神听朕云：闵州官，为何与你将枷戴？其中情由对朕云。”刘大人，听见皇爷将他问，说道是：“圣主细听这根源：深州地方遭旱涝，主公的赈济把民怜。奉旨发粮卖官米，一斗十升三百钱。谁知道州官将弊作，误国坑民把圣主瞒。每斗多要钱一百，总不念，深州的百姓受贫寒。还有一宗更可恶，私改官斗行不端，一斗只给七升米，众多黎民不敢言。刘墉暗把深州上，皆因为，主公的皇恩重似山。为臣的，既吃君禄当报效，乔装打扮把人瞒，假扮穷民去买米，察看他为官贤不贤。我刘墉，到了深州衙门内，米场之中看一番。我刘墉，处处全都验仔细，百姓们，不能真实把恩沾。民打幌子州官卖酒，为臣观瞧气不平，我也去买那官米，升合不对我不容。因此和米场闲斗气，他的衙役不宽容，将为臣立时上了锁，带到跟前问罪名。闵上通就将堂去坐，说为臣，擅闹米场行不端，吩咐他的衙役将臣打，把刘墉按在地流平。刚然要把为臣打，忽见他，一个衙役进角门，跪在堂前回话，说道是：为臣大轿到来临。叫他去，快接主考休迟误，闵上通，他顾不得打臣咧，立时他又把话传。”

刘大人说：“我主：州官闵上通，听见说为臣的大轿前来，他就不顾打臣咧。吩咐他的衙役，着一面枷上来，将为臣当堂枷号，他还吩咐衙役，将我锁在米场示众。随后，就有臣的家人、轿夫，齐至衙门。闵上通一见，心中害怕，跑进衙门，在书房藏躲。为臣的正要派人拿他，恰好有深州的游击李元真，闻听这个信，到州官的衙门迎接为臣。为臣的就派他将州官闵上通拿住，带到他的衙门看守，只要在，不要他坏。为臣的所以扛枷前来见主，请圣旨发落。望我主恕臣多事之罪。”

圣主爷闻听刘大人这一片言词，龙心欢喜，带笑开言，说：“贤卿，你为国为民，何罪之有？”圣主爷吩咐：“将刘墉的枷号打去。”御前官闻听太上皇爷吩咐，不敢怠慢，慌忙上前，与大人将枷号打去。刘大人磕头谢恩，一旁站立。圣主爷往下开言，说：“卿你为国为民，何罪之有？难得你赤心报国，与朕躬出力，忠正可嘉。朕封你为内阁大学士。”刘大人闻听，磕头谢恩。圣主爷又发旨意一道，下与那保定府的总督良肯堂良大人，说他“失于觉察，罚俸三年”。然后叫他将州官闵上通斩首示众。

圣主爷传旨已毕，又往下开言，说：“刘卿家。”刘大人闻听，不敢怠慢，慌忙跪倒，说：“奴才刘墉伺候吾主。”圣主爷一见，带笑开言，说：“卿家，昨日有河务的本章，待朕御览，说河水甚浅，粮船不能行走。替朕代劳，前去察看一番，回来奏朕。”刘大人闻听，说：“为臣遵旨。”刘大人领旨，往外而走。来至大宫门，刘大人上轿回京，择吉日上沧州一带察河，暂且不表。

且说圣主爷国事已毕，驾回后宫，众群臣散出不表。

第八十四回

阅案卷刘公疑情生

且说刘大人，自从在热河蒙皇上龙恩，封为礼部侍郎，外加太子少保、上书房经筵讲官、四库馆总裁三衔。因为总河来奏："自淮至坝，一路水浅，粮船不能行走。"老佛爷闻奏，龙心甚忧。粮乃要务，上养八旗，下养军民，船不能到，如何是好？乾隆爷就想到刘公身上。立刻召见，旨意命刘公驰驿，自热河起身，至通州一带，到淮，巡察河路。忠良领命，带领陈大勇、王明、朱文跟随，出大宫门，就有承德府预备驿马。长随张禄扶持大人上马，起驿而行。越过广仁岭，径奔京都一路而来。大人严查手下。

这日，来到沧州，早有知州在十里接官亭伺候接大人。刘公知这知县乃是青县知县，代署州印，姓钱，名叫钱碧喜。因为做官糊涂，贪赃，百姓给他送了一个外号，叫"钱串子。"乃浙江钱塘人氏，捐纳出身，沧州署印两个月。

闲言少叙。见刘大人马到接官亭，但见一员官，缨帽上戴着金顶，七品补服，抢行跪在亭下，双手高擎禀呈，说："卑职青县知县，代署沧州州印钱碧喜迎接大人。"顶马张禄儿说："起去。""哦。"知县答应，站起退闪一旁，让过刘大人，这才上马跟在后面。

早有转牌传到，说大人沧州歇马，办流星差的长随预备公馆，烧燎白煮，满汉席面，派茶房伺候。公馆门外，扎搭辕门，门上挂彩，左右黑鞭子墙上悬挂，门框上贴上红纸对联，上联写："位列礼乐国公体"；下联写："官居经讲圣贤心"。门洞内悬一灯笼，上写"一人之下"。门前插一红旗，上写"钦命"二字。里面铺垫陈设，不用细表。

且说刘大人人马进了沧州城门，刚往前走，只听后面吵嚷。忽见一匹带鞍的马，忽啦啦跑过去了。大人一见，忙着王明后面去问，原来知县是双近视眼，见大人过去，他跟随在后，马上慢慢来走，又把眼镜戴上，他闹了个磨房的驴——有了眼蒙咧！偏偏的马打了个前失，表过南方人不善乘马，裆里没劲，只听咕咚一声，掉下来了，跌得个帽子滚在马腿之下，故此那马也惊了。他的衙役将他扶起，他还说："跌死哉！跌死哉！跌了吾的嘎拾啊了！"衙役们一见，不敢怠慢，又给他戴上帽子，又给他匹马，他摆手说："吾不骑那个东西了，吾步下走罢！"言毕，跟在大人之后，迈步而行。王明将此事回明了大人，不必再表。

且不说知县的话，再表军民看大人。见忠良，红顶子纬帽头上戴，缨子发白帽胎不新。红青纱褂穿身上，旧蓝纱袍年代陈。腰中并无荷包佩，大长的，白布手巾掖在身。老样皂靴螺丝转，白底好不值二百文。骑在马上腔着个背，偌大罗锅背在身。军民一见抿嘴笑，模样马上施世纶！哪知大人天生就，另有宗贵处难云。不说百姓都暗笑，再表清官刘大人。忠良来到横街口，瞧见公馆那辕门，门前挂彩贴红对，黑鞭四把在左右分。又见那，门柱之上一联对，上面言词写的真，上联写："位在礼乐国公体"；下联写："官居经讲圣贤心"。刘大人看罢心不悦，腹内说："全是阿附有权的臣！哪知刘某更不喜，越是耿直称我心。"想罢马上开言道："本堂不在此处存，快些与我寻小庙，供应不用送上门。"总州长随闻此话，不敢挨迟忙转身。立刻找着三圣庙，回来打千称"大人"。忠良闻听催马走，三家好汉和长随都在后跟。霎时来到庙门外，大人下马往里行。

刘大人下马，内斯等下坐骑，将牲口拴在庙外。忠良进庙，则见一层大殿，当中供着三圣之像，两边塑着小鬼、判官。有两间厢房，是客座，又有倒座门房两间，老道居住，一间小厨房。又见老道跪接。刘大人带笑说道："请起来。"老道起来就走，预备茶水。王明把被套送进，放在庙内；又将牲口拉进庙后喂上，不表。

且说老道将脸水送进，复又献茶。大人净面吃茶已毕，这天有平西了。表过大人不要供应，办差的也不来伺候，派四名衙役听差。大人吩咐朱文买面打饼，叫预备王瓜片儿拌粉，多多着蒜，就是一样儿就是了。朱文照样办理，着衙役去买。本庙知道，又孝敬那酱王瓜一盘，酒一壶。大人舍了二百文钱。登时齐备。大人用毕，撤去家伙碗盏，看茶漱口。下人们齐都吃完，下房歇坐。大人眼望张禄，说："你去把此处州官叫进来。"内斯答应，转身去到班房，眼望署印的知州，说："我们大人传太爷呢。"

刘大人的内斯再不高傲，故此是素日刘大人不叫他们倚仗官威，小看属下。就是典史，也是不敢狂妄。这要是别者的钦差出京，就是四外的遇上手下之人，就好如狼似虎，谁不怕呢？且说州官闻听，用手将纬帽正了正，跟着长随往里面来。进门行庭参之礼，礼罢，旁边侍立。

知县旁边来站立，公座上刘大人验假真。但见他：红缨纬帽头上戴，因他是知县代署州印，故此金顶头上存。外套着，八宝贡纱红青补褂，内衬着，蓝纱袍子穿在身。方头官靴登足下，年纪不过有三旬。细白麻子四方脸，稀眉相衬小眼睛，小小鼻子唇不厚，这大人，就知此官心内浑。眼望知县开言道："叫声贵州你听云：你是科甲是捐纳？"知县说："卑职捐纳吏目出身。原任本是在青县，于今年，正月受印到州门。"大人闻听将头点，"你手中，办过多少案件云？"县官说："卑职办过好几件，现有稿案在衙存。"大人点头说："正是。"复又问："沧州地丁多少银？"知县说："共是一万二千两，解到布政衙内存。"贤臣问罢沉吟想，腹内说："刘某明日到衙门，亲自查对他稿案，若有差池我定不容！"

刘大人想："明日本部堂亲身到他衙门，查对一应文卷。若有讹弊，本堂拿问，审明奏主，也不负皇上待我的龙恩。"想罢，复又眼望知县，说："本堂明日到你的衙门，查对查对一应文卷。明日伺候，贵州请罢。"知县答应，告辞而去，不表。

此时天有黄昏以后，大人安歇，下人也都睡了。一夜无词。次日天明，大人起来，净面吃茶已毕，吩咐下人不要执事，还是骑马，用长随一名。大人庙门上马，径奔州衙而来。不多时，到州衙，进门至滴水檐下马。署印的知县，迎接大人，下人拉马。老大人升公位坐下，眼望知县，说："你去将稿案拿来，本部堂观看。"知县闻听，不敢怠慢，转身带领书吏，立刻将一应之案，全都拿到，放在公案之上，书吏退去，县官伺候，大人留神观看。

刘大人仔细将稿看，一件一件细留神：也有那，大案响马绿林客，偷猫盗狗那些人；也有那，酗酒无故人打死，拳回气断命归阴；也有那，因财就把人来害，图谋田产到公庭；也有那，因奸谋害亲夫主，奸夫淫妇一个心；也有那，图嫂害兄人伦坏，总不念千朵桃花一树根；也有那，因为分家争产业，弟兄吵闹到衙门；也有那，鸡奸幼童该当死，大清国律造得真。杀剐斩绞军徒罪，一件一件判得清。大人看罢将头点，腹内忖度①暗暗云："知县做官倒罢了，判断稿案倒也清。"大人看罢开言道，眼望着，署印的知县把话云。

刘大人想罢，眼望知县开言："贵县仓库不用查了，想来再无亏欠。"说毕，将末了儿的一案，拿起一看，原来是大案：死囚一名赵喜，当堂招出窝主一名李国瑞，乃是武举，就住在沧州城北三里之遥，地名儿叫做李家屯。他父做过湖北武昌卫卫守备，已故，举人李国瑞并无兄弟，一妻一妾，膝前有一儿，才交三岁，家中甚是富贵，良田不少，手下有奴仆男女五六个。皆因被盗拉出，知县传到当堂，审问不招，掐在监内。他家内妻、妾、一子，还有使用丫环一名，半夜全都被人杀了，业已呈报。县官验尸以后，出海捕的文书，访拿凶手，将举人定成坐地分赃、窝藏盗寇之罪，现在监内。刘大人看罢，暗暗思想。

大人看罢这一案，腹内沉吟默默云："这案其中有诧异，定有缘故里边存。既言他是官宦后，家中不乏广金银。为什么窝藏众响马？内中情节未必真。"想毕忠良开言道，眼望知县把话云："这案贵县怎样问？"知县闻听尊："大人：赵喜拉出李武举，卑职传他到衙门。审问先前不招认，次后来，卑职我作一套文：将他举人来革掉，卑职动刑将他审，把他夹了两夹棍，

① 忖度——推测，揣度。

他才招承果是真。卑职定罪收监内，谁知他家遇恶人，杀了男女人四口，次日报到我衙门。卑职派人去海捕，而今无获果是真。”知县正然说话讲，忽听门外喊“救人”。知县闻听心害怕，登时之间吓冒魂！

第八十五回

钱知县贪赃欲杀人

列位明公有所不知，真是何官无私？何水无鱼？你说大人正问到他的心病上了，紧自害怕，又有喊冤的来了，你叫他怕呀不怕呢？

且说刘大人正问这知县此案内中缘故，忽听仪门外喊叫，说："救人那！"大人闻听，吩咐："带进来！""哦！"左右答应，跑将出去，迎着那个人说："别嚷！别嚷！大人叫呢！"那人闻听，跟着青衣，走进角门，带至公堂。那人跪在下面，座上刘大人闪目观看。

忠良座上留神看，打量伸冤告状人：年纪倒有花甲外，满脸之上长皱纹。头上光着无戴帽，剪子股儿打的匀。身穿一件白布衫，布鞋布袜足下蹬。须鬓白了咳咳嗽，昏花二目泪含津。跪在公堂说："冤枉！青天爷爷快救人！小的主人李武举，偷盗招出果是真。县主不管鲢共鲤，严刑苦拷主人身，难受刑罚屈招认，立刻掐入监禁中。谁知老天把大祸降，半夜偷盗走进门，杀了男女人四口，州尊不肯放主人。凶犯而今拿不到，县主不管这事情。我小的家主身被难，老奴不忍在我的心。想当初，马义告状滚钉板，富奴拜取九莲灯。上古之仆能报主，小的岂无这样情？本意要把京都上，或是那，督抚①衙门把状论。幸亏今日大人到，

① 督抚——总督和巡抚，明清两朝的最高级的地方官。

拨云见日一般同。叩求大人来提审，覆盆之下有冤情！”说罢响头来碰地，叩恳青天老大人。刘大人闻听将头点，眼望家丁把话云。

刘大人察言观色，看家丁老诚，并不是诡诈，忠良说：“你叫什么名字？”家丁说：“小的名叫李忠呀，爷爷。”大人说：“李忠。”“有，小人在。”忠良说：“你老主做过湖北武昌卫卫守备，归家也亡故；你少主现是武举，家道殷实，被贼人攀出是窝主，坐地分赃。你知道素日与贼人有仇无有？”老家丁说：“素不相识，焉有仇恨？”大人说：“这就怪了！既然杀了人，可曾偷了什么东西无有？”李忠说：“小的现有失单在此，望大人过目。”说罢，上前递上，知县接过，放在公案之上。刘大人拿起观看，上写着：

计开：七月十八日半夜，杀人男女四口；失去卧房座钟一架，玉瓶一个，金头面二副，银六封，金条二根。所报是实。

刘大人眼望李忠，说：“当时报过无有？”李忠说：“报过，报过。”大人点头，说：“也罢。既如此恳求，本堂提审，拿贼就是了。”李忠叩谢自去，听候着传唤，不必去远。刘大人眼望知县，说：“贵县，明日伺候本部堂提审此案。”“是。”知县答应。

列公，此时知县魂都冒了，吓得他说是：“不好，不好！”

不言知县害怕，且说大人站起身来，至滴水上马，长随跟定，知县送至大门，贤臣摆手，知县退回进衙。刘大人一直径奔三圣庙而来。到庙，大勇、王明、朱文三人迎接进庙。大人客舍坐下，禄儿献茶用毕，用饭完毕。忠良爷眼望大勇、王明、朱文三人讲话。

刘大人眼望三人讲：“叫声好汉你们细听：你老爷今日去把

衙进，观瞧一概案件情。内有一案情可想，举人做窝主事一宗。武举本是守备后，家道殷实甚是丰，良田千顷家万贯，手下奴仆好几名。这样之家窝响马①，内中一定有冤情。你老爷正将知县问，武举家丁把状来呈。告的是，主人误掐在监内，被知县，屈打成招定口供。又有前者十八日，半夜遇贼进家中，杀了男女人四口，偷盗东西好几宗。次日就把报单递，县主不放他主人公。至今凶犯无拿住，海捕捉拿无影踪。此事若依本部想，必须要，先将知县武举问明。然后差人拿凶犯，似此之事来必成。”大勇闻听说：“正是，恩官言词果然明。必须如此这样办，方能完全这事情。”大人闻言将手摆，好汉退步往外行。不言三圣庙中事，再把知县表一程。

不说大人在三圣庙。且说钱知县，打发大人起身之后，忙回二堂，把皂役甄能叫到二堂上，吩咐长随回避，手下人转将出去。钱知县他眼望皂役，说：“甄能，咱们事情不好了，要发作了！罗锅子厉害难缠，这可如何是好？”就把大人搬拨此案，家丁李忠告状，前后说了一遍。皂役闻听，心中暗怕，说：“这可怎样？必须打一个主意才好，不然这可不是玩的。”知县说：“横竖他不能知你我之事。”皂役说：“他要审武举，那还了得？”皂役沉吟多会，忽然说：“倒有了！太爷将禁子传来，赏他十两银子，叫他半夜如此这般，将武举用沙子口袋压死，只说监毙，可就无事了。”知县闻听甚喜，连忙说：“此事用不得人，就是你去将他叫来。”皂役答应。

① 响马——旧时称在路上抢劫旅客的强盗，因抢劫时先放响箭而得名。

他转身出去，转弯抹角，来到监中，叫门而进。锁头黄直正坐在狱神庙前，忽见皂吏甄能进来，知道他在知县跟前有脸，是老爷的一个牵头，不敢轻视。他连忙站起，说："甄头儿，请坐。"皂役说："太爷着我来叫你，快跟我去，有要紧事情，立等。"黄直闻言，不敢怠慢，扭头说："伴儿们，照应点子，我就来！"禁子说："交与我们罢！"皂役在前，一同往外而走。

霎时进了宅门，来到二堂，见了本官。黄直打千，知县说："起去。本县问你，你伺候过几位府县？"锁头说："小的伺候过四位太爷：一位马太爷，一位吴太爷，一位刘太爷，一位张太爷。"钱知县说："前任知县，他们都待你如何？"锁头说："都是宽恩。"知县说："好，你倒不伤人。这个……本州今日有一件机密事，别人可不能够。"说着，回手桌上取银一封，说："这是白银十两，你拿去吃酒罢。"黄直跪下接银，说："小的并无有犬马之劳，蒙太爷的重赏。"知县说："你起来。"黄直站起，将银子揣在怀内，旁边站立。知县说："本州今日给你这十两银子，有宗事情托你。黄头儿，你要办完了，我再给你一个元宝。"黄直闻听，暗说："什么事呢？"正然思想，又听知县说："你监中有个武举李国瑞？"黄直说："有。"知县说："此人与我有仇，万万留不得。要留他，终究是患。不但我吃亏，你们也要受他的祸害。务必今夜用沙子口袋，将他要压死，明早递一张病呈。事完之后，赏你一个元宝。"

列公，古人说得好："青酒红人面，财帛动人心。"黄直听见说赏一个元宝，连忙应允。知县扭项，眼望甄能说道："你送他出去罢。"复又嘱咐："小心要紧！"黄直答应，一同皂吏甄能，走出宅门，来到外面。黄直不能独吞此银，二人来到酒铺，吃了一会酒。黄直借柜上的戥子，称了三两，送给皂吏，说："甄头儿，你来彩彩儿。"皂吏接来，还是不乐。又见黄直说："等着得了那个，再给你老人家。"皂吏这才不说什么了。说话间，天就有日落的时候了。皂役说："你治你的事去罢，我要回家了。"说毕，给了酒钱，二人迈步出了酒铺。

不言皂吏甄能回家，且说黄直，买了个羊脖子，打了一瓶烧酒，又把毛头纸买了十几张，这才回衙，来到监门，用手拍门，高声来叫。

这黄直高声来叫："快些开门莫消停！"禁子闻听头儿叫，连忙开门向外迎："黄头儿，这会儿才来有何故？"黄头说："与我相识饮刘伶。"言罢迈步往里走，禁子关门进房中。不言禁子去他的，再把黄直明一明。手内拿着羊脖子，这手拿着大酒瓶，满脸是笑高声叫："李爷快来莫消停！"武举闻听忙答应："禁公叫我有何情？"一边答应一边走，霎时来到这屋中。黄直一见腮带笑，叫声："李爷你是听：今日我在外边逛，撞着你家老家丁。我二人说了半天话，他叫我，照看你老在监中。他又买了酒和肉，说道是：'务必同着饮刘伶。'"武举闻听将头点，说道是："难为他不忘主子情。"黄直说道："此处别饮酒，李爷跟我到板房中。"武举闻言忙迈步，只听手肘脚镣鸣。

武举李国瑞，听锁头叫他板房儿饮酒去，不知是件什么事，连忙迈步。只听"嗘嚁哗啷"刑具之声。不多时，来到板房，进内，二人坐在床上。又听黄直高声叫："来呀！"只听答应，来了六七个人。黄直说："我今夜与李爷在板房说话，不进老监了。老弟兄六位，替我照看些儿罢。"又说："这瓶中酒，也不够老弟兄六位喝的，我也不让了。"言罢，回手从怀内掏出三百多钱，说："老弟兄六个均分，打着喝罢。"说着，众人齐说："又破费你老人家了。"说毕自去，不提。

且说黄直将肉也拆开，酒也筛了，拿两个酒盅儿放在床上，伸手拿壶，将酒斟上，说："李爷请酒!"

黄直擎杯将酒让，李武举连忙接手中。只听"吱"的连声响，黄直开言把话云："我今带酒不算美，千万开怀饮刘伶。"武举闻听说："多谢，深感禁公高厚情!"黄直立刻就动手，手肘开开放在平。二人这才来饮酒，彼此开言把话明。黄直说："李爷无故遭屈事，无故身入罗网中。"举人说："这是前生来造定，不怨今生是往因。"二人正自来说话，忽听监中起梆铃。黄直只管将酒让，心中想：灌醉他好把事行。武举只当是好意，连连而饮不消停。登时吃过十数盏，黄直只饮酒三盅。他又会能说闲话，安心要等鼓三更。忽听外面锣两棒，这锁头要害武举怎消停!

第八十六回

黄锁头毒酒灭口供

黄直安心要灌武举，等三更天好下手，要他性命，故此连二连三地让。武举只当好意，杯杯净，盏盏干。此时酒有八分了，忽然听外面锣打两棒，黄直说："瓶中酒也不多了，咱二人喝了，好睡觉。"举人说："禁公哥，我的酒也够了，不能再饮了。"黄直说："不多了，咱们喝了罢!"说罢，拿壶斟酒，递与武举。举人无奈，接过来饮下。黄直虽说也喝，他可偷点成色。登时，把举人灌得前仰后合，身形乱晃，口内说："可够了!"黄直闪目观看，果然醉了。黄直暗说："等我去取收拾他的东西!"想罢，酒壶、酒盅、筷子拿过，又走到外间屋，将沙子口袋、毛头纸、一碗凉水，预备齐全，专等三鼓。坐在屋内床上说："李爷吃烟不吃?"武举闭目合睛，抬头说："我不吃，咱们歇着。"正然说着，忽听外面交了三鼓。锁头闻听，暗说："时候到了!"这才带笑假意望举人讲话。

黄直假意来讲话："叫声李爷你是听：此地清静倒安宁，我将爷上放此处，为得是，清静安然今夜中。说不得还得把刑上，万一查监了不成!"武举闻听将头点："禁公只管来上刑！在下焉敢来抱怨？此是官规必得行。"黄直点头说："正是，李爷言词果高明!"言罢先就上手肘，他用手，放倒举人他的身形。武举躺在板床上，黄直拿锁不消停。脖项一条，拴在铁圈上面存。当头一条床上拴定，脚上一条多紧固，要想动身万不能。诸事已毕灯剔亮，这黄直，眼望举人把话云：“叫声武举听我讲：我就是，为人不做暗事情，今夜邀你来饮酒，特意给你来送行！”举人闻听也讲话：“禁公哥，送我那边快言明？”黄直闻听开言叫：“武举留神你是听：我今正在监中坐，州官叫我进衙中，我不知叫我有何事，跟随来人进二厅。州官赏我银十两，却望在下把话明。他说是：‘本州与武举有仇恨，传你来，今夜要他的命残生！’叫我把，毛头纸蒙在你脸上，沙子口袋压在胸。将你治死在监内，明日好去递病呈。依我说，省得监中长受罪，早死早灭去脱生。你死之后休怨我，这是那，本官之言敢不听？”武举闻言这些话，吓得他，立刻酒醒有对成。登时之间黄了脸，二目好似两盏灯。身子要想爬将起，被锁拉着动不能！武举正然着急处，又见禁子转身形。登时拿过那水碗，毛头纸在手中擎。迈步转身将床上，恶狠狠，坐在旁边把话云。

锁头黄直坐在旁边，瞅着武举点头，说：“你不用动了，起不来了！依我说，你竟好好的受死罢！”武举闻听，说：“依你说，我是死定了？我有一件事，想求禁公容我一个更次功夫，我提念提念家乡，思想思想故土，死也眼闭。”黄直点头，说：“这倒使得。我念你无辜遭屈，也罢，容你思想。你只听天交四鼓，就是时候到了！”说罢，坐在旁边，不表。

且说武举心中，犹如刀扎一样，不觉暗叫：“李国瑞！”

李国瑞，造定今生遭磨难，偏遇赃官害残生。赏与银子将命丧，想在匣床动不能。眼前不久将命丧，你叫他如何不怕惊？心似泼油一般样，肺如刀搅一般同。复又想起家中事，一家四口丧残生！也不知何人来杀死？冤仇不报死不必云！我今又逢无常到，真可叹，一家白白丧残生！家丁李忠不知晓，焉知我今赴幽冥！岂不知，李门造下什么罪？今生遭逢这事情！此冤此仇何日报？依我想来报不能！恨只恨贪官心太狠，一心要我命残生。我李某与你有何恨？下此毒心这般行！你不过，要借纹银一万两，我是不应你动无名。嘱盗拉出我李国瑞，安心必要我残生。李某死去不饶放，将你活捉到幽冥。阎君殿上去讲论，谁是谁非谁不公？大叫一声，“天绝我，我的残生活不成！”

武举大叫一声，说：“老天绝我！”

列公，人到了至急之处，就像一家子人全在面前一样，你叫他叹也不叹？

武举急得浑身汗，体似筛糠一样同。眼前活像亲人到，一家老幼在房中。举人不怕刀剜胆，心似油泼箭射同！复又侧耳听详细，只怕外面交四更。若是监中打四鼓，我命立刻丧残生。两眼急得钵头大，直瞅桌上那残灯。正是举人心害怕，忽听梆铃交四更，国瑞闻听真魂冒：“我的残生活不成！”

武举心中思想害怕，忽听外面交了四鼓，国瑞说：“可不好了！”正自说着，又见禁子站起身形来，说：“李大爷，不用思念了，时候到了。”言罢，转身将沙子口袋拿来，放在床上，翻身上床，他就骑上，在武举小肚子上。武举一见，真魂皆散！口中央及说：“禁公爷爷，你再容我问几句话儿。”禁子说：“说也无益。你竟是临死打哈欠——枉自张口，白劳气力！”武举说：“禁公爷爷，你不过为着白银十两，你下此毒手。你若救我，官事完了，出了监，我将家产给禁公爷爷一半。若有一句虚假，过往的神灵他也不容！”黄直说：“你好糊涂！方才我说过，这不与我相干，这是州官太爷和你有仇，叫我害你。我们救你，谁来救我？

再者，你说有银子，谁敢贪赃？别闹了！有银子，先前打点，也无这事情了！”这举人说：“禁公爷爷，我求你转禀州官太爷：我情愿拿银子买命，要多少我给多少！如何？”黄直说：“这会子不中用！正月十五日贴门神——晚了半个月咧！我告诉实话罢：不然州官也不叫我害你，只因新官大人来了，姓刘，他是奉旨察河，从此路过，住在三圣庙内。这刘大人爱管闲事。这如今乾隆主子口降密旨：‘一路察看地方府州县之官，好歹查明奏朕。’因此他白昼来到州衙，查对仓库、案卷，一应全都过目，并无斑驳。末首尾，看见李爷你这一案，刘大人盘问，州尊只说内有隐情。正自问，忽有你家李忠前来告状，就是你家四口被人杀了，他要救你。刘大人接状，因看天晚，于明日早，刘太爷就要审此案。恐你供出州尊借银之事，那还了得！故将你害死，到天明递一张病呈，说你监毙而死。刘大人来审，无活口，可就不怕事了。你想，这也是救得的？”李武举闻听，说：“死定了！可怜，可怜！可叹，可叹！”将眼一闭。黄直用手将碗内凉水含了一口，照着武举面上喷了一口，喷得个武举倒抽噎气，这才动手。

禁子喷了一口水，喷得个武举胆战惊。双睛一闭只等死，也不哈来也不哼。禁子复又来动手，手上又把纸一层，铺在武举他面上，他又喷水不消停。水上又把纸来盖，喷了一层又一层。一连盖了三层纸，李武举，要想出气万不能！登时喷得脸都紫，身子想动万不能！急得脚把床来打，“咕咚咕咚”震耳鸣。黄直一见不怠慢，腿上又拴一条绳。

黄直不敢怠慢，腿上又加了一条绳子。且说武举被禁子骑在小肚子上，脸蒙毛头纸，憋得气不能出，脸都憋紫咧！用舌尖往上一拱，拱有酒杯大的一个窟窿，他这口气才往外而出，将破纸吹起有半尺多高。黄直一见，说：“有音儿咧！你卖过糖人儿，不然你怎么这么大气呢！我给你哄上这个，我看你还怎么样吹法！”说罢，欠起身来，将沙子口袋拿在手内，说：“李爷，不用吹了，有了知根的了。我可看你还吹吗？”言罢，将沙子口袋拿起，只听武举叫声：“黄爷救我！恩有重报，义不敢忘呀，爷爷！”禁子哪里肯听？立刻动手。

这禁子复又来动手，沙子口袋手中擎。照着武举脸上放，口内说：“你要想吹万不能！”他却复又用手按，憋得武举气上涌。胸坎高有三四寸，手脸憋得紫又青。禁子还恐不能死，用手按住不错睛。迟有半个多时候，武举并不动身形。禁子一见将头点：“你可死了活不成！这是你前世该如此，今晚这样丧残生。”黄直说罢将床下，“哎哟不好！”眼前一桩岔事情！

第八十七回

钦差刘墉黑虎惊梦

禁子瞧够多时，则见武举先前乱动，后来手脚不动了，就只胸坎鼓有一二寸高。黄直说："可完了！"

但凡监中催过死呈，俱是如此下手。已死，就将沙子口袋拿开，要是压多了时候，验尸之时，就要现出。故此黄直伸手将沙子口袋拿将下来，放在床上，又瞧瞧武举，竟自断气身亡。禁子看罢，将身站起，往床下一跳，只觉眼前一片红光，禁子盖不由己，昏倒在地。

列位明公，此是武举李国瑞，目今身受大难，他的命大福厚，焉能丧命？到后来，他得到千总之职，官做到云南楚雄镇总镇之职，于乾隆五十二年，因疾而亡。诸公不信，查看《武缙绅》就得知晓。再者，此书不像古书，由着人要怎么说就怎么说，难道还有古时之人来到对证吗？那才是无可考查！今书不敢离了，某人何官，看什么事情，刘大人怎么样拿问，必是真事。审问此案，想来还有七成真事，愚下添出三成枝叶，图其热闹。不然怎么像书呢！

闲言少叙。且说武举被沙子口袋压得昏过去了，手脸皆紫，胸坎高起一寸还多，就如死人一样，可却未能断气。这如今，沙子口袋拿去多时，胸坎之气偶然通了，竟自还阳！可是心内发迷，什么不晓。

不说举人还阳，不言锁头黄直昏在地下，人事不知。再说三圣庙的刘大人，自州县查对案卷，接了李忠呈子，大人回到庙内，用了饭，叫内断传出话去：“告诉派来衙役：吩咐沧州署印官，明早伺候，大人亲到州衙审李忠一案。”青衣回衙传话不表。

大人在灯下观瞧李忠之状，内中明显知县借端，想赃苦拷；又不知贼人拉出举人又有何情？瞧够多时，天交二鼓，大人说：“明日本部堂到衙，必须如此才能明白。”想罢，大人将呈词收好，吩咐长随打铺安歇。

大人吩咐叫打铺，张禄闻听哪消停。登时打好爷的被，大人忙忙站起身。解带宽衣刚躺下，长随连忙灭了灯。不言家丁也就睡，再讲清官刘大人，心血来潮双睛闭，霎时之间入梦中。梦内大人厅上坐，忽然见，外面一人往里行。手拄一根过头杖，“哈哈”口内带笑声。又见他，土黄道袍穿身上，水袜云鞋足下蹬。发鬓皆白年纪老，香色丝绦系腰中。年纪大概七旬外，口称：“大人你是听：诸公顺着我手看，台阶一物请看真。”梦中清官闻此话，顺手闪目验假真。倒把刘公吓一跳，不由着忙心内惊，原来是只大黑虎，绳拴索绑在流平。旁边一人擎刀刺，急得虎眼亮如灯。大人一见开言道，眼望老者把话云：“此虎何人来拿住？杀他也是理上通。”老者闻言连摆手：“大人呀，内里情由你不明：此虎并不将人害，后来报效于朝廷。今日遭逢冤屈事，不久眼下丧残生。此人现在监禁内，明公不救了不成！若问此人名和姓，季字无撇是他的名。”言罢用手指一指，大厅忽然起大风。梦内大人心害怕，登时苏醒暗想情。

刘大人梦中惊醒，吓得爷出了一身冷汗，口内说：“奇怪，奇怪！”又听外面天交三鼓，大人说：“张禄儿，醒着呢吗？”长随说："小的醒着呢。"大人说："你起来。"长随答应，爬起穿衣，将灯点着。大人也是穿衣，起来说："张禄儿，你陈大叔、朱大叔、王大叔三人俱叫来。""哦！"这长随转身而去。

登时叫到，进房门旁边伺候。大人说："叫你三人，并无别故。方才本部堂做了一梦，梦见老者年有七旬，身穿土布衣，足蹬着云鞋，手拄拐杖，须鬓皆白，就像个老道一样。他指给我看大厅台阶之下，卧着一只黑虎，绳拴索捆，旁有一人擎刀要刺。本部堂说：'虎必伤人，杀他有理。'他又说：'此虎现受冤屈。'监禁之内，叫我去救，后来与朝廷报效。他说：'要知此人的名姓，季字去撇。'我想孟仲季秋的季字，上去一撇，岂不是姓李的李字么？"三人说："正是。"忽听大人说："哎呀！是了。险些误了此事！监中现有武举李国瑞，被盗相攀，白昼有他家丁李忠告状，本部堂已准，明早即审。这才想到，必是知县害怕，要灭活口，必有此事！我如今何不带领朱王二人，就去查监。若有情弊，立刻就审。"大人说毕，复又向陈大勇讲话，说："务必你早晨乔装，去暗访杀武举家四口人的凶手，务必访着。这件事比不得从前之事，大有关乎。若靠本地衙役捕快，焉能济事？本部堂限你三天，必要此人！"陈大勇口内答应，腹内说："紧活呀！"

不言好汉，且说大人吩咐备灯。王明答应，出去鞴马。听差四名衙役，点上灯笼，天有四鼓，刘大人迈步走出庙外上马，朱文、王明，两名青衣打着一对灯笼，往西一拐，径奔沧州衙门。穿街越巷，登时来到州衙门外。青衣打门，惊醒了里面的青衣，闻听说刘大人来查监来了，这会子连忙开了大门，叫醒别的伴们，点起灯笼，大人至滴水下马。青衣进内回明，叫醒知县。贪官听说大人半夜前来查监，他吓得魂不附体，魄散九霄云外。

贪官闻听心害怕，登时穿戴不消停，立刻来到大堂上，站在旁边身打躬。大人吩咐“前引路”，后跟朱文与王明。一对青衣把灯打，监门就在咫尺中。只听里面梆铃响，原来还是打四更！立刻就把门来到，禁子闻听不消停。瞧见大人与本官到，不知到此为何情。只等旁边来站立，大人同众往里行。拐弯来到狱神庙，忽见板房透灯明。又听里面人声语：“禁公别要下毒情！”忠良闻听忙迈步，一直径奔板房中。

狱神之旁，就是板房，大人见灯光透出，又听里面像有人说：“禁公不要害人！”大人就知有事，忙忙迈步，径奔板房门。刚到门口，则见地下躺着一人，口眼歪斜；又见板床上仰着一人，口内哼哼。大人走进房中，知县虽然害怕，不敢不进。站在旁边，他发怔。朱王二位，身旁伺候。大人细看板房之人，手带手肘脚镣，上中下三条大索拴在匣床上，旁边放着个布口袋，一个碗，那人脸上蒙着纸，就只口上还有个窟窿。大人一见，心内明白，连忙眼望王明，说：“快快松开此索！”好汉答应，动手将索开了，又将那人扶起，坐在床上。大人说：“朱文，快用凉水，将地下之人救醒！等着醒来，带至大堂。”忠良说罢，转身而走。吩咐王明：“跟随知县上堂。”王明答应。

大人转身往外走，青衣前面打灯笼。出了狱门忙迈步，竟奔公厅一路行，王明相随钱知县，贪官无奈上大厅。大人同众往里走，眼望知县把话云，爷说是：“那人身犯什么罪？为何刑上又加刑？地下之人因何故，昏迷不醒在流平？床上水碗因何故？又用毛头纸把面蒙？依我想，口袋并非装别物，必是沙子里面盛。以往从前快快讲，若有虚词我不容！”知县吓得浑身战，“大人”连连哪住声？“此必是，禁子作弊将人害，卑职不知里面情。”贪官说着心内想：只愿禁子赴幽冥。无了活口好推赖，全说禁子干的事情。

贪官这会子，别的想头呢，只愿禁子丧命，无了活口，他好推托，以免自身之事。大人闻听，说："也罢，这如今本部堂究于你，恐你含冤。等候少刻，将他们带上来公堂，本部亲问，自有道理。"

刘大人凡事详细多着呢，毕竟方才着王明帮着知县，恐别生事端。又留下朱文，等候地下，也是恐怕监中作弊。

闲言少叙，且说钱知县腹中说："过往神祇①，有灵有圣，保佑禁子死了，无了活口；再保佑武举口内不能说话。我弟子吃一辈子长斋，修桥补路，盖庙塑像。若有虚言，天打雷劈，死在雷下！"

真可笑，贪官腹内瞎祷告，暗暗祝赞过往神："保佑弟子身无事，重修庙宇塑金身！"不言贪官胡思想，忽听那，金鸡报晓五更明。大人正在公堂等，见一名禁子跪流平，他口内只把"大人"叫："回大人：锁头黄直又复生。"大人闻言心欢喜，知县闻听出了恭！刘大人往下来吩咐，叫朱文："带他们上来莫消停！"禁子闻听忙吩咐，站起转身往下行。立刻来到监门首："叫声伙儿们你是听：还有上差朱爷驾，大人说：'带武举黄直问分明'。"里面禁子忙答应，两个驾着一个行。好汉朱文头里走，四个人搀扶两个人。霎时出了监门首，禁子关门我不云。这些人齐把公堂上，知县一见走真魂。大人将要审知县，一桩岔事甚罕闻！

① 神祇（qí）——神，指天神；祇，指地神。神祇，泛指神明。

第八十八回
泄奸三官役戴枷锁

刘大人一见武举、禁子刚然上公堂，刚要审问口词，忽见西北上“唰”的一声，有酒杯大小一个流星，向正东而去。其光，如一条火线，令人害怕。刘大人一见，心内暗说：“有异，定主国事！”到后来，这就是武举李国瑞拔捷功名之兆。国事不能言讲。

闲言少叙。且说刘大人吩咐书吏，记写口供。书办答应，旁边伺候。大人眼望武举，叫一声：“李国瑞，你有何情？监中央及禁子的事——‘不要害命’——以往之情，细细回禀。”武举说：“大人容禀。”

武举跪在尘埃地：“大人贵耳请听明：小人名叫李国瑞，辈辈祖上有功名。家住沧州三里外，店中叫做李家营。小人二十中武举，家中奋志操硬弓。心中只要往上进，好见先人与祖宗。不幸上月遭大祸，州尊传我到衙门。当堂就言贼情事，只叫小人快快应。小人并无这样事，焉肯当堂就招承？审了一水带下去，将小人看守在班房中。天晚有人来对讲，乃是皂班叫甄能。走进班房腮含笑：‘叫声武举你是听：你的官司真厉害，坐地分赃了不成！我与你转求官府去，替你开脱这事情。必得纹银一万两，才要买你命残生。’回大人：小人并无这样事，焉肯对他就应承？次日知县升堂坐，将我提到大堂中。指名只叫我招认：‘窝藏响马是真情'。小人情屈岂肯认？立刻当堂动大刑。一套文书详上去，将我举人除了名。开首先打四十板，血溅堂墙满都红。后来又夹两夹棍，小人无奈竟招承。将小人掐在监禁内，这样苦处对谁云？若是家人来送饭，进监必要十吊铜。上月三十遭不幸，家中失盗丧残生。偷去东西真不少，男女四口赴幽冥！次日报呈将衙进，署印官，不放小人到家中。凶犯至今无拿住，索性儿不叫家人进监中。昨日天又二更鼓。锁头黄直到监中。眼望小人来饮酒，他说是：'今晚请你饮刘伶。此处不便来讲话，你跟我到板房中。'小人闻言当好意，连忙一齐迈步行。来到板房将酒饮，这天光景有三更。禁子要把刑来上，小人焉敢不依从？登时拴绑在床上，身子要动万不能。禁子这才开言道：'叫声武举你是听：并非是我将你害，这是那，州官吩咐敢不听？他说那：白昼李忠来告状，大人接状转庙中，明早必要来提审，皂白俱分把冤清。若是不把武举害，大人审问了不成。你今夜将他来治死，无了活口，管叫大人审不清！'他给黄直银一锭，事完另外有赏封。'如此特来将你审'，说罢动手不消停。禁子骑在我身上，凉水喷脸，蒙上毛头纸几层。沙子口袋压头戴，小人登时赴幽冥。后来不知还阳路，又不知，禁子怎样到流平。"说罢国瑞将头叩：只叫："大人救残生！"清官摆手说："不用讲，本部必有主意行！"用手指定黄直叫："快把以往细招承！"禁子闻听将头叩："大人贵耳请听明。"

黄直见赃证俱犯，不敢巧辩，心想：不招也是白受其刑。无奈，叩头说："大人不必问小的了，武举之言是真，并无虚词。这不与小人相干，这是本官主使，与小的无不是，只求大人超生草命！"刘大人闻听，微微冷笑，说："本府问你：为何昏倒在地?”禁子说:“小的见武举已死,小的站起,往床下一跳,只觉眼前一阵红光,临似失火,小人就昏倒在地呀,爷爷。后起不知怎样醒来。”说罢,响头叩地。刘大人闻听,心中暗想:必是神人保佑武举不能丧命,怪不得庙中托梦,此人后来必做大位。

想罢扭项,眼望朱文、王明说:“你二人动手,先将知县顶子拧下,脱去补褂,本部好审,审明奏主。”二人答应,连忙动手,将贪官取下,脱去补褂。贪官真魂皆冒,战战兢兢跪在公堂。大人吩咐:“伺候大刑!”左右答应,将刑撂在公堂,单听吩咐。大人说:“先将知县夹起再问!”青衣答应,提了贪官,脱了靴袜,套上夹棍。大人吩咐:“拢扣!”青衣呐喊,左右背绳夹棍对头,实在厉害。贪官背过气去,凉水喷活,贪官口叫:“大人,不用夹我,犯官情愿招承!”大人说:“招来!”贪官就将一往从前,和武举回禀言词一样,全都招认,情愿领死。

贪官情愿来招承:“句句言词果真情。只求大人松夹棍,犯官领死也闭睛!”说罢将头点几点,全当叩首一般同。座上清官心大怒,手指贪官詈几声:“狗官如狼心太狠,毒似蝎蛇狠更凶!主子俸禄虽主赏,实实那民间的血肉一般同!既做知县署州印,百姓父母无改更。假如你有一后辈,你也下得此狠情?若据本部细思想,死囚相攀有隐情。还得夹你来审问,内中方显那段情!”言罢吩咐将绳拢,知县怕夹棍喊:“招承!”

贪官叫夹棍将魂夹冒,听说又拢刑,吓得他直声喊叫:“大人不用再夹,犯官情愿招认!”大人摆手,青衣退后。大人说:“贪官招来!”贪官说:“实回大人:犯官于五月芒种下乡劝农,路过李家营,瞧见武举李宅子甚好,心想着必是财主之家。回到衙门,传进皂隶甄能,问他是何人之家,家当怎样。回大人:这甄能会办事，专作过付。他闻听犯官问他，说：‘是武举李国瑞之家，他父亲做过湖北武昌衙守备，已经亡故，家中豪富，良田千顷。举人为人耿直，不交官吏。’犯官说：‘本州到此署印①，甚是空虚，凭着你去拿我个名帖，到他家中，只说本州才署印，公事难办，手内空虚，今和李爷借银二千两，下月必还。’皂快摆手不绝，说：‘前任太爷和他借五百两银子，他还未曾借给，何况太爷又是署州，趁早别要启齿！’犯官说：‘你有什么法儿，想他些银子使用才好。你老爷与你公分，再不难为你。’犯官的皂隶会办事，则见他低头思想，忽说：‘有了！’”

贪官下面来回话，座上刘大人仔细听。只听贪官把“大人”叫：“细听犯官回禀明：忽听皂役来讲话：‘叫声太爷在上听，若要想钱这样做，无毒不是丈夫行。爷把监中死囚犯，提到二堂暗说明，叫他攀出李武举，说是窝赃在家中。太爷再把死囚许，事成后，本州开脱你残生。太爷出票传武举，将他拿来问分明。当堂暂且审一水，把他禁在班房中。小的夜晚将房进，就说开脱此事情。再拿大话来镇唬：不然你必丧残生！他要问我得多少，咱爷们，要想就往大里想，星星点点算不了事情！’后来他就将举人问，谁知武举不招承！次日犯官将他审，叫他招承窝主情。武举先前不招认，次后犯官动大刑。四十板子两夹棍，将他屈打竟招承。武举掐在监禁内，不知他家又遇凶。男女四口被人害，半夜偷盗害残生。犯官有心把举人放，又恐他，上司去告了不成。因此掐在监禁内，遣人暗去害他生。大人把皂役拿来对，犯官言词果分明。”大人闻听一摆手，青衣这才退了刑。

---

① 署印——旧时把官员正在任职称为署印。

大人摆手，衙役退闪刑具，又把一个贪官疼了个难受，趴在丹墀。刘大人吩咐："传皂役甄能！"甄能战兢兢在旁边，要溜不能溜，正自害怕呢，忽听叫他，连忙上堂，跪倒在堂口，说："小的甄能，在此伺候大人。"大人将惊堂一拍，说："方才你本官之言，你可听见了？"皂役不敢强辩，说："俱各听见，全然不假。小的情愿领一死呀，大人。"

忠良闻听心大怒，手指皂役詈一声："你这狗头该万死！挑唆本官害好人。因你出了一主意，武举家四口命归阴。知县贪赃将人害，禁子受贿害举人，官役三人换上锁，快快收在监禁存！等本部拿住杀人犯，一齐定罪问典刑！"左右青衣忙答应，立刻提锁往上行。三人登时戴上锁，座上大人把话云。

刘大人瞧见官役三人戴上刑具，吩咐收监："武举讨保听传，等本部拿住杀人的凶犯，一齐问罪圆案。"此时天已大明，知县并无家眷，大人立刻委沧州州同王祥代署州印。大人起身上马，回庙歇息不表。

也不说武举讨保回家，听候传唤。单言陈大勇奉刘大人之命，去拿杀武举家四口的凶手，他不敢怠慢。他有一宗能处，善能说西话，装作老西儿的打扮，肩扛一个小被套，离了三圣庙城中，并无歇息，赶天有巳刻，出了南门，越过关厢，并不闹热。又走十里之遥，远远望见一座村庄。好汉登时进村观看：路东有座铺面，原来卖酒卖饭，此时晌午大错，好汉腹内饥饿，连忙走进铺门坐下。

好汉坐在板凳上，被套放在桌上存。铺家过来开言问："爷上吃什么请说明。"好汉说："所卖是何物？"铺家说："面饼饭菜俱现成。"大勇说："有酒先给筛四两；拌豇豆，不要你拌的口轻；饼要三斤吃着要。”铺家答应转身形。登时齐来桌上放，好汉斟酒不消停。菜饼就酒吃着饮，忽见一人往里走，手擎竹筐瓶一个，眼望铺家把话明：“掌柜的，还像昨朝那个菜，炒鸡子多用葱。酒打三斤要干酒，火烧二十个，茄子豇豆要两宗。”说罢将钱放在柜，铺家收拾我不明。那人猛一回头转，两只眼，瞅着好汉不错睛。看了又瞧，瞧了又瞧，大勇一见暗吃惊：这人瞅我有缘故，其中就里我好不明！正是好汉心内想，忽见那人把话云：“爷上姓陈是不是？”大勇闻听说：“正是，你有何话只管云。”那人闻言来讲话，这一答言，得了那杀人的大盗他的姓名。

第八十九回

陈大勇刑侦认凶徒

陈大勇来到沧州南关外十里之遥，有座饭铺，好汉进铺坐下，要了些饭食，正然吃饭。忽见一人手提竹筐、酒瓶，来买东西。见那人身穿蓝布衫，布鞋布袜，年有三十上下。忽见他回头，就瞧见了好汉，两眼盯着英雄，只是瞧。大勇说："这是怎么了呢？别抓不成，再叫他抓了我去，真正可笑！"那人带笑说："爷上贵姓陈么？"大勇说："正是，你怎么知道呢？"那人说："此铺不便说话，等你老吃完了东西，咱到外面再讲。"大勇点头，心内说："这是谁呢？怎么晓得我的姓呢？"想罢，将东西吃完，说："掌柜的，拿去罢！"那人说："我也不让你老人家了！"好汉说："脱俗罢。"铺家瞧了瞧，一共吃的饭钱一百一十六文大钱，好汉给了钱，站起当先就走。那人说："掌柜的，我的东西回来再取罢！"铺家答应。

二人走出铺门，往南走有一箭多远，有座土地小庙，里面并无一人。二人进去，就地而坐。那人说："陈老爷，你老不认得我了？"大勇说："一时难想，尊驾是谁？"那人说："也罢，一晃倒有十数年的光景咧！再者，我又头上生疮，辫子也剪了去咧，故此你老难认。"大勇说："贵姓呀？"那人说："小的名叫冯吉，原先也伺候过老爷，后来老爷得了押运千总，小的跟随老爷粮船，服侍老爷。因为那日晚上，小的酒醉，在船上和一旗丁打架，被小的将他推在水内，不知死活。老爷念小的素日忠厚，给了我十两银子，叫我半夜逃走。小的辞爷下船逃走，无处可投，又无营运。后来银子花尽，衣服也无有咧，看看没吃，可就流落在沧州地面。因我给庙里和尚锄地，和尚见我老实，就将我留在庙内做活，直到如今，可倒有碗饭吃。不知老爷这样打扮，所为何故？如今老爷的官，又升大了？”大勇说：“别提了！”就把怎样船上遭风，失了皇粮，将官坏了，前后言讲一遍。那人闻听，说：“这是老爷官运不好，才有如此。老爷如今又这样打扮，似西人，有何贵干？”大勇说：“你也不是外人，等我告诉与你。”好汉眼望那人，开言讲话。

好汉眼望那人讲：“叫声冯吉你是听：只因丢官无事做，你知道，我的家中苦又穷。后来去到江宁府，无奈又入参将营。总爷见我弓箭好，放了一个旗牌在营中。后有位，刘大人升到江宁府，见了参将，二位彼此叙交情。也不知何人说的话，刘大人，和参将讨我到衙中，大人放我是巡捕，承差一名在公庭。住有三年升京内，刘大人把我带上京。皇上亲将大人派，察问一路向南行。来到沧州住公馆，到次日，州衙大人把堂升。查对一应案共稿，仓库也要验看明。后有李忠来告状，告的是，半夜失盗事一宗。杀了男女人四口，大人接状到庙中。此事交给我在下，限三天，可就要完这事情。因此出来我改扮，假装西人找影踪。明月芦花差多少，依我想，要想我成功万不能！今日饭铺逢着你，真是故友又相逢！”言罢大勇长叹气，那人开言把话明。说道是：“不知那家失何物？老爷告诉小的听。”大勇闻言哈哈笑：“你问此话为何情？”

大勇说：“你问此话做什么呢？告诉你，也是枉费唇舌，空费气力。”那人说：“你老告诉我，我听听，要是对了，岂不是好?”大勇闻听，话有来头，就把武举家伤人男女四口，丢了银子若干，玉子金条等项，言讲一遍。那人闻听，口内哼哈哈：“对呀！”大勇闻听，连忙说：“冯伙计，你怎么说‘对’呢?”那人说：“说起来话长。”大勇说：“慢慢言来。”那人说：“我住的这庙里，当家的老师父，我来庙里的二年，就往海岛金山寺去了，将庙交与大徒弟了凡住庙当家。这个了凡，有点子不好。先前，庙内住些小买卖儿，如今都撵了。前年，招了好些个管要要人，行动就要讲拿刀动枪。一言说了罢，横是不好。前年又有八个人，来到庙里拜把子。你瞧他们，闹得凶着呢！杀猪宰羊，又请三义之像，纸马飞空，誓同生死。他们的外号儿、名姓，我还记得呢：一名常七秃子，手使两口刀，拄一竹杖，能够过河如走平地。二名叫过街鼠刘老善，会钻沟，又能上房，手使攮子。第三名飞上房吴配，善会跳高，手使绳鞭。第四名燕尾子刘四，善能蹿跳，燕子飞，他一纵，伸手攥住燕尾，手使铁尺。第五名闪电神邓八，房上来去，踪影全无，手使铁拐。第六名仙鹤腿张四，一天能走五百里地，善能报信。第七名，乃在教杨四把儿，奇怪，他先在北京城卖肉。这一日天降大雨，其水深有二尺多的，此胡同地名叫扒儿胡同，则见过道门走出一位老者，六十多岁，叫‘卖羊肉的过来!’这四把儿答应一声，见水深难走，用手攥住小车子的沿子，平端起来。列位想：小车多重，肉又多，实在分量不轻。端到门口，将小车放下，说：‘要多少肉?’老者说：‘一斤罢。’四把将肉称足，递与老者。老者将肉拿进去后，又走将出来，用两个指头，将钱一掐，说：‘你拿你的拌钩，钩上我这一掐钱，你用拌拉得出去，我就服你是好汉!’四把闻听，哈哈大笑，说：‘这有何难？’言罢，用拌就钩拉钱，连个纹丝草动没动！四把臊了个脸红！赌气归家操练。后来得遇异人，传授飞檐走壁，这才离上京，来到沧州。因病住在庙内，就遇见了这个人，拜了一盟。第八名萧老叔，外号半边俏。因他右膀子上用针扎了个大半翅蜂儿，故此叫他半边俏。萧老叔手使单刀，飞檐走壁 。这八名，独只他不好，又毒又狠，见了人家妇女，奸后还要杀了，以灭活口。那六个，都是前日起身，往鄚州①庙。听见说，大概做买卖了。如今庙里剩下萧老叔和杨四把二人在庙里呢！”大勇说：“你怎么知道是他呢？”那人说：“那六个人临走之时，萧老叔说：‘把我这两个玉子儿金条带到鄚州，遇客人卖了罢。’故此，我听陈老爷说，武举家丢了玉子儿金条等项，我才说对。不是他是谁呢？今日他们吃公东儿，和尚也在内。”

大勇闻言甚喜，说：“怎么得我到庙内，将他认一认，再作商议？”那人说：“不难。我和爷上说这么半天话，我回去只说等着火烧呢，等急了，我先拿酒菜回来。饽饽得了，铺子伙计送来。你老可就将饽饽送到庙里，岂不瞧了？”大勇说：“甚好，你我就走。”

那人答应，一同站起，出了小庙，还回原先饭铺，早将东西打点现成。那人提酒瓶、拿筐将饽饽交给了陈大勇兜着，二人出铺，拐弯来到庙内。那人进去，说：“等饽饽等晚了，我先来了。少时，铺家送来。”说罢，酒菜放在桌子之上。则见大勇走进庙门，那人说：“伙计，放在里间屋里桌上罢。”好汉答应，走进套

---

① 鄚（mào）州——地名，在河北。

间，则见杌①上坐着一僧二俗，大勇细看。

好汉搭讪将饽饽摆，二目留神看僧俗。则见他：西边坐着僧一众，手拿鼻烟玛瑙壶，身穿僧衣是香色。因他盘着腿，脚上鞋袜看不出。正中坐着一年少，细白麻子少胡须。两眼吊角就主恶，一脸青筋血色无。身穿青绸小布衫，薄衣快鞋登足下。鸡腿袜儿青套裤，口吃水烟把烟出。东边坐着人一个，瞧他相貌却在教，下边无有胡和须。年纪不过三十岁，手提竹竿抱棍槊②。大勇看明三人相，心内说："但能得差我心意足。"

好汉看罢，记准模样，这才走出套间，扭项说："饽饽放在东里间了。"言罢，往外而走，说："你老关门罢。"那人跟在后面，来到山门。大勇说："我赶二鼓，到此拿他们。你可将山门虚掩，我还有两个伴儿，上墙可不大灵便。"冯吉点头会意，将门关上。大勇迈步往回里而走。

好汉得了杀人犯，不由欢喜在心中。无意之中把冯吉遇，不是他，要得消息实不能。这一回到三圣庙，回禀大人怎样行。半边俏听见甚扎手，回回又是他把兄。今晚上，拿他必有一番闹，定要动手两相争。拿住凶犯事才好，不然走脱了不成。好汉思想来得快，太阳落，来到关厢走进城。

太阳将落的时候，进城来到三圣庙，问了问，说："大人已饭时就回来了。"大勇忙进客房。大人正然闲坐，瞧见好汉回来了，大人说："好汉回来了？多有辛苦。那事可有消息无有？"大勇说："小人打听着了，人我也见了。"就把见了冯吉，饭铺相

---

① 杌（wù）——矮下的凳子。

② 槊（shuò）——古代兵器，一丈八尺长的矛。

认，冯吉告诉他那个人的出没，六个人无在庙内，因现有凶手半边俏、萧老叔、杨回回，后来假装送饽饽，到庙内瞧准二人，前后之言告诉刘大人一遍。

好汉说罢前后话，大人闻听喜又惊。喜的是，无名凶手竟访住，惊的是拿他怕不能。听起来，萧老叔武艺必扎手，恰似时迁一般同。又有回回来帮助，轻举妄动了不成。先派朱王陈大勇，要拿二人有些不能。惊走萧老无处找，再要寻他枉费工。大人低头多一会，腹内辗转在心中。再三再四无妙计，忽然陈大勇把话明："大人不必多忧虑，恐怕我等不成功。小人心中有主意，我今晚，带着朱文与王明。大人再，速传这里的王千总，叫他带兵几十名。各带长杆与套索，令他们围庙听令行。我等三人将庙进，堵门擒拿必成功。如今此办方为妥，贼人要跑万不能。"大人闻听将头点："必须如此这样行。"说罢就令青衣去："快传千总莫消停！"衙役答应转身去，去不多时，千总王彪进衙中。青衣进房说："千总到。"大人说："叫他进来我有事情。"千总闻听将房进，打千伺候把身躬。刘大人座上忙吩咐，说："你快派兵，跟我的人，前去拿贼莫消停！"

第九十回

秽寺庙和尚行淫乱

刘大人眼望千总，叫声："王千总，本部的人访着了杀人的凶手，是个大盗，武艺扎手，还有一个回回在内。本部恐怕拿急了，走脱贼人。故此叫你前来，带兵三十名，预备钩杆、套索，大家努力，必得将凶犯拿住，本部自有升赏。"千总王彪答应，说："千总遵命。"刘大人说："快去莫误！"千总翻身出门，急去挑兵不表。

且说大人眼望大勇，说："此去你们三个人怎样动手？"大勇说："小人嘱咐冯吉，叫他留门，等二更到庙中，令朱王堵住房门，小人在院内惊他一惊。他们若出来动手，擒拿他；若越墙，有兵围绕，钩杆套索，不怕他飞上天去！必要成功。"大人说："甚好，总要小心就是了。"说话之间，千总进内，禀报说："兵已到，回大人知道。"刘大人说："天不早了，你们走罢。我这里洗耳静候。"大勇连忙用褡包围腰，别上腰刀，外套长衣；王明、朱文也改扮，换上便衣，掖上攮子、铁尺。诸事已毕，告辞大人，一同千总出门。径自出城不怠慢，带领官兵，急走十里之遥，赶天有二鼓，众人来到玉皇庙外。陈大勇将众人安在庙外，自跳庙墙，墙外四周，为三十名兵围住庙外。各拿挠钩套索。王千总把守山门，大勇、王明、朱文三人，等候三更动手，暂且不表。

且不说庙外众人话，再把凶手明一明。囚徒任性专好色，和尚了凡是贪淫。杨四回回虽不好，一人难扭两个人。见天已有掌灯之后，打发冯吉，把两个姑娘叫进门。一个名叫人人爱，一个名叫一秤金。二人不过二旬外，长得那，小模样子可爱人！人人爱，身穿一件蓝布衫，青缎坎肩上掐金。腰系汗巾葱心绿，三寸小脚可爱人。头上梳着是水纂①，那宗淫狂卖俏心！一秤金打扮倒受看，三寸厚底儿，红缎蝴蝶梦鞋足下蹬。头上也梳是水纂，洋布绸衫穿在身。里面衬着衣是藕色，手拿着纺丝红汗巾。走动道儿头就晃，瞧见和尚把话云："哎哟，好呀四老爷驾！"那一个说："这两天没到这庙中。"说罢二人将烟递，挨次儿，递给僧俗三个人。复又带笑，说："三位老爷子好？"和尚说："七姑娘九姑娘，你俩坐下咱们再云。"

和尚带笑说："自家爷儿们，又跑出客套来了！七姑娘、九姑娘，你们坐下罢。"半边俏说："你们要不坐下，骂我一个大师父变驴的个。"四和尚哈哈大笑，说："好的，我们老太爷骂起我来了！"杨四把旁边说："我们第老的就是这么好耍笑么！"又听四和尚说："九姑娘，怎么肚子大了好些了？"一秤金笑着说："偏是你老爷的眼生，又瞧见我们肚子大了！"和尚说："小疼疼子，别带上驹了罢？"忽听半边俏萧老儿说："要是驹，必是驴驹子。"你说这么一句话，闹得众人大笑，笑得和尚脸上下不来了，用手将萧老儿的大腿一拍，说："小猴儿，你又骂哥哥了！"杨四把接言说："不是呀！谁叫你说驹呢！"和尚说："显见你们是把

① 水纂（zuǎn）——此处指古时妇女梳在头后边的发髻。

兄弟[1]了！七兄弟，你也向着老叔！”半边俏接言，说：“不是驴驹子，是秃子的驹儿咧！”四和尚说：“这还罢了。”人人爱说：“秃子……”就刚要往下说，忽见萧老儿把眼望着他一挤，人人爱心中会意，连忙不说了。

且说四和尚低着头，想了半天，将头一抬，说：“咱们喝酒罢！”萧老儿说：“很好，我正想酒喝呢！”和尚说：“老太爷，还是出家人不好，一句话就掉着你的心眼了！”杨四把说：“这该罚！你四当家的第老的比咱们小，是咱们兄弟呀！”和尚说：“莫有的话！这是错听了！”半边俏萧老儿说：“对了也罢，错听了也罢，你听我说个笑话：有这么一个和尚，一生好耍，输得旗杆也卖了，庙也典了，钟磬全无了。后来流落挂单，还是不改，好耍。这一天，输得真急咧，心想：偷些东西，再去捞。稍一溜，溜在一家，见人家是独门独院，三间正房，他就藏在人家佛爷桌底下，被围桌挡住。等人睡着，好下手。原来此家是小两口儿，外间屋内有个老婆子睡下，小两口儿也就睡下咧。谁知他们俩拌了嘴了，有十来天不说话。爷爷儿躺在西边，仰巴脚儿脱裤子；奶奶儿躺在东边，大概也是脱了中衣了。借着月光儿，我听了一会，我听见爷爷儿说：‘我为你这么个东西，我偏不下气求人罢，你嫌我是使砖头砸你的脖梗子！’说着又不言语了。迟了一会儿，我又听见奶奶儿说：‘你成日家上门上户的，很爱溜个门子。今日我这躲着你，我可拿住你了，看你吃吗？’忽听男人大嚷，说：‘谁？’我只当是看见我了，我连忙爬起，出来，说：‘施主饶了我罢，我是玉皇庙的四和尚！’”一说，招的男女大笑。四和尚也

① 把兄弟——指结拜为兄弟，俗称干哥们。

笑了，说："可骂苦了我了！"又说："冯伙计，快摆酒菜，我好罚你老太爷三杯。"冯吉登时将酒菜摆在炕桌之上，两名姑娘儿斟酒敬菜。

这两个，妓女来斟酒三盏，挨次而敬手不闲。玉腕拿起乌木筷，布菜送到嘴唇边。大家欢喜说又笑，嬉皮笑脸讨人烦。人人爱，坐在半边偎他怀内，一秤金斜靠和尚肩。表过四把人可好，专爱练武把精添。又听僧人开言道："叫声九姑娘听我言：我今点你一个小曲，必要唱《断想思，难上难》。一秤金点头把曲唱，唱的是：热河腔调巧团圆。喉咙又细字眼准，他两只眼，瞅着和尚叫"心肝"。二目呆斜瞧和尚："叫奴舍你难上难。"故用他，两条腿，夹住和尚磕膝盖，带着笑，和尚时间实难受："叫声小疼疼子松了咱。"妓女复又斟上酒，放在了，僧人他的嘴唇边。人人爱就把萧老儿敬，手擎酒杯跪面前。凶徒接杯嘻嘻笑："叫声七姐你听言：你且唱个《马头调》，敬你四太爷莫迟挨。"说着萧老儿将杯递，杨四把接过放面前。人人爱就将曲儿来唱，唱的是："在家容易出外难"。声音嘹亮嗓子好，恰似黄鸟弄声喧。唱罢连忙又敬酒，四把接来就饮干。复又将杯往下转，忽听那，萧老儿："叫声二位听我言：咱们今日不这么饮，必要吃酒带划拳。输家喝来赢家唱，大家击鼓把花传。"和尚点头说"从命。"杨四说："既是如此就划拳！"萧老儿连忙就起令，两个姑娘斟酒放面前。只听三五幺合对，又听大笑把话云。齐说："四师父你输了！"一秤金拿杯放唇边。僧人将酒饮在腹，萧老儿连忙就开言："叫声七姐儿，你却替我唱。"妓女答应走上前。唱的是："牛郎织女银河渡，要想相逢难上难。只等七夕银河渡，他才相会在天边。"唱罢又将酒斟上，放在僧人他面前。萧老儿连忙来讲话：

“叫声四师父你听言：咱俩再划还卖马。”僧人说：“我卖在四把前。”杨四带笑说：“很好，我和老兄弟划一番。”萧老儿摆手说：“不可，七哥留神听我言。”

半边俏萧老儿说：“使不得，我怎么和七哥划呢？不划，不划！”杨四把说：“不划，喝酒罢。”萧老儿说：“这倒使得。”言罢，大家双双饮酒，中间，无所不至。四和尚这色来了，伸手拧一秤金的大腿，拧得个一秤金“哎哟”，和尚说：“怎么了？”九妞儿说：“疼。”和尚说：“疼就该别呀！”二人说着，搂在一处，一递一口吃酒。萧老儿抱着人人爱，拉着手，说：“你这戒指是金的不是？”七妞儿说：“是银镀金。”萧老儿说：“明日我送你一对金的。”妓女说：“多谢老太爷赏了！”一秤金眼望和尚，说：“你老明日也给我打一对！”四和尚点头，说着，用手搂起一秤金的衣服，往下一看，原来穿着一双大红缎子厚底儿蝴蝶梦的鞋。和尚说：“我有一双猫耳窝的鞋，你穿了罢。”四和尚一句话未完，招得众人大笑。

众人大笑来饮酒，这天外面交一更。僧俗男女来胡闹，比那狼猪闹得凶。萧老儿只是耍耍嘴，和尚就把下身拧。两个妓女嘻嘻笑，灯光下越显俏花容。杨四把只管来吃酒，不管他们人四名。冯吉旁边来上菜，心中惦着那事情。观瞧众人正耍笑，搭讪迈步往外行。一直来到山门内，隔着门缝看分明：外边并无人动静，冯吉转身回里行。

冯吉见外边并无动静，又听还是一更，说：“早呢！”这才进厨房坐下，不表。

也不言众人饮酒作乐，且说陈大勇、朱文、王明、千总王彪带领三十名官兵，二更来到玉皇庙外，将兵派开，围住庙门。千总把守山门，陈大勇眼望朱、王二人，说：“二位和千总王老爷在这里，略等一等，待我进去打一个探子。”三人答应。大勇说罢，将脚一跺，纵上墙头，又跳在地上，轻轻迈步，进了二层角门。往西一望，则见三间禅堂，明灯蜡烛。大勇一见，就知是僧人凶手在内。轻轻走到窗棂以外，用舌刮破窗棂纸，闪目留神观看。

大勇留神仔细看，瞧见了，僧俗还有俩妇人。好汉一见心中想：看女子，不像良人貌与容。必是花街柳巷妇，和尚弄来在佛门。这宗和尚真可恨，少时拿住才称心。好汉正恨忽听笑，两个妓女把话云。一秤金说：“四师父真正叫人爱，他老玩笑可人心。”人人爱说：“我们老太爷长得俏，没有一些不可人。”一秤金，说着就把和尚搂，四和尚伸手弄阴门。摸得个一秤金嘻嘻笑，笑着笑着把嘴亲。二人彼此情动处，妓女她就吐舌尖。萧老儿搂着人人爱，眼望妓女把话云：“自此以后咱俩好，你我交情永不分。”说着就去揽一把，揽了个妓女大转身。男女僧俗正然闹，好汉一见怒十分：这样和尚真可恨，专在此庙坏佛门！杀人凶犯更可恶，你看他，洋洋得意屋内存。好汉思想心中恼，他这里，手拔腰刀要进门。

第九十一回

承差三人夜袭淫庙

好汉陈大勇，隔窗瞧见了和尚妓女，还有凶犯半边俏，闹得实在难言，就像公狗见了母狗走身子一样。好汉大怒，刚要进门动手，复又说："且住，他们人多，武艺扎手；再者，三人同来，不叫他们，如何使得？饶省了他们劲，还叫他们挑眼，说我不招呼他们了。等我出去，将他二人叫进来。"好汉想罢，往外而去，不表。

且说朱文、王明二人，自江宁府一处当差，二人俚戏。王明眼望朱文，说："朱二哥，陈头儿进神凑子去了，这么半天了，别是花班神凑子器儿内有果，是头花班赊果，拿到陈头儿梆声儿哩罢？"朱文说："不是，不是，陈爷是那样人呀？"王明说："朱二哥，如今年成的人，拿得住舵吗？我也上去瞧瞧我才放心呢。"朱文说："你忒透了！"王明说："朱二哥，你听过夏迎春私探昭阳正院，齐宣王蹲在地上，夏迎春脚登宣王肩膀上去，私探的这段书？"朱文说："我倒听过。你今要学夏迎春，可要登好着，别掉下来，把屁股跌出两道口子来！"王明说："怎么两道口子呢？"朱文说："你个要学夏迎春，迎春前头不长了道口子呢？你今要掉下来，前头也跌出一道口子来！"王明闻听，说："那可就难为了我朱文咧！好的，有你的詈，乐了我了。我是个膘子，学完了夏迎春了！蹲下罢，我把你这个皇会上的柱子，木头板子碎损，当间加杉篙——心里不老实的空筒子肏的！”朱文说：“好桂儿，詈起来了！”王明说：“莫詈，要詈你就是个齐二寡妇的小叔子咧！蹲下罢。”朱文刚然蹲下，王明才要登肩上墙，忽听墙上“吃喽”的一声，王明连忙站住。

王明一见忙站住，忽见墙上跳一人，低声他就春着咽：“川丁合子闻我喜，神凑子窑儿把哈到，花班戎孙窑儿内存。还有月丁是赊果，窑儿里搬山饮刘伶。内有流丁羊蹄宛，大家攒儿中动色心。你我快把拨眼入，亮出青子好拿人。”二人闻听将头点，王明他，眼望朱文把话云：“你我快把山门进，帮着陈爷好拿人。”朱文迈步山门去，王明转步随后跟。千总王彪身在外，手拿腰刀把山门。三十名官兵围四面，挠钩套索要拿人。不言众人安排定，再把大勇表一番。

列公，方才陈大勇上墙，眼望王明吊坎，说市语。古时坎儿最贵，非离了真正江湖，才会吊市语。再不然就是外州府县，公衙中爷们会坎儿，差不多的都不会吊坎。哪像如今乾隆年间，人伶俐了，坎也贱咧。如今，差不多都会了。旗下老爷们下了班，撞见朋友了，这个：“阿哥，那客？我才下班，阿哥喝酒客罢！”“好兄弟，我才搬了山了。”那位又说：“阿哥，脸上一团怒色。”这位说：“兄弟不知道，了不得！好发什昏洼布鲁，他攒里真是尖刚儿！罢了！我们再说罢，兄弟请罢！”“阿哥也不候兄弟咬叶了。”列位，这位让喝酒，他说“搬了山了”，是喝了酒了；又问这位脸带怒色，他说“好发什昏”，是满洲话活该的人；“洼布鲁”是罢话；又说“攒里真是尖刚儿”，这句又是坎儿，这是那人心里厉害；“不候咬叶”，咬叶是喝茶，这叫做满洲话带坎儿。为什么愚下说坎儿贱了呢？就是头里陈大勇和王明打市语，待愚下破说明白。诸公知者的，听之爽神；不知者的，说出满嘴会多的。待在下说破，众位不知是什么好。王明他说“神凑子洼儿里的花班”，这是庙里房的和尚；又说“戎孙戎孙月丁”，是两个贼；“果”是妇人；“赊果”是养汉奶奶。

闲言少叙。且说王明朱文二人，闻听点头，迈步径奔山门。表过山门是冯吉虚掩，三人推门而人。大勇前边引路，不多一时，来到后院。这时天有三更，僧俗带酒，男女贪着淫欲，一齐脱衣而睡，将灯吹灭，大家作乐。这庙门中唯有杨四把汗病才好，二更以后，就告辞，手拄竹杖，回后边玉皇阁上睡去了，图的是清静。冯吉见无有二更，躲在厨房喝酒听信，不表。

且说三家好汉挡住房门，各拿兵器，一声喊叫，说：“凶手秃驴！你二人出来，快快受传！”半边俏萧老儿、四和尚二人并无睡，睁眼听一声喊，说“凶僧凶徒出去受传”，半边俏一骨碌爬将起来，说声：“不好！快些出来！”和尚忙了。表过僧人不会武艺，就只会帮嫖帮赌；他也急了，伸手乱摸，灯又灭了，房内发黑，和尚着急。

四和尚吓得魂都掉，赤条精光找衣巾。伸手床上摸一遍，摸不着衣裤汗浑身。拿着那，九妞儿小衣头上套，他把件，大红衣衫穿在身。唬得他身子站不住，连忙滚在地埃尘。一趴趴在炕洞下，腿肚朝前转了筋。口中只把佛来念，“救苦救难观世音！”复又口内宣佛号，“唵吗呢呼来吗呢呼”真笑人！“暗中神佛保弟子，自此后，和尚天天把香焚。和尚若要有假话，神叫我，只变驴来不变人！”说着说着地下躺，僧人闻听吓冒魂。腹内暗着说：“不好！”他只当，拿他二人走进门。只见他，咕容咕容爬不起，那人登时来到临。和尚仔细留神看，原来是，九姑娘爬在一处存身。也是上下精光无条线，口内低声说："吓死人！"僧人这才心放下，低低声儿把话云。

和尚只当是拿他们三人，正然害怕，则见那人也是爬呢！爬到跟前，原来是一秤金。和尚一见，说："吓死我了，我的亲妈！做什么来了？"一秤金说："人家要临门进来拿人，你又没了影儿，我们魂都吓冒了！七妹妹昏倒在地，不省人事；萧老叔，奴瞧见他把后窗户棂子，不知道怎么弄下两根，他一出溜没了影儿了。剩下我咧！奴不藏躲，那还了得？吓死我了！好祖宗，你闪闪炕洞门，奴也去躲躲儿。"和尚闻言，将脸一仰，说："你爬进来罢。"九姑娘答应，连忙往里就爬。地儿最窄，刚够一个人的空儿，九姐儿进了半截，就爬不进去了。口内说："你闪闪，奴进不去了！"和尚连忙仰巴脚儿躺在炕洞门口，一秤金从和尚身上一爬，刚爬两步，炕洞门上有一块砖尖，将一秤金的腰一顶，一秤金疼痛，将身子往下一趴，可巧，一秤金的阴门，就对着了和尚的嘴了！四和尚说："我弥陀佛！贫僧发过愿了，再不动荤了！"又说："你这孩子，这么会儿的工夫又动色，又来给我个嘴。我问你：你嘴里含着泡治的缩砂呢吗？为何咸咸儿的呢？你说！"倒把个一秤金笑起来了，说："老爷子，不是嘴，那是䄅！"和尚说："我弥陀佛，䄅比嘴还强呢！我刚才发愿，又遇见䄅了，拉倒，别闹了！我的命要紧，我可不敢动色了。我再动色，詈我是念《劝世文》的四和尚的徒弟，有的没有！"一秤金说："谁动色呢！你们干了什么事了？吓得这样儿的！你们嫖不起，就该别叫我们来呀！谁是自家来的不成？不是你们着人叫了来的吗？明是你们有杀人之事，也不与我们相干呢！我们可是个出门子的，这是怎么说呢！动大色？别动！真他娘的丧气！今个白日里下地方，你瞧罢，偏偏的就有个火烧铺里的老西儿，不知怎么和掌柜的支了三百钱，歇工一天，自己再吃一顿饭，剩下百数多钱，你瞧把他那个打扮，刚交七月，他把个白毡帽子戴在头上，穿一件十几年旧白布衫，双脸的老西儿旧布鞋，一身的白干面，走到我们的门口，走过来走过去，往前瞧瞧，往后看看，倒像做贼的一样。要进来又怕人瞧见，不进来罢，心里又不舍。他闹了个色大胆小！又无钱，叫我们的二小子剋了他一个跑儿！他还说窑子逛不得，净是挨剋！就和你们一样吗？”四和尚说：“别嚷呢，看人听见！好心肝。”一秤金说：“心肝？明儿还是大肠呢！我把你这个不要脸的白三秃子毬的罢！”便趴在和尚身上，不表。

且不说炕洞僧妓女，再将半边俏表一程。忽听门外有人喊，叫他受传莫消停。飞贼就知事情犯，有人拿他到公庭。连忙爬起不怠慢，穿裤蹬鞋，汗衫拿来穿在身形。褡包煞得实在紧，单刀拿来手中擎。转身来到后窗站，忙用手，窗户棂子搬两根。侧身一纵纵出去，好萧老儿，飞身出房站住身形，闪目留神往下看，但则见，三个人站在地流平。又听一人高声叫：“贼快些出来莫消停！你不出来不中用，想保残生万不能！”

大勇说：“凶徒！快些出来罢，装会子乌龟，缩回脖子，也是不中用呀！别等着我们拿尿浇，浇出来，就漏着丢了！”又说：“凶徒！你不出来，我就放火烧咧！凶徒快滚出来罢！你要不出来，就是婊子的儿子——小癞头鼋①了！”又见旁有二人，也詈，说：“房内的臊老婆不算，和尚和贼三个人，都不滚出来！”

半边俏萧老儿站在房檐，往下观瞧，听看得真切，只听三人

① 鼋（yuán）——鳖，也叫元鱼。

大骂。飞贼说："这两个是吓唬吃食的。可恨那人堵门而詈，我有心下去给他一刀，他要是条好汉，岂不可惜？我如今且叫他知道知道我的厉害！"想罢，萧老儿将房上的瓦揪起几块，拿在手内，蹲在房檐之上，将手一扬，把一叠瓦照着大勇的后心打将下来。"吧"一声，瓦打在后心之上。大勇不防，往前一扑，几乎跌倒。心内吃惊，说声："不好！"扭项观看。

大勇着忙回头看，天无月色看不清。王明朱文一齐问："怎么了？陈爷身上响一声！"大勇说："何处瓦来打？必有埋伏在房中！"三人言词还未尽，忽听房上喊一声："三人休乍庙！这么个本事想要把刀擎？方才瓦是老太爷打，不过先把你惊一惊！我有心身后将你命来要，怕你也是一英雄。老太爷最爱英雄汉，故此暂且我留情。等我下去咱动手，你们要保残生万不能！"

第九十二回
会英雄凶犯敌三众

半边俏萧老太爷最爱的是好汉，故此不肯暗自下手："打你一瓦，是惊你一惊。你们三人，你打量我还在房内呢！早就出来了！可笑你们瞎等着：这么个本事，就来拿人？活给番役打嘴！你也不知道老太爷是谁，告诉你们罢：京通湾卫、南北二直，大概都知道半边俏萧老叔罢？你们这三人就来拿我？也罢，我倒下去试一试你三人的本事！"言罢，"嗖"一声，跳在尘埃，擎刀站立。

好飞贼，并不躲闪将身避，反倒跳在地流平。手内擎刀哈哈笑，眼望三人把话云："你们小哥仨来拿我，你也不知老太爷的能！手内刀，能挡人几百，哪怕兵，围住我，说要走我就能行。世人难以将我挡，飞贼队内头一名。但不知拿我是哪一案？告诉你：我的案多我记不清。你三人快快对我云，说明咱好商议行。"大勇闻听心中恼："这贼话大了不成！听口音，他也是康熙年间人一个，再现的一枝桃一般同。眼高自大小看我，他把陈某看得轻。少时将你来拿住，绳绑膀臂称我情！"好汉想罢开言道："叫声蟊贼你是听：话不言明将你糊，你死黄泉也不闭睛。要问你犯什么事？留神细听我说明：沧州三里关厢外，有一李家庄是地名。住着武举李国瑞，因为有事在衙中。半夜被你将人害，男女四个命残生。俱用钢刀来杀死，房内财物影无踪。有人告在刘大人手，大人准状点我们名。护着绿头踩着你，故此到庙把你擒。若是好汉快受绑，自己做事别拉人。理正情真快受捆，真是好汉不同寻。你就要走也不中用，陈爷有本事把你擒！大盗不知拿过多少，岂把你这蠡贼放在心！”那人闻听说：“住口！好汉不用大话云。你不服，咱们如今试一试，老太爷，拿着你们醒酒散散心。”言罢提刀扑好汉，大勇一见把话云：说：“二位把住房门口，仔细房中跳出人！”朱文闻听将门把，大勇提刀手中存。一个箭步蹿上去，使了个，拨草寻蛇刺前心。萧老儿将刀朝下甩，响丁当，两口钢刀迸火云！半边俏刀法真传授，陈大勇刀法遇过高人。这一个，苏秦背剑朝后剁；那一个，胸前抱月用刀迎。陈大勇，单凤之式将刀挑；萧老儿，仙人换影就转身。二人斗够时多会，真是能人遇能人！

陈大勇与萧老儿二人，本事虽说不差上下，这内中有三强三弱之说。列公，哪三强三弱？听我言来：三强是萧老儿才三十多岁人，正是精神百倍，这是头一强；第二强是眼尖手快，身子灵便；第三强是刀法好，再要着了急，这人的劲，不知从哪里来的。这才说了个三强。三弱呢，是陈大勇年有四十，到底迟钝，这头一弱；第二弱，是手不能很快，身子不大很灵；第三弱，是又怕刀伤贼人，无了活口。故此，说了个“强弱”之言。

闲言少叙。且说王明、朱文二人，把守房门，观瞧二人动手。只听“丁当”刀响，火星乱迸；又听大勇大声喊叫，只嚷“贼人好厉害！厉害！”王明说：“朱二哥，你看陈爷急了，遇见了硬对了。我知道他的毛病儿，若急了，就嚷。你听嚷呢！”朱文说：“哥，嚷不嚷都是小事，万一走脱凶手，那还了得？咱俩也是奉命来的，大家都有不好。依我说，房中之人不大要紧，咱俩上去帮着陈爷，三个人拿一个，才得无事。”王明点头，各拿兵器，扑上前来。一齐说：“陈爷，别放他逃走，我们来了！”大勇此时，正然急躁，恐跑了飞贼。一闻此言，连忙说：“二位上呀！”朱王二人，一个攮子，一个是铁尺，照着萧老儿就扎就打。半边俏一见，哈哈大笑。

飞贼一见二人上，不由大笑把话云：“好汉岂用人帮助？狗仗人势不算人！姓陈的，我说你菜你就菜，这么个本事把我擒？再添这两也有限，瞧长相长得不像人！要是英雄该独立，妇女坤道才靠人。不是老爷言大话，一恼叫你们见阎君！”说着蹂脚跟箭步，照着王明把刀抡，喊声：“那人别要走！着刀！”钢刀一剁下狠心。王明铁尺往上挡，好萧老儿，抽刀一甩剁朱文。朱文连忙朝后退，萧老儿刀又去奔敌人。照着大勇刚下去，好汉单刀往上抡。三人围住半边俏，铁尺、攮子、腰刀，齐往上攻。好个飞贼名萧老儿，一口刀敌住三个人！大闹多时不分胜败，萧老儿扭头看得明。

萧老儿一人敌住三人，一口钢刀劈剁，削耳撞腮，并无惧色。猛一抬头，则见西边有一棵大枣树，上面枣儿结得满了。表过此乃七月已尽，枣儿皆熟。萧老儿看见，用手中刀拨开大枝，登枝又上到顶尖一枝老树杈，骑在上面，将刀别在腰间，口中说：“和他们闹上我的酒来了，我先吃几个枣儿，压压酒。”用手摘枣儿吃，不由好笑。

且说三个人正自围着贼人动手，忽见萧老儿一纵纵上树去了。三人一齐着急，只说：“好贼！好贼！真是飞贼！”王明说：“陈爷，你也上树去拿他！”大勇说：“上树比不得上房，这是两道劲呢！我可不能。”朱文说：“这可如何是好？咱们别说闲话，围树要紧，看跑了他！”三人言罢，围树而站。

且说萧老儿树上歇了一会，吃了一会枣儿，低头一看，则见王明仰着脸往上观瞧，萧老儿一见，伸手摘了一把大璎珞①枣儿，使劲照着王明脸上一摔，枣儿核儿猛打在王明脸上，打得个王明“哎哟”一声，说：“不好，下雹子了！把脸也打肿了！”大勇说：“怎么了？”王明说：“下雹子呢！”萧老儿树上大笑说：“小子，那不是雹子，那是枣儿，给你们吃的！别说我吃独食。”大勇闻听大怒，说：“好贼！焉敢欺人？有本事将树锯折了，拿你这凶徒！”

大勇越说心越恼，骂声：“凶徒了不成！你既将人来杀害，理该受绑到衙中。三推六问将你审，问明开刀问典刑。身首异处在市上，杀人偿命是常情。汉子做来汉子受，敢作敢当是英雄。你今反倒来油斗，这样贼人了不成！”好汉越说心好恼，手内擎刀怒气冲。半边俏闻听哈哈笑，他一边，吐着枣核儿把话云。他说：“那人别急躁，事从款来必成功。你心急来我不急，依你说，萧老太爷是胡闹，不说你们的本事松。你们要，武艺高强本事好，将我拿住上绑绳。不说你们将我害，只怨自己艺不精。拿到衙门去治罪，六问三推问典刑。萧老油若是眉一皱，做鬼千秋落骂名。难道只许我把人害？人害我，我就发怨匹夫同。老太爷，今年才交三十二岁，强若读书，世上之理我最明。并非我贪生想逃走，原是你们本事松。你不想，头里太爷在房内，你们院内喊连声。我从后窗将房上，我要走，人不知来鬼不明。这是我，安

① 璎珞（yīngluò）——古代用珠玉穿成的戴在颈项上的装饰品。此处形容枣儿美。

心要把你们会，必是当世的大英雄。不然官府怎派你，这样案叫你把功成？谁知白费我的力，三位可别忙，实在松来实在松！若要是，到了我们任丘县，不是我今说大话，我教的徒孙比你们能！”一句话说急陈大勇，好汉的肝胆气炸动了无名。

你说半边俏这些话，又高傲，又近理。再者，愚下上几回书，回禀过诸公，萧老儿一拜之人，哪一个弱呀？别人犹可，乾隆老佛爷的年间，京通湾卫、南北二直，谁不知常七秃子、燕尾子呢？这个常七秃子，和德胜门外苗老爷是一行之人，一样本事。后来他们因为摇了花咧，才遭国刑，死在霸州。

闲言少叙，且说大勇闻言，一声喊叫，将右脚一跺，偏偏儿又把靴底跺绽了！无奈，用钱串捆上。好汉心中甚是着急。朱王二人擦手说：“可恶！可恶！这可怎样才好？”

朱王二人无主意，只嚷：“可恶恨死人！”大勇急得手指树，大詈：“萧老儿你听真：巧言花语难当事，少时拿你进衙中。将你凌迟问了斩，那时你才能死心。你说你今在树上，老爷等你到天明。传人树下将火放，烧死你这凶徒胆大人！”王明闻听开言道：“不用放火，传兵进来着箭墩。”一句话提醒陈大勇，好汉立刻长笑容。倒是王爷一句话，不然急在九霄云。言罢高声把兵叫，外边答应，进来了兵丁一大群。“好汉围树快放箭，擒拿飞檐走壁人。”众兵答应将箭取，萧老儿闻言不消停：众人要是来放箭，只恐雕翎中我身。趁着此时快些走，少若迟挨了不成！想罢飞贼留神看，此树离地七尺零。萧老儿看罢身一纵，“嗖”一声，纵在大殿上边存。大勇一见双足纵，随后赶上那贼人。心中想：后抱腰将他来抱住，想罢他，饿虎扑食往上冲。伸出双手刚要抱，萧老儿，右腿一蹬，使了个后蹬儿，大勇“哎哟”掉在尘。

第九十三回

萧飞贼落网应剐刑

陈大勇随后上房，瞧见那人转身要走，好汉性暴，恐怕跑了，使了个饿虎扑食，伸双手就抱，被那人右腿一蹬在胸前，陈大勇“哎哟”一声，咕咚，掉在尘埃。那人将手一拍，“嗖嗖嗖”顺房而去，朱王二人魂胆吓冒，只说：“不好，快些救人，救人！”众兵答应，上前扶起大勇。大勇一骨碌爬起来，口内说：“不好了，跑了！你们快去追赶，我还上房找寻，务必找着！”朱王答应，留下十名兵，把守此庙。带领千总王彪二十名官兵，分头去赶，这且不表。

且说陈大勇上房，四下观瞧，可喜这会月亮已上，微微看出方向。好汉连忙上了房脊之上，闪目观瞧，忽见庙内的玉皇阁上，倒像是人。好汉不敢怠慢，也就上房追赶。刚赶到玉皇阁上，那人又蹿出庙外民间的房上去了。大勇喊叫说：“你们都往东赶呀！我瞧见了！”众人地下接声追赶。

且说萧老儿蹿在民间房上，后坡隐住身形。

飞贼蹲在后坡上，暗暗沉吟腹内云：“细想我自幼学会艺，出来外面我害人。男女我害有二三十个，全无犯事有人擒。今年来到沧州地，此庙住下遇见人，本事和我一个样，心胸不错半毫分。八拜结交为昆仲，一共却是八个人。他们六位郑州去，七哥带病难动身。今夜有人来拿我，一齐而来堵庙门。论理头里我该走，皆因为，惦记七哥病在身。故此我亲自来动手，谁知道，那人着急叫箭墩。我才飞身出庙外，谁知那人以死跟。少时他若寻到此，我给他一下再理论。”想罢将砖拿在手，二目直瞅细留神。但见一人房上跳，萧老儿点头说：“也是能人！”说话之间那人到，萧老儿轻轻站起身。右手拿着砖一块，咬牙切齿下狠心。忽见那人往这纵，萧老儿二目看得真，右手一扬砖打去，大勇“哎哟”又掉在尘。

萧老儿一砖，将大勇打下房去，掉在地上。好恶贼，心中恨急了大勇了，“嗖”一声，蹿下房来，要取英雄性命。谁知大勇，砖虽打在前胸，不甚很重。会武艺的人，身子活动，掉在尘埃，也没跌着。连忙爬起，抓刀将身一纵，要上房拿人。

萧老儿并不知道，只当好汉跌着了，“嗖”一声，跳下房来，只听耳边“唿”的一声，原来是那人纵上房去。贼人一见，说：“好厉害！真是个魔头。倒得留神。”且说大勇刚一上房，也听见“嗖”的一声，连忙扭项一瞧，原来是贼人擎刀下去了。大勇忙伸手，把花檐拿了一块，一转身形，跳下来，脚一沾地，左手接刀，右手砖打将出去。贼人不防，刚要迈步，右肩膀上，“吧”，就中了一砖，打得身子一晃，说声：“不好！”脚一跺，纵上房去。大勇跟尾，纵将上去，抡刀就剁。

好一个，擒贼的陈大勇，心想拿人把功擎。一刀剁去十分力，大叫：“贼人你是听：任你总有千合勇，时迁的利便跑不能！老爷今夜拿定你，好叫大人审口供。”萧老儿闻言心好恼，叫声：“那人你是听：咱俩今日拼了罢，活在人间待怎生！我叫你把我擒了去，半边俏从今不露形！”言罢摆刀扑好汉，眼红心横奔英雄。大勇也是急斗一嘴，浑身使尽力无穷。二人房上将刀对，只听房上响连声。屋里百姓也惊醒，一家老幼尽吃惊：不知房上怎么样？要是地动了不成！又听房上人声喊，只嚷“拿人”不断声。男女老少魂皆冒，房上必是贼人行。不言男女心害怕，藏在屋内不作声。且说好汉陈大勇，刀剁飞贼下绝情。萧老儿不由微微笑，大叫：“那人少逞能！有心和你再动手，老太爷，还有别的那事情。”言罢双足只一纵，蹿上别房站住身形。大勇留神只一看，不由着急吃一惊：此房离那房有一丈，好汉登时瞪二睛，这么远他会过去，陈某实在比不能！好汉心中生一计，连忙跳在地流平。复又飞身将房上，则见那人纵身形。一闪身子往下跳，大勇追赶不消停。

大勇上房，则见那人跳下去，大勇随身后就赶，口中大叫：“拿贼呀！拿贼呀！”萧老儿往下一跳，原来是屠户猪肉铺的后门。掌柜的姓刘，长了个傻大黑粗，一身浑劲。偏他跑肚，出后门出恭。刚然蹲下，只听房上“当叮咕咚”瓦响，又听有人高声大叫“拿贼”，屠户说：“你怎么歹儿的妈妈，有了银啦！”正然说着，只听“嗯”一声，纵在房上跳下一个人来，跳在屠户身上，压得屠户坐在屎上，闹了一屁股屎。屠户说：“儿的妈妈！好瞎眼的贼儿，跳在身上，儿，儿你往哪个场儿跑！”言罢上前，双手抱住萧老儿。萧老儿恐遭毒手，忙用刀尖回手，扎进屠户的肋窝之上，死尸一仰。半边俏刚要脱身，这个空儿，大勇早到身后，扬手一刀背，打在左膀，左膀耷拉，复又核桃骨上一刀背，打伤其骨，萧老儿跌倒。大勇扬刀背，向飞贼的核桃骨上一连几刀背，打得个贼人不能动了。大勇高声嚷：“拿住了！拿住了！”

朱、王、千总二十名官兵听见嚷“拿住了”，齐奔声音而来，叫开铺门，一齐径奔后院。大伙一见，果然将贼拿住。又见旁边有死人，铺中伙计瞧见掌柜被贼扎死，大家着急。大勇说："你们别害怕，等我回禀大人。告诉你，我是刘大人派来拿贼的。"肉铺伙计闻言，这才将心放下。大勇叫兵将萧老儿四马蹽蹄捆上，派四名看守死尸，这才叫兵抬起萧老儿，一齐奔庙。不多一时，来到庙前，一齐进庙门。这时候，冯吉也出来了，众兵将萧老儿放在尘埃。大勇眼望朱文、王明，说："二位，快带几个兵进房，僧人，还有俗家，恰似在教之人，俱是一党。快些拿出来，咱好起解。那个宿拉女人，不用拿他们了，省得费事。""是！"二人答应，带兵五名，一齐进房，留神细找。

朱文王明人两个，带兵五名进房中。屋内留神仔细看，则见当地躺一妇人形。兵丁上前摸一把，浑身冰凉赴幽冥。复又留神满屋瞅，只听炕洞有人哼。兵丁低头只一看，借灯光，瞧见妓女与那僧。五名官兵齐动手，把二人拉出炕洞中。那妇女精光实难看，和尚的裤子倒是红。官兵一见不由笑，说："这个秃驴爱你精。"说罢就拿绳子捆，登时绑上那名僧。吓得妓女浑身战，体似筛糠一般同。兵丁用手指一指，说道是："陈老爷开恩，不拿你到衙中。"官兵言罢不怠慢，搭起僧人往外行。

朱王二人带着五名官兵，抬着和尚出房，来到当院，将僧人放在萧老儿一处，复又满庙搜着，杨四回回踪影全无，不知去向。

这时，天已大亮，大勇带领众人，抬着僧俗，奔城而来。登时进城，一路招得军民尾随观看。不多时，来到州衙，进大门将众人放在门外，大勇、王明、朱文、千总四人进仪门，上堂，但见大人公堂理事。大勇打千，说："凶犯拿到。"刘大人闻听欢喜，吩咐："带进来！""哦！"好汉答应。

大勇转身往外走，来到仪门把话云："大人吩咐将人带！"只听外面应一声。这才松松僧俗绑，抬着拉着往里行。登时抬到公堂上，座上刘公看分明：和尚不过平常相，跪在旁边露怕惊。但见那人二十多岁，跪在堂前长得凶。细白麻子俩圆眼，身体灵便露贼形。看罢大人开言问："那人你叫什么名？家住哪府哪州县？为何杀人你行凶？一同伙计几个人？快快当堂来招承！若要隐瞒一个字，本部立刻动大刑！"那人开言把"大人"叫："贵耳留神在上听：家住河间任丘县，萧老儿是我的名。半边俏是我的外号，飞檐走壁我甚能。做贼今年有八载，谋害人命我记不清。前者武举人四口，是我杀的本真情。自从做贼无朋友，单身一个我独行。今朝被你来拿住，或杀或剐我愿情！"言罢闭目哈哈笑，刘大人点头暗说："好贼！"吩咐带，一干人犯我判明。

刘大人吩咐："带一干人犯上堂！"青衣往下跑，不多时，将一应之人带上公堂。武举李国瑞、家丁李忠，早来伺候。大人提笔判断：知县拿贼，将无作有，嘱盗拉人，就中取利，只有人命，例应热决；皂役生端，害人起事之头，例应绞罪；禁子受赃害人，例应绞死；和尚庙中住贼，知而不报，例应充军；冯吉给信有功，须在陈大勇的名下；萧老儿杀人四口，从前害人不少，例应剐罪。行文发给鄚州一带府县，广捕一党：燕尾子、常七秃子等人。武举被屈，刘大人写本，保补授千总。判毕，折子奏事，将一应人犯收监，等旨正法。刘大人前往察河，再表。

第九十四回

段皂头拒聘熊公子

五夜漏声催晓箭，九重喜色醉仙桃。

旌旗日暖龙蛇动，宫殿风微燕雀高。

闲言不表，单言乾隆老佛爷五十一年，直隶大名府出的一件公案。大名府原系保定府管，此处有一位大名兵备道，原先做过天津的知县，他可是广西永康人氏，姓熊名叫熊恩绶，年有五旬以外；膝前有位少爷，年二十二岁，名叫熊杰。此书头绪表明。大名道台衙门，有一名皂头，姓段名叫文经，年五十二岁，身后有个拱肩，左眼是个茄皮眼，紫膛颜色，身高五尺，一身本事，暗藏邪术。娶妻汪氏，只生一女，年十九岁，论容貌，真有西子王嫱之貌，昭君杨妃之容，叫在下也一言难尽 。皂头段文经有一妹丈姓徐，名叫克展，年三十七岁，面目黑色，五短身粗，一身的硬功夫。他就是本府城外八十里张栋村小潭口人氏，在大名道台衙门，身当马快。还有本府城中二人：一名叫张君德，年三十四岁；一名叫刘奉，年三十六岁。俱是民人，都有些武功夫。二人也在道台衙门应役，算是徐克展的户儿。他等俱是大名府匪棍，无所不为之徒。皂头段文经，又立为八卦①教，按乾坎艮震巽离坤兑之象，引诱那些愚民习其术，大有不好。

这一日，乃是七月十五日，大名府的城中，大寺院放施食，烧法船，男女老幼，瞧热闹的，就不少。这一晚，公子熊杰身穿便衣，带着两名手下：一个内断，一个衙役，三人步行出衙，混在人群之内，观瞧热闹。但见游人如蝼蚁不断。不多时，来至甘露寺，熊公子站住，抬头观看。

熊杰举目留神看：法台高搭上挂灯。九众僧人将经念，法器平敲震耳鸣，台前法船高五尺，长有二丈，上面故事扎得精。越瞧越发人烟广，又见那，孩童手拿各样灯。公子瞧罢一扭项，忽看见，西边站立几个妇人。内中却有一女子，年纪未必有二旬，那一宗，小模样子真难讲，笔下写不尽俏芳容。但见她，杏眼秋波花含露，两道蛾眉可爱人。鼻如悬胆一般样，樱桃小口点朱唇。乌云恰似香墨染，离几步，那宗柔气熏动人。金莲大概有三寸，皆因灯下瞧不真。身穿一件桃红衫，绣花坎肩贴片金。八幅湘裙腰中系，因拿扇，玉腕春葱全看真。别说痴人瞧着爱，佛祖观瞧也动心！熊杰看罢多娇女，他的那，泥丸宫内走真魂。腹内暗暗来讲话：“此女闺阃②夺尽尊！我熊某，若得此女成连理，方

---

① 八卦（guà）——我国古代的一套有象征意义的符号。用“⚊”代表阳，用“⚋”代表阴，用三个这样的符号组成八种形式，叫做八卦。每一卦形代表一定的事物。☰为乾，代表天；☷为坤，代表地；☵为坎，代表水；☲为离，代表火；☳为震，代表雷；☶为艮，代表山；☴为巽，代表风；☱为兑，代表沼泽。八卦互相搭配又得六十四卦，用来象征各种自然现象和人事现象。八卦相传是伏羲所造，后来用来占卜。

② 闺阃（guīkǔn）——内室，妇女居住的地方，也指妇女。

不愧，我父官居三品臣！”熊杰想罢一扭项，眼望着，衙役开言把话云。

公子熊杰看罢女子的芳容，扭项眼望衙役，开言说：“李升。你顺着我的手瞧：西边纸马铺的台阶上，站立的那几个妇女丛中，那一个穿红的女子，你认得不认得呢?”李升顺着熊公子手，瞧够多时，说：“少爷，你那不知道吗？这就是咱们衙门中皂头段文经的女孩嘛！”公子闻听衙役李升之言，说此女是段文经之女，不由暗暗的欢喜，说：“呀，他父在我衙门中应役，此事有成矣！”想罢，两只眼睛瞅着那女子，越瞧越爱，竟自出神，恨不能立刻就到手。

说话之间，天就有二鼓以后咧，法船也烧咧，人也散咧，那几个妇女，带着那女子也回家而去，公子熊杰，这一会如醉如痴，站着发怔。还是内厮说：“少爷，咱们也回衙罢。天也不早咧。”熊公子无奈，这才丧胆亡魂地回家，走进书房坐下，思想段文经之女，一夜无眠。

次日天亮，起来洗脸吃茶已毕，吩咐小内厮：“快快去把昨晚上跟班的衙役李升叫来，我有话问他！”“是。”内厮答应。去不多时，将李升带至书房。李升打千，说：“少爷叫小的，有何吩咐?”熊公子一见，说：“你起来。”复又扭项，望内厮开言讲话。

熊公子，眼望内厮吩咐话：“来祥快去莫消停！你把苏元拿几个，立等要用有事情。”内厮答应翻身去，不多时，复又回来手托银。公子一见忙吩咐，就势递与那李升。公子复又来讲话：“李升留神要你听：今日叫你无别事，就是昨夜那段情。咱俩见的那女子，我熊某，意娶作妾把亲成。此事休禀老爷晓，事成之后再回明。这件事情托付你，段家提亲走一程，任凭他要银多少，不用驳价你就应。你要是，与我说成这件事，重重有赏不非轻。眼下赏的银几两，不过是，来回辛苦饮刘伶。”李升闻听公子话，带笑开言把“公子”称：“少爷只管将心放，我包管，此去一说事就成！”熊杰闻听心大悦，说道是：“既然如此你就快行！”李升闻听答应：“是。”他迈步，要到段家说事情。

不言公子熊杰书房等候回信。单表衙役李升，出了道台的衙门，先把得的苏元换了一锭，到酒铺子里吃了几杯酒。会钱出铺，转弯抹角，穿街越巷，不多时，来至皂头段文经的门首站住。用手拍门，高声问：“段爷在家么?”只听里面有人答话，“哗啷”，将街门开放，原来就是段文经。瞧见是跟熊公子的衙役李升，说：“李头儿，找我有何贵干？暂请里面吃茶。”李升说：“特来讨坐，还有话讲。”言罢迈步里走，进书房，分宾主坐下。段家的小厮献茶，茶罢搁盏。皂头段文经眼望李升，讲话说：“李头儿，今到寒舍之内，不知有何话讲?”李升见问，带笑开言，说：“段爷容禀。”

李升带笑开言叫：“段爷留神请听明：无事不到你贵舍，今日有件喜事情。”文经就问：“何喜事？”李升说：“听我从头对你说：只因昨晚盂兰会，还有和尚唪①经文。令爱令正瞧热闹，遇见公子闲散心，看见令爱多典雅，大有闺阃淑女风。少爷虽然将妻娶，为人蠢夯②又愚蒙。况且无从在任上，他们俩，夫妻不和是真情。公子少年又典雅，才如子建一般同。

① 唪（fěng）——（和尚、道士）念经。

② 夯（bèn）——同“笨”。

明年上京去应试，何愁金榜不提名？我今来，特与令爱提亲事，就是那，本官之子熊相公。令爱算是两头大，俱受皇家诰命封。故此大爷托付我，特来商议这事情。晚生一来讨示下，二则道喜与尊翁。”李升言词还未尽，段文经，带笑开言把话云。

列公，俗语说得好：“面无喜色休开店，不会说话别做媒。”李升说的这些话虽好，怎奈段文经性暴心直；再者，他在大名道的衙门，当一个皂头儿，也算是个人物。到今日，一听李升之言，说熊公子要他女儿作妾，不由心中动了点气：“李伙计住口。难道咱们在一个衙门当差，你还不知道吗？我女儿已经有了婆家咧！劳你的大驾，回去谢少爷的美意，你就说我女儿有了婆家，眼前十月初头，婆家就要娶。这件事，断难从命。李头儿替我美言就是了。”李升闻听段文经之言，好像小孩儿失了妈—— 一点想头无有咧！无奈站起身形，向外而走，说：“失陪，失陪。”皂头段文经，连送他也没送，家中闷坐不表。

且说李升灰心丧意，迈步就走，放开两条报丧腿，不多一时，来到衙门，径进书房。熊少爷一见李升回来，吃着饭就问：“李升，那件事怎么样了?”李升闻听公子之言，不由长叹一声，说：“少爷容小的回禀。”

李升开言先叹气：“少爷在上请听明：小人遵奉公子命，立刻去见段文经。对他言讲那件事，谁知文经更不从。他说是：‘他的女儿已有聘，叫我重婚万不能。世上万般须要理，你回去，告诉公子早歇心。他若仗父来胡闹，有本事，叫他父子掱考成。段某大名是人物，财势岂能动我心？别说他是道台子，就是那，总督之儿也稀松！’”李升一句加几句，窝挑是非在其中。这李升，只恨文经无名动，他的重赏变成空。熊杰闻听前后话，羞恼成怒动无名。只顾今日信此话，下回书，大名城中土变红！

第九十五回

仗权势买盗害文经

公子熊杰，闻听李升之言，气了个目瞪痴呆，暗说："好一个段文经！就是你这么一个人物的皂头，这样狂妄，竟敢小视于我？等我慢慢和你算账！"想罢，开言："他既不应，罢了。你歇着去罢。""是。"李升答应，退出不表。

且说熊公子，赌气子饭也不吃咧。小内厮来祥一旁开言，说："少爷，这件事情你那不用生气。要依小的想，李升是个蠢笨人，到处不会说话。再者，皂头段文经也未必瞧得起他。这件事，依小的：少爷竟把段文经传来，以礼相待，然后再言此事，大略他再无不应之理。何用少爷生气？"

内厮说罢前后话，公子闻听长笑容，口中连连说："很好，倒是你的话语通。你就出去看一看，段文经，可来伺候在衙中？若在外边将他请，你说我，书房立等有事情。"内厮答应向外就走，越过宅门又外行。来至大堂忙站住，举目留神看分明。皆因是，七月佳节天还热，众人避暑把凉乘。马步三班全在此，伺候道台理民情。段文经，虽然心中生闷气，只得也得进衙中。内厮一眼来瞧看见，说道是："公子传唤段文经。书房等候有要事，快些跟着我一同行。"皂头答应心犯想，腹内说："定为方才那一宗！"内厮前边来引路，后跟着，大名皂头段文经。二人同把宅门进，这一来，勾起风波大事情！

小内断来祥，将皂头段文经领进宅门，带至书房。段文经见熊公子，先打了个千，然后在一旁站立，说：“少爷叫小的，有何吩咐？”公子熊杰，闻听皂头之言，满面是笑，说：“段头儿请坐，我有话讲。”文经说：“少爷在此，小的焉敢讨坐？”公子说：“你我非同小比，但坐无妨。”文经告坐，这才坐在下首。内断在一旁带笑，熊公子眼望段文经讲话。

熊公子，眼望文经来讲话：“段头留神你是听：传你不为别的事，听我从头对你云：昨朝乃是七月半，熊某出衙看荷灯。走到甘露寺前站，则见那，游人如蚁一般同。熊某就把法船看，还有和尚念经文。看罢多时回身走，见那里，两边站立几钗裙。却是令正①与令爱，大概也是去散心。令爱大有淑女意，端庄典雅不轻狂。不怕段头你见笑，要比上，我的拙荆强万分。当家事务全不会，不晓梁鸿孟光情。在下每每生怨恨，悔不来，生米已将饭做成。昨晚瞧见你令爱，真乃闺阃夺尽尊。熊某不由生妄想，意娶淑女到衙中。不敢教令爱身作妾，两头为大理上通。熊某侥幸登金榜，诰命夫人令爱擎。因此上，特请你来当面讲，可以行来不可行？”皂头闻听忙站起，说道是：“公子留神在上听：方才细听少爷话，抬爱我父女岂不明？内中却有一件事，小的回禀公子听：奈因小女于去岁，已有婆家定朱陈。眼前十月就要娶，少爷想，怎将一女许两门？小的虽然如草木，人间大理岂不明？越礼之事焉敢做？少爷要体小人心。”文经说罢要告退，忽听那，公子熊杰把话云。

皂头段文经说罢，就要告退，转身往外走。熊公子一见，赶

① 令正——尊称对方的妻子。

上前去，一伸手，将文经的袖拉住，说："我还有话讲。"段文经一见熊杰如此光景，一团的走马色，都上了脑袋咧！恨不得要玩段文经。明公想理，你叫段文经脸上怎么下得来？说："少爷好不明道理！爷现做着皇家的命臣，三品之官，少爷如何这样胡为，岂不令人耻笑？别说我女有了婆家，就是无有婆家，本地之官，也娶不得民间之女。大清国律，你竟不明，终究老爷的前程，扔在你这败子的身上！"说罢，使劲一摔，"咕咚"一声，将熊公子摔倒在地，皂头段文经气愤愤竟自出去了！

小内厮来祥一见公子倒在地上，不敢怠慢，跑上前去，将公子扶起。熊家的少爷，这一会恼羞成怒，坐在椅子上面，只说："令人可恼！好一个段文经，我要不了你的命，誓不为人！"小内厮也在一旁开言，说："这件事，难怪少爷生气，真正令人可恼！"小内厮言还未了，只见公子带怒开言，说："来祥儿，你瞧，我要不叫段文经赶着把他女儿给我送了来，我就白叫熊公子咧！"二人正在说话之间，忽见从外边跑进一个小门子来，说："老爷来咧！"

且说大明府道台熊恩绂，才吃完早饭，闲暇无事，到书房闲坐。刚然走进书房，瞧见公子面带怒气未消，恩绂就问："我儿因何生气？"公子见问，正对心病。

熊杰听见他父问，正对心怀把话云，开言不把别的叫："父亲大人请听明……"话要烦絮人不爽，唠叨焉能美古今？熊公子，一往从前说一遍，熊道闻听自沉吟。公子复又开言道："文经说话好欺人！允亲不允全有限，他不该，毁骂官长儿父亲。他说：‘清官生孝子，贪官定养忤逆①根。你这狗子真可恨，要把有夫之女硬提亲。你家老爷反缝眼，拿我段某当何人？’还有许多恶言语，如不信，父问来祥便知闻。”熊道闻听前后话，不由心中动无名。眼望来祥说：“可是？”内厮回答：“是真情。”贪官闻听越动气，说道是：“来祥快去叫李升！”内厮向外急急走，不多时，叫进勾死鬼一名。先给道台将安请，然后平身一旁存。熊恩绶，座上开言来问话：“李升留神听我云。”

熊道台座上开言说：“李升。”“有，小的伺候。”恩绶说：“昨晚你跟了你少爷去看荷灯，你少爷瞧见本衙皂头段文经的女孩儿，心中喜爱，今早差你去到段家提亲，段文经不允，是真吗？”李升说：“是真。小的焉敢撒谎？”熊道台又问：“你可知道，他的女儿可真有了婆家无有呢？”李升说：“这件事，那是段文经推脱。前者本月初十日，在酒铺里，他还托我小的‘替你小侄女儿找个婆家’，难道说三五天的工夫，就说定了吗？连小的也不信。”熊道闻听，点头说：“你歇着去罢。外面不要言讲此事。”“是。”李升答应，转身而去，不表。

且说熊道闻言，眼望他的祸根，开言讲话。

熊恩绶，眼望公子将儿叫：“不必着急听父云：为父与你定出气，管叫文经活不成。”熊道说罢一扭项，眼望着，跟他的长随把话云：“近前伏耳听仔细：照言而行莫消停。上月拿的那一案，劫抢银鞘人四名，叫他们，拉出文经是窝主，老爷择轻他们罪名。快到监中对他们讲，或是应来或不应。”内厮答应口说“是”。迈步翻身往外行。去不多时来得快，走进书房带笑容。说

---

① 忤逆（wǔnì）——不孝顺（父母）。

道是："小的去对他们讲，俱各愿意拉文经。"熊道闻听心大悦，吩咐伺候莫消停。内厮答应又往外跑，来至那，堂上站住语高声："三班六房全伺候，老爷升堂办事情！"外面众人齐答应，内中却有段文经。不言皂头大祸到，单表内厮向外行。登时又到书房内，见了那，道台打千回禀明。熊道闻听忙答应，急迈步，出了书房往外行。内厮相随在后面，穿门越户好几层。这才来到大堂内，内厮忙去闪屏门。熊道走入暖阁内，坐下了，贪赃受贿不法人。衙役喊堂两旁站，熊道开言把话云："快提上月拿的案，打抢银鞘四个人！"下役答应不怠慢，翻身一直奔监门。走不多时来得快，索套绳拉四个人，一个个，垢面蓬头恰似鬼，五短三粗相貌凶。带至当堂齐跪下，差人回话一转身。熊道点名开言叫："头一个，刁恺留神要你听：你等所偷银共两，何人主使你等行？"刁恺见问将头叩："太老爷留神仔细听：要问哪个是窝主？就是那，老太爷府内皂头段文经！"刁恺刚说一句话，这不就，吓坏了大名府杀官劫库的人！

第九十六回

救义兄克展聚同盟

列位明公，大名府道熊恩绶，也不用三推六问，劫银鞘的大盗，也不用三拉两扯，一张口就把段文经拉出来咧！怎么说呢？这是他们搭就的活局子，熊恩绶要拿皂头段文经与他儿子出气，书里言明。

且说熊道台在座上，闻听刁恺的言词，不由得满心欢喜。眼望刁恺讲话，说："此话是真么？"刁恺说："小的之言，千真万真。太老爷如若不信，叫过他来，当面一对。"熊道闻听，上面吩咐："快带皂头段文经！"这众人明知是邪火，不敢不遵依。不多时，将皂头段文经带至了当堂，跪在下面。劫银鞘的大盗刁恺，一见他们的原拿皂头段文经，一齐开言，说："阿段大爷，自从分去那抢布客的那一宗银子，直到而今，总未会面那！"皂头文经一见刁恺将无作有，说出这片言词，也明白了八九。

段文经闻听刁恺话，不由气壮眼圆睁，用手一指骂刁恺："无义之贼要你听：将无作有拉扯我，实指望，好把你们罪择轻。你们要，仿学玉杯那件事，张全比作段文经！"皂头之言还未尽，熊恩绶，座上开言把话云，用手一指声断喝："尔等不可乱胡云！段文经：刁恺说你是窝主，唆使贼盗劫库银。此事你有何分辨？一字虚言定不容！"段文经，明知此事要吃苦，口吐莲花脱不能，无奈只得将头叩："太老爷留神在上听：小的并无这件事，焉肯擅自就为贼？这就是，贼咬一口入了骨，太老爷，秦镜高悬断分明。”皂役言词还未尽，熊道冷笑两三声：“倚仗惯役能巧辩，你把本道当何人？不动大刑焉肯认？抄手问事哪个应？”熊道说罢一席话，忙吩咐：“快着夹棍莫消停！”左右答应一声喊，登时间，拿过萧何汉代刑。

下役将夹棍取来，当堂一撂，响声震耳。熊道台上面开言，说：“把段文经夹起来再问！”“这！”齐声答应。动刑人跑将上来，将皂头段文经按倒在地，拉去鞋袜，扔在一旁，将他的两腿入在木棍之中。熊道台吩咐：“拢绳！”“这！”齐声答应。左右将绳一拢，只听“咯吱吱”夹棍响亮。

在位明公：要是别者之人，这一夹棍，就给了他咧！这可不能。怎么说？上回书愚下就表过，皂头算是八卦阵的教主，一身的功夫，还有点邪术。倚仗这两宗，他焉能怕夹棍？总而一言，三夹棍别说松，真是面不改色！熊道台一见段文经不招，不由心下为难。

段文经，一连挨了三夹棍，面不更色令人惊。喜坏马快徐克展，暗把“大哥”叫二声：“也不枉，八卦教中你为首，真有仙艺在其中。我们若不将你救，过后人言不好听。”徐克展，胸中起了不平意，熊道举家活不成。在位明公细想理：这件事，谁是谁非谁不公？也是熊道该如此，前生造定岂能容？倚仗官势行霸道，逼反那，徐克展与段文经。按下后事且不表，单说熊道人一名。公位上，瞧见文经将刑挺，三夹棍，并无“哼哈”喊一声。熊道上边把“忍贼”骂：“你今不招万不能！”段文经，明知他为那件事，就是哀告也白费工。堂下边，闭目合睛总不语，任你要用哪般刑。熊恩绶，座上开言忙吩咐：“卸去刑，将他收在监禁中。明日早堂再审问。”下役答应不敢停。跑上前，卸去刑具一旁撂，搀下皂头段文经。熊道也把堂来退，散出公门应役人。

熊道退堂，众役散出。皂头段文经的妹丈马快徐克展，眼望他手下的两个户儿，一个叫张君德，一个叫刘奉，向他二人讲话，说：“你们哥俩，赶未时以后，到咱们教头段大哥家，有话讲。”二人答应而去。

且说马快徐克展，出了道台衙门，一直就奔他大舅子段文经住处而来。穿街越巷，不多时，来至段家门首。也不用叫门，直往里走。怎么说呢？一来他与段文经是骨肉至亲；二来他的家住在大名府城外，在下上文书表过，他的住处那个庄，地名叫张栋村小潭口，离大名府城八十里。

明公想理，徐克展在大名府应役，还能够常家去吃饭吗？要讲他的本事，真可能散衙回家吃饭，吃了饭再回来，到大名府该班，可也不为能事。所以他竟自不敢回家，怕的是招风。所以逢该班的日期，就在大舅子段文经家吃饭。明公想理，他与段文经又是至亲，又算一家人，何用叫门通报？所以才径进去。走到上屋里，见了他的大嫂子汪氏，也不顾坐下，说：“大嫂子，不好了，祸从天降！”

徐克展，面带惊慌开言叫：“大嫂留神仔细听：也不知，熊道因为哪件事？买盗相攀段文经。我哥当堂不招认，熊道台，连夹三次入狱中。瞧光景，熊道成心要作对，不知因为何事情？”汪氏闻听尊：“妹丈，其中就里你不明。昨日晚刻起的祸，皆因为，带你侄女去散心。甘露寺前瞧热闹，许多和尚念经文。偏偏遇见熊公子，带领跟班人二名。他也是，庙前为看盂兰会，瞧见你侄女段瑞平。回衙差人提亲事，妹夫想，已许婆家焉能应？大料为的这件事，熊道台，才昧良心越理行。”汪氏言词还未尽，徐克展，一腔怒气把心攻，大叫一声：“气死我！”“贪官”连连骂二声：“原因这事行毒计，纵容狗子乱胡行！倚官强霸有夫女，怪不得，买盗相攀段文经。我要早知这件事，方才衙门就不容！这宗贪官真可恨，留下倒是一祸根。瞧起来，狗官狗子心不死，只怕全家难脱身。”克展说到这句话，吓坏了，汪氏母女两个人，浑身一齐筛糠战，面目焦黄似淡金。克展说：“嫂嫂侄女心别怕，讲不起，事到临头难顾生。”克展言词还未尽，听见那，外面“拍拍”人叫门。

徐克展言还未尽，只听外面有人叫门。克展闻听，眼望汪氏开言，说：“嫂嫂，这定是张君德、刘奉他们俩来咧。你那快打发人将他们二位请进来，我还有话讲。”汪氏闻听，望家中小厮说：“你快些出去看看，要是你张三叔、刘七叔，只管请进来。要不是，问他找谁的？”“是。”小厮答应而去。

不多时，将张君德、刘奉二人领进房中。徐克展一见，说：“二位老弟，来得正好。我这正与嫂嫂言讲咱大哥之事。”话不重叙，徐克展就把汪氏告诉他的话，他又告诉张君德、刘奉一遍。二人闻听，说：“这还了得？令人可恼！”张君德先就开言，说：“徐哥，事已至此，但不知你有什么主意？怎么样而行？”徐克展见问，说：“二位老弟请坐，听我言讲！”

他两个，闻听齐坐椅子上，侧耳留神仔细听。徐克展，眼望张刘尊：“二位，老弟着意要听明：咱与段哥非别比，又是一教又是一盟。你我若不将他救，有负神前结拜情。他今误遭贪官害，就是那，旁人闻听也不能平。何况你我同结义，咱要是，袖手旁观落朽名。二位依我愚拙见，今夜三更进衙门。各把钢刀带进去，先杀贪官眷满门。然后再去劫牢狱，救出文经一个人。再杀相攀四贼寇，余剩下，别者之人全去刑。他们岂有不要命？帮助咱，斩关夺锁救出城。”二人闻听说：“有理，就是如此这般行！”他俩说罢全站起，各找刀一口，要进衙门，去杀贪官满共门！

第九十七回
鸣不平熊宅杀熊子

张君德、刘奉二人，闻听徐克展之言，二人站起身来。徐克展一见，说：“二位老弟，休要莽撞，眼时去不得。别说你我三人，就有三万人，也难杀熊道台的举家！那时被他知觉，反为不美。此时天气才黑，莫若等夜静更深，你我带兵刃，暗地而去，越墙而过，溜进内院，拨门而入。如此而办，方能有成。二位老弟，还有一件事情：道台手下，有一名长随，名唤吴连升，身上也有点武艺，今年二十四岁。他也赖着算是官亲，皆因他姐姐给熊恩绶做二房，故此他才在内院东厢房住着。未杀熊道台，先杀了这个狗男女，省得他出来，又要多事。”张君德、刘奉二人闻听，说：“此话有理。”

他三人，说话之间天将晚，段家小厮秉上灯。汪氏早备酒共饭，一齐归座饮刘伶。张刘并不闹客套，三个人，酒不多饮是实情。登时饭完家伙撤，忽听外面定了更。眼下就杀熊恩绶，三人齐出当院中。他大家，不多一时出屋内，往上看，克展张刘吃一惊：一轮明月清又亮，好似白昼一般同，行刺就如将贼作，明月当空怎敢行？克展不由一声叹，眼望张刘把话云：“你我三人失检点，忽略这件大事情。昨日晚上盂兰会，今日晚，玉兔精足分外明。想是文经该如此，狗官不该丧残生。”说话之间锣两棒，路上断绝人往行。三人正在为难处，真奇怪，一片乌云把月蒙，霎时恰似黑锅底，淋淋漓漓带雨星。徐克展，张刘一见心大悦，满面添欢长笑容！

列位明公，这件事也是个天意该当如此。徐克展等三人，要杀熊道台的举家，好救段文经，正愁着明月当空，不敢前去，忽然间来了一块乌云，把一轮明月掩住，霎时间阴得好像黑锅底一般。徐克展、张、刘三人一见，心中大悦，并不怠慢，连忙都将长衣脱去，每人都穿上绑身小袄，一条线带杀腰，靴子脱下，换上薄底快靴，足青布的单套裤，手巾勒头，每人各找钢刀一口，暗藏身边。诸事已毕，徐克展眼望汪氏讲话。

徐克展，眼望汪氏尊："嫂嫂，仔细留神听我云：我们去把官衙进，你们收拾莫消停。等我们，杀官救哥出牢狱，咱们一齐好出城。"汪氏回答说："知道，不用妹夫细叮咛。杀死狗官将仇报，就死黄泉也闭睛！"徐克展，一同张刘往外走，小厮随后开放门，送出三人将门闭，小厮进去不必云。再讲张刘徐克展，各把钢刀带在身。一直径奔后街上，耳目分外留上神。穿街越巷来得快，径奔道台他衙门。他三人，路见不平行此事，要杀贪官把账清。三人一路不敢慢，唯恐人听走漏风。一里之遥来得快，瞧见公衙眼下存。只听里面更鼓响，铜锣连打整三声。三人走至墙根下，侧耳留神仔细听。寂寞无声人睡定，后来又，细听堂鼓打不鸣。徐克展，悄言低语来讲话："二位老弟仔细听：趁此夜静无人晓，你我快些进衙中。就从此处越墙过，这是箭道少人行。"张刘二人说："有理，徐哥之言理上通。"三人说罢不怠慢，"嗖嗖嗖"，纵在墙头上面存。轻轻跳在流平地，蹑足潜踪往里行。这是天意该如此，道台衙门土变红。三个人，连忙就将箭亭上，一旁穿过又前行。绕过书房朝东拐，二堂穿过到宅门。三人站在宅门外，侧耳向里细留神。听够多时无动静，徐克展，悄语低言把话云。

徐、刘、张三人，在宅门以外听够多时，里边并无一点动静，全都睡熟。徐克展低言向张、刘二人讲话，说：“咱们进去，须得先奔东厢房，先杀了长随吴连升，然后再杀贪官，方保无事。若不然，进去先杀贪官举家，惊醒吴连升，他必出来动手，那时反倒误事。”刘、张二人闻听，说：“此话有理，事不宜迟，咱就进去动手！”

他三人，说罢之时不怠慢，一齐越墙进宅门。俱各钢刀擎在手，来到那，东厢房外站住身。侧耳留神听详细，只听房内打呼声。徐克展，听够多时不怠慢，走上前去手推门。也是长随该命尽，前生造定刀下坑。门并无关是虚掩，心中想：谁敢胆大偷官亲？书里言明不多叙，单表克展姓徐人。用手一推门开放，三人俱各进屋中，赶上呼声着刀剁，长随一命赴幽冥。这正是，金风未动蝉先觉，暗送无常死不明。三人房中摸一遍，除死并无有活人。这才转身向外走，要杀熊杰把恨伸。走至门前用脚踹，心中想：杀了长随不怕惊。“喀嚓”一声门踹掉，徐克展，手举钢刀闯进门。留下张刘在外守，克展一人去行凶。他知公子睡觉处，到床前，伸手来抓色大的人。

马快徐克展，先杀了会武艺的长随，心中不怕咧，故此厢房踹门，门外留下张君德、刘奉把守，恐怕有救应。

且说公子熊杰，刚然睡着，忽听门响，惊醒向外一看，影影绰绰①，见一人手提钢刀，直奔他来。说声：“不好！”往床后一

① 影影绰绰——形容模模糊糊，看不真切。

滚，早叫徐克展一伸手，揪住咧！说：“我把你这色大的狗子！你往哪里走！仗你父的官威，强要霸有夫之女，今日狭路相逢，管叫你有威难使！”言罢，手起一刀，将人头剁下，一松手，死尸倒在床上。这时候，把个小内厮惊醒，吓得说不出话来咧！就像杀猪的一般。徐克展一见，怕的是他嚷出来，反倒不好，回手一刀，将小内厮来祥也杀咧。

在位明公想理，徐克展踹门而入，又搭着小内厮哭嚷，这个响动也就不小咧。因此才上房中惊醒道台，熊恩绂打梦中就惊醒，吃了一惊。

熊恩绂，睡梦之中来惊醒，侧耳留神仔细听，听够多时无动静，高声开言把话云。他说道：“快把灯烛来点上！”堂屋中，来祥的妈妈应一声。立刻起来将灯点，熊道开言把话云：“你拿灯，快到少爷那屋看，问问他嚷主何情？”仆妇答应说“知道。”连忙端起蜡扦①灯。开开隔扇向外走，一磴磴，走下台阶到院中。刚才要奔西屋去，忽然跑过人二名。不说长来不道短，张君德，手快先就下绝情。只听“喀嚓”一声响，老婆子，“哎哟”“咕咚”倒在平。手中蜡扦扔在地，只听“当啷”响一声。熊道着忙吃一惊：“大概院内有强盗！”连忙穿衣下在尘。打墙上，摘下腰刀擎手内，左手拿灯往外走，一直径出上房门。刚下台阶未站稳，跑上君德与刘奉。二人揪住熊恩绂，高声开言把话云：“徐哥快些出来罢，我们俩，拿住了害民的贪官一个人！”

① 蜡扦——上有尖钉下有底座可以插蜡烛的器物。

第九十八回

劫大狱血洗道台府

话表道台熊恩绶，左手拿着蜡扦子，右手拿着腰刀，出上房门，刚下台阶，还未站稳，被张君德、刘奉赶上前来。张君德先揪住熊道台拿刀的那只右手，被刘奉一把揪住他的前胸，二人这才高声讲话，说："徐哥，快来罢！我们俩拿住贪官咧！"

且说马快徐克展，西厢房中杀了公子熊杰、内厮来祥，刚要出门，奔上房去杀熊恩绶，忽听当院中的张、刘二人说："徐哥，快来罢！贪官被我们拿住咧！"徐克展闻听，满心欢喜，并不怠慢，连忙跑出西厢房，来至当院，见熊道台被张、刘二人揪住。徐克展一见贪官，心中好恼！

徐克展，一见熊道心好恼，不由两眼赤通红，用手指定熊恩绶："贪官留神要你听：官至三品民公祖，你为何，纵容狗子乱胡行！强霸民间有夫女，买盗攀赃段文经。狗官拍心自己想，可你行来不可行？我徐某，路见不平来杀你，与大名，除却一害是真情！"熊道才要来分辩，徐克展，手起刀落下绝情。只听"喀嚓"一声响，熊道左膀中钢锋，"哎哟"一声倒在地，钢刀蜡扦扔在尘。一连又剁五六下，熊恩绶，魂归广西永康村。这是他，官至三品落的结果，横死难入祖坟茔。劝君不可仗财势，正直公道鬼神钦。接下闲言不多叙，再表行凶三个人。杀了熊道心不死，他们齐奔上房门。走进屋，道台美妾也杀了，除此再无活着人。三人这才出了气，徐克展，眼望刘张把话云。

徐克展眼望张、刘，说："二位老弟，咱们将贪官举家杀尽，趁此快到监中，将大哥文经救出，再杀了那相攀的四个狗男女，然后把合监之人，全去刑具，叫他们暂且帮助杀出城去，再做主意，或奔那一方。"张、刘闻听，说："徐哥言之有理，事不宜迟，咱就此前去！"

三人说罢，并不怠慢，齐到院中。徐克展一毛腰，将死道台那把腰刀拿在手中，等着救文经出来，好给他使。三人这才开了宅门，向外而走。刚过二堂，打外边打着花点，嘴里还带着唱的是《李渊辞朝》的梆子腔，原来是个打更的，名叫王瞎虎，皆因他是一只眼，外人送了他个外号，叫"王瞎虎"。且说王瞎虎唱着打着和徐、刘、张三人走至一处，王瞎虎慌忙站住，拿那个好眼往对面一瞧，"你……"一个"你"字无从出口，早被徐克展赶上前来，手起刀落，"喀嚓""哎哟""咕咚"，倒在地上。梆子也扔了，自今以后，打更的这笔账勾了。徐克展、张、刘三人杀了更夫王瞎虎，一齐又向外走出外宅门，越大堂，径奔监中来了。

他三人，杀了更夫王瞎虎，径奔监中救文经。道路全知不用问，皆因他，三人应役此衙中。穿门越户不必讲，瞧见囚房眼下存。徐克展，上前拍门叫禁子，里面问："外边是何人？"克展回答说："是我！"王三听出是马快声。他心想：必是奉官来到此，听准声音就开门。克展一见不怠慢，手中刀，搂头就剁下狠心，"喀嚓"一声着了中，禁子王三倒在尘。三人迈步往里走，齐奔囚房那座门。拧锁撕封扔在地，牢房内，进来杀官三个人。站在当中高声问："段哥你在哪边存？"段文经，正在监中生闷气，忽听人声把睛睁。瞧见张刘徐克展，人人手内把刀擎。皂头文经说："不好，来头不祥了不成！"

皂头段文经正在监中闷坐，猛听人声讲话说："段哥在哪一块呢？"文经举目观瞧，见他妹夫马快徐克展，还有张君德、刘奉，个个手擎钢刀。段文经一见，来头不祥，无奈何，开言说："三位老弟兄，来此何事？"三人闻听，留神细看，却原来在西南角上土地，芦席而坐。徐克展与刘、张二人，后跟紧行，几步来至文经的跟前站住，说："小弟们救护来迟，望乞宽恕。"说罢，一齐动手，将段文经刑具打去。徐克展然后又把杀熊道台一家，还有更夫、禁子二名……前前后后，告诉了一遍。段文经闻听，吓了他个目瞪痴呆，暗暗跺脚！

段文经，听罢克展前后话，暗暗跺脚手捶胸，说道是："老弟们虽然将我救，这祸惹得不非轻！衙头杀官为大逆，全家该斩祖坟平。事到而今讲不起，老弟们，跟我先杀贼四名。劣兄至此无其奈，不行辜负老弟心。"徐克展，口内开言："这才是，丈夫须当如此行！"马快克展闻此话，忙递过，熊道台腰刀与文经。皂头伸手接过去，径奔刁恺人四名。到跟前，不说青红拿刀剁，四名贼盗丧残生。段文经，这才出了胸中气，手擎钢刀把话明。眼望监中众囚犯，说道是："列位留神仔细听：段某误被贪官害，倚仗官威乱胡行。纵子要霸有夫女，熊恩绶，买盗相攀我文经。多亏段某三兄弟，心怀仗义抱不平。暗进官衙去行刺，杀死那，贪官举家人几名。我们也难在大名府，眼下要出这座城。暂奔他乡养锐气，然后再图大事情。列位若肯一同走，快答言，强如受罪在监中。"文经言词还未尽，只听那，众犯开言把话云。

皂头段文经，言还未尽，只听满监中乱嚷。这边说：“我愿意帮助段爷一同出城！”那边说：“我们也情愿拔刀相助，死而无怨！”段文经闻听监中众犯之言，心中欢喜，眼望众人，讲话说：“既都愿帮助段某，不用嚷。”复又一扭项，说：“三位老弟，快些将众位的刑具打去！”徐、刘、张三人答应，齐都动手，不多一时，三人把刑具全都打去，各抓兵器，也有拿不拉子的，也有打窗户的，未出监先乱闹了一回。监中总有余者的牢头、禁子，瞧见这宗光景，哪一个敢来相拦阻挡送命？

且说文经、徐克展、张、刘四个人，查清监中囚犯，一共五十三名，连他们四个算上，共总五十七人。这一起子囚犯，跟定段文经杀出牢狱。

段文经，带领囚犯出牢狱，一齐要离大名城。衙门纵有人知晓，谁敢出来自送生？段文经，当先引路头前走，后跟囚犯五十三名。一直杀出衙门去，穿过辕门向东行。拐弯复又朝南走，段文经，想起妻女好伤情！有心带领去避祸，犹如幌子一般同。欲待扔下妻共女，又恐怕，被人拿去落污名。左右为难无主意，仰面长嘘叫：“苍穹，文经虽然当皂役，并未昧心越理行。为何今朝遭此事？家破人亡顷刻中！”文经思想走得快，来到了，自己家门把话明。眼望刘张徐克展：“三位老弟仔细听：带领众人门外等，愚兄暂且到家中。你们那，嫂嫂侄女难相顾，段某唯恐落污名。等我进去行决断，丈夫做事要心横！”段文经，说罢众人齐答应，再整皂头段文经。手擎钢刀向里走，登时进了上屋中。瞧见那，瑞平汪氏妻共女，不由一阵好伤情！他把那，杀官劫狱说一遍，眼下逃灾要出城。汪氏闻听尊：“夫主，此事不必你为难。我母女，鞋弓袜小难行路，倘被人擒你落污名。儿夫的钢刀借与我，见决断，就是你行也放心！”文经闻听长嘘气，无奈何，他钢刀递与结发人。汪氏接刀未拿稳，段瑞平，伸手抢刀项上横，只听“哧”的一声响，自刎佳人段瑞平！汪氏一见不怠慢，跑几步，照定东墙下绝情。按下段家正离散，只听那，外面吵吵了不成！

第九十九回

妻女死文经造反定

话表段文经之妻汪氏，见女儿段瑞平自刎而死，他也就一头撞死在地。皂头段文经见妻女已死，才要举火烧房，忽听外面人声喊叫，闹嚷嚷。他只当是有人报官，官府领兵前来捉拿他等。

列公，当此时，无从报官？众位想理，这要是白昼出这件事，别说他三个人，就是三百人，也杀不了熊道台的举家。因为在半夜之间，出其不意。虽然报官，官府也得半天的工夫呢！大名府城中武职之内，算是副将为首。这位协台，是本京的旗官，姓富，富大老爷。及至这个信报到协台的衙门，富老爷慌忙起来，赶着派兵传人。这刚知道信，段文经早出了狱咧！所以才派兵，后赶捉拿，并无堵在衙门之中。书里言明。

且说段文经，见妻女已死，刚要举火烧房，忽听门外喊叫连天。文经也顾不得放火，手提钢刀往外跑，来至门外，留神观看。

段文经，跑至门外留神看：不是官将与官兵。却是监中众囚犯，硬抢街坊金共银。外带各自找兵器，预备好去闯城门。文经一见说："不好！快些趁早出大名！"众贼闻听不敢扭，一齐都，跟定文经向前行。穿街越巷无人挡，留神看：大名南门眼下存，来至跟前就动手，砸锁抽闩要开城。更房内，惊动门军人几个，千总一员叫张宾。一齐跑出声断喝："什么人，硬敢半夜弄城门！

拿住送到衙门去，难逃刀下丧残生！”千总张宾言未尽，众犯中，迸出一个把刀抢。照定千总只一下，冷不防，一刀正中那张宾，“咕咚”倒在尘埃地，吓坏手下众门军！全都四散逃性命，哪个敢来挡城门？众贼人，不多一时砸开锁，抽闩闪放两扇门。文经领头朝外走，后跟亡命众犯人。刚出大名城一座，只听见，人声吵吵海沸同。原来是协台发人马，带领本营绿旗兵。还有知县与知府，番役捕快多少名！灯球火把如白昼，后边相追来得凶。早来半刻全拿住，焉能跑脱段文经？瞧起来，一饮一啄皆前定，生死迟早岂能更？今日要拿不住徐克展，陈二府，要升知州万不能！何人来抢大名府？八月十六暗行兵。按下后事说眼下，再把那，众多贼人明一明。

大名协台富大人的兵，晚来了一步，段文经等刚然出城。人马早来半刻，省了事咧！此乃是个定数。因此罣误多少官员！

闲言不表。单说大名协台的兵丁衙役、文武官员，赶至南门，段文经已走出城去了。富大人一见，眼望合城文武，开言说：“贼虽然出城，料着去不能远，必须要赶上拿回，你我的考成还保住一二。”众文武闻听富大老爷之言，说：“须如此而办！”说罢，一齐赶出大名府。官兵番役打两路分头上去，将段文经等围住在居中。

众官兵，随后而来真厉害，赶上重犯段文经。不容分说往上裹，将逆匪，团团围住正居中。逆匪岂肯白受死？以死相拼是真情。囚犯兵丁乱动手，还有公差人数名。众囚犯，一来缺少好兵器，二来胆怯怕官兵，不多时，五十三名全拿住，就剩皂役人四名。段文经，虽然五十单二岁，一人可挡数十兵。还有马快徐克展，三十七岁在年轻。两手能端八百力，捕盗拿贼谈笑中。大名远近全知道，到后来，乾隆佛爷将他审，问他十声九不应。太上皇帝龙心恼，赏了他，一百嘴巴加劲楞。然后又夹三夹棍，徐克展，并无“哼哈”是真情。刑部的嘴巴挨一百，两腮旁，又不肿来又不青。腿上挨了三夹棍，非比州县那般刑。此乃是，刑部之中的“哈巴狗”，檀木做就令人惊。这样夹棍挨三下，伤点皮肉万不能！并非在下来撒谎，大概都知这事情。按下后事且不表，再把那，克展文经明一明。

且说段文经、徐克展、张君德、刘奉四人，被大名府的官兵围住，四人奋勇，一齐动手，杀出重地，倒伤了一员把总、十数个官兵，漏网脱逃而去。

上回书说过，此夜是七月十六，明月被云遮住，好似黑锅底一般。到此时，爽利倒下起雨来咧！天又黑，雨又紧，难以追寻。大名府的文武官员，无奈何，带领番役兵丁，押解拿住的五十三名囚犯，回大名不表。

单讲段、徐、刘、张四个人，从官兵之中，舍命杀出，趁此天黑无月之间，带着雨，向西南落荒而跑。

按下四贼逃性命，再表大名众官员。带领兵丁与衙役，押解囚犯五十三名。一齐回转大名府，要到那，道台衙门验审明。二里之遥来得快，进了大名南正门。大名知府开言道，眼望协台把话言：“眼下拿来众囚犯，我等好去带入监。查明道台尸共首，这件事，必须保府递报单。”副将闻听说：“有理，年兄之言倒可行。”说话之间来得快，十字横街在眼前。靳知府，领着衙役与囚犯，回衙门，好把众犯收入监。协台知县千把总，都司守备一品官，齐奔道衙来得快，大名协台，眼望知县把话言。

大名府的协台富老爷，眼望知县，还有手下的都司、守备、千把等官，讲话说：“咱们进去，须得仔细查清。”协台富老爷一言未尽，见知府靳老爷也来了，慌忙下了坐骑。知府眼望协台讲话，说：“兄弟业已将方才拿回的那五十三名囚犯，加重刑，全都入监。另外多派差人看守，等禀明保定府，刘大人制台的回文一到，咱也好遵批而办。”富协台闻听知府靳老爷的话，说：“好，年兄的话就是。”说罢，他们一齐向熊道台的衙门里面而走。

衙役兵丁提灯，引路前行，一直的进大门，走仪门，穿大堂，越二堂，这才到了尽里边熊恩绶的住宅。协台、知府、知县、都司、守备、千总、把总等官，还有文武两下里的衙役、兵丁，手执明灯，各屋照看。

众文武，手下执灯各屋照，观看熊道死尸灵。原来杀死在当院，旁边扔着蜡扦灯。还有个妇人也被害，院中算是人两名。东厢房，杀死一人床上躺，却是官亲吴连升。西厢房杀了熊公子，来祥也在刀下坑。上房杀死一少妇，却原来，熊道之妾吴秀红。一共杀人整六口，俱各横死赴幽冥。众文武，里外复又查看到，仓库无动是真情。来往整闹多半夜，东方送上卯日星。靳知府，吩咐差人看尸首，他复又，眼望协台把话明：“兄弟即刻上保府，总督衙门禀报明。大老爷，多派官兵与首领，多加防范要小心。”协台闻听说：“很是，府台只管上省城。”说罢文武各分手，副将回衙就派兵。知府驰驿①去上省，不敢坐轿把马乘。按下大名文共武，再表那，劫牢反狱段文经。一同马快徐克展，还有张、刘人二名。杀散官兵逃了命，黑夜间，径奔西南大路行。半夜跑出

① 驰驿（chíyì）——指飞快地奔跑过驿站。

九十里，眼看就要大天明。段文经，眼望三人尊：“老弟，你们留神仔细听：咱们杀官又反狱，大名文武定行文。你我白昼难行走，浑身是血赤通红。”段文经，说话之间抬头看：一片柳树眼下存。四人一见心大悦，腹内说：“何不里面去藏身？”也是天意该如此，贼人此处遇强人。他们走到树林内，猛然间，贼聚会，八月十六要抢大名。

第一〇〇回

进柳林逃犯大聚义

徐克展、段文经、张君德、刘奉四人，杀散大名府的官兵，趁半夜天黑，漏网脱逃，向西南而走。离大名府跑出有九十里，眼看天光微亮，四人正愁无处藏身，猛见一片柳林，不由心中欢喜。段文经看罢，向徐、刘、张三人讲话，说："三位老弟，如今你我浑身是血，眼看天明，难以行走。咱何不在柳林之中，暂且藏身，等至夜静更深，再做主意，咱或奔那一方而走。"徐、刘、张三人，闻听皂头段文经之言，齐说："大哥言之有理！"四人说罢，一直进了柳林而去。越往里走，树木越稠，则见那西南角上，有一座庙宇，四人又仔细一看，这座禅林不小，就是损坏得不堪。

四人瞧罢齐迈步，径奔破庙跑又颠。不多时，来至庙前齐站住，四贼留神庙里观：原来是座玉皇庙，年深日久断香烟。两边尊神不齐整，缺腿无肩少庄严。瞧光景，未必有住持僧和道，贼们一见心内欢。他们齐把台阶上，穿过大殿到后边。原来还有二层殿，东西配殿全露天。正中间，供的玉皇张大帝，风雨损坏圣容颜。供桌灰尘无人扫，尊神躺在地平川。文经看罢忙下跪，不由一阵好心酸：神仙尚有遭败运，何况文经草命男！说道是：

“弟子文经本姓段，大名府内有家园。到衙应役二十载，而今不幸遇贪官。狗官名叫熊恩绶，纵容狗子昧心田。倚官强霸有夫女，买盗通贼把我攀。不容分辨三夹棍，掐在南牢打在监。多亏了，刘奉君德徐克展，心怀不平杀狗官。然后劫牢又反狱，杀出大名南正关。趁黑逃出来至此，弟子见像秉心虔。并非是，弟子情愿行此事，皆因为，狗官相逼无奈间。保佑弟子脱灾难，新塑神像庙重翻。”文经祝告还未尽，神像后，跑出几人把话云。

段文经正自祝告未尽，忽见那神像后边，跑出有七条彪形大汉，一声喊叫，说：“段文经！你们在大名府，杀官又劫牢反狱，跑在这里祝告，我们可要拿你报官请功咧！”段文经一见，慌忙站起，手擎腰刀，留神观看：这几个人手中并无兵器。徐克展、张君德、刘奉他三人闻听这几个大汉之言，就要动手。段文经慌忙拦住，说：“二位老弟停手，愚兄还有话向他们说明，再动手也不迟。”三人闻听段文经之言，这才停身擎刀，以防不然。段文经眼望那七人讲话。

段文经，眼望七人来讲话：“列位留神仔细听：依我瞧，尊驾几位这光景，不像公门应役人，又非兵丁与官长，为何要拿我文经？段某素日多仗义，并非坏处落污名。”皂头言词还未尽，七人内，一人带笑把话云，高叫：“段爷你可好？如何不认我柳龙？我家也在大名府，在下偷盗作经营。皆因我，偷了当铺银共两，十个元宝一锭金。叫我兄弟拿去换，遇见公门应役人，拿进道台严刑审，柳某闻知怎敢停？自己投到道衙去，当堂认，偷银就是我柳龙。那时节，道台不是熊恩绶，河南人氏叫赵宗。多蒙皂头段爷你，里外疏通把罪轻。自从那年离别后，我就在，此庙之内隐身形。还有几位兄和弟，也是同行一道人。不料恩公今至此，古庙相逢真爽神！”段文经，闻听柳龙前后话，想起当年那事情。

段文经闻听柳龙子之言，忽然想起，说：“你就是当初在赵道台手里犯的官司柳贤弟么？”柳龙子说：“不是我是谁呢？”段文经复又开言，说：“既然如此，我这里还有三位患难的兄弟，过来，大家见见。”柳龙子说：“此地非讲话之所，万一被人看见，反倒不便。暂请到里边坐下，有话再讲不迟。”说罢，柳龙子在前引路，齐打佛像的身后，那里有一个窟窿，窟窿里头有木梯子。柳龙子说：“这得我先走。”说罢，他就往下而去，脚蹬里边的梯子，一磴一磴地往下而走。众人也是如此而下。

他四个，跟随齐把地窨子进，脚踩木梯向下行。里边倒有平川地，三间屋宽还有零。四外全都有气眼，虽然亮，白昼须得要点灯。文经四人留神看：原来还有十几人，并无床炕就地坐，柳龙开言把话明，高叫：“列位兄和弟，快过来，见见大名段长兄。恰似梁山及时雨，这就是，柳某常提的段文经！”众贼闻听齐站起，各通名姓把礼行。后又见君德刘奉徐克展，彼此拉手又相亲。叙礼已毕齐坐下，柳龙子，慌忙备酒不消停。大家消饮地窖内，贼人一伙十九名。又添上，段徐刘张四逆匪，古庙相逢起祸星。也是大数该如此，所以才，画影图形拿恶人。

列公，这件事也是个定数难逃。段文经等杀官，劫牢反狱，杀散大名府的官兵，半夜带雨脱逃至此，要不是遇见这伙强贼，将他们藏在地窨子里边，早把这逆匪擒拿住咧！再者呢，这座玉皇庙，年深日久，被风雨损坏，并无住持。离村子又远，又在个旷野之处，公门中的爷们，再想不到此处窝藏贼盗。

别说这一案，就是乾隆三十四年，湖北德安府管随州——此州离德安府是一百八十里，其州甚大，城池却在山坡之下。山上面，接接连连，有二百余里高矮不等，道路崎岖。此山有孤龙之相，山后能够藏人，相连通到四川的苗界。此地出水银、朱砂、蓑衣草、大白菜。其民最刁，好打官司，不安本分。因为连旱了二年，交不上钱粮，州官差衙役下乡去催，催也不上。州官无奈何，才令人将不交钱粮的百姓拿到当堂比打。州官也无奈之极，不然主子的国课怎么交？离随州二十五里，有一村，名叫阎家堡。此村有个武秀才，姓阎，名金龙。因他母生他之时，夜梦金龙一条，故此起名叫阎金龙。家中豪富，水田二十多担，山场四块。随州的差役到他家催钱粮，也照着催别的百姓那么一样，下来咧，吹胡子瞪眼睛的，镇唬武秀才。阎金龙又不吃骂，殴打公差，公差也就还手相打。众旁人将他们劝开，差人即刻回到州衙禀报知州，将无作有，说：“阎金龙倚仗是秀才，不遵国法，藐视州尊，拒捕打差人。”知州闻听，气往上冲，立刻就出签传武秀才阎金龙。传到当堂，责问说：“狂生，国法不遵，钱粮不交，反打公差，其情可恼！”立刻叫书吏作文书一套，“登到州学，将他衣巾革退。”阎金龙闻听州尊之言，慌忙跪在公案以前求告：“州尊不要行文，生员知过必改，以后再不敢如此！”知州一见，喝令青衣：“拉下去，休要叫他歪缠！书吏快作文书！”武秀才着急，叩首不起，手拉围桌，无心中将公案拉动。知州大怒，说："狂生，咆哮公堂，罪当应发！"吩咐一面行文，一面将衣巾革退，动刑问成咆哮公堂之罪，立刻掐监。此信传到阎家，合宅无不惊怕。正无计可救，忽然门外来了一个僧人，直入其家，对他家人说："你家阎相公该有七天之灾，以后甚好。"复又对他母亲言讲："可记得养他之时，夜梦金龙？那就是先兆。贫僧此去，等十天之后，还来帮助于他。你们眼下急速派人，暗进随州，等至半夜，进监将你家阎相公抢出牢狱，方保无事。不然有变，悔之晚矣。"说罢，留下一封字帖，叫阎金龙自看，言罢而去。这件事，因此后来随州伤官反狱，阎金龙竟成逆匪，闹了有二年多，才把他们平伏咧！此事就和段文经遇见柳龙子这伙人一样，不然，焉能费许多的周折？瞧起这也是前数造定。

闲言少叙。且说段文经等在玉皇庙地窖之中，饮酒之处，眼望众贼盗讲话。

段文经，眼望众盗尊："好汉，列位留神仔细听：你们虽然藏在此，不过黑夜做经营，要成大事不能够，众位想，岂不埋没众英雄？列位可记王伦的事？家住寿张在山东。他本是县衙一马快，因为他，迟误文书受官刑。打了还入监牢狱，好一似，段某遭逢这事情。众人不平将他救，杀了那，寿张知县反出城。又有个和尚将他保，其名叫做论为僧。王伦一旦称国主，只杀到，临清州内安下营。离京才剩十数里，因为那，王伦动色要收营。筵宴摆酒又唱戏，耽误临清来动兵。舒大人，奉旨带领京兵去，迎到临清那座城。八旗兵丁本来勇，要比绿营大不同。舒大人，未从打仗先传令，晓谕枪箭众英雄：鸟枪内，不许装上钱粮药，光安烘药加火绳，其名叫做空枪计，王伦不知就里情。只见搂火枪不响，王伦闻听长笑容。他只说，‘天意该当我兴业’！他这才，胆大临清见输赢。旗兵这才枪装药，一阵成功把人平。咱如今，何不竟按他行事，先抢大名这座城！”众贼闻听说：“有理！”齐站起，说：“我们早有这番情！”只顾文经说此话，眼然间，大名府百姓遭灾土变红！

第一〇一回

空枪计虚惊大名府

柳龙子等闻听段文经之言，一齐站起，说："我等久有此意，怕得是孤掌难鸣。素日闻听段爷仗义疏财，广交朋友，胸怀奇术，大名府远近皆知。我等之幸，段爷如不弃嫌我等高攀，情愿结为昆仲，患难相扶，好共成大事！"段文经闻听强盗柳龙子等之言，说："列位既然赏脸，段某焉敢推却?"柳龙子闻听，说："段哥，听我言讲：既然应允，事不宜迟！"

只听柳龙开言道："段哥留神在上听：事不宜迟咱就拜，大家同心把誓明。就只是，缺少香烛纸马锞①，少不得，撮土焚香秉虔心。"众人闻听说："有理！"大家齐站在流平。段文经，一同马快徐克展，还有张刘人二名，各叙年庚文经大，柳龙算是二盟兄。第三就是徐克展，以下的，各按岁数跪在尘。行礼已毕齐站起，众贼又拜段文经。然后这才叙齿坐，还是言讲劫大名。段文经，眼望众人呼："老弟，愚兄有条计牢笼：如今咱把告白写，帖上不要出姓名。上写着：'八月十三兴人马，要抢大名这座城。'此帖他瞧见定害怕，必然要，遣将派兵守大名。叫他防备

① 锞（kè）——旧时做货币用的小金锭或银锭。

咱别去，先闹谣言后动兵。他们瞧见无动静，自然撤兵回汛中。趁此时，八月十六咱进府，各把兵器带进城。齐到那，城隍庙旁暗约会，三更动手大事成。”

段文经说：“咱们八月十六日混进大名府城中，二更天，城隍庙旁会齐，三更天动手，大事成！”柳龙子说：“大哥之言，实为有理，你就快写几张‘八月十三抢大名’的告白，咱好遣人去贴在大名府的城里头，先吓他们一吓！”段文经并不怠慢，叫他们找了管破笔，立时就写了十几张，随即派了四个人，暗进大名府去贴，暂且不表。段文经等在古庙地窖藏躲，也先不提。

单言大名府的知府靳荣藩，自大名府连夜驰驿，到保定府，禀了刘大人。制台闻听大名府的道台熊恩绶被衙役杀害，吃了一惊，随后问明来历，一面打折子进京，一面吩咐画影图形捉拿。知府靳荣藩急速回府，这且不表。

且说大名府的协台富大老爷，少不得也行文书到古北口提督阎大人的衙门。文武行文，提督、总督齐奔大名，也且不表。

单言玉皇庙地窖中段文经等商议抢大名之事。

段文经，藏在古庙地窖内，商议要抢大名府，暗差四贼去进府，贴告白：“八月十三抢大名”。众贼言讲整一夜，又到次日太阳红。忽见那，遣去四贼回来了，一齐都进地窖中。文经众人齐站起，说道是：“多有辛苦早回程。”四贼闻听说：“岂敢，分所当为敢不行？”齐说道：“大名府中真热闹，城里关外全派兵。”四人说罢齐归座，大家复又饮刘伶。单等着，八月十六暗进府，贼徒胆大要胡行。按下文经藏古庙，再把那，提督总督明一明。连夜齐进大名府，文武各住公馆中。第二天，总督刘爷还未起，堂官跑进报事情，说道是："公馆门外贴字帖，上边言语令人惊。又无名来又无姓，写着那：'八月十三抢大名'。"总督刘爷闻此话，不由着忙吃一惊。慌忙穿衣亲去看，传报之言果真情。刘大人，瞧罢复又进公馆，大厅闷坐暗沉吟。正自思想其中意，又来了，古北提台阎大人。

保定府的总督刘大人，正自沉吟未决之际，忽见内堂官禀报说："古北口提台阎大人来咧。"总督刘公闻听，吩咐："有请。""是。"内堂官答应而去。到外边见了提台阎爷，单腿打千，说："我家大人有请。"阎大人闻听，这才迈步向公馆里面而行。到大厅，总督刘公迎至廊檐下，叙礼归座。内厮献茶，茶罢搁盏。提台阎大人眼望总督刘爷讲话，说："我的公馆门外墙上，贴一字帖，上写着是八月十三日要抢大名府，并无名姓，也不知是什么人贴的。我因此事而来，特与大人商议。"总督刘大人闻听，也把方才之事，说了一遍。提督正自言讲此事未完，忽见那大名府的文武，全都来到，且自言讲此事。

刘总督，眼望提台尊："老弟，此事其中另有情。瞧起来，此贼大有不善处，须得拿住奏圣明。当今观折龙心恼，这事千万咱的考成。必须派兵加防备，不然恐伤君共民。"提督闻听说："很是，大人言词理上通。"阎提督，随即吩咐协台去："急速派兵把守城。四门多派千把总，盘查来往进城人。须按手折对年貌，管叫贼人无处腾。”协台答应说：“遵命。”退步翻身向外行。派兵把守且不表，阎大人，回归公馆也不明。单言文经徐克展，还有贼盗十几名，自从贴上无名榜，单等十六抢大名。光阴似箭真不错，金乌玉兔转西东。到了那，八月十三这一日，大名里外全派兵。副参游守千把总，且言是，腰刀弓箭带腰中，马不停蹄来防守，也怕贼人来抢城。直闹一天单一夜，次日十四大天明，何尝瞧见贼人影？才知是，贼人弄诈在其中。即刻回明刘总督，又报提台阎大人。他二人，闻听这才将心放，才知谣言是害怕，传令撤兵归本府，用心拿查要殷勤。按下大名将兵撤，再把那，作恶的囚徒明一明。

按下大名府撤兵不表，单讲段文经等在地窖中，等至八月十五日的晚刻，趁此节要动手抢大名的城池。十五日的一黑早起，他们齐都改扮，出地窨子，奔大名府而来。白昼间，各在蔽处藏身，夜晚混进大名后街，城隍庙旁聚齐动手，这且不表。

再说大名府那些守城的官兵，到了十五日晚上，未免个个都喝一盅儿，以至于官员饮酒过节。

且说段文经等二十三人，打八月十五日的一黑早，人人改扮，个个暗藏兵器，往大名府而来。

段文经，一同众贼齐改扮，全出古庙散开行。个个身边藏兵器，齐奔大名这座城。来到了，大名离城十数里，各找蔽处隐身形。等至太阳沉海底，众贼又奔大名城。按下他们全不表，单讲那，徐克展与段文经，他俩扮作吃粮客，硬充算是绿旗兵。他二人，羽缨苇帘头上戴，青布靴儿足下蹬。身穿青布单马褂，粗布沿边是大红。蓝布夹袍白布里，线带一条系腰中。腰刀却是靶向后，说着话，径奔南门要进城。刚然走到城门口，忽听得，一声喊：“快些站住且别进城！”

第一〇二回

擒刘奉总督即遣兵

话表徐克展、段文经来至大名府的南门，二人刚要往里走，忽听旁边一声喊叫："呀！少往里走！说明来路，好放你进去。"二人闻听，徐克展先就答言，说："我们是右营的传号，奉我们老爷之命，出城公干，才来进衙交差。好的，连我们也不认得咧！也罢了嘛，你们该上门班咧，连自己的伙伴都不认得咧！"

方才问话这名兵就误事。一来，是多贪了几盅；二来是天意该当。听他这个话，来的大道，也就不细盘问咧："既是将爷们公干回来咧，进去就完咧！又给我们一路干吃吃，我这可连北也不认得了。这是何苦呢？再者，我也是好意的盘问将爷们。咱们都是官差，不得不小心。如此，二位太爷不用想什么，请进去就完咧！"徐克展说："不是呀，我们万一是奸细？"那名兵丁闻听，说："进去罢，老达子！越说不用往下说咧，这是怎么说呢！"段、徐二人闻听，这才迈步里走。

徐克展，当先迈步将城进，后跟皂头段文经。二人混进大名府，眼下就要闹事情。按下段徐人两个，再把那，别者之人明一明。也都混入城门去，齐奔城隍古庙行。大家聚齐好动手，杀官要占大名城！瞧起来，圣主佛爷洪福大，逆匪命尽丧残生。众贼人，虽然混进大名府，好似那，飞鸟自投入牢笼。谁知刘奉机不密，被人拿去进衙门。见了大名靳知府，靳荣藩，当堂夹打问贼人。谁知刘奉时不济，一夹棍，以往全招他实云！他说是："段文经与徐克展，还有君德姓张人，一同那，玉皇庙内众贼盗，今晚全都进大名。单等三更好动手，杀官好占大名城。"刘奉言词还未尽，靳荣藩，肺腑着忙吃一惊，心内说："幸亏把刘奉来拿住，招出众贼齐进城。要不越早派兵役，倒只怕，大名城中土变红！此事须当把大人禀，就势拿了段文经。"知府想罢齐站起，靳荣藩，往下开言把话云。

大名府知府靳荣藩，站起身形，眼望手下人开言，吩咐："把这逆匪刘奉，速上刑具！尔等押定，一同本府去到金亭驿馆，见总督刘大人，回言此事，好听示下，再捉拿众匪。""是。"下役人等齐声答应，立刻把皂役刘奉换上刑具，一同知府靳荣藩，出衙门径奔总督刘公的公馆而来。

不多时，来至刘公大人的公馆以外，知府靳荣藩，先见那总督的巡捕官，就将拿住逆匪刘奉之事说了一遍。巡捕官闻听，不敢怠慢，说："贵府老爷少等，待我通禀。"说罢，转身进内。去不多时，打里面往外飞跑，说："大人叫靳知府问话！"靳荣藩高声答应。

巡捕官，里边言词还未尽，知府答应不敢停。跑上前，跟定巡捕向里走，大厅之上见刘公。知府行罢庭参礼，控背躬身站在东。刘大人，座上开言叫："贤契，快把那，拿贼一事对我明。本部也好启奏主，为此事，圣主佛爷大动嗔。"知府闻听大人问，控背躬身把话云，就将那，刘奉之事说一遍，"还有克展段文经，一同盗寇几十个，今晚全进大名城。他们齐心劫府库，妄想痴心占大名。"知府之言还未尽，总督刘爷吃一惊："闻听众贼全进府，竟敢要抢大名城！趁早要不遣兵将，倒只怕，难保军民不受惊！”刘公座上一扭项，眼望家人把话云，说道是：“尔等速把提台请，派兵好拿段文经。”手下闻听答应：“是。”退步翻身往外行。刘公又传一道令：“各门关闭莫消停。门下多派鸟枪手，防备贼人去闯城。”知府闻听忙答应，即刻翻身向外行。靳荣藩，关城派兵且不表，再把刘公明一明。

总督刘大人分派靳知府去后，又吩咐：“将逆匪刘奉加重刑看守！”众人答应而去。又见从外跑进一名巡捕官，来至刘大人座前，单腿行千回话，说：“回大人：古北口提督阎大人前来拜见。”总督刘大人说：“有请。”这巡捕官答应，退步翻身，出厅而去。

去不多时，一同提督阎大人而来。刘爷迎接入厅，分宾主坐下。内丁献茶，茶罢搁盏。刘大人眼望阎大人，讲话说：“大人，方才有知府靳荣藩前来回禀，说他们拿住了一人，姓刘，名叫刘奉，此人就在熊道台的衙门应役。因受刑不过，口吐实情，说他们一伙二十余人，今晚全都进大名府，二更天聚齐，要杀官动库！”

刘公说罢这些话，吓坏提督阎大人，说道是：“胆大囚徒真万恶，竟敢兴心抢大名！也是贼人该命尽，恶贯满盈脱不能！”提督说罢一扭项，眼望跟随把话云：“传出去：晓谕将官兵丁等，城里搜拿段文经。还有一名徐克展，他们此时全进城。有人要，拿住文经人一个，官赏三千雪花银！如要拿住徐克展，赏与他，纹银一千二十封！如若放走贼逃去，都与他，一例同罪法不容。”按下提台传军令，再整囚徒众恶人。

且说知府靳荣藩闻听，忙传令书吏写告示，贴在大街小巷，晓谕军民人等捉拿逆匪众人，暂且不表。

且说逆匪徐克展、段文经、张君德三人，与众混星往外逃走。

这回书，不言张段人两个，单表克展贼一名。倚仗浑身有武艺，邪教之中有名人。逃出大名往东跑，径奔德州一座城。饥餐渴饮趱途路，那一日，进了德州那座城。这正是，天网恢恢疏不漏，这个贼跑进枉死城！来至城中仔细看：茶馆一座在眼前。克展要进这茶馆，那边厢，来了冤家对头人。车上留神来看见，腹中说：“这个人，倒像是大名府杀官的逆匪贼一名！”

第一〇三回

误中套克展进官衙

贼人进德州，就遇德州的二衙陈工。这陈二衙大名去给道台作过生日，徐克展又送过二衙陈工，所以他认得大名道的马快徐克展。

闲言不表。单说德州的二衙陈工，在后挡车中，由车窗之中往外观瞧，则见那茶馆子的门前，站立一人，黑面目，身高五尺，年纪不过三十七八。仔细又看，不是别人，正是大名府道台衙门的马快徐克展。陈二衙一见，吃了一惊，腹内说："他同皂头段义经杀了大名府的熊道一家七口，半夜逃走，保定府总督刘大人，将此事奏明皇爷，皇爷龙心大怒，一道旨意与刘大人：'会同古北口提督阎大人，务必要将匪逆段文经等拿住，朕当御审。'这如今各州府县，画影图形，捉拿他等。再者，还有保定府刘大人的告示，写得明白。上写着：'有人拿住段文经，赏银三千两；拿住徐克展、张君德、刘奉，赏银一千两；报信者，赏银五十两。'不料，他如今现在德州城内。我今派人将他拿住，岂不是一件功劳美差？"

这陈工车内心打算，要拿克展把功擎，腹内说："此人在大名当过马快，捕盗拿贼大有名。他的本事我知道，一人能挡许多兵。德州城，虽有兵丁与衙役，却是寻常一数同。指望他们拿逆匪，依我想来未必能。这如今，轻举妄动他惊走，再要拿他枉费工。”陈二衙，思想之间来得快，自己衙门眼前存。来至滴水将车下，迈步翻身往里行。一直径把书房进，太师椅，坐下二衙叫陈工。长随忙把茶来献，县丞用过接去盅。陈二衙，低头思想时多会，忽然一计上眉峰，说道是：“必须如此这般样，徐克展，保管中我计牢笼！”二衙想罢不怠慢，眼望长随把话明：“你快去，速传快头王文左，书房陈某有事情！”长随答应翻身去，不多时，快头前来见县丞。陈二衙，座上开言把王头叫：“俯耳来，要你留神仔细听。”王文左闻听不怠慢，走至那，县丞跟前侧耳听。陈二衙，“喊喊喳喳”说了几句，快头答应口内哼。他又说：“事不宜迟急速去，照言而办莫消停。”文左翻身往外走，陈工等候在衙中。按下县丞书房内，再把那，徐克展明上一明。

且不说德州陈二衙定计，再说那大名府道台衙门马快徐克展。自从在大名府，与他那大舅皂头段文经，还有两个衙役张君德、刘奉因抱不平杀了熊道台一家七口，被官兵擒拿，将他等赶散，徐克展他就跑到山东地面，德州城内茶馆子内，挑水做苦工活。他扮了负苦贫人，且先耐时。

这一天正然挑水，挑着两桶水，打南往北走。迎面来了一人，年有三十多岁，朝南而走，眨眼之间，与徐克展走了个对头。徐克展挑着两桶水，往西一躲，这个人往西一躲；徐克展往东一躲，这个人也往东一躲。事逢凑巧，不偏不歪，正正儿地碰在徐克展前头那一桶水上面，将水全都碰洒咧！徐克展还未讲话，那个人他倒不依咧，把眼一瞪，说："我把你这个瞎眼的，也有挑着水往你爹身上走的？洒你爹一身水，这是怎么说！你今得与我吹干了，要不是我把你狗眼挖了！"

众明公想理，这是成心要怄气不是？谁知道徐克展并不动气，反倒讲话。

徐克展，满面带笑来说话，他把那，"大爷"连连尊又称："并非是，在下成心把你老来碰，皆因为，躲闪不及是真情。"徐克展言词还未尽，那人闻听骂一声："有你这瞎眼王八蛋，竟意儿，拿桶碰你的独祖宗！别说你，茶馆挑水一穷汉，就是那，州尊欺我也不能！"骂着骂着动手打，扬起巴掌往脸上楞。克展并不肯动气，皆因他身有罪名。瞧见那，巴掌临近忙躲闪，那个人，一个嘴巴竟打空！使得他，一溜歪斜好几步，"咕咚"栽了个倒栽葱！鼻子嘴脸全抢破，爬将起来眼圆睁，顺手绰起水扁担，照着克展下绝情。马快一见不怠慢，忙用胳臂把扁担迎，只听"吧"的一声响，挑水扁担起在空。震得那人两手木，急得他大詈不绝声。二人正在打闹处，从北边，又来公人整四名。

徐克展与那一个人在打闹之间，从北边又来了四五个人。马快徐克展举目一瞧，看光景，俱是公门的打扮。不多一时，走至他们俩的跟前站住。内中有个人就问，说："你们二位为何打闹？"那一个人还未开口，徐克展先就讲话："众位有所不知：方才在下挑着一担水，打南往北走，他打北往南走。我们俩刚然行至一处，他将在下的水，全都碰洒，他倒不依，张口就詈，举手就打。众位爷们想理：谁是谁非？”徐克展言还未尽，忽听那四人之中，有一个麻子脸的，就望那一个不依说：“朋友，你这不算欺负人家？你将人家水碰洒，人家不说什么，你倒不依，张口詈，举手打。欺负人家是外乡人，你仗着什么？你这字号，有多大？”那个人闻听这个差人之言，把两眼一瞪，说：“问你是怎么着？莫非你这个意思，替他拔闯，你还不依？我把你这个惯说瞎话、关东的卯孙，根半腿的亮杆秃子的，太爷今日不依定咧！要不给祖宗一口一口地吹干了，这场官司太爷和他打定咧！”差人闻听，带怒讲话。

只听那，差人带怒来讲话说：“那人留神要你听：既然要把官司打，伙计们，拴起他来莫消停！”三人闻听齐答应，褡包①掏锁手中擎。迈步近前捋一捋，“哗啦啦”，套在那人脖项中。回手就把疙疸子取，然后又拿一般，原来是，双料的棒子镔铁打，不容分说，把那双手入棒中。收拾已毕拉着走，忽听那人把话云：说：“你们行事不公道，莫非欺负我眼生？为何不把他上锁，难道他是你们祖宗？”差人闻听这句话，说：“不要嚷，太爷们行事最公平！”说罢他眼望徐克展，说：“大伙计留神要你听：这如今，他一心要把官衙进，你也只得走一程。不必心中担惊怕，照应有我们小弟兄。要叫你脑袋着了地，再不应役在公庭！”徐克展，无法只得将头点，说道是：“全仗照应感大情。”公差闻听说：“交给我，不必害怕在心中”。说着也就上了锁，捧上双手动不能。他们这才一齐

① 褡包——系在衣服外面的长而宽的腰带。

走，径奔州衙往前行。穿街越巷急似箭，不多时，县丞衙门眼下横。克展来在衙门口，不由后悔在心中：这一进内将官见，怕他看破我的形，那时反倒遭圈套，自投罗网跑不能！按下克展心中怕，再把那，二衙的公差明一明。

第一〇四回

勇克展开刑反公堂

话表众公差将徐克展和那一个人，全都带至县丞陈工的衙门，打进禀帖。陈工闻听，不由满心欢喜，立时升堂，闪屏门，进暖阁，归正位坐下。众役喊堂已毕，两边站立。陈工座上吩咐："把那两个打喧闹的，带将上来!"下面答应一声，不多一时，将徐克展和那一名人，全都带至堂前，跪在下面。二人讲话。忽听陈二衙上面一声断喝，说："大名府的逆匪徐克展！休要作梦，你今算中我之计。也是天网恢恢，疏而不漏。"徐克展下面闻听此话，吃这一惊非小。抬起头来，往上一看：上面坐的，并不是别人，乃是当初在大名府做过典史的陈工！徐克展一见，就知他的事发作咧！说："罢了，让你请功就是了!"陈二衙座上吩咐："将逆匪徐克展，另上大刑，暂且收监，小心看守。明日打入囚车，解上北京，请旨定夺。"手下人答应一声，上来了两个人，刚到徐克展的跟前，还未站住，被徐克展的手肘左右开弓，将两个青衣打倒在地。徐克展就势站起来，将两只手往两下里一分，只听"喀嚓"一声，手捧子往两下里去了，退下来，照着上面陈二衙"唰"的一声，打将上去。陈工一见，把身子往公案下一存，只听"刷啦啦"，打头上过去，又听"吧"的一声响亮。

说你这书说得不贴理。既然打头上过去，没打着，为何又

"吧"一声？众位明公有所不知：这个手捧子，虽然没打着陈工，却打着陈工身后屏门上咧，故此说"吧"一声。

闲言少叙。且说徐克展将手捧子打将上去，迈步就往外走去。

只见那逆匪忙迈步，徐克展径奔衙外行。陈二衙，桌子下钻出一声喊，说道是："尔等动手莫消停！他乃是，杀官劫库的徐克展，各州府县画影形。有人要把他拿住，官赏一千雪花银。若要是，何处走脱贼逆匪，全与他，一例同罪灭满门！你等快些将他拿住，要叫他走了不成！"衙役们，闻听本官前后话，这一会，谁不想富与功名？齐都动手拿逆匪，上前来，把徐克展围在正居中。铁尺短棍胡乱打，倚仗人多要逞能。徐克展一见微冷笑，说："尔等留神要你听：在下的，当初也在公门内，道台衙门把役充。大名府中从打听，马快之中我头一名。皆因为，路见不平杀熊道，我徐某，隐姓埋名在山东。今日里，众位若肯留情义，放我徐某感大情！要是不肯将我放，只管动手两相争，别说徐某心肠狠，古语云：无毒不是丈夫行！别说拿我将功立，打着我一下算你们能！要是容我还了手，再要想，身当狗腿万不能！"徐克展言词还未尽，忽听那，二衙陈工把话云："还不动手拿逆匪？快些捉拿上绑绳！"衙役动手齐答应，徐克展，他的手中无寸铁，这逆匪，并不害怕在心中。众明公，不知他的根和底，听我愚下细表明：他在那，大名府中立过邪教，教头就是段文经。其名叫做八卦阵，犹如练武一般同。时常的，身上常拿棍棒打，还有邪术在其中。所以今朝才不害怕，他的那，把几个公差看得轻。言明就里，仍归旧传，再把那，德州的差人明上一明。

且说的是，陈工衙役一听本官之言，不敢怠慢，指望以多为胜，要拿住徐克展，好请功受赏。快头王文左一心要在本官跟前施展他的本事，手使一把铁尺，重三斤四两，则见他一个箭步，“噗”，蹿到徐克展的跟前，手举铁尺，照他的脖项就是一下，徐克展一见，往旁边一闪，快头王文左铁尺打空，使得往前一栽，几乎跌倒。马快徐克展一见，掉转身形，照着快头王文左的后胯就是一脚。王文左也算得好的，虽不能在徐克展以上，武艺也算罢了。他见一铁尺打空，刚要回手，忽见徐克展照着他的后胯一脚踢来，他不敢怠慢，就势往前一蹿，徐克展一脚踢空。快头王文左回过身来，手举铁尺打来。徐克展一见，并不躲闪他，反倒迎将上来，前去使了个举火烧天的架势，将快头王文左腕子推住，又使个金丝缠腕的破法，往下一按，王文左往旁一躲，徐克展又使个喜鹊登枝，“当！”照着王快头的脸上就是一脚，把王文左跺了个后蹶子，手也撒咧！徐克展夺过铁尺，有兵器还怕哪个？

只见那，徐克展得了兵器，手擎铁尺站当中。众青衣，虽然将他来围住，不敢上前动手争。陈二衙暗自将人派，通知那，德州游击李胜龙，还有守备冯兴武，千把外委好几名。带领本城兵一百，直奔那，陈工他衙内来行。按下游击来拿逆匪，再把克展明一明。手擎铁尺一声喊：“尔等留神仔细听：挡挡徐某活不成！”正是逆匪说大话，忽听衙外有喊声，齐声嚷：“别走了，反叛徐克展了不成！拿住囚徒去请功！”原来游击人马到，不多时，来了德州绿营兵。一座衙门全围住，一个个，长枪短棍手内擎。李游击，带领守备千把总，进了那，陈工衙门看分明。众青衣，围着逆匪徐克展，并不敢，上前去拿逆贼人。李胜龙，马上传下一道令，晓谕属下手下人：“快些上前拿反叛，休叫逆匪去逃生!”冯守备，千总名叫张士喜，手使着，浑铁钢枪手中擎。把总名叫王如虎，又有个，经制外委叫陈英。四员官长一齐上，要拿逆匪人一名。徐克展，正然当中说大话，为得是，镇唬青衣好逃生。手举铁尺抢上举，忽听见，来了些，四员官长擎兵器往上迎。

第一〇五回

摄众兵克展伤二将

徐克展要往上闯，忽又见上来了四个人，手擎兵器，全有顶戴：一个是水晶顶子，一个是涅白顶，两个金顶，走上前来，用手中的兵器一指，说："逆匪徐克展听真：你不遵王法，擅杀朝廷命官，连夜逃走，如今各州府县，画影图形，捉拿于你，天网恢恢，疏而不漏。不料你至此处，身入罗网，快些受绑，还多活几日；但若迟误，叫你眼下残生难保！"徐克展闻听冯守备之言，不由冷笑。

只听那，克展闻言来讲话："老爷留神在上听：纵然我等把贪官害，皆因出在无奈中。老爷想，大名府熊道台所作所为，倚仗官威胡乱行。纵子霸占有夫女，无法无天了不成！我徐某，路见不平才杀熊道，埋名隐姓到山东。"克展言词还未尽，守备回言把话云："大名熊道虽不好，现是皇家制度臣。衙役岂可杀官长？犹如那，儿子杀父一般同。不必多说来受绑，牙崩半字丧残生！"说着扭项把手下叫："速拿逆匪莫消停！"千把外委齐答应，一齐迈步朝上行。竟奔逆匪徐克展，要拿马快把功贿。克展一见不怠慢，这一会，手拿铁尺眼通红。大叫一声："快闪路！哪个拦挡活不成！"说话之间往外闯，守备相离不放行。徐克展，手中铁尺往上迎，恶狠狠，径奔守备下绝情！冯兴武一见不怠慢，手中单刀把铁尺迎，只听"喀当"一声响，守备的，单刀掉在地流平。千总一见迎上去，浑铁枪一拈奔前胸。徐克展，并不躲闪迎上去，铁尺磕枪响一声。一个箭步跟进去，手中铁尺举在空。盖顶搂头往下打，千总观瞧吃一惊，躲闪不及一声响，铁尺打在脖项中。张士喜，一阵头昏身无主，“咕咚”倒在地流平。把总外委心害怕，不敢向前动手争。兵丁衙役两边闪，害怕各自保残生。克展一见心欢喜，迈步径扑衙外行。游击一见说：“不好！走脱了逆匪了不成！”

德州游击李胜龙，瞧见徐克展一铁尺打倒守备冯兴武、千总张士喜，众兵丁衙役不敢拦挡，倒闪一条道路，让过逆匪徐克展逃走。李游击一见，慌忙跳下坐骑，将腰中刀拉将出来，擎在手内，紧跑几步，将门堵住。徐克展并不怠慢，来至门边东墙下站住，将脚一跺，“嗖”一声，打墙上蹿出去了。二衙一声大嚷，说：“李老爷，不用堵着，他打墙上跳过去了！”游击一闻陈工说徐克展打墙上出去咧，他手擎腰刀，向衙外就跑，按下不表。

不说游击提刀来赶，且说衙门外兵丁，正然墙外把守，忽见跳出个人来，一齐嚷，说：“出来，快拿！快拿！”德州的众兵丁，满嘴里干嚷“拿”，却不动手。这是什么缘故？

众位明公有所不知：众兵丁在墙外围着的时候，里边动手说话，都听了个真：守备千总都吃了亏；再者，里面那些兵丁衙役，还有多少官员，尚且还将他拿不住，还叫他打墙跑出来，他们自己岂不想想个人的本事？不见徐克展那个汉仗，身高五尺，黑面目，五短身粗，手擎铁尺，哪一个敢上前动手？因此上干说“拿”，并不动手。

徐克展跳出墙来，并不怠慢，手擎铁尺，一直向前而跑，指望要出德州南门逃走。谁知道德州知州宋太爷闻听此言，叫人把四门都闭了！

按下这，德州知州把城关，再把克展明一明。手拿铁尺往南跑，要出德州南正门。不言逆匪要逃命，再表那，德州游击李胜龙。闻听二衙陈工话，哪敢慢？手提钢刀，赶出衙门看分明：瞧见克展朝南跑，李游击，此时也顾不得手下兵。手提腰刀随后赶，怕得是，逆匪逃脱有罪名。且不言，德州游击赶克展，再把那，守备千总明一明。纵然着伤未丧命，少不得，强打精神后边行。按下了，守备兵丁随后赶，再把克展明一明。正跑之间抬头看：德州南门面前横。逆匪不由心欢喜，暗把“弥陀”念几声。但要出了城一座，哪怕官将与官兵？徐克展，思想之间来得快，到跟前，举目观瞧心下惊：两扇城门早关闭，城门洞有几个人，鸟枪上面架火绳。逆匪不敢朝前走，掉转身躯向东行。后面的，官兵官将追得紧，看看的，赶上个大名杀官人一名。

第一〇六回

陈朱王生擒徐克展

徐克展来到德州南门，瞧了瞧城门关闭，门洞内还一溜站着几个人，端着鸟枪。逆匪看罢，不敢前进，掉转身躯，向东边那个胡同就跑。后边的游击李胜龙、守备冯兴武、千总张士喜、把总、外委，还有二衙陈工一干兵丁、衙役，全都跟进这个胡同来，按下不表。

且说徐克展进了胡同，正往前走，抬头一看，并无有道路，到了城根底咧！原来是一条死胡同！逆匪看罢，暗说："不好！前有城墙拦路，后兵追赶，吾命休矣！"眨眼之间，后面的官兵也到咧，一齐嚷："拿呀！拿呀！这是个死胡同，他可无处跑了！"说着，齐往上拥。徐克展见事不好，也不敢和众人动手，瞧瞧北边房比南边房还矬一点，将脚一跺，"嗖"一声，蹿上房去。众人一见，齐声嚷叫："上了房咧！上了房咧！"游击李胜龙一见徐克展上了房咧，他不敢怠慢，吩咐守备冯兴武带兵五十名，在一边等他，他带领千把外委兵丁衙役，要到房子北边，厢房两边都有人，看他往哪里跑！

不言游击李胜龙前后把守，再说徐克展上了草房，举目一看：两边都有人马把守，不敢下去。又留神一看，不由满心欢喜。

方才表过，这是个死胡同。东头就是城根，这个房子只接连到城墙根的底下。徐克展想着要从房上再上那城墙，好去逃命。

草房上，迈步如飞向东行。也是逆匪该命尽，蒜市口，万剐凌迟血染锋。众明公，外州县不能像此处，要比北京那不能。瓦房稀少草房广，不过是，暂且栖身度平生。偏偏的，这家房子年久远，秫秸糟透是实情。徐克展，并不知道这事情，一心要，纵上城墙去逃生。刚然跑到这房上，只听得，“唿隆”一声了不成！将房踩塌一大块，泥土一齐往下倾。徐克展，盖不由己往下坠，“咕咚”掉下这房中。按下逆匪掉下去，再把这家明一明。

不言徐克展将房踩塌，掉在房中。且说这一家，本是娘儿三个，寡妇母亲两个儿子。大儿子三十六岁，名叫王文左，现在本城德州陈二衙署中当马快；小儿子年方十八岁，名叫王文福。娘儿俩屋中正然吃饭，忽听“咕咚”一声，打房上掉下一个人来，正正地掉在桌子上面。“哗啦”的一声，碗盏也砸碎咧！娘俩吓得饭碗也扔咧！王文左的母亲陈氏，站起身来，用手一指说：“这个人好无道理！难道说没放着走道？你为什么打我们房上走，将我们的房子糟蹋了？掉下来把碗盏也打碎，这是何道理？”且说逆匪徐克展，一心要借房上了城墙逃命，不料刚到快头王文左家的房上，只听“唿噜”一声，塌了一个窟窿，把他掉在人家房里去咧！将人家的碗盏也踩咧！慌忙爬起，还未站稳，忽听有人数詈，徐克展举目观瞧。

徐克展，他举目留神观看，面前站着两个人：却是一男并一女，口中数詈不绝声。逆匪也不敢往外走，怕是两下众官兵。虽然身上会武艺，孤掌难鸣了不成！正是贼人心中怕，忽听门外叫一声。口中只把“娘亲”叫：“快来开门莫消停！”

正是徐克展他的心中害怕，忽听外边叫门。这逆匪不敢怠慢，转身形就往外走。原来是快头王文左回来了。他母亲听见是他儿子回来，刚要往外走，只见房上掉下来的那个人，也往外走。陈氏一见，伸手要拉住他，这个贼一晃身形，蹿出来到当院之中，往外观瞧。

徐克展，来到当院仔细看，关闭两扇小街门。门外一人声喊叫：“娘亲快着开了门！”叫着叫着将门踹，一直跑到这院中。抬头瞧见徐克展，不由他的眼睛红。一直径奔徐克展，手抡铁尺下绝情，一心要把贼拿住，上司跟前好报功。望着贼人抡铁尺，一声喊叫往上冲。逆匪一见刚要跑，门外嚷：“别走了胆大欺心作恶的人！”

徐克展手无寸铁，一见王文左手抡铁尺，径奔他来，俗语：贼人胆虚，侧身要逃跑，只听得门外一片叫“杀”连天，只嚷：“拿呀！拿呀！别走了逆匪！”恶贼魂魄皆惊。这正是一人舍命，万夫难挡，克展着急，仗武艺邪术护身，一探手，径奔王文左。快头往上一奔，贼人往下一扑，两来的劲，把王文左扑了个跟头。贼人得便，将快头的铁尺从手内夺过来，逆贼满心欢喜。既得了家伙，立时就长起威风，口内说：“太爷得了家伙，可就不怕你这些狗男女了！”说罢，铁尺高扬，将王文左性命追了。

正要逃走，哪知道罗锅子刘大人察河回来，打船德州所过。事逢凑巧，正遇见德州的官员兵丁捉拿大名杀官的逆匪。再者，刘大人回来复旨心急，并无传牌到此。刘大人爱私访，到处里要治贪官污吏土豪光棍，故此传牌压下，并无传到此处。大人的轿刚进南门，忽见许多兵丁，手拿鸟枪，连忙关上门。大人不知何故，刚然要进门，忽就瞧见众官兵捉拿逆匪。刘公一见，瞧望陈大勇、王明、朱文三人讲话。

贤臣爷，眼望朱王陈大勇："好汉留神要你听：德州官役拿逆匪，耳闻贼人武艺通。既是咱们来遇见，帮助快拿这贼人！"大勇朱王忙答应，各拿兵器要拿人。若不是，朱王大勇拿逆匪，焉得擒住要贼人！解上北京皇爷审，大勇朱王把官升。此是后话暗中交代，且把那，大勇朱王明一明。三人奋勇朝上撞，只说："贼人跑不能！"官役闻听吓一跳，不知来的是什么人？又见三人往前跑，剪直径奔恶贼人。官兵不知什么故，不知其中就里情。官役纳闷且不表，再说三位老英雄。大勇当先往上跑，朱文王明随后跟。三人径奔徐克展，逆匪着忙细留神：三人都是捕役样，不知他的姓与名？一个是，手抡铁尺朝上撞，一个是攮子绕眼明，那一个，手抡折铁刀一口，三人迎来奔他身。克展一见微冷笑，他把三人看得轻。手抡铁尺朝上冲，贼人也是舍了命。估量难往城外奔，舍了命的贼人抡铁尺，要与三人拼一拼。抡尺径奔陈大勇，好汉一见皱眉峰。朱文王明一声喊："快着来！捉拿大名杀官的贼一名！既然学会浑身艺，丈夫必要显英名！"大勇回答说："正是，贤弟们，大家努力把贼擒！若要是，走脱杀官人一个，歘了从前一往名！"说罢三人往上拥，围住贼人不放松。逆匪观瞧哈哈笑："狗腿留神要你们听：太爷当初也是马快，晃动大名一座城。尔等也敢来拿我？叫你们难保命残生！”说罢手内抡铁尺，要与三人把命拼。大勇朱王不怠慢，各举兵器奔贼人。克展此时红了眼，恨不能，他把三人来整吞！一个箭步蹿上去，大勇连忙扭身形。贼人身形撑不住，只听“咕咚”响一声。这一来，三人拿住贼逆匪，乾隆佛爷御审明。